韋君宜研究

記憶のなかの中国革命

楠原俊代――著

中国書店

装丁／design POOL

韋君宜（1917～2002年）

韋君宜の著作

高校を卒業した時

韋君宜12歳の時（右），弟妹と

清華大学の学生だった頃（1935年）

高校を卒業し，日本で夏
休みを過ごした韋君宜

◀夫の楊述と韋君宜（1948年，石家荘で）

◀中国新民主主義青年団中央宣伝部副部長兼『中国青年』総編集の韋君宜（1951年）

娘の楊団と韋君宜夫妻（1951年，中山公園で）

▶『文芸学習』の編集会議で（1956年）

韋君宜夫妻（1959年，北京）

◀1969年，幹部学校へ出発する前，
左から楊都，楊述，韋君宜，楊飛

韋君宜夫妻と楊団（1972年）

▶湖北省咸寧五・七幹部
学校で（1970～71年）

韋君宜一家（1974年，陶然亭公園で）

延安毛沢東旧居で（1973年）

◀1974年冬，韋君宜夫妻と于光遠（中央）

▶韋君宜夫妻（1975年）

◀1981年冬，長編小説『母と子』の取材旅行中，江蘇省淮安の周総理記念館で

1980年，厳文井（左），李曙光と人民文学出版社の工作について討論する韋君宜

▶1980年，訪米中の韋君宜

1982年，丁玲（左）と韋君宜

1981年夏，楊団と休暇を承徳で過ごす

1983年，中央党校で『一二九運動史要』を執筆編集した清華大学の同窓生らと

◀1983年，人民文学出版社の編集者らと長春に出張中の韋君宜

◀楊団と自宅にて（1992年）

▶病床で『我対年軽人説』の見本刷りを読む韋君宜（1995年夏）

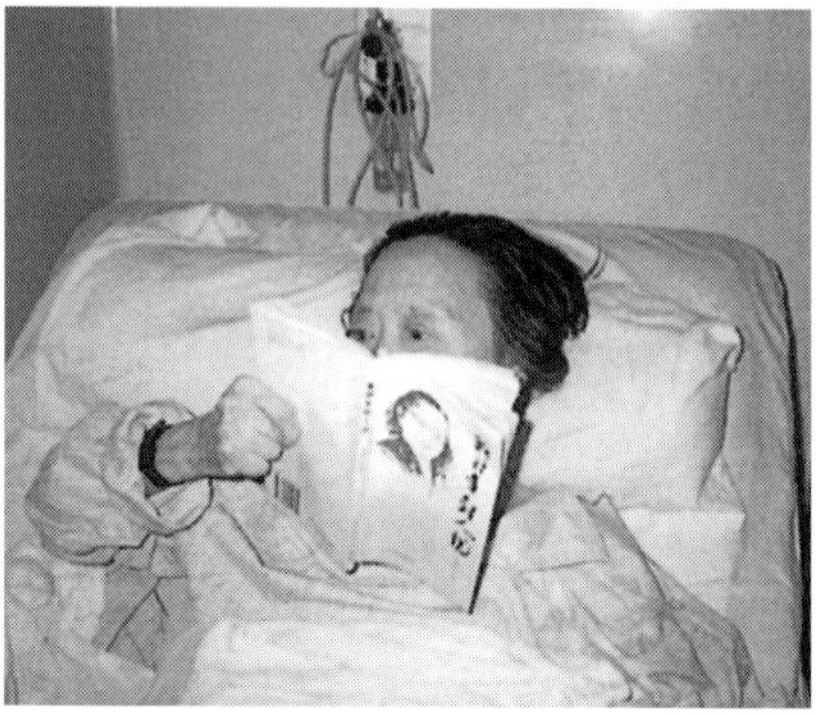

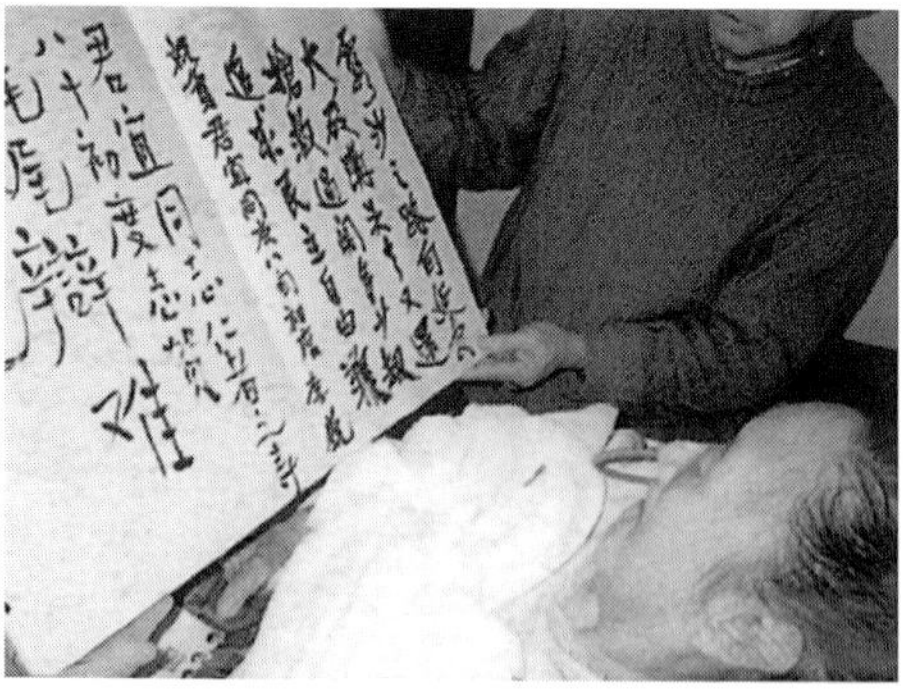

◀1997年11月25日，韋君宜の傘寿を祝って病床に届けられた詩を見る韋君宜

▶『思痛録』手稿

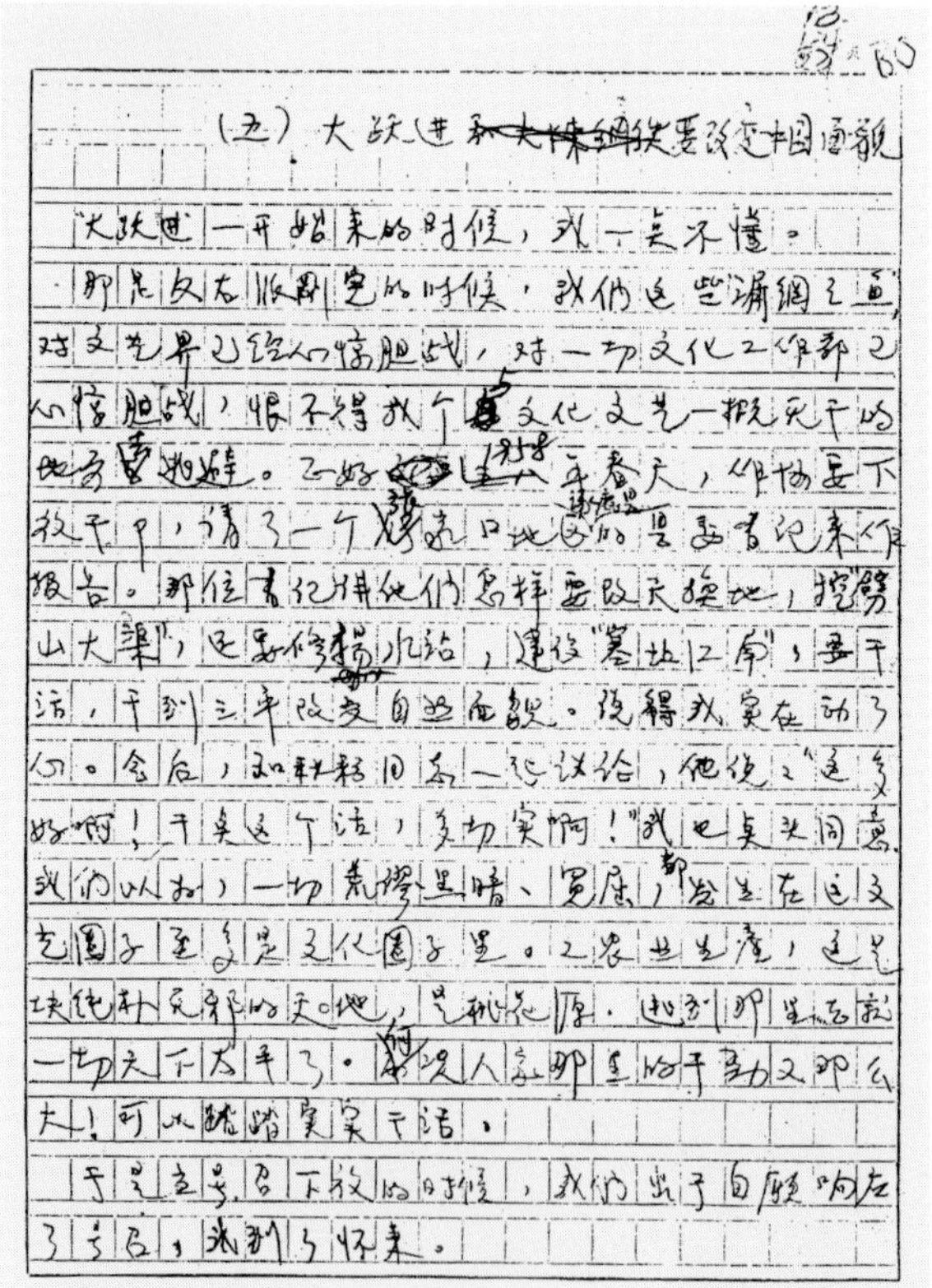

（五）大跃进要改变中国面貌

"大跃进"一开始来的时候，我一点不懂。

那是反右派刚完的时候，我们这些漏网之鱼，对文艺界已经心惊胆战，对一切文化工作都已心惊胆战，恨不得找个与文化文艺一概无干的地方去躲避。正好1958年春天，作协要下放干部，请了一个河北怀来县的县委书记来作报告。那位书记讲他们怎样要改天换地，挖穿山大渠，还要修水电站，建设"塞北江南"，要干活，干到三年改变自然面貌。说得我实在动了心。会后，和黎辛同志一起议论，他说："这多好啊！干起这个活，多切实啊！"我也点头同意。我们认为：一切荒谬黑暗、冤屈，都发生在这文艺圈子里至多是文化圈子里。工农业生产，这是块绝对光明的天地，是桃花源。逃到那里去就一切天下太平了。而且人家那里的干劲又那么大！可以脚踏实实干活。

于是在号召下放的时候，我们出于自愿响应了号召，来到了怀来。

20 × 20 = 400　　人民文学出版社稿纸

【出典】韋君宜『思痛録』北京版・最新修訂版，『韋君宜文集』第1巻，『韋君宜紀念集』（人民文学出版社，2003年）より

まえがき

中国では著名な作家である韋君宜《いくんぎ》（一九一七〜二〇〇二）は、日本ではほとんど知られていない。本書は、その韋君宜についての、私の約一五年におよぶ研究の成果を、定年の年にようやく同志社大学の助成を得て出版するものである。

著名な作家であるとはいえ、人民文学出版社社長でもあった韋君宜が、作家として活躍するのは一九八〇年以降、六〇歳をとうに過ぎてからのことであり、人民文学出版社総編集、社長としての激務をこなしたうえで、その勤務時間外に、また闘病生活を送りながら、一二冊もの著書を出版して残した。すなわち彼女は、一九三六年五月抗日のためにわずか一八歳で中国共産党（以下、「中共」と略す）に入党して以来、何よりもまず中共党員として生き、その生涯を中国革命に捧げたといえる。

文化大革命（以下、「文革」と略す）初期には自殺を考えたこともあった韋君宜であるが、後期になると、一家は離散し、子供の一人は精神病となり、多くの友人や同志が非業の死を遂げたという情況のなかで、こんなことをしていてはいけない、自分の見たこの一〇年の大災難を本に書こう、書かなければならないと密かに志を立て、十余年にわたって「われわれの世代が成したことのすべて、犠牲にしたもの、得たもの、失ったもののすべて」、すなわち韋君宜の記憶のなかの中国革命について思索し、同じ誤りを繰り返さないために書き、一二冊もの著書を残した。韋君宜の延安以来の回想録『思痛録』をはじめとする全著作は、一人の女性革命家の目を通して記された、約五十年にもおよぶ「中国革命史」でもある。本書は、この韋君宜の全著作の分析を通して、中国革命の「真実」を再構築しようとするものである。
本書は前編・後編の二部から成る。
前編では、韋君宜の代表作『思痛録』香港版を底本として、北京版との異同の詳細な注釈を付した日本語訳を収録する。『思痛録』は、韋君宜が中共に入党して以来、党員として生きた五十余年にもおよぶ中国革命の「真実」を振り返って総括した回想録であり、一九九八年に北京版が、二〇〇〇年には香港版が出版されている。この香港版によって、北京版では毛沢東個人に対する批判とそこから出てくる中共批判、政策・運動の中身についての詳細な記述の部分において、大幅な削除・書き換えがおこなわれていたことが明らかになった。すなわち、この点については中国大陸において、いまだあからさまには論じられることのないものである。本編は日本語への単なる翻訳ではなく、『思痛録』香港版・北京版の異同を逐一明記することによって、中国大陸では中国革命がどのように記述されなければならないか、その歴史認識のありようを明らかにしようとするものである。
後編では、一九三〇年代後半の武漢時期から延安・一九五〇年代・文革期の各時期における韋君宜について論考を加え、韋君宜の著作における「歴史」の意味について考察した。
最後に、資料として、作家・編集者・革命家であった韋君宜の年譜を収録し、その生涯の軌跡の概要を示す。
なお、執政党となった中共権力がおこなった思想言論弾圧である反右派闘争や文革などを「中国革命」の範疇で論じることについて、韋君宜著の『思痛録』には、例えば、
韋君宜自身について、「みずから革命に長年参加してきた」（本書二〇四頁）、
夫の楊述の言葉として、「私は何十年も革命に従事して」きた（本書二三八頁）、
右派とされた馮雪峰について、「彼の数十年の革命の歴史は抹消」された（本書三〇九頁）、
とあることから、本書においては、毛沢東と中共中央、あるいは中共の上級の指導の下におこなわれたすべての政治運動を「中国革命」とする。

私が韋君宜に注目するようになったのは、宗璞《そうはく》の長編小説『南渡記』についての評論「《南渡記》漫談」(『文芸報』一九八八年一〇月二九日)を読んだ時からである。『南渡記』は青天白日満地紅旗が国家の象徴であった時代について書かれた小説であり、このような小説は、文革中はもちろん、それ以前の一七年にも決して許されないものであった、今の若者だけではなく、中年も含めて、すべての歴史を八路軍が描いたわけではないことを、この小説を読んで学ぶとよい、と韋君宜は記していた。一九九八年ごろのことであり、私は韋君宜のこの言葉に驚嘆するとともに、韋君宜とはどういう人物なのか、たいへん興味を持つようになった。

ちょうどそのころ、恩師である故清水茂先生から、私の博士論文「日中戦争期における中国知識人研究」について、私の研究には、インタビューが欠けている、もっと中国人に取材をしなければ、当事者はもうすぐ亡くなってしまう、とのご批判をいただき、北京大学中文系の王瑶(一九一四~八九)教授夫人の杜琇先生は雲南出身だから、とご紹介いただいた。

そこで私は、杜琇先生に初めて手紙を書き、韋君宜を紹介してくださるようにお願いしたところ、一九九八年一二月一六日付で、韋君宜はもう寝たきりで会話ができる状態ではない、とのお返事をいただいた。その他に、同年五月に出版されたばかりの『思痛録』を船便でお送りくださったという。

翌年の一月二二日にこの『思痛録』が届くやいなや、私は一気に読了してしまった。韋君宜は『思痛録』のなかで、初めて中国革命の聖地・延安における搶救《そうきゅう》運動について、具体的に述べていた(第一章)。さらに、文革期の文学について、これでも「文学」だと言えるのか?(本書二八七頁)と述べ、文革の時、四年間編集工作に携わったみずからを、「嘘の話を捏造」したと、懺悔していたのである(本書二八八頁)。

文革期の文学について、当時は「途方もない新たな人民の文学への扉にたしかにつながっている」とも評価されていた。文革期の長編小説が大量に出版されていたころ、ちょうど大学院生だった私は、それらの作品を「面白くない」

と言ったことがあった。それに対して、恩師である故竹内實先生から「人間がわかっていない。人間のすることは、それがどんなに愚劣なことであっても、そのすべてに意味がある」というようなことを言われた記憶がある。また竹内先生は、授業中に、「中国現代史（革命）の同時代を生きているのだ」と言われたことがあったが、当時の私は、批林批孔も、水滸伝批判の論調も受け付けなかった。吉田富夫先生の授業では、中国語の「同路人」を「同伴者」と訳せず、「同じ道を歩む者」と訳して顰蹙を買ったこともあった。

ところが、新聞や雑誌には同じような文革礼賛しか掲載されていなかった当時の中国で、そうした小説の編集をしながら、それが「大変な苦痛」であり、これでも「文学」だと言えるのか？と思っていた韋君宜という作家がいて、それを回想録に記しているということに吃驚するとともに、韋君宜の視点から、中国革命を見直してみたいと強く思うにいたった。

こうして一九九九年一月、杜琇先生からお送りいただいた『思痛録』を一気に読了した時から、私の韋君宜研究は始まった。杜琇先生からはさらに韋君宜の次女の楊団氏と韋君宜研究者の宋彬玉中央民族大学中文系教授をご紹介いただき、二〇〇〇年と二〇〇七年の九月に北京へ出張した。

二〇〇〇年に北京へ行った時には、日本の図書館に韋君宜の著書は三冊しか収蔵されていなかったため、楊団氏からその他の韋君宜の全著作と関連資料をコピーさせていただいた。また協和医院に入院中の韋君宜にお会いすることもできた。宋彬玉先生には、『思痛録』を日本語に翻訳する際の疑問点などについてご教示いただくとともに、関連資料をお借りしてコピーをさせていただいた。宋彬玉先生にご案内いただき、『思痛録』北京版の出版に尽力された牧恵氏をお訪ねし、お話を伺うこともできた。牧恵氏からは、二〇〇〇年一二月に『思痛録』香港版を船便でお送りいただき、その翌年一月に受け取ることができた。この時に頂戴した手紙では、助けが必要な時には力を尽くす、遠慮は要らない、とのお言葉をいただき、たいへん心強く思ったものだった。ところが、二〇〇三年一二月にメールをいただいてから連絡がつかなくなり、後に、二〇〇四年六月心臓病のため急逝されたことを知った。二〇〇七年にも楊団氏にお会いして、九月八日にインタビューさせていただくとともに、韋君宜関係資料をお借りしてコピーさせていただいた。

『思痛録』の日本語訳は、同志社大学言語文化学会の紀要『言語文化』に「韋君宜回想録」として二〇〇〇年から二〇〇七年まで連載した。文中の古文の訓読に際し、確信のもてない箇所については、同僚の小池一郎先生に、中国革命に特有の用語については、同志社大学中国語嘱託講師の韓軍先生に、ご教示いただいた。訳稿が完成すると、韋君宜の『思痛録』が平凡社の『東洋文庫』のシリーズに、郭沫若の自伝と並んで収められることを願って同社編集部に送ったが、倉庫に放置されたままとなった。恩師の興膳宏先生にお願いして他の出版社をご紹介いただいたが、出版社からは断られてしまった。

そこで、日本語訳『思痛録』に韋君宜についての論文を加え、刊行助成を申請し、学術図書として出版しようと考えた。私が中共とその文芸政策について論文を発表することができたのは、一九九九年から今にいたるまで、京都大学人文科学研究所東方部と附属現代中国研究センターの狭間直樹・森時彦・石川禎浩・村上衛先生を班長とする共同研究班に参加させていただき、研究報告の機会を与えられ、多大のご指導とご教示をいただくことができたからである。

後編に収録した論文の初出は、以下の通りである。

「中国共産党の文芸政策に関する一考察――『思痛録』をてがかりに」森時彦編『中国近代化の動態構造』京都大学人文科学研究所、二〇〇四年。

「文革期文学における集体創作の再検証」『南腔北調論集』東方書店、二〇〇七年。

「韋君宜年譜」『吉田富夫先生退休記念中国学論集』汲古書院、二〇〇八年。

「韋君宜の著作における「歴史」の意味について」森時彦編『二〇世紀中国の社会システム』京都大学人文科学研究所、二〇〇九年。

「韋君宜と『文芸学習』について」石川禎浩編『中国社会主義文化の研究』京都大学人文科学研究所、二〇一〇年。
「武漢時期の韋君宜」森時彦編『長江流域社会の歴史景観』京都大学人文科学研究所、二〇一三年。

このうち、後の四編と『思痛録』香港版・北京版の異同の詳細な見直しは、科学研究費基盤研究（C）平成一九～二一年度「韋君宜から見た中国革命史再構築の試み――作家、編集者、革命家の視点から」、同平成二三～二五年度「当代散文の研究――記憶の中の中国革命史再構築の試み」の研究成果である。しかし本書は、すでに発表した拙論を単に収録するものではなく、一冊の著書としてまとめるにあたり、全体を見直し、その後に得た研究成果によって加筆・修正したものである。

二〇一三年夏には、ゾラの『獲物の分け前』（ちくま文庫）の訳者でもある同僚の中井敦子先生に本書全原稿を丁寧にお読みいただき、日本語として理解しづらい訳文などについて貴重なご意見を頂戴した。

二〇一三年の九月にも北京へ出張し、楊団氏にインタビューをする予定であったが、同年七月二〇日京都大学第二八回中国文学会出席時、京都大学本部構内の段差で転倒、全治三カ月の重傷（腓骨遠位端骨折）を負い、北京へ行けなくなってしまった。このため南開大学外国語学院専任講師の出和暁子先生に、二〇一四年一月二二日、私の作成した原稿にもとづき、楊団氏へのインタビューを実施していただいた。

本書の執筆にあたっては、以上のように多くの方々の、ここには書ききれないほどのご指導とご協力をいただいた。とくに韋君宜作品の著作権者である楊団氏には、本書前編に『思痛録』香港版を底本として、北京版との異同の詳細な注釈を付した日本語訳を収録することについて快くご支持いただくことができた。これらの方々の好意あふれるご指導とご協力、ご支持がなければ、本書の刊行は到底不可能であった。ここにあわせて深く感謝を申し上げる。

本書の刊行に際しては、昨年度と今年度の科学研究費（研究成果公開促進費）学術図書に応募したが、「学術研究の成果を公開するものであるか疑問がある」との審査の際の所見で、二年連続採択されなかった。しかし、勤続三七年の定年の年に、二〇一五年度同志社大学研究成果刊行助成の補助を受け、ようやく本書を出版することができたことを感謝をこめて付記する。本書を世に送ることにご理解とご協力とをいただいた中国書店の川端幸夫氏にはひとかたならぬお力添えをいただいた。心からお礼の言葉を申し述べておきたい。

二〇一五年八月一六日

楠原俊代

凡　例

一、韋君宜の長編回想録『思痛録』には、以下の五つの版がある。一九九八年五月、北京十月文芸出版社から刊行されたもの。二〇〇〇年、香港・天地出版公司から刊行されたものと、二〇〇三年一月、文化芸術出版社から最新修訂版『思痛録・露沙的路』として刊行されたもの。二〇一三年一月、人民文学出版社から増訂紀念版『思痛録』として刊行されたもの。二〇一三年四月、人民文学出版社から刊行された『韋君宜文集』第二巻（全五巻）に収録されたもの。それぞれ、北京版・香港版・最新修訂版・増訂紀念版・文集版と略称する。

二、本書前編日本語訳『思痛録』では、香港版を底本として用い、香港版にしかない部分は、ゴシック体で表記した。北京版にのみ記述されている部分は、注記で〈〉内に入れた。単語レベルの異同で、北京版に追加されているだけの場合、本文中で〈〉内に入れた。香港版・北京版の異同は、逐一明示しようとつとめたが、句読点などの記号・符号レベルの異同や、ほぼ同じ意味で、日本語訳に反映しづらい箇所の異同については、あまりに煩瑣になるため、注記しなかった。

三、本書前編日本語訳『思痛録』では、注記の際の省略記号として、北京版にはP、香港版にはHを用いた。楠原が用いた北京版は一九九八年七月の第二次印刷と一九九九年一月の第五次印刷である。第五次印刷は、北京版の出版と校正などに尽力された牧恵氏が韋君宜の記憶間違いによる修正箇所他について朱書きしたうえ、ご恵贈くださったもので、巻末には、本文中で修正できなかった韋君宜の記述の間違いについての「付言」が追加されている。第五次印刷における修正箇所を、特にP⑤と表記する。牧恵氏による、朱書きの修正のみの場合、PMと表記する。

四、本書前編日本語訳『思痛録』の各章のタイトルは、内容をわかりやすくするために、楠原が独自に付した。

五、改行は原書に従ったが、読みやすさを考慮して多めに施した箇所がある。

六、〔〕内は『思痛録』および引用文の原注、（）内は楠原の注とする。

七、注記は、以下の諸本に拠る。特に必要な場合を除いて出所は明記しない。洪子誠『当代中国文学史』修訂版（北京大学出版社、二〇〇八年）。天児慧、他編『現代中国事典』（岩波書店、一九九九年）。陸耀東、他主編『中国現代文学大辞典』（高等教育出版社、一九九八年）。劉建業主編『中国抗日戦争大辞典』（北京燕山出版社、一九九七年）。山田辰雄編『近代中国人名辞典』（霞山会、一九九五年）。吉田富夫、他編『原典中国現代史』第五巻（岩波書店、一九九四年）。竹内実編『中国近現代論争年表』（同朋舎出版、一九九二年）。陳旭麓・李華興主編『中華民国史辞典』（上海人民出版社、一九九一年）。盛平主編『中国共産党歴史大辞典』（中国国際広播出版社、一九九一年）。『中国大百科全書・新聞出版』（中国大百科全書出版社、一九九〇年）。孫維本主編『中国共産党党務工作大辞典』（中国展望出版社、一九八九年）。李盛平主編『中国近現代人名大辞典』（中国国際広播出版社、一九八九年）。丸山昇、他編『中国現代文学事典』（東京堂出版、一九八五年）、等。

八、韋君宜の次女の楊団氏へのインタビューは、北京で二度おこなっている。一度目は二〇〇七年九月八日に楠原が実施したが、二度目の一九一四年一月二二日のインタビューは、楠原の全治三カ月の重傷のため、南開大学外国語学院専任講師の出和暁子先生に、楠原の作成した原稿にもとづき、実施していただいたものである。それぞれ二〇〇七インタビュー・二〇一四インタビューと記す。

韋君宜研究——記憶のなかの中国革命◉目次

まえがき 11
凡　例 19

前編　韋君宜『思痛録』

序　文 …… 27
第一章　搶救運動——延安・辺区における粛清 …… 39
第二章　解放初期——反革命鎮圧、三反五反、粛反運動など …… 67
第三章　胡風批判運動——一九五五年前後 …… 89
第四章　反右派闘争——一九五七年 …… 103
第五章　大躍進運動——一九五八年 …… 141
第六章　反右傾運動——一九五九年から六二年の七千人大会まで …… 159
第七章　ある普通人の教え——右派分子・李興華の忠誠心 …… 171
第八章　文革前夜——一九六二年の反党小説 …… 181

第九章　文化大革命——一九六六～七六年……191
第一〇章　当代人の悲劇——夫・楊述の生涯……219
第一一章　大寨について……245
第一二章　「取経」について——一九七六年春、大連で……255
第一三章　文革の後半——一九七三年春、北京に戻って……263
第一四章　編集者の懺悔——一九七三～七六年……279
第一五章　文革の後——郭小川の死、名誉回復、「人民」と「階級」について……291
第一六章　周揚について……307
結　語……323

後編　韋君宜論考

第一章　武漢時期の韋君宜……329
第二章　延安時代の韋君宜　中国共産党の文芸政策に関する一考察——『思痛録』をてがかりに……375

第三章　一九五〇年代の韋君宜　韋君宜と『文芸学習』について……411
第四章　文革期の韋君宜　文革期文学における「集体創作」の再検証……459
第五章　韋君宜の著作における「歴史」の意味について……485

韋君宜年譜　531
人名索引　巻末 i

前編

韋君宜『思痛録』

序文

縁起[1]

四人組失脚[2]（文革終結）の後、多くの人が痛み定まりて痛みを思い[3]、耐えられずに筆を執って自分の冤罪についての歴史を書いた。痛みの歴史を書く者もいたし、荒唐無稽な歴史を書く者もいた、厳粛な態度で客観的に歴史を書く者、一九五七年の反右派闘争[4]から書き始める者もいたし、胡風批判[5]から書き始める者もいた、抑えようとしても抑えられなかったのである。

これらのことについて知ろうとするのは、この世代と次の世代の読者にとって必要なことである。これらのことについて考えてみようとするのは、この国家の主人〔人民〕が今後生存してゆく上で必要なことである[6]。私は、これは書くべきことだと思う。

こういうわけで私も書こうと思う、ただ書く時間が、原稿も含めて少し長くなるだけである。

この歴史は、誰が書いたとしても、また思っていることを率直に述べようと、婉曲に述べようと、実際にはわれわれの指導者（はっきり言えば毛沢東[7]（一八九三～一九七六、湖南湘潭人）主席）がこれらの歳月に、人に打撃を与えた歴史、人を吊るし上げた歴史について書かざるを得ない。彼が誤りを犯した歴史は、こんなにも長年にわたり、次から次へと繰り返され、人々が少し希望を抱き始めるやいなや、彼はまたやって来た。マルクス主義でしょっちゅう言われるプロレタリア階級がブルジョア階級を消滅させるようにではなく、プロレタリア階級がみずからの指導者を計画的に次々に消滅させてゆくかのように。まさに文化大革命（以下、「文革」と略す）中のスローガン「すべてを打倒せよ」を実現しているようなものだった。したがって百年近く祖国から離れていた香港が間もなく祖国に復帰するという吉報が伝わると、（中国）共産党（以下、「中共」と略す）に何の恨みもない多くの香港人が香港から逃げ出す方法を考えた。彼らは何を恐れたのか？　われわれのこの数十年間の人を打倒する政策を恐れたのである。今ではもう改められたと彼らを説得しても、彼らは信じようとはしない。

　それではわれわれはどうして全国的に勝利を収め得たのか？　一九四九年になぜわれわれが入城する[8]のを国中が歓喜して迎えたのか？　毛主席が初めて天安門に上った時[9]、どうして各階級の人々、国内外の中国人がみな喜びに涙を流したのか？　海外にいる者が何とかして帰国しようとしたのか？

　私は抗日戦争が始まったばかりの頃、八路軍[10]は三万五〇〇〇人しかいなかったことを思い出す。蒋介石[11]（一八八七〜一九七五、浙江奉化人）は数百万の精鋭を擁していたにもかかわらず、華北、華中の都市をことごとく失った。一方、毛主席は奇襲によって勝ちを制し、わずかばかりのわれわれを指導して華北の農村に深く入り込んで遊撃戦をおこない、次第に強大になった。最後には平津（北平・天津）をかたく包囲し、蒋介石軍が飛行機で来ても間に合わなくなった。また延安[12]で食べる物も着る物もなかったことを思い出す。貧しい陝北（陝西省北部）の民衆はわれわれを養うことができなかった。毛主席は大生産をおこなうという方針を定めた。みずから働き、あらゆる辛苦をなめ尽くし、誰であろうと人は皆みずから鍬をもって農作業をし、みずから糸車で糸を紡ぎ布を織るのである。一九四五年になって衣食は足り困難は過ぎ去った。局面が転換し、解放区は足場を固めたのである[13]。

　毛主席が指導してわれわれは勝利を収めた。われわれは心から彼を擁護する。彼はわれわれの真の指導者である。

　われわれが、われわれの指導者の心の中で敵に変わってしまうとは、しかも「敵」はますます多くなり、ことごとく消滅させなければ気がすまないというようなことにまでなろうとは、誰も考えもしなかった。この道理について私はいちいち論じることはできない。私はこれらの歳月の間の事実、自分の見た大小様々な事実を述べることしかできない。彼の指導下にあった多くの人々は誠心誠意、中国をよくするために最後まで仕事をしつづけ、死に至った。しかも毛主席によって吊るし上げられて死ぬ時になっても、依然として自分は毛主席の路線のために奮闘しているのだと考えていた。そのおかげで、われわれのこの国家はこの間、人民にいくらかよいことをおこなった。それゆえ私は、祖国を捨てて出て行き国を持たない放浪者になろうとする人々に同意することができない。

また私は、道を間違えた、あの時、蔣介石に付いて行くべきだった、とは考えられない。彼は児戯のように人を殺しペテンにかけた。彼のそうした行為は、事実として歴然と残っているのに、どうして彼を信じることができようか？　私はただこれらの歳月の間にわれわれがみずからの国家の中で身をもって経験した間違いと悲惨さのすべてを公表しなければならないと思うだけである。二度とこのようなことを起こさせないために、隠し立てするのは悪いだけで、よいことは何もない。

われわれのこの国家は皆のものであり、これらの悲惨で間違った歴史を起こしてしまったからといってこれを捨て去ることはできない。毛主席その人の功績をなかったことにはできない。中国の歴史についていえば、彼は功臣であり、誰も彼をただの罪人あるいは狂人として記録することはできない。しかし彼のその後の行為を覆い隠すことはできない。さらに私は、若干の同志がすべての罪悪を王・張・江・姚の「四人組」になすりつけ、あたかも毛主席本人は四人の小者に騙されたかのように言うことにも同意しない。どうしてそんなことが可能なのか？　人は、彼が故意に中国を滅ぼそうとしたはずはない、彼の行為はきっと好意から出たものであり、中国をよくしようとしたものであろう、と言う。おそらくそうなのであろう。しかし彼は確かにわれわれを滅亡の淵にまで追いやり、民族がみずからを大量虐殺し自滅するという、全世界においても未曾有の光景が出現した。最後には建国のために血と汗を流した功臣たちをほとんど一掃してしまわんばかりとなった。毛主席自身が病膏肓《こうこう》に入ってからもまだ、「党内には走資派《そうしは》(14)がいる、走資派は今なおその道を歩んでいる」と言っていた。国家はまさに滅亡に瀕していた。あのご老人（毛沢東）の逝去後、われわれはようやく四人の小者を滅ぼし、大局を改めた。今はそれからもう十年ほどが経った。今の若い人たちはこれらの一切をすべて忘れてしまった。これでは正直に書き残しておかざるを得ない。だから私は書こうと思い、最初から書くのである。

はじめに

私は自分のことを述べるために、この本を書いた。

まず説明しておかなければならない。私は古くからの忠実な（中国）共産党員である、と。

なぜ共産党員になったのか？　最初、私は何が共産主義なのかも知らなかった。家が貧しかったからでも、富豪に反対だったからでもなく、日本帝国主義に反対したかったからである。

中学校で勉強を始めて以来、学校ではわれわれに大量の日本の中国侵略史を教え、日本がどのように今にも中国に攻めてこようとしているかについて教えた。新聞紙上にも毎日掲載された。私は早くから、われわれと日本は不倶戴天の敵だということを知っていた。

中国人はみな日本に反対したかったが、日本に反対する道がなかった。一切の失地、一切の公然たる侵略はすべて蔣介石と日本人との和平交渉の結末なのであった。新聞紙上で公然と「敦睦国交」（国交を睦まじくすること）を説くことだけが許され、抗日を説くことは許されなかった。

進むべきいかなる道があったのか？　抗日の唯一の道は左傾の道、とりわけ左傾文学の道だった。魯迅（一八八一～一九三六、浙江紹興人）・茅盾《ぼうじゅん》（一八九六～一九八一、浙江桐郷人）・郭沫若《かくまつじゃく》（一八九二～一九七八、四川楽山人）・丁玲（一九〇四～八六、湖南臨澧《りんれい》人）・巴金《はきん》(15)（一九〇四～二〇〇五、四川成都人）……中国の文壇のほぼ全員である(16)。左派に属さない文人でさえも左傾しているようにしか見えず、右には向かわなかった。毛沢東は中国には文化新（紅）軍(17)があると言ったが、確かに偽りではなかった。私は中学のある先生から紹介され、これらの左翼作品を読み、真に抗日する者は左派にしかいないと知っていた(18)。

「冀察《きさつ》政務委員会」[19]が成立したといったことは、右派にさえ衝撃を与えた。それでもまだ日本と和平交渉をして譲歩するのか？　私は、ごくあたりまえのささやかな愛国心からこのように問い、国民党政府に対して反感を抱くにいたった。

引き続いて「一二・九」運動[20]が起きた。われわれは通りで日本帝国主義打倒を高らかに叫んだが、新聞紙上で、この愛国運動についてとりあげることは許されなかった。われわれは学校に戻っても胸の内は怒りでいっぱいだった。政府は愛国を支持せず、共産党だけが抗日しなければならないと主張し、左派の刊行物だけが高らかに全面的に学生の抗日運動を支持した。愚かな日本帝国主義と国民党政府は、ともにわれわれのような青年たちを共産党の旗の下に追いやった。

共産党自体の影響は、当時は本当にたいしたものではなく、われわれは紅軍が四川一帯で国民党部隊に攻撃されて駆けずり回っている[21]としか知らなかった。国民党の新聞には「朱毛（朱徳と毛沢東）の残党はもう殲滅された」と毎日掲載されていた。その後突然また、この共産党軍が陝西省にまで逃げ、陝西から山西へ行き、山西からまた陝西に戻ったというのを目にした。われわれは本当のところ彼らが抗日の実際の情勢に対していかなる転換をもたらしたかについては見たことがなかった。全国の人々の心を真に震撼させたのは北平（北京）・上海の学連活動であり七君子の逮捕[22]で、宋慶齢[23]（一八九三〜一九八一、上海生れ）でさえ公然と支持しみずから牢に入ることを願い出た。最後に「西安事件[24]」が起き、初めて共産党の影響が真に全国にまでおよんだ[25]。

私は理解した。愛国のためには、これより全身全霊をもって共産党に付き従わなければならない、と。私はこう思ったのである。共産党は何ものをもものともせずに、こんなにも頑張っている、見たところ本当に人民のため、祖国のためにすべてを犠牲にできそうだ、これは私の生涯をかけて付き従うに値する、と。こうすることこそ人にとって真の光栄であり、人としての価値を実現することなのである。

（中共への）入党後、私はこれまで党の光輝偉大[26]に疑念を抱いたことはない。この一点のためにすべてを犠牲にすることができた。どんなに多くの同学が機会を求めてアメリカに留学したことか。私の父母は私費で私をアメリカに留学させようと願ったが、私は一切の[27]機会を投げ捨てた。私は学校ではもともと優秀な学生で、中学では何度も賞を獲得した。大学では哲学を学んだが、金岳霖《きんがくりん》[28]（一八九五～一九八四、長沙生れ）のロジックや馮友蘭《ふうゆうらん》[29]（一八九五～一九九〇、河南唐河人）の哲学史などには味わいがあるとも思った。実際ヒュームの人間性論によって深く考え、一種の思弁の快楽を得た。私は『反杜林《デューリング》論』『唯物論与《と》経験批判論』が好きではなかった。しかし私は入党を決意した後、これまでに学んで得たすべてを放棄した。私は学識の浅い戦闘者になることを心から願い、何も考えずにレーニン・スターリン・毛沢東の述べるすべてを〈かたく〉信じた。それは私が崇拝すると宣言した主義だったからである。私はこれまで信仰してきた民主思想を放棄しなかったし、自由な道を歩みたいと願ってもいた。しかし、共産主義信仰は私に何の理由もなしに世界のあらゆる素晴らしいものは、自由と民主も含めて、すべて共産主義の中に含まれると考えさせた。私はこうして共産主義真理の信徒となった。

　私は党に付き従っていかなる苦難も貧窮も忍び、糠や雑草も食べたが、まったく何でもなかった[30]。これらの苦難の生涯については記憶する価値すらなく、失ってしまっても何の苦痛もない。私が真に苦痛を感じたのは[31]、以下のことだった。

　私が一歩一歩党内に入って行き、多くの私の思いもしなかったこの世の出来事に一歩一歩深くかかわってゆくにつれて疑いを持ちはじめた。この素晴らしい地上の天国にどうしてこれらのまったく醜くて耐えられないようなことがあり得るのか？　その後私は人間にはどうしても欠点があるものだと考え、自分を慰めた。私はなにがしかの欠点のために私の素晴らしい理想と信仰を放棄することができなかった。しかし多くの不公平、自分の体験やこの目で見た不合理については、平然としていることは全く不可能だった。ここには自由と民主がないばかりでなく、われわれに自由と民主を排斥することさえ要求した。この時、私はキリスト教徒のように、もう自分の一生を捧げてしまったのだから取り返すことはできない、と考えるしかなかった。私は耐えて、耐えて、涙を流して耐えなければならなかった。そうして私は自分を慰めた。

対外的には、私はさらに一人の党員として言うべきこと、われわれの党があらゆる困難をどのように嘗め尽くして祖国のために戦ったかについて言わなければならなかった。党の規律は鉄であり、戦闘のために全党は（党）中央に服従しなければならず、党の栄光しか語れず、党の欠点さえ多くは述べることができなかった。

しかし、私は本当に耐えられなくなってしまった。かつて党のために自分を犠牲にした私心のない人が、どれほど無実の罪を着せられて亡くなったことか、右派に認定されたことか。最後の悼辞で彼らの党に対する若干の貢献が語られるだけで、間違って殺されたり、間違った判決を下されたりしたことについては、ただ「かつて誤って処分された」の一言で片付けられてしまう。なかったことにされてしまうことすらあり、一言も語られず、ただこの人が生前いかに党に忠実であったかしか語られない。その意味は、正しいのはやはり党だということなのである。人の苦痛は足下の小さなゴミのようなものなのだ。

私は若干の苦痛について記した。しかしそれでも私はまだ、一部については（書かずに）我慢している。だが、やはりこう言おう、過去のことはあまりよくはなかったけれども、よくなるであろう、と。これまでの指導者はそんなによくなかったが、後の指導者はやはりよい、彼らは結局のところ祖国と人民のために力を尽くしている。少しぐらい間違えても、われわれは耐えて許そう。しかも許さなければならないのであろう。私はすでにみずから思弁する能力を失ってしまい、ただ党を信頼することしかできない。私はすべてがよくなるだろうと考えざるを得ない。今ではもうだんだんよくなってきている。もっとも顕著な例は一〇年間の文化大革命である。それは確かによくはなく、毛沢東主席は指導を誤ったが、しかしすでに是正された。すべてはよくなったではないか？　今後については素晴らしい希望を抱きさえすれば、それで十分なのである。

私はこの一〇年来の苦痛についてこのように一歩一歩思索しつづけてきた。そして苦痛の根源――私の信仰について思索するまでにいたった。われわれの世代が成したことのすべて、犠牲にしたもの、得たもの、失ったもののすべてについて思索をしつづけてきた。思索そのものは一歩一歩進めてきたものであり、一日で書き上げたものではない。内容の深さが異なっていることについては自分でもわかっているが、今は元のままに従った。この根源について思索するのは[32]後世の人に任せたい。彼らはわれわれのようであるべきか否か？　私自身にいたっては、今でもまだ完全にすっかり話してしまう見識と勇気を持っていない[33]。私の思惟方法もこれらの問題について討論する理論的根拠と条理性に欠けている。私はやはりただ事実を述べ、雄弁にではなく事柄を以下のように一つ一つ並べるだけにする[34]。

注

（1）『思痛録』の序文に相当するのが、H「縁起」「開頭」（原文は七頁）とP「縁起」（原文は四頁）である。H「縁起」「開頭」が韋君宜の書いた原作で、北京十月文芸出版社から『思痛録』を出版する際に、この部分があまりにも「尖鋭」なため、H「縁起」「開頭」を一つにまとめてP「縁起」ができたという（二〇〇七インタビューによる）。

（2）「四人組」とは、毛沢東の文化大革命推進に協力、政治局入りしたが、毛の死後の権力闘争に敗れて失脚した、江青、張春橋、姚文元、王洪文の文革派四首脳に対する蔑称。
　江青（一九一五～九一、山東諸城生れ）、三三年中共入党、毛沢東の妻。初め上海新劇界で活躍、三七年延安入りし、三八年毛沢東と結婚。七六年毛沢東の死後、文革の首謀者として逮捕され、八一年に死刑判決を受けたが、八三年無期懲役に減刑、九一年自殺。張春橋（一九一七～二〇〇五、山東巨野人）、三八年中共入党。姚文元（一九三一～二〇〇五、浙江諸曁人）、四八年中共入党。王洪文（一九三五～九二、吉林長春生れ）、五一年中共入党。

（3）「文革」とは「文化大革命」の略称、正式には「プロレタリア文化大革命」、毛沢東が発動し、一九六六年から七六年まで中国を激動させた大政治運動。

（3）「痛み定まりて痛みを思い」、原文は「痛定思痛」、苦しみが過ぎた後に、その苦しみを思い出して教訓をくみとること。

（4）「反右派闘争」とは、中共が毛沢東主導下に一九五七年から五八年前半に展開した「ブルジョア右派」に対する闘争。ソ連のスターリン批判と毛沢東の「百花斉放・百家争鳴」政策に影響されて、五六年後半に民主諸党派の指導者および知識人・学生らが、中共の急激な農業集団化政策と中共の独裁化に反対する意見を表明した。それに対し、五七年後半から、毛沢東はブルジョア右派分子が共産党の指導権を奪おうとするものだとして、彼らに対する徹底的な弾圧を展開、五五万人が右派と認定された。これらの人々はその半数以上が公職を失い、農村で強制労働を強いられた。

(5)「胡風批判」とは、一九五五年におこなわれた胡風文芸思想批判および胡風反革命集団に対する弾劾キャンペーンの総称。詳細については、本書前編第二章注30参照。

(6)この文章の後に、Pでは、以下の部分が加えられている――〈われわれの党は成立以来、半世紀余の歴史をもつが、経験をよりよく総括するためには、歩んできた道を振り返ってみる必要がある。われわれは成功と失敗の比較の中からしか正しい思考と認識をおこなうことができない。われわれの現在の認識水準は、明らかにすでに建国以来のいかなる時期よりも優れている。長い目で見れば誤りと挫折は一時の現象であり、われわれの事業はそうすることによってさらに前途が開け、われわれの党はさらに成熟するのである。

したがって〉

(7)毛沢東(一八九三~一九七六、湖南湘潭人)、二〇世紀中葉動乱期中国の革命指導者。四〇年代より死去するまで中国共産党の主席。

(8)一九四九年一月三一日、中国人民解放軍が北平(北京)に無血入城した。

(9)一九四九年一〇月一日、毛沢東は北京の天安門で中華人民共和国の建国を宣言した。

(10)八路軍は「国民革命軍第八路軍」の略称。日中戦争期、実質的には中共の軍隊として主に華北で活動。抗日民族統一戦線の成立により中国工農紅軍の主力部隊を改編したもので、一九三七年九月、さらに国民革命軍第十八集団軍と改称されたが、その後も八路軍と称された。

(11)蔣介石(一八八七~一九七五、浙江奉化人)、中華民国の政治家、軍人。孫文死後の中国国民党(右派)の最高指導者。

(12)延安は陝西省北部の都市、陝北高原、延河中流の右岸に位置する。中国革命の聖地として知られ、一九三七~四七年の間中共中央の所在地として、中共の各種機関が置かれ、抗日戦争、解放戦争指導の中心地となる。

(13)この段落と次の段落、すなわち「私は抗日戦争が始まったばかりの頃、……真の指導者である。」は、Pでは、一段落となり、本書三二頁の「私はこうして共産主義真理の信徒となった。」に続く段落として書き改められている。

(14)「走資派」とは、「党内の資本主義の道を歩む実権派」、文革期に毛沢東ら文革派によって打倒の対象とされた劉少奇をはじめとする人々のこと。文革末期の一九七六年一月、毛沢東はまた「走資派はいまなおその道を歩んでいる」との指示を出し、同年四月の第一次天安門事件直後、鄧小平を処分した。

(15) 魯迅（一八八一～一九三六、浙江紹興人）は民国時代の作家、評論家、文学史研究者、翻訳家。毛沢東は「新民主主義論」（一九四〇年一月）の中で、魯迅を「中国文化革命の主将であり、彼は偉大な文学者であったばかりでなく、偉大な思想家であり偉大な革命家であった」と賞賛、建国後もこのような評価が定着し、文革期に魯迅は神格化されたが、八〇年代に入ると、そのような枠組みにとらわれない研究や評価が現われるようになった。

　茅盾（一八九六～一九八一、浙江桐郷人）は現代中国を代表するリアリズム作家、二一年中共入党。建国後は、文化部部長、全国文連副主席、中国作家協会主席、『人民文学』主編などを歴任。郭沫若（一八九二～一九七八、四川楽山人）は詩人、作家、歴史学者、二七年中共入党。丁玲（一九〇四～八六、湖南臨澧人）は中国現代文学の代表的な女性作家、三二年中共入党。巴金（一九〇四～二〇〇五、四川成都人）は現代中国を代表する小説家の一人。

(16)「中国の文壇のほぼ全員である」、Pでは〈これらの名前が、中国の文壇をほぼ率いていた〉。

(17)「文化新〔紅〕軍」、Pでは〈文化新軍〉で、毛沢東の「新民主主義論」第一二章「中国文化革命の歴史的特徴」中の言葉。毛沢東は、「二〇年来（「五・四」以後）、この文化新軍の矛先の向かうところ、思想から形式〔文字など〕にいたるまで、巨大な革命を起こさないものは一つとしてなかった」と述べている。

(18)「知っていた」、Pでは〈知ったばかりだった〉。

(19)「冀察政務委員会」とは、一九三五年一二月、日本軍の華北分離工作の圧力のもとで、国民政府によってつくられた親日的地方政権。委員長は宋哲元。冀は河北省、察はチャハル省の別称。

(20)「一二・九」運動とは、一九三五年一二月九日に起きた北京の学生を中心とする抗日救国運動。抗日ナショナリズムを高揚させ、抗日民族統一戦線への動きを加速した。

(21) Pでは〈国民党部隊と戦っている〉。

(22)「七君子の逮捕」とは、一九三六年一一月二三日、共産党よりも日本と戦うべきという主張をしたことにより、国民政府が沈鈞儒、章乃器、鄒韜奮、史良、李公樸、王造時、沙千里の七人を逮捕した「抗日七君子事件」のこと。この七人は、一九三六年五月、上海で発足した「全国各界救国連合会」の幹部で、いずれも社会的な知名度も高かったことから「抗日七君子」と呼ばれ、国民政府への非難と七人の釈放を求める声が高まった。蒋介石夫人の宋美齢の姉である宋慶齢らは抗議のため、みずから蘇州監獄に入る「救国入獄運動」を展開。世論の高まりを受け、国民政府は日中戦争開戦後の三七年七月三一日に七人を釈放した。

(23) 宋慶齢（一八九三～一九八一、上海生れ）は国家副主席・名誉主席、孫文夫人。

(24)「西安事件」とは、一九三六年一二月張学良らが西安で蔣介石を監禁し、内戦停止を要求した事件。
(25)「およんだ」、Pでは〈拡大した〉。
(26)「光輝偉大」、Pでは〈光栄偉大〉。
(27)「一切の」、Pでは〈この〉。
(28) 金岳霖(一八九五~一九八四、長沙生れ、浙江諸曁人)、哲学者、論理学者。
(29) 馮友蘭(一八九五~一九九〇、河南唐河人)、現代中国を代表する哲学者、哲学史家。
(30)「まったく何でもなかった」、Pでは〈望むところであった〉。
(31)「私が真に苦痛を感じたのは」の後、Pでは以下のように記されている――〈生涯においてこれまで経てきた幾多の運動が、われわれの党と国家に挽回困難な災難をもたらしたことである。また同時に左の思想的影響下において、私が被害者であるばかりでなく、加害者にもなったことである。このことはとりわけ悔やんでも悔やみきれないことである。

歴史は忘却されてはならないものである。この十年余り、私はずっと苦しみながら回想し、反思し、〉われわれの世代が成したことのすべて、犠牲にしたもの、得たもの、失ったもののすべてについて思索をしつづけてきた。
(32)「この根源について思索するのは」、Pでは〈より多くの理性的な分析は〉。
(33)「まだ完全にすっかり話してしまう見識と勇気を持っていない。」、Pでは〈まだ完全には言い尽くせないし、〉となっており、次の文章に続く。
(34) Pでは、この後以下の文章が加えられている――〈目的もただ一つ、すなわちわれわれの党が歴史的教訓を永遠にしっかりと記憶し、かつての回り道を二度と再び歩まないようにするためである。われわれの国家を永遠に正しい軌道の上で繁栄発展させよう。〉

第一章　搶救《そうきゅう》運動(1)——延安・辺区における粛清

私は幸せに胸をふくらませ、遊子《たびびと》が家に帰るかのような思いをいだいて、延安を目指したのであった。延安に行く前、私には個人的な不幸があった。私の恋人、孫世実(2)（一九一八～三八、江蘇呉江人）同志が党の事業のために若き命を捧げたのである。しかし私は延安に行けばすべてはよくなるはず、党は私を慰め、私の傷を癒やしてくれるだろう、私に安らぎをあたえ暖かくつつみ、武器をとって戦いつづけられるよう鼓舞してくれるだろう、と考えた。

延安に着いてみれば、たしかにその通りであった。当時、中央青年委員会では、指導幹部の馮文彬《ふうぶんひん》（一九一一～九七、浙江諸暨《しょき》人）、胡喬木《こきょうぼく》(3)（一九一二～九二、江蘇塩城人）同志はみずからが当然うけるべき特別食の待遇を放棄し、大きな竈の食事を皆といっしょにとっていた。毎日、緊張のうちに熱意をもって工作にあたった。私は『中国青年(4)』の編集者となったが、原稿ができあがると、編集長とかヒラの編集者といった区別もなく、皆で互いに読んでは手直しした。その後、私は命を捧げる覚悟をもって前線に行き、また戻ってきた……。

当時、われわれはソ連のこんな歌をうたっていた——人々が誇りをもって呼ぶ名は同志、／それはあらゆる尊称よりもなお栄えあるもの。／この呼び名があれば何処もみな家となり、／人種肌の色の 区別もない(5)。

これが私たちの心の歌であった。

今、そうした感情はある個人の若い時の幼稚で単純な感情だという人もいる。だが、それは実際には個人的なものではなく、何もかもが透明で透けて見えるほど単純であった時代におけるわれらが民族の精鋭たちの感情であった。われわれ青年だけでなく、ゆうに父の世代といえるほどの人々も、みなわれわれと同様だった！〔当時、私は謝覚哉《しゃかくさい》（一八八四〜一九七一、湖南寧郷人）・李六如（一八八七〜一九七三、湖南平江人）・魯仏如《ろふつじょ》・銭来蘇（一八八四〜一九六八、浙江省杭州人）・董必武《とうひつぶ》(6)（一八八六〜一九七五、湖北紅安人）……といった方々を見て知っていた。〕

一九八二年には、米国に留学していたある中年の人物が私に次のように語ったことがある。

彼は米国で世界的に著名な米国籍中国人科学者の何人かに会った。彼らの米国における地位は極めて高かったのであるが、そのうちの一人が彼に次のように語ったという——私は「一二・九」運動の時の学生である。本当のところ、私は当時、学校では中レベルの学生にすぎず、少しも抜きん出てはいなかった。真に抜きん出た者、聡明で有能かつ頭角を現わしていた者は、運動に参加し革命に身を投じた同学たちであった。もしも彼らが革命をやらずに当地に来て勉強をしていたなら、私のような者よりもどれほどすばらしい成果を収めたかしれない。

私はこのはるか海のかなたの老先輩の本音を間接的に聞いたのである。彼の言葉はすべて事実である。われわれの革命隊列のなかには、当時、奨学金を得た者や、大学の校長賞、首席をとった者が多く、科学の方面で功績をたてるのも困難なことではなかったであろう。しかしわれわれはこれらのすべてを投げ捨て、義として後へは引けなかったのである。われわれの聡明才知のすべてを中国共産党の事業に捧げたのであった(7)。

私が辺区(8)において想像もつかなかった打撃を初めて受けたのは「幹部審査」であった。「幹部審査」は後に「搶救運動」と改称された。

私が初めてこの「幹部審査」という言葉を聞いたのは綏《すい》徳(9)地区委員会の中庭であった。組織部長の白治民(10)（一九一八〜二〇〇七、陝西清澗人）が、中央の指示にしたがってわれわれに報告をおこなった。それは風の穏やかなうららかな日のことで、われわれは自分で腰掛けを運んできて、すがすがしい空気のもとで陽光を浴びながら大きな中庭に座っていたことを憶えている。それは全く機関内の普通の会議であった。白治民はわれわれの目の前に立っていた。そして彼はこう言ったのだった。

「今、幹部審査をやらねばならないことになった。われわれは党員幹部であり、当然自分の経歴を明らかにして、党の審査をうけなければならない」

私はそれを聞くやいなや、この時、次のように思ったのだった。これは当然のことであるが、他にどんな問題があるというのだろう。私のすべての経歴、一人の革命を希望する学生が延安に身を寄せたというきわめて簡単な経歴は、とっくに明らかになっている。もっと詳細にしなければならないのなら、私はいくらでも詳細に補足するが、それで他に何を言うことがあるというのだろう。

だがしかし、つづけて白治民は、

「もしも党がわれわれを特務だと疑っており、そして特務であるのなら、ありのままに述べなければならない、いかなる嘘偽りも許されない……」

と言ったのである。

天よ！　幹部審査とは幹部のことをいっているのに、どうして特務がでてくるのか。その時、私はまだ白治民がうっかり言い間違えたのだ、さもなければ彼は中央の文書をきちんと読んでいないのだ、これは明らかに何の関係もない異なった概念であり、別の事柄であるのに、どうして一緒くたにされるのだろうと考えていた。

しかし、瞬く間に運動は巻き起こったのである。

当時、私と私の夫の楊述[11]（一九一三〜八〇、江蘇淮安人）は地区委員会で『抗戦報』の編集をしていた。指導幹部はわれわれに、綏徳師範学校で特務の巣窟が発見された、ただちに出向いて報道するように、と言った。数日内に綏徳師範は封鎖され、入り口には歩哨が立ち、われわれが入ることは二度と許されなかった。夫と私は前にどちらも綏徳師範で教えていたことがあり、ここに何とそんなにも多くの特務がいたのだとは、まったく驚いてしまった。この時はただ自分の政治的嗅覚があまりに鈍感で、敵味方の区別もつかなかったことを恨み、急いで階級教育をうけながら、報道に力を入れ、連日連夜、資料を読むばかりであった。
始まった時、それらの資料の概要はおおよそ次の通りであった。
すなわち、綏徳分区を共産党が接収した時、国民党の省立綏徳師範にもとから勤めていた教師のかなりがそのまま残った。これらの教師のなかにひそかな特務系統があり、彼らはそれを学生のなかにまで発展させ、特務の範囲は綏徳の教師学生の間に及んだ。

それからたちまち当地の者はすべて疑惑の対象となった。われわれは綏徳師範へ特務の「自白」会に行った。大講堂では、背丈が机よりもやや高いかというくらいの学生が自白をするために壇上にのぼり、みずから「特務」だと名乗るのを見ただけであった。それから白国璽《はくこくじ》という少年が壇上で、特務組織が彼に命じて、淫らな画をトイレの壁にデタラメに書かせたと言ったのも憶えている。またある学生は、自分がやった「特務破壊」工作とは足を洗う盥でみなの食事を作った、と言った……。

その後「運動」はますます深められ、綏徳師範の「整風指導小組」[12]は、彼らが「深いところから掘り出して」きた特務の資料をわれわれに渡して掲載させた。綏徳師範には、なんとその上まだ美人局《つつもたせ》特務まで存在していたのである。ボスは楊述の熟知している国語教師で、隊員は多くの少女たちであった。聞くところによれば、これらの女子学生たちはこともあろうに特務のスローガン「われらの持ち場は敵のベッドにあり」を受け入れ、しかも学年別に組に分かれ、一年生は「美人隊」と称し、二年生は「美人計」、三年生は「春色隊」云々ということであった。

当時はどうしてこのようなことがあり得るものなのかと、私は本当に跳び上がるほど驚いた。私はその「美人隊」と称されるものの隊長とは面識がなかったので、熟知している別の教師に問い合わせたところ、彼は「よく喋り、よく笑う、二〇歳の娘で、川島芳子[13]（一九〇七～四八）だったとは思いもよらなかった」と言った。ところがあの「特務のボス」といわれた国語教師、欒丁生《らんていせい》は大会で「劉瑛〔「美人隊」隊長の名前〕が去ってからは、彼女のような女性特務を見つけるのはそんなに容易なことではなくなった……」と言った。

本当に女性特務だったのである。そこでわれわれは女子学生劉国秀の書いた文章を「私の堕落史」という見出しで『抗戦報』に掲載した。私は深く信じて疑わなかった。そしてこのような文章がいったん掲載されてしまえば、その後は我先にとばかりに投稿が寄せられ、それはますます途轍《とてつ》もないものとなっていった。特務は中学生から小学生にまで「発展」し、一二歳の特務、一一歳、一〇歳から六歳の小特務まで発見された。これはもはや常軌を逸するところにまで至っていたが、私はそれでもやはり疑わなかった。

ある時われわれの新聞社に新しく若い文書係が二人入ってきたことがあった。そのうちの一人の末の弟が、最近名指しで新聞に掲載された小特務だった。私は彼女に「弟さんはいったいどうして特務組織に参加したのかしら」とたずねた。すると彼女はこのような驚くべき問題に対して、冷ややかにちょっと笑ってかえしただけなのだった。彼女は「弟のこと？　何か少し食べ物を買ってやりさえすれば、言わせたいことなど何でも言うわ」と言った。

そうだったのか。この私よりも若い当地の青年の話で、ようやく私はほんの少しだけ得心がいった。それでは、これらの子供たちのことはいくらか捏造された可能性があるということなのか？　しかし私はやはりそれ以上考えはしなかった。

その後、楡林《ゆりん》(14)〔国民党統治区〕からもどってきた一人の女子学生が、われわれの文書係に引っ張られて新聞社まで遊びに来たことがあった。彼女は「私の堕落史」に出てくる人物の一人であったので、私はちょっと「インタビュー」してみて新しい手がかりを得ようと考えた。私が、あの劉国秀の文章を読んだかどうかたずねると、彼女もまた冷ややかにちょっと笑ってから言った。

「読みました。……私たちはすぐに読んで、本当に不思議に思いました。彼女が何と言おうと、私たちのまったく知らないことです」

彼女はこう言っただけで、その表情は狼狽《うろた》えてもいなかったし、苛立ってもいなかった。彼女はこの文章を単なるデマカセとして気にもしていないのだった。彼女よりも数歳年長であるこの私は、そこでまた考え込んでしまわざるを得ないのだった。これは……、これは真実なのか？「美人隊」、「春色隊」といった、あのような奇怪な名称、半ば公然の巨大組織、わずか一五歳から一七歳の、県城の野暮ったい女子中学生が……、これが真実なのであろうか？

けれども私にはまだこれらの実際には恥知らずなでっちあげを否定してしまう勇気はなく、やっぱり毎日これらの「資料」を収集するために奔走していた。

引きつづき〈運動は〉学校から社会にまで拡大し、闘争大会が開かれ、国民党の統治下にあった時からそのまま綏徳に残って共産党のために働いてきたあらゆる幹部が吊るし上げられた。彼らの大部分が特務にされてしまった。これだけで、もはや人を驚嘆させるには十分であるにもかかわらず、その後さらに夢想だにしなかったことが起こった。運動が外来の幹部、万里をものともせずに革命に身を投じたわれわれ知識青年にまで及んできたのである。

最初の会議はやはり綏徳師範で開催された。席について座っていると、「自白」する人が壇上にのぼった。それが綏徳師範の教師、四川からやってきた大学生の郭奇[15]（一九一三～七二、河南濮陽人）だとは思いもよらないことであった。彼は自分が特務であり、ひそかに拳銃を所持していると自白した。彼の上級[16]は韓某、さらに胡某とも言う。それを聞いて、私はほとんど椅子から転がり落ちんばかりに驚いた。これらの人はみな私の熟知する人だったのである。彼らはすべてかつては成都地下党の責任者で、国民党に逮捕されたことがあった。彼らの手でどれだけの人が解放区に送られてきたことか。それがどうしてみずからは国民党の特務となってしまうものか。なにが拳銃の不法所持だ。郭奇本人も彼らによって解放区へ送りこまれてきた者で、彼らが破壊をもくろみ故意に特務を送りこむことなどどうしてあり得よう。これはまったく思いもかけないことであった。

しかし郭奇は壇上に立って、確かにこう言ったのである。郭奇はさらにあの韓某が「閻魔大王」だとも言った。だが、私の知っているこの人は「一二・九」の時の北京大学学生指導者で、素朴で落ち着いた人物なのであった。

このことに私はもうきわめて大きな衝撃を受けてしまった。私にはまるで信じられず、そうかといってまた信じないわけにもゆかず――証人はそこに立っているのである。つづいて会議の主催者、宣伝部長の李華生[17]（一九一二～二〇

○○、四川重慶人）がまた壇上にのぼって、特務たちに速やかに自白するよう呼びかけた。彼は台上からすべての大衆を、当地の幹部も外来の幹部も含めて見渡したうえで、ほとんどわれわれ全員を特務だと見なしているかのように自白を求め、それから「四川偽党の問題については中央がすでに気づいている。徹底的に追及しなければならない」と、恐るべき話をしたのである。

「四川偽党」だとは。それでは四川省の共産党はすべて偽物だったということなのか。当時、私の頭はそれほど単純で、こうした判断がいかにデタラメなものであるか考えてみることすらしなかった。四川は南京撤退後の国民党の主要な根拠地で、四川の共産党の地下党組織[18]は日々殺害逮捕の危険にさらされていた。その彼らがすべて特務だというのは、共産党の堅持する革命原則とマルクス・レーニン主義にいささかの魅力もなく、すべての愛国青年を引きつけられず、あらゆる愛国青年がすべて国民党に引きつけられてしまったというに等しい。しかもすべてが特務だったとは！　これはなんという論理か。反共論理だ。けれども当時の私にはこのように考えてみるだけの勇気はなかった。私はそれを聞いて、ただ恐怖を感じただけであった。非常に怖かったのである。

われわれの工作する綏徳地区委員会でも運動が巻き起こった。始まると、どの幹部もみなの前でみずからの経歴を暗誦し、人々はそれを聞く。ひとくさり話すと他の人が「問題」を指摘する。彼がどのような状況下において特務になったに相違ないのか、判断するのである。

私はそのなかに一人の記者がいたのを憶えている。

彼は上海のある絹織物問屋の店員であったが、補習学校に参加して革命に身を投じたのであった。抗日戦争が始まると、彼は「戦時青年別動隊」という名の戦地服務隊に加入した。すると会議を主催した李部長は「別動隊」とはすなわち国民党特務組織なのだ、と言った。李部長は臆面もなくいかにももっともらしい多くの根拠を並べたてたが、それらはすべてわれわれ青年のまったく知らないことだった。このように昼間は批判闘争で吊るし上げ、夜間は記録を書かせて、無理やり特務にしてしまったのである。

その他に上海から来たある若者は、家族の経歴ばかりを暗誦させられ特務にされてしまった。後から彼は母親は妓女で、父親は妓楼の用心棒、と言った……。

私にとって最も困ったのは、夫の楊述が四川地下党だったということであった。最初は夫もまだ幸運だったと思っていた。かつて四川は川東と川西、すなわち東部と西部に分かれていて、韓天石[19]（一九一四～二〇一〇、遼寧瀋陽人）らは川西で自分は川東でよかった、巻き添えをくわないように、と夫は願っていた。後で「偽党」の範囲がますます拡大されることになろうとは、どうして予想できたであろう。

これもまたやはり地区委員会のある全体幹部会でのこと、李部長が地区委員会を代表して報告をおこない、「当面の反特務闘争の情勢」について述べたことがあった。李部長は、現在、延安の党中央は、国民党には一種の「紅旗政策」があることを調べてすでに明らかにした、この政策とはできる限り共産党員を国民党員に転向させ、それから彼らを共産党内にもどして「紅旗を掲げて紅旗に反対」させるものだ、と言ったのである（ああ、何ということだ！　この言葉は一九六六年（文革開始）以後、毛沢東主席が話した言葉とまったく何も違っていないではないか）。とくに逮捕された共産党員はすべて一札入れて（国民党の）特務になることを承知しなければ、決して釈放はされない。したがって、釈放された者は例外なくすべて特務なのだと言う。監獄内における国民党の「短時間突撃」は、二時間で党員を特務に変えたのである。

この一撃が共産主義のために監獄に入れられたことのある者をどれほど叩きのめしたことか！　その数は計り知れない。いずれにしてもこの時、楊述も巻き込まれることになった。

楊述は一九三九年に重慶で逮捕された。文書を持って大衆大会会場に入ろうとしたところ、入口で身体検査をされそうになって、その場で秘密文書を飲み込み、逃げられないと悟ると、「中国共産党万歳」と高らかに叫んで逮捕されたのであった。これは当時、多くの大衆がその目で見ており、誰もが認めるところである。その後、周恩来[20]（一八九八～一九七六、江蘇淮安生れ）同志の名前で、夫は八路軍駐重慶弁事処の工作人員として保釈された。だがしかし、それでもやはり李華生[21]が発表した「紅旗政策」の法則[22]に基づき、国民党特務にされてしまった。それから夫は「整風班」に入れられ、拘禁された。整風[23]、整風、整風！ 毛主席の整風報告がどれほど道理にかなっていようとも、何とこれが整風というものなのであった！[24]

当時、地区委員会書記は連日机を叩いて激怒し、李華生[25]は毎日私をたずねて来ては、楊述が「早く自白する」よう説得せよと迫った。私はひとりで一歳を過ぎたばかりの子供と空っぽの窰洞《ヤオトン》[26]に住んでいたが、もう私を相手にしてくれる者は誰もいなかった。逮捕されたことのある者も、ない者も含めて、多くの知識分子幹部が続々と「自白」をした。

画家の李又罘《りゆうふ》[27]の場合はこうだった。陝甘寧《せんかんねい》辺区[28]に入って後、たまたま彼の兄が辺区の周辺地帯に出張したことがあり、科学調査隊のようなものであったが、そこで彼は数日の休暇を取って会いに行ったところ、それが特務の証拠となった。

陳伯林の場合は、何の証拠も探し出せなかったのに、彼が四川の党員だというだけで、他県から綏徳に呼びもどされた。最初の話し合いですぐに彼は特務であると「指摘」され、そこで彼は「綏徳にもどるなり自白し、馬からおりるなり投降」した。するとそれがまた「表彰」された。

それればかりか、綏徳師範講堂の闘争大会では、ある被疑者に対して「特務と無関係なら、どうして上海から北京まで汽車に乗れたのか」という者までいた。経歴上いかなる疑問点も見出せない私に対しても「父親が今でもまだ北京にいて、しかも金持ちだというのでは、漢奸（売国奴）でなければそれこそおかしい。父親とはどういう関係なのか」という者がいた。

なんというデタラメ！ なんて恐ろしいことなのか！ この時にはもう完全にこの運動[29]がデタラメであり、常識のかけらもない、共産主義に対する信念のかけらもない、奇怪なでっち上げであることが私にはわかっていた。これは明らかに、国民党でさえ思いつかなかった多くの政策を国民党になりかわって新たに創り出したものである。不思議なことに、後に捕虜となった国民党の大物特務、康沢（一九〇六～六七、四川安岳人）や沈酔[30]（一九一四～九六、湖南湘潭人）らでさえこのような「紅旗政策」や「短時間突撃」があったとは、これまで回想していないにもかかわらず、当時の共産党[31]はこれを確かなことだと言った。

しかもそれは一九四二年のことだけでなく、そのまま「文化大革命」に至るまで引き続きこのようなやり方が用いられた。そして今でも多くの人がまだ、小規模ではあるがこのようにやっている。劉少奇[32]（一八九八～一九六九、湖南寧郷人）主席の罪も、このようにして決められたのではなかったか。

共産主義を何十年にもわたって信奉し、共産主義のために命をかけて闘ってきたにもかかわらず、共産党に忠誠を尽くすことなく、国民党のわずか二時間の「短時間突撃」でたちまち特務となって、命がけで国民党に忠誠を尽くすのだとは。もしもそうなら、共産主義にいったいどんな力があるというのか？　また国民党が全国を制圧していた時に、あんなにも多くの青年が延安に駆けつけることなど、どうしてあり得ただろう？

デタラメで理屈も何もないこのような論法が中央文書に記され、しかも共産党内でかくも長年にわたって統治してきた。[33]みずから（中共）に忠実な人を一貫して疑い、虐待し続けるということが、もはや党の伝統となってしまったのである。八〇年代になって、党に忠実な人がますます少なくなったのも理由のないことではない。しかし、一九四二年に、私はまだこのように徹底した認識を持ってはいなかった。[34]

私はただこんなふうに疑われるのでは、あまりにも無念だと思っただけであった。

私は空っぽの窰洞でひとり子供を抱きながら涙を流していた。楊述は整風班に監禁されたが、毎日夜が明ける頃には整列して無定河の辺まで行き、寒風吹きすさぶなかで仕事をさせられた〔時あたかも北国の一二月のことである〕。ある日のこと、まだ夜の明ける前に私はオンドルの上でどうしても眠れずに横になっていると、とつぜん窰洞の入口がそっと開けられ、夫が入ってきた。私は驚喜するとともに恐ろしくなって、夫に取り縋りながら何事かとたずねた。すると夫は小さな声で「こっそりと脱け出して、君に会いに戻ってきた。絶対に信じては駄目だ、自分には決してそのようなことはないのだから」と言った。私が「もちろん信じないわ。早く行って、大事にならないうちに」と言うと、夫は急いでまた出ていった。それから私は長いあいだ泣いていた。

しばらくは持ちこたえたが(35)、ほとんどすべての外来幹部が特務と関係していることになってしまった。李華生(36)はさらに私に延安の情況や、柳湜《りゅうしょく》（一九〇三～六八、湖南長沙人）と柯慶施《かけいし》(37)（一九〇二～六五、安徽歙県人）がいずれも特務であったことを話して聞かせた。組織においてもすでに楊述は特務であることが決定された。

この時、**私はとつぜん信念が崩壊してしまった**(38)。私の信じる共産党がみずからの党員をこのように扱うのに、私があくまでも持ちこたえているのは何のためなのか。私は毛沢東に書簡を送り無実であることを訴えたが、それも成果はなかった。私はこのうえ何を期待するのか。こうして私は李華生に、整風班に行って楊述を「説得」することを承知したのだった。

私はどうやって説得したのか。

そこへ行くと、夫は呼ばれて大きなオンドルから起きあがり、われわれ二人は木机の縁で面会した。一脚の腰掛にひとりで座り、傍には他の人もいた。夫に会うと、私はただ一言「情勢から見て、あなたは自白せざるを得ないので、自白するように」としか言えなかった。言い終わると私は大声で泣き出した。夫もまた声をあげて痛哭し、一言「そうしよう」と言い、それで私は帰ったのであった。

その後、私は綏徳師範の講堂で夫の「自白」を聞いた。

夫は、「短時間突撃」を受けた時に特務になったと言った。けれども夫には特務の上級もいなければ下級（部下）もいない。国民党が夫に与えた任務とは「路線特務」、すなわちもっぱら共産党の路線を破壊することであった。夫がそれまでに「批判」された言論は、すべてこの破壊工作の具体的措置なのであった。

それはどのような言論であったのか。この時、批判者は夫の発表した雑文をまとめて「六大論」と決めつけた。「六大論」とはすなわち、良い幹部は一人の良い指導幹部を選ばなければならないという「良臣択主論」。われわれの中学も南開〈中学〉のレベルまで教育の質を高めなければならないという「南開中学論」。指導者は度量が大きく人には寛大でなければならない、枝葉末節で賢明ぶってはならないという「曹操本領論」。共産党内には共産党の人情世故があり、それを知らなければならないという「党内人情世故論」。必ずしも全幅の信頼をよせてはいない思想習慣でも、長期にわたって慣れ親しめば、それは真の思想となり得るという「久仮不帰論」。もう一つあったが、私は忘れてしまった。

これらのどこが反革命で、国民党に利するものなのか、どうか見ていただきたい。夫のこうした奇妙な「自白」が、これでよし、として通ったのである。

その後はさらに別の人が引き続いて自白をした。李又罘も、兄は特務として彼と連絡をとるために来たのだと自白した。われわれの隣人の梅行[39]（一九一九〜、江蘇張家港人）も自白した。彼は楊述の「創作」をすっかり引き写し、みずからを「策略特務」と称して、もっぱら共産党の策略を破壊したというのである。ことほどさように奇妙なものばかりであった。

だが当時の地区委員会は、こともあろうにそれを中央に報告し、そしてそれを大勝利と見なしたのである。単純だったわれわれは、まだこれを習仲勲[40]（一九一三〜二〇〇二、陝西富平生れ）と李華生の二人[41]がやったことだと考え、党中央は決してこのようなことをするはずがないと信じていた。楊述は延安に駆けつけ上訴した。延安の情況が綏徳よりもずっとひどかったとは、後になってようやく知ったことである。

われわれが長年付き合ってきた友人の許立群（一九一七〜二〇〇〇、江蘇南京人）、李鋭（一九一七〜、湖南平江人）、魏東明（浙江紹興人）、鄭代鞏《ていだいきょう》（一九一五〜四三、貴州正安人）、黄華[42]（一九一三〜二〇一〇、河北磁県人）……はみなやられてしまった。四川省委員会書記の鄒鳳平《すうほうへい》[43]は迫害されて自殺した。魯迅芸術学院[44]のある芸術家は家族全員で焼身自殺した。四川偽党の他にまだ「河南偽党」もあった。いたるところで会を開いて吊るし上げ、そして拘禁する以外に、もっぱらこうしたデタラメのすべてを掲載する『実話報』と称する新聞まで公然と発行された。私といっしょに延安まで来た河南の少女、李諾はこの新聞紙上でほとんど特務兼妓女だとして公表された。この新聞こそ本当に保存して、『解放日報』[45]のように影印すべきである。どうして影印しないのか？　それが正しかろうと誤っていようとも、いずれにしても影印すべきなのである。[46]

延安に来てから、何組もの夫婦がこのために[47]離婚したことを知った。李鋭と范元甄《はんげんけん》（一九二一～二〇〇八、湖北武漢人）、黄華と王龍宝、魏東明と馮蘭瑞[48]（一九二〇～、貴陽人）、みなそうである。彼らは青年時代に革命の隊伍のなかで結ばれた良き伴侶であった。けれどもこの運動が始まり、一方が「党の言うことを聞いて」、相手が特務だと信じてしまい、相手のことを特務だとはっきり言いきってしまえば、相手の心はおのずから傷つく。こうしてできた傷跡を修復するのは心変わりの時よりもなお難しい。そこで運動が終わると離婚することになってしまった。

私は魏東明[49]から次のような話を聞いた。

搶救運動が起きると、四川は偽党だということで、四川から来た党員は一網打尽にされた。この時、「自覚のない特務」というレッテルまで発明された。指摘すべき問題点が本当に何もない青年はすべて「自覚のない特務」にされた。馮蘭瑞[50]は別の人から説得され、自分が「自覚のない特務」であることを認めた。彼女の特務関係は、楊述を経て許立群、さらに魏東明[51]に通じるというものであった。彼女は魏東明を説得して「私が特務なのに、それでもあなたは特務じゃないの？」と言った。魏東明は「君が特務なのか？」と苦笑することしかできなかったと言う。

私は他に、同学の裴昆山《はいこんざん》[52]が命令を受けて特務の尋問にあたっていたことを知っている。彼はこの人が特務ではないことを明らかに知っていながら、ふたりして共同で供述書を一部でっち上げ、上に送った。

いったい何をやっているのか。しかし毛沢東と党中央が[53]こうさせたのである。信念がそれほど堅固でない若干の者にとって、（共産党に対する）信仰は本当に危機をむかえざるを得なくなった。

後に私が延安にもどった時、天津から私といっしょに出てきた呉英〔南開女子中学の二年後輩で、私の妹と同級〕は私を見ると、彼女が延安行政学院に監禁されていたことを話しだした。トイレにさえ整列しないと行けなかったのだと言う。思いがけず彼女からは「あの頃は、あなたは私をここへ連れてくるべきではなかった、こんなだと先にわかっていれば、私は絶対に来なかったと、思い出してはあなたのことを恨んでいた」と言われ、さすがに「先覚分子」の私も、どう答えればよいのか、言葉を失ってしまった。

丁汾《ていふん》(54)(一九二〇～二〇〇三、河南省濬県人)という少女もいた。彼女は外来の知識青年で、当時、綏徳で区長をしていた。搶救運動中に彼女もまた特務にされた。理由は、彼女の父親が国民党の官吏(55)だということである。のちに案件の見直しがおこなわれ、私は名誉回復大会に参加した。私はただ彼女が壇上に立って無実の罪を着せられた時の思いを泣きながら訴えるのを聞いていた。すると彼女はなんと次のように語った。

「私は本当に後悔しました。あの時なぜ私の家族を裏切って革命のために出てきたのか。私は本当に父といっしょに逃げるべきだった、と。当時は、もしも父と再び会うことができたなら、私に無実の罪を着せた人々(56)をみんな殺してと父に言いたい、と思ったこともありました」

彼女の話を聞いて、私は肝を潰してしまい、頭から冷や水を浴びせかけられたような気がした。私はしかし彼女が私を、共産党を殺しに来るのが恐ろしいのではなかった。彼女の言っていることは残忍だが、実際にそのようなことをするはずがないことはわかっていた。われわれの誰もがそのようなことをするはずはないのである。私は、党が雀を藪(敵側)へ追い込むように、彼女を無理やりここまで追い込んでしまったことに憤りを覚えたのであった。

私はまた彼女のこうした驚くべき率直さが心配になった。自分の胸のうちを大会で包み隠さずに喋ったりして、無事にすむのであろうか。この言葉だけで彼女をまた逮捕することができるではないか。たとえ今逮捕されなかったとしても、この勘定は記帳され、今後「運動」が起きればいつでも彼女を殺せるのである。

こうした度胆を抜かれるような発言の他に、非常にユーモラスで思わず笑ってしまうようなものもあった。

綏徳西北抗敵書店の幹部、楊春熙《ようしゅんき》は、以前、天津では事務員、また盛世才(57)(一八九七～一九七〇、遼寧開原人)のところにいたこともある。この時、特務にされたのであるが、罪状は国民党の復興社(58)に参加したというものであった。

名誉回復大会で彼は次のように話した。

当時、楊春熙は長い間監禁されていたのだが、どうしても辻褄の合う供述をでっち上げることができず、思案に暮れていた。ちょうどこの時、同じように監禁されている書店の経営者、常紫鍾[59]（一九一一～二〇〇六、陝西米脂人）（陝西省北部の地元出身の幹部）と出会った。常紫鍾は人が気付かないうちにこっそりと楊春熙に、「私が復興社支部書記で、殷三は宣伝係だ」と口裏を合わせるために言った。殷三は武漢から来た大学生である。楊春熙はこれで「自白」の材料ができたと喜んだのであるが、いや、これでは駄目だと、慌ててまた「私は何なのか？」とたずねた。常紫鍾は眉をしかめて、これだけ言っても察しの悪い楊春熙の馬鹿さ加減に腹を立てたかのように「君が組織したんだ」と言った。そこで楊春熙はこのように自供し、それでようやく通ったのであった。

楊春熙がこの話をした時、聞いている者はこらえきれずに笑った。笑わない者は誰一人としていなかった。ほとんど「和尚と風呂敷包みと傘」の笑い話[60]であったが、しかしそれはどれほど涙の入りまじった笑いであったことか。

夫の楊述が「自白」をしてからも、われわれは相変わらず『抗戦報』で仕事をしていた。われわれの娘は、私に育児の経験がなかったうえに、こうした困難な状況のもとで誰からも面倒を見てもらえなかったために、不幸にして夭折した。楊述が延安まで訴えに行ってもどってきた時、娘はもう亡くなっていた。私自身も身体中病気だらけであったが、それでも無理をして仕事はやらなければならなかった。

この時、私はメニエール病にかかっていた。綏徳小学校教師のある（批判）大会を取材しようと出かけたところ、その会場で発病したのであった。他家の中庭の壁によりかかりながら、激しい嘔吐と眩暈《めまい》で、私は立っていることもできなかった。誰かが楊述を呼んできて、私を宿舎につれて帰らせてくれた。私はオンドルに横たわったまま、身動きすることも、座って食事をすることもできず、下の世話まで楊述ひとりにしてもらった。

ちょうどこの時、宣伝部長の李華生は、何故か、宣伝部に事務室を設置するという重要な計画を思いついたのである。彼はわれわれの住んでいた窰洞を事務室とし、われわれには期日までに転居するよう指定した。楊述は彼に、私がほんとうに病気で動けないのだと言った。すると彼は、中庭で乱暴に地面を蹴りながら叫んだ。

「引っ越しさせると決まったのに、引っ越さないのか。それなら誰かに運び出させてやる」

そこで楊述は私を担いで、地区委員会の所在地の一角にあるぼろ家に移った。オンドルは鼠にかじられ大きな穴があいており、天井もたれさがっていた。片付けるのを手伝ってくれる人もおらず、ほとんど追い出されたようなものであった。私は鼠を隣人に、このあばら屋で暮らすことになったが、病気は次第によくなっていった。

夜、私はぼろぼろの上着を身につけ、人の捨てたぼろ靴を拾ってきて履き、この庭のすみを徘徊した。月の光は明るく輝き、万感胸に迫るものがあった。私はいったいどんな罪を犯したのか、どうしてこんなことが起こりうるものなのか？　そうして私は歩き回るうちに、かつての習いがまた出て、発表することも人に見せることもできない詩を吟じた。

小院徐行曳破衫　　小院　徐《おもむろ》に行《すす》みて　破《やぶ》れたる衫《ころも》を曳《ひ》く
風回猶似旧羅紈　　風　回《めぐ》りて　猶《な》お旧《ふる》き羅紈《らがん》の似《ごと》し
十年豪気憑誰尽　　十年の豪気　誰《たれ》に憑《よ》りてか尽きたる
補罅文章付笑談　　文章を補罅《ほか》して　笑談に付す
自懺誤吾唯識字　　自《みずか》ら懺《く》ゆ　吾《われ》を誤《あや》まりて　唯《た》だ字を識《し》るのみを
何似当初学紡棉　　何ぞ　当初に　棉を紡ぐを学ぶに似《し》かん(61)
隙院月明光似水　　隙院《げきいん》の月明　光　水の似《ごと》し
不知身在幾何年　　知らず　身《み》　在《あ》ること　幾何年《いくばくねん》

（小さな庭をぼろぼろの上着をはおってゆるやかに歩めば、風が吹きわたってまるで昔の美しい絹の衣装がゆらめいているかのよう。／一〇年来の革命によせる豪気は誰のせいで潰《つい》えてしまったのか、文章をつくろって談笑の材料《たね》にしている。／自分が読み書きしかできないのは失敗だったと後悔するばかり、初めに綿を紡ぐことを学んだ方がよかったのだ。／人気《ひとけ》のない庭に月光は水のように冴えわたって降りそそぐ、この身はいったい後どれだけ生きながらえるものなのであろう。）

こうした事柄は綏徳地区委員会で生じただけではなかった。われわれは綏徳にあった抗大分校[62]の闘争会に参加したこともある。その分校の校長の何長工[63]（一九〇〇～八七、湖南華容人）と、副校長の李井泉[64]（一九〇九～八九、江西臨川人）は、いずれも老紅軍[65]で、何長工は中共が結成された頃からの党員であった。けれども彼らはどのような方法をとったのか？

一度私は、李井泉[66]が彼らの批判闘争原則について語るのを聞いたことがある。彼は、

「拷問によって自白させ、証拠とすること（原文は『逼供信』）に反対する人もいる。それならば、われわれは『信供逼』でいこう。つまり、まずは『証拠』だ。そのうえで、お前に『自供』を聞かせてやる。お前が認めなければ、そこで『拷問』にかけてやる！」

と言ったのである。この李井泉は、その後、文化大革命中に一家全員が惨死した[67]。私は彼が一九四三年に彼みずからが語ったこの話を思い返したかどうかは知らない！

抗大の会場では、壇上にのぼって自白した女「特務」の華逸《かいつ》まで発見した。楊述は、「彼女は小華[68]なのだろうか？清華（大学）の紀毓秀《きいくしゅう》[69]（一九一六～三九、江蘇宿遷人）の友人で、われわれの誰もが革命女子青年だと誉め称えたのに」と言った。二人は少し考えたが、華逸なのだった！　けれどもこの時、誰が前に進み出てそれを認めたであろう。

この時から、私はようやく苦痛のうちにこう思うようになった。もう党とはまったく同じ一つの心でいることは無理になった、と。私は、依然として共産主義を信じ、国民党が中国を救えるとは絶対に考えられず、共産党しか中国を救

えないと信じてはいたものの、しかし私のあのまったくの純真さは打ち砕かれてしまった[70]。

これはどこかの地区委員会に起こせるものではなく、共産党の領袖《りょうしゅう》である毛沢東がみずから考えてやったことなのであった。中央文書がその証拠である。最初の文章は、「特務の多きはもとより怪しむに足らず」である。このような文体で文書を書くのは、毛沢東のような大家でなければできるものではない。康生では「過ちを犯した者を緊急救助する」と書けるぐらいで、ここまでは書けない。

このような天地がひっくり返るような大騒動が起こり、数えきれないほど[71]の人が傷ついた。その結果は？

結果は、党内の刊行物に二つの事件は真実だということで、その内容が正式に改めて発表された。一つは銭惟人《せんいじん》〔昔の天津志恒書店の設立者〕の事件であるが、この事件も間もなく偽りだとされた。残された唯一の真実は蔡子偉《さいしい》[72]〔一九〇七〜九〇、陝西藍田人〕事件である。しかし、建国後間もなく私は新聞紙上にこの人の名前を見かけた。すでに責任を負う幹部であった。とすれば、これもまたおのずと偽りだったということになる。これがすべての結果なのであった！

党の行為は、こんなにもデタラメであり、われわれの心をこんなにも残酷に傷つけたが、にもかかわらずわれわれの満腔の忠誠心は依然として揺るがなかった。

中央党校[73]のある大会で、毛主席は言った。

「誤って整風された同志よ、私が間違っていた、私は君たちに謝る」

言い終わると、手を帽子のところまであげ、軍隊式の敬礼をしてから、またこう言った。

「私が敬礼すれば、君たちは答礼しなければならない。答礼してくれなければ、私は手を下ろすことができない！」

この言葉を聞いて、われわれはすべてを許し、すべてを忘れた。なぜならば、われわれは革命のためにこそ延安に来たのであり、革命はまだ進行中なのである、党中央はわれわれに間違いを犯したが、毛主席本人がわれわれに詫びた、それでよしとするべきではないのかと考えた。皆つまるところ一家の者だったのである。

当時、作家の呉伯簫《ごはくしょう》(74)（一九〇六～八二、山東萊蕪人）が延安で粛清されたという消息が、蔣介石の統治する「蔣管区」に伝わり、彼はもう死亡したと言われ、西安では彼の追悼会が開催された。延安ではこの知らせを聞くと、ただちに呉伯簫にみずから「デマを打ち消す」よう求めた。そこで呉伯簫もまたみずから文章を書いて、延安で愉快に生活し、創作している、これまでに粛清されたことはない、云々、と述べた。これらの話は呉伯簫が圧力をかけられて無理やり書かされたものだとは、私は思わない。彼は極めて正直かつ忠実なすぐれた共産党員であった。このような文章を書いたのは、彼の本心によるものであり、党の名誉を守るために、個人的な一切の不幸を忘れることを望んだのだと思う。

〈ただ〉残念なことは、この党が彼のような党員の忠誠心を思いやることもできず、「文化大革命」期になると、〈「四人組」が〉またしても彼を打倒したことである。今、呉伯簫はすでにこの世を去った。彼の追悼会でも、私はこの話をすることができず、自分が死ぬ間際になるまで話せなかったのである。

他には、あの鄒鳳平のこともある。一九四五年春党校では、各地からやってきた同志がそれぞれ地域別に会議を招集し、工作経験を総括した。四川から来た者の会議も開かれ、私は楊述について参加した。会議を主催した同志は低く沈んだ声で、

「今、鄒鳳平同志はもはや亡くなり……」

と言うと、それ以上つづけられなくなって、その場にいた者のすすり泣きの声で、ほとんど追悼会となってしまった。彼が無実の罪を着せられたことを、誰が知らないであろうか？　この運動が誤りであったことを、誰が知らないであろうか？　哀悼の涙は、皆の思想が決して愚かなものではなかったことを物語っている。

しかしその後、こうしたデタラメが極限にまで達した手法が長期にわたって執り行われ、ほとんど「家伝の宝物」となった(75)。

当時、私は楊述と二人で次のように話していた――今は辺区の中だけのことであるから、われわれもまだ耐え忍び、

許すこともできた。今後、もしも全中国を手に入れてから、またこんなことをやれば、絶対に駄目である。何億という一般大衆が承知するはずはない。

われわれは、こんなことは二度とおこなわれないと思った。いっそう酷くなるとは、誰も想像もできなかったことである。

いったい何故われわれはこんなデタラメな行為を許すことができたのであろう? 当時から、少なからぬ言い訳・説得がなされていた。たとえば、状況にあまりにも疎く、こうした工作をおこなうのは盲人が手探りで魚をとるようなもので、間違いを犯さないはずはない、すべては革命のためなのであった、……だからこそわれわれは許したのである、など。われわれは、毛主席が好意からやったことで、きっと非常に後悔しているに違いない、と思った。

それからまたわれわれは、数限りのない冤罪の苦しみをなめ、一九八八年になって、私ははじめて蔣南翔《しょうなんしょう》[76]（一九一三～八八、江蘇宜興人）のいまわの際の遺稿によって、次のことを知った。

すなわち蔣南翔は当時において〈誤った政策が実施された後のことであったが〉、すでに〈明確に認識し、〉明確な反対意見を提出していたのである。しかもこの意見を、劉少奇は知っていた。しかしこの「搶救」に反対する意見は毛沢東[77]に送られた結果、「中央に留めて公表せず」となり、意見を出した者（蔣南翔）は批判され、誤りと見なされた。そして最後に彼は一度はその職務を解かれた。

注

（1）H・Pともに章のタイトルは「過ちを犯した者を緊急救助する」、原文は「搶救失足者」。中共党史によれば、一九四三年七月一五日、中央直属機関大会で、康生が「過ちを犯した者を緊急救助する」という報告をおこない、搶救運動を開始したというが（本書後編第二章三九五頁参照）、何方（一九二二～、陝西臨潼人）によれば、この開始時期はデタラメで、一九四二年秋から冬にかけて開始、時期は単位によって完全に同じというわけではないという（『従延安一路走来的反思――何方自述』香港・明報出版社、二〇〇七年、上冊、一〇九、一一〇頁）。

康生（一八九八～一九七五、山東膠南人）、二五年中共入党、三三年ソ連に赴き、中共駐コミンテルン代表団副団長。三七年帰国、延安では党中央社会部（秘密警察）部長、情報部部長を務め、特務工作の責任者として党内のスパイ摘発工作に力を発揮。四二～四三年延安の整風運動を指導し、多くの幹部の粛清に関与した。八〇年林彪・江青反革命集団の主犯とされ、党から除名。

（2）孫世実（一九一八～三八、江蘇呉江人）、本書後編第一章「武漢時期の韋君宜」参照。

（3）馮文彬（一九一一～九七、浙江諸曁人）、二八年中共入党、日中戦争期は中共中央青年工作委員会副書記、書記。建国後は青年団中央書記、中央党校副教育長・副校長、中共中央弁公庁第一副主任、中央党史研究室副主任など。

胡喬木（一九一二～九二、江蘇塩城人）、中共の保守派イデオローグで理論部門の指導者の一人、中央政治局委員を務める。三二年中共入党、三七年延安に赴き、党中央青年委員等を歴任、四一年以降毛沢東の秘書、党中央政治局秘書。

（4）『中国青年』は中国共産主義青年団（その前身は中国社会主義青年団）の機関誌。一九二三年一〇月上海で創刊、二七年一〇月停刊。三九年四月延安で復刊、四一年三月第三巻第五期で停刊。

（5）原文は「無分人種黒白棕黄紅」、直訳すれば「人種、黒白茶黄紅（の肌の色）の区別はない」となる。Pでは「無非人種黒白棕黄紅」、〈ただ人種、肌の色の違いがあるばかり〉。P⑤はHと同じ。

（6）謝覚哉（一八八四～一九七一、湖南寧郷人）、建国当初に法制・司法の制度化に貢献した法律専門家。〇五年科挙合格、五・四運動に参加、二三年国民党入党、二五年中共入党。三四年中華ソビエト中央政府秘書長、長征に参加、三五年より陝西省北部で選挙や司法関連の職務を担当。

李六如（一八八七～一九七三、湖南平江人）、法律家。辛亥革命に参加、二一年中共入党、日中戦争期は毛沢東弁公室秘書長、延安行政学院代理院長等を歴任。

銭来蘇（一八八四～一九六八、浙江省杭州人）、一九四三年延安に赴き、陝甘寧辺区政府参議、四七年中共入党。

董必武（一八八六～一九七五、湖北紅安人）中共創立に参加した長老で、法制の充実に努めた。〇三年科挙合格、辛亥革命に参加、二一年中共創立に参加、二八年ソ連に赴きモスクワの中山大学、後にレーニン学院で学ぶ。三二年帰国し中央ソビエト区入り。長征に参加、中央党校校長、日中戦争勃発後は国民党統治区の統一戦線工作に従事。三八～七五年党中央委員、四五～七五年党中央政治局委員。

（7）この次の段落のはじめに、Pでは、以下の文章が入る。〈中国革命の勝利は第二次世界大戦後における最も重大なことがらであり、世界革命の発展に対して大きな影響を及ぼした。私がそのなかに身を置くことができたのは、まことに光栄かつ幸運であった。しかしこの闘争のなかにおいて、私はまたこの道が曲折していることも深く感じていた。〉

(8)辺区、字義は省境地区、日中戦争期に中共が統治していた地域を指す。抗日根拠地、解放区ともいう。陝甘寧辺区(陝西、甘粛、寧夏の省境)、晋察冀辺区(山西、チャハル、河北の省境)等が形成された。

(9)綏徳は陝西省北部、黄河西岸、無定河中下流に位置する。古くから異民族勢力の南下口にあたり、中原の王朝は常に防御の拠点をこの地に置いた。当時、市街は周囲八華里(四キロ)余の城郭をめぐらし、人口は数千、地方農村の一中心にすぎなかった。

(10)白治民(一九一八〜二〇〇七、陝西清澗人)、三五年一一月中共入党。

(11)楊述(一九一三〜八〇、江蘇淮安人)、三六年中共入党、日中戦争開始後、中共川東特別委員会青年委員会書記、国民党に逮捕されるも、周恩来に救出され、三九年延安に行き、マルクス・レーニン学院で学習。四〇年綏徳師範・米脂中学党支部総書記、四三年搶救運動では「特務」のレッテルを貼られるが、『抗戦報』主編。その後、マルクス・レーニン学院、新華社、『解放日報』社で工作。新中国成立後は共青団中央常務委員、宣伝部長、書記処候補書記兼『中国青年』雑誌社社長、『中国青年報』社社長。五三年中共北京市党委員会常務委員、宣伝部長兼高校党委員会第二書記。六一年中共中央華北局宣伝部副部長兼文教弁公室主任、六五年中国科学院哲学社会科学部副主任兼政治部主任。文革中、迫害を受ける。名誉回復は七八年。

(12)「風」とは態度・習慣の意、「整風」とは「風」を整頓、矯正、点検すること。

(13)川島芳子(一九〇七〜四八)、日本の女性スパイ。清末の粛親王善耆の娘、日本人の川島浪速の養女。三一年の満洲事変以後特務活動に従事、四五年日本の敗戦後、国民政府当局に逮捕され、四八年三月北京で漢奸として銃殺刑に処せられる。

(14)楡林は陝西省北部、無定河上流にある都市。綏徳より約百キロ北方、長城のすぐ内側に位置する。長城をこえると内外蒙古に通じる要路上にあり、南下すれば渭河畔の中原の地に達する。このため古来沃地を求めて南下する北方勢力防御の第一線として極めて重視され、中華民国時代に入ってからも相当の兵力が駐留していた。

(15)郭奇(一九一三〜七二、河南濮陽人)、三六年中共入党。

(16)「上級」とは、同一組織系統における上級の組織・人員のこと。

(17)李華生(一九一一〜二〇〇〇、四川重慶人)、三三年中共入党。

(18)「共産党の地下党組織」、Pでは〈中共地下党〉。

(19)「韓天石」、Pでは「韓某」。韓天石（一九一四〜二〇一〇、遼寧瀋陽人）、三六年中共入党。

(20)周恩来（一八九八〜一九七六、江蘇淮安生れ）、中国の革命家・政治家。中華人民共和国の成立から、死去するまで国務院総理を務める。

(21)「李華生」、Pでは〈上級〉。

(22)「法則」、原文は「定律」、P原文は「羅輯」。

(23)「整風」については、本章注12参照。ここでは、一九四二〜四五年中共がおこなった延安整風運動を指す。この運動の目的は、学風（学習態度）、党風（党の活動姿勢）、文風（言論・宣伝活動のあり方）の三風整頓であり、学風における主観主義、党風におけるセクト主義、文風における党八股（マルクス主義のきまり文句を羅列した、まるで旧中国の官吏採用試験に使用された「八股文」そっくりの党関係の文章）の一掃を図ろうとするもの。この運動を呼びかけたのは毛沢東、呼びかけた演説には「われわれの学習を改造せよ」（四一年五月）、「党の作風を整頓せよ」（四二年二月）、「党八股に反対せよ」（四二年二月）があり、本文同段落後出の「毛主席の整風報告」とは、これらの演説を指す。この時、康生の指揮した幹部の審査（搶救運動）では、多くの党内反対派が粛清されたという。

(24)Pでは、毛主席の整風報告〈はあんなにも道理にかなっているのに、当地の整風はいったいどうしてこうなのだろうか?〉。

(25)Pでは、〈李部長〉。

(26)窰洞は山西、陝西、甘粛などの黄土高原に見られる、山腹を掘って住居とした横穴。洞穴式住居。

(27)李又罘（一九〇八〜七六、山東諸城人）、三八年中共入党。

(28)陝甘寧辺区、本章注8参照。

(29)「この運動」、Pでは〈これ〉。

(30)康沢（一九〇六〜六七、四川安岳人）、黄埔軍官学校第三期卒業、三二年力行社（藍衣社）加入、復興社機関紙『中国日報』社長、国民党中央軍校特別訓練班を主宰、軍事委員会別動隊総隊長。四五年国民党中央執行委員、四七年第一五綏靖区司令官、国民党中央執行委員会常務委員。四八年襄樊戦役で人民解放軍の捕虜となる。
　沈酔（一九一四〜九六、湖南湘潭人）、国民党陸軍中将。

(31)「共産党」、Pでは、〈われわれの上級〉。

(32)劉少奇（一八九八〜一九六九、湖南寧郷生れ）、中共副主席と中華人民共和国国家主席となった中国の最高指導者の一人。二一年中共入党、文革の主な打倒対象、八〇年名誉回復。劉少奇は二五年一二月長沙で湖南軍閥に逮捕され、二六年一月釈放。また二九年七月満洲省委書記を担当、八月瀋陽で逮捕されたが、すぐに釈放。この時、敵に投降し裏切ったと、文革では批判された。

(33)「統治して」、Pでは、〈広くおこなわれて〉。原文は、H「統治」、P「流行」。

(34)「みずからに忠実な人」からこの段落末までの三行、Pでは〈左の影響はなぜこんなにも大きくなり得たのか？一九四二年の時点で、私にはわからなかった〉。

(35)「しばらくは持ちこたえたが」、Pでは、「しばらくすると」。

(36)「李華生」、Pでは〈宣伝部長〉。

(37) 柳湜（一九〇三～六八、湖南長沙人）、編集者、教育家。長沙師範学校卒業、二八年中共入党。四一年延安に赴き、陝甘寧辺区政府委員、教育庁長等を歴任。建国後は、北京市教育局長、教育部副部長等を歴任、教育行政に携わる。

柯慶施（一九〇二～六五、安徽歙県人）、二〇年中国社会主義青年団入団、二二年中共に転入。三七年日中全面戦争勃発後は延安に入り、中共中央統一戦線工作部副部長。建国後は、南京市長、中共中央上海局書記、中共上海市委第一書記、上海市市長、国務院副総理等を歴任。五〇年代後半の反胡風運動、反右派闘争、大躍進運動等を積極的に支持。

(38)「私はとつぜん信念が崩壊してしまった」、Pでは、〈私にはとつぜん信念が崩壊していくような感覚が生じた〉。

(39) 梅行（一九一九～、江蘇張家港人）、三八年中共入党、Pでは、〈梅〉。

(40) 習仲勲（一九一三～二〇〇二、陝西富平生れ）、党長老の一人。二八年中共入党、五九年には国務院副総理兼秘書長であったが、六二年康生が摘発した小説『劉志丹』事件で、高崗の名誉回復をはかった首謀者として審査され、文革中は失脚。現国家主席の習近平の父。

(41)「習仲勲と李華生の二人」、Pでは〈地区委員会の数人〉。

(42) 許立群（一九一七～二〇〇〇、江蘇南京人）、三七年中共入党。

李鋭（一九一七～、湖南平江人）、三七年中共入党。

魏東明（一九一五～八二、浙江紹興人）、中共党員、三四年清華大学外語系入学、三六年中華民族解放先鋒隊に参加。南昌大学党委書記、湖南省文連主席、湖南省作協副主席。

鄭代鞏（一九一五～四三、貴州正安人）、三六年中共入党。

黄華（一九一三～二〇一〇、河北磁県人）、三六年中共入党、中華人民共和国の政治家、外交官。副総理、国務委員、外交部長などを務めた。

(43) 原文は「鄒鳳平」であるが、『中国共産党歴史大辞典』、『中国近現代人名大辞典』収録の「鄒鳳平」と同一人物ではないかと考えられる。前掲辞典によれば次のとおりである。

鄒鳳平（一九〇五～四三、四川三台人）、二七年江油龍棉師範学校入学、同年中国共産主義青年団に加入、二八年中共に転入。三一年成都に行き、中共成都県委常務委員兼宣伝部長、四川省委常務委員兼秘書長。三四年中共瀘県中心県委書記、四川省南部の紅軍遊撃隊を組織する。日中戦争勃発後は中共四川省工作委員会書記、川康特別委員会副

書記。四〇年董必武に従い延安にもどる。四三年一一月延安「搶救運動」のなかで自殺する。同年末、中共中央は正式に結論を出し、名誉回復をおこなった。
(44) 魯迅芸術学院、略称は魯芸。日中戦争期、延安で中共が文芸幹部養成のために創設した学校。一九三八年創立、人民のための芸術のあり方を模索した。
(45)『解放日報』は中共中央の機関紙、一九四一年五月一六日延安で創刊、四七年三月二七日第二一三〇号で停刊。
(46) この後、Pでは以下の文章が続く――〈史料として、これを後世に伝えるのである。〉。
(47)「このために」、Pでは〈この運動のせいで〉。
(48) 范元甄(一九二一～二〇〇八、湖北武漢人)、女性、三七年中共入党。馮蘭瑞(一九二〇～、貴陽人)、女性、経済学者、三八年中共入党。八〇年三月、中国社会科学院マルクス・レーニン主義毛沢東思想研究所副所長兼党委書記。
(49)「魏東明」、Pでは〈楊明生〉。次の段落の注番号のついていない「魏東明」、Pではすべて〈楊明生〉。
(50)「馮蘭瑞」、Pでは〈彼の妻〉。
(51)「許立群、さらに魏東明」、Pでは〈楊明生〉。
(52)「裴崑山」、Pでは〈裴××〉。
(53)「毛沢東と党中央が」、Pでは〈上級が無理やり〉。
(54) 丁汾(一九二〇～二〇〇三、河南省濬県人)、女性、三七年中共入党。
(55)「官吏」、原文は「専員」。
(56)「人々」、Pでは〈人〉。
(57) 盛世才(一八九七～一九七〇、遼寧開原人)、新疆を約十年間支配した軍閥。日本の陸軍大学卒業、三三年新疆省督弁、翌年新疆省政府主席、日中戦争勃発後の三七年一〇月迪化《ウルムチ》に中共代表部設置を承認。四三年一月国民党加入、四月中共党員とその家族を逮捕投獄、九月中共幹部を処刑。
(58) 復興社は中華民族復興社の略称、蔣介石の独裁を擁護する国民党軍人の国家主義的組織。一九三二年三月「中華民族復興」を旗印に、黄埔軍官学校出身軍人を中心に南京で成立。蔣介石が社長、力行社(藍衣社)は復興社の秘密中核組織、各省市・軍隊等に秘密組織を設け特務活動をおこなった。外郭団体として革命青年同志会、革命軍人同志会等を組織。三八年解散、メンバーは三民主義青年団の掌握に努め、また戴笠の掌握する特務部門は国民政府軍事委員会調査統計局(軍統)として肥大化した。
(59)「常紫鍾」、Pでは〈常××〉。この後の二箇所の「常紫鍾」、Pでは〈経理(経営者)〉、〈常経理〉。
常紫鍾(一九一二～二〇〇六、陝西米脂人)、三八年中共入党、建国後は、中央人民政府出版総署出版管理局副局長、農業部宣伝教育局局長兼農業出版社社長等。
(60)「和尚と風呂敷包みと傘」の笑い話はいくつかあるが、ここではその一つを以下に挙げておく――昔、ある和尚が雨傘と風呂敷包みを持って出かけるとき、師匠が、くれぐれも自分と傘と風呂敷包みを無くさないように、と言い聞かせた。和尚が道中を歩いていると、突然大雨が降ってきて、和尚はつまづいて転んでしまった。起き上がると傘と風呂敷包みは近くにあったが、自分が見つからない。そこで大声で「私はどこだ、私は?」と叫ぶと、周りの人はみな笑って「お前のことではないか」と言った。

(61) この詩は、韋君宜の長編小説『露沙的路』(人民文学出版社、一九九四年)八九頁にも用いられているが、この句のみ「何以当初学紡棉(何ぞ以て当初に棉を紡ぐを学ばんや)」となっている。それならば、「(自分が読み書きしかできないのは失敗だったと後悔するばかり、)初めに綿を紡ぐことを学んだ方がよかったのだ。しかし、そんなことはできなかった」という意味になる。

(62) 「抗大」とは、日中戦争期、中共が設立した軍幹部養成学校の中国人民抗日軍事政治大学の略称。抗日軍政大学ともいう。前身は一九三一年創立の紅軍学校。三六年六月一日陝西省瓦窰堡《がようほ》で抗日紅軍大学として創設された。三七年中国人民抗日軍事政治大学と校名変更し延安に移転。抗大の教育委員会主席は毛沢東、校長兼政治委員は林彪。毛沢東みずからが「正しく揺るぎのない政治目標、困難にたえ質素を旨とする作風、機動性にとむ戦略・戦術」を教育方針とし、「団結・緊張・厳粛・活発」を校風とすることを定めた。学生はおもに部隊の幹部であったが、全国各地から陝北にやってきた知識青年もうけいれた。学習内容はマルクス・レーニン主義の基礎知識、抗日民族統一戦線、民衆に対する宣伝工作、遊撃戦、中国歴史等。抗戦の八年間に、抗大は一二の分校を開設、あわせて二十余万人の軍事政治面における幹部を養成し、革命幹部学校の模範となった。抗戦勝利後は東北に移動し、東北軍政大学と改称して国共内戦時にも軍幹部を養成したが、本校・分校とも五二年頃すべて解散した。

(63) 何長工(一九〇〇~八七、湖南華容人)、中共創立直後の二二年に入党した党員、八〇年代の中共党史研究の行政的責任者の一人。

(64) 李井泉(一九〇九~八九、江西臨川人)、軍人、政治家。三〇年中共入党。

(65) 「紅軍」とは中国人民解放軍の前身、第二次国内革命戦争期(一九二七年八月~三七年七月)に、中共の指導下にあった中国工農紅軍の略称。日中戦争期には改編され、八路軍、新四軍等が精強軍として有名。したがって「老紅軍」とは、日中戦争勃発以前の紅軍の時代から中共に入党し、中国革命に参加してきた者をさす。一般には、「解放」(本書前編『思痛録』第二章注1参照)以後用いられるようになった言葉で、尊敬の意を含む。

(66) この段落二箇所の「李井泉」、Pでは〈副校長〉。

(67) 韋君宜によれば、李井泉は「文化大革命中に一家全員が惨死した」というが、徐恒堂「李井泉的子女今何在?」(http://blog.zgfznews.com/?uid-1056-action-viewspace-itemid-4421、二〇一四年三月四日閲覧)によれば、亡くなった家族は二人。妻の蕭里（一九一七～六九、河南商水人）が、獄中で自殺。蕭里との間に生れた六男二女のうち、次男の李明清（四三年生れ）が、殴り殺された、という。

(68) 小華の「小」は、年下の人の一字の姓の前や子供の名前の前につけて親しみを表すもので、ここでは前出の華逸をさす。華逸については不明。

(69) 紀毓秀（一九一六～三九、江蘇宿遷人）、女性、三五年清華大学入学、同年一二・九運動に参加、中華民族解放先鋒隊清華大隊の責任者の一人。三六年中共入党、三七年山西省太原に行き、青年抗敵救亡先鋒隊の組織工作に参加、日中戦争勃発後は抗敵決死隊女子工作隊の指導者となる。三八年犠盟総会組織部長となり、抗日政権の樹立工作に従事、三九年秋陝西省秋林で病死。

なお、犠盟会とは、山西省犠牲救国同盟会の略称。日中戦争期、中共の指導下にあった抗日団体。三六年九月一八日太原で成立、一〇月中共党員の薄一波らが指導機構を再編、各地の抗日青年を吸収し、三七年日中戦争勃発後五万人の志願兵を動員して前線に送る。三九年夏、会員は百万人近くにまで増大するが、一二月閻錫山が晋西事変を発動し、犠盟会は解散する。

(70) 「打ち砕かれてしまった」の後、Pでは〈と、苦痛のうちに感じるようになった〉。

(71) 「数えきれないほど」、Pでは「多く」。

(72) 蔡子偉（一九〇七～九〇、陝西藍田人）、二七年中共入党、建国後、農業部副部長。

(73) 「中央党校」とは、中国共産党中央党学校の略称。中共の高級・中級幹部と理論家を対象とする政治研修機関。党幹部の教養、政策能力と理論水準を高める目的で、一九三三年、前身であるマルクス共産主義学校が創設された。三五年中央党校と改名、三七年二月延安に移転。四八年にマルクス・レーニン学院、五五年に中央高級党校と改名され、文革期に廃校にされたが、七七年現名称で復校した。

(74) 呉伯簫（一九〇六～八二、山東莱蕪人）、原名は熙成、字は伯簫、筆名は山屋、天蔯。二五年北京師範大学英語系に入学し、散文の創作を始める。三一年卒業後、青島大学、山東省教育庁で働く。三八年延安に赴き、抗日軍政大学に入る。翌年、陝甘寧辺区文化協会秘書長、四一年中共入党。建国後、人民教育出版社副社長、文学講習所所長、文学研究所副所長等を歴任。

(75) この文章を含めて、以後の一一行（「しかしその後、～違いない、と思った」）は、Pでは以下のように記されている――いったい何故われわれは、〈このような誤りを犯したのであろうか？〉たとえば、状況にあまりにも疎く、こうした工作をおこなうのは盲人が手探りで魚をとるようなもので、間違いを犯さないはずはない、すべては革命のためなのであった、……だからこそ〈皆は〉許したのであるなど、説明は色々とつくだろう。当時、私は楊述と二人で次のように話していた――今は辺区の中だけのことであるから、われわれもまだ堪え忍び、許すこともできた。今後、もしも全中国を手に入れてから、またこんなことをやれば、絶対に駄目である。何億という一般大衆が承知するはずはない。

(76) 蔣南翔(一九一三〜八八、江蘇宜興人)、三二年清華大学入学、三三年中共入党、三五年清華大学党支部書記、一二・九運動を指導。三九年中共中央南方局青年委書記、四一年中共中央青年委員、同宣伝部長。四九年中国新民主主義青年団(現、共青団)中央副書記、同書記処書記、五二年清華大学校長・党組書記等を歴任。文革中迫害を受ける。七八年教育部長、七九年一一期四中全会で中共中央委員等を歴任。

(77)「毛沢東」、Pでは「中央」。

第二章　解放初期[1]——反革命鎮圧、三反五反、粛反運動など

解放初期のあの頃、皆は国民党の汚職、横暴、愚昧のすべてがそろった統治から脱却したばかりであったため、たしかに初めて昇った太陽の光を浴びているかのように感じたものであった。われわれのような古くからの解放区から来た知識分子[2]でさえ、あっという間に長年にわたる差別待遇から抜け出し、一転して「老幹部[3]」となった。

北平にやって来たばかりの頃[4]のこと、私は楊述と北平の街を散歩していた時、最新流行の服屋や写真館のショーウインドウのけばけばしい **飾り付け**[5] を指差しながら、二人でこう話したのを憶えている。

「ほら、いったいこの腐敗した都市がわれわれを改造できるのか、それともわれわれがこの都市を改造できるのか、見てみよう！」

当時はほんとうに新社会の代表者をもって自任し、自信満々なのであった。

しかしよい状況は長く続かなかった。最初は反革命鎮圧運動で[6]、国民党の残留特務や手先といったやからは銃殺刑に処せられ、一度に数百人が殺された。その時、私は中国新民主主義青年団中央[7]にいたが、これらはすべて当たり前のことだと考えていた。多くの青年たちも大部分がこのように考え、搾取階級の家庭出身の青年は懸命に父母との間にはっきりとした一線を画し、このことを心から光栄に思っていた。しかしこの時には、すでに無実の人をむやみに殺すような 攻撃範囲拡大の兆しが見えはじめていた。

私はある時、このような報告（陸定一[8]〔一九〇六〜九六、江蘇無錫人〕がおこなったような気がする）を聞いた。彼は

言った――四川から、六万の反革命を殺さなければならない、との電報が来た。中央はあまりに多すぎると電話したが間に合わなかった。彼らがこの返電を受けた時には、六万人はもう「始末」された後だった。

彼が簡単に付け加えたこの言葉に、私はたいへん大きな衝撃を受けた。この言葉を通して私は感じた――ああ！　この六万人の生命は、党にとっては、歯の隙間にはさまった食べ滓か、骨のくずのようなものなのだ！　しかし、これらのことは若い時から革命に身を投じてきたわれわれ青年とは確かに関わりのないことだったので、衝撃はまだそれほど大きくはなかった。

ただし関わりがないとはいえ、私もまったく無関係であったわけではなかった。

私には、かつて鉄道職員をしていた母方の叔父がいた。抗日戦争が天津で勃発したその日、彼は他の中国の一般大衆と同様、愚かにも、

「われわれは北寧路(9)を接収しに行かねばならない！」

と言ったのである。解放後、彼はそのまま雇用され、後に関外(10)からまた関内へもどってきて、われわれ夫婦に仕事を紹介してくれるようにと頼んできた。われわれは訳がわからないまま彼を貿易部に紹介した。

ところが半年も経たないうちに、彼は反革命として逮捕された。罪状は、日本軍占領期に国民党の特務組織である「国際問題研究所」に参加したというものであった。この時、私はひどく驚き、慌ててはっきりと一線を画した。そして組織には釈明して、そうした事実をほんとうに知らなかったことを示した。私はこの種の事件は間違いっこない、彼はきっと重罪を犯したのに違いないと考えた。

しかし、いったいどういうことなのか？　私は北平、天津にとどまっていた父母兄弟姉妹に一通りたずねてみた。大体のところは次の通りであった。

すなわち日本軍占領期においては、彼らにとって地下工作とは抗日であり、抗日はみな同じなのであった。そのことしかわからなかったのである。この叔父が一人の「地下工作者」と知りあった後、叔父はこの人にことづけて、延

安にいる私に品物を届けてくれたこともあった。その「地下工作者」は叔父に鉄道の運輸情報[11]を求め、彼はそれに答えた。こうして国際問題研究所に参加したのである。日本の降伏後、国共両党の対立が明らかになると、その「地下工作者」は、家屋の接収を開始した。そこには叔父とわが家の家屋も含まれていた。そこで叔父はその「地下工作者」と激しく口論したのだという。

さらに彼自身の自供によれば、その主要な犯罪行為とは、鉄道線路で鉄道労働者にむかって、「鉄道は通じるはずだ。共産党は『国軍』に負けるに違いないのだから」と言ったというものであった。こうして彼は一二年の刑に処せられた。私の家族は、彼が逮捕されてからというもの、彼と会うこともなく、今にいたるもその生死のほどもわからないのである。

こうして一人の普通の国民党政府の公務員が国共両党の区別もつかなかったがために、大罪を犯すことになってしまったのである。

この時すでに私はこの事件に対する判決は重すぎると感じ始めていた。私は小さい時から彼を知っていた。彼は愚かで、上司の指示にしたがって公文書を作成することしかできず、たしかに「階級闘争」の観点は欠けていた。しかし、われわれは国民党統治区と日本軍占領区のすべての一般大衆を「階級闘争」への積極的な参加者だと考えていた。

これに続いたのが「三反・五反運動[12]」である。三反で資本家の脱税に反対することについて、私はもとより双手を挙げて賛成する。五反運動は汚職に反対するもので、これについても私は支持をする。

しかし、間もなく毛沢東主席がみずから文書を起草し、各単位[13]における汚職分子の割合を規定し、それぞれの単位で五％出さなければならないことになった。当時、私は『中国青年』〈雑誌〉社で総編集をしていた。われわれの雑誌には合わせて一四、五人しかおらず、すべて二十数歳から一七、八歳の若者であった。毎号の微々たる原稿料〔これさえも一号分ずつ共青団中央総務処からまとめて受領してくるものである〕を管理する以外に、金銭など何も扱うことのない、まことに清廉な役所であった。

けれどもそれではすまず、中央の文書が発せられ、また毛主席が「金銭を扱うところには、必ず汚職がある」と述べたのである。そこでわれわれはやむなく調査をすることになった。

一九歳になったばかりの娘さんであった王崗凌《おうこうりょう》は、毎日算盤をはじいて自分の収支決算書を作成しようと気をもむあまり、見る影もなく痩せてしまった。

青年編集者の丁磐石《ていばんせき》(14)（一九二七〜、四川成都生れ）は「思想改造(15)は事を急いではならない」のようなすぐれた文章を書いていたが、その月の党費納入の時にお金を持ってくるのを忘れてしまい、いい加減に他人の五角(16)で自分は納入したことにしてしまったため、「虎」（批判対象）となった。

私は何度となく繰り返し彼と話をして、彼に自白をさせた。ところが彼は、自分が納入したことにしたのが五角か、それとも三角だったのかさえよく憶えていないのだった。私はこの点を追及することにし、金額の多少は問題ではない、犯罪行為であることに変わりはないと言って、彼に思想的な動機を深く掘り下げさせた。そのため彼は何日も眠れなくなって、彼と恋愛中だった秦式も彼と別れようとした。その後、丁磐石のこの「事件」は、秘書長の栄高棠《えいこうとう》(17)（一九一二〜二〇〇六、河北覇県人）がたいした事ではないと認め、何とかかわりあい早く収まった。楊述が秦式を説得し、この事件はようやく終わったことになった。

しかし、この事件は極めて小さな前奏曲でしかなかった。そして私は、実にこの時から、吊るし上げられる者から、人を吊るし上げる者へと変わった。私ももっぱら人を吊るし上げるのは正しいことであり、「党の利益」であるとする、あの悪辣な伝統(18)を継承したのである。これは私が懺悔すべき最初の出来事であり、したがって心に刻みつけている(19)。

これに続いたのが潜行反革命分子粛清運動(20)と「内部を徹底的に整理しよう(21)」である。いちばん納得できないのはその「潜行反革命分子粛清」のやり方(22)である。

すなわちその単位のなかで、いかなる人からも、反革命活動に参加したというこれといった手がかりが見つからない場合、どの幹部にも同志全員の前できわめて詳細に自分の経歴をひと通り暗誦させ、みなはそれに耳を傾けるだけなのである。そして鶏の卵のなかから骨を見つけるような方法[23]を用いて、その叙述のなかから破綻を見つけ出せば、ただちに「突破口を切り開いて」追及する。問い詰められて話のつじつまがますます合わなくなれば、これを根拠に重点と定める。これで「反革命」を探し出したということになった！　このやり方こそ言うなれば笑止千万であるが、しかし当時はたしかにこのようにやっていたのである。

その年に〔一九五五年のことであろうが〕、私は『文芸学習』編集部にいたが、自分の手で吊るし上げた者のなかに朱涵《しゅかん》がいたのを憶えている。しかし彼にいったいどのような重大かつ疑わしい経歴があったのか、今では私は思い出すことさえできないのである。

他には毛憲文[24]（一九二六〜、内蒙古烏蘭察布人）もいた。彼が中学に通っていた時に、彼の母方のおじがかわりに三青団[25]への参加登録表に記入をしていたために、われわれは代わる代わる力んで彼を尋問した。ところが彼は実際には参加しなかったと、あくまでも言い張り、そこで頑なに抵抗したと見なされた。しかし最後に、彼は黄秋耘《こうしゅううん》[26]（一九一八〜二〇〇一、広東順徳人）同志の注意深さのおかげで救われた。黄秋耘は、登録表では毛憲文の父親の名前さえ書き間違えている、それでも彼が自分で書いたと言えるだろうか、と言ったのである。そこでようやく筆跡鑑定と指紋照合がおこなわれ、その登録表は、彼のおじがどれだけ団員を増やしたか、上に報告するために彼にかわって記入したものであるにすぎないことが証明された。

このような事は、当時、おそらく何千何万と生じたことであろう。国民党は党員の数を増やせば増やすほどよいとして、某学校のすべての教師は国民党に、すべての学生は三青団に加入するようにと、よく命令を下したが、といっても彼らが国民党と三青団のために何らかの工作をする必要はまるでなかった。それにもかかわらず中共は、これらの人々をすべて国民党の一味であり、共産党の敵だと見なし、どうあっても彼らをすべて一掃して批判闘争にかけ、それでよしとした。

あ！　愚かなる国民党よ！　こんなことになるとわかっていたなら、大陸からの撤退前に、戸籍簿にもとづいて全国人民にあまねく国民党の党員証を発給して、全国人民を国民党員にしておけばよかったのである。そうすれば共産党は彼らのことが不要になって（排除し）、中共を擁護するすべての人々を国民党の味方につけることができたのではないか。[27]

もう一人の重点対象は馮光《ふうこう》であった。彼女はわれわれに何カ月ものあいだ勾留され、朝から晩まで誰かが彼女についていた。彼女の犯罪は何であったのか。

それは彼女が経歴を暗誦するなかで見つかった。すなわち彼女は抗戦をやりたかったので、「戦時幹部訓練団」に応募した。団に入ってからは演劇をしただけで、他のことはやっていない。出てからは小さな新聞社で編集者となったが、反動的な言論はなにも発表していない、と言うのである。これでは、しかし駄目なのであった。

われわれは、各人の国民党に対する断片的な知識[28]にもとづき次々に問い詰めた――戦時幹部訓練団は特務組織であるのに、演劇をしただけだなどと、どうして言うのか？　お前の言った新聞は進歩的なものではない、反共的な言論を発表しないことなど不可能である、等々。

いずれにしても彼女はこのために重大な反革命容疑者となり、中央宣伝部幹部処に報告のうえ審査となった。しかしその後、再審査の結果、あらゆる論拠は不十分であるとして、容疑は取り消された。

私は彼女に口頭で謝罪した。ところが当時、私と同じようにこうした工作をしていた一部の幹部は、謝罪をすることには大いに不満で、われわれがあのようにやったのは積極的に革命をやるためであり、謝罪するべきではないと言った。

私は今考えてみても、ほんとうに謝罪はするべきだと思う。しかも謝罪するだけにとどまらず、みずからのあのようにデタラメな思想の根源を深く掘り下げなければならない。そこまではゆかなくとも、掘り下げてゆかなければならない。そうしなかったからこそ、われわれは謝罪をしても、次にまた同じ過ちを犯してしまったのである。

その次に起こったのは「武訓伝」批判[29]、胡風《こふう》（一九〇二～八五、湖北蘄春《きしゅん》人）批判[30]と『紅楼夢』をめぐる兪平伯《ゆへいはく》（一九〇〇～九〇、浙江徳清人）・馮雪峰《ふうせつほう》（一九〇三～七六、浙江義烏人）批判(31)の運動である。これより前のいくつかの運動も大半は知識分子に波及するものであったが、今回はもっぱら知識分子ばかりが槍玉にあげられた。

私にとって最も印象深かったのは、『紅楼夢』をめぐる運動である。これはどういうことなのか、なぜこんなにも大々的にやらなければならないのか、当時の私には、どうしても理解することができなかった。李希凡（一九二七～、北京通州生れ）と藍翎《らんれい》(32)（一九三一～二〇〇五、山東単県人）が兪平伯を批判した文章を、私は読んだ。当時の私の「マルクス・レーニン主義のレベル」によって言えば、私は彼らの文章に完全に賛成するばかりでなく、私も完全に同じように論じ、そして書くことができた。それはマルクス・レーニン主義の初心者にとって、『紅楼夢』の老研究者に対するごく普通の見解なのである。一般の青年党員ならすべてそのように、すなわち賈宝玉《かほうぎょく》はとうぜん個性解放の思想を代表しており、林黛玉《りんたいぎょく》はとうぜん賈宝玉の同志であり、薛宝釵《せつほうさ》はもちろん攻撃対象に属するものと見なす、と私は確信している。こんなことをわざわざ言う必要はないのである。

馮雪峰が、こんな最低限の常識すらわきまえていなかったということは絶対にありえない。馮雪峰は、李希凡・藍翎の二人の文章を掲載した時、ひとこと、彼らはまだ幼稚で……などと述べた(33)が、これは自分の家の子供が外でよその老人を非難したので、相手の面子《メンツ》を立てて〔統一戦線(34)を組んでいた関係で〕、どうしても自分の子供にひとことお説教をしないわけにはゆかないというようなものであったにすぎない。

兪平伯の論法、あのように煩瑣な考証が、当時のわれわれの「マルクス・レーニン主義」の習慣にまったく合致しないことは、もとより言うまでもないことである。しかし、彼の文章は、長期にわたって自作の「マルクス・レーニン主義」の大潮のなかに深入りしてきたわれわれのような者には、すこぶる目新しく感じられた。少なくとも耳目の保養となり、心を楽しませてくれ、大きな弊害のあるはずはなかった。

本当のところを言えば、〈あのようにわずかばかりの簡単なマルクス・レーニン主義を用いて〉彼を「批判」することなど、誰にできないことであろう？　私にもできたのである！　私がまったく思いもよらなかったのは、この批判文によって、あのような全国的な大運動が巻き起こり、兪平伯を「侵すべからざる学術権威」にしてしまったということである！　〔誰がそのように認めたことがあっただろう？〕馮雪峰が完全に兪平伯の足もとにひれ伏したのだとは。〔夢にも思わないことであった！　馮雪峰は中国作家協会副主席であり、党内文芸の元老。兪平伯は何者なのか？　解放初期における、誰もが知る改造対象ではなかったのか？〕それればかりか、さらに馮雪峰にはみずから「罪を犯した」と称する自己批判まで書かせたのである。

その後すぐに上の方では論調をさだめ、李希凡と藍翎がこの文章を書いたのはこの上なく勇敢な英雄的行為であり、ほかの者は誰もそのように読むことができなかったし、書くこともできなかった、と言った。それらについて、当時、私はまったく事実に符合していないと感じていた。しかし、その原因にまで思いをいたすことはできなかった。

私はただ李、藍の二人は本当に運がいいと思っただけであった。彼ら二人は誰でもそのように読むことができ、書くことのできる問題について書いただけなのである。他の者が書かなかったのは、兪平伯はどのみち資産階級の人間であり、彼にむかってマルクス・レーニン主義を説いても無駄だと思ったからである。またある者は、兪平伯の著作は解放前に書かれた、賈宝玉はスープを飲むのを好む、といった類の何冊かの小冊子にすぎず、解放後になってから共産党に対して大々的に挑戦してきたものではない、彼をそのように扱う必要がどこにあるのか、と思ったからである。彼ら二人は年が若く、こうした要素を考えずに文章を書いて、それが当たり、いっぺんで有名になった。なんとうまい機会に出くわしたことか〈、運のいい〉！

しかしその後何年も経って、文革が始まってから、私は初めて毛沢東の意図を理解することができた。彼は明らかにこの時からもう（中共）党内外の自分以外のすべての権威を打倒するために、「紅衛兵」[36]運動を発動したかったのである。欠けていたのは先頭に立つ者であった。誰もこんな愚かなことをしようとはしなかったから、有象無象の輩《やから》である王洪文（一九三五〜九二、吉林長春生れ）でも彼（毛沢東）は歓迎した。「文革」中の行為をご覧いただけば、この話がおおかたその意図のみを批判する「誅心の論」ではないことがおわかりいただけるはずである。

つづいて《ママ》「武訓伝」批判と、そのついでに「清宮《しんぐう》秘史」[37]批判もおこなわれた[38]。そしてこの後が胡適《こてき》批判[39]である。胡適批判については、私はほとんど参加しなかったので、書くことはない。

「武訓伝」を批判したのは、私が共青団中央にいた時の隣人、楊耳〔許立群〕が書いた文章[40]なのであった。彼がその文章を書いた時には、ほんとうに普通の映画評論として書いたにすぎなかった。すなわち彼は、あの映画はあまりにも武訓を褒め称えすぎている、それでは、あのように乞食をして学校を建てれば、封建的統治を覆すことができるといっているようなものではないか、それにマルクス・レーニン主義の常識にも反している、と感じたのである。彼は書いてから投稿したが、掲載されるやいなや大事になろうとは夢にも思わなかった。

「大官が言わざれば、則ち小官が之を言う」[41]〔毛沢東の言葉〕とかで、江青（一九一五〜九一、山東諸城生れ）が楊耳を中南海まで呼びつけて接見し、また全国的な大騒動が繰りひろげられた。何ということなのか！ 私と共青団中央宣伝部の何人かの同志は「批判」が始まってから初めてこの映画を見た。われわれの意見はみな同じで、「これはよくない映画だ。誰にだってわかることだ」というものであった[42]。

少なくとも楊耳自身にとっては、気軽に書いた小文がこんな大騒動を引きおこしてしまい、それからというもの、江青からはしょっちゅう呼び出され、あれこれ書くようにと命じられ、その煩わしさはまったく耐えられるものではないと、彼はわれわれに面と向かってしゃべったこともあった。江青に呼び出されるということは、もちろん江青個人の意向ではなかった。

とりわけ納得できなかったのは、これに付随して「清宮秘史」が「売国主義的映画」だと攻撃されたことである。このことは、先の二つの問題とはまるで違う、これはマルクス・レーニン主義の常識の問題ではなく、マルクス・レーニン主義の史的唯物論に反するものだと、私は思った。

光緒帝と西太后とを比べてみれば、どちらが開明的で、どちらが保守的か？ 戊戌六君子と栄禄とを比べてみれば、どちらが愛国者で、どちらが売国奴か？ こんなことは[43]、われわれが中学で歴史を習った時から知っていたことではないか。マルクス・レーニン主義は歴史に反してはならない〈であろう〉。当時われわれはまだソ連を尊敬し、ソ連に学んでいた。そのソ連でもクトゥーゾフ(44)を肯定していたばかりか、ピョートル大帝まで肯定していたではなかったか？　戊戌変法(45)を売国主義と非難することは、当時の私にはどうしても納得できないことであった。

しかし、この「売国主義的映画」という言葉は、「武訓伝」に附随して非難されただけということになり、私もいい加減にやり過ごしてしまった。しかも、十数歳の時から培ってきた党に対する私の忠誠心は極めて堅固なものなのであった。また建国後間もない時で、万物更新の気象が一切を覆い隠してしまい、それ以上は深く考えなかった。その後、上級のすべての「手配」を受け入れることが習慣となり、私にはまるで納得のできないこの小さな一言もいつものように受け入れてしまった。この一言が何だというのか！　私の頭はこれより以後、自分自身の支配はあまり受けなくなった。一言でいえば、「硬直」してしまったのである。

他には潜行反革命分子粛清運動の時に、こんな出来事があった。それはまったくの冤罪であったが、私はそのことに一九八五年になるまで気がつかず、ずっと騙されていた。

楊述には楊肆《ようし》という父方の従兄がいた。楊肆は若い時から数学に優れ、すでに暗号解読の手法を編み出していた。抗戦初期、彼は国民政府の交通部で働いていた。抗戦が始まると、彼は武漢に行き、そこで楊述と一族の弟妹たち――彼らはすべて愛国青年であった――に出会った。その時、彼はみなと一緒に延安に行きたいと言った。党のために積極的に貢献したいと考えていた楊述は、すぐさまこの事をひそかに八路軍弁事処の李克農(46)（一八九九〜一九六二、安徽巣県人）（中央調査室部、つまり中共のKGBに所属）に報告し、共産党にこのような人材が必要かどうかをたずねた。李克農はすぐさま、「よろしい。彼には国民党の中に入ってもらい、解読した情報をわれわれに渡してもらおう」、延安に行く必要はない、と述べた。

李克農はみずから秘密裏に楊肆を呼びつけて任務をあたえ、彼を共産党員にすることを決定。そこで彼は軍統局戴《たい》笠《りゅう》(47)（一八九七〜一九四六、浙江江山生れ）系統に加入し、共産党のためにひそかに情報工作にたずさわった。こうして数年後に楊肆は少将にまで昇進したが、彼の秘密工作が発覚することはなかった。

楊肆と連絡をとっていた共産党員は、当時の八路軍駐重慶弁事処長周怡《しゅうい》ただ一人であった。そしてこの一本しかなかった連絡系統は、周怡が延安に異動後、中断されてしまったのである。楊肆は共産党との連絡の術を失ってからも、戴笠の特務系統の中でひきつづき日本軍の暗号解読工作に従事。しかし解放前夜になると、もう耐えられなくなって、ここを辞め、解放されるやいなや北京に駆けつけて、共産党に連絡をとろうとした。周怡はすでに亡くなっており、そこで楊述が楊肆の事情を李克農に報告。李克農はすぐさま軍事委員会技術部が彼を採用することに同意したうえ、「再び入党を許可する」と述べたのであった。

ところがいくらも経たないうちに、潜行反革命分子粛清運動が起こると、とつぜん楊肆が反革命罪で逮捕されたと聞いたのである。われわれにはまったくなんとも奇異に思われた。いったいどういうことなのか？　それから彼はさらに戦犯として、徐州の戦犯収容所に長年拘禁されていた。釈放後、上海に戻ったが仕事はなく、やむなく総菜屋の店員となった。軍委技術部と調査部はどちらも共産党内の極秘部門であり、外部の者が問い合わせる手立てもなく、口を出すことなど論外であった。

この時、楊述と私は次のように**考えていた**[48]――これはきっと特殊機密なのだ。あの部門が彼を採用後、とつぜん逮捕したからには、何か人には言えない彼の悪事が発覚したのに相違ない。

彼は一貫して戴笠系統に身を置いていたうえ、組織との連絡も長年途絶えていた。一度彼は私の姑〔彼の叔母〕を訪ねたことがあったが、特務に尾行されていたのである。**そこでわれわれは、次のように分析した**――その後、重慶に戻ってから、**どうして何事もなかったのか？**[49]おそらくは戴笠の側に、彼と共産党との関係が発覚し、だからこそ尾行されたのであろう。後に抜け出すことができたのは、（共産党を）裏切って投降し、党のことを戴笠に話したからに違いない。**われわれ**[50]はこのことについて、かつてはわからなかったものの、建国後に組織が徹底的に調査したのであろう。これは謎につつまれた重大事件なのだ！

このように分析すればするほどますますそのように思われ、われわれは始めから終いまでこの推理を信じて疑うことはなかった。楊述が亡くなるまで、われわれはずっと彼に対して冷ややかであったのも、このためであったし、彼が北京に来ても、彼を歓待することはなかった。何故なのか？ それは、このように党のために生命の危険を冒して工作にたずさわった者を、組織が逮捕すると決定したからには、けっして軽率なものであるはずがない、と信じたからであった。

一九八四年初夏、私は小説[51]改稿のために上海へ行った。小説の背景が、姑の生活にかかわってくるため、私はそこで楊肆を訪ね、彼に私の姑の家を訪ねた時のことをたずねた。すると彼は率直にこう語ってくれた――国民党の特務系統の中で二つの派閥抗争があり、双方とも彼を必要としていた。そのことについては、後に急いで重慶に引き返して戴笠に直接会った時、戴笠がこう説明してくれた。

私はそれを聞いて、楊肆の事件は必ずしもわれわれがかつて推測したようなものではなかったのかもしれないと、少しは思った。この時にはすでに潘漢年《はんかんねん》（一九〇六～七七、江蘇宜興人）、楊帆《ようはん》[52]（一九一二～九八、江蘇常熟人）らの「確かな証拠」のあったはずの事件も、すべてがまったくの作り話であったことが証明されていた。しかし、私にはその確信がもてず、疑問をいだいたまま辞去したのであった。

ところがさらに思いもかけなかったことに、一九八五年春、楊肆の結論が出た。その結論がそもそもきわめて不公平なものであった。彼が李克農の指導のもとで共産党のために地下工作をしていたことを承認しておきながら、それと同時に彼の身分は国民党の将校だと言い、中共に投降して協力したとする「投降起義」によって処理していた。それどころか、私が最も驚いたのは、彼がどのような秘密の悪事をしでかしたのか、あるいは党の機密を売り渡したという彼の犯罪行為について、結論のどこにも記されていないことであった。国民党内において任じた職務が彼の罪状のすべてであり、他には何もなかったのである！ 謎につつまれてもいなければ、極秘事項でもなかったのである！ 彼らは楊肆が国民党の少将であったというだけの理由で、彼を逮捕したのであった！ 反革命鎮圧運動や潜行反革命分子粛清運動の際には、国民党内である一定の職務以上についていた者はすべて一律に審査を受けたり逮捕されたりした。それで愚かなことに、彼もあんなにも長いあいだ収監されることになったに違いない！

われわれはまだ党が軽率であるはずはない、ああした「KGB」部門は絶対に証拠を重視し、徹底的に調査したに違いないと考えていた。つまるところ同じように軽率だったとは、知りもしなかった！　敵陣に攻め入り、共産党のために命懸けで工作したこのような人物を、軽々しく共産党の敵だと見なしてしまったのである。

私が最も恥ずかしく、そしてまた最も申し訳なく思うのは、われわれがあの時あのような分析をしてしまったことと、その間違った分析によって楊肆に対してとった冷ややかな態度である。すべてが間違っていたのだ。友を敵だと見なすとは、まるで何も見えていなかったのだ。間違いは「組織」を信じきって疑わなかったところにこそあったのだ。私まで一緒になって無実の罪を着せられた人に対し攻撃迫害を加えるような態度をとってしまったのだ。それ以上に無念きわまりなく思うのは、楊述が亡くなるまで、若い時に彼に影響を与えてくれた従兄が無実であることを知らなかったことである。今となっては楊述に知らせる術もない。

彼はかつて私にこう語ったことがある。一番初めに彼に進歩的な書籍を読ませてくれたのが、この上海の大学で学び、夏休みに帰郷していた従兄の楊肆だった、と。彼は熱心に楊肆に革命に参加するよう説いたのであったが、最後には完全にこの従兄が悪人だと信じるにいたった。悲劇だ！　取り返しのつかない悲劇である！　この悲劇は、もちろんわれわれ二人にも責任はあるが、しかしわれわれ二人だけの責任であろうか？

私は辛くてたまらない。これは一体なんという「闘争哲学」なのか？　親兄弟、身内の者をこんなにしてしまうとは、人の心をここまで傷つけてしまうとは！　伍員《ごうん》[53]が悲憤のうちに祖国から立ち去り、後に戻ってきて平王の屍を鞭打ったのは、よもや偶然のことではあるまい。

注

（1）章のタイトル、Hは「解放初期初露鋒芒」、Pは「解放初期有那麽一点点運動」（解放初期にもいささかの運動はあった）。「解放」とは、ここでは革命によって反動統治を覆し、人民を抑圧から抜け出させること。中国では一般に一九四九年一〇月一日の中華人民共和国（新中国）成立をさすが、本文の「解放初期」には、北京が人民解放軍によって平和解放された同年一月三一日以降が含まれる。

後出の「解放区」とは、第一次国共合作の崩壊（二七年）以降、新中国成立にいたるまで中共が実効支配した区域。ソビエト区、革命根拠地、抗日民主根拠地などともいわれる。また、日中戦争期には辺区とも呼ばれた（本書前編『思痛録』第一章注8参照）。新中国成立以前に「解放」されたこうした区域を「老解放区」（古くからの解放区）ともいう。

（2）中国語でいう「知識分子」とは、いわゆる知識人のほか、党・政府機関の幹部なども含む幅広い概念である。

（3）「老幹部」とは、古参の幹部、ベテラン幹部の意、一般に延安時代から幹部であった者、あるいは延安時代から革命に従事し解放後幹部になった者をさす。また「幹部」とは、国家機関、軍隊、大衆の団体にいる公職の要員で、本書では「公務員」と訳した場合もある。

（4）抗戦勝利後に勃発した国共内戦末期の一九四九年一月三一日、北平は人民解放軍によって平和解放される。その直後のことである。「北平」とは北京のこと、北京を北平と改称する。一九二八年蔣介石は南京に国民政府を樹立し、北京を北平と改称する。しかし四九年一月人民解放軍に平和解放され、同年九月人民政治協商会議第一回全体会議は北平を北京と改称し、首都とすることを決議、一〇月一日中華人民共和国が成立する。本書では、韋君宜の原文にしたがい、北平あるいは北京と訳出する。

（5）「飾り付け」、Pでは〈品物〉。

（6）「しかしよい状況は長く続かなかった。最初は反革命鎮圧運動で」、Pでは〈それから間もなく反革命鎮圧運動が始まり〉。「反革命鎮圧運動」とは、一九五〇〜五三年におこなわれた、帝国主義、封建主義、官僚資本主義の残存勢力に打撃を与えることを目的とし、彼らを反革命分子、反動分子と認定し、鎮圧した運動。

（7）原文は、Hでは「青年団」、Pでは「団」、中共の青年組織「中国新民主主義青年団」のこと。一九二〇年八月「進歩的な青年」らを集めた上海社会主義青年団が設立され、北京、武漢、長沙、広州等でも社会主義青年団が作られた。二五年一月中国共産主義青年団と改称、三六年民族解放の抗日救国団体に改組され、中華民族解放先鋒隊、青年救国会等となる。四六年一〇月進歩的な全国の青年を組織した民主青年団の組織が開始され、四九年四月には中国新民主主義青年団が成立、五七年五月中国共産主義青年団と改称（略称は、「共青団」「団」）、現在にいたる。

（8）陸定一（一九〇六～九六、江蘇無錫人）、二五年中共入党、文革以前の宣伝部門の指導者で、四五～五二年は党中央宣伝部長。

（9）「北寧路」とは北平・瀋陽（遼寧省）間を結ぶ北寧鉄路（鉄道、八四七キロメートル）のこと。但し、山海関・瀋陽（当時は奉天と称された）間は、「満洲国」成立後、その国有となったため、日中開戦時には北寧路の山海関・北平間のみが中国の管理下にあった。

　韋君宜が叔父の言動を愚かだと述べているのは、一九三七年七月七日日中戦争勃発、七月二八日日本軍が華北で総攻撃開始、七月末には平津（北平・天津）が陥落、戦火の中、「北寧路を接収」するどころの状況ではなく、しかも叔父は鉄道員であるにもかかわらず、一般大衆と同様のことを言ったからである。

（10）「関外」とは長城の東端（山海関）より東の地域、東北地方（旧満洲）をさす。後出の「関内」とは長城以南、山海関より西で嘉峪関より東の地、中国の中心地。

（11）「鉄道の運輸情報」、Pでは〈鉄道での運動の情報〉。

（12）「三反・五反運動」とは、一九五一年一一月から五二年八月にかけて展開された、官僚の汚職腐敗と資本家の不法行為とを批判・摘発する政治運動。「三反」とは、党・軍・政府機関内部の汚職、浪費、官僚主義の三つに反対すること、「五反」とは、ブルジョア階級の贈賄、脱税、国家資材の横領、手抜き仕事と材料のごまかし、国家経済情報の窃取の五点に反対し、摘発すること。三反・五反運動は結果的に民族資本や私営工商業に手ひどい打撃を与えて資本家や役人を萎縮させ、以後の社会主義化の方向を決定づけるものとなった。

（13）「単位」とは、農村を除くあらゆる企業・機関・学校・軍・各種団体で各人が所属する組織のこと。建国以後、中国のあらゆる企業、機関、団体に中共の党組織が置かれ、その末端となる各党支部が管理する範囲を「単位」と呼ぶ。文革終結まできわめて強力であったこの単位制度の下で、人々は政治、経済、社会面のみならず、個人の生活まで単位の管理下に置かれており、各単位の責任者はその所属者に対して公私にわたって強大な権力を振るってきた。

（14）丁盤石（一九二七～、四川成都生れ）、元中国社会科学院中国社会科学雑誌社党組書記・副総編集、中国書法家協会会員、中国書画名家網芸術顧問。

（15）「思想改造」とは、一九五一～五二年、中共が知識人や幹部を対象に進めた組織的な自己変革・自己批判の運動。一般に中共党員への思想統制を「整風」と呼ぶのに対して、より広範な党外人士に向けた批判・教育運動をいう。この中で、旧社会に育ち欧米式のブルジョア的教育を受けた知識人は、マルクス主義の学習・討論や肉体労働を通じて新しい人間に生れ変わることが期待され、人民大衆と打って一丸となり、プロレタリア的世界観を打ち立てることが求められた。
(16)「角」とは貨幣単位で、一元の一〇分の一。
(17) 栄高棠（一九一二～二〇〇六、河北覇県人）、三六年中共入党。
(18)「伝統」、Pでは〈やり方〉。
(19)「心に刻みつけている（記在心裏）」、Pでは〈ここに書きしるすものである（記在這裏）〉。
(20)「潜行反革命分子粛清運動」の原文は「粛反運動」、一九五〇～五三年の反革命鎮圧運動に続き、五五～五七年におこなわれた建国後二度目の反革命分子粛清運動。運動の重点対象は、後出の胡風事件等をその実例として、解放前の教育を受けた、つまり労働者・農民出身ではない当時の知識人や幹部におかれ、約十万人が処分された。運動の過程では多くの行き過ぎが発生し、文化大革命後になって多くの人々が冤罪であったことが明らかになった。
(21) 原文は「清理中層」、Pでは「清理中内層」。一九五一年五月二一日、「中共中央関於清理〝中層〟〝内層〟問題的指示」が出された。反革命鎮圧運動の時に、外・中・内の三層に分けられた。「清理〝中層〟」とは、軍・政府機関内部に隠れている反革命分子を徹底的に調査すること、「内層」とは、中共内部に隠れている反革命分子のこと。
(22)「やり方」、原文は「辦法」、Pでは「做法」。
(23)「鶏の卵のなかから骨を見つける」とは、何もないのに、無理やりでっち上げること、捏造すること。
(24) 毛憲文（一九二六～、内蒙古烏蘭察布人）、蒙古族、中共党員。
(25)「三青団」とは、抗日戦争期に組織された中国国民党の青年組織、三民主義青年団の略称。一九三八年三月、武漢における国民党臨時全国代表大会で、青年層を抗日戦争に動員するために三青団を組織することが決定され、党総裁蔣介石が団長を兼任、「革命青年の団結、三民主義の力行、国家保衛、民族復興」を宗旨とした。同年七月、三青団中央組織が成立、各地に基層組織を設置。抗戦初期、三青団は抗戦建国のための革新的組織と見なされ、従来の国民党に飽き足りない多くの青年層を吸収し、戦時体制のための動員に成功した。団員は四三年三月には五四万人、四六年三月には一三四万人に達した。
(26) 黄秋耘（一九一八～二〇〇一、広東順徳人）、原名は黄超顕。三五年清華大学中文系に入学し、一二・九運動に参加。北平学生南下宣伝団第三団（先遣隊）に参加、三六年一〇月中共入党。抗戦勃発後は八路軍弁事処、第七戦区長官司令部編集委員会で働き、四一年から『青年知識』週刊、『学園』、『新建設』等の編集に従事。建国後、広州軍管会文芸処創作出版組組長、新華社福建分社社長代理、『文芸報』編集部副主任、広東出版局副局長、作家協会広東分会理事等を歴任。
(27) この段落、Pでは〈こうした左のやり方はほんとうに人を害するものであった〉。

(28)「知識」、Pでは〈認識〉。

(29)「武訓伝」批判とは、映画「武訓伝」に対する批判、建国後最初の思想批判運動。

映画「武訓伝」は、幼くして父母に死なれ、読み書きできないがために騙され虐げられた武訓が、艱難の末に蓄えた金で学校を建てるまでを綴る上下二集にわたる長大な作。武訓は武力蜂起を企てる昔なじみの誘いを断り、学校を建て教育を施すことで貧しい庶民を救う清末の「教育救国派」として描かれる。夏衍らの指導下に一九五〇年九月完成。五一年二月から上海、南京、北京で上映、「中華民族の崇高な品質を表現」と好評。五一年五月二〇日付「人民日報」が社説「映画『武訓伝』についての討論を重視すべきである」(毛沢東執筆、公表は六七年五月二六日)で、「武訓伝」に対する賛美は階級的観点を欠落させたものだと厳しく批判したことから、批判運動が全国で展開。毛沢東はさらに江青夫人を変名で参加させた調査団を武訓の郷里に派遣、農民を抑圧した地主としての武訓の実体を暴いた調査結果「武訓歴史調査記」を公表。周恩来はじめ、夏衍ら関係者が自己批判を余儀なくされた。

(30)「胡風批判」とは、一九五五年におこなわれた胡風文芸思想批判および胡風反革命集団に対する弾劾キャンペーンの総称。

胡風(一九〇二〜八五、湖北蘄春人)、文芸評論家、詩人。二九年日本に留学、慶大英文科に籍を置きつつプロレタリア文学運動に接近。三三年七月、強制送還されると、上海で中国左翼作家連盟に加入、宣伝部長、常務書記などに任じるとともに、晩年の魯迅と交わる。三六年には魯迅らと「民族革命戦争の大衆文学」のスローガンを提起して、「国防文学」を主張する周揚ら中共党員グループと対立(国防文学論争)。日中戦争期には、雑誌『七月』を編集して文芸界の抵抗を組織、多くの新人を育てた。文芸創作における作家の主体性を重視する立場からマルクス主義文芸理論の公式主義を批判しつづけ、四五年一月雑誌『希望』に舒蕪の「主観を論ず」を掲載するなど、従来の主張を全面的に展開したことによって党の文芸陣営から激しく批判され、両者の対立は決定的となった。

一九五二年からは胡風文芸思想批判が組織され、林黙涵や何其芳らの批判論文が公表される。これに対して五四年七月、党中央に宛てて長文の意見書「数年来の文芸実践情況に関する報告」(いわゆる「三十万言の書」)を提出し、文芸指導における党の官僚主義的引き回し(あれこれ世話を焼いたり、指導したりして、面倒を見ること)を鋭く批判。これを受けた毛沢東はみずから批判運動を組織し、なんらの証拠なしに「胡風反革命集団」の頭目として、五五年五月、胡風を逮捕、投獄する。六五年一一月、懲役一四年の判決。この間、これにかかわって取調べを受けた者二千百余人、連座して逮捕された者九三人に及ぶ。七〇年に無期懲役に増刑判決。七一年頃より精神に異常をきたす。七九年一月出獄。八〇年九月、党内文書で「胡風反革命集団」のレッテルが取り消され、冤罪事件として名誉回復。八八年六月、党中央が再度徹底的に名誉回復。

(31)『紅楼夢』をめぐる兪平伯・馮雪峰批判の運動とは、清代の小説『紅楼夢』(曹雪芹著)の現代的評価をめぐって、一九五四、五五年に展開された批判運動、『紅楼夢』研究批判のこと。

五四年に李希凡、藍翎が連名で「『紅楼夢簡論』についておよびその他」を『文史哲』九月号に、「『紅楼夢研究』を評す」を『光明日報』一〇月一〇日に発表して、『紅楼夢』は崩壊過程にある封建的官僚地主階級の典型を形象化したリアリズム文学であり、賈宝玉・林黛玉は封建社会に反逆する肯定的人物であると主張、『紅楼夢』研究の権威、兪平伯の『紅楼夢』は自伝であり、自然主義文学の傑作であるとする見解は誤りであり、反封建性を減少させる非階級的文芸批評であると批判した。

毛沢東が一〇月一六日中共中央政治局に手紙を書いて、李・藍二青年を積極的に支持し、批判運動の発動を促したことによって、『人民日報』などに兪平伯の研究を批判する文章や、李・藍論文の掲載に積極的でなかった『文芸報』を攻撃する文章が次々に発表され、『文芸報』主編の馮雪峰は自己批判し、同誌編集部は改組に追い込まれた。一〇月二四日には「『紅楼夢』座談会」が招集され、兪平伯も自己批判し、以後全国的に批判運動が展開された。兪平伯に対する批判は、五〇年代の一連の知識人批判の発端となり、しだいに胡適のブルジョア観念論、プラグマティズム批判へと規模を拡大していった。

兪平伯(一九〇〇〜九〇、浙江徳清人)、『紅楼夢』研究の権威、詩人、散文作家。一九年北京大学文学部を卒業、北大新潮社、文学研究会の同人として口語自由詩の草創期に大きな貢献をした。二三年顧頡剛との討論に基づき『紅楼夢弁』(五二年に『紅楼夢研究』と改める)を著わして、胡適とならび新紅学派の代表となる。建国後も五四年『紅楼夢簡論』を発表するなど、『紅楼夢』研究を続けるが、まもなく激しい批判運動にさらされる。しかし、文革後の八六年に中国社会科学院文学研究所は兪平伯の学術活動六五周年を記念する大会を挙行して、『紅楼夢』をはじめ『詩経』や唐宋詞など広く各領域に及ぶその古典研究に高い評価を与えた。

馮雪峰(一九〇三〜七六、浙江義烏人)、詩人、評論家。二七年中共入党。左連成立後、中共左連党組書記、中共江蘇省委宣伝部長等を務めた。三三年江西ソビエト地区に移り、長征に参加した後、三六年上海に赴く。国防文学論争では魯迅を支持し、周揚らのセクト主義を批判した。建国後は人民文学出版社社長、『文芸報』主編、中国作家協会副主席等を歴任。反右派闘争では右派分子とされて失脚、死後に名誉回復された。

(32) 李希凡（一九二七〜、北京通州生れ）、文芸評論家。五三年山東大学中文系卒。五五年中国人民大学研究生班卒。五四年藍翎と共著で「『紅楼夢簡論』についておよびその他」、「『紅楼夢研究』を評す」を発表し、『紅楼夢』研究の権威、兪平伯の研究方法を「階級闘争の観点が欠落したブルジョア観念論」と批判、毛沢東の支持で全国的な『紅楼夢』研究批判に、さらには胡適のプラグマティズム批判運動に発展した。同年『人民日報』文芸部入社、副主任。文革後は、九三年文化部芸術研究院副院長。九〇年より保守派の雑誌『文芸批評与理論』顧問。

　藍翎（一九三一〜二〇〇五、山東単県人）、文芸評論家。五三年山東大学中文系卒業後、中学教師となる。五四年李希凡と二人で前述の兪平伯批判の論文を発表、毛沢東の称賛を受けた。五四年『人民日報』文芸部編集者となる。五八年右派分子として下放、六二〜六六年河南省文連の雑誌『奔流』編集者、七四年鄭州大学教師、八〇年『人民日報』に復帰、文芸部主任。

(33)「ひとこと、彼らはまだ幼稚で……などと述べた」、Pでは、〈彼らの方向が基本的に正しいことを認めたうえで、ひとこと彼らの「論点は、明らかにいま少し周密さに欠ける」と言った〉。

(34)「統一戦線」とは、中共ないし中国から見ての主要敵を孤立させ崩壊させるために、味方を固め、友（中間勢力）を広範囲に結集しようとする戦略・戦術。

　中共は建国にあたって、中国革命の担い手である諸階級・階層、民主諸党派、愛国的なグループや個人からなる人民政治協商会議を準備し開催して、建国当初の憲法と位置づけられる共同綱領を定め、中央人民政府の要職には民主諸党派の人士を多く登用した。中共は、一九五四年に最高国家権力機構として全国人民代表大会が成立してからも、人民政治協商会議は統一戦線組織として保持し、中共と主に民主諸党派との「長期共存、相互監督」の機能を期待するとした。だが、五七年後半からの反右派闘争とそれに続く政治闘争、とりわけ文革によって、民主諸党派の多くの人々が批判・迫害を受け、統一戦線は瓦解してしまった。統一戦線が再開されるのは、七〇年代末の鄧小平時代からである。

　なお、民主諸党派とは中共の指導を受け入れた非共産党系諸党派の総称。兪平伯は解放直後には、民主諸党派の一つ、文化界民主人士の組織した九三学社の中央委員や、全国人民代表大会代表をも務めたことから、馮雪峰は兪平伯の「面子」を重んじたのだと、韋君宜は記している。

(35)「中国作家協会」とは、作家、評論家、文学研究者等の全国規模の団体、略称は「作協」。中華全国文学芸術工作者代表大会の後、一九四九年七月二三日に北平で成立した中華全国文学工作者協会を五三年に改称して成立。創作と批評の最高の準則として社会主義リアリズムを提唱した。文革時は「反革命」とされ活動停止。七八年正式に復活を決定。規約では中共が指導する専門的な人民団体であり、中共の基本路線を貫徹執行すること、とされている。会員には専業作家として一定の給料も支給されるなど、作協は公的機関としての性格をもつ。

(36)「紅衛兵」とは、「毛沢東思想」の申し子として文化大革命初期の推進役となり、中国社会を震撼させた青少年集団。主に高等教育機関の学生から構成され、一九六六年から六八年頃まで、毛沢東語録を携えつつ劉少奇や鄧小平等の実権派への攻撃などを大いに行ったが、内部抗争による疲弊および主な運動の担い手であった学生の下放によって沈静化した。

(37)「清宮秘史」とは、一九五〇年と六七年に二度も批判の的とされた歴史映画、四八年香港永華影片公司制作。清朝の改革を目指す光緒帝と保守的な西太后の対立を軸に、光緒帝と珍妃のラブロマンスをからめた王朝物の定型化した物語。香港に続き、五〇年三月北京や上海でも上映され評判となるが、五月上映禁止、清朝を美化し義和団を侮蔑したとして批判を浴びた。

(38)文頭の「つづいて」は原文のまま。「武訓伝」批判は、『紅楼夢』研究批判の前におこなわれている。P⑤では、〈この前が「武訓伝」批判であり〉に修正。

(39)胡適(一八九一~一九六二、安徽積渓人)、民国期の学者、思想家。一〇年米国に留学、デューイのプラグマティズムに深く傾倒する。一七年口語による文学を提唱、五・四文学革命の先導者の一人となる。同年帰国、北京大学教授、三八年駐米大使、四二年帰国、行政院高等顧問、四五年北京大学学長、四九年米国に亡命、五八年から台湾に居住、中央研究院院長在職中に台北で病死。新中国では、学術・教育界に根強く残る胡適の影響力を払拭し、自由主義的知識人を排除するために、五四~五五年に大規模な胡適批判キャンペーンが展開された。しかし八〇年代以降は、胡適の近代学術・文化史上の功績が再評価されつつある。

(40)楊耳の「武訓伝」批判には、「陶行知先生が『武訓精神』を表彰するのには積極的な作用があるだろうか」、『文芸報』第四巻第二期(一九五一年五月一〇日)所収等がある。楊耳は、許立群の筆名、本書前編『思痛録』第一章注42参照。

(41)中南海とは、中国共産党中央委員会と国務院の所在地。北京市西城区、故宮の西側にあり、明清時代は皇帝の御苑、毛沢東、周恩来、劉少奇、朱徳ら要人がここに住んだ。

(42)Hの「何ということ……というものであった」の三文、Pでは、〈それは、あたかも全国の文化界のすべてが「武訓伝」を支持しているかのような騒ぎであった〉。

(43)日清戦争後、西太后を頭とする「后党」と、光緒帝を頭とする「帝党」の抗争が出現。「后党」は軍事・政治の実権を掌握していたが、これに対して「帝党」と維新派の代表、康有為・梁啓超・譚嗣同らは共同して一九九八年に政治改革運動、戊戌変法をおこす。しかし同年九月二一日西太后は政変を発動、光緒帝を幽閉し、維新派党人を逮捕・殺害、変法は失敗に終わる。康有為・梁啓超は亡命、同年九月二八日には譚嗣同・林旭・楊鋭・劉光第・楊深秀・康広仁が処刑され、史上「戊戌六君子」と呼ばれる。

栄禄（一八三六～一九〇三）は、清末の后党の首領。九八年直隷総督兼北洋大臣、西太后に協力して戊戌の政変を起こす。

(44) クトゥーゾフ（一七四五～一八一三）、ロシアの軍人、ナポレオン戦争、露土戦争等に参加。特に一二年ナポレオン軍を迎え撃った際には、総司令官として退却戦術をとり、モスクワを焦土と化しながら、結局、最後の勝利をもたらし、その見識は高く評価されている。

(45) 戊戌変法、本章注43参照。

(46) 李克農（一八九九～一九六二、安徽巣県人）、情報部門担当の軍人、外交官。主に秘密情報部門担当、二六年中共入党、抗戦期は八路軍駐上海・南京・桂林弁事処長、八路軍総部秘書長、中共中央長江局秘書長、四一年以降中共中央社会部長、中央軍事委情報部長。

(47)「軍統」とは、国民政府軍事委員会調査統計局の略称、その前身は復興社特務処（本書前編『思痛録』第一章注58参照）、一九三八年八月正式に成立。

戴笠（一八九七～一九四六、浙江江山生れ）、蒋介石の腹心、特務工作責任者。抗戦開始後は軍統副局長兼中央警察学校主任として特務活動を拡充し、対日諜報・防諜、中共および反政府派の監視・圧迫のほか、被占領地域での特殊部隊組織、軍事輸送、密輸取締りなどにも勢力を広げ、陰の実力者として恐れられた。

(48)「考えていた」、原文は「研究」、Pでは〈分析〉。

(49)「……特務に尾行されていたのである。そこでわれわれは、次のように分析した——その後、重慶に戻ってから、どうして何事もなかったのか？」、Pでは、〈……特務に尾行されていた。ところがその後、重慶に戻ってから何事もなかった。そこでわれわれは、次のように分析した——〉。

(50)「われわれ」、Pでは〈わが党〉、原文は「我党」。

(51) この小説は長編小説『母と子』で、一九八五年一二月上海文芸出版社から出版された。

(52) 潘漢年（一九〇六～七七、江蘇宜興人）、文筆、宣伝、地下活動で革命闘争に貢献。二五年中共入党、中国左翼作家連盟結成に参与、左翼文学運動を実質的な党代表として指導。抗戦期・内戦期には香港・上海等で統一戦線工作に従事。建国後は中共華東局・上海市党委社会部長、同統戦部長、副書記、上海市副市長等を歴任。五〇年代前半の三反・五反運動と知識人の思想改造運動が高揚する中、五五年四月三日上海公安局長の楊帆とともに、国民党との関係を疑われたいわゆる「内奸」事件で逮捕収監された（潘漢年・楊帆事件）。八二年八月中共中央の再審により冤罪を晴らし名誉回復、党籍回復。

楊帆（一九一二～九八、江蘇常熟人）、三七年中共入党。

建国後、上海市公安局副局長、同局長。五五年潘漢年・楊帆事件の冤罪で逮捕され、翌年一六年の懲役に処せられた。八〇年公安部の再審により党籍回復、八三年名誉回復。

（53）伍員、春秋時代、楚の人。父も兄も楚の平王に殺されたので、呉に逃げ、呉王を助けて楚を討ち、平王の墓をあばいて死体に鞭打ち、復讐した。

第三章　胡風批判運動[1]――一九五五年前後

胡風批判運動は作家協会から始まった。当時、私はちょうど作家協会におり、党組[2]のメンバーでもあった。周揚[3]（一九〇八～八九、湖南益陽人）は胡風に対してたしかに不満をもっていた。このことは私も聞いたことがある。周揚は、胡風のことをセクト主義者だと言い、胡風は同人誌を出したがっており、指導されることを嫌っていると言った。胡風の例の「万言書」に対してはもっと腹を立て、これを印刷して『文芸報』[4]につけて発送し、文芸界の諸氏にどちらが間違っているか決着をつけてもらう、とも言った。これらのことはたしかにあった。しかし、胡風をその下の青年たちとともに反革命分子にしてしまおうなどと、周揚が言うのは聞いたことがない。彼にはまだそんな大事を引きおこすような気迫はなかった。

私は胡風一派の作品をいくらか読んではいた。たとえば「窪地での戦役[5]」などは、まだ〈わりあいに〉好きな方であった。しかし彼らが特に好んで人の狂気というものを描くことについては、あまり馴染むことができなかった。邵荃麟《しょうせんりん》[6]（一九〇六～七一、浙江慈渓人）も「彼らはもっぱら精神奴隷の傷といったものを好んで書く」と述べているが、そうした趣があるのだ。とはいえ、誰がどのような趣を好もうが、絶対にそのために反革命にしてしまうことはできない。こんなことになる[7]とは、誰も思いもよらなかった。

かつて魯迅と周揚との間には、左連[8]を解散するか否かについて意見の不一致があった。このことについて、私は書物で読んでいたし、左連を解散するのがたしかに中共中央の意見だということは、北平の社連にいた時からもう知っていた。それはつまり、この点において、[9]魯迅に加えて胡風は中共中央と意見が異なり、周揚は中共中央の意見に従ったということである。ここにおいて、周揚は正しく、胡風は間違っていると言える。しかし、だからといってこの問題でも反革命だということにしてしまうことはできないし、魯迅もまた反革命ではない。

万言書にいたっては、もっとひどいお笑いだということが、われわれ青年幹部にはわかっていた。あらゆる文芸方針はすべて中宣部[10]（中共中央宣伝部）が一手に引き受けるというのは明らかなことであった。ところがこの万言書は、文芸に対する一切の管制に反対すると述べておきながら、また一切は中宣部によって決定されなければならないとも述べている。これは虎に向かって皮をよこせと頼むような、できない相談であり、一万言はまったく痴人の語る夢なのであった[11]！

これらのことでも反革命だとすることはできない。問題は彼らが友人のあいだで交わした書簡から出てきたのである。

当然のことながら、彼らは周揚の指導下にある文芸幹部にはおおいに不満をいだき、それを「馬掛《マークワ》」[12]と称し、また「延安文芸座談会における講話」[13]を信奉することにも不満で、これを「トーテム」と称していた。しかし、不満はただの不満でしかない。不可解であったのは、彼らが手紙の中で蔣介石に触れ、その言論を引用するに際して、肯定的な口調で述べていることであった[14]。

周揚はこれらの手紙を上級に差し出した。すると〈思いもかけないことに、〉ただちに毛沢東主席親筆の指示が下され、胡風らは〈完全に蔣介石を支持する〉反革命集団であり、彼らの手紙〈の内容〉は国民党の新聞の「社会新聞《ニュース》」と少しも違わない、と発表されたのである。

この時、われわれ全員の驚愕は極限にまで達したのであった。「反革命」だとは！　これは兪平伯らに対する〈思想〉批判とはまったく異なる、政治上の決定ではないか。この時私は、中共中央がこのような〈大〉問題について、またもや人に無実の罪を着せるようなことなど、どうしたってあるはずがないと考えていた。それでは、胡風反革命集団は本当に反革命だということになる！

彼らが解放前にはたしかに進歩的な工作をしていたこと、胡風の評論集『密雲期風習小記』[15]や胡風の編集した雑誌『七月』にかつて私がたしかに影響を受けたこと、そうしたことに思いをいたす頭を、私はもはや持ちあわせなくなっていた。私はただこう思っただけであった。彼らがどうしてここまで悪くなったのか、どうしてここまで深く潜んでいられたのか！　そして資料を提出した周揚でさえ討論会の席で次のように言明した――胡風集団が反革命だったとはまったく思いもよらないことであった！　なんと周揚でさえ毛主席の「啓発」によって、初めてこのことを「認識」するにいたったのであった。

その後は、次から次へと胡風分子が発見された。もちろん一番初めに阿壠《あろう》（一九〇七～六七、浙江杭州人）、路翎[16]らの著名人がやられ、つづいて王元化（一九二三～二〇〇八、湖北武昌人）、劉雪葦（一九一二～九八、貴州朗岱人）、牛漢（一九二三～二〇一三、山西定襄人）、緑原[17]（一九二二～二〇〇九、湖北黄陂人）が、さらに長年胡風と付き合いのあった古くからの党員、幹部の彭柏山（一九一〇～六八、湖南茶陵人）、曾卓（一九二二～二〇〇二、湖北武漢人）、魯煤《ろばい》[18]（一九二三～、河北望都人）、そしてその次には胡風と面識のあるほとんどすべての人にまで波及したのであった。

私は作家協会で『文芸学習』の編集をしていた。編集部には馮大海という青年編集者がいた。彼は中共党員で、天津の南開大学を卒業。われわれは彼に何か問題があろうとはまったく疑いもしていなかった。ところが、ある日とつぜん作家協会副秘書長の張僖《ちょうき》[19]（一九一七～二〇〇二、江西南豊人）が訪ねてきて、私に一枚の書き付けを見せた。天津でもまた新たな胡風分子が発見された、彼の名は李離といい、馮大海と付き合いがあることがわかったので、われわれに早急に調査するようにというのである。

そこで私は黄秋耘同志と二人で馮大海を呼び、彼に胡風と面識があるかどうか、付き合いがあったかどうかをたずねた。彼の答えは次のとおりであった。

人の紹介で知り合った。彼は胡風の主張するリアリズムに感服し、われわれが当時主張していた文芸方針には機械論が含まれていると考えていたので、〈胡風のところへ〉二度行った。しかし後に胡風が彼に、作家協会で何か聞けば胡風に知らせるようにと言ったので、この話は厄介なことだと彼も感じた。彼は一度私〔韋君宜〕の動向について話に行ったことがあるだけで、その他には何も言ったことはない。しかも胡風の家の戸口で徐放(20)〔一九二一〜、遼寧遼陽人〕と緑原がこそこそと身を隠すのに出くわしたので、それもまた厄介なことだと感じた。その後、胡風のところへ行ったことはない。

たったこれだけの「材料」なのであった！　ところが当時の私は世にも珍しい宝を手に入れたかのように大喜びして、これもまた胡風集団の反革命活動の**確かな証拠**(21)だと考えたのであった。

そうではないか？　もしも反革命でなければ、どうして人の動向を探る必要があろう？

もしも反革命でなければ、またどうして戸口でこそこそと身を隠す必要があろう？　そこで私は「報告書」の作成に取りかかり、黄秋耘と連名で上級に提出した。それからわれわれの「腹心」、李興華〔元は公安部隊に所属〕を天津に派遣し、偵察までさせた。馮大海事件はこうしてわれわれ編集部の重大事件となり、それと同時に彼もまた作家協会胡風集団の名簿に並べられることになった。

馮大海の他には、厳望が「発見」された。この人は作家協会で電話をかけたり事務を取り扱ったりしていた、ただの秘書であった。

それから束沛徳《そくはいとく》も「発見」された。彼は若くてまじめで、周揚から張僖にいたるまでの各級の指導者に信頼され、主席団や党組で会議のある時には、これまでずっと彼にも列席させ、記録係をやらせていた。ところが突然、主席団の会議の秘密が漏洩されたと言われるようになり、いっぺんに風の音にも恐れおののくような騒ぎになって、誰もが被疑者となった。そして最後に彼だったのだ、ということが判明した！　こうして「密偵束沛徳」のレッテルが貼られ、もちろん記録係をやらせるわけにもゆかなくなった。〈人々は〉大きな建物の一角にある、わずかに膝を入れられるほどの小さな部屋に、小さな机を用意し、彼に毎日そこで自己批判を書かせた。しかもドアを開けたまま書かねばならないという規定まであったのであろう。私が通るたびにドアはいつも開いたままで、彼は背をドアに向け、机に向かって書いていた。

馮大海が「密偵」だったということは、やがて編集部全体に公表された。私は黄秋耘と一緒に二回、彼の家へ行って尋問したが、新たなことは何も聞き出せなかった。その後、公安部が逮捕状を出すことを決定し、「隔離反省」となった。隔離反省とは、われわれ編集部の傍の暗い部屋に彼を監禁し、雑役夫がその看守をつとめるというもの。彼は明らかにほんの数メートルしか離れていないにもかかわらず、われわれは彼に会えなくなった。一、二度、たまま彼が看守に付き添われてトイレに行くのを通路で見かけたことがあった。もともと丈夫で背も高かったこの人が、この時にはもう背中を丸め腰をかがめ、顔色も悪くなっていて、わき目もふらずにうつむいたまま歩いていった。彼は完全に囚人となってしまっていた！　彼の看守に派遣された雑役夫が肺結核だったとは、後になって初めて知ったことである。毎日彼と一緒にいさせたのであるから、結局、結核を彼に伝染させたようなものである！

彼の牢獄生活は、まるまる一年余りもつづいた。最後に妻とは離婚になり、そして本人が釈放され、「仕事」を始めて幾日も経たないうちに、反右派闘争(22)が始まり、彼は〈すぐにまた〉「右派分子」と一緒に労働改造(23)に送られた。最終的に大小様々の「胡風分子」は、〈ほとんど〉すべてが公安部によって逮捕、尋問され、判決が下された。馮大海は最も軽い刑で、党籍から除名するだけで免職にはならなかった（牛漢もたぶん同じ処分であった）。彼らには、実際にはどんな「犯罪行為」も探し出せなかった。馮大海の「犯罪行為」とは、私と黄秋耘に最初に話したことだけなのであった(24)。

彼は釈放されるとまた編集部に戻ってきた。当時、われわれ編集部で彼にどのような判決を下すかについて関わっていたのは黄秋耘で、私は詳しい事情を知らない。しかし犯罪の動かぬ証拠というものが、実際にはいくらもなかったということはわかっていた。それなのに私自身、彼をどれだけ責めたて、どれだけ「報告書」を書いたことか！

知らず知らずのうちに、私はまたあの人道主義という過ちを犯していた。もちろんまだこの事件が間違いだったと(25)

考える勇気はなく、ただかりに胡風集団に参加していたとしても、実際に犯罪行為はいくらもなされていないのに、このような処罰では重すぎるのではないかと思っただけである。私はまだこのような反革命集団が、そもそも全く存在しなかったのだということは知らないでいた。

胡風批判運動において、〈最も〉確かな証拠があると言われたのは、国民党軍統局特務の緑原である。彼は胡風反革命集団と蔣介石集団の特務とをむすぶ主要ルートであった。

それでは緑原の場合はどういうことであったのか？　当時の資料ですら、彼は抗戦を熱望する青年として、重慶で、ある抗戦訓練班に志願し、加入したことがあった、というだけのことしか示していない。入ってからそれが特務訓練班だったと気づいて、慌てて逃げ出したのである。一九六四年になって、緑原はようやく無罪ということで釈放された。

彼は、もとは中共中央宣伝部の幹部であったが、この時、中宣部に戻ることはできず、林默涵(26)の紹介で初めて私の単位——人民文学出版社に来た。(27)林默涵は私への引継ぎで「彼はこの二年ドイツ語を学んだので、翻訳をさせてもよい」と言っただけで、他には何も知らせてくれなかった。私は出版社の責任者であったが、この緑原のいわゆる特務問題については、誰も私に報告してくれなかった。彼が無罪だったとは、私には知るすべもなかったのである。

緑原が人民文学出版社に着いて、ドアをノックして入ってくるとすぐに、林默涵から私を訪ねるように言われたと述べた。

私は彼自身のことから話を始めるしかなかった。そこで私が、

「あなたのことは、私は少しも知りません。新聞に載ったことを知っているだけです。あなたが中米合作所(28)に入ったことは……」

と、ここまで言うと、彼はたちまち顔色を変えて、こう言った。

「どうして今でも、そのことさえご存じないのでしょうか？」

彼は、何を私が知らないのかということを説明してくれなかったが(29)、彼が私の話に反感をいだき、否認すらしている

ことは見てとることができた。私はそれ以上話すことができなくなって、ただ、

「あなたはここへ来られたわけです。われわれは、あなたの状況については理解していません。編訳所に行って仕事をしてください」

とだけ言った。彼のことについて、それ以上、彼と話したことはない。けれども私はこの時にはもう、緑原が中米合作所に入ったというのは、おそらく無実の罪を着せられたものであろうということが少しはわかっていた。

後に、私は楼適夷[30]（一九〇五〜二〇〇一、浙江余姚人）に、緑原はつまるところ特務組織に参加したのかどうか、とたずねたことがあった。楼適夷は、

「おそらくは大学の時に志願して抗戦訓練班に加入した、それが中米合作所のやっていたもので、後でひそかに逃げ出したものであろう」

と言った。いつ逃げ出したのかは、楼適夷も知らなかった。

これが、当時、誰も私には話してくれなかったので、私が自分で聞いてきたわずかばかりの実情なのであった。当時は反右派闘争が始まってからもう何年も経っており、知識分子で無実の罪を着せられた者もどんどん増えていたため、私は緑原も無実の罪で右派にされてしまった多くの人と同じだと考えていた。書いたものや、思想の右傾によっても、無実の罪を着せられたのであった。

彼が右派にされてしまった多くの人よりも、もっと酷い目にあったのだとは全く思いもしなかった。彼は中米合作所に入ったことなどまるでなかったのである。私はこのことを、一九九一年に緑原の書いた文章を読むまでずっと知らなかった。彼の大学在籍時の名前は周樹凡で、緑原ではなかった。いわゆる米蔣（アメリカと蔣介石の）特務とは全くいかなる関係もなかった。にもかかわらず彼が米蔣特務にされてしまったのは、今の名前しか知らない者が資料を見て、デタラメにレッテルを貼り付けたのである。

別の事件で確かな証拠とされたのは、手紙の中に記された蔣介石の演説などであった。[31] 手紙は蔣介石の口調で書かれ

ている。共産党を殲滅しようとする計画だ。これは見たところ反共用語のようである。しかし後に文芸界では、周知のことではあるが、実際にはそれが当時の進歩的な青年たちの暗号なのであった、と伝えられている。こうした言葉を用いて国民党官憲の手紙の検閲を逃れたのである。反語なのであった！　何によって証明するのか？　彼ら自身の革命的行動によってである。しかし、毛沢東[32]の手に渡ってしまえば、どんな行動も証明もあったものではない。蔣介石の言葉をいくつか見つけただけで、それが動かぬ証拠となってしまう。ただちに上から指示が出され、下に伝達がなされ、一刻の猶予も許されることなく、反革命と決定されてしまうのである。

胡風冤罪事件のすべては、われわれにとって全く思いもよらないことであった。罪状のすべてが根も葉もないことなのであった。

周揚が胡風事件を上級に報告した時でさえ、胡風を反革命集団だとは全く思いもしなかった。何千もの人に波及したこの冤罪事件は、完全に、周揚同志の報告書が提出されてから、毛沢東が一晩で捏造したものなのである。これでは右派にされたあらゆる人々よりもなお酷いものではないか？

しかし、これらのことを、私は一九八九年になって人が胡風のことについて書いているものと、緑原自身の記述を読むまで知らなかったのである。そればかりではない。公安部の調査によって、残滓洞訓練班などというもの[33]は確かに誤審事件だったと明らかになってからも、緑原はまだ名誉回復を公にすることが許されていない！　真実の資料を公表する人もいない。そんな道理がどこにあるものか！

当時はこのようなデタラメを中共中央の文書だと見なして、大々的に全国紙に掲載し、全国に公表した。それなのに今はわれわれのような文芸関係の者が、雑誌によって当時のわずかばかりの真相を知ることができるだけなのだ。何ということなのか！

一般の知識分子から文芸界にいたるまで、胡風批判運動は反右派闘争ほど大きな影響はなかったと考えていた。それは、一つには、反右派闘争のように、全国のすべての機関単位にまで波及したわけではなく、かかわった人が少なかったことによる。また一つには、皆が内部の事情を知らなかったことにもよる。中共中央の公表した資料を見て、胡風集団が蔣介石と結託する反革命集団だと述べてあれば、誰も疑いをいだかなかった。このような前提のもとで、すべての人々が欺かれたのであった。

胡風集団の罪状が公表された後、厳文井[34]（一九一五～二〇〇七、湖北武昌人）同志と私は議論したことがあった。この時、彼がこう言ったのを憶えている。

「本当に思いもよらないことだ、厳望が反革命密偵だったとは！　電話をかけたり書類を発送したりするただの事務員にすぎないと思っていた。眼がついていても泰山が見えなかったのだ」

多くの「胡風分子」に対する皆の意見は似たようなもので、すべて「思いもよらないこと」なのであった。かすかな手がかりすらなかった！　皆は自分の眼力があまりにも鈍かったことを、識別能力の劣っていたことを怨んだ。こういう次第で、**毛沢東主席の卓見には心から感服するばかりなのであった。**

いわゆる建国以来はじめての反革命集団大事件が、**こともあろうにでっち上げのペテンであった**[35]とは、誰に想像することができたであろう！　これこそ本当に「思いもよらないこと」であった。

注

（1）H・Pともに章のタイトルは「かつては胡風批判運動を信じていた」。「胡風批判運動」と、後述の「万言書」については、本書前編『思痛録』第二章注30参照。

（2）「党組」とは、中共以外の組織の指導機関に設置される党の指導機構。

（3）周揚（一九〇八～八九、湖南益陽人）、建国後の文芸界を指導した文芸理論家。二七年中共入党、二八年日本留学。三二年中共に再入党し、中国左翼作家連盟党団書記、中共上海中央局文委書記になり、『文学月報』主編。ベリンスキーなどの文芸理論や、社会主義リアリズムの紹介につとめ、三〇年代文芸を指導。三五年抗日のため国防文学を提起し、魯迅らの民族革命戦争の大衆文学と対立した。三七年延安へ行き、魯迅芸術学院長になる。

四九年の中華全国文学芸術工作者代表大会で中華全国文学芸術界連合会（現、全国文連）副主席に就任。以後、中共中央宣伝部副部長、中国作家協会副主席等を務め、各種の文芸批判運動を指導し、胡風、馮雪峰、丁玲等を文芸界から排除した。文革では、「一貫して反党修正主義路線」をおこなったと批判され、投獄される。七七年名誉回復以後、全国文連主席、中国作家協会副主席、中国社会科学院顧問、中共中央宣伝部副部長等を歴任。中華全国文学芸術工作者第四回代表大会では丁玲等に謝罪した。

（4）『文芸報』は、中国作家協会の機関紙。一九四九年九月創刊、六六年六月停刊、七八年七月復刊。中国作家協会の主管する全国規模の総合的文芸評論紙、作家出版社出版。五〇年代にたびたび編集部の「ブルジョア的傾向」が批判されたが、反右派闘争以後は文芸思想批判の中心的役割を担った。

（5）「窪地での戦役」は、路翎《ろれい》の短編小説で、『人民文学』一九五四年三月号所収。
路翎（一九二三〜九四、南京生れ）、小説家、劇作家、日中戦争開始とともに流浪。胡風の主宰する『七月』に投稿して、その才能を認められる。重慶では、教員、会計事務員、図書館助手などをしながら、小説を執筆。新中国成立後、五〇年中国青年芸術劇院創作組副組長、五二年中国戯劇家協会創作員。五四年、朝鮮戦争を題材とした短編小説「初雪」、「窪地での戦役」を発表するが、直後にブルジョア人情論であるとして厳しい批判を受ける。五五年胡風批判が起こると、「胡風反革命集団の中核人物」として六月に逮捕、後に、「現行反革命罪」で懲役二〇年に。獄中で精神分裂病にかかる。七五年刑期満了で釈放後、掃除夫に。七九年名誉回復。

（6）邵荃麟（一九〇六〜七一、浙江慈渓人）、文芸評論家、共産党の文芸官僚。二六年復旦大学在学中に中共入党。三八年浙江省金華で革命運動に参加、四一年桂林に移り、党の文化工作組長。四四年から中共重慶局文化委員。四六年香港に移り、『大衆文芸叢刊』主編、「当面の文芸運動に対する意見」や「主観問題を論ず」等の重要論文を発表して胡風を批判。五三年中国作家協会副主席兼党組書記、『人民文学』主編として建国後の文芸運動を指導。六二年八月大連で農村題材短編小説創作座談会（大連会議）を開く。後に江青から、中間人物論やリアリズム深化論を提唱したと攻撃される。六三年中共中央宣伝部の文芸工作会議で、建国後の「一三年を書け」という張春橋のスローガンに反対した。文革中に獄死。

（7）「こんなことになる」、Pでは〈このようにする〉。

（8）「左連」とは、一九三〇年に結成された文学界の統一戦線組織、中国左翼作家連盟の略称。中共江蘇省委員会の方針によって三〇年三月に上海で結成された。周揚を中心とする中共上海地区の党員グループと魯迅等によって運営され、中国各地と東京に支部をもって『世界文化』『北斗』『前哨』等二十数種の雑誌を発行。その綱領は主としてナップ（全日本無産者芸術連盟）の綱領を参照して作成され、中国国民党のファッショ化と日本の侵略に抗して活動したが、相次ぐ弾圧を受け、その末期にはほとんど活動ができなくなっていた。

(9)「この点において」、Pでは〈この問題について〉。

(10)「中宣部」とは、党のイデオロギー、路線、方針、政策を宣伝・教育する、中共中央宣伝部の略称。各地の党委宣伝部を統轄するほか、新聞、出版、教育、テレビ、ラジオに及ぶ広範な部門に対して指導をおこなう。

(11) この文章、Pでは〈これがどうして矛盾していないといえよう。〉。

(12)「馬褂」は、旧時の男性用の中国服の短い上着、通常黒色。長衣の上に着て礼服として用いた。

(13)「延安文芸座談会における講話」とは、現代中国の文芸方針を定めた、一九四二年五月におこなわれた毛沢東の講話。

(14) この文章、Pでは以下のように続く——……述べていることで、〈これは彼らの平素の言行と完全に矛盾するものであった〉。

(15)『密雲期風習小記』は、一九三八年八月、漢口の海燕書店より出版。

(16) 阿壠（一九〇七～六七、浙江杭州人）、詩人、評論家、作家。上海工業専科学校を卒業し、国民党中央軍官学校に進学。抗戦勃発後、国民党軍将校として上海の最前線に赴くが重傷を負う。三八年一〇月、延安の抗日軍政大学に入学、野戦演習中に負傷し、西安で治療を受ける。その後、重慶の国民党陸軍大学に入学、卒業後、戦術教官となり、中共に軍事情報を提供。新中国成立後、天津市文連委員、天津市作家協会編集部主任となるが、五五年反革命集団容疑で逮捕、投獄される。六七年、結核性骨髄炎で死亡、八〇年名誉回復。

路翎については、本章注5参照。

(17) 王元化（一九二〇～二〇〇八、湖北武昌人）、文芸評論家。三八年中共入党。

劉雪葦（一九一二～九八、貴州朗岱人）、文芸評論家。三〇年上海に行き、中共入党、三七年延安に行く。新中国成立後は、中共中央華東局宣伝部文芸処処長、上海新文芸出版社社長兼編集長。五五年胡風派として逮捕される。八〇年名誉回復。

牛漢（一九二三～二〇一三、山西定襄人）、詩人。甘粛省天水の国立第五中学を経て中華民族先鋒隊に参加。西北大学ロシア語科中退、四六年、学生運動で逮捕される。出獄後、中共入党。五四年北京の人民文学出版社詩歌組組長。五五年逮捕され、七七年名誉回復。

緑原（一九二二～二〇〇九、湖北黄陂人）、詩人、翻訳家。

四一年重慶大学に入学するが、四四年、国民党当局の迫害を受けて大学を離れ、重慶、武漢などの中学で教える。四八年中共入党、五三年中共中央宣伝部国際宣伝処組長。五五年逮捕、六二年釈放され、人民文学出版社に異動、八〇年名誉右回復。

(18) 彭柏山（一九一〇〜六八、湖南茶陵人）、小説家。二九年上海港湾労働大学政治経済系に入学、創作を始める。三一年共青団・左連の文芸研究会に参加、三三年上海左連大衆教育委員会書記。三四年国民党当局に逮捕される。三五年中共入党、三七年出獄、その後、中共江蘇省委組織幹事、上海職員工委書記、新四軍政治部民運部科長、蘇北連合抗日軍民運部長、新中国成立後は、華東軍政委員会文化部副部長、中共上海市委宣伝部部長等を歴任するが、胡風事件に連座して、青海、福建、河南に遣られ、教師となる。八〇年名誉回復。

曾卓（一九二二〜二〇〇二、湖北武漢人）、詩人。三六年武漢で民族解放先鋒隊に加入、三八年中共入党、四三年重慶中央大学歴史系に入学、四七年卒業。五二年『長江日報』副社長、武漢市文連副主席等を歴任。胡風事件に連座、七九年名誉回復。

魯煤（一九二三〜、河北望都人）、劇作家。四四年重慶の国立芸術専科学校に入学、詩歌を発表しはじめる。四六年張家口の解放区に行き、華北連合大学で学ぶ。四七年卒業後も大学にとどまり創作に従事する。四八年華北大学文芸学院に転入。新中国設立後は、中央戯劇学院創作室、文化部芸術局創作室等で働く。

(19) 張僖（一九一七〜二〇〇二、江西南豊人）、三八年中共入党。中国作家協会副秘書長、秘書長、書記処書記、作家出版社社長などを歴任。

(20) 徐放（一九二一〜、遼寧遼陽人）、詩人。三六年から作品を発表、四五年四川省に設置された東北大学中文系を卒業、四六年延安に行く。四七年中共入党、東北大学で教える。新中国成立後は『人民日報』副刊の編集、『現実詩叢』主編、中国作家協会会員。

(21) 「確かな証拠」、原文は「鉄証」、Pでは〈蜘蛛の糸・馬の足跡のようなかすかな手がかり〉、原文は「蛛絲馬跡」。

(22) 「反右派闘争」については、本書前編序文注4参照。

(23) 「労働改造」とは、自由剝奪の刑を受けた、労働能力をもつ犯罪者に対して科される、強制労働を通じての再教育。

(24) この段落、Pでは以下のように記されている——〈馮大海は、私と黄秋耘に最初に話したこと以外に、実際にはどんな「犯罪行為」も探し出せなかったので、最も軽い刑が下されたといえる。党籍から除名するだけで免職にはならなかった〔牛漢もたぶん同じ処分であった〕〉。

(25) 「間違いだったと」は、Pでは〈間違いだったかどうかについて〉。

(26) 林默涵（一九一三〜二〇〇八、福建武平人）、文芸理論・評論家。二九年共青団加入、福建、上海で地下工作に

従事。東京、上海、武漢を経て、三八年延安に行く。同年中共入党。その後、重慶、香港の新聞界で活動。四九年北京に帰り、以後、中共の文芸官僚として文芸界の理論、行政の分野で活躍、文化部副部長、中共中央宣伝部副部長等を歴任。文革期には「周揚一派」と批判され、監禁などの迫害を受けた。

(27)「緑原はようやく……文学出版社に来た」は、Pでは以下のように記されている――〈緑原は公安部からようやく釈放された。公安部からの申し送りによれば、彼はまだ胡風分子だということであった。元の単位の中宣部に彼を置くことはできなくなり、人民文学出版社に配属された〉。

(28)「中米合作所」とは、「中米特殊技術合作所」の略称、一九四三年五月、国民党特務機関の軍統と米海軍情報局が協力して重慶磁器口に創設。主任は戴笠、対日作戦における情報交換と日本軍占領地域でのゲリラ活動を主な目的とした。その後米側は大量の新式器材・武器を提供、重慶の他、安徽雄村・臨泉、湖南南岳、河南臨汝、綏遠等の十数カ所に特殊技術訓練班と大規模な収容所を置き、五万人余の特務を訓練し、大量の中共党員と進歩人士を逮捕惨殺した。四六年三月、解散。

(29)「彼は、何を私が知らないのかということを説明してくれなかったが」、Pでは〈彼はどういうことなのか説明してくれなかったので、私にはやはり知るすべはなかったが〉。

(30) 楼適夷(一九〇五~二〇〇一、浙江余姚人)、小説家、翻訳家。二七年から地下革命工作と文学活動に従事、二九年日本に留学、三一年帰国。左連の機関誌や武漢『新華日報』副刊、『文芸陣地』などの編集に従事。新中国成立後は、人民文学出版社副社長兼編集長。

(31)「別の事件で確かな証拠とされたのは、手紙の中に記された蔣介石の演説などであった」、Pでは、〈確かな証拠があると見なされた別の事件では、手紙の中に蔣介石の演説などを引用していた〉。

(32)「毛沢東」、Pでは〈他の人〉。

(33)「残滓洞訓練班などというもの」、Pでは〈いわゆる残滓洞訓練班〉。「残滓洞訓練班」は、中米合作所の特務訓練班のこと、原文は「渣滓洞輪訓班」。

(34) 厳文井(一九一五~二〇〇七、湖北武昌人)、児童文学作家、文芸評論家。三八年延安に行き、抗日軍政大学に入学、同年中共入党、年末から魯迅芸術学院で教える。四五年『東北日報』副編集長兼副刊部主任。新中国成立後は、中宣部文芸処副処長、『人民文学』主編、人民文学出版社社長等を歴任。

(35)「こともあろうにでっち上げのペテン」、Pでは〈なんと、こんなことであった〉。原文は、H「竟是這様的一場騙局」、P〈竟是這様的一場局面〉。

第四章　反右派闘争[1]——一九五七年

　その次が丁・陳（丁玲と陳企霞《ちんきか》）反党集団[2]批判である。私は党組の会議の席でたびたび丁玲（一九〇四～八六、湖南臨澧人）と周揚（一九〇八～八九）の意見の対立を目にしていたし、それが三〇年代から始まったものであることも知っていた。しかし率直に言って、この何年かを経て、私は文壇のそうした軋轢について、新人の頃のように無邪気ではなくなっていた。二人がかつて何について争ったかについては知らないのである、介入しないのが一番だ、と思っていた。人柄ということでは、むしろ周揚の方にまだ好感を持った。周揚には威張ったところがなく、私のような年少の幹部にも親切であったのに反し、丁玲は少し傲慢なように感じられたからだ。とはいえ、彼らの過去における意見の対立について判定を下そうなどとは思わなかった。

　このことを、当時、作家協会の秘書長であった郭小川[3]（一九一九～七六、河北豊寧生れ）に話したことがある。すると郭小川も私と同感だと言った。われわれのように十数歳も年少の者にとって、彼ら二人の間にある遺恨になど、関心の持ちようがなかった。中宣部文芸処処長の袁水拍《えんすいはく》[4]（一九一六～八二、江蘇呉県人）にそう言うと、彼も、

「そうなんだよ！　彼らのこうした揉め事は雪だるま式にどんどん大きくなってゆくんだ」

と言った。袁水拍の考えも同じなのであった！

　丁陳がなぜ批判の対象となったか、確かなことはまるで言うことができない。おおかた『文芸報』に、英雄問題についての論文が掲載されたこと[5]から始まったものであろう、ということしか憶えていない。陳企霞（一九一三～八八、

浙江鄞県《ぎんけん》人）の観点と、流行の観点（実際にはすなわちソ連のあの英雄をひたすら称賛する観点）との間には不一致があったのだが、だからといってどうして政治問題にまでしてしまうことができるのか？　陳企霞は、党組の会議の席で一度この件で癇癪を起こしたことがあった。

その他には李又然《りゆうぜん》(6)（一九〇六〜八四、浙江慈渓人）もいた。李又然の宿舎には多くの裸体画が掛かっている、これは道徳的堕落だというのである。私は見ていないが、艾青《がいせい》(7)（一九一〇〜九六、浙江金華人）から、それらは西洋の美術作品だと聞いた。もしもそうなら、作家協会によってこのような「罪状」が摘発されたことは、この上ない恥である！

丁玲に対しては、昔の話をまた持ちだし、過去の作品と「三八節有感」の類を批判した。この二、三年の作品もすべて個人を中心にすえ、どの散文でも「私」という言葉が不可欠だと言われた。

要するに、彼らに突出したどのような罪状があったのか、まるで記憶にないのである。当時、批判闘争大会を取り仕切っていた黄其雲《こうきうん》(8)（女）は、後の「文革」中に、丁陳集団批判の詳細な経過についてノンフィクション小説を一冊書き上げた。彼女はこの闘争を偉大な功績として書いた。この原稿こそ保存して歴史的証拠品とすべきであった。しかし残念なことに「文革」中、私にはまだ歴史を見る眼がなかった。このような原稿が投稿されたと聞くだけで腹立たしく、ただちに不採用にした。「真人真事（実在する人や本当にあったこと）を書くのは難しい」という理由で、編集部に返却させてしまったのだ。

宝珠子胡同の婦連(9)の講堂では二十数回批判大会が開催され、全員が発言しなければならなかった。私は自分が何を発言したかも憶えていないが、バタバタしているうちに数人が反党集団にされてしまった。ところが、それが確定する前に、とつぜん再審査が始められ、中宣部の新任の秘書長、李之璉《りしれん》(10)（一九一三〜二〇〇六、河北蠡県《れいけん》生れ）が再審査を取り仕切り、作家協会に来たばかりの楊雨民(11)（内蒙古赤峰人）が彼に協力した。彼らはこの時に発言した者を一人一人たずねて、先の発言を訂正するよう求めた。こうしてこの問題は消えてしまうかに見えた。

反右派闘争の始まる前の数日、党中央は皆を何度も動員し、「大鳴大放（大いに意見を述べ、大いに議論）して、党の整風を援助」させていた[12]。その間、私はちょうど河北省平山県の農村へ行っていたが、「創作のための休暇」は二週間も過ごせなかった。このため詳しい状況については知らない。

しかし、その時には他人に操られていた私の頭も少しは働き始めていた[13]。ソビエト共産党第二〇回大会におけるフルシチョフの秘密報告[14]に私は大きな衝撃を受けた。北京市委員会と作家協会で、この報告が伝達されるのを私は二回聞き、討論にも参加した。

北京市委員会の討論会では、彭真《ほうしん》[15]（一九〇二〜九七、山東曲沃生れ）が「この報告がおこなわれ、スターリンが死亡して、全世界の共産党員は自由思想になった」と述べるのをこの耳で聞いた。北京市委員会の責任者らの口から、こんなことも聞いた。スターリンが朝鮮戦争に出兵するよう中国に強制した時には腹が立った、さらにスターリンと蔣介石が中ソ友好条約[16]を締結した時にはもっと腹が立ったと、毛沢東主席が言ったというのである。毛沢東主席もスターリンの唯我独尊には大いに不満であったようだ。

私は、このことこそまさに彼（毛沢東）が「大鳴大放」を発動した原因であったと考える。またこの時、彼はとつぜん開明的になり、急に官僚主義反対を支持し、「太守（地方の最高行政長官）以上」の者がすべて彼に賛成しない原因は官僚主義だと言った。彼は、人民はスターリンにも、軍・政府機関の幹部にも不満をもっていると考えた。彼だけが人民を指導し、人民を左右することができるのだ（これは「文革」中の彼の指導思想とまったく同じである）。フルシチョフに対して、彼はすぐには態度を表明せず、フルシチョフは修正主義だと述べた。少し時間を置こうとしたのかもしれない。

しかし当時の私には何もわかっていなかった。私は積極的に「組織部に新しく来た青年」に関する討論[17]の手はずを整えた。これは毛主席の党中央の意見に従って事を進めているのであり、官僚主義に反対するのだ、と考えた。劉賓《りゅうひん》雁《がん》（一九二五〜二〇〇五、吉林長春生れ）の「本報内部消息[18]」、黄秋耘の「魂を錆びつかせた悲劇[19]」を読んで、私は自分の魂が打ち震えるのを感じた。

私は北京市委員会の討論会で、次のように発言した。

「私は党員であり、党の言うことを聞く。スターリンがこのような大罪を犯したからには、党と人民に申し開きはできない、かつてはスターリンのことを非常に信頼していたが、今はもう信用していない」

作家協会の討論会では、どうしてボロシーロフ[20]に盗聴器を仕掛けることができたのか、党の中央委員に対してどうしてあのような扱いをすることができたのかと、われわれは驚きながら議論した。それからさらに、幸いにも中共党内ではこんなことが起こらなかったと、馬鹿のように喜んだ！

われわれは、なんと愚かであったことか！　この時にはすでに人を殺すための刃も研ぎすまされていたとは思いもしなかったのだ！

私が平山から戻ってくると、編集部の李興華らは私を取り囲んでこう叫んだ。

「今、情勢はきわめて良くなったんだ！　まったく変わったんだよ！」

彼らはちょうど「組織部に新しく来た青年」の討論で忙しくしていた。賛否の両論を載せたが、明らかに賛成の側に偏向していた。

この時、作家協会ではちょうど鳴放会（大いに意見を出し大いに議論を戦わす会議）が開催されていて、私も一、二度参加して、李又然・丁玲・唐因（一九二五〜九七、江蘇松江人）・唐達成[21]（一九二八〜九九、湖南長沙人）らの発言を聞いた。おおむねその前の段階（鳴放以前）に彼らが吊るし上げられ、批判され、『文芸報』を盗賊の巣窟と見なして追及されたことに対する不満であった。私はこの会の席で軽率にも一度発言してしまった。私自身は何の攻撃も受けていなかったため、発言は純粋に「弱者の肩を持つ」という性質のものだ。私はこう言った——何人かの人がここで話す勇気はないと言うのを聞いたが、どうしてその勇気がないのか？　彼らに話をさせるべきだ。丁・陳であろうと周・劉（周揚と劉白羽[22]（一九一六〜二〇〇五、北京人））であろうと、同等の発言権を持つべきだ。彼ら全員に話をしてもらおう！

私のこの「跳ね返り」は、当時の作家協会指導者の注意を引いてしまった。彼らは私が丁・陳の肩を持っていると考えた。そのうえ農村に行った時、その村のバスが乗客に対してまったく無責任であるのを目にして書いた短文[23]が、間もなく右派にされるところであった彭子岡《ほうしこう》[24]（一九一四～八八、蘇州生れ）の編集する『旅行家』に掲載され、加えて私の編集していた『文芸学習』では「組織部に新しく来た青年」についての討論が発表された。この後、作家協会では会議を開いて、私を批判することが決まった。私と黄秋耘の二人は一緒に批判され、そのニュースは『人民日報』に発表された。

その段階で作家協会のその他の業務はもうすべて停止されていた。毎日、批判闘争大会が開かれた。もちろん最も大規模におこなわれたのは丁玲・陳企霞批判であるが、後には馮雪峰が加えられ、そして最も重点的にやられたのがこの馮雪峰批判であった。

それでは、結局のところ何が批判されたのか？

最も印象深かったのは、陳企霞と彼の愛人、周延[25]との間で交わされた秘密の手紙であろう。陳企霞には妻がいたため、愛人との手紙のやりとりには秘密の保持が必要であった。その結果、それが秘密の暗号と見なされ、彼は反革命だと批判された。

もう一つは丁玲の経歴問題で、丁玲がどうやって南京の国民党の監視下から脱出したかということ。他には、馮雪峰が抗戦開始後、上海で工作中に面白くないことがあって浙江に戻ったこと。これらが政治問題になりうるものなのか？　要するに、かりに政治問題だと見なしたとしても、彼らが政治上の右派であるか否かとは、明らかにまったく無関係である。しかし、その批判闘争大会では、次から次へと「反党」「反社会主義」のレッテルが無理やり天から下された。彼ら自身が口をはさむ余地などまるでなかった。他の者が会議においてひと言ふた言異議の申し立てをすることすら、まったく不可能なのであった。

われわれ『文芸学習』編集部とは何の関係もなかった、作家協会幹部の陳海儀[26]（一九二七～、広州人）がとつぜん立ち上がり、次のように「摘発」したこともあった。

「『文芸学習』編集部は、反革命分子の李孟昭を入党させようとした！」

李孟昭は、もともと国民党の佐官で、わが軍に投降したもので、解放軍部隊から移ってきたことは、編集部全員が知っていた。われわれの支部ではこれまで、彼を入党させようと討議したこともなければ、彼の入党を紹介することが話題になったこともなかった。

私はすぐさま立ち上がって、説明した。

「そのような事はありません」

すると思いもよらないことに、ただちに会議の主催者から、

「他の人が意見を述べているのである。戻ってから、充分に自己批判せよ、反論してはならない！」

と、手厳しく制止された。そしてあたり一面のヤジによって、私はペシャンコに押さえつけられてしまった――ここでは、道理があろうとなかろうと、いかなる弁明もまったく許されなかった。

この他にも、多くの人々の批判大会が開かれた。秦兆陽[27]（一九一六～九四、湖北黄岡人）批判は、彼の「リアリズム――広い道」の目的が社会主義の暗黒面を暴露することにある、というものであった。唐祈[28]（一九二〇～九〇、江蘇蘇州人）批判の理由は、われわれの批判が風を捕らえ、影を捉えるように、つかまえどころがないと、彼が述べたというものであった。これにはさらに、

「つかまえどころがなくて何が悪い？　つかまえるべき風も影もあるではないか？」

と反駁した……。

これに類したことは、いちいち数えあげられないほど多い。

作家協会は、総勢二〇〇人にすぎないのに、五十余人が右派にされた。「境界線上」の者は含まずにである。けれども、これも珍しいことではなかった。当時、全国のどの単位がそうでなかったであろう？　劉賓雁・王蒙・鄧友梅《とうゆうばい》[29]（一九三一～、山東平原人）……、われわれの編集部といくらか関係のある作家はもうすべて右派にされていた。

私は人を右派にした側の人々を怨んでいるのでは決してない。彼らの中には、何とか手立てを講じて何人かを保護した者も確かにいた。しかし、この狂潮は上から下まで、天地を覆い隠さんばかりに落ちてきた。

私自身も、自分が右派にされる可能性が大いにあることを知っていた。私は家に帰ると、楊述にこのことを話した。するど夫はすぐに蔣南翔〔私の入党の紹介者〕に伝えた。蔣南翔は胡喬木に電話をかけて、

「君が韋君宜を作家協会に異動させた。今、彼女は右派にされかけていて、間もなく批判闘争大会が開かれる。何とかできないか?」

と言った。そして胡喬木は、劉白羽に電話をして、私はまだ右派ではないだろう、と言ってくれたのである。それと同時に楊述は、このことを彭真〔私が「一二・九」の時からの幹部であることを、彭真は知っていた〕にも報告した。私はおそらくこうして幸いにも何とか難を逃れることができた。とはいえ、批判闘争大会はやはり開かれ、私は一方で批判されながら、もう一方では編集部の責任者として、引きつづき批判原稿を刊行して、他の人を批判した。

私が他の人を非難しないでいることができたか? それは不可能であった。それでも批判しなければならなかったのだ。

李又然の妻の劉蕊華《りゅうずいか》は、われわれの編集部で働いていたが、「劉蕊華に警告する、逃げられると思ったら大間違いだ」との壁新聞が貼り出された。私にはこれが完全に理不尽なものだとわかっていたが、見て見ぬふりをするよりほかなかった。

李興華と陳企霞との関係により、作家協会は無理やり李興華を右派にしようとした。私は、われわれの編集部に丁・陳と関係のある者はいないと言って庇《かば》いもしたが、李興華を助ける術はなかった。最後に、私の口から彼に、彼を右派とするとの決定を伝達するしかなかった。このことで私は深く傷ついた。

他には楊覚事件もあったが、さらにデタラメなものである。楊覚(一九二二〜、河北固安人)は、妻の潘漪《はんい》が帰郷して病気療養中だったため、その見舞いに訪れた。すると、その村は隣村と合併して高級合作社(30)となっていたのだが、

一つは貧しい村、一つは豊かな村で、分配があまりに不公平で、大変な不利をこうむっていた。そこで村の人々は手紙を書いて、楊覚に河北省委員会まで持っていって、代わりに訴えでて、これまで通り別々にやれるよう要求してもらいたいと頼んだ。その結果、高級合作社社長から作家協会に手紙がきた。楊覚は合作社解消を扇動した、これは合作化を破壊するものである、というのである。作家協会はちょうど右派を捜して血眼になっていたため、この「合作化を破壊するもの」を見つけると、楊覚を右派にしようとした。私も当時は泥の菩薩が河を渡っているようなもので、自分自身も危うかったのだが、それでも全力を尽くして意見を述べた。

「人を派遣して調査したうえで決定しましょう」

こうして、これまで農村へ行ったことのない若い女性同志、林心が派遣された。彼女は行って、その高級合作社社長の談話をすべて記録し、相手側については少しの調査もせずに帰ってきた。そしてその社長がどれほど見上げた心意気をもって、合作化のために専念していることか、したがって楊覚は右派と認定しなければならないと報告した。それ以上、私に何ができたであろう？　楊覚を右派とすることにしぶしぶ同意するよりほかなかった。

一九六一年に楊覚は再審査を訴えてきた。折よくこの時、彼の妻の潘漪が私の単位——人民文学出版社にいた。私はもう出版社の指導者（副社長兼副総編集）となっており、少しばかり善いことをしようと考えた。魂の平安を求めたのである。

私は作家協会の張僖と連絡をとって、いっしょにこの再審請求を受理した。それからわが社から再調査のために人を派遣した。私は長く農村工作をしていた人事科長の劉子玉同志と、若くて腕利きの何啓治[31]（一九三六〜、広東龍川人）を選んでいっしょに遣った。彼らの調査の結果は、案の定、林心の調査とは違って、双方の話を聞き、県委員会ではあの事件はもともとあんなに大事にする必要はなかったと考えているとの意見まで聞いて帰っていた。その後われわれは作家協会で会議を開き、当時この事件を処理した人全員に来てもらった。林心だけがあくまでも右派でなければならないと主張したが、他の人々はみな考えてもよいと言った。この事件は、見直しがおこなわれそうに思われた[32]。

ところが思いもかけないことに、中央が突然、右派とされた者の再審請求の訴えを受理してはならないと通知してきた。つまり名誉回復の審査はすべて許さないのだ。努力はすべて無駄となってしまった。初めに各単位が員数をそろえることまでして、でたらめにレッテルを貼り付けた「右派」「敵対分子」について、再び檔案《とうあん》(33)を調べ、その軽重を検討してみることすら許さないというのである！　これは以前の反革命や潜行反革命分子粛清運動、反革命鎮圧運動、三反・五反運動よりもさらに酷いものだ。それらはすべて再審査することは許された！

私は反右派闘争中においても良心に悖《もと》ること、すなわち中共党員としてやってはならないことをしてしまった。心にもないことを文章に書くことすらした。

黄秋耘同志の「人民の苦しみを前にして目を閉じてはならない」と「魂を錆びつかせた悲劇」は、どちらも中宣部から名指しで批判された。彼は『文芸学習』の人であったため、『文芸学習』は態度を表明しなければならなかった。そこで私は、なんと彼を批判する文章を書いたのだった！

この時、私は彼と艱難を共にしていた。二人はいっしょに批判され、毎日人には言えない苦しみと憤りをひそかに語り合ってもいた。その彼を批判するような文章を、どうして私に書くことができるだろう！　しかしそれでも私は書いた。私はデタラメを書いて、「朱慕光」と署名し、書き終えるとすぐ黄秋耘に見せた。彼はそれを読むと、ほんの少し笑って、「余向光という名前の方がもっとよい、君は光明に向かい、人民の苦しみなど見たこともないのだもの」と言った。

黄秋耘の場合は、まだ恵まれていた。邵荃麟同志の力添えで、右派と認定されるにはいたらず、党から除名されることなく観察処分となっただけであった。

何とか守ろうとして、守り得なかった人々が、その他に大勢いた。

例えば、陳湧《ちんよう》(34)（一九一九〜、広東南海人）である。中宣部の会議で、論争が繰り広げられ、何其芳《かきほう》(35)（一九一二〜七七、四川万県人）は、

「陳湧を右派にしてはならない。もしも陳湧が右派ならば、黄秋耘も右派にすべきだ」と言ったという。天よ！　もはや人と人とが互いに口で噛み付きあって生存を維持するというところにまで立ち至っていたのだ！

王蒙もそうである。楊述から私は聞いた――中宣部で討論した時、楊述は許立群と二人で王蒙を右派にしてはならないと強く主張して、共青団北京市委員会の指導的地位にある幹部と論争した。けれども中宣部は、最後には「バランス」をとって、王蒙を右派と認定した。

多くの人々の二十数年の運命が、このような「バランス」によって決定された。君は何もそう大して悪くはない、しかし彼だって君よりいくらも悪いわけではない、その彼がすでに右派なのだから、君が右派でなければおかしいではないか？　このような訳のわからない「比較して連座させてしまう方法」で、中国全土を統治した[36]。盲目的で、法律的根拠などまるでない「中央の精神」と、その時々に変わる「指導者の意図」が、数十万人、ひいては数億人の運命をほしいままに支配した。

反右派闘争中に、私は黄秋耘同志にこう言った。

「『一二・九』の時に、こんなだと知っていたなら、私は絶対に来なかった」

だが、そうは言っても、われわれはもう来てしまったのだ。あの二年間の実際の状況というのは、一方で心中不平不満だらけでありながら、もう一方では「おとなしく手なずけられた道具」でありつづけた。情勢がもう少し好転しさえすれば、すぐに欣喜雀躍してすべては許されると、必死に自分を説得していた。

当時、私が最も熟知していたのが作家協会と共青団中央の二つの単位であり、北京市委員会のことも熟知していた。作家たちの状況は前述の通りであるが、共青団中央では、解放前夜、満腔の情熱をいだいて解放区に身を投じた多くの青年幹部を右派と認定した。劉賓雁・李凌・丁望・王亜生・陳野……、さらにはもっと初期の頃の学生幹部の陳緒宗・陳模《ちんぼ》・李庚《りこう》[37]がそうである。

劉賓雁は彼の文章のためにである。彼の「本報内部消息」に描かれていた、中年になって革命への闘志を喪失してしまった編集長が陳緒宗である。ところがこの陳緒宗も、結局のところ右派にされることは免れ得なかった。その原因は陳緒宗の妻が以前匿名の手紙を出して新聞社内のある同志を非難し、不満を述べたことにあった。彼女が非難するのは間違っているが、せいぜい個人としての行動が間違っていると言えるだけで、反革命と何の関係があるのか？　しかし彼女は「反革命分子」と決定された。そこで陳緒宗が妻を弁護し、そのため彼は右派と認定されてしまった。しかもこの時、延安での搶救運動のことまで引き合いに出された。私は、陳緒宗が延安にいた時、いわれもなく「搶救」（救出）されたため山腹から飛び降りて自殺を図ったことを知っている。あのことはとうに過去のことになったのではなかったのか？　しかも毛沢東本人が搶救運動について公開の席で皆に謝罪したではないか！　そんな謝罪などなかったに等しいものであり、信用してはいけなかったのだ。

陳模の場合はもっと奇想天外なものである。彼は一貫して左で、これまで「右」であったことはなく、この点で『文芸学習』編集部の李興華とよく似ている。ところがこの時やはり右派にされてしまった。後に共青団中央の人から聞いたのだが、陳模は人に次のように話したという――楊述と私（韋君宜）には、どちらも共青団で宣伝工作に従事して欲しかった、他所に異動させるべきではなかった、異動させたのは失策だ。これが彼の「右派言論」とされたのである。

丁望らは、すべて昆明での「一二・一」学生運動[38]におけるエリートである。作家協会の楊犁《ようれい》もその一人だ。

一九四八年、私は晋察冀辺区平山県で馮文彬の指導する土地改革工作団[39]に参加した。団の仲間はほとんど延安からここまで徒歩で行軍してきた幹部だ。われわれは外の世界とはもう一〇年も隔絶されていた。そこに突然、北平各大学の学生が大勢やって来た。彼らはみな「民青」〔民主青年同盟のメンバー〕[40]で、中には中共党員もおり、当時の学生運動において最も活躍していた分子である。彼らは反飢餓・反内戦〈活動〉をやり、共産党の指導する人民解放戦争を強力に支援した。この時、その大半はあまりに「赤」すぎたため北平にはいられなくなり、党によって解放区へ送られてきたのだ。彼らは学生だから、青年委員会が面倒を見た。馮文彬は彼らを土地改革工作団に参加させた。その時われわれはどんなに嬉しかったことか！　彼らは外の新しい情報と、忌憚なくものを言う青年の活気をもたらし、一〇年早く来た学生であったわれわれは異郷で旧友に会ったかのごとく、すぐに彼らと親しくなった。

その彼らが右派だとは！　しかも一人ではなく、大勢が右派にされた。この時、彼らはまだせいぜい三十歳前後にすぎなかった。李凌ら数人は共青団中央で、楊犂は作家協会で、「一二・九」（ママ）運動のリーダーであった袁永熙[41]は清華大学で右派と認定された。

当時、私はおぼろげにではあるが、こう感じていた――これは中共中央にとって、学生運動のなかから大量に現れた、これらの最も優秀な幹部、血気盛んで今後の貢献がまさに期待されるこれらの人材が不要だ、ということではないか。その原因は何なのか？　それは彼らが多かれ少なかれまだいくらか脳味噌をもっていて、また若いので、われわれのように――少しはあれこれ考え、考えるがゆえに苦しみながらも――まるで頭を働かせることなく「党のすべての呼びかけに応じる」ことが不可能であるからに他ならない。

私は彼らの「罪状」を一つ一つ知っているわけではないが、それは問題にするまでもないことのようであった。

彼らの世代のなかにも、もちろんすべての呼びかけを受け入れ、喜んで飼いならされ道具となった者もいた。たとえば、楊犂の妻の黎陽《れいよう》は初め北京大学にいた時、楊犂によって革命の道へと導かれた。人柄は幼稚かつ単純で、人の言うことは何でも信じてしまうのだ。彼らはもともと大変な相思相愛の仲で、そのことは二人の名前が同じような文字を逆にして付けたものであることからも知られる。だが、楊犂が運動の渦中に巻き込まれると、この単純な娘はすぐさま彼とは離婚したと公表した。彼女は本当に楊犂が反党、反社会主義であり、罪人だと思ったのだ。離婚後、彼女は一人で山西省へ行き、そこで、すべての知識分子を党の仇敵だと見なすあの哲学にしたがって、小学校を卒業した男性同志と結婚し、二十数年が経った。

一九八五年、楊犂はとうに名誉回復され、北京に戻っていた。黎陽も公務で北京に来て、この時、楊犂に会った。

楊犂は無実の罪を着せられたことについて説明し、黎陽はそこでようやく悟った。彼らの頭はどちらも白髪がまじり、双方とも別の人と結婚していた。もう取り返しがつかない。黎陽はかつて仕事を終えて帰宅する時に通った道をバスで走ったが、当時の風景が彷彿として、感慨を禁じえなかったと、涙を浮かべながら私に語った。[42]

ただそれだけのために離婚した者も楊犂夫妻だけではなかった。前述の袁永熙の妻は、国民党要人、陳布雷[43]（一八九〇～一九四八、浙江慈渓人）の娘、陳璉《ちんれん》。[44]彼女はかつて勇敢にも家に背き、一人で北京の貝満中学校で教師をしながら、共産党に参加して革命をおこなった。その後逮捕され、国民党各紙が競って記事にした。陳璉はこのような勇気をもっていた。けれども一九五七年には、大きな山のようにのしかかってくる当時の政治的圧力に抵抗する勇気をもてず、袁永熙〔一二・九運動《（ママ）》の戦友〕と離婚してしまい、それから再婚することはなかった。独身のまま、文革中にまた批判され、ついに自殺した。

私の知人の「右派」の中で、高い地位にいた者は柳湜《りゅうしょく》と王翰《おうかん》[45]（一九一一～八一、江蘇塩城人）である。この二人も例外なくいずれも知識分子出身の老幹部だ。一九五七年に彼らと行き来することはほとんどなかった。八四年になって、王翰が亡くなり、彼の妻の張清華が訪ねてきて、彼の伝記を書くのを手伝って欲しいと頼まれ、私は初めて彼の生涯について知った。

王翰は一二・九運動の上海におけるリーダーで、復旦大学を卒業。上海で社連のリーダーであった時代に、もう労働者・農民の党員数の多寡を基準として支部工作の優劣を判断してはならない、と主張していた〔これはなんとおかしな基準であることか！　こうした基準が推進される中で、「入党」させられた労働者党員の中には、自分が党員であることを知らない者さえいた〕。

新四軍[46]では、王翰は第五師団設立に参加し、中原に解放区を切り開いた。第五師団では政治部副主任となり、兵士のために教科書を編纂、初等教育程度の知識を教え、大学生幹部を使って政治工作をやらせたため、この時にも多くの非難を受けた。

後に中央監察部の副部長となった時（一九五四年）には、実務を学ぶことを主張。経済建設時期において監察工作をおこなうには、工業について理解していなければならない、工業工作における手落ちがどこにあるかを知らなければ、その良し悪しを調査することもできない、と主張した。さらに出身階級第一主義[47]には、公然と反対した。

そしてまさにこれらのために、勲功の卓抜した老幹部を右派にして、一六年間も鉄工をやらせ、労働改造に遣り、レッテルを貼り付けたままにした。王翰の資料を読んで、中国にはまったく道理というものがないのであろうかと考えさせられた。私はまたしても党中央には知識分子に対する天然の憎悪のようなものがあるのかと思った。もしも労働者・農民出身の幹部なら、王翰のように部隊を設立し、根拠地を切り開いた功労者を、敵だと見なすことはあり得なかっただろう[48]。

まだ党機関の北京市委員会の方が、右派と認定した者の数はいくらか少なかった。市委宣伝部では鐘鴻《しょうこう》一人で、それも無理をしてやっとのことで工面したものである。鐘鴻は、私が市の文化委員会副書記を兼任していた時、助手を務めてくれていたので、私の家にもしょっちゅう来ており、楊述のこともよく知っていた。優しくて物静かな女性で、黎錦熙《れいきんき》[49]先生の娘さんである。文章は上手かったが、私はそれまで彼女が何か意見を発表するのを聞いたことはなかった。

右派を決める数日の間、楊述は毎日他の単位へ出かけて、会議に出席し、比べてみて、最後の決定を下した。最後にようやく機関支部を管轄する数人の者が楊述を訪ねてきて、それぞれの部門で右派と認定する人について報告した。

楊述が、

「こんなもので、足りないだろうか？」

と言うと、他の一人が、

「はい、これでよいでしょう。彼女よりも重大な発言をした者は他にはいないのですから」

と言った。それだけだったのである。

何といっても、一つの単位の中で一人も右派を出さないというのでは、彼らも報告のしようがなかった。他には誰も捜しだせないというだけの理由で、「矮小《ちび》の中から将軍を選ぶ」かのように、彼女を右派にしてしまった。(50) 楊述は鐘鴻を右派と認定したくはなかった、けれどもそうせざるを得なかったということを、私は知っている。この点について、私は理解することができる。

だがそれと同時に私は、高等教育機関の党委員会における右派認定に関する議論に楊述が参加したのも見ていた。右派の認定について、ある一派は学生を多く、教授を少なくと主張し、別の一派は教授を多く、学生を少なくと主張した。楊述は後者に属し、

「若い者が間違いを犯せば、保護すべきだ」

と言った。これは当時の立場としては間違っていない。彼はこう言った。

「傅鷹《ふよう》(51)のようにしょっちゅう怒鳴っていても右派にしないのに、学生を右派にするのか？　傅鷹を右派に認定すべきだ」

しかし、これらのすべての人、老人も若者も、すべて右派と認定すべきではなかった、彼らはみな敵ではなかったし、反社会主義でもなかったということは、楊述にとって全く思いもよらないことであった。そしてこの運動そのものがまさに社会主義を破壊する運動だったとは、さらに思いもよらないことであった。この時、夫はもう部長となってから長く経ち、上級の思想を、あるいは毛沢東の思想をみずからの思想とし、みずからの一切の思想はその範囲の中でぐるぐる回っているだけで、その枠を一歩も越えられなくなっていた。彼はもう綏徳時代と同じではなくなっていた。われわれ二人はいつも意見が食い違うようになっていた。

この反右派闘争は最後に数年来の「統一戦線」政策まで覆してしまい、デタラメに攻撃を加え、「文革」のリハーサルさながらであった。台湾民主自治同盟主席の謝雪紅〔すなわち台湾左派の領袖〕（一九〇一～七〇、台湾彰化人）、雲南蜂起首領の龍雲（一八八四～一九六二、雲南昭通生れ）、民主同盟の章乃器《（ママ）》（一八九七～一九七七、浙江青田人）、羅隆基

（一八九六〜一九六五、江西安福人）から、みずからの老党員である柳湜、王翰、沙文漢《さぶんかん》[52]（一九〇八〜六四、浙江鄞県人）……にいたるまですべて右派にしてしまった。

中央は地方よりもっと酷かった。北京市委員会は中央よりまだよかったと思う。思想が「正統」でないということで何度も批判されていた建築学の梁思成《りょうしせい》[53]が、もしも中央にいたなら、とっくに右派と認定されていたであろう。北京市委では彭真が梁思成のために何回も会議を招集、検討して、方針を明確にし、彼が難関を切り抜けられるよう保護した。

民主党派の何人かは、

「大和尚の経典はよいものであるが、小坊主がそれを歪めてしまう」

と述べているが、私は、これは本質から外れた論だと考える。[54] **彼らは中国共産党のことがわかっていない。本来の経典そのものが歪んだ経典なのであり、一九五七年からそれがもう完全に明らかになっていた。**ますます歪めてしまう小坊主もいるが、元の経典より上手く唱える小坊主もいるのだ。

もっと重要なことは、当時右派の認定を担当した者の誰もが、これまでの三反・五反運動の類と大して違わない、時が経てば、これもまた過去のこととなってしまう、と考えていたことである。ある人を右派と認定して、その人にはちょっと辛い思いをさせてしまうが、その後はなんでもない。あのように人の一生を決定してしまうことになろうとは、誰に予測できたであろう？　このように最後に決定を下し、いい加減に認定を下した一切の事件について、調査**することも、名誉を回復することも許さなかったのは誰なのか？　当然、毛沢東でしかあり得ないのだ！**

社会の気風と幹部の仕事ぶりについては、この時から唯々諾々として言いなりになり、利口に立ち回って身の安全をはかり、井戸に落ちた人にはさらに石を投げ、他人に損をさせて自分の利益をはかる等々の、きわめて悪辣なやり方が**奨励される**[55]ようになった。悪辣なやり方をとるこれらの人々は批判されないばかりか、表彰され、重用されるにまでいたった。あえて物申す硬骨の士はすべて右派にされてしまった。後の文革は起きるべくして起きたのである！

私は、以下のようなことがあったのを、自分の目で見た。

ある人〔その名は伏せておく〕は、もう一人の人と一緒にある刊行物の編集責任を負っていた。二人は親友で、最終稿はすべて二人一緒に作成していた。その友人が書いた文章を発表する前には、すべてこの人が目を通していた。ところが反右派闘争が始まると、この人は公然とその友人を摘発した――その友人が、どのように右派の観点から文章を書いたか、他人の文章を右であればあるほどよいとして書き改めたか……。その結果、彼の友人は右派となり、彼の方はそれからとんとん拍子に出世した。

またある人〔その名もまた伏せておく〕は、平素は編集部の中でいかにも正直なように見え、議論が始まれば滔々とよどみなく述べ立て、あえて物申す硬骨の士をもって自任していた。ある同僚がちょうどその時、「丁・陳集団」といくらか繋がりがあって、問題にされるのではないかと恐れてとても苦しんでいた。彼らは同じ宿舎に住んでいた。ある日この同僚は、事のついでにこの「正直分子」を家にさそい、一杯酌み交わして、彼に胸のうちを語った。すると彼は数日後、編集部で全体会議を開いた時に、某同僚が彼を食事に招待し、「仲間に引き入れようと企んだ」との犯罪行為を摘発したのである。

彼は後に、はたして下放小組長となった。また農村で右派と認定されたその同僚を見かけると、彼が右派分子であるという秘密を農民たちに公表した。その人が農村で普通より少しよい鹹菜《シエンツアイ》（野菜の塩漬け）を食べているというだけの根拠で、改造しようとはしないとした！

このような人物は、その後ますます高くはい上がっていった。しかも彼と同等の地位で間もなく抜擢されそうな人について、絶えずデマをとばして打撃を与え、いたる所で告げ口をして回った。機関の中で誰もが恐れる人物となって……。

このようなことは、後の文革中にはその百倍にも千倍にもなって繰り返された。私は、その起源が実に反右派闘争にあったと考える。正しい気風が廃れ、邪悪な気風が盛んになったのである。私が最も辛かったあの時、上述の誰某がやったように、私も一切の問題をすべて黄秋耘同志の所為に転嫁していたなら、私の処分はもっと軽くすんだであろうということはわかっていた。

しかし、この時、私の心中の苦痛は最大限にまで達していた。私は若い頃から革命に参加することを志し、旧世界を変革しようと志してきたのであったが、こんなことのためにではなかったはずだ。人格を売り渡してまで、自分の「難関」を切り抜けるのか？　もしもそうなら、ここでわずかばかりの屈辱的な施しをうける必要がどこにある？私はなぜ両親の言うことを聞いて米国に留学し、米国籍中国人学者にならなかったのか？　革命に参加した後〈も常に〉、さらにまだ正直な人間であろうとするかどうかの選択を迫られたのである。私は自分個人の運命を悲しむよりも、はるかに深くこの「革命」に心を痛めた。そして悲しみ失望すると同時に、そんなことはしない、同罪となっても、友人を裏切るようなまねは絶対にしないと決心した。

私に対する処罰〔党内厳重警告〕が決定される前、作家協会で会議が開かれ、ある節操のない人物について討論が及んだことがあった。彼は丁陳の側に立って周劉の悪口を言ったかと思うと、すぐにまた周劉の側に立って丁陳の「犯罪行為」を摘発したのである。この時私は我慢ができず、こう発言した。

「あのような行為を奨励されるのでしょうか？　それなら次に彼がまたこれを翻してしまったら、どうされるのでしょうか？」

すると私の率直な言葉に、会議を主催していた劉白羽が何度もうなずいた。彼にはもちろんその通りだということがわかっていたはずだ。しかし政策にしたがって、このような人物には厳しいことは要求されず、地位もそのまま、そして私の方はすぐさま厳重警告処分をうけ、農村へやられた。

劉白羽自身は作家であるが、当時の彼の作家協会における態度は本当に酷いものであった。作家協会のある全体大会で、彼は次のように報告した。

「中国作家協会は悪事や悪人を庇っている、国民党の省政府と同じだ！」

それなのに、この人はまた不思議なことに、会議が終わった後で個人的に彼を訪ねれば、全くただの作家でしかないかのように、文学作品やプーシキンなどについて語る。

劉白羽が私にこうたずねたことがあったのを憶えている。

「君は若い時にどの作家が最も好きだった？」

私はツルゲーネフが好きだ、彼の描く世代間の矛盾、青年世代の苦悶に、自分自身の姿を連想してしまう、と答えた。すると彼はすぐに話しだした――自分はむかしチェーホフが一番好きだった、あの箱に入った男[56]などはいつまでも忘れることができない、「眠い」もそうだ。ああ、どうしてあんなにも眠いのか！　ほんとうに眠くてたまらない……。こう語る彼は、報告をおこない他の人を死地に追い込もうとしている彼とはまるで別人のようであった。

劉白羽の下で最も有能であったのは女丈夫、黄××・胡××・羅××のグループだ。当時、作家協会に所属していた作家たちは、ちょっと彼女らの噂を聞くだけで本当に肝をつぶしていた。

私は胡××[57]が主催した、あの全体会議のことを憶えている。彼女は、羅烽（一九〇九～九一、遼寧瀋陽人）・白朗《はくろう》[58]（一九一二～一九九〇、遼寧瀋陽人）を右派とするとの決定を読み上げた。激しくそして乾いたその声は、ぞっとするほど恐ろしかった。まるでその声そのものに殺傷力があり、ひと言ひと言が刃物であるかのように感じられた。実に恐ろしいことだ！　羅××にいたっては[59]、細い指で一人のベテラン編集者を指して、

「お前をこっぴどく吊るし上げてやる！」

と言った。その姿は今もなお私の眼前に浮かび上がる。

彼女らはみな中等教育（おそらく中学校）程度しかない幹部だったが、革命には早くから参加していた。革命という学校の中で党が一切を指導するという教育をいやというほど受け、その後すぐに作家たちの中で党の工作をおこない、まるで党の化身となった。しかし彼女らは実は文芸のことは理解していなかった（これは何も彼女らを貶めてい

るわけではない。当時の私もまた彼女らよりはましだとはいえ、たかが知れており、その後の数次の挫折を経てようやくこのことを悟ったのである」。そこで上級から出された各種の指令に従って、彼女らはあれやこれやの運動を開始し、人を吊るし上げた。しかも彼女ら自身は自分が神聖な任務を遂行しているのだと思っていた。この事について、もっぱら彼女らだけを咎めることができるだろうか？

上で指揮をとっていたのは周揚である。後に彼はたしかに自分の過ちを悟るにいたった。先に胡風を反革命にしてしまった責任もまた周揚に負わせることはできない。

しかし当時、中央は文芸においては確かに周揚に依拠していた。文芸界の反右派闘争がだいたい終結した後、彼の名前で、「文芸戦線における一大弁論」[60]（文芸戦線上的一場大弁論）――殺気がみなぎり、横暴で道理をわきまえないこと極点にまで達するというべき一文が発表された。発表された当時からすでにわれわれはみな、これは指導者（毛沢東）が手ずから改稿したものであり、〈すべてが〉周揚の作だというわけではないことを知っていた。一九八五年人民文学出版社から周揚文集を出す時になっても、張光年[61]（一九一三～二〇〇二、湖北光化人）はまだこんな意見を出してきた。

「あの文章は入れるな、あの中で述べられている若干の問題は、今でもまだとても敏感だから」

このことからも、その弊害がいかに根深く広範囲に及んだことか、軽視できないことが知られる。

周揚自身もこの文章については、一九八三～八四年に、どう処理してよいかわからないと述べている。歴史的な観点から見れば[62]、これは文学史上の重要な文章である、しかし彼の文集に収録されても、彼個人としては責任の負いようがない。それならば、どこが彼自身の書いた文章ではないのか、一つ一つ明らかに注記するよりほかはない。とはいえ、これもまたあまりよい方法ではない。他には[63]、周揚は私に、あの時、自分は艾青を右派にしたくはなかった、と話したこともある。

だが、たとえそうであったとしても、上級ではあの時たしかに周揚を思いのままに使える大将としての器だと見なしていた。老元帥の言うことを聞いて、どこにでも攻撃を加えた。したがって反右派闘争において、周揚はたしかに多くの悪事をなした[64]といえる。文革の時、江青が彼を打倒し、手のひらを返すように相手にしなくなって、ようやく大きな夢から目が覚めた。ただしこれは後の話である。

※　※　※

私は反右派闘争と関わり合って抜き差しならぬ立場に追い込まれた。それでもまだ「主犯」ではなかった。見聞きしたことをさらにここに記録しておきたい。

反右派闘争は、百万にものぼる人々に波及した。毛沢東主席が一体なぜこんなことをするのか？　当時、苦しんだ誰もが理解できず、無実の罪を着せられたとしか思わなかった。

何人かの人について、私がこの目で見聞きしたことを述べよう。

王蒙のことを思い出す。彼は毛主席の保護を最初に受けた人で、このため思想の自由を望む多くの知識分子が欣喜雀躍したのだった。

王蒙の「組織部に新しく来た青年」は、中共組織部内の官僚主義に対する青年の改革要求を述べた作品だ。そこで当時、文芸界と共青団の多くの人々を討伐しようとの声があがった。不思議なことに、毛主席はこの青年の作品について、道理によってあくまでも公正に、こう述べた。

「北京に官僚主義がないとは誰が言ったのか？」

さらに、

「太守以上の役人はみな私に反対する」

とまで言った。皆はこの上なく喜び、そこで文章を書く者が次々に現れ、空気がまったく一新した。

それが六月八日[65]〔一九五七年〕の『人民日報』で突然一八〇度転換してしまうとは夢にも思わなかった。毎日、「思う存分に」、「思う存分に」やれと鼓吹されていたのは、「これはなぜか」の問題を提起せんがためなのであった[66]。今、人々は社会主義と共産党に反対している、官僚主義に反対する者は誰でも皆とんでもないことを企んでいる、ブルジョア階級右派だと言う。これには勿論、毛主席の主張を擁護する多くの知識分子が騒然となった。

「どうしてそのようなことを言われるのか？　話が違う、これは陰謀ではないか」

もっと思いもよらなかったのは、一国の元首である毛主席が公然とそれを認め、以下のように弁解したことだ。

「これは陰謀ではない、陽謀だ！」

すなわち自分が先に述べたことの一切がすべて魚を釣るための餌であったと言うのである。公然と人を騙したのだ！　青年たちはこれが「陽謀」だとは呑み込めずに、みな罠にかかってしまった。

王蒙は当時わずか二四歳、一五歳で地下党に入り、真の忠誠を尽くしてきた者が、いきなり反革命の大目標にされてしまった。彼は共青団北京市委員会にいたが、彼らも毛主席が保護したことのある「組織部に新しく来た青年」を取り上げて、公然と攻撃を加えるのは具合が悪く、他に口実を探した。しかし王蒙は実際に反党の文章を書いたことなどなく、何も見つけることはできなかった。そこで彼らは王蒙と話をして、昼も夜も休むことなく、断固として思想を掘り起こすよう要求した。ブルジョア階級の自由思想を宣揚する文章を書いたことはないか、頭の中で考えたことはないか？　誰かにふと漏らしたことはないか？　一つ一つ思い出して、正直に党に報告しなければならない。

若かった王蒙はこのように自白を迫られ、懸命に自らを打ちすえ、何か党の方針に合致しないようなことを、偶然にせよ思ったことがあるかどうかを考えた。聞くところによれば、彼は英国のハイドパークのように、何か主張があれば誰でも石鹼箱を引っぱってきて、自分でその上に立ち、任意に発表できれば、どんなに気分がよくて自由なことだろう、と考えたことがあると言ったという。彼のこの考えは、いまだに実行されたことはない。自分でやったこともなければ、他の人に勧めたこともない。しかし自供してしまえば、それがブルジョア階級右派の動かぬ証拠となる。このような例証が二、三あれば、王蒙はもう右派であることから逃れられない。それと同時に、毛主席が道理によってあくまでも公正に保護した人と作品が、これで完全に廃棄されてしまった。あの方（毛沢東）は自分の発言にまったく責任をとろうとはしなかった。この青年作家はそのまま党から除名され、二一五年もの間、まず農村に、それから辺境に遣られ、「陽謀」の典型的な犠牲となった。

葛佩琦《かつはいき》(67)(一九一一〜九三、山東平度人)のことは一九八五年に初めて知った。この人の問題は「陽謀」のスローガンが言われるようになったばかりの頃、新聞紙上で最も残忍凶悪な右派として真っ先に攻撃された。彼は人民大学で公然と「共産党を打倒し、殺さなければならない」と叫んだという。このような敵を滅ぼさずしてどうする？　このような人が存在しているからこそ、反右派闘争の必要性があるのだ。最初は私も、この人は気がふれたのだ、本当にそう言ったのなら、批判しなければならないと考えた。

しかし後に偶然、新聞で少し長い引用文を読んだ。彼はなんと、

「共産党は人民のために奉仕しなければならない、もしも人民のために奉仕しないのなら、共産党を打倒し、殺してもよい」

と言っていた。意味は全く違っていた！　人民のために奉仕しなければならない、共産党は人民よりも高いところにあってはならないと言っているのだ。盲目的に共産党を殺すなどとはどこにもない！　けれども宣伝はやはりこれまでどおりに行なわれ、誰一人としてこの大右派の無実を訴えて出る者はなかった。詳細については知らず、大勢の右派の中で、葛という人物はそれほどの大罪には思えないというだけのことであった。

こうしてこの人の行方も知らずに約二十年が過ぎた。一九八五年になって、一二・九記念大会で、ある人が私に一人の老人を、「これが葛佩琦だ」と紹介してくれた。彼があまりに有名であったため、私は思わず敬意をこめて言った。

「あなたが全国で最初の大右派ですか。お越しになれて、よかったですね」

しかしこの人は頭を下げたまま左右を見回し、言葉を濁して行ってしまった。

後で人が私に教えてくれた。この人は清華大学の同窓で、古くからの党員だと！　帰宅して昔の『清華週刊』を調べると、果たして彼の名前を発見した。彼は私よりもっと古くからの党員だった。彼は人民にとって重要な〈類の〉

ことを一言いったばかりに、その半生のほとんどを棒に振ってしまった。胡耀邦(68)（一九一五〜八九、湖南瀏陽人）同志逝去後の三、四日は新聞が解禁になっていて、胡耀邦の家に弔問に訪れた者の名が掲載された。そこに葛佩琦の名を見て、おそらく胡耀邦がみずから関与してこの無実の罪を生涯着せられたままの、最初の大右派を救出したものであろうということが、ようやくわかった。私も含めてあらゆる人々が彼に無実の罪をなすりつけたのだ！　儲安平《ちょあんへい》(69)（一九〇九〜六六？、江蘇宜興人）もまた「全国的に有名」な大右派であった。この人の「犯罪」は捏造するまでもなかった。簡単明瞭な一言、彼は、共産党は「党の天下」（天下を党のもの）にしようとしていると言ったのだ。これでも反党ではないというのか？　ほかのことはもう何も要らない。こうした罪名は、外国人が聞いても到底理解できないであろうことは言うに及ばず、まだ党の教育を骨の髄まで受けてはいない普通の人にとっても納得がゆかないことであろう。どうして、「党の天下」は正しいことであり、この言葉を攻撃することはすなわち「反党」ということになるのか！　あるいは、共産党とは本来天下をもって己が任となすものであり、したがって天下と党の二語を結びつけることは許さないのか？　それとも共産党の天下は、このうえないほどまでに、きわめて民主的なため、このうえ党の天下を言ってはならない、言えば風刺となってしまうのか？　いずれにせよ、どのように言っても、この一言をいうことはすなわち許されない大罪なのだ。こうした論法そのものから、党が天下を統治しているということがどういうものであったのかが理解できる。これ以上材料を探す必要はないであろう。

多くの右派の罪証を一つ一つ詳細に挙げることはできない。右派が多すぎる。私は少しばかりの著名な右派がもとはどんな人であり、その人がどのように右派となったかを示し、いったい何のためにに、この右派の認定がなされたのか、後世の人々に考えてみていただきたいのだ。

まず章乃器《しょうだいき》について述べよう。彼は当年の七君子の一人であった。一二・九運動の時、北京から陳翰伯(70)（一九一四〜八八、天津生れ）らを代表に立て上海へ派遣した際には、章乃器と連絡を取った。章乃器は銀行家で、熱心に救国運動もやっていた。彼は沈鈞儒《しんきんじゅ》(71)（一八七五〜一九六三、浙江嘉興人）らを集めて会を開き、大きなデモをやってのけた（これらはすべて後に陳翰伯らが回想したもの」。その後、章乃器みずから表に出て救国運動をおこなったために逮捕され、全国に名を知られた救国会七君子の一人となった。事実上、共産党の後にぴったりと付き従ってきたこの人が、解放後に右派と認定された。個人の意見を発表するある会議で、彼は「民主党派も共産党とかわるがわる政権を担当することができる」〔その意味は、麻雀と同じように、順番に親になれること[72]〕と一言いったために、反党の頭目となってしまった。

その意味は明白で、中国の天下は共産党が政権の座につくことだけが許され、勝っても負けても他人が口出しすることを許さない。いわゆる民主党派が介入しようとすれば、それは反党、すなわち反革命といわれるのだ。こうした論法を、外国のいかなる党派に述べたとしても、彼らはますます訳がわからなくなってしまうだろう――ものを言うことも、介入することも許さないのでは、異なった党派に何の用があるのか？　このことは、当時の中国民主同盟や章乃器にとって、おそらく思いもかけないことであっただろう。

彼らはおそらく、新国家を打ち立てた後は、建国に参加した彼らにも政治協商会議[73]に参加するのと同様に、話をしてみるぐらいの場はあるはずだと考えたのであろう。ご飯を食べて、拍手をするだけの権利しかないなどとは、知るはずもなかった。

羅隆基も同様である。彼は大学教授で、われわれ一二・九の学生がしょっちゅう講演に来てもらった人だ。彼の家は天津にあったので、私は天津の家まで招請に行ったことがある。彼は五四記念〈活動〉の時、清華大学に来て講演し、胡適らがいかに五四の伝統を放棄してしまったかについて激しく非難した。西安事件の時には、もっと勇敢に清華へ来て、蔣介石がいかに大衆の支持を得られないでいるかを述べ、清華の古い卒業生たちは役人になることしか考えていない、われわれは反対しなければならない、と語った。この人は、新中国建国の後、この国はみずからの理想と一致するであろうと当然考えたはずである。

羅隆基といえば、女丈夫の浦熙修《ほきしゅう》[74]〔一九一〇～七〇、江蘇嘉定人〕と彼女と関係のあった数人の才女のことを思い出す。羅隆基と浦熙修は恋愛関係にあったが、彼女が有名なのは、周知のように彼女が若い頃に革命政治活動に参加したからである。重慶時代は著名な新聞記者であり、中共側に立って奔走してくれた。彼女の妹の浦安修（一九一八～九一）は彭徳懐《ほうとくかい》[75]将軍の夫人である。この関係から、彼女は重慶の新聞界では「浦二姐《ねえさん》」と呼ばれ、中共に有利な多くの新聞記事を書いた。

日本の降伏後は、重慶の文化界の人々とともに南京へ行った。南京では、国民党の軍警が大衆の代表を殴打する「下関事件」（一九四六年六月）が起きたが、浦熙修もその中にいて殴られた。解放後は北京に来て、『教師報』の編集[76]をやり、『文匯報《ぶんわいほう》』の記者となって、これまでと同じように活躍した。このような左傾記者が右派と認定されるとは、まったく理解に苦しむ。あるいは、ありのままに報道する新聞記者でしかありえなかったため、もっぱら「陽謀」をやる文筆稼業はできなかったのだろうか？　いずれにせよ事実を明らかにすることはできない。

解放後、新聞界には四人の才女がいるといわれた。浦熙修の他には、彭子岡[77]も右派にされた。彭子岡もまた、国共がまさに対峙していたその時に、「張家口漫歩」の類の解放区を讃美する多くの文章を書いた。それなのに解放後、随筆を書いて、「今では、皆がお互いの間で友人として行き来することが少なくなった、やはり少しはあるべきだ」と言っただけで、右派にされた。これは愛すべき新社会を攻撃したと見なされたのだ。

右派にされた第三の才女は戈揚《かよう》[78]（一九一六～二〇〇九、江蘇海安人）である。彼女もまたもともと有名な左派で、新華社華東総分社社長の後、『新観察』主編となった。彼女は文章を一つ書いてこう言った――二〇年後には〔いつのことか、はっきり憶えていない〕共産主義の天堂（楽園）が実現し、笑いすぎて涙がこぼれる以外に、人々は二度と再び泣くことはないだろう。

ところがこの文章に、右派と見なされていた黄秋耘が反駁を加えた――家族が亡くなっても泣かないのか？　この話は、一時のお笑い種となったが、戈揚は心の中で本当はどう思っていたのだろう？　彼女の夫、胡考（一九一二～九四、浙江余姚人）が右派にされたのだ。彼女は陰でひそかに人にこう言った――話があっても、今は家に帰ってからしか話せない、職場では嘘しか話せない。この言葉が摘発されて、彼女は右派と認定された〈胡考は高名な画家、また長年にわたる著名な左派でもあった〉。

これらの才女は右派にされたが、罪名もはっきりしないばかりか、かつての功労才華もいっぺんに抹殺されてしまい、気軽に話した一言で「党と人民の敵」にされ、手当たり次第に排除された。あと一人残った「才女」は「右派」の災難から逃れた。それが私で、多言を要しない。どのような才があろうと、またどんなに著名であっても、すべて無駄なのであった。著名な記者の惲逸群《うんいつぐん》（一九〇五〜七八、江蘇武進人）や編集者の曾彦修《そうげんしゅう》(79)（一九一九〜、四川宜賓人）……名立たる人々があまりにも多く、とても全部は挙げられない。本当にすべてが無駄になったのだ。

功労者といえば、当年の雲南省主席龍雲が右派と認定されたことを思い出す。龍雲は元軍閥で、思想ということでは、おそらくマルクス主義など論外で、ブルジョア階級右派といっても本当に言いすぎではない(80)。しかし彼は〈解放戦争の時、雲南でためらうことなく蜂起し、〉共産党に対してどれほどの大功を立てたことか！　龍雲がいなければ、蔣介石の国民党勢力を雲南からどうして追い払うことができただろう。共産党勢力が雲南に拠点を築くのにどれほど助けられたことか、そのおかげで雲南が共産党の手に渡ったのだ！　論功行賞は彼にもおこなわなければならない。ところが建国されるやいなや、彼は足蹴にされた。詳細についてこれ以上述べる必要はないだろう。それは党中央が人をこのように扱い、こうして政策《（ママ）》（政権）を掌握したということを物語っている。その他の何人もの地方指導者については、先にも記したのでこれ以上述べない。

やはり最も多く打撃を受けた文化界について述べよう。

たった今、軍楽隊が「八路軍行進曲」を演奏するのを聞いて、作詞者の公木(81)（一九一〇〜九八、河北辛集人）、すなわち張松如を思い出した。彼がいったいなぜ右派にされたのか、彼とは同じ単位にいたが、それでもはっきりとはわからなかった。私が知っているのはこれだけだ——当時、彼は文学講習所の所長で、作家協会に来て総括報告をするのを聞いた。話の内容はすべてまともで、いちいち劉白羽同志の指示を仰いでおこなったものである。最後に右派の決定が発表される時にも、彼に突出したどのような言行があったのか、聞かなかった。ふだんから真面目で、どんな文章も書いてはいないだろう。教学にたずさわってきただけで、陰で誰かと禁を犯すような話をして、批判されることになったのかもしれない。彼は右派にされた後、東北に遣られた。何年も経ってから彼に会ったが、彼は教師をしていた。その時、髪の毛はすでに白く、口を開いても教育の話をするだけで、どうして右派にされたかについては一言もふれなかった。これが、「前向きに、前へ、前へ、われらの隊伍は太陽に向かう」の作者である。この歌を人民解放軍は今もまだ歌っている。

作家が攻撃されたことについては、先にも少なからず述べたが、とても語り尽くせるものではない。最も滑稽だったのは詩人の流沙河（一九三一〜、四川成都人）だ。彼は党の方針もしくは社会の気風について、これまで一言の非難もしたことがなかった。恋愛詩を一つ書いただけなのだ。うろ覚えであるが、こんな詩だった。

「君の唇は　芳醇な　一杯の酒／両手で捧げもち　口づけして　酔いしれん」

詩句は、はっきりとは憶えていないが、意味は明らかだ。つまり恋愛における熱い口づけのことであり、他意はない。にもかかわらず、この詩人はそのために右派となった。[82] これのどこが政治的なのか？　ただこう言えるだけだ——われわれの所では、恋愛を論じ、接吻を語ることは許されない、接吻はすなわちブルジョア階級右派の行為なのだ。

当時彼の文章を批判して、たしかにこのように言われていた——これはポルノであり、彼は退廃的な恥知らずだ。しかし、退廃的だからといって、どうしてブルジョア階級右派となり、犯罪、しかも懲戒免職になるような罪状となってしまうのか？　これでは理由にならない。

教育界で印象深かったのは、同窓の銭偉長[83]（一九一二〜二〇一〇、江蘇無錫人）である。彼は国民党の時代から自分の家でひそかに読書会を組織し、かくれてマルクス・レーニン主義の書物を読んでいた。解放後われわれ数人の党員が学校に戻ると、彼はすぐさま駆け出してきて、みずから出迎えてくれ、烈士たちを記念しなければならないと言った。

それだけではなく、その後も熱心に共青団中央までわれわれに会いにやってきて、清華大学労働者球技チームを結成して、師範大学に挑戦したいとも言った……。

後に右派と認定されたのは、彼が学校の運営に教授会を参加させようと主張したことによる。おおかた「教授治校」（教授が学校を治める）の意見であろう。共産党は当時すでに党委員会が一切を指導することを決定していたのに、かつての大学における教授会自治を主張したのであるから、右派となったのは当然のことであった。

清華大学の当時の校長は蔣南翔。彼は二十数年も前に「搶救」（救出）運動に反対意見を提出し、また今回の反右派闘争においても私を保護しようと尽力してくれた。ところが自分のところでは銭偉長を容赦なく右派と認定した。それはなぜなのか？　蔣南翔は、銭偉長はあまりよくないと言ったが、あまりよくないからといって右派にすることはできない！　あのような全国的な政治情勢の下では人はみずからも、そして友人をも守れなくなってしまうのか？将来の再審査を待つのか？　しかし二五年経ったが、いまだに再審査はおこなわれない。蔣南翔に代わって釈明しようとしても、この点についてだけは、釈明することができない。

他にもさらに多くの、予想もしていなかった人々が右派と認定された。

北京市高等法院院長の王斐然《おうひぜん》[84]（一九〇四～九四、河北阜平人）が右派となった。彼は北京市幹部の右派の中で最高位のポストにあった。道理からいえば、彼がどのような罪悪を犯したのか公表すべきである。しかし公表もされず、ほとんど聞いたことさえないまま、ひそかに決定された。北京市幹部の中からも若干の右派を認定しなければならない、さもなければ党中央の要求に対して言い逃れはできない、そこで王斐然がほうり出されたものであろう。

このようなやり方は、どの部署でもそうせざるを得なかったのだ。「矮子《ちび》の中から将軍を選ぶ」かのように、無理やり鐘鴻を選んで右派にしたというデタラメな話は、先に述べた。書家の啓功（一九一二～二〇〇五、北京人）、木版画家の彦涵《げんかん》[85]（一九一六～二〇一一、江蘇連雲港人）は後に作品集を出し、それらはこの世の至宝といわれた。それならなぜ彼らが二五年もの間、右派として打ち捨てられたままになっていたのか？　誰も答えられないのだ。

私は多くの右派に出会ったことがある。地方から戻ってきた者のほぼ全員がそうであった。彼らは自分が右派とされた時の事情について、ほとんど誰もが避けて話そうとはしなかった。実際のところ、事情など話しようがなかった——事情も何もなかった、初めからそのような事さえまったくなかったのだ。

思いつくままに挙げた以上の右派たちの処分は、最も軽い者で党から除名、職位降格で、指導幹部となることは許されなかった。重い者は労働改造のために農場へ遣られ、もっと重い者は監獄に入れられた。要するにみな行政処分ないし法律処分を受けた。しかし彼らの犯した罪は列挙してみても、ブルジョア思想を主張した者〔もしもこれが犯罪であるとしても〕など一人もおらず、彼らはみな共産党擁護を主張さえしていたのだ。

けれども駄目、擁護の仕方があまり正しくなければ駄目なのだ。犯罪というのは、要するに一つしかない。それはすなわち党中央が、ブルジョア自由が多すぎる、勝手気儘がすぎる、鎮圧しなければと考えれば、鎮圧される。手当たり次第に拾い上げては鎮圧したのだ。

それらの人々が二五年間をどのように過ごしたのか、たずねる術はない。この血と涙のこびりついた歴史について、決着をつけるのでも、報復しようとするのでもない。ただ**いささかも道理をわきまえないこのような運動**[86]が、中国において二度と起きることのないようにと願うのみである。中国の哀れな民衆はあまりに容易に大声で万歳を叫びすぎたが、あと何回か叫びたい。運動のさなか、他の人が右派にされずにすむよう、何とかして助けようと手を差し伸べてくれた人々に感謝し、褒め称えるために、私は万歳と高らかに叫ぶことを提案したい。たとえその人が誰かを右派にしたとしても、一人でも少なくすることができれば、やはりよいことだ。

本当に、党に反対する人などいなかったし、ブルジョア右派の思想を提唱する人もいなかった。ただ、ブルジョア左派の思想はいくらかあったかもしれない。例えば、党の指導下に、権利としての自由を少し与えてもよいと主張する人はいた。それらもすべて、右派に準じて処理された。

注

(1) H・Pともに章のタイトルは「丁・陳批判から反右派闘争まで」。「反右派闘争」については、本書前編『思痛録』序文注4参照。

(2)「丁・陳」とは、丁玲と陳企霞のこと。中国作家協会党組拡大会議が一九五七年六月六日から九月一七日まで計二七回開催され、丁玲と陳企霞が反党集団として批判された。周揚については、本書前編『思痛録』第三章注3参照。

丁玲(一九〇四～八六、湖南臨澧人)、小説家。三二年中共入党。後出の「三八節有感」は『解放日報』(四二年三月九日)に掲載された。

陳企霞(一九一三～八八、浙江鄞県人)、文芸評論家、小説家。三三年中共入党、四〇年延安着。

(3) 郭小川(一九一九～七六、河北豊寧生れ)、詩人。三七年中共入党、四一年延安着。五五～六一年作家協会党組副書記、作家協会書記処書記兼秘書長、『詩刊』編集委員。

(4) 袁水拍(一九一六～八二、江蘇呉県人)、詩人、四二年中共入党。

(5)『文芸報』一九五二年第九号(五月一〇日)に曽煒「英雄人物の描写について」が掲載され、「新しい英雄人物を創造する問題について」の討論が始まった。

(6) 李又然(一九〇六～八四、浙江慈渓人)、散文家、詩人、三八年延安着、四一年中共入党。

(7) 艾青(一九一〇～九六、浙江金華人)、詩人、四一年延安着、四三年中共入党。

(8)「黄其雲(女)」、Pでは〈黄××〉。

(9) 婦連は中華全国婦女連合会の略称、一九四九年四月北京で成立、中共の指導下にある全国の女性大衆組織の指導的機関。

(10) 李之璉(一九一三～二〇〇六、河北蠡県生れ)、三二年中共入党。

(11) 楊雨民、内蒙古赤峰人、一九三六年北京大学外語系卒業、三七年中共入党。

(12) 一九五六年五月、毛沢東が「百花斉放、百家争鳴」を奨励、一九五七年四月中共中央は「整風運動についての指示」を通達するが、同年六月から反右派闘争が始まった。本書後編第三章参照。

(13)「他人に操られていた私の頭も少しは働き始めていた」、Pでは、〈他人に左右されていた私の頭も少しは変化し始めていた〉。原文は、H「操縦」「活動」、P「左右」「変化」。

(14) 一九五六年二月ソ連共産党第二〇回大会で、フルシチョフは他国の共産党との事前の協議もないまま、スターリンを全面的に批判する秘密演説をおこなった。

(15) 彭真(一九〇二～九七、山東曲沃生れ)、文革以前は劉少奇派の中心人物。五一～六六年北京市長、五六～六六年党中央書記処書記、文革開始とともに失脚、七九年名誉回

復、党中央委員、中央政治局委員、全人代常務委員長等を歴任。

(16) 一九四五年八月中華民国とソ連が調印した中ソ友好同盟条約。中国に対する援助は中華民国政府を通じておこなうと明記。

(17) この討論については、本書後編第三章とその注9、28参照。「組織部に新しく来た青年」は王蒙の小説で、『人民文学』一九五六年九月号に発表。王蒙(一九三四〜、北京生れ)は小説家、四八年中共入党、五八年右派として批判され、党籍剝奪、七九年名誉回復、党籍回復。

(18) 劉賓雁のルポルタージュ「本報内部消息」は、『人民文学』一九五六年六月号に発表。劉賓雁(一九二五〜二〇〇五、吉林長春生れ)は、作家、新聞記者。四四年中共入党、五七年右派分子として党から除名、七八年党籍回復、八七年再び党籍を剝奪される。

(19) 黄秋耘については、本書前編『思痛録』第二章注26参照。「魂を錆びつかせた悲劇」は、『文芸報』一九五六年第一三号(七月一五日)に発表された黄秋耘の雑文。

(20) ボロシーロフ **Kliment Efremovich Voroshilov**(一八八一〜一九六九)、ソ連邦の軍人、政治家。

(21) 唐因(一九二五〜九七、江蘇松江人)、文学評論家、五〇年中共入党。唐達成(一九二八〜九九、湖南長沙人)、文学評論家、五六年中共入党。

(22) 劉白羽(一九一六〜二〇〇五、北京人)、解放軍系の作家、三八年延安着、中共入党。五五年以降、作家協会副主席、作家協会党組書記、文化部副部長、解放軍総政治部文化部長などを歴任。

(23) この短文は「バス旅行記(乗公路汽車旅行記)」で、一九五七年七月『旅行家』第七期(総第三一期)に発表、韋君宜の散文集『似水流年』(湖南人民出版社、一九八一年)所収。

(24) 彭子岡(一九一四〜八八、蘇州生れ)、女性、新聞記者、雑誌編集者、三八年中共入党。

(25) 「周延」、Pでは〈周×〉。

(26) 「陳海儀」、Pでは〈陳××〉。後出、二カ所の「李孟昭」は、Pでは〈李××〉。陳海儀(一九二七〜、広州人)、中共党員。

(27) 秦兆陽(一九一六〜九四、湖北黄岡人)、小説家、編集者、文芸評論家、三八年延安着。四一年中共入党。「リアリズム――広い道」は、何直の筆名で『人民文学』一九五六年九月号に発表された。

(28) 唐祈(一九二〇〜九〇、江蘇蘇州人)、詩人、編集者、西北民族学院教授など。

(29) 鄧友梅(一九三一〜、山東平原人)、小説家、五二年中共入党。

(30) 高級合作社は、中国の農業合作化の過程で設立された社会主義的性格をもった集団経済組織。一九五六年初級合作社から発展したもので、五八年にはさらに発展して人民公社となった。
(31)何啓治（一九三六～、広東龍川人）、編集者、中共党員。
(32)この段落二カ所の「林心」、Pでは〈あの女性同志〉。
(33)「檔案」とは、身上記録のことで、一般農民を除くすべての人について作成され、人事管理に利用されている。
(34)陳湧（一九一九～、広東南海人）、文芸理論家、三八年延安着、中共党員。
(35)何其芳（一九一二～七七、四川万県人）、詩人、文芸評論家、三八年延安着、中共入党。
(36)「で、中国全土を統治した」、原文は「用……統治了整個中国」、Pでは「用……統治了当時整個中国的運動」、〈……方法」を用いて、当時の中国の全運動を支配した〉。
(37)当時、李凌・丁望・王亜生・陳野・李庚は共青団中央幹部。陳緒宗は『中国青年報』社長、陳模は『中国青年報』副総編集、劉賓雁・丁望・王亜生は『中国青年報』各部室主任。李庚は中国青年出版社副社長兼総編集。
(38)「一二・一」学生運動とは、一九四五年一二月一日昆明で起きた国民党の独裁と内戦に反対する学生運動。H原文は「一二・九」となっているが、これは間違いである。「一二・九」運動については、本書前編『思痛録』序文注20参照。
(39)一九四六年から四八年春にかけて、中共は全力をあげて土地改革に取り組んだ。この時、中共は村へ工作団を送って農民を説得し地主に対して闘争させる方式をとった。
(40)民青は民主青年同盟の略称、一九四四年末から四五年初、昆明でひそかに設立された、新民主主義を綱領とする進歩的な青年組織。
(41)袁永熙（一九一七～九九、貴州修文人）、元清華大学党委書記、元北京経済学院院長。原文は、H・Pともに「一二・九」運動のリーダーとするが、袁永熙が革命に参加したのは三八年で、同年中共入党、「一二・一」運動のリーダーであったことから、H・Pともに間違いで、正しくは「一二・一」運動ではないかと考える。
(42)韋君宜の小説「旧夢難温」（『旧夢難温』人民文学出版社、一九九一年所収）は、楊犂夫妻がモデルだと考えられる。
(43)陳布雷（一八九〇～一九四八、浙江慈渓人）、一二年中国革命同盟会加入、二七年中国国民党に入党、国民党中央党部書記長、中央宣伝部副部長、中央政治会議副秘書長、蔣介石侍従室第二処主任等を歴任、長期にわたって蔣介石のために文書を起草する。四八年南京で自殺。
(44)陳璉（一九一九～六七）、陳布雷の娘、三九年中共入党、六七年上海で自殺、七九年名誉回復。
(45)柳湜については、本書前編『思痛録』第一章注37参照。
(46)新四軍は、日中戦争期、主に華中で活動した中共系の軍隊。王翰（一九一一～八一、江蘇塩城人）は三二年中共入党。
(47)「出身身階級第一主義」とは、本人の出身・階級区分を批判や選抜の基準とするやり方、原文は「唯成分論」、「出身血統論」とも訳される。封建的差別を克服したはずの社会主義中国において、労働者・農民出身であることが人民の資格とされ、中共党員幹部のみならずその家族も新特権階級となり、地主・ブルジョアなど「出身」のよくない人々は政治、経済、社会生活上の厳しい差別を受けた。

(48) この文章「もしも労働者・農民出身の幹部なら、王翰のように部隊を設立し、根拠地を切り開いた功労者を、敵だと見なすことはあり得なかっただろう」、Pでは〈もしも労働者・農民出身の幹部で、王翰のように部隊を設立し、根拠地を切り開いた功績があったなら、敵だと見なすことはあり得なかっただろう〉。

(49) 黎錦熙(一八九〇~一九七八、湖南湘潭人)、著名な言語学者、国語辞典編纂と文字改革に携わる。北京師範大学教授・文学院長・校長、第一~三期全人代代表など。

(50) Pでは、〈このように「矮小の中から将軍を選」んだ〉で文章は終わる。

(51) 傅鷹(一九〇二~七九、北京生れ)、化学者、ミシガン大学博士、五四~七九年北京大学教授、六二年北京大学副校長。

(52) 謝雪紅(一九〇一~七〇、台湾彰化人)、女性、二五年中共入党、同年末モスクワ東方大学入学。二八年上海で日本共産党台湾民族支部結成に参加、四七年中共に再び入党、同年台湾民主自治同盟主席、四九年北京で全国政協委員、五四年第一期全人代代表など。

龍雲(一八八四~一九六二、雲南昭通生れ)、彝族、二八~四五年まで雲南省政府主席、四八年香港に脱出、四九年中共支持を表明、その後中共の新政府に参加、中央人民政府委員、国防委員会副主席、全人代常務委員、全国政協常務委員など要職を歴任。

章乃器(一八九七~一九七七、浙江青田人)、三六年国民政府に逮捕され、抗日七君子の一人といわれる。四五年重慶で中国民主建国会(略称は民建)の設立に参加。民建は民主諸党派の一つ、経済界人、経済学者によって構成される。新中国成立後は、食糧部長、全国政協常務委員、民建中央副主任委員など。本章一二六、一二七頁参照。

反右派闘争では、章乃器も右派分子と認定されたが、彼は中国民主同盟ではなく中国民主建国会主席。中国民主同盟副主席であった章伯鈞(一八九五~一九六九、安徽桐城人)と羅隆基(一八九六~一九六五、江西安福人)が、「章羅同盟」の名の下に糾弾され、それぞれ中国第一号・第二号右派とされ、今も正式に名誉を回復されない五人の右派の内の二人。章乃器は八〇年名誉回復。

沙文漢(一九〇八~六四、浙江鄞県人)、二五年中共入党。新中国成立後は、中共浙江省委員会宣伝部長、浙江省人民政府副主席、浙江省省長など。

(53) 梁思成(一九〇一~七二、広東新会人)、建築史家、建築家。中国の古代建築と文化遺産の保護に尽力、梁啓超の長男、東京生れ。清華大学教授・建築系主任、政協北京市委員会副主席、第一～三期全人代代表など。五九年中共入党。

(54)「考える」、原文は「認為」、Pでは〈覚得〉。

(55)「奨励される」、Pでは〈盛んにおこなわれる〉。

(56)「箱に入った男」、Pでは〈犬のムムー〉。「箱に入った男」は一八九八年に、「眠い」は八八年に発表されたチェーホフの短編小説。しかし、Pの「ムムー」は、一八五四年に発表された、ツルゲーネフの短編小説。P⑤はHと同じ。牧恵は、ムムーは、ツルゲーネフの作品中の犬であるため、チェーホフの小説の箱に入った男に修正したと朱書き。

(57)「胡××」、Pでは〈その内の一人〉。

(58)羅烽(一九〇九～九一、遼寧瀋陽人)、作家、二九年中共入党、白朗と結婚。四一年全国文芸界抗敵協会延安分会主席、五〇年東北人民政府文化部副部長など。

白朗(一九一二～一九九〇、遼寧瀋陽人)、女性、作家、四五年中共入党、元東北文芸家協会副主席。

(59)「羅××にいたっては」、Pでは〈もう一人は〉。

(60)周揚「文芸戦線における一大弁論」(文芸戦線上的一場大弁論)は、一九五八年二月二八日『人民日報』と『文芸報』第五期に発表された。本書前編『思痛録』第一六章注28参照。

(61)張光年(一九一三～二〇〇二、湖北光化人)、詩人、文芸評論家、二九年中共入党、三九年延安着。大流行した抗日歌「五月的鮮花」の作詞者。中国作家協会副主席・党組書記、『文芸報』・『人民文学』主編など。

(62)「歴史的な観点から見れば」、原文は「按歴史」、Pでは〈理屈から言えば〉、原文は「按説」。

(63)「他には」、Pでは〈以前〉。

(64)「悪事をなした」、Pでは〈過ちを犯した〉。原文は、H「壊事」、P「錯事」。

(65)「六月八日」、Pの〈五月一三日〉は間違い、P⑤は修正されHと同じ。

(66)一九五七年六月八日『人民日報』に毛沢東の書いた社説「これはなぜか」が掲載され、反右派闘争がはじまった。

(67)葛佩琦(一九一一～九三、山東平度人)、三七年北京大学物理系卒業、三八年中共入党。反右派闘争の時は中国人民大学工業経済系物理化学教研室講師。彼の「人民大学の座談会における発言」は、一九五七年五月三一日の『人民日報』に掲載された。八〇年名誉回復。

(68)胡耀邦(一九一五～八九、湖南瀏陽人)、改革派として鄧小平の開放政策を推進、党主席、党総書記。八七年失脚、八九年の死去をきっかけに第二次天安門事件が発生した。三三年中共入党。

(69)儲安平(一九〇九～六六?、江蘇宜興人)、ジャーナリスト、『光明日報』総編集、九三学社の指導者。

(70)陳翰伯(一九一四～八八、天津生れ)、ジャーナリスト、三六年中共入党。新中国成立後、北京新聞学校副校長、中央宣伝部理論宣伝処副処長、商務印書館総経理兼総編集など。

(71) 沈鈞儒(一八七五〜一九六三、浙江嘉興人)、弁護士、抗日民主運動の指導者、中国民主同盟主席。

(72) Hこの箇所には、以下の注が付されている――この箇所、韋君宜は章乃器と章伯鈞を同一人物と混同している。「(民主党派も共産党と)かわるがわる政権を担当することができる」と言ったのは章伯鈞。章乃器は当時「党をもって政に代え」てはならないと主張し、「官僚主義は資本主義よりもさらに危険な敵である」、「みな人であり、毛主席も含めて、誰も神ではない」と考えていた。

P⑤「付言」には、韋君宜が章乃器と章伯鈞を同一人物と混同、「かわるがわる政権を担当することができる」と言ったのは章伯鈞、と記されている。章乃器、章伯鈞については、本章注52参照。

(73) 政治協商会議とは中国の各党派・団体などからなる統一戦線組織、正しくは中国人民政治協商会議、略称は「政協」。

(74) 浦熙修(一九一〇〜七〇、江蘇嘉定人)、女性、ジャーナリスト、三三年北京師範大学中国文学系卒業。五七年に右派とされ、八〇年名誉回復。

(75) 彭徳懐(一八九八〜一九七四、湖南湘潭人)、二八年中共入党。人民解放軍元帥の一人、大躍進に際し毛沢東を批判し、五九年失脚、七八年名誉回復。

(76) 原文は「編輯」、Pの「主編」は間違いで、P⑤でHと同じに修正。

(77) 彭子岡、本章注24参照。

(78) 戈揚(一九一六〜二〇〇九、江蘇海安人)、女性、ジャーナリスト、中共党員、右派分子にされた後、七八年名誉回復、八九年離党、アメリカに移住。

(79) H・Pともに「著名な記者の惲逸群や編集者の曾彦修」であるが、P⑤では〈著名な編集者の惲逸群や編集者の曾彦修に修正され、「惲逸群を削除、反右派闘争以前に災難に遭っているため」と朱書き。

惲逸群(一九〇五〜七八、江蘇武進人)、二六年中共入党、四九年上海解放後、解放日報社長兼総編集、華東新聞出版局局長、華東新聞学院院長などを歴任。五二年党籍剥奪、後に逮捕投獄され、名誉回復は八二年。曾彦修(一九一九〜、四川宜賓人)、三八年中共入党。人民出版社総編集、社長など。

(80)「といっても本当に言いすぎではない」、Pでは〈といえる〉。

(81) 公木(一九一〇〜九八、河北辛集人)、原名は張永年あるいは張松如、三八年延安着、中共入党。著名な詩人で、彼の作詞した「八路軍行進曲」は、六五年「中国人民解放軍行進曲」、八八年「中国人民解放軍軍歌」となった。五四年作家協会文学講習所副所長・所長、五八年右派とされ、七九年名誉回復、吉林大学中文系主任・教授・副校長、吉林省文連副主席・名誉主席、中国作家協会理事、同吉林分会主席など。
(82)Hこの箇所には、以下の注が付されている――この部分の記憶は誤りで、流沙河の「右派」の罪名は、詩「草木篇」を書いたことである。この詩の作者は別人だが、当時彼もまた疑いなく災難に遭ったことであろう。P⑤「付言」にも、同様の記述あり。
(83)銭偉長(一九一二~二〇一〇、江蘇無錫人)、「中国近代力学の父」、一九四二年カナダのトロント大学博士(応用数学)、四六年帰国、清華大学・北京大学・燕京大学教授、五六年清華大学副校長、右派の名誉回復は七九年。中国科学院院士、上海工業大学・上海大学校長、南京大学・江南大学名誉董事長、南京航空航天大学名誉校長など。
(84)王斐然(一九〇四~九四、河北阜平人)、二四年北京中法大学で中共入党。四九年から、北京市人民法院院長、北京市高級人民法院院長、党組書記、五八年右派、七九年から北京市全人代常務委員会副主任、北京市法学会副会長など。
(85)啓功(一九一二~二〇〇五、北京人)、満洲族、清朝雍正帝の九代目子孫、北京師範大学教授、中国政協常務委員、中国書法家協会名誉主席、故宮博物院顧問など。
彦涵(一九一六~二〇一一、江蘇連雲港人)、三五年杭州芸術専科学校に入学、三八年延安魯芸美術系卒業、同年中共入党、解放区における抗日木版画の代表的な作家の一人となる。四九年全国文連委員、五〇年中央美術学院教授、五三年同副院長、五七年右派、七九年名誉回復後、中国文連委員、中国美術家協会理事・常務理事・書記処書記、中国版画家協会副主席など。
(86)「いささかも道理をわきまえないこのような運動」、Pでは〈このような悲劇〉。

第五章　大躍進運動(1)——一九五八年

大躍進が始まった時に、私は少しもわかっていなかった。

それは反右派闘争が終わったばかりの頃で、われわれ「網の目を逃れた魚」は、文芸界にも、すべての文芸工作にも、恐れおののき、文化文芸とはいっさい無関係な所を探して、逃げてゆけたらと思っていた。

折よく一九五八年春、作家協会では幹部の下放《かほう》(2)をしようとして、張家口《ちょうかこう》地区涿鹿《たくろく》(3)県の県委員会書記を招いて報告をしてもらった。

その書記は、彼らがどのように大自然を根本的に改造するかについて語った——山を切り開いて大きな用水路を掘り、揚水ステーションも造って、「塞北の江南」を建設する（北方の辺境の地を、江南のような穀倉地帯に変えること）。働いて、三年間で自然の様相を変えてしまうのだ。

その話に、私は本当に心を動かされた。会の後で、黄秋耘同志と議論した。彼は言った。

「これはなんて素晴らしいんだ！　この仕事こそ、適切なものだ！」

私もうなずいて同意した。われわれはこう考えた——デタラメ、暗黒、冤罪のすべては文芸、せいぜい文化の範囲内で生じたことだ。工農業生産、これは純朴で邪悪さのない天地、桃源郷だ。そこへ逃げ込めば、すべては天下太平となる。ましてそこの人々の意欲はあんなにも大きいのだ！　じっくりと着実に働ける。

そこで下放の呼びかけがおこなわれた時、われわれは自ら志願してそれに応えた。私は懐来に行った。

私は下放大隊長で、懐来県花園郷[4]西楡林村に住んだ。一つの郷に一個の下放幹部小組が置かれた。行ったばかりの時には、ちょうど揚水ステーションを建設中であった。作家協会と一緒に、水利部の幹部も下放した。彼らは県が水利計画を作成するのを援助した。以前ダムを造るのに若干の民間の田地も使われたため、国家から借地代が支払われていた。県ではこの資金で揚水ステーションを造り、湖水を引いて灌漑しようとした。私はそれを聞いて、とてもよい計画だと思った。

行ったばかりの時、意識は高く、壁には「苦戦三年、改変面貌」のスローガンが貼り出してあった。県委員会書記の王純[5]は大会で、次のように語った。

「われわれが言うのは三年間の苦戦だ。ちょっと苦戦して、三年で様相を変えてしまうのだ。百年間も苦戦をつづけるのなら、いったい誰がやるものか？　いつも苦しいだけではないか？」

県は裕福で、北方の果物の産地、檳子《りんご》・葡萄・海棠《かいどう》・香果がとれた。これらの果樹が一斉に開花する時、錦繡のごとくまばゆいほどに美しかった。それでも県委員会は質素で、ずっと民家に住み、すべての書記は外出するのにも自転車に乗った。

私は本当にこの県を愛したし、われわれはみなこの県を愛した。詩人の鄒荻帆《すうてきはん》（一九一七〜九五、湖北天門人）と田間[6]（一九一六〜八五、安徽無為人）の下放先は、私の所から遠く離れていなかった。われわれは揚水ステーションの水を使って、手始めに稲田を開墾した。田間の妻の葛文《かつぶん》[7]（一九二一〜、河北石家荘人）はみずから白洋淀《はくようてん》（河北省中部の湖沼地帯）まで駆けつけ、田植えの先生を呼んできた。われわれと村民は一緒に田植えを学んだ。村民もわれわれと同じように田植えができなかった。苗は植えてもゆがんだ。大隊長の高淑雲がはやくできるようになった。なんといっても農民出身で、私はそれにはかなわなかったが、他の農村女性よりはましだった。彼女らは靴下を脱いで水に入ることさえなかなかできなかった。それでも、みなでにぎやかに笑いながら水の中をでたらめに歩いて田植えをし、とうとう一面の水田の田植えを終えた。青々とした水田をながめて、誰もがとても愉快であった。

この青々とした水田や柳の木、果樹の桃色の花を見て、鄒荻帆は詩を作り始めた。

「壟頭《ろうとう》柳樹満郷村、快馬加鞭西楡林……」（壟頭《あぜ》の柳樹　郷村に満ち、快馬に鞭を加うる　西楡林）

私も作った。

「村北連畦水稲地、村西万樹海棠花……」

「共産党がなければ、どうして官庁湖《ダム》ができたであろう／毎年　干害と戦うのに忙しかったが、今年は漁のやり方を習う……」

嬉しくて信念をいだき、詩心が大いに高まっていたのだ。

われわれは真にこの上なく無邪気であった。あれほど多くの運動を経て、不公正な扱いを身をもって嘗めたにもかかわらず、その時、私は真に、言うことを聞かない子供がお母さんにたたかれて、しばらく腹を立てていたけれど、やっぱりお母さんが大好きだというようなものだった。それまでの教訓は私の認識を高めるのにはまだ不足しており、また上の方を信頼しはじめたのだった。

当時、揚水ステーションを見ていると本当に嬉しかった。揚水ステーションの水源は西楡村から遠かったので、後に村では村北部一帯に湧きでる大きな泉を水源として、自分たちで別にもう一つ造った。これは村長の劉振声が言い出したもので、私はこの時、農村のこのようなやり手に感服し、全力で彼を支持した。これで乾燥した塞北の地を水田にして、米が食べられる、なんと素晴らしいことだ、と思った。

三年後、当地を再び訪れた時、すべての揚水ステーションが停止したままになっているとは、まったく思いもかけないことだった。水を汲み上げないのだから、水田もほとんどなくなっていた。村の幹部に聞けば、その答えは簡単、「電気代が高い、一畝《ムー》（約六・六六七アール）の田を灌漑するのにあれだけかかっては、作物は一体いくらの値段になる？」

私にはわからない。彼らには初めからこのことがわかっていたはずだ。それなのにあんなにも大きな労力を費やして造った。これは何故なのか？

最も吃驚したのは、やはり人民公社化運動と鉄鋼大増産運動である。

人民公社化は本当に「忽《こつ》として　一夜　春風の来《きた》るが如し」で、昨日新聞で見れば、今日はもう実行に移すというのであった。「共産主義は天堂（楽園）、人民公社はその橋梁《かけはし》」で、事態は切迫してグズグズなどしていられないとばかり、その夜すぐに申請書が書かれ、公布された。一歩でも遅れればその懸け橋が取り払われ、楽園に入れないかのようであった。

人民公社の設立が決まったその夜、私は眠らず、公社の事務室で号外をこしらえた。公社書記の耿長春《こうちょうしゅん》が、

「われわれは今夜のうちに落花生畑に水をやる、全社員を動員してやる」

と言うと、劉振声は、

「どうして？　夜中に騒げば、みな落ち着かないし、いくらも水をやれない。畑も多くないのだから、明朝みなを早起きさせれば、それくらいの仕事はやってしまえるだろう」

と言った。すると、耿書記は頭を横に振ってこう言った。

「いや、われわれのは苦戦、夜戦なんだよ。政治的な見地から考えなければならないのだ」

つまり夜中に畑に水をやるのは新聞記事になっても、早朝なら普通のことで、何も珍しいことではなくなってしまう。私はまた虚偽の芽を感じはじめたが、まだ真面目に考えなかった。

畑に水をやり終えてもどっても、まだ眠ることはできず、すぐに公社の号外の作成にとりかかった。もちろん、このこと、つまり夜中に(8)畑に水をやったことを記事にした。

田間は、当地で「詩の宣伝ビラ」を始めた。彼が書いたばかりでなく、村の幹部と（人民公社）社員のすべてを巻き添えにして、詩を書かせた。われわれは下放幹部として、人々の詩の添削を請け負うとともに、自分でも詩作しなければならなかった。そこに座れば瞬く間に詩が出来上がり、それこそ「順口溜《シュンコウリュウ》(9)」で、口からスラスラといくらでも

出てきた。

千日想、万日盼、今日才把公社建。　千日のぞみ、万日まって、今日ようやく人民公社ができた。
七個郷、成一家、社会主義開紅花。　七つの郷が一つの家となり、社会主義は紅い花をさかせた。

などで、こうして詩歌の氾濫は災いとなった。

詩の宣伝ビラは後に活版印刷され、さらに詩集として石家荘（河北省省都）まで持っていって出版され、『人民日報』にまで発表された。おかげで詩を書いた農民の馬秉書《ばへいしょ》、王瑞斌《おうずいひん》らも頭がぼうっとして、目がかすんでしまった。その後、この詩歌運動の騒ぎはますます大きくなった。汽車に乗ればどの旅客もみな詩を一首提出しなければならなくなり、文学創作計画が制定され、それぞれの郷では評価基準が出された。

こちらで、

「われわれは一年間で詩を一万首生産する」

と言えば、あちらでは、

「われわれは一年間に長編小説五編と、シナリオ五本だ」

……というふうに競争した。そして、とうとう張家口では、「万首詩歌個人」あるいは「万首詩歌兵(10)」が出現した。彼一人で一カ月に一万首の詩を書いたという！　もちろん、われわれは誰も彼の詩を見たことがない。ただ、彼が頭をあげて何かを見れば、それがすぐに詩になる、と聞いただけだ。例えば、家を出て線路を渡って、田野や電信柱……を見れば、何でもたちどころに詩になる。詩ができれば、それを詩の倉庫〔ただの空き部屋〕に入れるという。後にこの詩人は作詩の過労で入院したと聞いた。

文芸は国家と人民に災いをもたらす、と言われることにずっと不服であったが、こんなふうにやるのなら、文芸が国家と人民に災いをもたらすことを誰も否定はできない。

それでは、われわれ自身はいくらか賢明であったとでもいうのか？　少しもそんなことはなかったと言わなければならない。

大躍進の高まりの中で、すべては多く、はやく、立派に、無駄なくやらなければならず、また大々的に素早くやらなければならなかった。

文連の下放幹部は、(11)懐来県において数日のうちに「文芸大学」を設置した。われわれは三日で新聞『懐来報』を創刊した。下放幹部を二人つかまえてきて座らせ、書かせたものを寄せ集めて、新聞は発刊された。それで新聞社もできあがった。私はこの成果をもって北京に戻り報告さえした。自分でも大いに得意だった。まったく頭がどうかしていたのだ。

確かに当時はどうかしていた。公共食堂の設置が始まったばかりの頃、西楡林の各生産隊では競って大きな蒸籠《せいろう》を作り、料理の名人を選んで食堂にゆかせた。食事の時間になれば、誰もかれもが茶缸《ゆのみ》と飯碗をもって食事を受領し、まるで「共産主義になった」かのようなありさまであった。（人民公社の）高社長でさえ私にこう言った。

「今の農民はなんと気楽なことだ！　かつての農民は年間栽培計画を立てたうえで、家のことや食糧のことまで考えなければならなかった。今では、何もかまうことはない。みな同じように、食堂の夕食は何だろうということしか考えなくてもよくなった」

彼も全くどうかしていたのだ。

毛主席は『人民日報』紙上に「食糧が余ればどうする」という見解を発表し、みなよい物を食べよう、農村の食堂は小吃部《シアオチ》をやれと提唱した。われわれのところの食堂も本当にすぐにそれに応えた。下放幹部の一人、女性編集者の張希至がある村の食堂の炒め物部のコックとなった。彼女はもちろん料理の名手で、炒めた肉は北京のレストランと大差なかった。私はその村に行った。食事時に食堂へゆくと、彼女は料理を運んできた。食べてみるともちろんとても美味しく、農村では本当によい物を食べられるようになったという幻影を見た。

もちろん公共食堂の料理も悪くはなかった。西楡林では中庭に食堂を設置した。どの生産隊にも大きな桶が一つとコックが一人いて、政府機関の食堂と同じであった。食事のたびに温かな炒め物や煮つけ料理が出た。一〇〇%トウモロコシ粉の餅《ピン》のほかに、いつも饅頭《マントウ》まであった。

知っておかなければならないのは、当時、西楡林の一般の農家ではこれまで野菜の塩漬けしか食べていなかったということだ。普通は一家に漬物碗が一つあるだけなのだ。ある下放幹部がもう一つ別の碗に漬物をよそおうとして、農民から苦情が出たことがあった。正月や祝日、賓客をもてなす時以外に、いったい誰がいつでも温かな炒め物や煮つけ料理を食べるのか？　このようにして、可哀想な中国の農村は食い潰されてしまった！　それなのに、そのことがよい事として報道された！

もっと酷くて、勢いがすさまじかったのが、鉄鋼大増産運動である。鉄鋼は一〇七〇万トンまで増産しなければならない、これは毛沢東主席がみずから外国人に語ったものだ、と新聞に載っただけなのだ。もともと鉄鋼生産量は五三五万トンであったから、まる二倍にしなければならない。

それからというもの、新聞では毎日「応挙社」などでの製鉄経験が掲載された。評論もつけられ、中国では大昔に製鉄が発明された、外国の高炉を使わなければならないことなどあるものか、土法（在来の方法）高炉でよい、と言う。そこで数日内に公社から県へ学習のために人を派遣し、ただちに炉を作った。すべての農民を田畑から駆り出して山へ採鉱にゆかせ、炉を作って製鉄に従事させた。

その経過について、私は「ある製鉄工場の歴史」を書いて礼賛し、その後目が覚めてからは、また「タワゴトへの注釈」を書いた[12]ため、ここでは繰り返さない。今は、自分の当時の気持ち、つまり私がどんなふうにしてあの文章を書いたかについて述べる。

花園公社の熔鉱炉は、もともと村落もなかった広々とした所に建設された。公社のあった南水泉村から五、六里（華里、一華里は〇・五キロ）あり、私の住んでいた西楡林村からは十里ほどあった。

私も製鉄に参加し、ある時、深夜になったことがあった。各炉の人員は交代制を取り、仕事を終えた者は近くの天幕の臨時宿舎に行って眠った。その天幕に行くと、多くの人たちは布団をひろげてはいたものの眠っている者は一人もおらず地べたに座っていた。私も座った。製鉄の音が聞こえ、天幕の中では小さなカンテラが灯っていた。皆は車座になってどこかの炉の製鉄の状況について喋っているのであった。私は突然**幻覚を見た**。[13]これはまったく抗日戦争中の宿営の光景とそっくりではないかと感じたのだ。尋常ではないほど興奮し、そして北京でうけた数々の無念や目にした不正をあっという間に忘れた。これこそが崇高な事業だと思ったのだ！　そこで彼らが話すことを、私はペンを執って書きとめた。

私が村に帰ったのは深夜四時半。自転車を出して乗るやいなや走った。人の誰もいない広野を疾走するのは、ただただ気分爽快であった。南水泉村に着くと、一時借りていた女性会計係の部屋に入った。彼女はもう起きていた。私は彼女と交替して、服を着たまま彼女のベッドに横になった。しばらくうたた寝して目を開いた時には、もうすっかり明るくなっていた。七時前ぐらいだったが、それでも寝過ごしたことになり、すぐに冷たい水で顔を拭いて、引きつづき製鉄をやった。

それこそ本当に死に物狂いでやった。その結果については周知の通りである。人々がみな製鉄に行き、田畑の農作物は捨て置かれた。秋の取り入れの季節が過ぎても多くのトウモロコシはまだそのままで、収穫もされなかった。この時、涿鹿県委員会書記の王純に出会うと、彼はこう言った。

「民衆の不平不満は多い、秋が過ぎたら鋼鉄を食べるのだろう、さぞ噛みごたえがあるだろう、と言ってるよ」

けれども後に毛沢東が徐水へ視察に行き、[14]製鉄のほかに食糧のことも思い出して、「鋼鉄と食糧はどちらも大切であり、翅《つばさ》を広げてならんで飛ばそう」と言い出した。食糧でも「衛星を打ち上げる」[15]ことになった。

民衆は製鉄をしたことはなかったので、いろいろな外国の珍しい話を用いて驚かせることもできた。しかし食糧は毎日つくっているものである。どうやって衛星を打ち上げさせるのか？

この年には突然多くの「科学的農法」が出現した。一つは深耕で、深ければ深いほどよいといわれた。展示会を開いて、根を深く植えたものと浅く植えたものの二種類を対比して展示した。もう一つは密植で、密植すればするほどよい、科学的にも証明された、二倍植えれば二倍収穫できるといわれた。民衆はやむなく数畝の田に植えられた農作物を抜いてきて、一畝の田に挿し込んだ。こうして一畝当たりの生産高が一万斤、六万斤から一〇万斤にまでいたる報道が掲載された。呼びかけがおこなわれてから三、四カ月経ったばかりの頃、徐水ではもう一畝当たりの生産高が数万斤との「衛生」が打ち上げられた。

そこであの方（毛沢東）はまた、あの有名な問題「食料が多くて食べ切れなければどうするのか？」を提出した。実際には、この時、農民の食堂はもう食糧が不足して、つづけてゆくことができなくなりかけていた。

私は作家菡子《かんし》[16]（一九二一～二〇〇三、江蘇溧陽《りつよう》人）同志の文章を読んだ。彼女がそれらの多収穫田を見学した時、田に植わった稲の間に、万年筆を挿し込むことすらできなかったという。一体どれほどびっしりと密植されていたことか！

毛沢東主席と各級の指導者の大部分は農村出身であり、このように空気も通らないほどに植えた作物が生長しないとは知らなかったと言っても、私はそんなことはあり得ないと思う。しかし、このように言い、そしてやり、表彰した。

私のいた懐来県では、まだそれほどひどくはなかったといえる。自分で自分を欺いてまで移植して、そのように収穫の多い田をこしらえることはしなかった。北京の作家協会から人が見学に来た時には、私が案内した。

「この稲田の一畝当たりの生産高は？」

と、彼らがたずねたので、私は答えた。

「七百斤は収穫できるでしょう。最もよいもので八百斤です」

これは素晴らしい数字なのである。それまでの当地における食糧生産高は、少ないもので百斤余、最高でも三百斤

しかなかった。しかし見学者は不満気な顔つきで、

「そんなに少ないのか！　一万斤の田はないのか？」

私は何も答えなかった。明らかにほらの吹き方がまだ足りなかったのだ。

あらゆる深耕と密植の方法は、すべて実行された。西楡林では村のはずれで試験的に深耕をおこなった。劉振声が指揮をとった。シャベルでもう一尺五寸の深さまで掘ったところで、劉振声はそれでよいと言った。しかし県からやって来た検査組が駄目だと言った。新聞に掲載された深耕の経験では五尺掘らなければならない。掘りつづけるよりほかなかった。人は穴の中に入って掘りつづけ[17]、大きな穴をこしらえた。作土の下層の心土まで掘って、それから種をびっしりと蒔いた。その結果は、いうまでもなく穴中に草がぼうぼうに生え、穂もつかなかった。

農村における「科学」もまた、あのように大勢で騒いで運動をおこなうといったやり方をとるのなら、国家と人民に災いをもたらすことになる。その年、われわれは農村でアゾトバクター（固氮菌《クータンチン》）の普及につとめた。さらに青刈り作物をサイロで発酵させた飼料のサイレージを牛糞・泥炭に配合して養豚することも提唱された。

アゾトバクターというものは、本来とても注意深く操作する必要がある。菌を培養する時に雑菌が混入してはならない。ところがわれわれの公社では、すべての家で作るように命令した。公社副主任の孟慶山は大会で計画を立てて「挑戦」した。

「各家の炕《オンドル》の上に、化学肥料の小工場を実現させるのだ。そうすれば三千個余の化学工場ができる」

文書係らは急いで通知を書き、上にも報告した――穀坦菌《クータンチン》、古但菌《クータンチン》はすでに普及した……。彼らもまたこれがどのようなものか知らなかったので、シャベルで土を掻き集めて、各家庭に土の山を一つ作って、それでケリをつけた。

サイレージで養豚するのは、本来は実現可能である。初めに張家口の牧畜学校の教師と学生が西楡林養豚場で、サイレージに牛糞・泥炭を配合して養豚する実験をおこなった。結果はなかなかよく、発酵後には酒の香りがした。しかし彼らが行ってしまうと、飼料の配合比率や発酵の過程について管理する者は誰もいなくなった。おまけに少しの飼料も与

えなかったため、ついには大量の豚が死んでしまった。

　彼らはこうせざるを得なかった。県からはほとんど一日に一つ通知が届き、苦戦し、激戦して、衛星を打ち上げなければならなかった。しかもすべて通知が出されたその日から三日の内に、公社全体でどれだけ普及させたか、その数字を集めて報告しなければならなかった。農民は受け入れることができなくなり、幹部は報告のしようがなくなった。そしてほんの一言か二言、真話（本当のこと）を話した農村幹部はみな、例えば劉振声のように、酷い目に遭ってうなだれた。一日中晩まで「挑戦しよう」と叫んでいる人しかやってゆけなかった。

　この時になって私はようやく、デタラメや冤罪は何も文芸界の中でだけ生じるものではないということがわかった。文芸界の方が少し多く批判されたというだけで、本当に残酷なことは文芸界にはなかった。工農業生産が純朴で邪悪さのない桃源郷などということはまるでなかった。着実に仕事をするところではなく、一切を顧みず嘘偽りを用いて億にものぼる人々を酷い目に遭わせ、彼らの命を奪ったのだ！

　それなのにわれわれ文芸に携わる者は真実の状況を理解していなかったために、いともたやすく嘘に騙され、紂《ちゅう》の暴虐を助けるようなことをしてしまった。詩の宣伝ビラのことについては先に述べた。

　後に、懐来県では全県の作詩競技会が開催された。県委員会副書記の王俊禄は開会の詩を書かなければならなかった。私と徐遅[18]（一九一四〜九六、浙江呉興人）の二人が代筆した。私はこう書いた。


工農当中出詩才、人民歌手満懐来。

躍進声中比文采、大礼堂作賽詩台。

賽詩台、是擂台、新詩歌、拿来賽。

……[19]、誰是好漢誰上来。


（工農［労働者・農民］の中から詩才があらわれ、人民の歌い手は懐来に満ちる／躍進の声の中で文才を競おう、

大講堂が詩の競技台だ／詩の競技台は、かつての演武台、新たな詩歌をもって競え／……我こそはと思う者は誰でもやって来い）

なんとリズミカルで勇壮な感じがするではないか？　しかしすべては嘘つきの大家（毛沢東）のために、嘘の辻褄を合わせたのであり、実際にはすなわち共犯者だった。

王純は当時すでにこう言っていた。

「こんなに沢山の鍋をみんな壊してしまって、もしも一朝有事の際、部隊が行軍することにでもなれば、飯を炊く鍋さえなくなってしまった」

書記の斉建新はこう言った。

「製鉄はやらなければならない。しかしこの鍋は、国家がもうこしらえ上げたものだ。それをまた壊してしまって……」

彼らは間違っていることを明らかに知っていたが、はっきりと反対する勇気がなかった。張家口地区委員会書記の葛啓はこう言った――このままゆけば、来年は飯を食うことが問題になるだろう。しかし誰に反対を唱えることができたであろう。葛啓は二年後、「右傾」として党内に通達され免職となった。私は北京に戻ってからそのことを文書で知った。

他の運動は主に知識分子を圧迫するものであったが、この大躍進は人民を迫害した。口をそろえて工農のため、人民のためにと言ったが、人民をこのような目に遭わせたのだ！

その年、私は「公務」で何度も北京に戻った。また楊述と一緒に農村へも行った。そして北京郊外では、われわれの所のように村々で火をともし、いたるところで製鉄していないことに気づいて、私は不思議に思った。この時にも依然として雑草の生い茂った野原が広がり、林立する高炉は見当たらなかった。

楊述にたずねると、市街地では各機関がこぞって製鉄をしている、市委員会でもみな日夜高炉で奮戦していると答えた。

農村で製鉄しているのを見たことはあるのかとたずねると、彼はこう言った――彼らは[20]河南へ人を派遣して見学させたところ、出来上がったものはデコボコして役にも立たない鉄であった。劉仁[21]（一九〇九～七三、四川酉陽《ゆうよう》人）がそれを見て、市街地でのみ製鉄することになった。

私はそれを聞いて、わかった。北京市の指導幹部は頭がよい、鉄鋼大増産運動に対して面従腹背をやったのだ。市街地では懸命にやり、農村ではやらなかった。やり方は正しかった。後に文革中、毛沢東が北京市委員会を「針一本させず、水をしみこませる隙もない」（頑固に言うことを聞かず、排他的だ）と非難した。北京市委員会の幹部はみな濡れ衣だと感じ、彼らは毛主席の後にぴったりと付き従っていると言った。しかし、いま仔細に見てみれば、必ずしもすべてにおいて、そうであったわけではなさそうだ。ぴったりと付き従わなかったことが、それほど悪いこととは思えない。ぴったりと付き従うことが必ずしもよいことではない。彼らは実際にはそれほどぴったりとは付き従わなかったし、それでよかったのだ。

北京市は「人民公社化」運動を、主に市内すなわち党中央の目の前でおこなったようだ。町内をすべて公社に改め、政府機関の宿舎も例外ではなかった。さらに鳴り物入りで公共食堂をこしらえ、文章まで書いて、食堂を設置することは社会主義をやるかやらないかの分水嶺だ、等々と宣伝した。とはいえ都市部のどこの機関、工場、学校に公共食堂がないであろう？　これまでもずっと食堂で食べてきた。夜は帰宅して自分で夕食を作る者もいたが、夕食まで食堂ですませてから帰宅する者もいた。せいぜい日曜日に自分でちょっと作るくらいのものだ。公共食堂を設置することがどうして革命だと言えるのか？　革命とは、夜、家に帰ってから自分でゆでる麺類を革命することでしかないのか？

そこで各町内では家を空けて食堂を設置し、主婦には自分の家で炊事をさせず、食堂へやり炊事係をやらせた。それと同時に、自分の家で食事することは禁止された。

邵荃麟が住んでいた大雅宝胡同に食堂ができた時、彼も食堂へ行って食べ、

「あそこの肉絲麺《ロウスミエン》（豚肉の細切り入りのうどん）はなかなか美味しい」

と言った。それはまるでどこかのレストランについて喋っているかのようであった。

私の住んでいた東交民巷十号の北京市委員会の宿舎でも、食堂を設置しなければならなかった。ここの住人はほとんど指導幹部で、お手伝いのいる家が何軒もあった。そこでお手伝いを廃止[22]して、彼女らを食堂にやろうということになった。私の家のお手伝いの張文英は上海人で、江蘇料理が上手かった。同じ宿舎の同志が彼女を気に入り、そこで宿舎の組長が彼女と話をしに来た。しかしそれが彼女をひどく怯えさせてしまった。私が帰宅すると、彼女は私に苦しみを訴え、何が何でも駄目だ、絶対にやらない、と否み、次のように言った。

「私はこの家のまかないを切り盛りしている。あなたの好物も、楊述の好物も知っている。子供たちのことも、どのように面倒を見ればよいかわかっている。急にこんな大仕事をやれと言われても、誰が南方人で、誰が北方人だなんて、私にどうしてわかるのか？　レストランで働くよりも難しい」

「この仕事はそんなに丁寧にはできない。大きな鍋でみんな一緒の料理を作るのだから、人が食べても食べなくても勝手なの」

と私が言っても、どうしても彼女は承知しなかった。最後には、多分やはり市委員会の劉仁が話をして、できないのなら仕方がないということになったのであろう。市委員会の宿舎については片目をつむったのだ。

作家協会の宿舎では、もっとひどい騒動が起きた。皆に食堂で食べるだけではなく、引越しすることまで要求した。解放軍から異動してきた新副秘書長の王亜凡[23]は、厳格かつ迅速に作家協会の元来の一階建て宿舎を他の単位のもっと大きな建物と交換し、全員を集中して一カ所に住まわせ、それから組織を編成しようとした。食事は炊事組、衣服は裁縫組……と本格的に公社化する計画だった。

正式に会議を招集して、このことについて討論したのを憶えている。多くの作家が座って、組織を編成して軍事化する計画を立てた。作家の趙樹理[24]（一九〇六～七〇、山西沁水人）の夫人は炊事組長に、出版社総務科長の劉子玉の夫人は裁縫組長……そして引越しのことについても討論した。出版社の弁公室主任の王組紀[25]は人民文学出版社の静かで落ち着いた小さな宿舎に住んでいた。彼は引越しを望まなかった。それで公社化を支持しないと言って、彼を批判した。私はこの時もう本当に耐えられなくなって、「態度を表明」した。

「私は引越しに同意しないのではない、引越しできないのだ。今、市委員会つまり楊述の職場の宿舎に住んでいる。家には三人の子供もいる。どうして楊述と子供たち全員を作家協会につれてくることなどできるだろう?」

これまでずっと最も左の[26]態度を示してきた羅立韻が、この時突然私を支持してくれた。

「彼女は本当に引越しできないのだ、引越ししなくてよい」

彼女は鄧力群《とうりきぐん》[27]（一九一五〜、湖南桂東人）の夫人で、引越しできない側にいたのであろう。

結局のところ、作家協会のこの偉大な計画はとうとう実行されなかった。おそらく引越しさせるとなれば、大量の宿舎の問題が生じたのであろう。共産主義化はこの程度にも到達しておらず、実行できなかったのだ。

言うことだけは、しかし十分ひどく言われ、新聞では次のように宣伝した——ただちに共産主義を実行しなければならない、家庭を廃止し、児童は公有制にする、夫婦関係を打破し、男性は男性宿舎に、女性は女性宿舎に集中して住む、面会は土曜日に一度許され……。

県政府所在地や農村では、もう実行している所もあったかもしれない。北京市委員会も衝撃を受けた。ある夜のこと、楊述は帰宅すると服を着替えながら私に言った。

「新たな精神のもとで、家庭はまもなく廃止されることになった」

けれどもその日はもう遅かったので、もしも家庭を廃止するのなら、私たちの家庭はどうなるのか、三人の子供たちはどうなるのか、細かなことはたずねなかった。ただこのことだけを憶えている。その後、楊述がまたこのことを話題にすることはなかった。おそらく話が出ただけで終わりになったのであろう。さもなければ、誰かが断固反対して、潰したのであろう。

今、思い出したのだが、文革の時には皆を幹部学校[28]に行かせ、軍隊式に編成した。男は男の兵営に、女は女の宿舎に帰り、子供まで隊に編成した。早くから「共産主義」の幻想はあったが、一九五八年にはもう実行しようとされていたようだ。[29]

注

(1) H・Pともに章のタイトルは「大躍進は中国の姿を変えようとした」。
「大躍進」とは、毛沢東主導の下に一九五八年から六〇年にかけて、人民公社を設立し、大衆動員によって鉄鋼・穀物生産などをきわめて短期間に、急激に増産しようとし、急進的な理想社会の実現を目指した運動。大躍進政策がはじまったのは五八年五月、同年夏から秋にかけて運動はピークを迎え、六二年一月の七千人大会において正式に停止された。

(2) 下放とは、上級の幹部、事務職員などを下級の機関や農村、工場、鉱山などに派遣して、一定期間現場の労働に参加させ、思想を改造すること。

(3) 張家口は河北省西北部の都市、北京の北西約一六〇キロに位置する。涿鹿県は張家口と北京の間にあり、張家口から七五キロ、北京から一三〇キロ。

(4) 懐来県は涿鹿県から約二五キロ東方にある。「郷」は農村部における末端行政区画単位、一九五八年から八〇年前後の人民公社時期には一つの郷が一つの人民公社となり、郷は廃止されたが、八〇年前後より復活した。

(5) 王純、一九二五年生れ、北京市柏峪《はくよく》人、四一年中共入党。五七年六月涿鹿県委書記処書記、五八年一一月懐来県委書記処書記、六一年五月涿鹿県委書記処書記、涿鹿県県長。

(6) 鄒荻帆(一九一七〜九五、湖北天門人)、詩人。新中国成立後は、対外文化連絡局弁公室主任、『文芸報』編集部主任、『詩刊』主編など。
田間(一九一六〜八五、安徽無為人)、詩人、三八年中共加入。五三年中国作家協会文学講習所主任、五八年河北省文連主席など。

(7) 葛文(一九二一〜、河北石家荘人)、女性、中共党員。河北省作家協会専業作家、河北省文連委員、田間夫人。

(8) 「夜中に」、Pでは〈野戦をして〉。

(9) 「順口溜」とは、「言葉が口からスラスラと出てくる」の意で、民間で流行っている話し言葉による韻文の一種。

句は長短不ぞろいで、純粋な口語を用い、口調がよい。

(10)「兵」、P原文は「標兵」、目標となる兵士、模範となる人の意。

(11)「文連」は中国文学芸術界連合会の略称。中共の指導下にある、文学芸術団体の全国的な連合組織。傘下の団体には中国作家協会、中国戯劇家協会、中国音楽家協会などがある。

(12)「ある製鉄工場の歴史」(一九五八年)、「タワゴトへの注釈」(一九八〇年)は、いずれも『似水流年』(湖南人民出版社、一九八一年)所収。

(13)「幻覚を見た」、Pでは〈連想した〉。

(14)毛沢東が河北省徐水へ視察に行ったのは、一九五八年八月四日。

(15)「衛星を打ち上げる」とは、奇跡のような優れた生産量を上げること。

(16)菡子(一九二一～二〇〇三、江蘇溧陽人)、女性、小説家、散文家、三八年中共入党。五六年中国作家協会創作委員会副主任、文革後、中国作協理事、上海市作協副主席など。

(17)「掘りつづけ、」、Pでは〈掘り終えた。〉で文章が終わり、その後は次頁三行目「しかもすべて通知が……」の前まで削除されている。

(18)徐遅(一九一四～九六、浙江呉興人)、詩人、報告文学作家。新中国成立後は、『詩刊』副主編、作家協会湖北分会副主席、湖北省文連副主席、中国作家協会理事など。八三年中共入党。

(19)「……」、Pでは〈賽詩台　是擂台〉。

(20)この頁「なんとリズミカルで」から「彼はこう言った——彼らは」までの部分、Pでは削除され、〈当時は各地で製鉄をやっていた。劉仁はこう言った——彼が〉と記されている。

(21)劉仁(一九〇九～七三、四川酉陽人)、土家族。二七年中共入党、北京、天津、内蒙古等で革命工作に従事。新中国成立後は、中共北京市委員会第二書記、中共中央華北局書記処書記、文革中迫害を受けるが、七九年名誉回復。

(22)「廃止」、Pでは〈解雇〉。

(23)「王亜凡」、Pでは〈王西凡〉、P⑤では〈王××〉、PM〈王亜凡〉。

(24)趙樹理(一九〇六～七〇、山西沁水人)、「人民文学」の標準となる作品を書いた農民作家。二六年国民党と同時に中共にも入党、二九年逮捕、翌年出獄、三七年中共に再入党。新中国成立後は、全国文連委員、中国作家協会理事、中国曲芸家協会主席など。文革中迫害を受け死亡、七八年名誉回復。

(25)「王組紀」、Pでは〈王組化〉。

(26)「左の」、Pでは〈急進的な〉、原文は「激進」。

(27)鄧力群(一九一五～、湖南桂東人)、三六年中共入党。党のイデオローグとして活躍、八二年中央宣伝部部長、中央書記処書記、八七年中央顧問委員会委員。

(28) 幹部学校とは、五・七幹部学校のことで、文化大革命期に設けられた、幹部の思想改造用の集団農場。全国に千カ所以上作られ、中央から地方まで各レベルの党・政府機関幹部や大学教職員など数十万人が生産労働に従事しながら、毛沢東思想を学習した。一九七九年二月に廃止された。

(29) この文章、Pでは〈これはおそらく一九五八年に実行に移そうとされていた「共産主義」の幻想だったのであろう〉。

第六章　反右傾運動[1]——一九五九年から六二年の七千人大会まで

ある人は、一九五七年の反右派闘争は、中国建国初期における上昇からの転換点であり、この時から過ちを犯して下降したのだ、と言う。

しかし、私はこう考える。五七年には多くの人が打倒され、大きな過ちを犯したとはいえ、おもに知識分子が吊し上げられた。反右傾運動になると攻撃対象は全人民に移行し、そこで本当に自分で自分の威信まで打ち砕いてしまったのだ。

反右傾運動は大躍進・人民公社化運動を継承するものであり、あのように農村で悪事の限りをはたらいたおかげで、人民は飢餓に苦しめられた。眼のついているものはみな田舎へ行って見たのである。帰ってくれば報告しないわけにはゆかない。その結果、報告した者はみな右傾にされてしまった。このような運動なのであった。〈後に〉この問題について、彭徳懐元帥に罪をなすりつけているが、実際には彼一人だけがそれを見たわけではなかった。

私は一九五九年に農村から帰ってくると、すぐにまた北京郊外の長辛店二七機関車工場に下放された。長辛店にいたこの年の後半には、もうわれわれ自身の食卓に問題が生じた。最初、工場にはまだ売店や食堂があったが、間もなく閉鎖されてしまった。工場の向かい側の小さな食堂に、最初はまだ肉料理があったが、その後どんどん悪化していった。夏のある日曜日、楊述が子供たちを連れ、工場まで私を訪ねてきたことがあった。私はまだ彼らに工場の外の小さな食堂で餃子をご馳走することができた。しかし冬になると、北京ではもう何を買うのも困難となっていた。

長辛店は北京よりもまだましで、私は土曜日に家に戻る前、街へ行って出来合の牛肉料理と冬瓜半個を買って帰った。家ではお手伝いさんと子供たちがとても喜んだ。北京ではもう高級でもないこのような食べ物さえ買えなくなっていたからだ。

私は一九六〇年の初めに一度、懐来県の村に帰ったことがある。私は鄒荻帆と一緒に、われわれがかつて心から称賛した西楡林に戻った。われわれを接待してくれた劉振声と高江雲は、大隊の事務室で帳簿をつけていた。もともと大隊の会計は統一して運営されていたが、維持できなくなって分けざるを得なくなっていた。彼らは言った。

「まったく意気消沈してしまいます。大家族が分家に分かれたようなもので、状況はよくなりっこない」

われわれが食堂に行くと、食堂はもう閉鎖されていて、炊事係もいなくなっていた。みな自分の家に帰って、また家で食事を作るようになっていた。食事を提供できず、食堂を開くことができなかったのである。食堂というからには野草の粥など出すことはできない。煮付け料理や炒め物、饅頭を出さなければならないが、出せなくなったのだ。まだ新しくて白っぽい大きな蒸籠が、かつての食堂の中に埃だらけになってうち捨てられていた。

それからわれわれは、養豚場に行った。この養豚場は、かつてわれわれが苦心して経営した集団の財産であり、先進単位であった。郭沫若が来て、詩を書いたこともあった。鳳子は、ここで豚と記念写真を撮った。張家口の牧畜学校の教師と学生は、青刈り作物をサイロで発酵させた飼料で豚を飼った。蓋を開けると酒のような香りがしたものだ。バークシャー種の豚は牛ほど大きかった。それはすばらしい光景だった!

それなのに今では、豚は大量に死んでいた。人でさえ食物がないのに、豚は何を食べるのだ?　養豚場はまだ解散しておらず、若い幹部の高江貴は、屋内でうなだれて自己批判を書いていた。彼は、

「『五風』[2]について自己批判しなければならない。われわれの養豚場の五風とは、大量に豚を死なせたことだ」

と言ったが、実のところ上級機関のいう五風が何なのか、わかってはいなかった。鉄鋼大増産運動の廃墟については、もとより言うまでもないことであろう。

こんな状況なのに、北京へ戻ってからどうしてよい話ができるだろう？　そのうえ北京の状況もいくらも違わなかったのである。食糧不足はますますひどくなり、肉はもう品切れになり、野菜もなくなった。ある時期、わが家で毎日食べていたのは白米とサツマイモを煮たご飯で、おかずは塩漬け野菜の葉を少し炒めたものだった。私の実家に長年いたお手伝いの趙貴芳は、このような生活を私の子供たちに嘆いた。

「ああ！　あなたたちは本当にかわいそうだわ。こんなに小さいのに、こんなものを食べて！　あなたたちのお母さんの小さい時には、どんなものを食べていたことか！」

彼女のこの話は、「新旧対比」としてはほとんど反動だといわなければならない。私が知らないはずはない。しかし、私は何か事実をあげて彼女に反駁することはできず、聞かなかったふりをするしかなかった。私の一番上の娘は、当時もう小学校に通っていた。しかも優等生であった。

娘は家に帰ると、いつも私にまとわりついて、「お母さん、私に昔の苦しみを顧みて今の幸せを感謝するお話を一つ聞かせて。先生が、家へ帰ったらお家の人にたずねなさい、とおっしゃったわ」と言う。けれども、私は返事のしようがなく、「お母さんの家は、前は苦しくはなかったの」と言う。すると、娘も「苦しくなかったのに、お母さんはどうして革命をしたの？」とたずねることになる。そこで私は、「お母さんが革命に参加したのは、民族の苦しみのためなのよ」と、このような、子供に理解できない話をするしかなかった。

この頃、飲食店はほとんどみな閉鎖寸前であった。子供はなんといっても食べたがり、ある時、娘は私にまとわりついて、「お母さん、私をレストランに連れて行って」と言った。楊述はレストランで食事をすることを好み、よく子供たちを連れて行っていたのだが、この時には連れて行きようがなかった。私は娘がかわいそうになって、「いいわ」と承知した。娘を連れて、二人で家の近くの新僑飯店の高級レストランへ行った。実際は、こんな時勢に何を売っているか、私も知らなかったのだが、まだいくらかよいものを食べることができると思ったのである。しかし、入って見てみれば、一皿の卵炒飯がカウンターに置いてあるだけで、食事をしに来た人は、一人一椀盛ってもらうだけなのだった。しかしなんであれ、サツマイモの煮付けに漬け物よりはいくらかましであり、娘にこの普通ではない卵炒飯を食べさせたのだった。

農村も都会もこんなだった。

彭徳懐元帥はこのような状況下で、彼の万言書を書いたのである。彼の話は、多くの人がみな自分の機関で話したことがあったものだが、決して彼に「そそのかされ」たのではなかった。彼の万言書は提出される（一九五九年七月一四日）やいなや、反党奪権と批判され、一般幹部はまったく見ることもできず、そそのかされようがなかったのである。その万言書はまず省・軍レベルに党内の反面批判材料として送付された。後になってからやっと県・団レベルにも届いたのであろう。作家協会は省レベルの機関であり、私は党員で幹部としての等級が高かったため、目を通すことができただけなのである。私はそれを読んだ。実を言えば、同感だと思っただけで、いかなる反党の箇所があるのかわからなかった。奪権などさらにわからないことである。

しかし、その時から反右傾運動が巻き起こり、彭徳懐のようなことを言うものはすべて、右傾機会主義分子にされた。農村から戻って農村の状況がよくないと話した者はすべて、家庭が富農あるいは富裕中農であり、資本主義の家庭のために話をしているのだといわれた。こうして攻撃範囲が拡大した。各単位では、労働者、農民、兵士、学生、商人を問わず、懸命に右傾機会主義分子を探した。この矛盾の中心は食べることであり、なんら政治思想問題ではなかった。そのため、話をした人はとても多く、知識分子に限られなかった。少しでも不満をもらせば、すべて打倒されてしまった。

長辛店機関車工場では、労働者階級出身の技師長で全国人民代表大会代表の李樹森[3]が打倒された。彼は、東北解放戦争中は青年鉄道労働者であった。中長鉄路[4]の中ソ共同管理以後、李樹森はソ連の技師長について、読み書きを習い、技術を身につけて成長した。彼は出身がよいだけでなく、技術も持っていたので、はやくに抜擢され、「われわれ労働者階級の知識分子」と称された。

しかし、この時は批判対象となり、「典型」とされた。彼の言論によれば、われわれの工場の技師長を含む指導幹部の、今の工作方法はあまりにも非科学的である、と言ったにすぎない。事務室では一日中、ラバと馬が大会を開いているようなもので、これでは何かの問題について研究を進めることなどできない。ソ連の技師長はみな毎日、大衆を接待する時間は二〇分間と定め、何か問題があれば手順に従って進め、てきぱきと解決してしまう、その他の時間は自分の自由に使うことができる……と彼は言った。そして、これだけの話で右傾機会主義、大衆路線を否定し、高みに立ち、一日に事務は二〇分間しかとらない、とされたのである。さらに彼の思想はもうブルジョア階級の側に変質した、とも付け加えられた。彼が身につけている体裁のよい黒色のラシャのコートを見てみろ、どこが労働者階級に見える？　……その結果、次の会議で、私は彼が藍色木綿の古い綿入れに着替えているのを見た。

その批判大会では、私もみなに続いて同じような「論評」を述べた。例えば、

「われわれ労働者階級の知識分子も変質してしまうとは、ブルジョア階級の浸食はまことに恐ろしい」

と言った。しかし実際、この例は明らかにこう言っていることではないか。すなわち、労働者は永遠に無知蒙昧な段階に留まり、階級本来の姿を保持するしかないのだ、と。もしも知識を身につけ、科学を知り、科学的な方法で無知を是正しようとしても、変質と見なされる。たとえソ連から学んだものであってもだめなのだ！　鎖国して自分の殻に閉じこもる、保守なのである！　これこそ国家の未来を最も危うくする「指導思想」なのだ。

私の知っているもう一つの批判の典型は、中国作家協会の文書配達係の馮振山である。彼は農民出身で、作家協会で手紙の配達の使い走りをしていた。無骨な人で絶対に知識分子ではない。その年、彼は一度家に帰った。北京へ帰ると同僚に彼が目にした郷里の実状を話さないわけにはゆかなかった。それは、食堂は解散し人々は飢え、大躍進は農村経済に深刻な破壊をもたらした、といったたぐいの話である。彼は幹部としての等級が低く、教養もあまりなかったので、彭徳懐の万言書を読むことはあり得ず、機関内で過ちを犯した知識分子幹部ともこれまで行き来はなかった。しかし彼はそうした話をした。彼は隠すことなく直言したことによって、右傾の典型にされ、何回も彼の批

判大会が開かれたのだ！

私が懐来県に行ってきた時にも、食堂は解散し、製鉄工場が閉鎖されたことについて話した。また大通りの壁に描かれた船のように大きなササゲの豆や、子供一人では抱えられないほど大きなカボチャなどの作品は、「誇張しすぎ」との意見を発表したこともあった。そこでこの時にはもう「右傾」とされていた。私はもともと中央直属機関の党代表大会に出席する、中国作家協会の代表であったが、この時「右傾言論」によって罷免された。さいわい私はこの「栄誉」についてはは気にしていなかった。当時は、人民の生活困窮のため、こんなとるに足りない肩書きについて[5]考慮する気になど全くならなかった。

状況はますます悪化した。北京郊外から絶えず餓死者のニュースが伝えられた。街中でも浮腫が出た。私の父の弟の妻は両方の膝の下がむくんだ。空気で腹一杯にはならないし、批判をしても役にたたない。そこで様々な方法が編み出された。

「再生野菜」が提唱された。それはすなわち、食べ残した白菜の根を鉢に植え、もう何枚か葉を出させて食べるというものである。機関では「小球藻」を作った。これは池に浮かんでいる緑色の物体を掬ってきて育てて食べるもので、タンパク質が含まれるという。この時われわれはまだ農村へ労働に行かなければならなかった。東の郊外にある平房村で労働を終えてから、みなで野生のスベリヒユ摘みに行ったことがある。私も鞄いっぱいに摘んで持ち帰り、煮て食べた。肉がなくなってしまい、お手伝いの張文英はあれこれ考えぬいた。カエルを買ってきて殺して食べたし、綺麗な白兎を買ってきたこともあった。当時、上の息子はまだ幼く、毎日この兎と遊んでいた。ある日幼稚園から帰ってくると、突然兎がいなくなったので、張文英にたずねた。彼女が、「茹でて食べさせてあげました」と答えると、子供はひとしきり泣いて、兎を悼んだ。

しかし、それでもだめだった。そこで最後に陳雲[6]（一九〇五～九五、江蘇青浦人）が手だてを講じた。各ホテルの在庫をすべて放出し、街で売ったのである。一品が何元もした。私は百貨店の点心コーナーへ行って、子供たちのためにチョコレートケーキを買ってきた。丸ごとではなく一切れだけだったが、二元もした。持ち帰って、子供たちに分けてやると、「本当においしいね！　本当においしいね！」と繰り返した。他には、一家全員八人で東興楼飯館に行って、精進落としをしたこともある。安いものばかり選んで注文し、普通の薄切り肉の油炒めの類でしかなかったが、全部で四十元余もかかった。われわれは高賃金だといわれていたが、一度の食事で一カ月の給料の四分の一から五分の一も使った。しょっちゅう食べられるわけがない。一カ月に一、二回食べるだけで、子供たちの空きっ腹に少し油を加えたにすぎない。

その後、中共中央はついに幹部に食物補助をおこなうことを決定した。民主党派の老人がこのような苦しみに耐えられなくなり、病気で倒れる者も出てきたからであろう。補助の方法は以下の通りである——幹部としての等級が一七級以上の者は一人につき、毎月砂糖一斤（五〇〇グラム）、豆一斤、一三級以上の者は、肉二斤、卵二斤、九級以上の者は肉四斤、卵二斤。

こうしてわが家では毎月六斤の肉が補助された。しかし、わが家はお手伝いさんを入れて八人家族であり、肉六斤では一週間に炒め物を二回食べられるだけで、煮込み料理ができるほどはなかった。

このような「高級」待遇を外国に持って行けば、きっと大笑いされるだろう。しかし、餓死した人民[7]よりは当然ずっと高級だということになる。飢えた一般庶民はこの上なく恨んだ。北京市では風刺する民謡があらわれた。

高級点心高級糖、高級老頭上食堂。
食堂没有高級飯、気得老頭上医院。
医院没有高級薬、気得老頭去上吊。
上吊没有高級縄、気得老頭肚子疼。
（高級な点心高級な飴、高級なじいさんは食堂に行った。／食堂には高級料理がなくて、じいさんは腹を立てて病院に行った。／病院には高級な薬がなくて、じいさんは腹を立てて首をくくった。／首をくるのに高級な縄がなくて、じいさんは腹を立てておなかが痛くなった。）

一般庶民の憤懣はおのずとこれらの高級人士に集中した。もちろん私もその中に含まれる。この六斤の肉に罪があるわけでなく、一般庶民を餓死[8]させたことに罪があるのだ。

後に、張一弓[9]（一九三四〜、河南開封生れ）の小説「犯人李銅鐘の物語」（中編小説、一九八〇年『収穫』第一期に発表）を読んで、私は本当に素晴らしいと思った。文革の後、わが家では安徽省合肥出身のお手伝いさんを雇った。彼女は私にこう言った。

彼女の姉は餓死をした。農村では草の根を食べた。ある家では戸も閉まっていなかったので入ってみると、一家全員が死んでいた。当時、彼女の村にこんな幹部がいた。彼もまた農民らがあまりにも飢えに苦しんでいるのを見て、自分の一存で倉庫を開け、食糧を人々に分けて食べさせた。その後もちろん処分されることになったが、さいわい皆が彼を守り、少し批判されただけで終わりになり、「犯人」にはならなかった。

それでは、本当に李銅鐘はいたのである！　このように人民にかわって本当のことを語ってくれる作家こそ、まことに人民の作家と称するに値する。この作品は解放以後、私にもっとも深い印象を与えた作品である。しかし、それが起きた時に発表されていれば、作家は銃殺刑に処せられたに違いない。

口に入れることができるものについては、すべてとことんまで考え尽くした。私の妹の夫、李続綱[10]は当時北京市政府副秘書長の任にあった。彼らはなんとこんな奇妙な方法を考えついた。トイレの蛆虫も動物でタンパク質を含んでいると、蛆虫を掬い出してきれいに洗い、煮て食べてみることまでした。[11] 李続綱がわれわれにこっそり教えてくれたのであるが、彼自身この珍味を試食したという。私はそれを聞いて思わず、こう考えた。党の〈一部の〉指導者はあんなにも人民に申し訳のないことをしたが、しかし共産党にはまだ党のため、人民のために、どのような苦しみにも耐える多くの幹部がいたのだ、と。

毛沢東も反右傾では支持を失うことがわかったので、七千人大会[12]を開催した（一九六二年一月一一～二七日）。全国の各省、市、県、郷レベルから人が来て、皆に話をさせた。これを、

白天出気、晩上看戯。両乾一稀、皆大歓喜。

（日中は不満を吐き出し、夜は芝居を見る。朝はお粥の三食付きで、みんな大喜び。）

と言う。

「出気」とは、会に出席した人がお腹いっぱいに抱えている不満を吐き出すことである。出てきて、吐き出してみよ[13]。それでみんなが不満を吐き出したことになった。十分吐き出した後、中共中央から、反右傾運動中の全ての資料は檔案の中から抜き出して、一切を帳消しにして問題にしない、との通知が届いた。

ただし別にもう一つ通知が出され、彭徳懐元帥はその中に含まれない、彼は野心を持っており、他の者とは違うという。彼は独裁しようとしたので、廬山会議[14]で、あの万言書を出したのだ、中共中央はもともと、廬山会議では左に反対したかったのだが、彼が万言書を出したからやむを得ず反右傾をやったのだ、等々ともいわれた。これらの話は一般人の常識とはまるで違っていた。道理にかなわぬことを無理に通すことはできない。これではまことにいささか無茶である。右傾機会主義分子とされた人が、彭徳懐と同じことを話した人が、どうして疑いを持たずにいられたであろう？

大飢饉[15]の間、李銅鐘のような幹部もいた。人民は彼らを忘れはしないし、彼らのおかげで共産党を許してくれるであろう。しかしデタラメをやった者もいた。先に述べたように「李銅鐘式幹部」があらわれた安徽省は、反右傾運動中もっとも酷かったところである。曾希聖[16]が報告してきた不断に躍進し続ける数字は誰よりも高かった。一畝に一〇

万斤は安徽省から始まった。

山西省の李雪峰(17)は「吃飯大会」を開催した。大会に出席する者一人一人に米を一〇〇グラムずつ持ってこさせ、「双蒸飯」を作って皆に食べさせた。これはまず米を蒸し、それから水を加えてもう一度蒸したものである。食べ終わると皆に満腹したかどうかをたずね、皆は満腹したと答える。これが「吃飯大会」なのであり、この経験を他の地域にも押し広めた。

後に私も楊述からこの話を聞いた。楊述は北京市委の劉仁の言葉を教えてくれた。劉仁は、

「双蒸飯だって、それはお粥じゃないのか?」

と言ったそうだ。本当に一言で核心をついていた。本当の話をするこのような高級幹部が文革中に惨死し、「針一本させず、水をしみこませる隙もない」と批判されたのはもっともなことであろう。そして、風向きを見て言いなりになる幹部は今も安泰でまだ生きている。

七千人大会では不満を吐き出せといわれたが、最後は以下のように総括されただけであった。

「他の人が愚かだった、自分は経験してなかったから、まだ知らなかった。きっと自分が愚かだったに違いない。そのことがようやくわかった」

誰が愚かだったのか? 名前は示されなかった。それはすなわち、皆が愚かだったということなのである。主としてその責任を負うべき者は、それを認めようとはしなかった。つまるところ実際は誰が愚かだったのか? 農業に従事する全国の一般庶民で、一畝に二〇〇斤もの種を播くことはできず、八万斤も一〇万斤も収穫することなどできないということを知らない者はいなかった。彼らが愚かだったことはない。

注

(1) H・Pともに章のタイトルは「反右傾運動は、誰に反対したのか」、但し、P原文では「反右傾運動」に括弧が付けられている。「反右傾運動」は、一九五九年の廬山会議の後、六〇年の初めまで、中共中央が全党的範囲で展開した大規模な「右翼日和見主義」に反対する闘争。

(2) 「五風」とは、一九五八年の大躍進期に出現した五つの風潮で、平均化を極端に推し進め、大げさにやり、でたらめに指揮し、命令を強行し、特権化をすること。

(3) 李樹森（一九一九〜二〇一二、河北豊潤人）、三四年二月革命工作に参加、四七年九月中共入党。長辛店機関車工場では副工場長兼総工程師、その後鉄道部蘭州機関車工場副工場長。

(4) 「中長鉄路」は、中国長春鉄路の略称。旧南満・北満両鉄道線、大連、哈爾浜《ハルビン》間および満洲里、綏芬河《すいふんが》間総延長二四二六キロ。一九四五年から五二年まで中ソ両国の合弁と定められた。

(5) 「こんなとるに足りない肩書きについて」、Pでは〈これらを〉。

(6) 陳雲（一九〇五〜九五、江蘇青浦人）、二五年中共入党、中共八大元老の一人、解放後は国務院副総理、党中央副主席など、中共屈指の経済政策の権威。

(7) 「餓死した人民」、P原文では「一般人」。

(8) 「餓死」、Pでは〈飢え〉。

(9) 張一弓（一九三四〜、河南開封生れ）、作家、五六年中共入党。

(10) 「李続綱」、Pでは〈李××〉、二行後の「李続綱」もPでは〈李××〉。

(11) 「煮て食べてみることまでした」、Pでは〈煮て食べることまでして、普及させるかどうか検討した〉。

(12) 七千人大会は、建国以後最も参加人数の多かった中共中央工作会議で、毛沢東が大躍進の責任について自己批判をおこなった。一九六二年一月一一〜二七日。

(13) 「「出気」とは、会に出席した人がお腹いっぱいに抱えている不満を吐き出すことである。出てきて、吐き出してみよ」、Pでは、〈「出気」とは、会に出席した人がお腹いっぱいに不満を抱えていて、吐き出したがっていることは承知の上だ、出てきて、吐き出してみよ、ということである〉ということか。原文はH「出気就是説明到会的人……」、P〈出気就是説明知到会的人……〉。

(14) 廬山会議は、一九五九年七月から八月にかけて廬山で開かれた中共中央政治局拡大会議およびそれに引き続く八期八中全会。

(15) この大飢饉は、「三年自然災害」「三年経済困難」と言われる。一九五八年の大躍進政策の失敗で、五九年から六一年までに二千万から四千万人という大量の餓死者を出した。

(16) 曾希聖（一九〇四〜六八、湖南興寧生れ）、二七年中共入党、新中国成立後は中共安徽省委書記、安徽省人民政府主席、中共山東省委第一書記など。

(17) 李雪峰（一九〇七〜二〇〇三、山西永済生れ）、三三年中共入党。五六年第八期中央委員・中央書記処書記、六九年第九期党中央政治局候補委員、七一年林彪事件後失脚、七三年九月党籍剥奪、八三年第六期全国政協常務委員に選出され復活。

第七章　ある普通人の教え[1]――右派分子・李興華の忠誠心

ある病院の霊安室の入り口で、私は亡くなった李興華の、二七年前の上司――軍隊の老幹部と握手をした。遺体に別れを告げたのは、われわれもっとも近しい関係にあった者二十余人しかいなかった。私は耐えられなくなって、涙を浮かべてこう言った。

「もしもあの時われわれが彼を文芸界に異動させたりせず、そのままあなたのところにいれば、彼はおそらくこんな最期を迎えることにはならなかったでしょうね」

その同志は黙ったままだった。

亡くなった李興華は、二七年前に天安門前の警備隊から異動してきた。彼は出身もよく、経歴も純潔だった。一九歳で解放区に入り、早くに入党し軍隊に入った。彼が来た時はまだ二六歳で、厚ぼったい木綿の軍服を着て、素朴で田舎くさかった。

李興華は移ってくるとすぐに『紅楼夢』批判運動、胡風批判運動と潜行反革命分子粛正運動にぶつかった。彼は編集者であったが、重大事件や取り調べについての談話、単位内の誰かを打倒することは、おのずと彼の役割となった。彼もまた全力をもってあたり、あれこれと考え、聞き込み調査に奔走し、まったく苦労を惜しまなかった。彼は純粋だった。彼のやった全てのことは真理に符合し、なすべきことだと、彼は考えていた。

胡風批判運動では、彼は積極的に闘争に参加したばかりでなく、胡風集団を批判する文章も書いた。当時、彼は胡風集団内の人は本当に反革命だと考えたからである。

後にわれわれ『文芸学習』の編集部では、「組織部に新しく来た青年」の討論を発動したが、意見は二つに分かれた。李興華は、この作品を否定する意見には道理がないと考えた。そこで彼はいたるところを駆け回って原稿を依頼した。当時、雑誌に掲載された評論文の大部分は、彼が奔走した成果であった。この小さな討論が上層部のあんなにも大きな注意を引くことになろうとは、誰も思わなかった。皆が上から来たあの「北京に官僚主義がないとは誰が言ったのか」の言葉を知った時、誰もがどれほど鼓舞されたことか。特に李興華がそうで、彼は跳び上がらんばかりであった。それから数日、彼は毎日極度の興奮状態にあり、とめどもなく議論した。「中央がわれわれの雑誌を読んでくれるとは、思いもしなかった!」と、大笑いをしたかと思えば、今度は「何々の文章は読まれたのだろうか?」と心配したりしていた。

それらの日々、機関では関連する指示の伝達がとりわけ頻繁におこなわれた。その内容はいつも、下では自由にものを言わない、「太守」以上の幹部は積極的ではない、と責めるものであった。われわれは基本的に「伝達は夜を越さずその日のうちにおこなう」ことにしていた。ある時、伝達が終わると、それを聞いた李興華は興奮してこう言った。「ちょっと聞いて! ここまで言われるのは、まるでわれわれのそばで手を取って言い聞かせ、直々に教え導いてくださっているようなものだ。それでもやらなければ、それでも人であろうか?」

李興華は、それまでたまに本誌の余白を埋めるために短い文章を書いたことがあるだけの編集者だった。この時から彼は真に文芸界の思想動向に関心を持ち始め、外部の討論や活動にも参加した。おそらくこの時から、彼の視野は日に日に開かれ、思想においても文芸のあり方に反するいくらかの制限を排除するようになった。これらの一切を、彼は党のためだと自覚していた。

情勢が急変するとは、本当に誰も思いもしなかった。「組織部に新しく来た青年」の作者が右派にされてしまったのである。それから「丁陳反党集団」(2)という言い方も撤回する準備がもうできていたのだが、その後、突然新たな情勢のもとで、定まってしまったのである。

前もって上司が私を訪ねてきて、われわれの編集部に丁陳反党集団の者はいるかと質問された。私は李興華が陳企霞同志の学生だということを知っていたが、さほど深い関係はないと思ったので、いないと答えた。後で、彼と陳企霞同志がずっと親密に付き合っていることをはじめて知った。私は焦って、彼にたずねた。

「あなたはなぜ、まだこんなことをしていたの？」

彼は言った。

「なぜ付き合えないのか？　私は、彼はよい人だと思う。彼は党に反対したことはない」

私はこの言葉を聞いて驚いた［つまるところ私は、彼よりもずっと老獪だったのだ］。こんなことを言えば、えらいことになる、ことによるとみな大変なことになるかもしれない。

その後、はたして全員が批判された。全員が自己批判しなければならなかった。われわれこの道に長けている者は、まだ「掘り下げ」て、「思想的根源、階級的根源」を探し当てることができた。「掘り下げ方が足りない」と、いつでも批判されたが、それでも「前回よりはわずかながら進歩した」という言葉をいただくことができた。

ところが、李興華はまったく駄目だった。もちろん彼も過ちは承認せざるを得ない。しかし彼の自己批判は、声高らかに次々にレッテルを貼り付けていくだけで、思想を分析した過程がまったくなっていなかった。そこで「思想の実際に触れていない」と言われ、いつも通らなかった。彼はある時、批判大会の後で、私に苦悩を語ったことがある。

「いったいどのように自己批判をすればよいのだろう？　私の自己批判の技術が駄目なのだろうか？」

私はどう答えるのか？　彼にどのように自己批判を作成するかを教えるのか？　この時、この純朴な人は危険な目に遭うだろう、もしかしたら私よりももっと危険かもしれないと感じた。

一九五七年末になると、あらゆる右派が決定され、われわれ編集部も解散させられた。幹部はみな異動するか、下放され労働に従事した。李興華は右派とは認定されなかった。私は密かに彼のことを喜んだ。どうやらこの関門を突破することができた、と。私の方は、まず「手柄を立てて罪を償う」ということになり、自分は大会で批判されながら、他方では編集部にもどって他の人の批判大会を主催した。編集部の同志たちが出発した後、私は病気のため農村に行くのが遅れていた。ちょうどこの空白の時に、突然、上司が私を訪ねてきて李興華に通知するよう言った――各単位で最終的に「バランス」をとった。他の単位では、彼のような者は右派と認定された〈ことを考慮し〉、平衡を保つために、彼を右派としなければならない。

この決定を聞いて、私は茫然とした。私は、あえて危険を冒しはしなかった。そうしたところで何の役にも立たないとわかっていたから。反対もせず、一言も話さず、ただちに執行したのである。われわれの編集部はもうなくなっていたので、機関の空き部屋で、李興華を探してきて、公文書を読み上げるように彼に向かってこの決定を伝えた。私は、一字も増減せず、まったく原文通りに「平衡を保つため右派と認定する」と言った。

私は彼の顔を見られず、読み上げているあいだ、彼の足もとだけを見ていた。彼は黄色い革靴を履き、深灰色のナイロン靴下を履いていた。この靴と靴下のことを、私は長く忘れることができなかった。彼は長い沈黙の後、発言した。私はようやく顔をあげてこっそりと彼を見た〔まるで私が彼から判決を下されるかのように〕。彼の顔にはほとんど全く表情がなく、悲哀も恐怖も憤怒もなく、冷ややかに通常の人事異動の決定を聞いているかのようだった。

「そうですか？　それでは私……私は受け入れるよりありません。意見はありません」

普段はよく喋る直情的な人だったが、こう話しただけだった。こうして、この若くして入党した革命軍人が、「平衡を保つ」ために、ひそかに党籍を剝奪され、「人民内部の矛盾によって対処する」敵対的矛盾となった。

私もその後、農村へ行った。私と彼は、それぞれ隣接する県に下放された。われわれの編集部の多くはこの二つの県に下放された。私は下放隊長となり、労働以外に全員の思想状況を理解する任務も負っていた。その年の後半に私は状況把握のためということで、皆に会うため、彼らの県に一度出かけた。

私は李興華の組へも行った。行く前に、彼は態度が悪く、また過ちを犯したと聞いていた。そのため(3)、彼の「右派」

の身分は、農民に公開されていなかったのだが、この時、農民にも彼を監督させられるよう公開することが決まった。私は終始、李興華に申し訳ないと感じていた。彼は本来完全な左派であるのに、どうして右派となってしまったのか？　誰を咎めるべきなのか、はっきりと言うことができない。いずれにしても、私には責任がある。この村に到着して彼に会う前、彼が新たにどんな過ちを犯したのかたずねた。だいたいは生活面で克己心があまりにも欠けているというもので、おかずの漬け物には農村でもっとも良い八宝醤菜を買い、罪を認める態度も良くなく、話している時には、まるで自分が革命幹部であるかのように意気揚々としている、ただこれだけなのである。彼の過ちを報告するのは、同じ元編集部の同志で、もともと好人物なのに、なぜ李興華にこんなことをするのか？　当時私はとても腹が立って、許せないと思っていた。

しかし「文革」を経て、私はこの同志のことを完全に理解することができた。彼もまた、上級がすでに「右派」と決定したのだから、李興華は本当に敵だ、と考えた。そこで全力を尽くして敵に打撃を与えようとしたのだ。それは李興華自身が、かつていわゆる胡風集団の摘発に努めた時の心理と同じだったのである。

その村のある空き部屋で、私はまた李興華と会った。私はぼろぼろの腰掛けに座って彼を待っていた。遠くからやって来る彼を見ると、顔つきはやつれ、以前の威勢のよい姿とはまったく違っていた。私を見ると、彼は頭を下げて言った。

「お元気で何よりです」

私は慰めようもなく、「今後は改造に注意するように」と事務的に話すよりなかった。彼は心配そうな顔をしながら、真剣にこうたずねた。

「私はどのように改造すればよいのか、わからないのです」

そう言われても、私はどう答えればよいのか？　ちょっと考えてから、やむなくこう言うよりほか仕方がなかった。

「今後は労働以外に、気をつけて頭を下げて道を歩き、なるべく喋らず、食事の時もよいものは極力食べず、粗末なものをたくさん食べなさい。それもまた一種の改造なのです」

彼はこの「激励」の言葉を聞いて、あっけにとられたような表情でまたたずねた。

「それだけですか?」

「それだけです」と、私は答えた。彼は長い間私を見ていて、どうやら私が来た意味もわかったらしく、私の言葉を繰り返してから、

「ありがとうございました」

と、私に心をこめて言うと、立ち去った。

私は、彼が農村の小径を歩いていくのを茫然と見ていた。彼の明らかにやつれた後ろ姿を見ていると、初めて会った時のあの厚ぼったい軍服姿を思い出し、突然悲しみがこみ上げてきた。私はまわりに人のいない、そのぼろぼろの部屋の中で、これ以上自分を抑える必要もなくなり、ぼろぼろの窓枠に突っ伏して声をあげて泣いた。

下放を終えると、李興華は柏各荘農場(4)に送られ、二年間労働に従事した。その後、ようやくレッテルがはずされ、寧夏に配属された。寧夏に行く前、彼は北京に戻って私に会いにきた。その時、彼は、農場では多くの年取った労働者とつきあった、と語り始めた。労働者たちは彼にとても親身で、こっそりと彼にたずねた。

「いったいどんな過ちを犯したのか?」

彼は「大きな過ちです」と答えるしかなく、他には何も話さなかった。この数年の生活が彼を鍛え、少しは処世術を身につけたようだった。

けれども、それから彼はまたこうも言った。今回レッテルをはずされた時、農場の上司は彼に向かって「人民の隊伍の中にお帰りなさい」と祝いの言葉を述べた。彼はその時、自分はこれまでずっと人民の隊伍の中にいたのだから、人民の隊伍の中に「お帰りなさい」と言われても、特別の感激はなかった。

「けれども帰ってきたのだから、やはり良いことだ」

彼はその時こう言った。もちろん少しは喜んでいた。

私はこの時、李興華はあいかわらずあまりにも天真爛漫だ、と心配になった。彼には、その後「レッテルをはずされた右派」という称号が長い間つけられ、他の運動とは違って二十数年もの間審査も許されず、名誉回復もされないとは、予想できるはずもなかった。実を言えば、最初に「平衡を保つ」ために彼を右派に認定すると決定した人でさえ、おそらくそのことを予想していたとは限らないのである。

その後、彼は寧夏から手紙をくれた。最初に右派と認定されたのは冤罪であると訴え、再入党を申請したい、と私に協力を求めてきたのである。彼はまた希望を持ったようであった。私は彼を慰めてやれるとは考えられず、ただ返信の中で、耐えて、くれぐれも訴え出てはならないと言うよりほかなかった。

幸いなことに、寧夏の同志は李興華にとても良くしてくれた。彼は寧夏でも文連で工作し、同じように編集者をやり、大事にされていた。激動の歳月において、寧夏の同志たちはまことに称賛されるべきであり、彼らがいてくれたことに喜びと慰めを感じる。

「文革」中は、寧夏文連も全国統一の基準によって、めちゃくちゃに破壊された。李興華は寧夏マッチ工場へ行き幹部となった。東北へ木材の買い付けに出張した時、北京を通ったことがあった。この時、彼に会ったが、まったく意気消沈していた。情勢や文芸についても、彼は頭を横に振って二度と口にせず、冤罪の訴えや名誉回復のことについても口にすることはなかった。ただ、「マッチ工場で幹部になって、一生を送ってもよい」と言っただけだった。「文革」はすべての人に自分本来の姿を忘れることを要求した。多くの英雄も世界的な名士もみなそうだった。まして彼なら言うまでもないことだった。

長年の苦しみに耐え、「四人組」が打倒された時、李興華はもう癌になって、北京へ治療に来ていた。それと同時に、積極的に自分の冤罪の訴えと名誉回復のための運動をしていた。

私は病院で、手術をしたばかりの李興華に会った。身体が弱り、彼の妻は陰で涙を流していた。けれども彼は、病気についてほとんど触れず、冤罪の訴えを書いていることばかり話した。彼は自信を持って、妻を関係する指導機関へ訴えに行かせるつもりでいた。中央が右派の名誉回復を決定する前から、彼は今回の申請はおそらく成功するだろう、このことは憂慮するにはあたらない、と楽観的に考えていた。

「かりに右派であったとしても中国の右派だ。洋奴（外国人の手先）よりはましだ」

こんな冗談まで言っていた。

李興華はその後、胃の大部分を切除し、さらにあの耐え難い化学療法を受け、食事をとることもできなくなった。誰もが、彼の命はあと数カ月と知っていた。私は、彼自身も知っていたはずだと思う。けれども同志たちが彼の見舞いに行くと、あいかわらず文芸界の情勢や作品について語ったり、他の人のために原稿を読んでやったりしていた。名誉を回復された後、彼は出勤したいとさえ考えていた。他の者は、彼が一日一日と死へ近づいてゆくのを目の当りにしているのに、彼は毎日、「体調はとても良い」と言った。亡くなる一カ月前にはもう食べられず、一日にわずかの流動食を口にするだけであったが、にも関わらず、精力的に執筆していた。中編小説の執筆は夜中の一時に及ぶこともあった。この時、彼は自分がもう何カ月も生きられず、その作品の出版も見届けられないことを知っていた。彼の創作活動は死の八日前まで続けられた。亡くなる前夜には、見直しできるよう、家族に原稿の清書を頼んでいた。

このようにきわめて普通で単純、かつ一生懸命運動に参加してきた党員が、偉大な功績もなく、誰かの恨みを買うこともなかったのに、文芸界に進んだがためにこのような運命に遭遇したのである。これは悲劇といわざるを得ない。

李興華の死後、私はどうしてこのような悲劇が生まれたのかを考えつづけた。この悲劇を起こした人の中には明らかに私も含まれる。だが、私はこんなことを望んだわけではなかった。他の人も同様であろう。こんなことをしたくはなかったにもかかわらず、してしまった。これは盲従したのだといえる。しかしこの盲従が、痛ましい結果を生んでしまった。盲従した者は苦痛と懺悔をどうして感じないのだろう？　懺悔するだけではまだ足りない。悲劇を起こした根源を真面目に深く考えなければならない。

同時に私はこうも考える。この半生に辛酸をなめ尽くし、いかなる利益を享受することもなかった普通の人が、人民の事業に対しては死んでも変わることのない忠誠心を抱き続けていた。このことは、自分が不運な目にあったばかりに、利己的であることこそが理にかなっていると考える人には、おそらく一考してみる価値があるだろう。

注

（1）H・Pともに章のタイトルは「ある普通人の教え」。
（2）「丁陳反党集団」、本書前編『思痛録』第四章注2参照。
（3）「そのため」、Pでは〈こうして〉。
（4）柏各荘農場は、河北省東北部にある大型国営農場。

第八章　文革前夜[1]——一九六二年の反党小説

×××（毛沢東）が引き起こした、全国が餓死に瀕する災禍は、彼の恩讐をこえた戦友が力を尽くしてなんとかやり過ごした。一九六二年になって一息ついたのである。ところが一息つくやいなや、ただちにまた「異端」に対する新たな迫害を始めた。もともと反右傾運動中に批判された人はすべて問題にしないということだったが、この時、一息つくと、また虫眼鏡で「敵」を探しはじめた。

まず八期十中全会[2]と北戴河《ほくたいが》会議[3]が一九六二年の秋から冬にかけて開催された。この会議で、「小説を利用して党に反対するのは一大発明である」という著名な命題が出された。具体的には小説『劉志丹』[4]（一九〇三〜三六、陝西保安人）を指していたが、実際に波及した範囲はさらに広かった。〈本書の〉作者は烈士の弟の妻、李建彤《りけんとう》[5]（一九一九〜二〇〇五、河南許昌生れ）である。彼女の文章は別にどうということもなく、描かれている陝北革命闘争の物語は、基本的には真人真事（ノンフィクション）であるが、実名は使われていない。

この時、高崗《こうこう》（一九〇二〜五四、陝西横山人）はもうとっくに「高饒《こうじょう》反党集団」[6]と認定されていた。けれども高崗は、陝北の土地革命に対してきわめて重要な関係があり、彼のことを書かなければ、話の筋のつじつまを合わせようがなくなってしまう。そこで作者はやむなく仮名を用い、できるかぎり具体的な描写を減らした。原稿ができあがると、陝北土地革命のもう一人の指導者習仲勲《しゅうちゅうくん》（一九一三〜二〇〇二、陝西富平生れ）が目を通した。彼ももちろん小説の中に登場する。ところが、この小説は新聞に発表されるやいなや、まだ単行本として出版もされないうちに、最高当局によって「反党小説」であり、しかも「一大発明」だと認定されたのである。増刷してはならない、ただちに徹底的に調査する、との通知が〈上から〉大至急で出された。理由は他でもなく高崗が許しがたい罪人であり、彼の過去への言及さえあれば、それがたとえ客観的な叙述にすぎなかったとしても、反党なのであった！

この事件では、作者をひどく吊るし上げた［これは慣例である］ばかりでなく、作者の夫である劉景範（一九一〇～九〇、陝西保安人）、すなわち劉志丹烈士の弟にまで波及した。そのうえ原稿を審査した習仲勲まで巻き添えにした。習仲勲が首謀者であり、高崗の名誉回復の陰謀を企てた、すなわち反党であるというのである。習仲勲は当時国務院副総理であったが、ただちに辞職した。[7] このようなやり方はまったく理不尽である。彼らが党に反対し、奪権しようとしていたとしても、こんな小説を書いてどうするのか？　一般の読者は読んでもその中に高崗のことが書かれているとわかるはずがないのに、名誉回復のために何の役に立つのか？　しかも、たとえ読者がこのことによって高崗に少しばかり好感を持ったとしても、それでどうして反党ができるのか？　筋の通らない論理である！　しかし、このように決定が下され、国務院副総理を辞職させ、いかなる工作も与えなかった。

習仲勲はもともと私たち夫婦を吊るし上げたのだった。[8] けれどもこの事件の処理については、たしかに不公平だと感じた。私は最初はまだ真相がわからず、上から一度ならず「反党集団がいる」、陰謀があるとの伝達があった以上、きっと小説の中からこの人（習仲勲）の姿を見つけただけではなく、別に何か重大な発見があったのだろうと思った。習仲勲、劉景範ら西北の幹部たちが高崗の処分について不公平だというようなことを密かに話し合ったり、何か中央に反対するようなことを言ったりしたのかもしれない。これもまた人の情としては当たり前のことである。彼らは高崗と長年一緒に工作してきたのだ。私はたとえそうであったとしても、あんなにひどく吊るし上げ、「反党」にしてしまうべきではないと思う。共産党転覆を主張してこそはじめて反党といえる。彼らは若くして紅軍兵士となった、紅軍出身者であり、もしも共産党を転覆してしまえばいったいどこへ行くのか？　そんなことがあろうはずがない。

老紅軍でさえそれほど絶対の信任を受けてはいないのだということが、はじめて少しわかってきた。以前、私は知識分子出身の幹部に対してだけそうなのだと考えていた。

しかし私は依然としてそれらの伝達を完全に疑ってかかるような態度をとることができなかった。ちょうどその時、われわれの出版社では「小説で反党する事件」とつながりのある事件が起きた。同じく西北地区で、かつて地下工作をやったことのある王超北[9]（一九〇三〜八五、陝西澄城人）が、雑誌『紅旗飄飄《こうきひょうひょう》』上に「古城闘胡騎」（古城にて胡騎と闘う）という回想録を発表した。「古城闘胡騎」は王超北が口述し、わが社の編集者、欧陽柏が整理した。この回想録に描かれているのは往年の西安における地下工作であるが、康生は、作者の記す地下党機関とは実際には国民党の特務機関だと通知してきたのである！

事件はわが社の編集者にも波及したため、私はこの文章を丁寧に読まざるを得なかった〔反動であることが「発見」されると、本書はただちに封印され発売禁止となった。私は『紅旗飄飄』の版元である中国青年出版社へわざわざ人を派遣して手に入れた〕。その中に描かれている内容はおおむね彼らが西安市に秘密機関を一つ設置したということである。地下には秘密の通路と放送局があり、この通路を通って逃げることができた。そして地上にあったのは国民党機関であった。

王超北は以下のように述べている。彼は当時国民党の省レベルの党務組織に入り込み、国民党陝西専員〔?〕の李《り》猶龍《ゆうりゅう》と関係を持ち、その李猶龍を味方に取り込んだ。そのうえ共産党員の尋問にも加わったことがある。ある時、逮捕された共産党員が投降して同志のことを自白しそうになったのを見ると、すぐに国民党の刑吏にひどく殴るよう命令した。その結果この人を死なせてしまったが、党の機密は漏洩されなかった……。

斉燕銘[10]（一九〇七〜七八、北京人）は当時文化部副部長、党組副書記であった。彼はわれわれに以下のように伝達した――西安のあの何とかいう秘密機関は、まったくデタラメだ、あれは国民党の機関であり、共産党にどうしてこんなものがあるだろう?……

斉燕銘は教授出身の党員で、文化工作に従事してきた。彼の地下党に対する知識は、おそらく私よりいくらも多いはずはなかろう。しかし彼はインテリで、君子であった。彼が話す時の表情は、王超北の話など反駁する価値もないかのようであった。私は彼の影響を受けると同時に、また党の秘密工作についても多くを知らなかった。

私はこう思ったのである。国民党機関の中庭に共産党の放送局を設置することなど可能であろうか？　実際滅多にないことである。また、李猶龍は有名な反共人士で、特務であった可能性すらある。その彼と関係を持ち、彼を味方に取り込んで、どんな利点があるのか？　とりわけ共産党員を尋問し、彼が何も自白していないのに、自白するかもしれないと疑って、殺してしまうとはなんという行為か？　同志を殺害したということではないか？　どうして許すことができるだろう？　国民党の顔をして共産党員を殺害したのだ！

そこで私は欧陽柏を呼んで話をした。話してみると、欧陽柏はただ『新観察』で編集をしていた時に、職務上王超北と知り合いになっただけだという。王超北が別の内容について話し、欧陽柏が記録して整理したのだった。その後、王超北がたくさんの材料がまだあるので、欧陽柏に整理をしてもらいたいと言った。欧陽柏はちょっと聞いてみて面白かったので承知した。西安地下党のくだんの機関について、欧陽柏は、王超北が喋ったこと以外、何も知らず、王超北らとそれ以上の関係はなかった。李猶龍がどんな人でどのような背景を持っていたかについて、私が尋ねても彼はまったく知らなかった。国民党の顔をして、まだ何も自白していない共産党員を勝手に殴り殺したことは犯罪であるということについて、彼は、そんなことを思いもしなかった、王超北がそうしたことこそ革命的だと思っただけだ、と述べた。欧陽柏は党員候補であり、党内の全てについては何も知らなかったのである。

当時、中宣部は、欧陽柏の問題は重大であり、西北反党集団に参加した可能性もあると考えていた。中宣部出版処副処長の許力以[11]は何回もわれわれの出版社にやって来て、この事件の早期決着を促した。主要な責任者〔すなわち尋問者〕は私であった。しかし、私がどのように尋ねても、これだけの材料しか得られなかった。欧陽柏は旧社会から来た老記者であり、その経歴や共産党についての知識からいっても、「西北反党集団」に参加したとはとても思えなかった。

この時、私はこう思った。もしかすると王超北は本当に悪人で、反革命史を革命史であるとホラを吹いたのかもしれない。けれども欧陽柏が彼らの陰謀に参加したとはとても思えず、有罪の判決を下すのは難しい、と。私はこの「審理結果」を上に報告した。中宣部の方でも彼と何度か話したが、私が得た以上の材料を得ることはなかった。

しかし、中央直属の党委員会から通知が届き、欧陽柏の正式入党は取りやめとなり、彼はすべての文書・出版物を閲読すること、ならびにすべての報告（一般非党員編集者の聞く報告を含む）を聞くことの権利を停止された。この決定は一九六二年になされたものであるが、文革中にいたるまで引き続き執行された。彼はまだ何分子と認定されたわけではなく、また（党員候補としての）党籍を剝奪されたわけではないから、編集者の聞く報告さえ聞かせないというのでは、処分が重すぎるのではないかと、後にわが社の党委員会からも何度か意見を提出した。けれどもまったく役に立たなかった。やはり彼の処遇は変わらなかった。文革前夜になって、彼はようやく大衆の聞く報告を聞くことが許された。しかし瞬く間に文革が始まり、このわずかばかりの「政治権利」すら全て剝奪されただけでなく、彼にこの権利を与えた人まで「投降を呼びかけ叛徒を受け入れた」ということになった。

彼らの事件が完全に終息しないうちに、騒ぎは私の身にまで押し寄せてきた。この時、いたるところで反党小説を探し回ったのである。私はその少し前に数編の小説を発表していたので、網に落ちた。北戴河会議から、反党小説を探し出して報告せよとの命令が届き、作家協会党組は急いで出版物を検査した。二度目の反右派闘争のような有様であった。最後に作家協会党組は会議を開き、私の小説二編、「訪旧」と「月夜清歌」[12]を毒草として、北戴河中央工作会議へ報告した。

この情報は黄秋耘が私に密かに教えてくれた。後に、文化部副部長李琦《りき》[13]（一九一八～二〇〇一、河北磁県人）がもっぱらこの二編の小説の問題について私と話をし、その結果私は下放され四清運動をすることになった[14]。私は人民美術出版社副社長の劉近村と隊を組んだが、彼が私を「指導」した。私のことが問題となっているのは明らかだった。（後になって、侯金鏡《こうきんきょう》[15]（一九二〇～七一、北京人）が「ここには毒がある！」と述べたことを聞いた。だが、これがつまるところ彼自身の見解なのか、それとも自分の身の潔白を証明するために踏み台が必要だったのかは疑問である。まさに銭鍾《せんしょう》書《しょ》(16)（一九一〇〜九八、江蘇無錫人）が言うように、知識分子は誰もが「運動における恥の記憶」を持っていた。彼にも恥の記憶があったはずである、ちょうど私と同じように。〕

それではいったいどんな毒があったのか？　私には始めから最後までわからなかった。この二編の小説を書いた時には、表現に細心の注意を払い、あからさまには描かなかった。

「訪旧」では烈士の妻を描いた。夫の死後、息子のできも良くなかったが、村からの援助も受けず、夫の戦友の好意も辞退して、彼女はあくまで農村で生活を続けた。彼女は以前と同じようにオンドルの上で、食事を作って、夫の戦友をもてなし、涙ながらに見送った。けれども彼女は街に行って烈士の遺族に対する優遇を享受することはなかった。これは社会主義の優れた制度を攻撃するものだと言われた。

もう一つの「月夜清歌」は、歌のとても上手い娘が、家と恋人から離れがたく、街に行ってプロになる話を断り、そのまま愉快に暮らすという話である。この小説の中で私は、もしも彼女が招請にこたえ街へ行ったなら、どんな変化があっただろうと思い、そこからプーシキンの小説「駅長」の中で将校と出奔した駅長の娘を連想した。このような連想はいくらか「意識の流れ」の手法に近いものであろう。いずれにせよ、これもまた「毒素」とされた。

私はこのことで邵荃麟（一九〇六〜七一）同志を訪ねた。彼も私の放った毒素がどこにあるのか言えず、

「おそらく、あなたの考えは、一つの性格を描こうとしたのでしょう……検討してみましょう……」

と繰り返すばかりだった。私は涙を流して、濡れ衣だ、どうしてこの程度の性格を描く自由さえなく、単純な英雄を賛美することしか許されないのだろう、と思った。また、もう一方では怯えてもいた。ひとたび作品が北戴河会議で毒草の名簿に載れば、この世はおしまいなのだった。習仲勳でさえそうなのに、他の者はいうまでもないことだ。

当時、茅盾《ぼうじゅん》は読書雑記を書いて、私の「月夜清歌」を高く評価した。その優れた点は、「横ざまに看《み》れば嶺《おね》を成し、側《かたわ》らなれば峰《みね》を成す」（一つの山も角度を変えれば異なった姿を見せる。蘇軾「題西林壁」）というところにあり、考えさせ

られる、と述べた。私自身もこの作品はそんなに単純なものではないと思っていた。けれどもその頃は単純なものがよいとされ、「横ざまに看れば嶺を成し、側らなれば峰を成す」は罪なのであり、茅公（茅盾）も私を守れなかった。しかし、文化部が私の処分を決定した後〔私は、李琦から農村に下放されることを伝えられた〕、私の名前は公表されなかった。これは極めて寛大な処分であった。後から、邵荃麟と李琦同志が私を保護してくれたおかげで、幸いにもこの難関をくぐり抜けることができたのかもしれない、と思った。けれどもこの事件は、私の前途の不吉な前兆だったのである。

こんな目に遭ったのは私一人だけではなかった。黄秋耘の（小説）「杜子美《としび》還家」（杜甫の帰郷。『北京文芸』一九六二年第四期）「魯亮儕《ろりょうさい》摘印」（魯亮儕の免官）は当てこすりだ、唐代の杜甫が体験した人民の困難な生活を描くことによって、今日の社会主義の生活を暗に指した、といわれた。郭小川（一九一九〜七六）の詩「望星空」（『人民文学』一九五九年第一一期）は、星空を眺めた個人の思いを表現したため、ブルジョア階級の思想と感情だといわれた。彼らの最終的な処分も私と同じだった。名前を公表されることはなく、内部で批判された。この後、黄秋耘は石油採掘現場に送られて「再教育を受け」、郭小川は〔作家協会秘書長と党組成員の〕職を解かれ、『人民日報』の記者となった。似たようなことは他にもあった。

一見われわれの受けた処分は軽かったといえそうだ。しかし、われわれの罪名は一九五七年に認定された「右派」よりも、いっそうはっきりとは言えないものになっていた。あの時は、秦兆陽には「現実主義の広い道」の主張があったし、丁玲には「本一冊主義」という主義にもならない主義があった。それでは、われわれには何があったのか？「小説を利用して党に反対するのは一大発明である」というのなら、すべての小説は**等しく反党できることになり、これもまた一大発明である。そこで勝手に一言選んだだけで**、「放毒」（毒を放った）**「毒草」**の罪名をこしらえあげることができる。罪状をあげるにはことかかない。人を罪人にする道はますます広くなった。これは『海瑞罷官《かいずいひかん》』『三家村札記』[17]などを批判するための道を開いたのであった。

注

（1）H・Pともに章のタイトルは「一息ついた後」。

（2）「十中全会」、Pの〈二中全会〉は間違いで、P⑤で〈十中全会〉に訂正。八期十中全会（中共第八期第一〇回中央委員会全体会議）は、一九六二年九月二四～二七日開催。毛沢東は九月二四日、この会議で「小説を利用して党に反対するのは一大発明である」という講話をした。

（3）北戴河会議は一九六二年七月末から九月二三日にかけて断続的におこなわれた中央工作会議。

（4）劉志丹（一九〇三～三六、陝西保安人）は、中共の政治家・軍人、陝甘ソビエト創建者。二五年中共入党、死後、「民族の英雄」「紅軍の模範」と称揚された。

長編伝記小説『劉志丹』（李建彤著）の一部は、一九六二年七月末から『工人日報』『光明日報』『中国青年』などに先行発表されたが、中共八期一〇中全会で反党の陰謀活動と決めつける決定がなされた。文革終結後の七九年、この小説と作者は名誉回復され、小説『劉志丹』の上巻は同年工人出版社から出版、さらに大幅に手を加えて書き直した新版『劉志丹』（全三巻）が八四年から翌年にかけて文化芸術出版社から出版された。しかし、その新版は出版後まもなく発行停止処分を受けた。二〇〇九年一一月には、江西教育出版社から三巻本『劉志丹』が再刊。再刊本は大枠で文化芸術出版社版の三巻本とほぼ同じであるが、登場人物の設定とストーリーには、若干の改変が加えられている。詳細については、石川禎浩「小説『劉志丹』事件の歴史的背景」（『中国社会主義文化の研究』京都大学人文科学研究所、二〇一〇年）参照。

（5）李建彤（一九一九～二〇〇五、河南許昌生れ）、女性、作家、三八年中共入党。烈士劉志丹の弟・劉景範の妻。劉景範（一九一〇～九〇、陝西保安人）は三〇年中共入党。

（6）「高饒反党集団」とは、一九五三年に高崗（東北人民政府主席、東北行政委員会主席を歴任）と饒漱石（華東軍政委員会主席、党中央組織部長を歴任）が、党と国家の指導権を奪おうとして結んだとされる反党集団のこと。「高饒反党集団」は、五四年二月中共七期四中全会前後に摘発された。高崗（一九〇二～五四、陝西横山人）は陝甘寧辺区創立の功労者、二六年中共入党、五四年自殺、五五年三月党から除名。饒漱石（一九〇三～七五、江西臨川人）、二五年中共入党、五五年党から除名。

（7）前掲石川禎浩「小説『劉志丹』事件の歴史的背景」一五三頁によれば、この小説『劉志丹』事件は人民共和国における最大の「文字の獄」のひとつであり、連座して迫害を受けた者は一万を越え、文革終結までに二〇〇人以上が迫害死、一〇〇人以上が深刻な精神・身体障害者となったという。習仲勲については、本書前編『思痛録』第一章注40参照。

(8) 韋君宜、楊述夫妻は搶救運動の時、陝甘寧辺区で習仲勲に吊るし上げられた。P一五頁には「地区委員会の数人」としか記されていないが、H一八頁には習仲勲の名前が明記されている。本書前編『思痛録』第一章五〇頁参照。

(9) 王超北（一九〇三〜八五、陝西澄城人）、二五年中共入党。解放前は中共西安情報処処長、建国後は人民解放軍西安警備区副司令員、西安市公安局局長、外貿部五金鉱産進出口公司副総経理（副部長級）など。六二年逮捕入獄、七九年名誉回復。

(10) 斉燕銘（一九〇七〜七八、北京人）、蒙古族、三八年中共入党。建国後、中央人民政府弁公庁主任、政務院副秘書長、中共中央統戦部副部長、総理弁公室主任、文化部党組書記、副部長など。

(11) 許力以（一九二三〜二〇一〇、広東遂渓人）、四一年中共入党、元中央宣伝部出版局局長、中国出版工作者協会副主席など。

(12) 「訪旧」（『新港』第三期、一九六三年三月）・「月夜清歌」は、『女人集』（四川人民出版社、一九八〇年）所収。

(13) 李琦（一九一八〜二〇〇一、河北磁県人）、元中共中央文献研究室主任、三六年中共入党。

(14) この時におこなわれたのは「社会主義教育運動」。一九六三年から六六年の春まで、中共が一部の農村と少数の都市の基層単位で展開した政治運動、特に農村では「四清運動」ともいう。「四清」とは政治、経済、組織、思想を清めること。

(15) 侯金鏡（一九二〇〜七一、北京人）、文芸評論家、編集者、四二年中共入党、五六年『文芸報』副主編。

(16) 銭鍾書（一九一〇〜九八、江蘇無錫人）、中国古典文学研究の権威、小説家。

(17) 『海瑞罷官』は明代の清廉な官僚、海瑞の活躍を描いた呉晗《ごがん》の新作京劇。一九五九年末に執筆、六一年初め初演。六五年一一月一〇日姚文元が、呉晗は彭徳懐元国防部長の名誉回復を図ったと批判、文化大革命の口火を切った。呉晗（一九〇九〜六九、浙江義烏人）は歴史学者、当時は北京市副市長。五七年中共入党、六九年獄死、自殺説が有力。

『三家村札記』は呉晗、鄧拓、廖沫沙の三人が呉南星の筆名で、一九六一年一〇月から六四年七月にかけて雑誌『前線』に連載した随筆。毛沢東を風刺したと批判され、文化大革命発動の突破口の一つにされた。

当時、鄧拓（一九一二〜六六、福建閩侯人）は中共北京市党委書記、廖沫沙（一九〇七〜九〇、湖南長沙人）は北京市党委統一戦線工作部長。鄧拓、廖沫沙はどちらも三〇年中共入党、鄧拓は六六年自殺。『三家村グループ』の名誉回復は七九年三月。

第九章　文化大革命[1]——一九六六〜七六年

上　走資派《そうしは》といわれた私

多くの人は文革を悪夢のようだったという。より多くの人々は、この悪夢を江張姚王の四人〔四人組〕の陰謀のせいにしてしまう。確かに文革はいくらか悪夢のようであり、ありえないようなことだった。しかし世界中に、児戯のごとく、自分で自分の国を破壊し、大臣を殺害し、政府を閉鎖してしまうような国家〔殺戮を嗜好する暴君が統治するものであったとしても〕はこれまでなかった。しかしこれは夢ではなかった。

共産党の中で早くから過ごしてきた者なら、よく考えてみれば、この「革命」が突然天から降ってきたものではない、なおさら「四人組」が起こせるようなものではないとわかるはずだ。呉晗《ごがん》の『海瑞罷官』が批判されてから、まったく不思議でならないと感じてきた。呉晗は明らかに毛主席の指示を受けたからこそ執筆したのである。彼は教授出身で、彭徳懐とはまったく無関係なのに、彼に対する批判がどうして正当であろう？　その後さらに三家村批判と『燕山夜話』批判が始まったが[2]、もとよりまるで卵の中から骨を探すようなもので、骨のくずさえ見つからなかった。

項荘が剣を舞ったのは、沛公《はいこう》〔劉邦〕の刺殺を企んだからだ〔言葉や行動の真のねらいは別のところにある〕ということは、皆が知っている。

文革が発動された時、私は安陽〔河南省〕の農村で「四清」をやっていた。すると突然電報を受け取り、全員北京に戻るようにと命令された。他の人々はみな大喜びで、列車の中では「四清」の報告について話し合い、文革を擁護する挑戦状を書いた——こういった方式は皆がやり慣れたものだ。私だけがすでにその二、三日前に村で三家村と北京市委員会を批判する放送を聞いていた。この剣舞が彭真（北京市長）を目がけてのものであるのは明らかだった。楊述と彭真、鄧拓との関係は隠せない。(3) さらに楊述は事前に手紙で、情勢がよくないことを知らせてくれていた。そこで私は家に戻れば、まずこれらの悪い知らせを聞く覚悟をしていた。

ところが、その悪い知らせを聞かせてさえもらえないとは思いもしなかった。列車が北京駅に到着してみると、「歓迎」しに来ていたのは、冬休みに戻った時とは違って、人事科の二人だけだった。彼らは私が目を見開いてきょとんとしていても、目もくれずに「行け！」と叫んだ。誰一人として荷物を持つのを手助けしてくれなかった。迎えに来たのは人が乗る車ではなく、大型トラックで、われわれ老人は自分で荷物を背負ってトラックによじ上るしかなかった。文学研究所の葉水夫(4)（一九二〇～二〇〇二、浙江寧海人）だけが私に握手して挨拶してくれた。その他のすべての人々にとって、私はもはや「等外の民」となっていた——列車から降りてわずか五分で、天から地へと落ちたのである。

それから、われわれ全員は機関（人民文学出版社）まで連れ戻された。私は顔を上げるやいなや、私を「つかまえて連れ戻せ」と要求する壁新聞が目に入った。引き続き「社会主義学院」へ送る反動集団の名簿が公表され、われわれは休む間もなく収容所に送られた。

この数年、腰を曲げ札を首にぶら下げて吊るし上げられ、街を練り歩くといった場面については、多くの人がもう書き記している。いずれにせよ人が人として認識されなくなったのであり、本当に夢でも見ているようだった。われわれの「社会主義学院」は、監視する軍宣隊(5)（人民解放軍毛沢東思想宣伝隊）以外、全員が各単位から送られてきた反動集団だったという点で、他とは異なっていた。皆が互いに摘発しあい、情け容赦もなく罵倒した。相手が反動集団であり、反党であって、自分は「騙されたのだ」と言った。けれどもこうした局面は幾日もしないうちに打ち破られた。

私は憶えている。人民文学出版社から来た者たちは、最初はみな自分が騙されたのだと言い、作家協会から派遣されてきた私だけが正真正銘の反動だと言った。数日すると、元の単位がわれわれを順番に機関まで帰らせ、壁新聞を見せた。すると彼らの統一戦線は破られ、お互いに罵り合い、よい人はいなくなってしまった。その後、機関に呼び戻され、吊るし上げられたが、もともと完全に「騙され」ていたはずの許覚民[6]（一九二一～二〇〇六、江蘇蘇州人）が、造反派に「なぜこんな悪事をしでかしたのか？」と質問されると、あっさりと「反党するためだ！」と答えるのを、私は聞いた。

このように反動集団の内部で闘争をやらせても不徹底であったため、「社会主義学院」は解散することになり、各単位が連れ戻して闘争にかけた。

私の反動集団としての生活から記録を始める。

この反動集団の巣窟もまた極めて恐ろしいものだった。建物中にぎっしりと壁新聞が貼り出された。私ははっきりと憶えている。

林黙涵の名前の大きな文字をゆがませて、毛まで生やした、一匹の大きな犬の絵が描かれていた。これこそまことの歪曲である。

邵荃麟は重病で出てくることができなかった。彼の妻、葛琴《かつきん》[7]（一九〇七～九五、江蘇宜興人）が彼の世話をしていたが、やはり壁新聞を貼られて、革命の学習班を高級療養所にしていると批判された。

田漢[8]（一八九八～一九六八、湖南長沙人）の息子の田大畏（一九三一～二〇一三）は**自分の父親の壁新聞を貼り、田漢が叛徒だと罵った**[9]。田漢は食堂に行って食事をしていた時、肉の骨を本当に噛めなくて吐き出した。すると「革命大衆」にその場で罵られ、吐き出したものを全て飲み込むよう命令された。

革命烈士の娘、孫維世[10]（一九二一～六八、四川南渓生れ）はかつてソ連へ派遣されて留学していたが、「ソ連修正主義の代理人」のレッテルを貼られた後、さらにソ連の恩師の罪状を摘発せよと言われた。

われわれは互いに知り合いであったが、この時突然、何の面識もない人になって、顔をあわせても素知らぬふりをするようになっていた。

けれどもこのように反動集団同士で闘争し、ペンで批判するだけではまだ不徹底なのであった。そこで（社会主義学院を）解散することが発表され、各単位がそれぞれ連れ戻し、闘争にかけることとなった。

各単位から反動集団を引き取るために人が派遣されてきたが、まるで豚か犬のように追い立てられて、トラックに詰め込まれた。年老いた孟超[11]（一九〇二～七六、山東諸城人）は私と一緒に詰め込まれた。一三、四歳の子供たちの一群はわれわれを取り囲んで、「孟超のおいぼれめ！」とひどく罵った。その子供たちは、孟超が「鬼戯」（ろくでもない芝居）である『李慧娘《りけいじょう》』の作者であることを知っていたのである。孟超は「はい、はい」と答えるより他なかった。子供たちはまた、孟超の鼻を指差して「このおいぼれ反革命！　バカ野郎！」と罵ったが、彼は同じように返事した。子供たちは「罪を認めるのか、認めないのか、認めないなら殺してやる！」と続けた。孟超は孫の世代の者たちの前で、罪を認めると言い続けた。車が出発することを切に願ったからである[12]。機関に着くと、われわれは後ろの建物の図書室に詰め込まれ、男性は外側の、女性は内側の部屋の床板で眠った。部屋に入る前に、まず身体検査が行われた。彼らはまるで異国の経営者で、われわれは金で買われて来た奉公人のようであった。われわれ一人一人を全身くまなく調べ、禁止されている持ち物の有無を調べた。財務課の周恵貞[13]が私の身体検査をした時、私はここで何年か指導者の任にあったが、いま確かに囚人となったのだとはっきり感じたことをまだ憶えている。

われわれの生活は、毎日順番に呼び出され、大会で罵倒され、順番が回ってこない時は、みな小さな机で自白書を書くというものだった。

私はもちろん一番初めにもっとも多く、かつ最大の規模で闘争にかけられた。全社大会が開かれ、私に「自白」を迫った。

「楊述と一緒に、鄧拓の家に行って、どんな陰謀を企てたのか、自白しろ」

私は「陰謀など企てていません、原稿を依頼しに行っただけです」と答えた。するとすぐ下で聞いている人からすぐに机を叩いて大声で、

「嘘だ！　反党の陰謀を自白しろ！」

と言われる。すべてはこのように理不尽でデタラメな罵倒であった。

機関の元の単位はもうすべてなくなり、造反組織がやって来て指導した。科長以上の者はみな指導者としての資格を失っていた。指導者となったのは、自動車の運転手であった高維紳、炊事係の張肇隆《ちょうちょうりゅう》、清掃係の高図で、何人かの若い大学生も、経歴が単純なためにその中に加わることができた。毎朝、張肇隆がわれわれを指導して自白書を朗読させた。

「私は大罪人です〈……〉」

そのうえ暗唱もしなければならず、できないと張肇隆にひどく罵倒された。

このように日夜闘争にかけられる不思議な生活はどこでも同じであった。詳細に書こうとは思わない。一時期、私は正常な精神をなくしていた。誰かが私に質問しても私は答えられず、目を大きく開くばかりであった。私が狂ってしまっていたといっても、私の頭ははっきりとしていて、明らかにここで闘争にかけられていて、罪人であることはわかっていた。しかし何が罪なのかもわからず、どこにも逃げ場はなかった。私が狂っていなかったのなら、これらのあらゆる「正常者」とはもはや共通の言葉がなくなっていた。どうして彼らに答えることができるだろう？　私は彼らをただ見ているしかなかった。彼らはまるで私をひどく恨んでいるかのようであった。いったいどういうことなのだろう？

その後、私は一人のお手伝いさん〔彼女もまた正常者であった〕の看護を受け徐々に回復した。このことは一日中私を闘争にかけていた正常者が実は正常ではなかったことを証明しているようだ。

街の焼餅《シャオビン》（小麦粉を練って丸型にして焼いたもの）店の店主はみな走資派（資本主義の道を歩む実権派）にされ、毛主席の写真を印刷した古新聞でピーナッツを包んだ行商人は反動分子にされた……などは詳細に述べる必要はない。私自身のことを話そう。

文革の前、私は偶然、家で古い画集を一冊見つけた。近所のどの家のものか知らないし、またどこの子供が私の家に遊びに来て忘れていったものかも知らない。見れば、大きな赤い表紙に誕生日を祝う文字が書かれてあり、開くと扉のページのグラシン紙には子供が鉛筆で落書きして髭を生やした美人の絵があり、さらに見てゆけばこの美人は宋美齢なのだった。この冊子は蔣介石の誕生日を祝う画集で、一ページ目は、蔣介石と宋美齢二人の絵、その後は山水画〔おそらく蔣氏の故郷を描いたものであろう〕であった。私がちょっと見て、横に置いておくと、叔母の楊奉筠《ようほういん》がそれを片付けた。それからずっと後に文革が起きた。楊奉筠はこの時にはもう私と一緒に住んでいなかったが、彼女は突然あの画集の中に蔣介石と宋美齢があったのを思い出した。国民党ではないか？　家に国民党の絵をしまっておくのは反共の罪ではないか？　そこで我が家のお手伝いの趙貴芳を訪ね、二人は公園で、反革命の秘密について検討でもしているかのように意見の交換をした。楊述はちょうど闘争にかけられている時のことで、趙貴芳に「私は知らない」としか言わず、そこで趙貴芳は画集を風呂敷で包むと楊奉筠に送り返したのである。楊奉筠はそれを見て、どれほどの大罪かしれないと恐ろしくなって、このことをわが社の造反派に報告し、私が蔣介石、宋美齢の写真を隠匿していたと言った。同時に恐怖のため彼女はこの画集を破り捨てた。こうして若い造反派の一群は特務間諜事件を探し当てた。私は特務であり、あの画集は私の特務活動の証拠だと言うのである。

これはまったくのデタラメであり、私はいいかげんに承認することはできなかった。そこで私は時間を費やし、一万字近く書いて説明し、彼らに以下のことを考慮してくれるよう求めた。

こんなに分厚くて重い〔長さ一尺、厚さ二寸〕冊子を、特務たちが公然と、すでに共産党党員幹部となっている私という「特務」に渡すことは可能であろうか？　大特務全員にこのような大冊子を配布したことの証拠とするなら、おそらく特務発行所が設立されていたはずだ。彼らが公然と発行していたのでなければ、私が延安から持ってきたとしかいえない。ところが、周知のようにわれわれは延安から徒歩で晋察冀まで行軍してきたのである。荷物は一人一個。私が荷物の中にこの特務の証拠物件を入れていたのなら、まず背負って歩くことなどできない。他の物は不要でこれだけを背負ったとしても、一日行軍するだけで他の人に発見されてしまうではないか？　その時、夜は十数人がオンドルで眠り、一人部屋はなかった。

　このような理由を、私は一方で述べながら、他方では笑いたくなった。このために特務とされるのは悲しいことではあるが、このような理由は喜劇よりも滑稽ではないか？　最後に、彼らは長い間騒いでいたが、私を言い負かすことができなかった。この事件は楊奉錡の所に戻され、たぶん一九七六年になってようやく決着がついた。

　実際はとても簡単なことで、この画集の出版所は国立杭州美術専科学校だったことを憶えている。蔣介石の誕生日を祝って風景を中心とする画集を出版しても不思議はない。劉海粟《りゅうかいぞく》（一八九六～一九九四、江蘇常州人）・林風眠[14]（一九〇〇～九一、広東梅州生れ）なら知っているはずだった。けれども私は他の人を巻き添えにしたくはなかった。

　これらの教養の無い青年たちが、美術作品について論じる時に、馬鹿げたことを言うのは不思議なことではない。もっとも不思議だったのは、文学工作に長年従事してきた知識分子である老編集者までもが数々の絶世の奇文を書き、ほとんど文盲にまで成り果ててしまったことである。

　私は憶えている。「引っ張り出」された友人、龍世輝[15]（一九二五～九一、湖南武岡人）は平素好んで寓話を書いていた。彼の「白鶴的《の》故事」という寓話は、白鶴が自分は大したものだと自惚れているが、実際のところ彼の作品は普通の鳥にも及ばない、というような内容であった。われわれを審査した造反派は、彼のこの寓話は反党であると言った。白鶴は公然と最高指導者をあてこすっている。そこで批判が始まった。龍世輝はきっぱりと否定したので、造反派は批判大会で「物証」を明らかにした。どんな「物証」なのか？　それは新華書店の従業員の口から出たものだった。彼女たちは、

「毛沢東著作の単行本は、白い表紙で赤字のタイトル、本文は黒字、書店の本棚にずらっと並べられていると、白い表紙に赤い冠だけが見え、ちょっと頭の赤い白鶴みたい」

と言った。そこでこの言葉が「確かな証拠」となり、何冊かの白い表紙の単行本が「物証」となった。こんな話は常軌を逸しているが、当時は反党の大罪の決定的な根拠となった。

他にもっと有名な文字の獄〔筆禍事件〕があった。罪に問われたのは私だった。毛主席の誕生日を記念して、各出版社があの方の著作を再版しなければならなくなった時のことである。しかし毛沢東の著作は人民出版社が独占販売していて、他の出版社が出すなら、別に編集するしかなかった。人民文学出版社は『毛沢東論文芸』を編集した〔その他の出版社も『毛沢東論軍事』『毛沢東論農業』等を編集した〕。けれども毛主席の全著作はすでに選集に収録されていて、出版部数も多く、それを再版しても売れ行きが期待できなかった。そこで書店は印刷部数を一万と提示してきた〔これまでに何万冊も印刷されていた〕。私は深く考えることもなく同意した。ところがこの「同意」の二文字が、私の反党反毛〔沢東〕の悪辣な企みだということにされてしまったのである。

炊事係や運転手だけでは批判文を書けないので、一人の老編集者がこのことについて大いに論陣を張り、私のことを魂胆が測り知れないと言った。全国人民が首を長くして待っている毛沢東の著作を、どうして一万しか印刷させなかったのか？　全国の文芸界が『毛〈沢東〉論文芸』を緊急に学習しなければならないのに、どうして制限を加え、学習させなかったのか？　文章はとどまることなく、長々と続いた。彼はわずか二年余り前、私がみずから『毛主席詩詞』のことで奔走したことをまったく憶えていなかったのであろう。私は真夜中に起きて、夜が明けると毛主席に届けられるよう、清刷りを見に印刷工場へ行った。その本は数十万部も印刷した。一〇〇万部だったような気もするが、これはどちらでもよい。われわれ知識分子がみずからこのように奇妙な文章を書き、署名して新聞に掲載し、恥をかくのを恐れなかったのである。

他には「反資〔資本主義〕文学」批判の文章もあった。それがどのようなものであったのか、今、私はどうしても思い出すことができない。最初は、宣伝部長の陸定一が次のように述べたのだった——われわれはいつも反封建、反帝国主義であったが、これでは不十分だ。資本主義が中国ではもっぱらよい事をしているみたいだ。間違っている！やはり何冊かの本を出して、反ブルジョアをちょっとやらなければならない。

陸定一がこのように述べたのは、まさにあのお方（毛沢東）の嗜好に迎合したものであったはずだ。われわれは彼の手はずに従って、どうにか本を三冊出したが、これは完全に任務を完遂させるためであった。ところが文革になると、陸定一がまず打倒された。彼のすべての言葉は反革命〈言論〉となり、彼が提唱した「反資文学」も、「資本主義を擁護し」美化する「ブルジョアの太鼓持ち文学」とされた。この理由はいったいどこから出て来たのか、当時私は聞いてもわからなかったので、あやふやなまま罪を認めるしかなかった。そこで今でもそれがいったいどんな論理だったのか思い出すことができない。まことに不思議なことである。

他の人の論理がどのように愚かなものであったのかについては語れないが、私にはまったくたまらないことであった。その時、われわれ「独裁の対象」は毎日「出勤」していた。任務はトイレを掃除し床を拭く以外に、毎日「自白書」を書くことだった。別の単位から、他の人の状況の調査に来る者もあったが、それに対してはまだ答えることができた。自分の「自白書」と自分のこれまでの罪悪を自白することについては、本当に皆あれこれと知恵を絞った。三代前の祖先の罪から認めても、そんなに多くはない。例えば、私の自白は次のようなものだった。私の両親は阿片を吸っていた。私の父は鉄道局長だった、家を建てた、きっと汚職したに違いない。私の九番目の妹はソ連と関係のあるウイグル人と結婚し、一〇番目の妹はよく香港に住む義兄と連絡を取っていた。彼女たちはきっと、一人は修正主義……で、一人は資本主義……に違いない。このように自分の家族にレッテルを貼っていっても、まだ軽微なものであった。私自身は旧社会において学生であったに過ぎず、レッテルの貼りようがなかったのである。

翻訳家の孫用[16]（一九〇二～八三、浙江杭州人）はやや年長だったので、旧社会で小さな鎮の郵便局長をしていた。これはとんでもないことであった。自分は汚職官吏だと認めるだけでは、まだ駄目なのである。旧社会の郵政系統はすべて特務系統であり、したがって自分もまた特務と関係があると承認しなければならなかった。気の毒な孫用、普段から大衆の前では口下手だった彼は、顔中真っ赤にして一言も話せなかった。

どうしても言うことがなくなれば、思想・文化・作品から「掘り起こ」した。外国文学の翻訳家の元主管だった鄭效洵[17]（一九〇七~九九、福建閩侯人）は言った。

「毛主席は、われわれ文化部[18]は帝王・将軍・宰相・外国の死人部[19]だと言われた。それなら私のやっている外国文学部は外国死人部ということになる」

この話を聞いて、私はその他のことを類推した。後に、私の娘の団団は私に、「これからは私たち何の本も読まなくなるのね。一冊――『毛沢東選集』だけ読んで、他の本はみんな反動なのね」と言った。子供のこの言葉に私は目を開かれた気がした。それなら、すべての文化は、封建文化でなければブルジョア文化であり、新しいものは修正主義文化だ。私が幼少の頃から受けたすべての教育は、私が進めてきたすべての文化工作は、一〇〇％「封資修」（封建主義・資本主義・修正主義）だったということになる。こうして古い人間の頭にバツをつけてゆけば、いくらでもバツをつけられ、何の困難もない。これ以後、私は毎日、たえず書き、どこででも罪を認めた。

私はこっそり他の人の自白書を見たことがある。例えば、鄭效洵の自白書は私のよりさらに激しいもので、ゴーリキーはプチブル知識分子だと罵倒していた。ゴーリキーまで罵倒するのであるから、彼はおそらく達観したのであろう。いずれにせよ何一つ残さず、すっかり根こそぎ罵倒されたのである。われわれ知識分子はみな根をなくし、かみそりで剃っていただくだけのものとなった。[20]革命的知識分子であろうがなかろうが関わりなく。

私のあの一〇万字にも及ぶ「作品」（自白書）は、その後、私にすべてが返却されたわけではなかった。造反派がどこへやってしまったのかは知らないが、きっとこんなことだったのだろう。われわれ罪人は全員でほぼ七十人に達した。平均して一人毎日二〇〇〇字[21]として計算すれば、一日で一四万字提出することになる。われわれを監視していた造反派は、多数が炊事係か運転手であり、その他にはじめて文筆を試みた大学生の一群がいたが、どうして一日にこの一四万字を読み終えることができるだろう？　したがって、後にはいくら書いても、これらの自白書にまったく「読者」はおらず、書いても書かなくてもどちらでもよいことが私にもわかった。書きたくなくなると、私は目を閉じて一休みし、それから他の困難を共にしている友の表情を見てみた。呆然としている者や、厳粛な者、悲しんでいる者、笑っている者などいろいろで、なかなか面白かった。

（一九六九年）九月末、国慶節の二日前に、われわれは湖北省咸寧の幹部学校へ労働に行かされた。「幹部学校」とは永遠に卒業することのない学校であり、「労働」の一科目しかない学校である。この時になると、一般革命大衆もわれわれと一緒に幹部学校に行くことになって、彼らははじめて自分が造反派に付き従った結果に少しばかり気づいた。もちろん、はじめは皆まだ革命に行くのだと考えていたし、その先にあるのは戻ることを許されない流刑に等しいものであるとは知らなかった。

われわれは咸寧の湖沼地帯に着くと、民家に宿泊し、自分たちでまず家を建てた。わが社（中隊（原文は「連」）に改名されていた）の女性全員は農家の牛小屋に集まって住んだ。小屋中に牛糞の臭いがしていた。仕事は、まずみずから泥をこねてレンガを作り家を建て、竹を組んで小屋を作って倉庫とした。将来、湖を干拓して稲を栽培する時に備えたのである。自分たちで向陽湖と名づけた。

私は憶えている。工事に取り掛かった初日、皆とても新鮮に感じた。ある女性秘書は、一日の仕事を終えて戻ると、感想を発表した。

「私ははじめて思った、一日仕事をした、無駄飯を食っているのではない、と。これまでわれわれは一日中何をしてきたのか？」

彼女はおそらく自分の半生を無駄飯を食ってきたと感じたのであろう。一人の文雅な中年の編集者が、鋭利な斧を持ち、竹で作った骨組みを踏みしめ、高いところを大股で歩き、竹を叩き伐りながら、顔にはまるで恐怖の色がなかったのである。

私の任務は舒蕪《じょぶ》[22]（一九二二～二〇〇九、安徽桐城人）と一緒に穴を一つ掘り、臨時トイレを建設することだった。われわれ二人は疲れて汗だくになって、ようやく掘ることができた。うまくできていて、周囲もきれいに仕上がった。ところがしばらくすると、トイレは別のところに掘るように、上級から命令が下った。われわれはトイレを移すしかなかった。それからはじめに掘ったところに戻って、トイレを供養した。この時はじめて「上がデタラメなことを言えば、下が大変骨を折る」ということが少しわかった。

われわれは働いた。本当に懸命に働いた。一般大衆も皆ほとんど同じような環境の下で、もうわれわれ牛鬼蛇神[23]をこれまでのように蔑視することはなかった。けれども自分の身分を他の人より上に見るいくらかの人々は、まだ言葉と表情で他の人を傷つけることを楽しんだ。

私は魯迅を研究していた楊霽雲《ようせいうん》（魯迅の友人でもあった）のことを憶えている。楊霽雲は平素肉体労働をすることに慣れていなかったから、土をすくっても、一回にシャベル半分以下しかすくえなかった。そこでわれわれの中隊で最初に解放された初代指導員から「二両半」（一両は五〇グラム）というあだ名を付けられた。その後ある大会で、あだ名の命名者はあざ笑うような質問をした。

「他には二両半もいらっしゃる。本当にあれっぽっちの土を正確に計って、どうして二両半でなければならないのか、もう半両すくって三両にしては絶対に駄目なのか？」

私は楊霽雲先生の顔を見なかった。見るに忍びなかったからである。彼にどんな罪があるだろう？　早くから魯迅と知り合いだったことが罪なのであろうか？　当時はまさに魯迅を毛主席に次ぐ第二の大神に祭り上げていた頃であった。

われわれは懸命に働いた。人様からほんのわずかほめられる、少なくとも同情されることをどれほど望んでいたことか。それがたとえ革命大衆によるものではなかったとしても。私は土を掘っていた時のことを憶えている。私は牛鬼蛇神たちの臨時組長だった。詩人の陳邇冬《ちんじとう》(24)（一九一三～九〇、広西桂林人）もまたあまり労働には慣れていなかった。この時、彼は土をすくっては山にし、またすくっては山にして、それを何回も繰り返して、頭から汗を流していた。私が何気なく

「陳邇冬、今日は頑張っていますね」

と言うと、彼は急に恥ずかしそうに謙虚な表情を浮かべ、汗を拭いてから、子供が大人にほめられたかのように言った。

「でも……、やっぱり少し疲れました！」

私はこの言葉がこの時、彼の慰めとなったとは思いもしなかった。われわれ中国の知識分子はどれほど簡単に慰めと満足を得ることであろう。それなのにこんなにも出し惜しみされている……。

私の待遇も同様だった。最初の頃は、労働の間の休憩時間のたびに「闘争大会開始」で、全く目的もなく、デタラメに罵倒された。後にこのような「闘争」は大衆の休息の妨げとなったからであろうか、取り止めとなった。普段、私はレンガを担げない時には胸で抱えた。家を建てて壁を塗っていた時のこと、三方の高所で人が壁を塗っていて、私はその中間の踏み板に立って、三方に泥を渡していた。下からは一三、四歳の二人の男の子が私に泥を渡してくれた。彼らも私が反動集団だと知っていたので、私をからかって楽しんだ。こちらで泥をまだ上に渡せないでいるうちに、あちらから「さあ！　さあ！　韋君宜！」と大声を出す。慌てて私が踏み板から落ちそうになると、彼らは大笑いした。人間には本来、他人を虐待するような悪ふざけへの嗜好がそなわっていることがわかった。人に苦痛を与えても自分はまるで気にもとめないのである。

その後、月日が経つにつれて労働は皆の本分となり、光栄だとも思わなければ、苦痛だと思うこともなくなった――あまりにも疲れた時以外は。

私は秋に泥を掘ってレンガを作っていた時のことを憶えている。午後の休憩時間だった。この時にはもう、私が闘

争にかけられることで娯楽を提供するという任務はなくなっていて、休息することができた。あたり一面は泥をこねる時に使う稲藁で、空には秋の太陽がぽかぽかと暖かかった。私は近くに人のいない大きな藁の山を探して、足を伸ばして横になり、青空を眺めた。本当に布団をかぶるよりも暖かで、大きなガラス窓の下で眠るよりさらに広くて明るかった。あっという間に私はこの苦しい人間界から逃れて、大地の母の懐の中に横たわった。

翌年秋の取り入れを迎える頃、大量の稲藁を使って、湖沼地帯に開いた水田の真ん中に休憩小屋を一つ建てた。そこは涼しく四方から風が吹きぬけた。近くの中隊〔中華書局〕の「戦友」たちがやって来て指差して言った。

「本当に文学出版社の杜甫草堂だ！」

このような藁の小屋でのおしゃべりは、われわれが当時受けていた政治的待遇を忘れてしまいさえすれば、楽しく過ごせないということもなく、自分のことも周りのことも忘れた。それからわれわれはこのようにして日を過ごした。後に、北京からある人が呼び戻され、われわれの政治的身分が再度提示された。私は自身は「解放」され、その後は指導員となった。そしてようやく私はここで何をするのか、私という人間はここでいったいまだ何ができるのかについて悟ったのである。

まもなく私は他の人の結論の再審査、すなわち名誉回復工作に没頭した。他にも多くの解放されたばかりの老幹部たちが「〔容疑事実について〕内部で、あるいは外部に出向いて調査」するために精力的に東奔西走していた。造反派が下した一部の〔ほんの一部でしかない〕冤罪事件をくつがえすためにである。

私が関わったいくつかの事件については、すべて小説に書いた。「功罪之間」[25]という作品があるが、当時は本当に自分の功罪について、完全に認識していたわけではなかった。私は、みずから革命に長年参加してきたことが功であるなら、他の人が革命に参加しなかったのは罪である、と考えていた。このように歴史を見て、このように世界を見ることは、つまるところ功なのか罪なのか？　少なくとももう少し視野を広げなければならないだろう〈と、今は思う〉。これは後の話である。

下　人々の罪状

われわれ走資派は数年にわたり、何回も何回も繰り返し闘争にかけられたが、その理由は工作上の些細なことに過ぎなかったし、そしてそれはほとんど上級からの指示に従ってやったものだった。封資修（封建主義・資本主義・修正主義）に反対するとは、何に反対するのか？　反旧劇、反古代・現代文学、反大学進学……一般庶民も本当にわれわれを闘争にかけるためのどんな罪も探し出せなくなった。誰が共産党に反対するのか？　多くの人は仕方なく、経歴の上で反共したことのある人を探した。何度も何度も話をさせて、経歴上国民党と少しでも関わりのあった人はみな引っ張り出されて闘争にかけられた。面白いことに、経歴上一人の国民党の知り合いも見つけ出せない人は、皆われあい早く「解放」され、少しでも国民党と関わりのある人は、とめどなく巻き込まれ、最後には「走資派」を闘争にかけるのでなく、いわゆる「国民党」「叛徒」をにぎやかに闘争にかけることになってしまった。

罪が最大であった劉少奇[26]（一八九八〜一九六九、湖南寧郷生れ）は、長沙時代に「四書」なんかを抱え、叛徒となって出獄し、満洲省委員会でも裏切って多くの人を巻き添えにした、といわれた――もちろん全てデタラメである。けれども彼の「封資修」の罪状よりも、さらにはげしく罵倒された。元帥の中でもっともひどく闘争にかけられたのは、賀竜[27]（一八九六〜一九六九、湖南桑植人）である。水も与えられず、屋根のひさしから滴り落ちる水を飲むしかなかった。彼らに与えられた罪名は、どれも国民党とひそかに通じたというものであった。

われわれ文芸界で、〈もっとも〉惨い死に方をしたのは田漢と邵荃麟だった。どちらも国民党に投降したと捏造された。邵荃麟は病気で倒れ、大小便もできず、ズボンの中に垂れ流したが、治療を受けることも許されなかった。各単位の造反派は手順にしたがって捏造し、おおいに「叛徒」を捕らえた。われわれの単位でも同様だった。私の単位内の若干の例をあげておく。[28]

許覚民（一九二一〜二〇〇六、江蘇蘇州人）は叛徒とされた。理由は彼が休暇をとって、桂林を離れ、上海に行ってから、連絡が取れなくなったため、何人かの同志と、自分たちで金を稼いで、生活書店を維持したことで、悪徳商人かつ反党と決まった。

王士菁《おうしせい》（一九一八〜、江蘇沭陽《じゅつよう》人）は中学卒業時、国民党の規則に従い、三青団に加入する手続きをとった。これも当然、反動党団〈員〉がわが党（中共）内に潜入したことになった。蔣路（一九二〇〜二〇〇二、広西全州人）の罪名も同じであった。

黄愛（一九一九〜、湖北鐘祥人）は『毛沢東選集』にデタラメな書き込みをしたことがあったため、反革命現行犯となった。

趙少侯（一八九九〜一九七八、浙江杭州人）は日本統治期に新民会に加入していた、すなわち正真正銘の漢奸である。

牛漢（一九二三〜二〇一三、山西定襄人）はもともと胡風分子であったが、さらに学生時代、革命組織に参加していたことから、反革命が革命内部に混入したことになった。

向雲休は重慶で婦女指導委員会に参加していたが、これは国民党の組織である。また「一六九」とかなんとかにも加入していた。何の団体かはわからないが、間違いなく特務だとされた。

程代熙《ていだいき》（一九二七〜九九、四川重慶人）は孔令俊（一九一九〜九四）〔孔家の二番目のお嬢さん〕の単位で職員をしていた、明らかに国民党直系の反革命だ。

謝思潔は共青団員として逮捕された後、国民党機関で工作していた、これはすなわち叛徒である。

劉嵐山（一九一九〜二〇〇四、安徽和県人）は国民党によって五台山の収容所に監禁されていたことがあるが、出所時に「共産党青年に脱党を勧める書」に名前を連ねさせられていた。もちろん叛徒である。

程穂《ていすい》は国民党の区支部で監察員をしたことがあった。これは国民党であるばかりでなく、特務でもある。

劉敏如は日本統治期に村長をしていた。これは日本に味方する漢奸だ。

蕭乾《しょうけん》（一九一〇～九九、北京生れ）はもともと右派であったが、罪はさらに重くなり、叛徒が加えられた。

陸耿聖《りくこうせい》（一九二一～八一、江蘇海門人）が古くからの（中共）党員だというのも偽りだ。彼女は日本に逮捕された時、「私は良民である」と書いた。すなわち叛徒である。

丁玉坤《ていぎょくこん》は公務員だった。国民党時代に警察官をしていたから、やはり反動党団である。馬義民の罪状も似たようなものであった。

董恒山《とうこうさん》（一九一九～二〇一〇、北京人）は京劇の二枚目役者であったが、「旧社会」でなんとか生計を立てるために、民社党に加入したことがあった。そこで反動党団のメンバーとされた。

馮雪峰（一九〇三～七六、浙江義烏人）は早くに右派兼「封資修」とされていたが、まだ足りず、この時また、彼が上饒《じょうじょう》にいた時、[29]国民党が捏造して彼の名前を新聞に掲載したことを引っ張り出して、叛徒とした。

周汝昌（一九一八～二〇一二、天津生れ）は、〈抗戦が終わり〉国民党部隊が天津に戻った時、歓迎に加わり『箪壺《たんこ》迎師記』を書いた。もちろん反動党派の手先である。

陸浮は南洋で裏切ったと誣告されたことがあるが、公安部がもう名誉回復をすませていた。ところが造反派は、またそれを持ち出してきた。

黄粛秋（一九一一～八九、吉林楡樹人）は同姓同名のために誤審され、後に明らかになったのだが、またその事件は誤審ではなかったといわれた。……

このような例は書きつくせないほどある。私ももう少しで叛徒の中に数えられるところだった。一九三八年私は党によって襄陽《じょうよう》（湖北省）に派遣された。その後、母方の祖父が襄陽に来て私を武漢へ呼び戻した。造反派たちは、私が襄陽を離れていた時にちょうど一緒に工作をしていた劉同志が逮捕されたことを調べ、彼らは私が売り渡したと言ったのである。私は屈服できず、証拠を挙げた。劉同志が逮捕された時、私はとうに襄陽を離れ武漢に着いていて、その夜は台児荘の大勝利のデモ[30]に行き、張光年と于光遠《うこうえん》[31]（一九一五～二〇一三、上海人）の二人に出会った。それを証拠にすることができた。私の弁論がはじめて役に立った。

このようなやり方なら、二言三言で誰でもデタラメに巻き添えにしていくことができる。大量の「叛徒」以外に、さらに多くの「階級異分子」[32]（プロレタリア階級中の異分子）がいた。

張健は無罪だったが、嫁ぎ先が地主だったことが明らかになって、吊るし上げられた。

郭鳳蘭は夫が裁縫学校を経営していただけで、夫婦で階級異分子、反革命にされた。

楊立平は、夫が重病で教師を続けられなくなり、両親の家に帰って養生した。その両親が地主だったというだけで異分子にされた。……

数えてみればわが社の、解放前に二〇歳以上だった者だけで、このように吊るし上げられた者は半数にも達し、ここに記したくらいの数ではなかったのである。

これは何故なのか？　毛主席が文革を発動したのは、資本主義の道を歩まないためではなかったのか？　なぜ多くの無関係な人を攻撃したのか？　その中の主要なもの、たとえば劉少奇や賀竜の事件は、すべて毛主席がみずから手を下したものであろう？

このことについて私はこう考える。おそらく毛主席が憎悪した[33]のは資本主義であり、封資修なのであろう。しかしわが国の人民はまず封建主義と密接な関係にあり、反対するといっても、実際には反対しきれるものではなかった。京劇を歌わせず、古典文学を学ばせないだけで、もう他に反対するものはなくなってしまう。それ以上のことについてはよくわからない。

資本主義に反対するといっても、実際のところ、わが国の大衆の思想はまだ資本主義のレベルにまで達していなかった。どうしても反対するといっても、何に反対すればよいのかわからない。せいぜいが、大学に進学しない、外国のことを勉強しない、綺麗な服を着ないということであろう。娘たちはみな軍服を着て……他のことについてはあまりわからない。

毛主席は再三反対するよう呼びかけたが、大衆はこう思うしかなかった。おそらく反共と、共産党と異なるすべてのものに、反対しなければならないのであろう、と。大衆はブルジョア文化についてなど大して理解していなかったけれども、共産党の言うことは聞かなければならない、五〇年、六〇年も前から誰もがとっくに覚醒していて、共産党にぴったりと付き従ってこなければならなかった、ということは知っていた。歴史的背景についてなど、皆理解していなかった。そこで懸命に反共を攻撃し、こんなにも多くの叛徒や反共党団、階級異分子を生み出してしまった。

不運にも吊るし上げられた人は、自分の運が悪かったことを嘆くよりほかなかった。吊るし上げられた役者の董恒山は私に言った。

「あなたはなんて素晴らしい。経歴に汚点がなくて潔白で、思想以外に、吊るし上げられる点が何もなくて」

この言葉に失笑してしまった。走資派に反対するというのは、もともと思想運動であったが、長い間騒いでも、大衆はまだ思想運動はそんなに重要なものではないと思っていたのである。言い換えれば、資本主義に反対し、資本主義の道を歩まないことが、大衆の頭の中では重要な位置を占めていなかったのである。これは実際、文革を呼びかけた者の失敗である。『紅灯記』だとか、『蘆蕩《ろとう》火種』『海港』[34]だとかといったものでさえ、叛徒に反対することを知っていただけで、どの劇においても走資派に反対することの重要性について深く討論することはなかったのでないか？

私自身も同様であった。このような観点から文学作品を見れば、重視すべき作品を見出すことはできない。本題に戻る。

大衆は大変な労力を費やして、反革命と叛徒を打倒した。長い間打倒してきて、少し頭の働く者は次第に気づいていった。年齢がやや上の、旧社会から来た者はすべて、旧社会とまったく無関係であるのは不可能だということを。われわれの出版社だけで、こんなにも多くの人を打倒した。社会全体の状況については推して知るべしである。あのように打倒すればするほどますます増加していくのでは、必然的にこの社会をぶち壊してしまうだけだ、と。

わが家のお手伝いさんの趙貴芳でさえ、今は「成分」（出身階級区分）が重視されると聞いても、こう言った。

「昔は娘に婿を探すのに、自分がいくら貧しくても、なんとかして家に二部屋と二畝の田地のある者を探した。誰が娘を乞食のところへやるものか？」

そこで何度も審査を繰り返して徐々に年寄りたちを「解放」していった。事実上、革命大衆が幹部学校で受けた待遇も、打倒された反革命とそんなに大きな差はなかった。同じように田んぼに入って労働し、同じように北京に戻ることは許されず、同じように家族を幹部学校に迎えなければならなかった。革命大衆の積極性は日に日に低下していった。

われわれと一緒に来た多くの「革命大衆」は、自分自身の待遇から少しずつ自覚するようになった。しかし、他人の中から「反革命」を必ず探し出し、自分の革命性を証明してやろうと思う者もまだいた。その年、北京から突然いわゆる「五・一六」反革命組織の噂が流れてきた[35]。この組織は名称も奇妙でその組織目標も怪しく、誰もよくわからなかった。「反革命だ」と伝わってくるだけで、それなら革命に反対した後、何をするつもりなのか？　誰も言えなかった。後に造反派が大いに反「五・一六」をやりだしたので、なんと他人に反対するのではなく、造反派たちが自分で自分に反対するのだと、私はようやくわかった。実際、造反派の一派が、造反派の他の一派を打倒したのである。相互に吊るし上げ、それがますます激しくなり、最後には若い造反派はほとんどすべて打倒され、「五・一六」にされてしまった。証拠も罪状も何もなかった。やはり一人一人台に上って、「私は反動的な五・一六に参加した」と、自白した。そのうえ「五・一六」には、共産党の組織と同じように、紹介者がいて宣誓をし、上級もあったという。

彼らはわれわれ走資派を闘争にかけるよりもさらにひどく、これら「五・一六」を闘争にかけた。真夜中にまでやるので、付近の人々から抗議されたこともあった。三日間眠らせず、尋問者は順番に眠り、自供を迫ることもあった。ある「五・一六」は頭がぼうっとして目がくらくらしてしまい、頭の上から水が少し落ちてきただけで、引っ張り出されて首を刎ねられるものと勘違いして、飛び起きて大声で叫んだ。この人こそ私が『毛主席論文芸』を少ししか印刷しなかったと批判文を書いた造反派の陳新[36]だった。

「あなたにもこんな日が来るなんて！」

はじめ私は愉快に思った。けれどもまもなく私は、こんなデタラメな造反に造反を重ねていれば、本当にこの国を完全に壊滅させてしまう(37)だけだと思った。どの派であれ、やることは全てデタラメであり、このようなデタラメを国家の大計として持ち上げるなら、全世界の人々の嘲りを招くだけだ。

後に私が「解放」され中隊の指導員になった後、上級は私にこれらの「五・一六」事件について仔細に審査するよう命じた。当時「五・一六」の最大の「悪者の巣窟」、実際には造反派の最大の悪の巣窟は、哲学社会科学部の「紅衛兵部隊」であった。楊述はここの呉伝啓(38)に「吊るし上げ」られたのだった。この時われわれの単位のある人たちは私にみずから哲学社会科学部に行き、「五・一六」事件についてはっきり調査してくることを求めた。私はもうざっと資料に目を通していたが、ちょっと見ただけでそれらの「資料」はすべて捏造されたものであり、つじつまがあわず、見る価値はまったくなかった。私はもちろんこれは調査するに値しないとは言えなかったし、またこの機会に造反派に報復したいとも思わなかった。ただ、手が離せないとしか言えず、断って、行かなかった。

この「五・一六」事件はまた何から始まったものなのか？　少し分析してみよう。これは基本的に年齢がわりあい若く、経歴からいくらも問題を見出せない者だった。われわれの単位の「五・一六」は全員大学生だった。なぜ彼らを吊るし上げなければならなかったのか？　より多くの罪人と、資本主義の道を歩む者を引きずり出そうとしても、何の思想的根拠も探し出せず、そこでこのデタラメな「五・一六」組織を作り出したのである。それがなんと一世を風靡し、多くの青年幹部を苦しめた。デタラメに騒動を起こし、最後の結果は、すべては偽り（五・一六組織はなかった）なのだった。この「革命」を経て、これらの「五・一六」（造反派）が深く考えるようにならないはずはなかった。彼らは冤罪だと思った。訳もわからないうちに「大革命」の呼びかけに応え、騙されたと思った。最後にはわれわれの単位のある「五・一六」は私に懺悔した。何が人を吊るし上げるということなのか、何が吊るし上げられるということなのか、今初めてわかった、これからはやりません、と。別の「五・一六」は全体会議の席で涙を流して、自分が過去に老幹部をみだりに打倒したことは完全に誤りだったと述べ、老同志全員に向かって謝罪した。

年老いた走資派と叛徒、比較的若い「五・一六」の結果はすべてこのようなものであった。それではもっとも若い、もっとも早く打倒を始めた学生たちはどうなったのか？　彼らは初めからいたるところで軒並みに、闘争にかけたのだった！

学生に殴り殺された者は極めて多いと聞くが、その数はわからない。知っている者では、師範大学女子附中〈校長〉の卞仲雲《べんちゅううん》[39]（一九一六〜六六年八月五日、安徽無為人）同志が、理由もなく女生徒に殺された。罪状もなく、ただ彼女が指導者であったからというだけのことだった。他には、分司庁中学に一人と、育英中学の陳《ちん》沅《げん》芷《し》[40]（一九二四〜六六年九月八日）。大学校長では高芸生[41]（一九一九〜六六年七月六日、河北武清人）が殺されたのを知っている。

これら一六、七歳の子供たちはたちまち悪魔となって逆らう者はいなかった。口をきく時はいつも「毛主席はわれらの紅司令、われらは毛主席の紅衛兵」と言った。彼らは何が資本主義文化かもわかっていないのに、学校の中で学ぶことはすべて資本主義文化であり、すべて不要なのだった。そこでまず学校を一律に「抗大」[42]と改名し、毎日校門を出て造反するだけで、先生を闘争にかけ、二度と授業には出なかった。後に中学以上の学校は一律に門を閉め、学生たちは全国を駆け回った。その後、大学が「復活」し（一九七〇年）、小学校の卒業生は大学[43]に進学して「打倒反動学術権威」と叫んだ……これらのことについては、贅言を要しない。

二、三年間デタラメに騒いでいたこれらの学生たちの結末は[44]「農村へ行って貧農下層中農の再教育を受ける」というもので、全員が北大荒[45]や雲南の辺境、内蒙古、陝北辺区……へ農作業をしに行った。勉強は、したくてもさせてもらえなかった。子供たちは農村で苦しみを嘗め尽くして、ようやく次第に自分が父母や先生にしたことは間違いだったと理解していった。自分で自分の青春をむざむざと捨て去り、挽回できないと知ったのである。

これらの一群の「文化大革命」の新たな世代は、後に大多数が無教養な人となった。一部の者は農村で苦学し、戻ってから一〇年分の学課の遅れを取り戻そうとしたが、所詮できるものではなかった。何人かは自分の苦しみを小説に書き、梁暁声（一九四九～、ハルビン生れ）、阿城（一九四九～、北京生れ）、張抗抗（一九五〇～、杭州生れ）、史鉄生（一九五一～二〇一〇、北京生れ）、葉辛[46]（一九四九～、上海生れ）……は、今では有名になった。しかし彼らの小説の中には、自分がどんなに苦しかったかということしか書かれていない。当時、自分が一六、七歳だった頃に、いったいどのように「文化大革命」の呼びかけに応えたのか、自分の思想がいったいどのようにして全てに反対し、文化を恨み、殴り壊し奪うことを栄誉とするようなものに変わってしまったのか、この世代の青年がどのようにして自ら無知となることを望んだのかについて、誠実に書いている者は一人も見たことがない。

これらの老年、中年、青年がこうむった全ての恨みつらみを、みな「四人組」のせいにするが、それで十分なのか？私はそれでは不十分だと思う。

その他に文革中、大きな役割を果たしたのは、軍幹部である。彼ら〈の一部〉は、最初は軍宣隊になり、後に各級の指導者となった。ずっと幸運に恵まれ、崇拝されていたといえる。しかし彼らの輝かしい人間像も永遠に保てたわけではなかった。最初われわれは、指導をするために派遣されてきた軍宣隊に大変うやうやしく振る舞った。その後、幹部学校で、ある軍宣隊がわれわれの女性タイピストと関係を持ったことがわかった。また別の軍宣隊は一人の女性編集者と揉め事を起こし、彼女がそのことを暴いたことがあった。もちろんそれから二度とわれわれはうやうやしく接することはなかった。湖北省ではいわゆる「軍・幹・群[47]」をやり、すべての単位は軍をトップにすえなければならなかった。しかし後に林彪[48]（一九〇七～七一、湖北黄岡生れ）が失脚したため、この体制も瓦解した[49]。北京では依然として長期にわたって軍隊がわれわれ文化部門を統治したが、最後にはそれも終わった。このことについては、後に述べる。

注

(1) H・Pともに章のタイトルは「文革こぼれ話」、原文は「文化大革命拾零」。但しPでは、文化大革命は括弧付き。

(2) 一九六六年三月末、毛沢東は『三家村札記』と『燕山夜話』を「反党・反社会主義」と批判した。『三家村札記』については本書前編『思痛録』第八章注17参照。『燕山夜話』は鄧拓が馬南邨の筆名で、六一年三月から六二年九月まで『北京晩報』に連載した随筆集、文革発動の口火の一つとなった。

(3) 当時、彭真は北京市長、鄧拓は中共北京市党委書記で、韋君宜の夫の楊述は、五三〜六一年中共北京市党委常務委員、宣伝部長兼高校党委員会第二書記。楊述、彭真、鄧拓については、本書前編『思痛録』第一章注11、第四章注15、第八章注17と本章注2を参照。

(4) 葉水夫(一九二〇〜二〇〇二、浙江寧海人)、中共党員。中国社会科学院文学研究所ソ連文学研究組組長、同外国文学研究所所長、中国外国文学学会副会長、中国翻訳協会会長、中国比較文学学会副会長など。

(5) 毛沢東思想宣伝隊とは紅衛兵運動の混乱収拾のため、大学などに進駐した労働者・兵士による工作組。一九六八年八月以降、学校および一部の機関、事業単位に進駐していた人民解放軍は「軍宣隊」と呼ばれるようになった。軍宣隊と工宣隊(労働者宣伝隊)は相当長い間、大学・中学・小学校および文化部門、党・政府機関にも常駐し、その指導権を握った。

(6) 許覚民(一九二一〜二〇〇六、江蘇蘇州人)、文学評論家、三八年中共入党。三聯書店副経理、人民文学出版社社長兼副総編集、中国社会科学院文学研究所所長など。

(7) 葛琴(一九〇七〜九五、江蘇宜興人)、女性、小説家、劇作家、二六年中共入党。

(8) 田漢(一八九八〜一九六八、湖南長沙人)、劇作家、近代的演劇運動の創始者、詩人、国歌の作詞者、三二年中共入党。建国後は、国務院文化部戯曲改進局長、全国文連副主席、中国戯劇家協会主席、党組書記などを歴任。文革では、六一年執筆の歴史劇「謝瑤環」が「大毒草」として批判されるとともに、三〇年代に魯迅に反対した「四人の男」(四条漢子)の一人として集中砲火をあび、六六年逮捕され、六八年獄死、七九年に名誉回復。

息子の田大畏(一九三一〜二〇一三)はロシア語翻訳家、ソルジェニーツィンの『収容所群島』やゴーゴリの『死せる魂』の翻訳で知られる。

(9) 「田大畏は自分の父親の壁新聞を貼り、田漢が叛徒だと罵った」、Pでは〈田大畏は、自分の父親が口を開けば「犬」であり、口をつぐめば「叛徒」だという壁新聞を貼った〉。P⑤は修正されHと同じ、但し、叛徒は括弧付き。

(10) 孫維世(一九二一〜六八、四川南渓生れ)、烈士孫炳文

の娘、周恩来の養女、三八年中共入党、演劇女優。建国後は中国青年芸術劇院の演出家兼副院長など。文革中、迫害されて獄死。
(11)孟超（一九〇二〜七六、山東諸城人）、詩人、小説家、文学理論批評家、二六年中共入党。建国後は、人民美術出版社創作室副主任、中国戯劇出版社副総編、人民文学出版社副総編など。『李慧娘』は孟超作の崑劇シナリオ、六一年『劇本』第七・八期合併号に発表、同年北京で上演された
(12)「車が出発することを切に願ったからである」、Pでは〈こうしてようやく車が出発することができた〉。
(13)「周恵貞」、Pでは〈周××〉。後出の三人の名前「高維紳」「張肇隆」「高図」も、Pでは〈高××〉〈張××〉〈高××〉。
(14)劉海粟（一八九六〜一九九四、江蘇常州人）、画家、美術教育家、建国後は南京芸術学院院長、名誉院長、教授、上海美術家協会名誉主席など。
林風眠（一九〇〇〜九一、広東梅州生れ）、画家、芸術教育家、国立芸術学院（今の中国美術学院）初代院長。
(15)龍世輝（一九二五〜九一、湖南武岡人）、侗族、作家、編集者。人民文学出版社『当代』編集部副主任、作家出版社副総編集など。
(16)孫用（一九〇二〜八三、浙江杭州人）、一九五〇年から魯迅著作の編集、整理工作に従事、中国翻訳家協会理事、中国エスペラント協会理事、中国魯迅研究会顧問、人民文学出版社編集者など。
(17)鄭效洵（一九〇七〜九九、福建閩侯人）、中共党員、中国民主促進会成員、外国文学の翻訳、三聯書店・人文学出版社の編集者など。中国最初の全訳『資本論』の編集者。
(18)文化部とは、国務院の所属機関で、党中央宣伝部の指導を受け、広く文化行政一般をおこなう。
(19)「外国の死人」とは「外国の歴史上の人物」のことで、文革期、外国の歴史上の人物もほとんどが批判の対象となり、シェークスピア作品などの主人公を軽蔑して「外国死人」ということもあった。
(20)文革期、革命の敵とされた者に対し、人格を否定する一つのやり方として、髪の毛を無理やり剃ってしまうことがなされた。頭髪の半分または一部を剃り落とした頭を「陰陽頭」と言った。
(21)「二〇〇〇字」、Pの〈二〇〇〇字〉は誤植で、P⑤では〈一〇〇〇字〉に訂正。
(22)舒蕪（一九二二〜二〇〇九、安徽桐城人）、散文作家、文芸評論家、建国後は広西文連研究部長、南寧中学校長、人民文学出版社編審、『中国社会科学』雑誌社編審など。
(23)「牛鬼蛇神」とは、文革期に特に流行した、階級の敵とされ、批判の対象となった人々に対する比喩的総称。元来は地獄に住む牛頭の化け物や蛇身の魔物、妖怪変化を意味する言葉。
(24)陳邇冬（一九一三〜九〇、広西桂林人）、詩人、学者。四

九年山西大学中文系教授、五四年より人民文学出版社で古籍の整理に携わり、同社より『蘇軾詩選』『蘇軾詞選』『蘇東坡詩詞選』『史記選注』『韓愈詩選』などを出版。

(25)『功罪之間』は『人民文学』一九八五年第一期に発表、『旧夢難温』(人民文学出版社、一九九一年)所収。

(26) 劉少奇については、本書前編『思痛録』第一章注32参照。

(27) 賀竜(一八九六~一九六九、湖南桑植人)、人民解放軍創設の功労者の一人で、元帥。二七年中共入党、七四年の名誉回復が不十分だったため、八二年に名誉回復を徹底。

(28) その中で生卒年など調査できたものは、以下の通りである。但し、許覚民、牛漢、馮雪峰については、本章注6、本書前編『思痛録』第三章注17、第二章注31参照。

王士菁(一九一八~、江蘇沭陽人)、中共党員、作家、編集者、教授、魯迅博物館館長など。

蒋路(一九二〇~二〇〇二、広西全州人)、人民文学出版社外国文学編集室副主任・編審、ロシア・ソビエト文学翻訳家。

黄愛(一九一九~、湖北鐘祥人)、男性、毛沢東選集英訳委員会で翻訳・校正担当、人民文学出版社外文部編集者。

趙少侯(一八九九~一九七八、浙江杭州人)、満洲族。北京大学仏文系講師、山東大学教授、河北師範専科学校校長、出版総署編訳局・人民文学出版社の編集者など。

程代熙(一九二七~九九、四川重慶人)、マルクス主義文芸理論研究所副所長、『文芸理論与批評』主編など。

孔令俊(一九一九~九四)は孔祥熙(一八八一~一九六七、国民政府の財政・金融関係の要職を歴任)と宋靄齢(一八八九~一九七三、孫文夫人の宋慶齢と蒋介石夫人の宋美齢の姉)の次女。

劉嵐山(一九一九~二〇〇四、安徽和県人)、詩人、人民文学出版社整理科長、編輯組長、編審など。詩歌散文組組長。

蕭乾(一九一〇~九九、北京生れ)、蒙古族、作家、翻訳家、ジャーナリスト、七九年名誉回復。

陸耿聖(一九二一~八一、江蘇海門人)、女性、三九年中共入党。

董恒山(一九一九~二〇一〇、北京人)、人民文学出版社編集者、中国戯劇出版社副編審など。

周汝昌(一九一八~二〇一二、天津生れ)、著名な紅楼夢研究者、中国古典文学研究者、詩人、書法家。

黄粛秋(一九一一~八九、吉林楡樹人)、国際政治学院・中国人民大学中文系教授。

(29) 馮雪峰については、本書前編『思痛録』第二章注31参照。彼が上饒にいた時というのは、一九四一年皖南事変後逮捕され、上饒監獄に二年間収容されていた時のことをさす。

(30) 武漢三鎮で台児荘の大勝利のデモ(祝賀会)が挙行されたのは一九三八年四月七日。台児荘の戦いとは、日中戦争中の一九三八年三月から四月にかけて、山東省南部の台児荘付近でおこなわれた戦闘。台児荘の攻略を企図した日本軍部隊が、中国軍の大部隊に包囲されて撤退、それを中国側が「抗戦以来の大勝利」と宣伝、四月七日、武漢三鎮で台児荘の大勝利を祝ったのは、一〇万人とも四、五〇万人ともいわれる。拙著『日中戦争期における中国知識人研究——もう一つの長征・国立西南聯合大学への道』(研文出版、一九九七年)二三七〜二三九頁、第六章注52〜55参照。

(31)張光年については本書前編『思痛録』第四章注61参照。于光遠(一九一五〜二〇一三、上海人)、経済学者、社会主義経済理論を確立、経済改革の代表的論者として鄧小平のブレーンを務める。三七年中共入党。

(32)「階級異分子」を摘発する政治運動は、一九六七年一一月から始まった。

(33)「憎悪した」、Pでは〈反対しようとした〉。

(34)滬劇《こげき》『蘆蕩火種』は現代京劇『沙家浜《さかひん》』の原作、ここでは『沙家浜』をさしているのであろう。現代京劇の『紅灯記』『沙家浜』『海港』は、いずれも「革命模範劇」の代表的な演目。「革命模範劇」とは、文革期に喧伝された現代京劇などの革命的芸能作品。一九六七年五月以後、現代京劇は革命模範劇として称えられ、伝統京劇の上演は禁止された。また、滬劇『蘆蕩火種』も上演禁止となった。

(35)一九六七年九月毛沢東が紅衛兵グループ「五・一六兵団」を反革命組織と断定し、摘発を指示したことをさす。その後、江青がプロレタリア司令部、人民解放軍、革命委員会を批判した者を「五・一六分子」と定義したため、全国で数百万人の幹部や大衆が迫害されたという。

(36)「陳新」、Pでは〈陳×〉。陳新は「懐念和遺憾」(『韋君宜紀念集』人民文学出版社、二〇〇三年)のなかで、『毛沢東論文芸』について韋君宜の批判文を書いたのは自分ではなかったことと、真夜中に吊るし上げられて大声で叫んだことについて、韋君宜の記述は間違っているとして、その前後の経緯を記している。

(37)「完全に壊滅させてしまう」、Pでは〈底なしの淵に沈めてしまう〉。

(38)「呉伝啓」、Pでは〈呉××〉。

(39)卞仲雲(卞仲耘、一九一六〜六六年八月五日、安徽無為人)、女性、四一年中共入党。元北京師範大学附属女子中学党総支部書記、副校長。

(40)陳沅芷(一九二四〜六六年九月八日)は、女性、育英中学(五〇年代に北京第二十五中学に改称)国語教師、夫は右派分子とされた作家の舒蕪、本章注22参照。

(41)高芸生(一九一九〜六六年七月六日、河北武清人)、三五年中共入党、五六年中共北京鋼鉄学院委員会第一書記兼北京鋼鉄学院院長、迫害されて自殺。

(42)「抗大」、本書前編『思痛録』第一章注62参照。

(43)「大学」はPによる。Hでは、「小学校」となっている、誤植であろう。

(44)一九六六、六七、六八年の中学・高校卒業予定者を「老《ラオ》三届《サンジエ》」という。彼らは、十分な教育を受けないまま卒業が延期され、その後、下放して労働をした。

(45) 北大荒は、黒竜江・ウスリー江・松花江の下流に位置する広大な沼沢地帯。中国最北部に位置し、冬季はきわめて寒冷で、耕作期も短いため、中国では人口の少ない地区の一つであった。

(46) 梁暁声、阿城、葉辛は一九四九年生れ、張抗抗(女性)は五〇年、史鉄生は五一年生れの作家。このうち、史鉄生は二〇一〇年一二月三一日脳溢血で死亡。

(47) 「軍・幹・群」とは解放軍・幹部・大衆のこと。文革期に提唱された、諸組織を構成するための三要素。一九六七年二月奪権後の臨時権力機構として「大衆・軍・革命的幹部の三結合」を呼びかけ、同年三月この三結合の方針を全国的に推し進めた。この三結合の目的は、造反各グループの勢力を均衡させ、その中で軍代表がヘゲモニーを握ることにあった。

(48) 林彪(一九〇七~七一、湖北黄岡生れ)、軍人、政治家、党副主席兼国防部長。文革の発動と推進に協力、毛沢東の後継者に指名されたが、党内対立を生じ、反毛クーデターを計画、失敗して飛行機で逃亡中、墜落死亡した(七一年九月一三日)とされる。

(49) 「この体制も瓦解した」、Pでは〈彼らも失脚した〉。

第一〇章　当代人の悲劇[1]——夫・楊述の生涯

この二、三年、哀悼しなければならない人があまりにも多い。追悼文は私の書く文章のかなりの部分を占めるようになった。けれどもこれから夫・楊述（一九一三〜八〇）の追悼文を書くことになるとは思いもよらなかった。彼が死んだ[2]。

楊述と私は三九年間ともに生活し、ともに勝利を迎え、無数の辛酸と苦痛を経てきた。今でもまだ彼の書籍、薬袋、手書きのメモ、電話番号を書いたノートは全て引き出しの中に入っている。彼が他の人のために書いた追悼文と、彼の死を悼む手紙が一緒に入り混じったまましまわれている。彼のタオルと洗面器はまだ洗面台にある。私はこれらのものを片付けてしまいたくない。こうしておけば、私たちの生活秩序はこれまでどおりで、彼が私の生活の中から消えてしまうことなく、すぐに帰ってくるように感じられるからである。

数カ月の間、彼は病状が重く、もう動くこともできなかったが、私は仕事も、彼の介護もやらなければならず、その負担がとても重くて、大変いらだっていた。ちょうど何かを書いていると、しょっちゅう彼は私を呼んだ。私は不機嫌に「ほんとうに面倒だわ！」と言った。私が鞄をさげて出勤する時、彼は廊下の前の籐椅子に座ったまま立ち上がることもできず、いつも後ろから「早く帰っておいで！」と声をかけてくれた。それなのに私はよく振り返っては煩わしそうに「どうして帰れるの、時間がないわ！」と言ってしまった。しかし今ではもう、私が出かける時も、帰る時も、私に早く帰っておいでと言ってくれる人はいない。私がもう一度彼のことを介護したい、面倒がらず、精一杯介護しようと思ってもできなくなった。もう遅い！　全てはもう手遅れなのだ！

彼は平凡な人で、生涯にあれこれ並べ立てるほどの格別大きな成果や功績もなく、もちろん若干の成果はあるが、明らかな欠点もあった。私が永遠に忘れられないのは彼の一生のめぐり合わせである。

この人はまじめで温厚な人で、党に対してであれ、友人に対してであれ、時にはほとんど愚かなまでにまじめであった。しかし、「三家村」（グループ）だと名指しされると、ただちに「三家村」のやり手として新聞に掲載され、全国的に名指しで批判され、被った残酷な苦痛と精神的な圧迫は「石に無理やり話をさせる」くらいにあり得ないほどのものだった。これは本当に人の世の悲劇である。

私が書こうとしているのは私個人の悲痛ではない。それは副次的なものである。私が書きたいのは一人の人間のことである。この人は一〇年の大きな災難（文革）の中で苦しい思いをし、殴られ、吊るし上げられたが、これは皆に共通の経験であった。また彼の経験は比べてみれば、もっとも苦しいものであったということもできない。実際のところ彼がもっとも苦痛に感じたのは、人が彼の信仰――党とマルクス・レーニン主義、指導者に対する信仰を、猿回しの道具と見なして、再三愚弄したことであった。彼はかつて信仰をもってみずからの思想に代えたのである。皆は今それを「現代の迷信」と呼んでいる。彼はこのように実に典型的な古い世代の信徒であった。しかし、人々のあのように残酷な遊戯に追い詰められ、とうとう彼は自分のこの宗教におけるような信仰に対して疑問を持つにいたった。このような疑問は容易に生じるものではない！　心の内のもっとも苦痛な代価を支払ったのである。残念なことに、彼はこの自己を解剖するという過程を完成するのに間に合わず、疑問を抱いたまま亡くなった。もしも彼があと何年か生きていたなら、自分についてもっとはっきりと認識しえたであろう。今は不可能になってしまった。私が彼に代わって書くしかない。

私はまず「一二・九」運動の回想から始める。われわれはどちらも清華大学で学んでいた。私は別の男子学生とのトラブルで、大変悩んでいたことがあった。楊述は普通の友人であったが、突然私を訪ねてきて、律儀にメモを一枚置いていった。私のことを「兄」と呼び、「このようなことは普通の女性なら免れがたいものです。私は兄が『われわれの女性』としての姿勢を人に示せるよう願っています」と書いていた。私はこの時初めてこの人は女子学生を男子学生と同じように友人、同志として尊重することができるのだと思った。それと同時にこの人のことを、いくらか鈍感だと感じないわけにはいかなかった。

その後、抗戦初期に、私は彼の「国家有事の際には家財を投げ打つ」という尋常ではない行為を知った。一九三九年私が重慶から成都経由で延安に行く時、彼は重慶で工作していて、私に彼の家へ行って泊まり、彼の家のつてをたどって、党の四川省委員会を訪ねるようにと紹介してくれた。私はもともと行きたくなかったのだが、彼の母親が、彼からの手紙を受け取るとすぐに旅館まで駆けつけ、私を迎えに来てくれた。旅館に泊まるのは安全ではないという。この時私は初めて、彼の家はもともと淮安県（江蘇省）の商人兼地主で、父親は彼がわずか一〇歳の時に亡くなったことを知った。寡婦となった母親は一族に侮られるなか一人で六人の子供を育てた。長男には父の家業を継がせ、彼〔次男〕には学問をさせた。彼は家族のなかでただ一人大学に入った。彼は中学の時にもう三〇年代革命文学の影響を受け、（ゴーリキーの）『母』や『拓荒者』『語絲』[3]等々を読んで、地元の国民党当局の注意を引きはじめていた。母親は彼が外でいったい何をしているのか知らなかったので、理解したいと思った。それと同時に、寡婦は夫の死後には子に従うものだと考えていたため、彼女は息子が買ったこれらの書物をすべて手にとって読んだ。この時彼はもう、革命しなければ一族のなかの封建的な家の掟を打破することはできないという道理と、そして革命なしには民族の危機を救うことができないという大きな道理を、あわせて母親に説き聞かせていた。同時にまた、若主人となっていた長兄や幼い弟妹たちにも影響を与えていた。

抗戦が始まった時、彼は武漢へ行って党の工作をしていたが、家族全員急いで出てくるように、亡国奴となってはならない、と手紙を書いた。すると彼の母親はなんと彼の言葉を信じ、土地、家屋、商店の全財産をすべて投げ捨て、彼の兄と兄嫁、弟妹を引き連れて武漢までやってきた。楊述の武漢での身分は流浪学生なのに、家族全員が来てどうするのか？　彼はそこで三人の年かさの弟妹を一緒に延安に発たせた。〈その後〉母親と長兄、兄嫁、末弟、甥〈はさらに四川まで撤退し、楊述は彼ら〉のことを成都党組織の同志に託した。楊述は母親と兄にすべては党組織の手配に従うようにと言った。この尊敬すべき母親は家から持ってきた高価な品を売って党の活動費にし、〈党組織は〉戦時出版社を一つ設立して、進歩的書籍と雑誌を出版発行した。出版社の上の階は革命青年の活動拠点——星芒社であり、自分の家[4]こそ党の地下機関なのであった。四川省委の拡大会議はそこで開催され、ガリ版刷りの機密文書は彼の兄がみずから作成したものであり、母親は見張りに立つ役目を担った。母親も兄と兄嫁もすべて入党した。兄は後にとうとう逮捕された。深夜、国民党に連行され、腰を斬られてから生き埋めにされてしまった。母親は成都で党と連絡が取れなくなって、農村で困窮していた。後に周総理の知るところとなって、八路軍弁事所に探し出すようにとの指示が出され、ようやく延安に迎えられたのであった。

私はこのことを知って確かに驚いた。少なからぬ学生たちは、私を含めて搾取階級の家庭出身だった。われわれは家庭にそむいて革命に来ることはできたが、彼のように家族全員を革命の隊伍まで連れてきて、党に捧げるというようなことは、本当に稀であった。この時私は、彼は党のことを本当に一途に思い、わずかな退路も残さなかったのだ、と感じた。彼の家は出身成分（階級）区分の方法によるなら、当然資本家兼地主としなければならない。彼がどのような言葉を用いてこのような家庭の母親と長兄を感動させ、彼ら全員をみずからの階級にそむかせたのか、私は知らないが、これはほとんど奇跡である。おそらく党に対しても母親に対するのと同じようにまじめで忠実であったからこそ、はじめて母親の心を感動させることができたのであろう。

私は彼と結婚する前には、彼が政治的には敬服に値する[5]ほど忠実である一方、生活面では同情するに値するほど愚かで本当にかわいそうだと思っていただけだった。彼は一日じゅう工作のことを話し、旧詩を作って、いつも滔々とよどむことなく喋りまくっていたが、足の靴はすっかり破れ、ベッドの敷き布団はひどく汚れて破れていた。私は、「布を買って街のおばあさんに靴を一足作ってもらったらどう？」

と言った〔当時綏徳には靴屋がなかった〕。彼は頭を横に振って、これまでそんなことができるとは知らなかったと言ったので、私は彼のために靴を手に入れた。彼は「目からうろこが落ちる」ような気がしたという。

後になって、私はこのまじめで愚鈍な人が党の政治生活においてどのように適応してゆくかを見ることになった。私たちはずっと一緒に工作し、一九五四年以後になってはじめて違う単位の所属となった。それまで私たちは一緒に新聞を編集し、原稿を書き、一緒に会議を開いてきた。

最初、彼は清華大学にいた時、筆をとればたちまち長い文章を書き上げてしまい、その題名も「二千年来の哲学の総決算」などというもので、私は彼を大げさすぎると笑った。大会に行って一度『北平学生』〔刊行物〕を売ってきた時にも「編集者の新聞販売記」を書いたが、とても手早く書き上げてしまった。しかし後に党内での工作時間が長くなるにつれて、地位が高くなればなるほど、ものを書くのにますます慎重になり、文章はどんどん短く、思想は次第に萎縮していった。解放初期になると、彼はもう文章を書く時には、その都度必ず、まず党における目下の宣伝の中核を明らかにしてから、それに則って考えた。宣伝方法について、彼は知恵をふり絞った。「精神〔主要な意義〕を探る」ことができるといっても、文章を書く前にはいつも必ずまず〔中共上層部の真意を〕探ってみなければならず、これまで規矩を超えることはなかった。これが後にだんだんと彼自身の考え方となった。

私は憶えている。一九四〇年に彼は小冊子『一二・九漫語』を書いたが、まだ生き生きと思ったことをそのまま書いていた。当時のわれわれの表情と心理がまだ紙の上にありありと描かれていた。解放後この小冊子を彼のあの『記一二・九』に収録する時、彼はみずから筆をとって大幅に削除し、生活の雰囲気を示す部分と出版当時の宣伝の要求に合わないものは何も残さず切って捨て、骨組みがいくつか残っただけで、読者にはなんとも味気ない作品となってしまった。私はそれを見てまったく不満であったが、彼は当然そうしなければならないと考えていた。彼はもともと中国社会の発展史に興味を持っていて、本を一冊書きたいと考えていた。何章か書き上げてもいたが、党が彼に与えた任務はこのことではなかったので、彼は完全に放棄して、書くのをやめてしまった。彼は青年工作出身だったので、中国の青年運動についてはなかなかの見識を持っていた。中国の特殊状況から、産業労働者の力が最初は弱く、革命の主力部隊は農民の中から生まれてきた。そのため知識青年の革命における役割は西洋諸国よりもずっと大きく、十分に評価すべきであり、西欧の党の見解をそのまま取り入れてはならない、と彼は考えていた。彼はこれまでに書かれてきた党史における階級勢力の分析について、その点で評価が不十分だと考えていた。しかしこのような考えは学術的な見解だといわなければならない。なぜならば党が一貫して公表してきた宣伝方針に合致しないからである。彼はただわずかにそう漏らすだけで、これまで系統立てて発表したことはなく、ちゃんとした文章一つ書くこともなかった。死ぬ半年前、もう頭もうまく働かないような状況になってから、共青団が開催した青年運動史研究会で、語り尽くすというにはほど遠いような発言を初めて一度しただけだった。

一九五七年、多くの大学生や二十歳くらいになって初めて文章を書くことを学んだ青年作者まで右派にしてしまうのは、まことに人の情に背くものだということを、彼も知っていたし、論争もした。しかし最後にはやはり執行した──党の決定に従って彼らを右派と認定したのである。一九五七年には言論が一定の枠を超えたために、私も厳しい批判を受けた。この時、夫婦として彼は私に同情し、私の苦悩が極点にまで達した時、私に付き添って散歩に出かけたことがあった。けれども散歩中にほとんど何も話すことはなかった。私は当時こう思っていた。私たちはおそらくもう心を通わすことはできないのだろう、と。彼が心配していたのは私が処分を受けることであり、恐れていたのは私の思想が党に対して揺らぐことであった。私が考えていたのは、心配しなければならないのは私のことではない、悲しむべきことは勇気を持って発言した人がこんなにも大量に迫害されては、国家の前途はどうなるのであろうか、ということであった。彼は、党が反右派闘争の発動を決定した以上、それが間違いであるはずがない、間違っているのはごく少数の人で、彼らが正確に把握していないだけだ、と考えていた。私の方は、批判大会の席でのあのような類の発言に本当の話などほとんどいくらもないと感じていた。これはごく少数の人のことであるだけではなかった。私たちの間の距離はあっという間に縮めることが困難になってしまったが、それでも彼は依然として私に忠実であったし、なんとか私を喜ばせようとしてくれた。

三年の困難の間（一九五九〜六一年）、彼は自分でも塩漬け野菜を食べ、一般庶民が足に浮腫がでるほど飢えているのを目の当たりにしていながら、多くの人が不平不満をもらし、農村から届いた悪いニュースについて話をしていても、彼はそれでも何も話そうとはしなかった。たとえ家のお手伝いさんや子供、農村からやってきた、私が下放していた時に付き合いのあった農村の友人に対してであっても、生真面目に、党の政策を、困難に耐えなければならない、党を信頼しなければならない、と宣伝した。人がいようがいまいが、同じことしか言わなかった。ある親戚など、彼は本当に「徹底した宣伝家」で、相手を選ばずに宣伝する、と冗談を言うほどだった。一度だけこんなことがあった。中央文書で「双蒸飯」を食べることを提唱した時、劉仁同志が「それはお粥じゃないのか！」と言った。楊述は帰宅すると、劉仁同志が言ったことは本当だと認めたが、われわれは外で口にしてはならない、と私に言った。

しかし、彼は完全に頭が硬直してしまったと言わなければならないのだろうか？　それもまた違う。いったん党の政策が少しでも変化すると、彼はまた息を吹き返すのだった。一九六一年に、人民の受けた苦痛があまりにも大きくなって、中央の政策がようやく緩められ始めると、彼はこの時には調査組を連れて北京大学へ行った。知識分子政策を貫徹することを目的とし、積極的に教授を訪ねて話を聞き、教授となっていた同窓生からその苦しい心のうちを聴取してきた。それはこの教授に対する〈学校〉党支部の評価を完全にくつがえすものであった。楊述は教学の質を調査して戻ってくると、私に笑い話を聞かせてくれた。文科系の大学生が李白の詩一首、暗唱できないのだ、と。彼は、このような学生を「瀉《くだ》し」てしまわないでどうするのだ、とこの上なく痛快に語った。思想も明晰だった。彼らの調査は後の「高等教育六〇条」[6]のための準備であった。

いずれにしても彼はこのような人なのであった。本当に党の言うことならなんでもその通りだと考え、いわゆる「指示があればなんでも打倒する」であり、生真面目で「飼い慣らされて服従する道具」となることを恥じなかった。生活もまた質素で、誰かがわが家に来ても「特殊化」された家具調度品など見つけられなかった。私の考えでは、彼はまことに標準的で忠実、古代の忠臣を彷彿させるほど忠実な党員であった。

私には、「文革」中にこのような人が「反革命修正主義分子」として打倒され、しかもあんなにも惨たらしく打倒されることになるとは、どうしても考えもつかないことだった。彼は造反派によって黒い札をぶら下げられ、「陰陽頭」[7]に剃られ、頭は剃刀の傷だらけにされ、身体中傷だらけになって家に帰ってきた時、彼を造反した一七歳の少女にそれでもまだ、

「私は今回殴られて死ぬかもしれないが、しかし私は本当に反革命ではない。革命に犠牲は付きものだ。私がたとえ死んでしまい、名誉回復されなかったとしても、あなたは永遠に党に後について歩まなければならない」

と言い聞かせていた。この言葉に少女は、みずからの幼稚な「造反」に対して、わけもなくいささか動揺したのだった。

当時、私もまた闘争にかけられていた。豪雨のようにデマや中傷を浴びせられ、私は実際受け入れがたくなっていた。まだ毎週一回帰宅することを許されていた頃、私と楊述の二人だけで、お手伝いさんの部屋の中で話したことがあった。私は彼にこっそりと、

「私は本当にこのような侮辱を受けることはできないわ。この情勢は水が坂を流れ落ちるようなもので、方向転換できないでしょう。私たちは台所に行ってガス栓を開いて余生を終えてしまい、ちっぽけな苦しみから免れた方がましだわ」

と言うと、彼は低い声で厳かに、まるで普段の会議で問題を分析でもしているかのように言った。

「いけない！　この運動がここまで行われるのは、きっと反革命分子が混入してきているのに違いないと思う。もしかしたら国民党が入り込んでいるのかもしれない。このことは早晩明らかにされるだろう。辛抱しなければならない、待たなければならない」

このように辛抱し待ち続けて、夫は隔離審査にかけられ、私は幹部学校に送られた。隔離審査の初期にはまだ家か

ら食品や衣服を送ることが許されていたが、後には突然、面会もまったく許されなくなった。ある時、彼から打撲の丸薬と骨折の膏薬が欲しい、とのメモが家に届いた。私は子供に薬を届けさせたが、子供は楊述と面会することも許されなかった。私はきっとひどく殴られ、骨まで痛めたのだろうと推測することはできたが、しかし彼が後に釈放され、私と二人だけで会った時にも、殴られて寝返りもうてなくなったと言うだけで、いったいどのように殴られたか詳しいことを話さなかった。けれどももっと重要なことは、夫が自分を殴った造反派を非難したことである。その人は左手に小さな赤い本（『毛沢東語録』）を、右手に棍棒を持って、口では「文闘と武闘をあい結合せよ」と唱えていた。彼はその造反派の途方もない醜態をそう形容し、その人は悪い、とても悪いと言うだけで、その場面をくわしくは語らなかった。

彼の死後、その状況を知っている人が真相をはじめて教えてくれた。直径一寸余りの鉄棒で殴られ、地面に倒れてからもさらに殴られ、地面にはいつくばるところまで殴られて肋骨が折れたのだった。けれどもこのことを彼は自分の妻にさえもくわしく語らなかった。今、私はこう思うのである。彼は私がそれを聞いて悲しむのを恐れただけではなかった、と。彼はいつもこのことはごく少数の悪人がやったことであるにすぎないと考え、そのために私がいろいろと考えすぎて、私の心の中にある党と革命に対する信念を損なってしまうことを恐れたのであろう。

その後、彼も幹部学校に送られた。幹部学校に行った時、彼はもう五九歳になっており、もともと狭心症だったが、それでも激しい肉体労働に従事した。狭心症はますますひどくなり、一日おきに痛むほどになった。けれどもそのこともまた彼は私に知らせず、臨終の前、昏睡状態に陥ってから楊述の日記を片付けはじめて、やっと気付いたのだった。

私たちは何年も離れて暮らしていたため、私は彼があの苦難の日々をどのように過ごしていたのか知らなかった。毎年春節の時に、武漢か信陽（河南省）で三日間一緒に過ごせただけだった。二人とも痩せて骨と皮になっていた。林彪が墜落したあの（一九七一）年の春節に、私たちは武漢で会った。彼は希望に胸をふくらませ、これで毛主席も褒めそやすことしかできない悪人どもを見破ったに違いない、まじめな者が日の目を見ることになるだろう、と言った。

陳毅《ちんき》[8]（一九〇一～七二、四川楽至人）同志逝去の時、楊述は密かに陳毅同志を追悼する詩を数首書いた。

総是戴堯天　総《す》べて是《これ》　堯天《ぎょうてん》を戴き
奸宄終授首　奸宄《かんき》　終《つい》に首を授く
歴史亦有情　歴史にも亦《また》　情有り
誉声満衆口　誉声《よせい》　衆口《しゅうこう》に満つ
（結局は堯の時代のような太平の世となり／内と外からの悪人はついに首をはねられた／歴史にも情けがあり／大勢の人々の称賛の声が満ちあふれている）

毛主席が張茜《ちょうせん》（一九一一～七四、湖北武漢人、四〇年中共入党）同志（陳毅夫人）と握手している写真が新聞に掲載されているのを見て、楊述は涙を流しながら笑って言った。

「これで陳老（陳毅）も安らかに眠れる。『二月逆流』[9]事件は再評価され、この数年逆さまになっていた是非も覆されるだろう」

楊述はあらゆる悪事はすべてごく少数の悪人が党内に入り込んでやったもので、党とは無関係だと固く信じていた。その根拠は主に延安時代に毛主席がみずから彼の詩について書面で指示をくれたことである。楊述はその詩の中で毛主席のことを「平民」と書いたが、毛主席は問題ないと述べた。一九四三年幹部審査の整風運動の時に、楊述と多くの幹部が「搶救」（救出）されて、特務にされたが、毛主席は一たび過ちを発見するや、みずから台上で敬礼して詫びたのである。したがって目下の悪事もどのみち改められる、毛主席はつねに英明なのである。楊述はこれらの話を再三子供たちに言って聞かせていた。

楊述は私にこう言った。もう一八級以上の幹部会議に参加を許されたのだから、おそらく「解放」される望みも出てきた。

その後、周総理の命令で（中国科学院）哲学社会科学部はすべて北京に帰ることになった。楊述は家に戻ると一日じゅう、当時上海の『朝霞』[10]に発表された文章と、すでに粉々に壊され改造されてしまっていた人民文学出版社から出された書物を読んでいた。この時、私はもう破壊されてしまったこの文芸界から離れようと決心していて、それらの作品を一冊も見なかった。ところが彼は「流行の本」だといって、ひとやま買い込んだ。おそらくその中に何か新たな「精神」を見てみたかったのであろう。

一九七三年のはじめ、私も幹部学校から戻ってきた。辺境に下放されていた娘が休暇で戻ってきた。「文革」初期にまだ幼かった息子も大きくなり、家族全員が再び永定門外の小さな二部屋の家に集まった。しかし楊述が望んだ「解放」は依然としていつになるかわからなかった。数年前の望みは、見たところ泡となって消えそうだった。この時、かつて楊述を造反した少女はもう何年も農村で苦難に満ちた生活を送っており、当時の社会の様々な悪事を見尽くして、中学の時にいだいていた紅衛兵式革命思想がどれほどデタラメなものだったかを理解していた。頭の中は問題でいっぱいだった。

これがまさに「文革」初期の大衆的な狂潮が過ぎ去り、それ以上造反する大衆がいなくなって、「四人組」の頭目だけが権勢を笠に着て威張り散らしている時期だった。周囲で見聞きした様々なデタラメについて、誰もが考えてみずにはいられなくなっていた。機関の単位では、毎日出勤すると嘘の話をしなければならず、言わないのは許されない、まさにそういう時期だった。そこでわが家でも他の家と同じように、出勤して「政治学習」をする時には、毎日、新聞報道の通りにデタラメを言うしかなかった。夜帰宅してはじめて本当の政治生活を送ることができた。毎日夕食を食べてから、家族全員が一緒に座って時局と根本的な思想観点について討論した。この家庭〈政治〉小組会はいつも一〇時になるまで続いた。この時、私たちには「政治的序列」があった。もっとも「左」は楊述で、その次は娘、その次が息子で、もっとも「右」は私だった。とはいえ左右を問わず、みな一緒に座って討論することができた。このことは数年前とは大きな違いであった。最初、楊述はまだ彼の信念をしっかりといだいて放棄することはなかった。

娘が楊述に尋ねた。

「どうして国家をこんなありさまにしてしまったの？　『文化大革命』は間違っていたの？」

楊述は急いで警告した。

「そんなことを言ってはならない！　『文化大革命』は毛主席がみずから指導されたものなのに、どうしてそんなことが言えるのか！」

娘もそこでうなずき、幹部子弟としての階級感情はかくあるべしと考える〔したがって娘は第二位に並べられる〕。楊述が左派だというのは、つまり常に情勢がよい方向に向かうと予測し、間もなく好転するだろうと考えたからである。私の方はいつも悪い方向に考えていた。好転する兆しをまったく見出せなかったからである。私ももちろん自分の予測が実現することを願っていたのではない。けれども大変残念なことに、それ以後の事実はいつも私の予測が「不幸にも的中」したことを証明し、事態はますます悪くなっていった。

楊述自身の結論について彼は、もともと造反派の呉伝啓がデタラメなことをやっただけで、呉伝啓がおそらく混入してきた国民党だろう、と考えていた。その後もせいぜい関鋒[11]（一九一九～二〇〇五、山東慶雲人）を追加しただけで、（中共）中央は知るはずがない、と考えた。そこで当時、彼は一日じゅう名誉回復申請の手紙や告訴状を書いて、それを複写したり書き写したりして、いたるところに送った。自分でも郵送し、人にも託し、さらには「ツテ」を求めて問い合わせもした。国務院入り口の林の中で投書陳情受付所の人が出てくるのを待っていたこともあった。あれこれの組織に送り、すべての上役のところへ訴えに行ったが、どんなに申し立てをしても何の音沙汰もなかった。けれども彼はそれでもあきらめずに駆け回り、いつ組織の工作会議が開かれたのか、敵か味方かを区分して結論を出す時の「基準」について何か変更があったかどうかをたずねた。そして自分とそれらの「基準」をつきあわせ、それからまた手紙を書いて、自分がその「基準」には達していないことを説明した。これらのありとあらゆることを丸々六年間やったのである！　六年来何度も失望を繰り返し、そのたびに再び希望を見出して、それからまた打ち砕かれ……これはいかなる人の精神をもすり減らすことのできる石臼だった！　六年間彼はこの石臼の隙間で生きていた。私自身はどうにか「解放」され、工作は気に入らないものだったが、彼よりはましであり、過去がどうであったとしても今は私も彼に同情し、家の中では私が政治的に彼より「優位」にあることを決して見せつけてはならない、それでは本当に彼を傷つけてしまうから、と感じていた。そこで私が何かの会議に参加して、何らかの「精神」について聞くことができた時には、いつも帰ってくると彼と話をした。この時、彼にはもう他から情報が入ってこなくなっていたので、私が彼と話すたびに彼はいつもノートを出してきて恭しく真剣に記録した。私が、

「これは原文じゃないから、何も重要じゃないわ」

と言っても、彼はかまわず記録した。彼は私の話す言葉を党の声だと見なし、それを失えば、彼にとって必須の精神生活がなくなってしまうのだ、ということがわかった。もう天地がひっくり返っているのに、彼のこの一点は一〇年前と同じであった。

このようにますます悪化する政治環境のもとで、わが家の「政治小組会」は一般的な議論から相互の情報提供、熱のこもった論争へと発展していった。「左派」の楊述は、自分の問題が長期にわたって解決できないことについて憂え、焦っていたが、この時には監獄に入っている者を除く、多くの同病相憐れむ同志たちと、自宅で心配しながら結論が出されるのを待っていた。〈この時〉一種の新たな気風が巻き起こって、みな互いに行き来するようになり、これを「三看幹部」[12]と呼んだ。みなで互いに連絡を取り合うや、多くの驚くべき惨劇を知った。若い時から革命に参加した、私たちのよく知っている多くの同学、同僚がむざむざ死に追いやられ、殴り殺されたのだった。よく知っている名前と面影の一つ一つ、私たちが完全に知っている経歴の一つ一つと、耳にした惨死の状況が一つにつながって、身の毛がよだつ思いがした！

賀老（賀竜）がどのように亡くなったかの消息さえ、この時はじめて聞いたのだった。何人かの同志の罪名はまったく他人によって捏造されたものであるにもかかわらず、無理やり法律まで変えて解決させず、歳月をむなしく費やさせ、とうとう身体も損ない白髪になってしまった。これらの事実はあまりにも無情で、あまりにも恐ろしいものである。愚かなほどまで忠実だった楊述でさえ、

「いったいなぜこんなに様々な方策を講じて、われわれをみな打倒しなければならなかったのだろう？」

という疑問をいだかずにはいられなかった。彼はもはや国民党が混入してやったことだとは信じられなくなっていた。国民党には決してこんなに大きな力はなかった。

北京に二〇年住んだが、この時ほど彼が頻繁に出かけて友人を訪ねたことはなかった。皆の境遇は同じだった。誰もが恐ろしい「叛徒」「特務」「反革命」といった類のレッテルを貼られていた。これまでの習慣に従うなら、楊述はすでに「レッテルの定まった」人々とあまり行き来することはなかった。その必要があったとしても改造を激励するような話をするだけだった。彼がそうしたのは関わり合いになるのを恐れただけではなく、党がその人のレッテルを決定した以上、われわれはもう公然と支持や同情を示してはならない、せいぜいその人に党の立場に戻ってくるようにと勧告するしかない、と本当に考えていたからである。彼のこの見方のために私たち夫婦は口喧嘩をしたことがあった。けれどもこの時、彼はみずから進んでこのような人々を訪ねて行った。その上私にこんな感想まで述べた。

「本当に意外だ。以前は問題が生じてレッテルを貼られれば、孤立してしまい、自分でも郷里の人々に合わせる顔がないと感じたものだった。それが今ではどうして気風が大きく変わったのだろう？　どんなに大きなレッテルを貼られ、党籍を剝奪されても、皆それでも行き来して、まったく気にもかけない！」

是非の基準が変わったようだった。確かにわが家ですら、「文革」の最初の一、二年は本当に誰も訪ねて来なかった。楊述弟妹たちでさえ、もう訪ねて来ることはなかった。ところがこの時期になると、また行き来するようになった。楊述も古い友人が出獄したと聞くたびに、自分が人に累を及ぼすかどうか、または人に自分が累を及ぼされるかどうかな

どお構いなく、必ず急いで訪ねて行った。

ある時、出獄したばかりの老同志を訪ねて行ったことがあった。楊述は戻ってくると私にこう言った。監獄でどんなふうに眠ったか。外を向くことだけしか許されず、中を向くのは許されなかった。しょっちゅう真夜中に連れ出され、どのように拳骨で殴られ蹴られたか。その同志はもう痛めつけられて精神病になっていた……。

楊述は急にその続きを話すのをやめ、ゆっくりと詠嘆するように『老子』の中の言葉を暗誦した。

天地不仁、以万物為芻狗。聖人不仁、以百姓為芻狗。

天地は仁あらず、万物を以《もっ》て芻狗《すうく》と為《な》す。聖人は仁あらず、百姓《ひゃくせい》を以て芻狗と為す。

（天と地にはいつくしみはない。それらにあっては万物は、わらで作った狗のようなものだ。聖人にもいつくしみはない。彼にとって人民どもは、わらで作った狗のようなものだ。）

そう二度繰り返した。私は彼の気持ちがわかったと思い、つづけて『孟子』の一句、「まことに君の臣を視ること土芥《つちあくた》の如し！」[13]（離婁《りろう》章句下）を諳んじた。私が下の句をつづけずにいると、彼も口をつぐんでしまい、手を振って、このことはこれ以上話してはならないと示した。彼はこの期に及んでも依然として忠誠を尽くし、みずからを抑えて、決してその方面（中共中央）に背く方へ考えをむけようとはしなかった。

批林批孔[14]の文章について、最初彼はまだこう言っていた。

「孔子批判は正しい。私も若い時から孔子批判に賛成し、『孔夫子《こうふうし》とは何ものか』という文章を書いたことがある」

彼はこの時のいわゆる「批孔」の後ろにある陰謀と背景について、少しも理解しておらず、生真面目にあの羅思鼎《らしてい》[15]の文章を読んで、羅思鼎は上海のどこかの大学の老教授だと考え、自分がどうしてこの名前を聞いたことがないのか、と不思議がっていた。けれども後でますますとんでもない話になっていって、中国二、三千年来の政治家、文学者……のすべてを儒家と法家の二大家に区分してしまい、「法家の戦友」などというようなおかしな肩書きまで出現する騒ぎになるに及んで、楊述も

「これではまるで三千年も続いた二大政党になってしまう。世界中のどこにもこんなものはなかった」

と言わざるを得なかった。李商隠の無題詩までも「法家の戦闘的な作品」だとする「論文」を読むにいたって、このまじめな人はとうとう私にむかって正式に「こんな文章はまったくデタラメだ」と表明しないではいられなくなり、二度と読まなくなった。

その後『水滸伝』批判運動[16]の時に、われわれの出版社では一〇〇回本と一二〇回本の『水滸伝』を印刷した。当時はこの本が一世を風靡した。私が家にその二セットを持ち帰ると、いつものように楊述はこの種の「流行の本」に対してことのほか熱心で、大急ぎで拝読したのだったが、今回はちょっとめくるとすぐに放り出して言った。

「後があまりにも悪い。一二〇回本は特にひどい。どうしてわざわざ多く印刷したのだろう？　とても読むに堪えない」

それだけだった。ただ私が借りて帰ってきた郭老（郭沫若）の『十批判書』[17]だけはまじめに読んで、ため息をついてこう言った。

「これは何十年も前に書かれたものではないか。今頃突然こんなことになって、年寄りにはどんなに辛いことだろう！」

彼は郭老に会いに行って慰めようとさえ考えた。けれども、郭老の秘書は楊述の気持ちを誤解し、楊述が郭老に助けを求めているのだと思って門前払いにし、会うことができなかった。

その後、学部では「整党」（党内に存在する不純な思想・作風・組織を整頓すること）がおこなわれた。以前からの規定通り、各人が自分のことを一通り限りなくエスカレートさせて分析すれば、通過することができた。楊述はこの時にはもう、自分がたとえこれまで以上にエスカレートさせたとしても、おそらく党員としての生活を取り戻す可能性は

ないだろうということがいくらかわかっていた。そこで彼は私に言った。

「今回は誤りを話すだけにする。これ以上、反党、叛徒だと私に認めさせようとしても、私は死んでもそんなことは言わない」

その結果は、整党小組の会議で、ある人がまた楊述の『青春漫語』は反党であると言い、彼になぜ自己批判しないのかと質問した。楊述は答えた。

「『青春漫語』には誤りはあるが、反党ではない」

すると別の人が、楊述は判決を覆したと罵ったので、彼は腹を立てて指で机を叩いた。こうしてこれがまた、楊述が「判決を覆した」一大事件となって、何日も批判されたのだった。

四五運動[18]の前夜、周総理（周恩来）が亡くなった（七六年一月八日）。楊述は重慶で総理と直接関係があり、逮捕された時には総理が請け出してくれたのだった。釈放されると紅岩弁事処[19]の入り口で、総理は楊述に面と向かって「おとなしく弁事処に隠れていなさい。外へ出かけて事件を起こしてはならない」と言って聞かせた。規定によれば、〈総理が逝去した場合、〉総理の元部下は告別式に参列することが許され、楊述はその規定に適っていた。ところが、彼は繰り返し願い出ても、とうとう許されず、大衆とともに追悼会に参加することさえ許されなかった。彼は声を上げて泣いた。

四五運動の数日前、天安門前では詩と花輪が日増しに多くなっていった。「四五」の一週間前、秩序がまだ良好だった頃、楊述は家族全員〔私と息子と娘、お手伝いさん〕を率いてみなで服装を整え、追悼のために天安門前に行くことを決めた。「四五」の前日、天安門前はもう黒山の人だかりで、動きがとれなくなっていたので、楊述と私は二人で郵便電話局の所から入っていった。その時、彼は「学部の人とくれぐれも出会いませんように」と言った。けれどもいくらも行かないうちに一人と真正面から出くわしてしまった。その人は楊述に頷くと、一言も話さずにすれ違った。楊述は私に「あの人は私のことを摘発するだろうか？」とたずねた。私が、

「そんなことしないわよ。今、状況は変わったわ。あの人だってあなたが摘発するかと心配しているかもしれないわ」

と言うと、彼もその通りだと思って安心した。私たちは一緒に人混みの中に入って行き、詩や大きな花輪、大きな立て札を見ながら議論をした。帰ってから彼は自分でも詩を一首書いたが、その翌日、貼り出すのに間に合わなかった〔後に『周総理、你永遠和我在一起』という本に収録された〕。

人々が感情をもっとも高ぶらせていた時、天安門での血なまぐさい弾圧のニュースが絶え間なく伝わってきた。親戚友人の中にその日ちょうどその場にいた人がいて、ある人は清華のあの悪者がどんなふうに人民大会堂へ追い込まれたか、また別の人は大衆がどんなふうに殴られ、流れ出た血が消火ホースで洗い流されたか……について話した。楊述は仔細に聞いていくうちに、一〇年間彼を悩ませてきた冤罪の問題からあっという間に抜け出し、憤りをもって皆と一緒に議論に参加した。

この時、わが家の「家庭政治小組会」の内容はまた変化していた。以前は、楊述が話すことは少なく、話してもいつも私たちが話していることに論評を加えるだけで、しかも「それ以上言ってはならない」式の警告を発するような論評だった。しかし、これ以後楊述はどんどん多く話すようになった。彼は私たちが知らない多くの事実を話した〔以前、彼は北京市委員会にいた。彼の知っている多くのことがらは私の知らないものだった〕。

楊述は話した。劉少奇同志が天津へ行って資本家についての講話をしたことの一部始終について、それは劉少奇同志個人の主張ではまったくなかった、と。彭真同志が党中央の会議から市に戻って、どれほど直ちに伝達し、執行を求めたか、このため市委員会ではいつも深夜に会議が開かれ、したがって「針一本させず、水をしみこませる隙もない」というのはまったくの濡れ衣だ、と。いわゆる「暢観楼《ちょうかんろう》反党事件[20]」の実情はまったくあのようなものではなかった。馬南邨（鄧拓の筆名）が書いた「健忘症」は党中央を指しているのではない、鄧拓が話すのをこの耳で聞いた……。

いずれにしても楊述はますます話すようになった。とりわけ遅群[21]らに関する評価が突然変わったことについて、まじめな楊述にはどうしても納得がいかなかった。最初「遅群は頭目の一人」だとはっきり伝達しておきながら、いくらも経たないうちにどうして突然「遅群に反対するのは毛主席に反対することだ」へと変わったのか？　楊述はわが家の〈政治〉小組会でくわしく状況を説明した。遅群は楊述の学部で工宣隊（労働者宣伝隊）のリーダーだったので、学部の全員がその目で見ていた。遅群はしばらくの間、意気阻喪して清華に戻っていた。それから大衆を抱き込もうと学部の全員を清華まで見学に来るよう招待した。審査の対象となっている者まで行けた。その時、遅群は作業着を着て、工具を持って、にこやかに出てきて、皆に挨拶をした〔この時、楊述は行かなかったが、遅群はこれまで見たことがないほど和やかだったと聞いた〕。しかし瞬く間に空気が変わり、遅群はすぐさま戻ってきて凶暴に人を吊し上げた。他人を吊るし上げただけでなく、工宣隊内部の人が遅群に意見を出しただけで、「投降派」にされてしまい、壁と庭一面に壁新聞が貼り出された。これはいったいどういうことなのか？　楊述は何度もわが家の討論会の席で頭を掻きながらこの問題を提出した。彼は明らかに激しい衝撃を受けていた。

私たちがまじめに、江青はいったい何者かについて討論をはじめた時、彼はもう以前のように江青は紛れ込んできた特務かもしれないとは言わず、こう言った。

「この女は工場や農村へ行って働いたことがないのはもちろんのこと、機関事務室の仕事さえ本当にやったことのない、ただの奥様だ！　こんな人間に全国を指導させるなんて、まったく想像もできないことだ」

楊述が喋り出して、私はびっくりするとともに不思議でもあった。追い詰められたのだ、本当に追い詰められて石まで話し出したのだ。

毛主席の逝去後も、楊述は私たちと政治討論を続けた。楊述は、毛主席をつまるところ功労の極めて大きな、偉大な人だと考えていた。後に若干の過ちを犯しはしたが、楊述は青年時代、自分に道を指し示してくれたこの人のことを忘れられなかった。楊述自身、家で詩を書いて毛主席を悼んだ。詩の末尾は次の二句だった。

玻璃帳裏無言語、分道揚鑣惜未成。

玻璃《はり》の帳裏《とばり》に言語無し、道を分かち鑣《くつわ》を揚《あ》ぐれども未《いま》だ成らざるを惜しむ。

（ガラスのとばりの中でもう語ることはない、〔江青とは〕異なる道に進もうとしたが　果たせなかったのが残念だ。）

あの方（毛沢東）がガラスの棺の中に横たわっても目を閉じることができるとは限らない、自分がもたらしたこのような局面についてはおそらく言葉もないであろう、と思ったのである。あの方に対する楊述の主要な感覚は哀惜であった。

その時には大規模な追悼が行われ、死に顔を拝する時には私が行けただけでなく、楊述が革命の隊列に引き入れた彼の弟とその妻、妹、私たちの娘と娘婿もみな行ったのに、楊述だけが依然として行くことを許されなかった。この時、彼はほとんど気も狂わんばかりに腹を立て、耐えられなくなって家で、

「私は何十年も革命に従事してきて、いったいどんな罪を犯したのだ？　私は賤民にでもなり果ててしまったのか？　町の老婦人や女の子にさえ及ばないのか？」

と罵った。彼はまた手紙を書いて、この一点、つまり死に顔を拝しに行くことだけを求めたが、やはり拒絶された。このため彼の悲しみは怒りへと変わった。毛主席逝去後何日もしないうちに、他所へ療養に出かけることを求めたのだ。

当時、哲学社会科学部の指導幹部も楊述を「敵対的矛盾」と認定することは不可能だということがわかっていた。しかし上の方で許可されないので、正式に結論を改める方法がなく、下の方では楊述に対して少しゆるやかにして、彼が仕事を求めると、すぐにある研究所へやって原稿を読ませ、自費で療養に出かけたいと言うと、すぐに同意した。

「四人組」が失脚した時、[22]楊述はちょうど上海にいた。突然この吉報を聞き、喜びのあまり大衆の後について街を歩い

た。その時、彼は六三歳になっており、病気だった。何万もの大衆が喜びにわき立つなかで彼はまる一晩すごした。スローガンを叫び、とびはねながら、詩まで二首作った。そのうちの二句は

一片歓騰人海裏、老夫聊発旧時狂。
一片の歓騰《かんとう》人海の裏《うち》、老夫 聊《いささ》か発す 旧時の狂。
（見渡す限り喜びにわきかえる人々であふれ、老夫はこれまで取りつかれていた狂おしい思いをいくらか吐き出した。）

これが本当の情景だった。

楊述は本来すぐさま工作に復帰することができた。当時は気力体力ともに問題はなかった。しかし許されなかった。長年にわたる冤罪事件が山積し、楊述の問題はかつての「（中共）中央」が決定したものであったため、他の者に覆す権限がなく、さらに二年間引き延ばされた。彼がもっとも苦しんだのはこの二年間だった。「四人組」統治期に心臓病を患ったうえ、この頃には脳血栓にもなっていた。この病気はいろいろ悩んで腹を立てるのがもっともいけない。しかし、同じ災難に遭遇した友人たちが次々と解放されたのに、彼のレッテルだけが外されず、そのままにされた。楊述は死ぬほど焦った。「四人組」が失脚したのに、「四人組」が決定した「事件」を完全に否定することがまだできないとはまったく思いもよらなかった。このことは彼には到底耐えられるものではなかった。そのまま引き延ばされたのだ！　彼はとうとう蠟燭のように燃え尽きてしまった。一九七八年一一月になってやっとのことで結論が出された。まる一二年、口では言えないほどの苦痛と虐待を受け、組織でも莫大な人力財力を費やして、得た結果は「もとの結論を維持する」の一言だった。地球をぐるっと一周してもとの場所に帰ったみたいなものである。これはほとんど冗談のようなものだ。けれどもわれわれのこの世にはこのように残酷な冗談もあるのだ。

このことを外国人に話しても、こんなことで苦しむ必要がどうしてあるのか、きっと理解できないであろう。しかし、楊述はこの一言のために自分の命を差し出した。彼の病状はどんどんと悪化し、発作を繰り返し、脳にも障害があらわれ、歩行も困難になっていった。この時、彼にもう一度仕事をさせようとしても、もはや無理だった。そしてとうとう持ちこたえられなくなって亡くなった。[23]

なぜなのか？　具体的な何かのためではなかった。ただ党に対してみずからの純潔と忠誠心を証明したかったのである。彼はこの一点を党が承認することを願い、それが得られず、生きてゆけなくなったのだ。この数年来、頻々と運動がおこなわれ、こともあろうに、いつだってこんな人々の子供のような心を蹂躙してきた。一〇年間の「文化大革命」になると、一切を打倒し、上級機関の指示を勝手に歪曲し、たった一言でこれらの人々をぼろ靴のように捨て去り、気にもかけなかった。われわれが別の星で暮らしてでもいるかのように、人に対してどんな扱いをしようとも、人とその思想が翼を生やして遥かかなたに飛んでいってしまうなどとは思いもしなかった。けれどもその結果、後の世代の若者たちは忠誠心をまったく重視しなくなり、忠誠心をもって信仰しても、デタラメに批判され闘争にかけられ、果てしのない精神的虐待にさらされるだけだと考えるようになった。後の世代の者たちは道を選ぶ時に、どうしてためらい迷わないでいられよう！

こうした局面を前にして、われわれはついにはきっぱりと改めざるを得ないのである。「四人組」を追放するだけでなく、もう一度考え直して、長年にわたって運動を起こし、人を吊るし上げてきた方法をどうしても改めなければならない。[24]もちろんこれは章題から外れる話である。

楊述が死ぬ一年半前には、まだ必死に短い追悼文を書いたり、報告や会議を傍聴しに出かけたり、仕事を求めに行ったりしていた。けれども彼はもう少しの意見も口に出して言えなくなっていた。かつての「宣伝家」の姿は完全に消え去り、新しく彼を知った人から見ればおそらく老廃物でしかなかっただろう。にもかかわらず彼はそれを認めようとせず、いつも私とどんな工作ができるか、どこへ工作に行こうかと相談した。倒れる前の日になってもまだ私にこう言った。

「医者は私によくなると言った」

私はそれが不可能だとわかっていたので、彼を慰め安心させるようなことは言わなかった。わが家の政治討論会も開けなくなっていた――彼が家にいても、発言できなくなっていたのだ。私も彼とはあまり話さなくなっていた。彼が突然亡くなり、私ははじめて自分が彼の最後の時に実際には彼を虐待していた、私も同じように有罪だ、このまじめな人を虐待したのだ、と感じた。大声で泣き叫び、身を切り刻まれるほど後悔しても何の役にも立たない。いくらか落ち着いてから、私はようやくこのまじめな人の一生――本当の悲劇、理論上「悲劇」という言葉の定義に完全に符合する悲劇――について思い返した。

私は声を上げて泣く。若い人が連れ合いを亡くして泣くよりももっとひどく泣く。なぜならば一人の身内を亡くしたという悲しみだけではなく、彼の生涯の軌跡そのものがさらに痛ましいものだったからである。なぜ私たちの時代にはこんなことが起きたのか、しかもこんなにたくさん起きたのか？　老人と若者の世代間には溝があり、互いに理解し合えないとよく言われる。私は声を上げて泣きながら、こう言いたい。若者たちよ、どうか老人の悲痛、老人の払った犠牲について考えてみてほしい。これらの老人、しかも古参の党員は実際に彼らの生命を代価として、今日の思想解放の局面に換えたのである。実際われわれは彼らの血の痕を踏みつけにしながら前に進んでいる！　そのことを認めずにいられるだろうか？

注

（1）H・Pともに章のタイトルは「当代人の悲劇」。

（2）楊述は一九八〇年九月二七日に死亡。楊述については、本書前編『思痛録』第一章注11参照。

（3）『拓荒者』は月刊文芸雑誌、一九三〇年一月一〇日上海で創刊、第三期から左翼作家連盟の機関誌となるが、同年五月発禁となり、停刊。『語絲』は週刊文芸雑誌、二四年一一月北京で創刊、二七年一〇月張作霖によって禁止され、上海に移って発行、三〇年三月五巻五二期で停刊。

（4）「自分の家」、Pでは〈母親の家〉。

（5）「敬服に値する」、Pでは〈驚く〉。

（6）「高等教育六〇条」は、一九六一年九月に出された「教育部直属高等学校暫定工作条例」のこと、高等教育の主たる役割は知識教育にあるとした指針。

（7）「陰陽頭」とは、頭髪の半分または一部を剃り落としたもの。本書前編『思痛録』第九章注20参照。

（8）陳毅（一九〇一～七二年一月六日、四川楽至人）、解放軍元帥の一人、建国後は外交政策も担当、文革中は紅衛兵の批判に正面から反論した。

（9）「二月逆流」とは、一九六七年二月に軍長老など古参中央指導者が文革の暴力的な方法に反対した事件。文革派幹部は老幹部らの行動を文革の流れに逆らう「二月逆流」として批判攻撃した。これにより党中央政治局と党中央書記局の機能は完全に停止され、以後中央文化革命小組が全権を掌握した。文革後、党中央はこの事件を冤罪として、関係者の名誉を回復した。

（10）『朝霞』は月刊文芸雑誌、一九七四年一月創刊、七六年一〇月停刊、「四人組」系の雑誌。

（11）関鋒（一九一九～二〇〇五、山東慶雲人）、文革で指導的役割を果たした人物、『紅旗』副総編集、中央文化革命小組メンバー。三三年中共入党、四人組失脚後、党籍剥奪。

（12）「三看幹部」とは、韋君宜の小説「告状」（『老幹部別伝』人民文学出版社、一九八三年所収、二頁）によれば、一日中本を読み、診察を受け、友人に会う（原文は、「成天看書、看病、看朋友」）幹部のこと。

（13）Hこの箇所には、『孟子』の原文を以下のように注記している――君の臣を視ること手足の如くなれば、則ち臣の君を視ること腹心の如し。君の臣を視ること犬馬の如くなれば、則ち臣の君を視ること国人の如し。君の臣を視ること土芥の如くなれば、則ち臣の君を視ること寇讎《こうしゅう》（敵）の如し。

（14）批林批孔は、文革後期の、林彪と孔子をあわせて批判する政治運動。実際の攻撃目標は周恩来といわれている。一九七三年秋に始まり、七四年前半はこの運動の最盛期。

（15）羅思鼎は、四人組の御用執筆グループ「上海市党委執筆グループ」（文革中の一九七一年七月に成立）の筆名。「批林批孔」「右からの巻き返しに反撃する」などの運動において、数々の重要論文を発表して周恩来や鄧小平等を攻撃し、四人組のために世論工作をおこなった。七六年四人組失脚後、解散。

(16)『水滸伝』批判運動は、文革末期の一九七五〜七六年に展開された。運動を指導した四人組は、これは「文革を否定する修正主義、投降主義に対する批判」だと宣伝し、運動を利用して周恩来、鄧小平等を打倒しようとしたが、果たせなかった。

(17)郭沫若については、本書前編『思痛録』序文注15参照。『十批判書』は一九四五年重慶群益出版社から出版。同書訂正本(羣益出版社、一九五〇年)を底本として、翻訳『中國古代の思想家たち』(野原四郎・佐藤武敏・上原淳道訳)が上下二巻で岩波書店から一九五三・五七年に刊行されている。その『十批判書』が、批林批孔運動開始直前の七三年七月、毛沢東から、郭沫若は孔子と同じ人本主義(人民本位主義)だ、孔子を尊ぶだけではなく法家に反対している、尊孔反法なら国民党も同じではないか、林彪と同じではないか、と批判された。

(18)四五運動とは、一九七六年四月五日清明節に、周恩来総理の死を悼み天安門前に集まった大衆が弾圧された事件、第一次天安門事件。七八年一一月北京市革命委員会は、この運動を四人組の圧政に抗議した大衆の自発的な革命的行動と判定し名誉回復した。

(19)紅岩弁事処とは、重慶市郊外の紅岩村にあった八路軍駐重慶弁事処のこと。一九三九年初め、中共中央南方局と八路軍駐重慶弁事処が重慶に設置され、周恩来が書記に就任し、ここを活動の拠点とした。

(20)「暢観楼反党事件」とは、一九六一年冬、北京市委が中央の指示に基づいて、暢観楼で一九五八年以来の中央文書を整理点検したところ、それが文革期間中に「暢観楼反党事件」とされ批判された冤罪事件。

(21)遅群(一九三二〜、山東乳山人)、清華大学党委書記、文革期に台頭し、江青グループの中堅幹部として活躍、七六年四人組とともに失脚。

(22)「四人組」逮捕は一九七六年一〇月六日。一〇月二一〜三〇日、全国各地で盛大な集会とデモ行進が挙行され、四人組打倒を祝賀。一〇月二五日、『人民日報』『解放軍報』『紅旗』が社説「偉大な歴史的勝利」を発表し、四人組打倒のニュースを公開。

(23)「そしてとうとう持ちこたえられなくなって亡くなった」、Pでは〈こうして彼はとうとう死神の召喚に抗し得なくなった〉。

(24)「もう一度考え直して、長年にわたって運動を起こし、人を吊るし上げてきた方法をどうしても改めなければならない」、Pでは〈運動を起こし、人を吊るし上げてきた方法をどうしても改めなければならないと、認識しなければならない〉。

第一一章　大寨《だいさい》について(1)

大寨へはあわせて五回行ったことがある。
劉徳懐(2)（一九二六～、山西介休人）が書いた大寨についての小説を読んで、私ははじめて大寨のことを知った。最初の一章には、陳永貴(3)（一九一五～八六、山西昔陽生れ）が凶作の年に市に出かけてどのように漫頭《マントウ》を売ったのかについて書かれている。他の人は大きく値上げをしたが、陳永貴は以前のままの値段しか取らなかった。とても素朴に描かれていて、なかなか良いと思ったので、原稿について話をしてみて、状況を理解しようと、私は大寨へ行くことを承知した。

この時、「全国は大寨に学ぼう」のスローガンはもう叫ばれていた。けれども大寨に学ぶ運動の規模についてはまだ知らなかった。昔陽県に着いて、大寨村に入ると、われわれは村の周囲をいい加減にぐるっと一回りさせてもらっただけで、一人の農民と話をすることもなかった。県城（県政府所在地）に戻ると、宣伝部の担当者に会った。たぶん知識分子だったのだろう。もう日が暮れてしまっていたが、水を担いで戻ってきたばかりで、身体中に汗をかいていた。彼は、いま県ではまさに旱魃と闘っているところです、と言った。

陳永貴が、

「今までに見たこともなかった大旱魃を前に、（われわれは）今までに見たこともなかったほど大奮闘し、今までに見たこともない大きな変化を起こそう」

と言い出し、そこで全県の幹部・労働者は、仕事の如何を問わず、一律に農民とともに野良にでて水を担いで灌漑することになったのである。ここでは水は極めて貴重なもので、一回分の水を担いでくるのに、普通、近くて五キロ、遠ければ一〇～一五キロかかる。一〇キロで計算してみれば、一回水を運ぶのに往復二〇キロ、それで一〇株の苗に水をかけることができる。このように全員を動員し、一人一日二〇株に水をやるとすれば、四〇キロ歩かなければならない。この農作物は、使用価値と交換価値では計算するすべもなく、ほとんど人の命と引き替えにしたものなのである！

この時、私はあまり多く見に行かず、それほど見たいとも思わず、立ち去った。後で県委員会の招待所で他の客人がこう言うのを聞いた。ここのことを理解したければ有名な（新華社）記者宋莎蔭《そうさいん》を訪ねるしかない、アイデアはすべて彼が出したものだから。

その次に大塞の経験を学びに行った時、私は有名な宋莎蔭に出会った。彼はわれわれが出版社から来たと知ると、なかなか「手厚く」もてなしてくれた。参観大隊の後について村に入ることもなく、専門の解説員に付き添われ、ゆっくりと見てまわった。けれどもわれわれが新たに見たものも、だいたい同じようなものだった。「先治坡、後治窩」(4)（先に坡《さか》を治め、後に窩《すみか》を治める）を見て、「苦人樹、楽人樹」(5)を見た。大寨展覧館も見たが、すべて新聞に掲載されたもので、私は暗唱することさえできた。

そんなわけで、その後も何度か行ったが、もう行く気も失せていた。それでもしかたなく、「任務」のために行かざるを得なかった。何度も村に入り、参観して解説を聞いた。

そのうちの一回、人造棚田を参観した時のことを憶えている。四人の農民が大きな石を担いだり、持ち上げたりして、ウンウンうなりながら斜面の中程に置いていた。もちろんこのような棚田はとても美しい風景だった。けれども、田地がこのように人工的に作られているのを見て、私は四人がかりで午後の時間を全部使って四個の石を置くとは、中国人の労力は牛馬の力よりも安価なのか、と感じないではいられなかった！　当然、彼らがこんなに刻苦奮闘している、その精神に対しては感服しなければならないのであるが。しかしもう一度村に行って出来たばかりの「人工降雨」を参観した時、私は「なんとまあ」と声を上げないではいられなかった。この灌漑の方法は、一枚の田んぼの周囲に何本かの水道管が設置してあるのだった。公園で芝生に吹き出している散水装置のように、栓をひらくと管から水が吹き出すのである。ただ範囲があまりにも小さすぎて、一畝ほどしかなかった。中国の田地をこのような方法で灌漑するなら、中国はまず工業化を進め、製鉄工場[6]を農地よりも増やさなければならないだろう。さもなければこんなにたくさんの鉄の水道管をどこから持ってくるのか？

午後県城に戻ると、もう遅くなっていた。私はここの県委員会宣伝部へ挨拶に行きたくなかったので、

「もう遅いから退勤されたでしょう。明日にしましょう」

と言うと、案内してくれた宣伝部の担当者はこう言った。

「あなたはご存じありませんが、昔陽の規則は全国各地とは違っています。こちらの全ての機関に出勤退勤時間はありません。朝目を覚ますと出勤し、夜ベッドに入るときが退勤です。これは老陳〔陳永貴〕の言葉ですが、農民には出勤退勤などあるでしょうか？　したがっていつ機関に行っても人がいます。信じられないのならご覧ください」

彼の話に私は好奇心を抱き、本当に夕食後県委宣伝部まで行ってみた。果たして灯は明々とともり、全員が机の所で事務を執っていたわけではなかったが、何人かが座っていた。ちょうど新聞を読んでいた人が、われわれがやって来るのを見ると、新聞をしまって工作について話してくれた。間もなく宣伝部部長の陳明珠〔陳永貴の息子〕まで呼んできて、私と会わせた。彼によれば日曜日もこの通りで、彼らには日曜日がないという。

これでよいのかどうか？　私にはわからない。彼らは職員労働者全員の献身的な積極性を引き出したのかもしれない。しかし彼らもやはり人なのである。彼らに家のことはかまわせず、すべてを妻に押しつけるなら可能かもしれない。しかし彼らに子供のこともかまわせず、少しも休ませず、買い物もさせず、街にも行かせず、さらには服の着替えや入浴もさせないのでは、あまりにもひどい。悪い推測をしないではいられなかった。うまくできなければ毎日が

日曜日だ、と。

後に宋莎蔭に会った。彼は県委員会の招待所でわれわれに食事をごちそうしてくれた。招待所の中には小さなレストランがあったが、普段は入れなかった。彼は好き勝手に人を呼びつけ料理の注文をした。ちょっと見ただけで、彼が本当の主人だということがわかった。それから彼は県で養成中の何人かの青年作家をわれわれに紹介した。彼らはみずから大寨を建設するだけではなく、大寨についてもみずから書こうとしていたのである。この未来の作家たちにはそれぞれ一つずつ題目が分配されていたが、文章はまだ一字も書かないうちに、このように編集者に紹介されたのである。

それ以後大寨はわれわれ編集部のみんな[7]がしょっちゅう行く場所となった。私もまた行ったが、新たなものを見ることはあまりなかった。それなのに人はますます多くなり、ますます大袈裟になっていった。ある時にはチベット族やタイ族……の民族衣装を着た者を見た。本当に国中の誰もが大塞を仰ぎ見に来て、解説員の数え切れないほど繰り返される同じ説明を聞いたのである。われわれもまた新たな建設を少し見た。すなわち「人造平原」で、前回築き上げたばかりの棚田をまた平らにし、「平らな」面積を少しだけ広くしたのである。

宋莎蔭は再度私に会ったが、今回は明らかにずっと親しくなっていた。彼は私に世間話をした。「老陳」（陳永貴）が山西省に戻ったら必ず昔陽へ行くことや、老陳の家のことについて話した。老陳は息子の陳明珠に地味な嫁を見つけると、陳明珠はいやだ、美人が欲しいと言ったという。また彼らの大寨宣伝計画についても話してくれた。このことについて老陳は、「おまえが副総理になるか、それとも私が副総理になるか？」と言ったという。明らかにこの計画は宋莎蔭が提案したものであった。

計画はわずか一冊の本なのではなく、セットになった叢書で、大寨史、大寨英雄列伝、昔陽学大寨典型録、山西省各県における昔陽出身の英雄的人物……があった。当時私はこの大きな任務をどうやって完成させたらよいかわからなかった。宋莎蔭は言った。

「これは老陳ときちんと相談したもので、このようなセットにすることになりました。あなた方は各所を取材してかまいません。われわれの作家も駆け回らなければなりませんから」

この時、若い「作家」たちも高級ホテルに出入りするようになっていて、もう生産の現場から離れ、執筆しているようだった。私はなんとも答えようがなく、あいまいに頷いて、詳しいことは後でまた協議しましょうと言っただけだった。

私が最後に大寨に行ったのは、それから間もなくのことだった。大寨の若い作家グループが短編の原稿を次々と提出してきたからである。われわれ編集者が目を通したが、本当のところ出版できるようなものではなく、この時には陳明珠が全国的な出版会議の席で激怒して抗議した。もともと本書の出版を引き受けていた編集組長まで、出版を承知しなかった。そこで編集者たちは本書と何度も関わることになったが、誰もう昔陽には行きたがらなかった。やむなく私が、まだ昔陽に行ったことのない編集者の楊匡満《ようきょうまん》[8]（一九四二〜、上海宝山人）と、われわれの出版社から詩と舞踊を編集しに行く者を連れて出向く羽目になった。

この時、われわれの隊伍は威風堂々としていて、盛大なもてなしを受け、新たに建設された「大寨賓館」に宿泊した。とりわけ驚いたのはホテルの賓客があまりにも多く、高級な部屋が足りず、宋莎蔭の特別なはからいで、私は陳永貴のための特別室――陳副総理の別墅に宿泊したことだった。わが社の編集者たちは見学に来て、「今回あなたは『国賓』待遇ですね」と言うほどだった。

けれども陳副総理のこの行宮[9]は、いったいどのようなものであったのか？ その設備についていえば、一般的な高級ホテルと同じでしかなかった。とりわけ思いもよらなかったのは、室内のサイドテーブルや高い足の付いた花台の上に敷かれたテーブルクロスがレースでないだけでなく、普通のビニールでもなく、農村の少女がよく着ている赤地に緑色の小さな模様の入った綿布だったことである！ そればかりでなく、滑り落ちないようにであろうか、どのテーブルも角のところでテーブルクロスを縫いつけてあった〔洗わなくてもよくするためだろうか？〕。テーブルクロスは作りかけの枕カバーのように見えた。この設備はまったく不思議なものだった。これは本当にあまりにも田舎くさく、どんな旅館でもこんなことをするわけがなかった。私はそのとき思った。陳永貴以外に誰もこんな飾り付けはできないであろう。このことに宋莎蔭は関わっていないだろう。ここで陳永貴ははじめて彼自身の姿を少しわれわれに見せてくれた。

それからすぐにわれわれは手分けして「民謡を収集」しに出かけなければならなかった。詩歌組は『昔陽新歌謡』を編集したが、これはもっとも簡単だった。当時、村の幹部は誰でも二つの句を寄せ集めて押韻することができたので、適当に書き写すだけで一冊になった。ところが舞踊を編集するのはなかなか困難だった。昔陽で何か民間歌舞の合同公演をおこない、昔陽で創作した歌舞の特集を出版しなければならないという。この時、音楽出版社はすでに人民文学出版社に併合されていたので、私は工作については素人の、名前だけの責任者だったが、彼女たちと見物に出かけて民謡を収集した。

場所は昔陽のある村の小学校で、演じたのは小学校の四、五年くらいの女生徒だった。内容はわれわれが子供の時、誰もが習った演目だったが、農村の少女たちは歌舞に触れる機会がほとんどなかったのであろう、動作のテンポが遅すぎて、曲調に合わせることができなかった。老編集者は、この本を出版するために、ほとんど一生分の力を使い果たして、大楽団や有名舞踏家の作品を記録するかのように楽譜を書き、踊りのステップを記録した〔後にこんなにやっかいな本を出版するのは、もう間に合わない、とてもできない、と出版部が言ったため、私は音楽編集室を手伝わざるを得なくなり、一切を後回しにして、この大寨における任務の書が出版されるよう無理やり手配をし、大急ぎで印刷した〕。

私個人の取材・収集の任務は、若い「作家」たちが作品中に列記しているとおりに一つ一つこれらの模範村を訪問することだった。

それは一九七五年のこと、私は編集者の楊匡満と二人で小型のジープに乗って行った。どの村も、いくつもの山や川を越えて、全力を尽くして実地で見学したのだった。けれども残念なことに今、それらの村々の特徴をどんなに思い出そうとしても、懸命に土を掘ったということ以外に何も思い出せないのだ。山を掘って、用水路を通し……、どの村もほとんど変わりはなかった。ただどの村でも、村の元支部書記が、今ではみな隣県で県委書記をしている、とわれわれに説明してくれたことだけは憶えている。模範的な経験は押し広めなければならない。その時、昔陽付近の各県ではすべて昔陽県の人が責任者となって、取り仕切っていた。この話を聞いて、私はこれではまるで[10]植民地政策のようだと思わずにはいられなかった。何年かして昔陽の幹部は前途を心配もせずに、それぞれ赴任していったのであろう――しかし、もちろんこのように皮肉を言うだけで彼らの真の苦しみを見ないのであってはならない。当時のある支部書記は状況の説明を終えると、そっと私にこう言った。

「他のことはなんでもありませんが、この二年間の幹部の犠牲について言えば、恐ろしいほどです。洪水が起ころうと、沼気が出ようが、人命に関わるどんなことであれ、支部書記は意を決して先頭に立って飛び込んでいったのです。亡くなった者は本当に少なくありません！」

彼もまた命懸けでそうしたということであり、私はこのために黙らざるを得なかった。

参観学習の任務を終えると、北京に戻ってその本を出版しなければならなかった。これまでに昔陽へ行ったことのある編集者たちは新しく編集責任者となった楊匡満を冷ややかに見ていた。楊匡満には大寨叢書の編集経験がなかったので、彼がどのように本書を編集するか見ていたのである。彼は原稿を読み終えると、私の机の上に置いて言った。

「こんなものをどうやって出版できるのでしょう？　中学生のように拙い作文ではありませんか？」

私は苦笑いして言った。

「そんなことはとっくに分かっているわ。丁寧に読む必要がどうしてあるの？　いいように見計らって、どうにかして間に合わせなさい」

そこで彼は原稿を持ち帰った。出版部の印刷部数と発行範囲を記入するリストには原稿の質についての欄があり、一般に気に入った原稿を編集する時には「優秀」、まあまあのものには「普通」と記入するのだが、楊匡満はこの欄に「たいへん劣っている」と記入した。これまでになかったことである。私も意を決して見もせずにサインをして提出した。舞踊詩歌の本もみなそれぞれ担当する副総編集がサインをした。

しかしこの時、私は決心した。今回は我慢したが、今後はもう『大寨叢書』の相手はしない。ゆっくりと引き延ばして様子を見よう。私は二度と昔陽には行きたくなかった。「国賓」の別野にも泊まりたくなかった。

間もなく一九七六年一月になると、周（恩来）総理が亡くなり、人々は大きな苦痛と悲哀の中に沈んだ。その後、深い憤怒の情がさらに加わった。ちょうどこの時わが社の上級単位から突然われわれに、大寨学習参観団に参加するため人を派遣せよ、派遣する人数は多ければ多いほどよい、との通知が届いた。多くの者はこの活動に関わりたくなかった。その後何人かの人が連れて行かれたが、彼らはおそらく周総理逝去後に起きた波瀾をやり過ごしてしまおうとしたのであろう、いつものように参観して戻ってきた。ところが、天安門での追悼はこの時最高潮に達していた（七六年四月五日）。わが社の者はほとんどが禁令を犯して密かに駆けつけた。天安門は人々の心の向かう中心となった。[11]上級単位はすぐに、大寨参観学習団が詳細な報告をおこなうので、仕事の時間を割いて、すべての同志に聴きに行くようにとの通知を出した。けれども人々が行かなかったので、講堂の席は大部分が空いていた。そこでまた上の階から、出席した者はいくらもいないと呼びに来た。私は座ったまま動かなかった。「砂を混ぜる」ために来ていた一人の軍代表（軍服を着て、われわれの所のような文化単位にやって来て指導に当たった軍人のことを「砂」と呼んだ。林彪の指示に関する毛主席の文書[12]参照）が、私を指さして言った。

「党員の身でありながら、党の呼びかけに答えず、大寨へさえ学習しに行かないとは！」

私はもう怒りで胸がいっぱいになっていて、この時にはただそっけなく笑ってこう言っただけだった。

「私は大寨には五回も行きました。一回参観してきた人よりは多く知っています！」

行かなかった党員は他にも何人かいたが、一言も話さず、怒った目で睨んでいた。彼はようやく面白くなさそうに立ち去った。

大寨はついには周総理に反対し、大衆を排斥する代名詞となった。このような状況下で、大寨のことを聴かせても人々の嘲りを招くだけであった。これは誰のせいだろうか？

私はこう思う――陳永貴はおそらく素朴な良い農民で、誠実に仕事をしようとした農村幹部であった。けれども農業科学者ではなく、宣伝家でも、さらには政治家でもなかった。彼にこんな役柄を無理やりやらせた結果、泣くに泣けず笑うに笑えない滑稽劇を少なからず演じさせてしまうことになった。彼本人にとってはほとんど悲劇であった。自分に有利な機会を利用して登場し、利口ぶってかえって醜態をさらす役柄にいたっては、どんな時代にもいたものので、宋莎蔭のような者は責めるほどのことはない。誰が彼の企みを信じろと言ったのか？

いっそう恥じるべきであり、人にあわせる顔もないのが私自身と知識分子幹部である。あのような道化役者につき従って参観しに行ったばかりでなく、後について加勢し、同意して称賛し、目をつぶって知らないふりをして、サインまでした……。これは何ということをしてしまったのか？　一緒になって国家と人民に災いをもたらしたのではないか？　われわれは二度とこんなことをしないでいられるだろうか？　私はただ自分がマルクスに会いに行く（死ぬ）まで、二度とこんなふうに加勢したり賛成したりしないという、この哀れむべき一点を守り抜くことだけを望んでいる。古人のことを思い出してみれば、このことはそれほど困難なことではないはずのように思われる。

注

（1）Ｈ・Ｐともに章のタイトルは「大寨の思い出」、原文は「憶大寨之遊」。大寨は山西省東部の昔陽県にある旧モデル農村。一九六四年毛沢東が「工業は大慶に学ぼう」「農業は大寨に学ぼう」とのスローガンを提起。文革が始まると左派が階級闘争の一環として大寨の経験を宣伝するようになり、中国内外からの参観者が殺到した。七五年九月一五日から一〇月一八日まで、昔陽と北京で第一回「農業は大寨に学ぶ」全国会議が開催された。
(2) 劉徳懐（一九二六〜、山西介休人）、中共党員、五三年中央文学研究所・北方大学芸術学院卒業。六二年中国作協加入。
(3) 陳永貴（一九一五〜八六、山西昔陽生れ）、大寨の指導者で全国労働模範、七五〜八〇年国務院副総理。四八年中共入党、五二年昔陽県大寨村支部書記。
(4)「先治坡、後治窩」（先に坡を治め、後に窩を治める）とは、まず斜面の開墾工事をしてから後で家のことをやる、というスローガン。まず農業生産をちゃんとやってから個人の生活のことを顧みようということ。
(5)「苦人樹、楽人樹」とは、一本の大きな柳の木で、旧社会では「苦人柳」と呼ばれていた。旧社会で一人の女性が道で一粒のとうもろこしを拾ったところ、地主にこの木に吊るし上げられ、殴り殺された。今では「苦人柳」は「楽人樹」に改名され、村民がかつての苦しみを思い出して今の幸せに感謝する場所となったという。
(6)「製鉄工場」、Pでは〈鋼鉄〉。
(7)「みんな」、Pでは〈者〉。
(8) 楊匡満（一九四二〜、上海宝山人）、六四年北京大学中文系卒業、以後三十余年編集工作に従事、『中国作家』副主編・常務副主編・編審など。また五八年から作品を発表、七九年中国作協加入、全国優秀報告文学賞・魯迅文学賞などを受賞。
(9)「行宮」、Pでは〈部屋〉。
(10)「まるで」、Pでは〈いささか〉。
(11)「人々の心の向かう」、原文はH「人們的心傾向」、P「人們向往」。
(12) 林彪の指示に関する毛主席の文書とは、毛沢東の南方巡視に際しての談話（一九七一年八〜九月）、『建国以来毛沢東文稿』（中央文献出版社、一九九八年）第一三冊、二四六、二四七頁のことか。

第一二章　「取経」について(1)——一九七六年春、大連で

何人かの同志と一緒に散歩をしながら話していると、たまにどういうわけか旅行のことが話題になる。ある同志は大寨に行ったことがないと話した。私は言った。

「私は行きました！　あの頃『学習』に供された紅旗単位（「紅旗」とは「先進的」の意）には、ほとんど全部行きました」

「大慶《だいけい》(2)に行ったことがありますか？」

「行ったことがあります」

「小靳荘《しょうきんしょう》(3)へは？」

「そこへも行きました」

すると他の人は〈羨ましがり、〉みな自分が当時行かなかったことを残念がった。その光景はもう二度と見られない。そこで私は当時のそれらの「旅行」について、自分自身と他の人が忘れてしまわないように、すべてを書き残しておこう、と本気で思った。しかし、もう一度行って今日の様子を見てみなければ書くことはできない。考えてみると、行って自分の目で見比べるまでもない場所が一カ所だけあった。大連の紅旗造船所である。少し書いてもかまわないだろう。

この造船所も当時の紅旗単位であった。一九七六年の春、私は命令を受けて「学習と取経」に赴いた。文学出版社

の編集者がどんな教典を取りに造船所まで出かけて行くのか？　この造船所は五万トンの巨大な汽船を建造したばかりで、間もなく進水式が挙行されるとのことだった。当時の「中央文革」[4]はちょうど全力をあげて「船を造るよりは船を買った方がよい、船を買うよりは船を借りた方がよい」という「外国買弁洋奴思想」を批判していた。聞くところによれば、この汽船を建造したということはこうした思想に対する大きな打撃であり、したがってどのような職業の人にとっても同様の教育効果がある、とのことだった。

北京のすべての大出版社から人が派遣されて来ていた。出版局の責任者を含めてかなり大きな代表団を組織し、学習に行かせたのである。大連に行ってからはじめて、この工場には全国各地の大工場と大鉱山から人が集められ、さらには交通部の指導幹部、哲学社会科学部〔中国社会科学院の前身〕の指導幹部などあわせて千人にものぼる代表が来ていることを知った。なんと全国規模の盛大な集会だったのである。皆は造船所の招待所にぎっしりと詰め込まれ、八人一部屋だった。景勝の避暑地である大連に来たけれど、海辺に行ってついでに観光したいという者は一人もおらず、みな町をぶらつくことさえなく、一心に「学習」を待っていた。

一日たつと、以前われわれの出版社から、この造船所へ原稿の依頼をしたことがあったため、特別に、その翌日進水式を迎える船を見学に行った。

われわれ数名は極めて厳粛に一人の造船所革命委員会の指導幹部につき従い、原稿の依頼を受けた労働者作家に伴われて乗船した。甲板に上ると同行した老同志が、つまずいて転びそうになった。その甲板中に鉄のチェーン、ゴム管、ナット、溶接道具……が乱雑に散らばっていて、ほとんど足の踏み場もないほどだった。船の上ではキンキン、カンカンと叩く音がやかましく、労働者たちが忙しく仕事をしている最中だった。どうやって明日進水するのだろう、今日まだこんなありさまなのに？　最後の仕上げが終わっていないのだろうか？　われわれは工業のことも経済管理のことも専門外だったので、この問題についてはとりあえず黙っていた。さらに奥に進んで、船の中心部に行くと、手すりがあり、そこから下を眺めると、船の内部は空っぽで、海に浮かんだ大きな空のお椀にしか見えなかった。私には工業の知識はなかったが、ここに機械を入れなければならないことは知っていた。ものが無い以上、いい加減にちょっと見ただけで、すぐ皆と一緒に下船した。

その翌日が進水式で、造船所は自動車で代表たちを浜辺まで運んだ。海辺は人であふれ、それは本当に大変な混雑だった。船はもう五色のリボンと赤い絹布と赤い花で飾り付けられ、海沿いに桟敷が設けられていた。交通部の部長などの指導幹部には机と椅子が用意され、前列に座っていた。われわれの一団は人混みの中で立ったまま見ていた。あの労働者作家がそばに立っていたので、私は小声でたずねた。

「この船は進水できるの?」

彼は答えた。

「ジャッキで支えて進水すればしまいです。まだ機械が入っていない、がらんどうの船なのに、どうして動かすのですか?」

しばらくすると造船所革命委員会と来賓が次々に講演し、「買弁洋奴思想」を痛烈に非難した。その後、盛大にテープカットがおこなわれ、礼砲がとどろき、船が進水して、大衆が歓呼した。

世界中で汽船の進水式は、みな空っぽの船でおこなわれるものなのだろうか? 私は浅学非才だが、いくら考えても納得がゆかなかった。もしもそうなら、機械も入っていない、溶接しただけの一〇万トンや一〇〇万トンのがらんどうの船を進水させることだって、できるのではないか? 考えれば考えるほど嫌になり、興ざめしてしまった。

われわれがこの造船所から学び取らなければならない「経典」は、この船のことだけではなかった。つづいて造船所では彼らのイデオロギー方面での成果をわれわれに学習させた。もともとこの造船所では哲学社会科学研究所を開設し、刊行物まで出していた〔道理で哲学社会科学部のメンバーも呼ばれていたわけだ!〕。造船所の革命委員会宣伝部長は理由を詳しく説明した。

「われわれの造船所には船舶研究所があり、労働者が上部構造を占領した以上、なぜ同じように哲学社会科学研究所を置いてはいけないのか?!」

そこでわれわれはその「研究所」の展覧会を参観しに行き、彼らの「哲学社会科学」の刊行物を見た。内容はその当時の恐ろしい空言にすぎず、陳列された原稿のいくつかは確かに労働者が書いたものだった。私はそのすき間なくぎっしりと一面真っ黒に書き連ねられた小さな文字をちょっと見ただけで、不意に煩わしさと哀れみを覚え、それ以上読みたくなくなった。

その後さらに市委員会宣伝部長王某を一度訪問した。この部長は一丈近くもある大きな事務机の後ろに座って、彼の机と同じくらいの大口を叩いた。彼らの市では『魯迅全集』注釈の任務を引き受け、一万人を動員して参加させたという〔私の知るところによれば、短文一篇の注釈にすぎず、ある学院が彼らに割り当てたもので、注はせいぜい一〇カ所もなかった〕。それを聞くと、想像もできず、頭がさらにクラクラして何が何だかわからなくなってしまった。

最後に私は個別に何人かと会った。原稿を依頼していたあの労働者作家は、私を訪ねてきて創作状況について語った。革命委員会が彼に与えた任務は長編小説を一つ書くことであり、主題は労働者が哲学を学ぶことで、労働者が「哲学」を学ぶ過程でどのように国家の主人公となっていったのかを描くことだった。彼はもうがんばって何万字か書いていたが、今どうしても書けなくなってしまったという。編集者として私は、

「こんな無駄な仕事をするのはやめなさい」

と言うべきだった。しかしこれは造船所の革命委員会と、先に来て原稿を依頼したわれわれの出版社の新任の上司が話し合って決めたことであり、私にはどうすることもできず、ただいい加減に対応するしかなかった。それから他にも市に指定されて、「三・八」女子製鋼炉の労働者が小説を書かなければならず、ある島の小学校が「社会に門戸を開いて学校を運営」していることも小説に書かなければならず……、全員が計画を話しに来たので、その対応もしなければならなかった。作品は一字も書かれていなかった。これはいったい計画なのか、それとも夢の話なのか、まったく訳がわからなかった。

もっとも辛かったのは、ここで師田手[5]（一九一一～一九九五、吉林扶余人）に会ったことだ。彼は「一二・九」時代には才能あふれる青年詩人で、延安文協の幹部だった。今では禿げ頭になって、素足に靴紐もないぼろぼろの運動靴をはいて私に会いに来た。彼もまた市文化館の「創作員」で、何を書くべきかを尋ねに来たのだという。ああ！　かわいそうな老田（師田手）、あなたはどうしてその才能と生命を、ここでみすみすこんな人たちに踏みにじられるままにされているの？　私は彼には他の人たちにとったような対応ができず、何も言えず、彼の生活について、奥さんはいるのか、住むところはあるのか、と尋ねることしかできなかった。

あのがらんどうの船から、デタラメな計画にいたるまで、すべてが一篇の荒唐無稽な小説であったが、師田手の姿を見て、私はさらに恐怖と不安にかられた。

私は何をしているのだろう？　「取経」といっても実際にはそれ以上取ることも、話を聞くこともできなくなった。私は早く帰りたいと思った。他の人もみな帰りたがった。こともあろうに、その造船所がまた北京に戻る切符の手配をしてくれなかった（聞くところによると、切符の予約はおこなわれ、食堂でアナウンスもされたが、それを聞かなかった者の切符はすべて自動的にキャンセルされたという）。われわれは仕方なく、各自で何とかして家に帰った。最後に私は二人の同僚と自分たちで汽車の普通座席の切符を買い、夜に乗車してからその次の深夜までかかって、やっとのことで北京に戻った。頭がクラクラして何が何だかわからず、さんざんな有様だった。そんな訳で、今でも誰かが大連に行って夏休みを過ごそうと言うと、私は思い出しただけで恐ろしくなって、食欲がまるでなくなってしまう。

当時、私はあのがらんどうの船の進水式について不満を抱いていたし、哲学研究所や小説の執筆、一万人が魯迅の注を作ることについてはさらにとことんまで嫌気がさしていた。当地の工業経済面における虚偽と彼らのイデオロギー工作におけるデタラメは、私の頭の中でぐるぐる交錯していた。彼らが「船を造るよりは船を買った方がよい……」というスローガンを攻撃していたのは、実際には周総理を攻撃していたのである。そのことは、帰ってきてから初めてだんだんとわかってきた。これではまったく騙されたようなものである。そして、そこから類推して、下部構造（原文は「経済基礎」）が上部構造を決定するという、この正しくて覆すことができないマルクス主義の真理を悟った。すべては偶然のことではなかった。下部構造で失敗すれば、イデオロギーのところでうまくやるのはほぼ不可能なのである。逆の場合も同じである。

今私は、あのような一万人の注釈作成やデタラメな哲学・文学計画がとっくになくなったことを確かに知っている。ここから逆に推測すれば、あのような造船や進水式、工業、経済のやり方も、もはや存在しないに違いない。ここまで考えると、釈然とした気分になって、この文章を書いた。

注

（1）H・Pともに章のタイトルは「「取経」に関する断片」、原文は「「取経」零憶」。

（2）大慶は黒竜江省の石油工業都市。一九五九年九月大慶油田が発見され、六三年一二月に党中央は石油の自給を達成することができたと宣言。油田開発、石油自給の成功を受けて、六四年一二月には毛沢東が「工業は大慶に学ぶ」運動を提唱。この運動はその後、文革期を経て華国鋒政権のもとでも継承され、七七年四〜五月にかけて、工業は大慶に学ぶ全国会議が開催された。

（3）一九七四年六月、江青は「批林批孔」を重点的に指導するという名目で、天津市郊外の宝坻県小靳荘に行き、農村において「イデオロギー領域の革命」を推し進める典型を樹立した。七四年六月から七六年八月まで江青は写作組に何度も「経験を総括」させ、この二年間に『人民日報』紙上に小靳荘に関する六九編ものニュース、通信、詩歌などを連続して発表、小靳荘は「イデオロギー領域の革命を推し進める」「模範」だと褒めそやした。

（4）「中央文革」とは「中央文化革命小組」のこと。一九六六年五月から六九年四月まで文革を実質的に指導した権力機構。六六年五月二八日、文化革命五人小組に代わる指導機構として発足、組長・陳伯達、顧問・康生、副組長・江青、張春橋ほか、組員・姚文元ほか。政治局常務委員会の直属機構とされたが、六七年の二月逆流で陳毅らの政治局委員が批判されてから、党中央政治局と党中央書記局の機能は完全に停止され、以後中央文革が全権を掌握した。六九年の第九回党大会で、江青、張春橋、姚文元が政治局委員に、陳伯達、康生が政治局常務委員に昇格、中央文革は事実上解散した。

（5）「師田手」、Pでは〈田手〉。師田手（一九一一〜九五、吉林扶余人）、原名は田質成、ペンネームは田手。中共党員、三三年左連に参加、翌年北京大学中文系入学、三六年民族解放先鋒隊に参加、三八年延安に行き、文芸協会組織部秘書、党支部書記など。四九年以降は吉林省教育庁長、省文教委員会副主席、東北作家協会副主席、党組副書記。

第一三章　文革の後半[1]——一九七三年春、北京に戻って

多くの文章や映画で「文革」の一〇年間を描いているが、その大半は「文革」初期の場面、家捜しや殴打、引き回し……などで、その後の数年をわれわれがどのように耐え忍んだかについて描いたものはたいへん少ない。

私はその後半について記してみよう。

一九七三年、もう「文革」七年目《(ママ)》のこと、われわれ幹部学校の「学員」はすでに配置替えとなり、北京に続々と戻ってきていた。この時になってもまだ幹部学校にとどまり「早稲田大学」に住んでいる者は、いったいいつになったら帰れるのだろうと悔しくてたまらず、ぶつぶつ不満をこぼしていた。みな同じようなことを思っていて、「文革」初期のように、互いに闘争にかけあうような「革命的情緒」はとっくに雲散霧消していた。「軍事管制」を実施しても、もうわれわれのような士気の衰えた兵士を管理することはできなかった。雑談や休憩の時には、ひとりでに疑問がふき出した。いったい私はなぜここに来なければならなかったのか？　なぜ出版社を解散しなければならなかったのか？　編集者は農作業ができないから、それを学びに来たのか？　多くを話すことはできなかったが、二言三言かでも、必ず何言か会話を交わしていた。

一九七三年の春、私は配置替えとなって北京に戻った。出発の前には、まだ帰ることのできない「学員」が私を見送ってくれた。当然のことながら、ある人は私に苦境を嘆き、数年間一緒にここで流刑に処せられていた幹部学校の「同窓生」を忘れないで欲しいと言った。われわれは幹部学校でも日ごろ新聞をちょっと読むことはあったので、文芸

界はもはやすべて壊滅し、語るべき文芸もなくなったことを知っていた。ただ帰って家族の顔を見て、余生を送りたいと望んでいただけだった。人間関係については、幹部学校での最後の二年間は穏やかなものになっていた。

ところが私が機関に戻ってすぐ報告に行くと、そこで見たのは数年前と同じあの「戦闘的雰囲気」なのだった。それはまったく予想もしないことだった。戻ってからはじめての党委員会に、私はかたじけなくも出席が許された。目を上げて見てみると、厳文井、李季[2]（一九二二〜八〇、河南唐河人）と私だけが元からの文芸界の者で、配管工一人と、大学を新しく出た工農兵学員[3]一人が大衆の代表であった。この他は部屋中みな軍服を着た軍代表で、われわれが幹部学校に到着するやいなや、われわれ「走資派」を出迎えてくれたあの陣容とまったく同じなのだった。

その翌日、現代文学編集室の主任であった軍代表が私を訪ねてきて、軍人出身かどうかと私の経歴をたずねた。私は実際のところ軍人ではなかったが、山西省西北部にはじめて到着した時、一般大衆、幹部〔大衆運動の工作者〕と軍人をこんなにはっきりと区別はしなかった。私は山西省西北部の青連の幹部であり、軍服を身につけ、銃を背負って、三五八旅団の民運部（人民に対する宣伝組織活動を行う部門）と行軍したので、民運部の者と見なすこともできた。そこで彼の問いに答えようがなく、「ええ、そうですね」とあいまいに答えるより他なかった。相手はそれを聞くと、すぐに御高説を述べたてた。

「やはり軍人出身でなければ、それこそ正しい道だよ！」

そう言いながら、しきりに私のコップの中の湯を床板にぶちまけては、湯を追加してくれた。私の部屋中を水浸しにして、敬意を示そうとしたものであろう。けれども私は、彼はすぐに私が本物の軍人出身ではないことを知るだろう、と思った。彼にとっては、かつて林彪が言ったように「人は解放軍・幹部・大衆の三つの等級に分類される」のであった。インドのバラモン・シュードラ階級〈のように、その等級差別〉が生まれた時から変わらないのと同じなのだった——その実彼は、軍隊に参加する前はある県の購入販売協同組合の店員なのだった。

幹部学校から戻った編集者で組長になったものや、元のポストに復帰したものは一人もいないことを、私は間もなく知った。組長以上の職務を担当したのは軍代表でなければ、軍代表が他の単位の幹部学校から転任させた人であった。これらの軍代表のトップは、師団の政治委員で軍隊の出身だった。二人の部室主任は中隊長もしくは中隊政治指導員で、その他は小隊長であった。教育水準は一人が高等学校、その他は中学校レベルだった。他の単位へ行って人を転任させてくる時は、出身が労働者・農民であるかどうかの一項目しか見なかった。(4) それから幹部学校では左派であったかどうかについても見た。他の単位から転任してきた人もわれわれにこう言ったことがある。（人民）文学出版社に入るやいなや、軍代表からここは悪者の巣窟だから気をつけなさいと言われた、と。われわれの兄弟出版社は他にいくつもあり、そのいずれにも軍服を着た政治指導者はいたが、業務主任を軍代表が担当し、しかもこんなに大勢いるのは文学出版社だけだった。党委員会の中に「旧文芸界」の人間を二人入れたのは、戻ってこさせて標的にするためだったことを後になってはじめて知った。このことは後にまた述べる。

私が突き当たった最初の出来事は、党委員会で幹部学校から誰を人事異動で戻らせるかについて討論したことである。各軍代表と外来の左派は、幹部学校に行っている編集者のことをまったく知らず、「喬太守《きょうたいしゅ》　鴛鴦《えんおう》の譜《ふ》を乱《おさ》め点《さだ》めること」（『醒世恒言』第八巻、『今古奇観』第二八巻）のようなものだった。

「これにしよう」

「その経歴はまだ単純だから、それにしよう」

私はそこに座りながら、政策上から言って、もっとも理由のある二人を挙げれば承認されるかもしれないと思った。二人はどちらも老編集者で、非党員、経歴も潔白で、これまでいかなる分子にも認定されたことがなかった。政治的には、一人は民主同盟の北京市宣伝委員で、もう一人は抗戦開始直後に帰国して抗戦に参加した老華僑であった。今、中央文革は批資反修（資本主義を批判し、修正主義に反対する）だが、統一戦線を重視しているように見せかけて、何人もの外国籍華人の帰国を歓迎していたので、彼ら二人を解放して「早稲田大学」から早く戻って来させてはならないということもあるまいと考えた。政策として考慮してみても、そうするべきであろう。そこで私はそう述べた。

ところが私の提案は同席していた軍代表と左派に全員一致で反対された。彼らは言った。

「何によって考慮するのか？　考慮するなら、中央の物差し（基準）に従わなければ、中央レベルのだ。彼らは民主党派と華僑組織の中央委員だろう？」

「政治的に信用できるかどうか、保証はない」

こうして拒絶され、ようやく私は、ここではいかなる意見を出す権限もないことと、ここでの「物差し」は「中央レベル」のもののみに従うということ[5]がわかっていなかったことを知った。けれども私はまだ、ここでは発言することさえ危険だということはわかっていなかった。

仕事を始めると、意味の通じない、まったく読むこともできない多くの原稿が送られてきた。私は「これでは出版のしようがない」とひとこと言った。すると私の部屋で水をぶちまけたあの軍代表は直ちに大いに弁舌をふるって、私に教訓を垂れた。

「本を出版することがどうして重要なのか？　われわれの目的は人を育てることだ！　これらの書くことを学習している労働者・農民を人として育成するのだ、本を出版するというような小さな目標だけを見ていてはならない！」

出版社の目的は本を出すのではなく、金と労力を費やして思想も文章も取るに足りない投稿者を「育成」することなのである。われわれは投稿者とどんな特別な関係があるのか？　彼はそれ以上話さなかったので、私もそれ以上質問することができなかった。

それからすぐにまた「取経」に行かされた。私は大寨にも小靳荘にも取経に行った。最初に上海へ派遣された時に、取って帰ってきた経典は「買い物かごを提げて野菜を買ってはならない、自分で野菜を栽培しなければならない」というものであった。すなわちいつも出かけていって作家に原稿の依頼をしたり外部からの投稿を求めてはならないということであり、作家の思想、感情や創作への衝動は不要で、編集者は「上級」が下した「野菜の種」を用いて野菜をでっちあげさえすればよいのである。当時、上海には『虹南《こうなん》作戦史』[6]という本があった。小説の体裁を取った報告文学（ルポルタージュ）で、このようにして育てられたものだということで、「一本の大根は一つの穴に」と称された。われわれもこのやり方に従って、人を派遣して各所に行かせ、「穴」を指定して大根を栽培させた。

実をいえば、われわれはまったく「文芸主張」ともいえないこれらの主張について、当時はいかなる意見を発表する勇気もなかった。もし本当に議論するなら、二日や三日で言い尽くせるようなものではなかった。われわれは屈服して、言われた通りにするだけで、文芸に関するすべての基礎知識を東の大海に投げ込んでしまった。ところが思いもよらないことに、完全に口を閉ざして沈黙しているこのような状況のもとで、こともあろうに「黒線回潮」（黒い糸の巻き返し）反対が始まったのである。

「黒い糸の巻き返し」に反対するというのは、その名の示す通りわれわれのような「文芸（界）の黒い糸[7]」の旧人〈の復辟行為〉に反対することである。しかし当時は、八つの革命模範劇や「三突出[8]」に対して、公然とはいかなる不満を提出する者もおらず、さらに発表する場所もなかった。「黒い糸の巻き返し」に反対する運動について、どこから話し始めよう？

文芸の「黒い糸」「赤い糸」と少しも関係のない閑話から始める。曲芸（民間に伝わる地方色豊かな大衆演芸）役者の一団が、江青と于会泳《うかいえい》[9]（一九二六〜七七、山東乳山人）の呼び出しに応じて北京へ公演に来た。曲芸協会の老主席、陶鈍[10]（一九〇一〜九六、山東諸城人）が彼らを訪ねて行った。年老いた役者たちは昔のよしみで、ホテルの部屋で陶鈍のためにいくつか歌った。ところがこの小さな出来事は、江青に知られると大騒動となった。陶鈍がホテルで曲芸を聴いたのは「中央」の指導者よりも前に急いで出し物を審査したのだ、すなわち指導権を簒奪したということであり、旧文芸の黒い糸の巻き返しであり、全文芸界において黒い糸の巻き返しに反対する運動を展開しなければならないという！

そこでいたるところで反対運動が始まり、われわれの出版社も免れることはできなかった。わが社には曲芸担当の編集者、賈徳臣[11]（一九三八〜、山東済南人）がいた。彼は以前原稿を陶鈍に送って見てもらったことがあったため、この時、人事処長は上の意向に従って、賈徳臣は「指導権を簒奪」する陰謀を企てたと攻撃し、機関に監禁して帰宅を許さなかった。われわれ数人の文芸界の旧人はおのずと標的になった。李季と厳文井の罪状は文芸とまるで無関係だったので、私はあまりはっきりと記憶していない。李季については、汽車から降りて社に到着の報告をする前に、外部の人に身分を説明するのに「私は作家です」と無造作にひとこと言ったためだった、ということしか憶えていない。おそらく軍代表は文芸がまるでわかっていないというようなことを言い、これが軍代表を圧倒しようと企てた重大な犯罪行為となったのであろう。厳文井の罪もまた似たようなものであった。

私自身の犯罪行為については、はっきりと記憶している。

第一の罪状は「砂（軍代表）に圧力をかける」陰謀、つまり黒い糸の統治を回復させるために軍代表を追い出そうとした、というものである。事実はこうである。何《か》という姓の、あの高卒レベルの軍代表がいささか己を知っていて、この工作はあまり自分に適していないと思い、また家族も北京に来ることができないので、自分から部隊に戻ることを申し出た。そのとき小組は歓送会を開いた。私はその会で、この職場を去られるのは残念なことですが、歓送します、と発言した。その後他の軍代表各位が、やめさせるなと言いだし、彼がやめることはなかった。この時、事実とはならなかった先の言葉のおかげで、突然軍代表らから一斉に攻撃され、会を開いて批判闘争にかけられた。韋君宜はなぜ何某を引き止めようと尽力しなかったのだ？　これは砂を追い出そうとしている、砂を敵視している、と言われた。前回はなぜあの二人の非党員幹部〔一人は華僑、一人は民主同盟〕を異動させようとしたのか？　つまり彼ら二人こそがおまえの最愛の者だからだ。

「おまえと彼ら二人はどんな関係なのか？」

と、大声で詰問された〔私と彼ら二人が雑談することもまれなことは、古くからの編集者なら誰でも知っている〕。

その後、われわれの人事処長〔新たに他の単位から配置替えになってきた転業軍人〕がまた私の旧悪を暴露して、ある時、私が人事処に行って人事檔案（身上記録）の閲覧を求めたと言った。さらに、

「人事処のことに口出しするどんな権利があるのか？　これは明らかに陰謀だ、檔案の中から革命左派の粗探しをしようとしているのだ、砂に圧力をかけるために！」

と言うと、同席していた軍服を着た幹部は一斉にどよめき、声をそろえて言った。

「まさにわれわれを締め出そうとするものだ！　典型的な黒い糸の巻き返しだ！」

私の巻き返しの証拠をつかまれたのであった。哀れなことに、私は自分が「党委員会委員」といっても、部下である幹部の檔案を見る術[12]さえまるでないとは、知るよしもなかった〔私が幹部学校で指導員をしていた時には、中隊の全学員の檔案を通読していた！〕この文芸とは少しも関係のないことがらが、「文芸の黒い糸の巻き返し」とされた。これが第二の罪状である。

私の第三の「文芸の黒い糸の巻き返し」というのは、次の通りである。あの私の部屋中に水をぶちまけた軍代表が、私が軍人ではないと気づく前に、

「ここで私が指導者を務めるのは本当に困難なことです。部隊での工作の方がよいのです」

と、謙虚に言ったことがあった。私はこの言葉を他の人に話した。これがどうしてまた「文芸の黒い糸の巻き返し」となるのか、いっそう訳がわからなかった。

後にトップの軍代表が、すべての軍代表を中隊クラス[13]以上に抜擢することを決定した。そうすれば農村の家族を一律に北京へ配置替えすることができるという。おそらくこれが紅い糸を招き入れ、「黒い糸の巻き返し」に反対する行動なのであろう！　私は何を文芸の黒い糸、紅い糸というのか、ここで初めていくらかわかった気がした。

こうした泣くに泣けず笑うに笑えないことがらは、いくら書いても書ききれないほどあった。軍代表がわれわれに「外へ出て工農兵から学習」させたことを憶えている。そこで、それぞれ部隊や農村、工場へ行った。「工農兵が国家の主人公」なのだから、工農兵が主となって原稿を書き、われわれは後について手伝わなければならないということであった。実際には工農兵が最初に一度書き、普通は、編集者がそれを書き直して、何言か残すことができればそれ

でよいとされた。

私は工場のある組を手伝って魯迅研究を書いた。いちばん傑作だったのは、次のことである。工場の党委書記が非常に厳粛にまず出てきて、工場の人員の状況について説明した。

「この工作を重視して、われわれは工場の党委委員がみずから執筆工作に参加することを決定した。彼女〔党委委員〕が責任者となって指導する」

つづいてドアが開き、党委委員とその他のメンバーが厳かに入ってきた。その先頭に立って来たのがなんと小琴だったとは、まったく思いもよらないことだった。われわれの幹部学校の老「学員」の娘で、父親について下放して働いていた幹部学校の子弟だったのである〔多くの家庭の子供たちは軍宣隊によって幹部学校へ追い払われた〕。去年彼女は一七歳になり、北京に戻って仕事を探していたが、今はなんと工場の党委委員となっていたのである。われわれは〔彼女の父親も含めて〕彼女から学習しなければならないのである。彼女は恥ずかしそうにしていて、おばさん、おじさんと言い出しそうになるのをこらえていた。「工農兵」として威張って学習させるのもきまりが悪く、一言も話さなかった。厳文井が機転をきかせ、急いで、

「われわれは幹部学校の同窓生だ」

と声をかけた。私はそこに座って、こんなところで「教育を受ける」自分がとても哀れでおかしいと思っただけでなく、われわれを「教育」するよう強制される小琴も非常に苦しかろうと感じた。まるで誰かが監督をし、われわれ老人と若者が一緒に出演している滑稽劇であった。

滑稽劇が増えていくと、人々は笑わずにはいられなくなり、厳粛に取り組むこともできなくなる。数年後、これらのこまごまとした出来事を書き綴ってみたが、バラバラになって、まとまらなかった。

「文革」初期において、われわれのような走資派はもとより濡れ衣だと感じていた。少数のゴロツキやずる賢い奴ならこの機会に旨い汁を吸おうとしたであろうが、一般のまじめな大衆はやはり偉大な指導者の呼びかけを信じ、こ

の革命は汚濁を掃討し中国を新天地に変えるものだと思っていた。けれども一年また一年と経過するにつれて、結果はこのような有様で、以前本心から革命した造反派は、とうとう今の「造反」して勢力を得た造反派のことを笑い話にして話すようになった。たとえば上海の幹部がもっとも勢いよかった時に、みなは事務室でどの上海の女性同志が部長になりそうか選んでみようと冗談を言った。陰で軍代表に「少爺兵」（若旦那兵）・「白臉兵」[14]（色白兵）・「張沙子」・「李沙子」などとあだ名をつけた。特にわれわれの単位は「沙子」（砂、軍代表）が多く、他の出版社よりも多かった。

ある人はこんなことを言っていた。彼らはわれわれの頭上にまたがって大便をする高級動物となり、われわれは便所なのだ、と。たとえば、私は銃を担いで戦争をした本当の軍人ではなかったが、つまるところ私もまた徽章と腕章をつけた八路軍だった。わが社には他にも十人近い本当の転業軍人がおり、誰がかつて自分の所属していた軍隊を懐かしく思わないであろう？　けれどもわれわれはあっという間に便所に敷かれる土になってしまった。そのことによって、われわれの感情は軍隊から遠のいたが、われわれのせいではなかった。

わが社には全社でもまじめさでは一、二を争う編集者、老王がいた。文革が始まると、彼は何も言わずに全力で擁護した。最初は幼稚なやり方でもすべては革命的な動機から出たものであり、理解できる、中国はこれから生まれ変わらなければならない、と考えたのである。「文革」中期になると、私はもう彼とは長い間話したことがなかったのだが、そのころ解放され、帰省休暇中に彼の家を一度訪ねたことがあった。彼は私と数言話した後で、突然注意深く慎重にこう言った。

「私は、この文化大革命ではおそらく問題を解決できないだろうと思います」

私は口では答えなかったが、心の中ではがまんできずに大笑いした。「文化大革命」はもはや普通の一般庶民にさえ看破されてしまう茶番劇となりはてていた！　本の虫さん、まだどんな問題が解決されるのを待っているの！　私は彼とは何も話したくなくなっていた。その後周総理が亡くなり、天安門の「四五」運動が全国を驚かせた。天安門の詩はいたるところで書き写され、詩を書き写すことが罪になったが、最後に突然活版印刷の『天安門詩抄』がひそかに流布された。当時、逮捕銃殺の危険を冒して、ひそかに本書を編集印刷した文芸界の友人は誰であったのか？その時、私は本当に想像もつかなかったのであるが、最初は「文革」のすべての最高指示を熱烈に信仰した、このまじめな老王だったのである！

もう一人まじめな人がいた。この人はかねてから指導者が言うことを何でも信じ、悪人だと言われた人のことは、誰でも悪人だと思った。指導者はみな彼女を使いたがった。幹部学校で私は「解放」され指導員となってから、彼女を文書係に配置替えし、ひとやまの「重大事件」の資料を渡して整理するよう頼んだ。いわゆる「重大事件」とは、基本的にはすべてデタラメで、捏造誣告の類であった。われわれははっきりと調べて、檔案をもう一度整理しなおそうとした。彼女は任務を受けると、毎日没頭して机に向かい、何も話をしなかった。数日後、私が退勤する時、彼女は突然厳かに私に向かってこう言った。

「今になって、私ははじめて人が決していつも本当の話をするわけではないことを知りました。人間は本当のことも言うし、嘘も言う」

人々の「文革」に対する態度は初期と末期では異なっていた。この点については、今では皆が認めている。初期に、後ろにつき従って闘争した人は多かったが、末期には少なかった。末期になっても後ろにつき従って闘争しつづけていた人々の目的は、いったいどこにあったか？　依然として本心から走資派を打倒しようとしていたのであろうか？とりわけわれわれの文芸界においては！

「文革」初期に打倒された文化人、役者の罪状は、帝王・将軍・宰相・才子佳人や外国の死人を扱いたいと主張したことである。追い払われた医者の罪状は、都会の旦那様の治療をすると主張したことである。殴られた校長や教師の罪状は、学生を敵と見なして、試験をすると主張したことである……。資本主義の道を歩むことを主張する者は、[15]打倒しなければならない。それはすべて当時「造反」に立ち上がった大衆が心から信じていた真理である。われわれのような文化人、医者、校長、教師は、確かに長年なすべきことをしてきた[16]だけで、自分にどんな過ちがあるのかもわからず、自分のしてきたことを疑ってみることさえなかった。上級の中央文革と大衆から突然、われわれが長年してきたことはすべて間違いであり、走資派だ、一律に免職、追放にすると言われれば、それはこれまでの方法ではやって行けなくなったということである。われわれは上級の、中央文革の言うことを聞き、中央文革の指示に従い、やれといわれることなら何でもやろう！　自分の主張を全て取り消そう！　過ちを認めよう！　したがって「文革」後期には、公然とした両派の主張の争いは本当にもう何もなくなっていた。けれども依然として絶えず「黒い糸の巻き返し」と攻撃され、「走資派がまだいる」と言われた。

どのような主張が打倒されたのかについては先に述べたが、私はそんな主張は何もなかったと思う。もしもあると言うのなら、第一にわれわれの内心の不満を見抜き、不満のすべてを消滅させなければ気が済まなかったからであろう。第二には他でもなくみずからが権力を掌握したかったからで、実際には主張などなかった。それだけのことであった。

したがって後期の「造反」派の本当の動機について、私は疑いを抱かざるを得ない。

とはいえ、彼らにまったくいかなる主張もなかったと言うのも、また完全に正確なわけではない。「四人組」が逮捕される少し前、私は偶然ある原稿に出くわした。不適切な文章があったため、編集者が私にたずねに持ってきたものらしい。原稿は組長〔軍代表〕と主任〔最終的な審査決定権を持つ軍代表〕がすでに目を通しており、活字も組まれ、出版を待つばかりになっていた。私はこの原稿の清刷りを机の上に置いてたまたま何ページかめくって、内容があまりにもひどすぎることに気づいた。書かれているのは、ある小学校が夏休みになって、子供たちがどのように断固として教師を排斥したのか、どのように階級闘争をおこない、一人の悪徳地主を捕らえたのか、というものだった。子供たちはまったく子供らしくなく、言うことすべては階級闘争、口を開けば説教で、まったく嫌になってしまった。

そこで私は、

「私はこの本を出版することにはあまり賛成しません」

と言った。

しばらくすると軍代表の組長がやって来て、こう説明した。

「私が本書を出版したいのは、それによって児童を教育することができるからです。休暇中も階級闘争を忘れてはならないのです」

私は彼を見ながらしばらく我慢し、反駁しなかった。このような人の頭は少し話したぐらいで通じるものではなかったからである。私は話をしようとしなかった。

またしばらくすると軍代表の主任〔すなわちあの正しい道の出身者〕が入ってきて、目を大きく見開いて私にこう言った。

「私に最終審査権があるのです。あなたは私が最終審査をすませた原稿を覆すことはできません！」

私はまた何も話さず、珍しいことだと思っただけだった。われわれがこれまで原稿の最終審査をおこなった時には、手落ちがあってはならないと思い、いつも誰かに相談していた。このように話をするたびに「最終審査権」のことを言うような者はいなかった。

私は無言の抗議によって彼らを追い払い、それから校正科へ行って本書の原稿を詳細に読んで、いったいどのような優れた内容が書かれているのか見てみた。

ちょっと見ただけで、私は飛び上がるほど驚いた。この本の中には「四人組」時代にもっとも流行していた「革命的「言語」[17]」が数多く使われていた。それが製版時に、削除されていたのである。もとはこんなことが書かれていた。

「われわれは一発で心臓を撃ち抜いて、鄧小平[18]（一九〇四〜九七、四川広安人）の息の根を止めなければならない」

これは何なのか？　どうして出版できるだろう？　そこで私は断固として反対したが、相手の二人の軍代表は依然として、あくまでも出版しようとした。この議論の最中に「四人組」が失脚し、私も大胆になっていた。私は一枚の壁新聞を貼り出し、このやりとりを書いて人々に見せると、出版社中が大騒ぎになった。しかし相手はまったく譲らなかった。彼らはこう言った。

「壁新聞に書かれていることは製版にまわす前にすでに削除されたものであり、したがって製版にまわされた原稿に問題はない」

この時、「四五」運動はもう過ぎ去り、鄧小平同志の「三落三起」（三回失脚して三回復活すること）は大衆が関心を寄せる大事となっていた。とはいえ、「鄧小平を批判し、右からの巻き返しに反撃しよう」はまだ取り除かれることなく新聞紙上に掲載されていたので[19]、この二人の軍代表は相変わらず私と口論し続け、負けを認めず、次々に誤字だらけの壁新聞を廊下に貼り出した。私はとことんまで腹が立った。人心の向かうところ、大勢のおもむくところが、あなた方には見えないのか、あなた方はなんという人なのか？　どのような「文芸主張」を代表しているのか？　私は立腹して言った。

「削除したとしても、この人が書いたものです。あなた方は『人を育成』するのではなかったのですか？　こんな人を育成し、わざわざ本まで出版してやろうとして、何を育成したのですか？」

隣の別の出版社の同志まで驚いて、階段を上って壁新聞を見に来た。このわれわれの文芸新聞はいたるところに広まった。

二人の軍代表はここまできてようやく口を閉じた。この事件は過去を暴くものである。もちろん今となっては[20]、彼らはまったく否認して、そんな事は存在しなかったと言うであろう。凄まじい剣幕でまた自分は左派だと宣言するはずだ（けれども確かな証拠である清刷りと原稿は檔案の中に今もまだある！）。

最後に、苦心惨憺してようやくこの一団の「砂」と「左派」を次々に送り出した。歓送する時にはとても良い評価を記入し、以上の事は書かなかった。もしも劣っていると評定すれば、よその部隊が彼らを必要とするはずがないからである。これは私の「文革」終結時の、自らを欺き、人をも欺く、最後の行為だった。私は「文革」の一〇年間に道化役を演じ、やっとのことで化粧を落として舞台を降りたのである。

これらの軍代表の今の状況について、私は何も知らない。おそらく部隊に戻ってから、文芸の指導工作を担当することはなかったということしか知らない（担当したのなら、耳にしたはずだ）。ある時、私は部隊で文芸工作をおこなっている友人に、こうした昔の不平を述べたことがある。

「もしもあなた方の『解放軍文芸』[21]で編集部主任にしたいような人なら、われわれのところに寄越してくれてもよかった。でも、どうしてあなた方は（彼らのことが）必要じゃなかったの？」

彼は笑って慰めた。

「われわれの運命があなた方よりいくらもよかったとは思えません。これらの人は中学生レベルではありませんか？　何もわかっていないだけで、文芸路線とは関係ありません、彼らに腹を立てないで」

しかし、何もわかっていない中学生レベルの者たちが、たしかに何年もの間文芸界の運命をあごで指図して決定したのである。これを文芸史料というのはデタラメであることをまぬがれないだろう。だが、それが文芸史料でないというなら、また歴史を隠蔽してしまうことになる。後の時代の青年たちはあの一〇年間の文芸がただの白紙〈のようなもの〉であったことしか知らなくなってしまう。文芸がなかったというのは、（一〇年間を）飛び越えてしまうようなものだ。これは決して事実ではない。**事実にその真の姿を取り戻させる**[22]ため、私はこのことについて書き記したのである。

注

（1）Ｈ・Ｐともに章のタイトルは「あの数年の経験――私が見た『文革』の後半」、原文は「那幾年的経歴――我看見的『文革』後半截」。

（2）厳文井については、本書前編『思痛録』第三章注34参照。李季（一九二二～八〇、河南唐河人）、延安時代に現れた代表的詩人、三八年中共入党。『人民文学』・『詩刊』主編など。

(3)「工農兵学員」とは、工農兵（労働者・農民・兵士）出身の大学生。文革中の一九七二年に大学入試制度が変わり、二年以上実践経験を持つ工農兵から選抜して入学させたが、七六年で廃止、七七年からは国家による統一試験が再開された。

(4)「一項目しか見なかった」、Pでは〈一項目を主に見た〉。

(5)「に従うという」、Pでは〈を指す〉。

(6)上海県〈虹南作戦史〉写作組『虹南作戦史』（上海人民出版社、一九七二年二月）。

(7)「文芸界の黒い糸」は、文革期に、建国以来一七年間文芸界を支配したとされた「反革命文芸路線」。文革期の文芸創作の指針とされた「部隊文芸工作座談会紀要」（一九六六年二月）は、建国以来の一七年間、文芸界は「毛沢東思想と対立する反党・反社会主義の黒い糸が独裁してきた」と、文革以前の文化的成果を全面的に否定した。

(8)「革命模範劇」については、本書前編『思痛録』第九章注34参照。「三突出」は、文革期に江青らが提起した文芸創作中の人物形象。文芸の模範的形式として、まず登場人物の中で正面人物（肯定的人物、複数）を突出させ、次に正面人物の中で主要な英雄的人物を突出させ、さらに主要な英雄的人物の中では中心的人物を突出させなければならないという原則。プロレタリア文芸創作の根本原則であるとされた。

(9)于会泳（一九二六～七七、山東乳山人）、作曲家、文革中の文化部長、四九年中共入党。映画『海霞』『創業』批判など多くの作品と文化界人士を迫害、七六年四人組とともに失脚、服毒自殺。

(10)陶鈍（一九〇一～九六、山東諸城人）、曲芸研究家、作家、二三年北京大学入学、三一年中共入党。五八年中国曲芸工作者協会副主席、七九年中国文連副主席、中国曲芸家協会主席など。

(11)賈徳臣（一九三八～、山東済南人）、中共党員。六四年山東大学中文系卒業、中華曲芸学会常務副会長、人民文学出版社学術著作編集室・戯劇編集室、中国曲芸出版社で編集工作、中国芸術研究院曲芸研究所副所長など。

(12)「術」、Pでは〈権限〉。

(13)中隊クラス（原文は「連級」）とは、「中尉」くらいの軍人の階級に相当する。

(14)「少爺兵」とは、高級官僚や裕福な家出身の兵士。「白臉兵」とは、知識人、学歴の高い人をいう。「白臉」とは「色白の顔」の意。

(15)「資本主義の道を歩むことを主張する者は」、Pでは〈これらの人々が資本主義の道を歩むことを主張するから〉。

(16)「なすべきことをしてきた」、Pでは〈各々その職務をつかさどってきた〉。

(17)「『革命』的『言語』」の原文、Hは「革命」「言語」、Pでは〈「革命言語」〉。

(18)鄧小平（一九〇四～九七、四川広安人）、中国の政治家、

一九二四年中共入党、長征・抗日戦争に参加。毛沢東時代に続く鄧小平時代といえる一時代をリードし、「改革開放の総設計師」と呼ばれた。

(19)「右からの巻き返し」とは、鄧小平らの近代化政策方針に対する文革派の批判の言葉。文革派は毛沢東の承認のもとに一九七五年一一月から鄧小平を批判し、「右からの巻き返し」に反撃する運動を開始。鄧小平は、文革中の七三年四月二度目の復活を果たしていたが、周恩来の死去にともない、七六年四月三度目の失脚をした。この批判運動は七六年八月にピークを迎えたが、毛沢東死後の一〇月に四人組が失脚したことにより終了した。鄧小平が三度目の復活を果たしたのは七七年七月。

(20)「この事件は過去を暴くものである。もちろん今となっては」、Pでは〈もちろんこの事件はとうに過ぎ去ったものである。しかし、もし今この事をもう一度持ち出せば〉。

(21)『解放軍文芸』は、文学雑誌、一九五一年六月北京で創刊、月刊。五七年一月より解放軍文芸社編集、出版。六八年一〇月停刊、七二年五月復刊。

(22)「事実にその真の姿を取り戻させる」、Pでは〈その真の姿を取り戻す〉。

第一四章　編集者の懺悔[1]——一九七三～七六年

ルソーの『告白』（原文は『懺悔録』）には、彼の生涯における人に顔向けできないような事柄、己の人格を貶めるような事柄が記録されている。思うに、われわれ中国の知識分子が、この数年どんな運動をやってきたか、どんな文章を書いたかを、心ゆくまで書こうとしたなら、己を省みて本当に夜も眠れなくなってしまうことだろう。

「四人組」が権力を握っていたあの一〇年間、自分が何一つよいことをしなかったとは思わない。たとえば農作業などである。皆の後について叫び、「最高指示[2]」に従って人を罵ったことも、どうやらよいこととはいえないが、まったくの悪いことでもないかのようだ。だが必ずしもそうとは限らない。私は自分が「解放」された日の全体大会で、革命大衆の一人が慣例に従って発言し、私を「狗《いぬ》の胆は天をも包む」（大胆不敵な奴め）と罵ったことを憶えている。この言葉は私の心に刻み込まれて忘れることができない（その実、この種の悪口を私自身が言わなかったとは言い切れないのだ）。

よいこともやった。私は「解放」されてからも幹部学校から北京へ戻してもらえなかった。その時しばらく中隊の指導員として重大事件を扱った。任務は、前に軍宣隊と造反派が下した判決を再審査することだった。この時、地方の軍宣隊はもう人が入れかわっていて、以前の事件について、はっきりわからなくなっているうえ、事細かにそれらのデタラメな書類を審査する精力も持っていなかった。そこで私はその隙に自分からこれらのいわゆる「重大事件」を担当し、いくつかのデタラメ極まる「結論」を取り消した。たとえば、呉晗と一面識もない人に、呉晗と結託していたという罪を着せたり、八年も前に公安部が調べて問題なかった人をまた「特務」としたり、共産党自体の機構の名称を国民党のものだとしたうえで、人に罪を着せたり……こうした、少しでも政治的常識のある人なら見分けられる事件をいくつか処理しただけで、私は嬉しくてたまらず、夜ぐっすりと眠れるようになった。長年私に冷ややかだった部下たちが、私と会っても笑みを浮かべるようになった。休暇で家族に会いに北京へ帰っても、何日もたたないうちに慌てて幹部学校に戻って、まだ残っているそれらの事件に取り組もうとした。楊述が私のことを、

「忙しいものか、この、数のうちにも入らない幹部学校の小役人が！」

とからかうと、私は口をへの字に曲げてこう言った。

「役人とはいえない小役人よ。でもこの数年仕事をしてきて、今みたいに楽しいことはこれまでなかったわ！」

そういうわけで、他の人の文章では自分が幹部学校で受けた苦しみについてしか書かれていないが、私は苦しい思いをしただけでなく、少しは慰められてもいたのである。

一九七三年、私は幹部学校を離れ、もとの単位に戻った。本当に「解放」されたということになるが、実は本当の檻の中に戻って、自分が懺悔しなければならないことをしてしまうことになった。

私はもはや「指導者」ではなく、上に軍宣隊がいたが、それでも出版社の指導小組の一員として、業務つまり原稿の依頼と出版を担当した。しかしこの時、原稿を書いて本を出す作家がどこにいただろう？　ある者は秦城監獄（北京の監獄）に入り、ある者は幹部学校に行っていた。本を出すなら「工農兵」に頼らなければならない。いいかえれば、本を書いたことのない人に書いてもらうのである。幹部学校から帰ったばかりの私に、先に戻って「結合」されていた革命派[3]が、今後はすべてを党に依拠しなければならない、と言った。すなわち、まず党委員会に主題と題材を選んでもらい、次に作者を選んでもらう、それから編集者が作者たちと内容を研究する、作者が書き上げると、**われわれ**がまた彼らと検討、修正をかさね、**ふたたび**[4]党委が最終決定を下す。「三突出」などなどの原則については、言うまでもないことである。

私は、自分は自分の原則に従って、今後は絶対に一字の「作品」も発表しない、と心に決めた。[5] しかし他の人の作品については関与せざるを得ず、逃げようがなかった。そこで私はこれらの作者と一人一人接触し始めた。

これらの作者は、大部分がこれまでいかなる作品も書いたことのない人たちだった。〈往々にして組織者が〉党委員会の指令を受け、何々の題材は重要だということで、これらの人を集めてきたのであった。彼らの中には少しは文才のある者もいれば、なんとか繋ぎ合わせて、任務を完成させた者もいる、流行をまねて何言か書いた者もいた。また、自分の生活を書こうと思っても、その生活を理解していない者、あるいは自分の認識と上層部の意図がまったく違っている者……などもいた。そして私のこの時の任務とは、彼らの手を取って、指導者が必要とする本をでっち上げることだった。

私がまず第一に書き込まなければならないもの[6]は「階級闘争[7]を要《かなめ》とする」だったことを憶えている。これには作者も私も頭を使いぬいた。当時何十万部も売れた『千重浪[8]』という本があった。もともとの話は「走資派」が機械化を許可しなかったところ、農民積極分子がトラクターの部品を手に入れ、自分で一台〈トラクターを〉製作する、というものだった。生活感が乏しく、現実味もあまりなかったが、いずれにしても話の筋は通るといえた。ところが、これではだめだ、階級闘争が必要だ、つまり対立する意見の両方を二つの階級にあてはめなければならない、そのうえ敵対する階級には具体的に破壊工作をさせなければならないとされ、さらに難しいことになった。

作者は長年穴蔵に隠れていた人物を思いついた。これは新聞記事から写した。だがまだだめだ、どうやってトラクターを破壊するのか、作者は見たことがなかった。編集者である私の主要な任務は、作者を助けて「作品」を完成させることである。そこで私は作者を連れてトラクターのある農場へ行き、トラクター隊長にトラクターを破壊するこつを説明してもらった。こうして私は作者が「生活」に深く入り込むのを助けた。

私はこんなことをしていた。これは芸術ではまったくないと、これまで考えたことはあっただろうか？　もちろん、たまにちょっと考えるだけだったが。当時考えていた最も重要なことは芸術か否かなどということではまるでなく、任務のことであった。この時代に、私に与えられた任務はこのような本を物語らしくして出すことだった。私は靴修理の職人だった。『東風浩蕩』[9]という本があったのを憶えている。「ブルジョア思想」の技師とプロレタリア思想の労働者の闘争を描いたものだったが、最初から二人の空論がまるまる一章続いていた。こんなに多くの空論を読者が読んでくれるだろうか？　私は作者に少し削除するよう勧めた。これが私の「芸術的加工」であった。

浩然（一九三二～二〇〇八、河北唐山生れ）の『金光大道』[10]は、当時の手本だった。浩然はまだわりに物語らしく書くことができたから。その中にはもちろん階級闘争がなくてはならず、筋も必要なので、彼は、変装して逃亡し炊事係をしている地主の「范克明」を作り、これに階級的破壊工作をやらせた。この方法が世に出るや、その摸倣が続出した。男の地主が女に変装したり、たばこの火で自分の顔を焼いてあばた面に化けたり、と。いわゆる「十八本の青松」[11]はこうしてできあがった。

何人かの作者は、階級闘争（における批判対象の社会的地位）は、高めれば高めるほどよい、農村地主のことを書くだけではいけないと聞いて、局長まで高め、革命の隊列に潜り込んできた悪人だった、さらには「ソ連修正主義」と国民党が直接送り込んできた特務だった、にまで高めた。どうしてもこういうものを書かなければならず、しかも作者はそれについてまったく何の知識もないのだから〔生活のことを言っているのではない〕、編集者に援助を求めてくる。私もどうしようもなかったが、ちょうど文化宮では公安局主催の特務犯罪展覧会が開かれていたので、私の考えで二人の作者を連れて参観に行った。幸い彼らは頭がよく、二回ほど見ただけで話を思いつき、後でなんと小説もできあがった。

このような小説は、当時はいくらでもあった。〈たとえば〉『伐木人』『鉄旋風』『無形戦線』『朝暉《ちょうき》』『晨光曲』『鑽天《さんてん》峰《ほう》』[12]……など、一年にとても多く出たが、芸術であるとはまったくいえないものだった。けれども、これらの作者は故意に上級におもねり芸術を破壊したのだろうか？　そうではなかった。何人かの作者は実生活の体験が豊富で、たとえば森や農村、学校の生活が大変リアルで感動的に描かれている部分もあった。しかし作品[13]全体としてはまったくでっちあげでしかなかった。作者は時勢に流されて捏造せざるを得なかった。今私がこの真相を言わなければ、永遠に彼らに対して申し訳が立たなくなってしまう。

当時の大作家、浩然の『金光大道』の骨組みも、実際は編集者が手伝って組み立てたことを憶えている。まず穀物の政府への売り渡し、次に合作化……前のことについては知らないが、第二巻が書かれた時に、私は命令を受けて幹部学校から出版社に戻り、編集責任者を引き継いでいた。この本を担当した編集組長は、別の単位から転任してきた、文芸の編集者をしたことのない造反派で、原稿を読むやいなやこう言った。

「本の中に描かれている時期は、まさに抗米援朝[14]だ！　抗米援朝を書かなければだめだ！」

この物語は、抗米援朝とは何の関わりもなかったが、作者は原稿を持ち帰り、抗米援朝を書き加えた。その編集組長はさらに原稿の四、五枚ごとに「抗米援朝」を書き足せと言い、また小見出しの「堵擋《はばむ》」をすこぶる戦闘的な「阻撃」（阻止）と変えたり、「家を譲る」を「家を譲って陰謀を見破る」と変えたりした。浩然は苦笑しながら私にこう言ったのを憶えている。

「こんなふうに変えるのには反対です。ただ自分のささやかな芸術創作を守りたいと思うだけなのですが……組長はまるで呪文のように、口を開けば抗米援朝ととなえて……」

他には中学校教師の胡尹強《こいんきょう》[15]（一九三七〜、浙江寧海人）が、中学校生活を書いていた。主題は当時の教育思想にのっとり、知識の詰め込みに反対して、実践を重んじなければならないというものだった。内容はまずまずリアルで、いきいきと生活が描かれていた。この本もまた私が途中から引き継いだ。本の中の老校長は、教育を熱愛し、一心に生徒を教育する人物として描かれていた。ところが私が引き継いだ時には、すでに走資派に改められていた。作者は、校長が生徒たちに卒業試験を受けさせるため、自分は朝食もとらずに包子《パオズ》を二つ持ってダム建設現場まで生徒を呼び戻しに駆けつけたことを書いているが、この校長を走資派だと言ってしまうのは忍びなかった。だが、どうしようがあるだろう？　校長の性格は決まってしまったのである。作者は最後にしかたなく、こう書きかえた。洪水が発生し、全県の生命財産が危機に瀕した時、この校長は生徒の成績を優先して、洪水と戦っている生徒たちをダムから無理に連れ戻した、と。私は言った。

「いけません、もしも全県でこんな大洪水が起きれば、県委員会も各単位に、まず業務を停止し、皆に応急措置を命じるはずです。この書きかえでは筋が通りません」

けれども方法がなかった、どうしてもこの校長を走資派にしなければならないのだから。私もしかたなく最後に同意した――一つの芸術形象をたたき切ることに同意したのである。

また、私が延安に派遣され、下放され農村に住み着いた青年たちを組織して、「第一号英雄人物《ヒーロー・ヒロイン》」を称えるために書かせた小説もあった。なかなか文章の上手い少女も二人見つかった。「第一号英雄人物」には彼女たち下放青年のうちの一人、活発で有能な少女を選んだ。第一稿は正直にいって、なかなかよかった。これらの青年たちがなんとかしてあの極貧の陝北（陝西省北部）の農村を改善しようと、品種改良の実験をやり、不衛生な習慣と戦い、みずから危険を冒して医学を学んで、農民の子供を救い……、と書かれていた。おそらくみな作者自身の体験したことなのだろう。これを台無しにしたのは、あの「階級闘争を要とする」で、地主を探し出して闘争対象としなければならないのである。しかし、陝北はすでに五十年ほども前から土地改革(16)をやってきており、それも本物の武装闘争であり、平和的な土地改革ではなかった。当時だれでも知っていたスローガンは「地主を肉体的に消滅させろ」である。今になってどうして地主を見つけ出せるだろう？　殺し尽くしていなかったとしても、死んでしまっている。陝北で土地改革前の地主が生き残っていたなどと言えば、当地の農民も珍しい話だと不思議がるだろう。私は、新たに発生したブルジョア分子を闘争対象とし、汚職反対を書けばよいと主張した〔作者も汚職事件を書くつもりだった〕。しかし、陝北文化局が派遣してきた指導者は、それでは階級闘争に先鋭さが欠けると、あくまで地主に固執する。そこで、この地主は他所の土地からこっそり移住してきたことにした。最後には決死の闘争がなければならず、地主が水門を開いて水を流し、女英雄は命がけで水門を塞ぐ。作者が「こんな水門を見たことがない」と言うので、くだんの指導者は作者を連れて参観に行って解説し、ついにこの通りに書かせた。若い作者は私にこっそりこう言った。「私の女主人公〔すなわち現実では彼女の学友〕に、あんな老地主と水中で取っ組み合いをやらせるなんて、本当に嫌です。どんな格好になることか？　どう書けば……」

私には彼女の気持ちがよくわかった。これでは彼女に創作させているのではなく、彼女を侮辱している。はっきり言って、作者を侮辱しているのである。しかしその日に開かれた「集団創作」の会議でこの案が通ってしまい、私も屈服した。ああ！　私はなんということをしてしまったのか！

このたぐいの事に、私はどれほど出会ったことか。初めのうちは地主との闘争、後には地位の高い幹部、古参の幹部、知識分子幹部との闘争へとエスカレートした。樵夫《きこり》を描いた小説を憶えている。最初、局長の造林指導の考え方に誤りがある〔どんどん伐採することを主張するだけで、植林を重視しない〕と言っていたのは、まだ話の筋が通っている。ところがそれから彼の思想の根源をたどってゆくと、実は、思想的に正しい書記は労働者出身で、間違っていたこの局長は知識分子出身だった。さらにさかのぼって、むかし局長が革命に参加したのも本当ではなく、学生運動に参加したというのも嘘だった。そればかりか、局長はこっそり人を裏切ったこともある、老幹部はすべて偽物だ、などと言う。……こんなことを言って、いったい何になるのか？

どれもこれもこんな内容だった。めったにいない蒙古族の技術者〔工程師〕がかたくなな保守派、労働者出身の技師〔技術員〕だけが創造的だ。今は北京の大学教授で学術権威とされている人物が、実は大特務で、鉱山の破壊を指揮していた……。小説の中でもはやすべての知識分子がみな悪者だと書かれるまでになって、当初、私はこう思った。これは今の大字報に従って、われわれの顔中を黒く塗りたくっているだけなのだ、と。私自身も壇上で道連れにされ、吊るし上げられているようなもの、本の中の人物が罵倒されているのを見ても、どうすることもできなかった。私に彼らの冤罪を一つ一つ晴らすどんな手だてがあっただろう？

後にはそんな原稿をさんざん見たので次第に慣れていった。他人に無実の罪をきせる役人の書いた訴状を読むようなもので、いずれにせよデタラメだということが分かっていた。ただ一つ辛かったことは、私自身がこの種の訴状の作成に加わって手助けしなければならないことだった。その中のいくらかの文章に書かれている罪状は、以前私がたしかに会ったことのある人々の犯罪に似ていた。いずれも極悪犯罪として公表されていたが、実際にはそんなことはなかったのである。

私より三学年上だった同学、熊大縝《ゆうだいしん》（一九一三～三九、江西南昌人）のことを憶えている。彼は平素あまり活動的ではなく、よく勉強していたのだが、抗戦が始まると、この本の虫は外国留学の機会を捨て、大学の助教にもならず、冀中（河北省）へ行って革命に参加した。彼は工科出身だったので、部隊では科学研究工作の責任者となり、爆薬や手榴弾を製造したり、北平へ薬品や通信機の買い付けに行ったりした。この人が後になんと特務の罪で銃殺されることになるとは誰が予想しただろう。しかもその判決は正式に通達され、法律に照らして極刑に処せられた。それを知って、同学たちはみな驚いて、互いに戒めあい、彼のことを「隠れた悪人」として話題にした。あにはからんや、数十年後に再調査した結果、まったくの冤罪だった！（熊大縝の名誉回復は一九八六年）

もう一人、北平の「一二・九」運動で有名な、北平市学連常務委員の王文彬《おうぶんひん》（一九一二～三九、江蘇豊県人）は、一九三八年には武漢で全国学連大会開催準備の責任者だった[17]。大会が終わった後、指導機関は武漢で工作するようにと彼を引き留めたが、彼はなんとしても山東省の微山湖[18]に帰り武器をとって抗戦すると言い張った。

「われわれは国民党を十分に手伝った、私は帰ってわれわれ自身の部隊を率いてやるんだ」

このような人が、微山湖の「湖西粛反」（反革命分子粛清）運動（康生が指導したと聞いた）で「反革命」とされ、銃殺に処せられた！　彼が学生運動の名士だったせいか、ニュースが伝わり始めた時、誰もわれわれに真相を教えてくれず、ただ抗日で「犠牲になった」としか聞かなかった。だから楊述は彼を追悼する詩にこう書いた。

我聞君就義　　我は聞く　君義に就《つ》けるを

矢志與君同　矢《ちか》って志す　君と同じうせんと
（私は君が正義のために死んだと聞き／君と同じ道を進もうと誓いを立てた）

後になってはじめてこんな死に方だったことを知った。〈このことを知っていれば、〉「君と同じ」とは決して書くはずがなかった。

これらの人々は、その身分が当時の小説の中に描かれていた知識分子の悪人と同じで、公表された罪状まで同じだった。しかし、これはなんという憎むべきでっち上げ、恥知らずな濡れ衣だったことか！　これでも「文学」だといえるのか？　私が素朴で真実を書いた作品をとくに好み、鬼面人を驚かすような作品を見ると、往々にして吐き気をもよおすようになったのは、他でもなくここに原因があるのだ。

思えば当時の多くの小説は、知識分子を書いたものはほぼすべて駄目、工農兵出身者を書いたものはみなよいとされた――これを「工農兵を讃える」〔むろん真の工農兵ではない〕と称し、さもなければ「立場」が正しくないとされた。もちろん知識分子には裏切り者も、臆病者も、凡庸な者もいる。いろいろな人間がいるのだから、それを書くのはかまわない。だが、われわれ編集者に、出身階級にもとづいて人間の善悪を区別するような、こんな基準だけを身につけさせ、しかも〈一切〉それにのっとって任務を遂行させた。これはどういうことなのか？　これは作者が人に恥をかかせたのではなく、また、自分[19]〔編集者〕自身が道連れにされて、吊るし上げられたというだけでもない。これは人と人との基本的態度の問題なのである。

後で私は懺悔しなければならない多くのことがらについて考えた。私はなぜ学業と快適な生活を投げ捨て革命に身を投じたのか？　革命の隊伍の中で出世して金持ちになれるからなのか？　もちろん違う。ここには真理が、中国を救うことのできる真理がある！　そのためには個人的な一切を捨てても惜しくないと思ったからだ。ではなぜ文学に携わったのか？　当然、原稿料や名声が欲しかったからではなく、文学こそわれわれの隊列の中のあらゆる感動的な、歌と涙の生活を反映し、人々にいつまでも記憶にとどめておかせることができると思ったのだ。ところが今私はこんなことをして、編集者として、こんな嘘の話を捏造し、私の同学、友人、同志に無実の罪を着せ、作者のデタラメを手助けすることが私の「任務」なのである。静かな夜、胸に手をあてて考えてみれば、みずから恥じ、懺悔せずにいられようか？　自分についてこれくらいのことは、とっくにわかっていた。

「四人組」失脚後、私はようやく、当時捏造中だったこのような「青松」式の作品に急いでストップをかけた。しかし多くの作品が進行中だったので、編集者の中には単純に業務上の観点から、途中で捨てるのはもったいないという者もいたし、また、原稿がもうできあがり製版に回したものもあった。そのために、私は一部の同志と論争もした。同時に、私はいくつかのよい作品、真実を反映した作品を出版して読者に届けようと、全力を尽くして援助したが、これは実のところ自分の過ちを懺悔する行為だった。後にある同志が文章を書いて、私のこうした編集ぶりを大変褒めてくださった。だが私の罪を償う方法が他にあっただろうか？　私は過ちを犯した。〈それを改める〉他の方法はなかったのである。一〇年の内乱で、自分のこうむった苦しみはもとよりあるが、自分の懺悔も人に差し出して見せるべきで、そんなに覆い隠す必要はないだろう。私はそう思うのである。

自分は当時「車を引いたが道は知らなかった」[20]と言う人もいるが、本当だろうか？　本当に道が見えなかったのか？われわれは当時の暗い道の両側の状況を思い出してみよう。

注

（1）H・Pともに章のタイトルは「編集者の懺悔」、原文は「編輯的懺悔」。

（2）「最高指示」とは、文革期に発表された毛沢東の発言や著作の一部で、超法規的な命令として運動の指針となった。

（3）「結合」とは、「大衆・軍・革命的幹部の三結合」を指す。本書前編『思痛録』第九章注47参照。

（4）「ふたたび」、Pでは〈最後に〉。

(5)「私は、自分は自分の原則に従って、今後は絶対に一字の『作品』も発表しない、と心に決めた」、Pでは〈私は心の中で自分の原則を定めた、今後は絶対に二度と一字の作品も発表しない、と〉。
(6)「もの」、Pでは〈内容〉。
(7)「階級」、Pでは〈階段〉、P⑤では、〈階級〉に修正。
(8) 卒方・鍾濤『千重浪』広西人民出版社、一九七五年二月。
(9) 劉彦林『東風浩蕩』人民文学出版社、一九七三年。
(10) 浩然(一九三二〜二〇〇八、河北唐山生れ)、作家、四六年から革命工作に参加、四八年中共入党。五四年より河北日報社などの記者、六四年専業作家となる。長編小説『金光大道』は、人民文学出版社から、第一部は七二年五月、第二部は七四年五月に出版された。
(11)「十八本の青松」(十八棵青松)とは「一八編の作品」のこと。「十八本の青松」の出所は革命模範劇「沙家浜」で、主人公を含む一八人の新四軍の革命戦士が「十八本の青松」と呼ばれている。「青松」は革命的、健康的の意。
(12) 屈興岐『伐木人』上・下冊、人民文学出版社、一九七六年一月。『鉄旋風』第一部、王士英著、吉林人民出版社、一九七五年八月/王士美著、人民文学出版社、一九七五年一一月。知識青年上山下郷短編小説集『朝暉』人民文学出版社、一九七四年。北京市三結合創作組『晨光曲』人民文学出版社、一九七六年五月。集体創作、奚植執筆『鑽天峰』人民文学出版社、一九七五年六月。『無形戦線』については未詳。
(13)「作品」、Pでは〈構想〉。
(14)「抗米援朝」とは、アメリカに抗し、(北)朝鮮を援助すること。一九五〇年一〇月〜五二年六月、朝鮮戦争の遂行を支援し、建国直後の国家建設を強化するための大衆運動。
(15) 胡尹強(一八三七〜、浙江寧海人)、六〇年広州大学中文系卒業、八八年中国作協加入。金華第二中学国語教師、浙江師範大学中文系教授、浙江省作家協会理事など。
(16)「土地改革」とは、封建的な土地所有制に対する改革運動。中共の指導のもとに、地主の土地と生産手段を没収し、土地を所有しない、またはわずかしか持たない農民に分け与えた。
(17) 李盛平主編『中国近現代人名大辞典』中国国際広播出版社、一九八九年、によれば、王文彬(一九一二〜三九、江蘇豊県人)は、「一二九運動に参加、一九三六年北平学連宣伝部部長、同年六月中共入党。一九三七年一一月蘇北に行き、中共徐州特別委員会秘書、中共徐西北区委員会書記、湖西地区の抗日武装蜂起を指導。蘇魯(山東省)人民抗日義勇隊第二総隊政治委員、中共蘇魯豫(河南省)特別委員会書記。一九三九年中共蘇魯豫区委員会統戦部部長、同年九月湖西『粛托』(トロツキスト粛清)中、無実の罪で殺害された」。このことから、王文彬が「一九三八年武漢で全国学連大会開催準備の責任者だった」というのは、韋君宜の記憶間違いかもしれない。前出の熊大縝と王文彬については、本書後編第一章「武漢時期の韋君宜」三六一～三六三頁参照。

（18）「微山湖」は、山東省西部、江蘇省境にある湖。

（19）「自分」、Pでは〈編集者〉。

（20）「車を引いたが道は知らなかった」は、当時についてよく使われる言葉。自分は自分の仕事のことだけに没頭して、革命の道か否か、つまり政治についてはは関心がないことをいう。

第一五章　文革の後[1]――郭小川の死、名誉回復、「人民」と「階級」について

「四人組」が失脚し、一〇年の暗黒が終息した。

厳冬が過ぎ去って寒風は二度と吹くことなく、最後にとうとう暖かい風が吹いてきて、モモやスモモの花々をみずみずしく咲かせた。大衆は天安門前でこの遅くやってきた春を喜び、手をたたいて歌をうたった。中国は救われた。なんとすばらしいことか！

青年が言った。一〇年来の不公平と冤罪、人を人と見なさない思想と行為はすぐに取り除かれるだろう、と。

中年の知識分子が言った。解放以来の、一九五七年以後の、人を人と見なさない規則はみな取り除かれ、人々は本当に解放されるだろう、と。

それから、より多くのもっと先のことまで考えた人もいた。苦難の末に建国された、われわれのこのまだまだ多くの古傷をかかえた国家は、徹底的に変革しなければならないが、うまくできるのだろうか……。

人々は喜んで歌をうたい踊りながらも、かつてのように無邪気かつ容易に安心はしなくなっていた。

「四人組」失脚後に遭遇した、最初の嫌な出来事は、詩人郭小川が死んだ（一九七六年一〇月一八日）ことである。

郭小川の死というこの事件そのものが、まだはっきりと調査されていない――彼は招待所の布団の中で熟睡していたのに、どうして自分が吸い残したタバコの吸い殻で焼け死ぬことがありうるのか？

ただわれわれのような「解放」の知らせを受けたばかりで、まだ「職場に配置」されていない文芸界の友人がこの

ことを聞いて、みな驚き、訝り、心を痛め、彼を追悼しなければならないと思っていた。けれどもこの時、追悼会を招集する作家協会もなければ、いかなる文芸団体もなかった〔革命模範劇の団体を除いては〕。あちこち奔走したがうまくいかなかった。その後、うまくいったと聞いた。通知によれば八宝山に行って入場するようにという。私はガリ版刷りの小さなメモを受け取った。われわれ出版社のその他の郭小川をよく知っている人にたずねると、みな知らないと言った。追悼会の初日に馮牧《ふうぼく》(2)（一九一九～九五、北京人）から電話がかかってきた。

「通知を出した範囲が非常に小さい、こうするしかない、われわれはそれぞれ口頭で皆に知らせよう、あなたも何人かに通知してください」

私は同意した。そこで人に会うたびにこのことを話し、車を一台用意した。八宝山に駆けつけてみると、庭中いっぱいに人が立っていた。作家であれ著名人であれ、全員が庭の中に立っていた。私がいそいで人混みをかき分けて中の休憩室に行ってみると、なんと第六休憩室一室しか開いてなかった〔八宝山の規定によれば、普通は弔問客に第六、七、八休憩室の三部屋を開く。格がより高い場合は第一、二、三の三部屋をさらに開くことになっている〕。今日はこのように弔問客はみな庭で立っているよりほかなく、悲しみの上に憤りまでが加わった。

私は、立っている弔問客らのひそひそ話を聞いた。今日の格はどういうわけか特別に高い、中央が主催するそうだ……なんでも中央の人物で、文芸界ではとても、まねのできるようなものではないそうだ。

しばらくしてわれわれは並んで入って行き、整列した後、葬送曲が演奏され、それから弔辞を述べる主催者が上がっていった。私は目を細めて長い間見ていたが、何という作家か、どこの部署の長なのかわからなかった。三十数歳の女性で、手に弔辞を持って、どもりどもり読み上げた。

誰だろう！

会が終わって、人々が外に出てから、私ははじめてはっきりと尋ねることができた。追悼会の主催者はなんと中共中央組織部副部長、元は長辛店鉄路工廠の女子工員だった。おそらく造反で極めて大きな成果をあげたからこそ、このような高い地位を手に入れることができたのだろう。しかし彼女と郭小川にどんな関係があるのか？　また詩とどんな関係があるのか？「四人組」が失脚してからも、彼女はまだその地位にあったが、後に彼女も舞台から降りた。また彼女は本当に文芸および政治方面のいずれにも無関係だったので、私もこの死亡した郭小川のために結論を出したこの女性部長の名前をはっきりということができない。ただ、蘭とかいう名前だったように記憶しているだけだ。

このように文芸界をないがしろにして、[3]〈一人の著名な〉詩人の追悼会がおこなわれた。これこそが「四人組」失脚直後の、われわれに対する態度であった。当然、口を開けば反動集団（黒幇）と罵られるよりはるかにましではあった。けれども、われわれは依然として他の人よりも一段低いところにいると感じないではいられなかった。

まだ生きている多くの人々が自由になって出てきたが、彼らの問題はまだ解決できず、ある者は山東に行き、ある者は山西に行っていた。中央専案組はまだ大きな権力を掌握し、「解放しない」と一声いえば解放されなかった。

私は清華大学に老校長の蔣南翔（一九一三～八八）を訪ねたが、一部屋きりの単身宿舎を見つけただけだった。ドアには鍵がかかり、鍵穴越しに対になっていない二つの泥だらけの布靴が床に投げ捨てられているのが見えた。その後蔣南翔は解放されたが、仕事はなく、万寿路の招待所に住んでいた。私はまた彼を訪ねた。今回は前もって電話で連絡しておいた。私は古くからの同学、魏東明（一九一五～八二）と一緒に行った。部屋に入ってみれば、がらんとした部屋でベッドが四つあった。彼一人で住むなら、これでも優遇されているといえる。食事時になると、彼は食堂へ行って食べ物を受け取ってきて、こう言った。

「この他に肉があるから、焼いて食べよう」

そう言いながらビニール袋を一つ取り出した。それはなんと生の豚足一個だった！　どうしたの？　と尋ねると、今朝彼が自分で市場へ行って並んで買ったのだ、と言う。これまで食料品を買ったり料理を作ったりすることなどなかった老蔣（蔣南翔）が、よくもまあ。今二人で食事をするのに料理のことをいくらか知っているのは私だけだったので、私が調理するしかなかった。私が、

「鍋は?」

と尋ねると、彼は自分のほうろう製の小さな弁当箱を指差した。

「包丁は?」

彼は小さな果物ナイフを取り出した。

「コンロは?」

彼は私を奥の手洗い場に案内した。そこには小さなアルコールランプがあった。彼のこれらの炊事道具と大きな豚足を見ていると、私は思わず笑いがこみ上げてきた。今すぐレストランへ行って、名コックに頼んでもこの料理は作れない。まして私にできるはずがない。けれども老蒋の心遣いに心を打たれ、私は料理に取りかからずにはいられなかった。そこで私は果物ナイフで豚足を少し削り、油なしで食堂から運んできたおかずを加え、ほうろうの弁当箱の中に入れて炒めた。火力が小さすぎて、十分に炒めることなどどうしてできるだろう? 私が炒める一方で、彼ら二人は傍にしゃがんで火を吹いた。この食事は散々の体たらくだったが、また独特の味わいがあった。

帰り際に私は老蒋に言った。

「次にはこんなお気遣いをなさいませんように」

次に行った時、彼ももうこんなことはしなかった。これがわれわれの大学校長の「四人組」失脚直後の状況であり、その生活状況を知ることができる。[4] もちろんこれでも大衆の中では恵まれている方で、本の虫についての笑い話である。食後のくつろぎの時間に話すような、運動終結後の逸聞であり、ただの冗談である。運動の真のエピローグはこんな気楽なものではなかった。

これらの「解放」されたばかりで身の置き所もなかった人々は、友人を訪ねて東奔西走せずにはいられなかった。こんなことがあったのを憶えている。仕事を終えて帰宅すると、同窓の李昌(一九一四~二〇一〇、湖南永順人)と同僚の王漢斌《おうかんひん》[5](一九二五~、福建恵安人)がわが家に来ていた。彼らはどちらもまだ職場に配置されていなかった。会えば当然挨拶をすることになる。

「もどって来られたのですね、お忙しいでしょう！」

と私が言うと、李昌は突然笑いながら私を指差して言った。

「あなたでしょう、あなたは今や権力者だ、お忙しいでしょう」

「それならあなた方は何なの？」

と私が言うと、楊述は言った。

「私は走資派兼叛徒で、今でもまだレッテルが外されていない」

確かにそのとおりだった。多くの人に何の問題もないことを、誰でも知っていたが、頭の上の「レッテル」は外すことができなかった。楊述のレッテルを外す問題のために、私は当時新たに成立した中央も訪ねたし、中共中央組織部[6]にも足を運んだ、鄧穎超《とうえいちょう》[7]（一九〇四～九二、広西南寧生れ）との面会も求めたが、どうにもならなかった。後には中央組織部に新しく抜擢されてきた同志が誠意をもって私にこんなことまで話してくれた。

「彼に問題がないことを、われわれは知っています。しかし、彼ともう一人の×××同志にはかつての『中央』が丸印をつけていて、今の中央専案組はわれわれが取り消すことを許しません。――**しかも毛主席の言葉は、すべて言われた通りに従わなければなりません。**[8] このことをどう解決するか？　われわれはゆっくりと方法を考えなければなりません」

かつての「中央」〔主として「四人組」〕が丸印をつけた人については手を付けることが許されなかった。依然として証拠が確実で動かすことができない事件なのであった。ゆっくりと方法を考えるしかなかったのである。私はそれでも奔走しつづけた。後にある人が私に、

「新しい組織部長、胡耀邦同志に頼みに行くとよい[9]」

と、教えてくれた。私は胡耀邦とは顔見知りだったが、不躾に頼みに行くわけにはいかなかった。またしばらく経つ

と、私にこう知らせてくれる人がいた。

「楊述と×××のことはたぶんもうすぐだ。胡耀邦が言ったのだ。これらのことについて、胡耀邦は当事者よりも苛立っている、と」

果たしてこれらの丸印をつけられ、何の結論も出されていない人の処遇は徐々にゆるめられた。私はまたこう聞いた。

「もうすぐだ、中央組織部が彼らと今たたかっているところだ」

一九七八年一一月まで待って、楊述は果たして比較的はやく「解放」された。

楊述よりもはるかに重大「事件」だった人、「三家村」や「四条漢子」(四人の男)、彭羅陸楊[10]……毛主席に「御筆で手ずから印をつけ」られ、人々がみな何の罪も犯していないと知っている、これらの大罪人たちも次々に解放された。以前は、神聖かつ不可侵だった「中央専案組」はとうとう解散された。これは本当にこの上なく大きな出来事だった。当時北京を騒がせ、大きな入り口に長い行列のできる場所は、今のように百貨店や食品店ではなく、中央組織部だったのである。数十年にわたって無実の罪を着せられた様々な人々が血書を書いて訴え、北京の街中に胡青天の物語[11]が伝わった。私の同僚の李興華[12]は早期に右派と認定され、それまで何度も訴えたが、改められることはなかった。この時李興華は癌になっていたので、急いで上訴状を書き、中央組織部の入り口に並ぶよう妻に頼んだ。理屈から言えば非常に切迫していたはずだが、彼はそんなことはなく意外にも家で横になって、友人と文壇の近況について雑談し、自分でもまだ少し文章を書こうとしていた。上訴状を提出したことについて、彼はまるで心配することもなく「結果は出るはずだ」と言った。果たしてその後彼が亡くなる前に名誉回復の通知が届き、彼は安らかに目を閉じることができた。

中央の責任ある幹部が党員大衆からこのように信頼されたのは、私の経験では、抗日初期に革命に身を投じた時の信念を除いて、その後二度と見たことがなかったものである。

まず無実の罪を着せられた「右派」分子が、それから「胡風分子」、その後「右傾機会主義分子」、さらには根拠のない「特嫌」(特務の容疑者)、最後に死んでも生まれ変わることのできない「地主階級の孝子賢孫」まで、名誉を回復された。[13] このような状況は本当に建国以来、建国以前においてさえ、なかったことである。手当たり次第に人にレッテルを貼り、運動をおこなうことは、とうの昔からもうわれわれの習慣となっていた。

こんな風に改めることができるのだろうか? 出身がはっきりせず、祖国の中で自ら「人民」と称する資格のない人も、「人民」という普通の身分を獲得することはできるのだろうか? 人々は半信半疑である。われわれの出版社の中にも、解放以来すべての態度が極めてよく、入党を希望している何人もの人々がいたが、出身家庭が地主というだけで、十数年の外部調査を経ても承認されなかった。優れた小説を何冊書いても、作者の父親に「歴史問題」があるというだけで、軍代表は出版を許可しなかった。幼い時からわれわれがよく知っているいくつもの家の子供たちは、子供の父親の結論が出ていないために、[14] 重点中学に入学できなかった。子供たちでさえこう言っている。「勉強して何になるのか? 今、父親は網の大綱だ、大綱を持ち上げさえすれば、網目は自然に開く、大綱が壊れたら、網の目がどうして開くのだ(小は大に従う)」

これらは稀なことであろうか? この時になって、私の頭は少し覚醒し、私も出版業務の点において軍代表たちよりもいくらかよく知っているだけで、その他の点では、私の思想も同じように無知ではないか、とはじめて悟った。まず人を人と見なさなければ、人と人との関係について検討することなど到底できない。たとえば口を開けば階級と言うが、どのようにして階級をなくすのか? そこまであまり考えたことはなかった。

これしきの「新思想」にも、われわれはまだ慣れてはいない。

私はこんなことを考えるようになった。この数年、人々がどのように生活していたか真剣に見てみるべきだ。とりわけ農民について。

私はこんな事件に遭遇したことがある。ある親戚が「文革」中、農村の造反派によって村へ連れ戻され、地主分子という罪名で、殴り殺された。この人は抗日戦争期にはもう農地を捨て、都市に入って商業に従事していた。彼の今五十余歳の息子はその農村の「家」をまったく知らない。彼が地主でないことは実際に明らかだ。それなのに、われわれの当時のおかしな法律〔あるいは不文法〕では、すべて地主に属する者には人権がなく、それだけで死に相当する罪を犯したことになり、彼を殴り殺した人は無罪なのだった。このため「四人組」が失脚した後、彼の家族が裁判所に訴え出るのにも、ゆえなく人を殴り殺した殺人事件として正々堂々と提出することができず、「出身成分」〔階級〕認定の誤りとしてしか提出できなかった。さらに私にはその県の老幹部、彭書記を知っているかどうかと尋ね、話しをしてみて欲しいと頼んできたのであった。

中央が工作組を派遣したが、出発の前、私は工作組長を訪ね、徹底的に調査してもらえるように頼んだ。結局のところ帰ってきても、彼が確かに地主だという根拠も明らかにならなかったが、地主ではないといういかなる資料もなかった。ただ、

「現地の県委員会が言うには、当該支部にもう問い合わせたが、支部はあくまでも訂正できないと主張している」の一言なのだった。その後は工作組長同志の大いなる一連の苦労話が続いた。県に行けば、まず県の指導者に服従すると声明を出さなければならないのだ、「青天大老爺」〔清廉なお役人様〕になるのは難しいことだ！

私は記者として一度この県に行ったことがあった。ちょうど農村で改革をはじめた時で、そのやり方はいくらか混乱していたが、大いにやる気のある農村改革家に会った。彼は県内のいくつもの冤罪事件について何一つはばかることなく話してくれた。彼自身が処理したものも含め、明らかな冤罪事件とわかるものについて彼は報告書を書いたが、県ではあくまでも名誉回復をおこなわなかった、という。そこでわれわれは非常に意気投合した。彼は言った。

「来てください！　もうしばらく滞在してください、さもなければ当地の事件がどれほど難しいかわかりません」

私もその気になった。ここへ来て、一度まじめに生活を体験する必要があると思った。作家が執筆のために生活を体験しに行くのではなく、党の幹部〔「幹部」とはこの数年まことに生活の主宰者だった〕として、解放前に農村へ

行って土地改革をした時のように、もう一度まじめに生活するのである。そこで私は中央弁公庁に馮文彬同志（一九一一～九七）を訪ねて行った。馮文彬は胡耀邦同志と一緒に登場したのだった。私はこの県に行き工作組のメンバーとなって、まず、われわれは数年来一般庶民にレッテルを貼り、運動をおこなってきたが、いったいどのようなことをしてきたのか、もう一度そこで体験してみたいと言った。私も党員であり、運動をおこなった者の中に含まれる。今、私自身も辛酸をなめていた。私の頭が覚醒しはじめた後、われわれがかつて人民に対しておこなったことがいったい何であったのか、どうすればこのような習慣を改めることができるのか、どうすれば一般庶民に対するこの種の習慣を覆すことができるのか、私は考えてみたかったのである。

馮文彬同志は承知し、その上、何か報告するに値する状況があれば、私から直接彼に連絡を取ってもよいと同意した。

この工作組は中央が派遣したもので、国務院各部から基本的には各部の処長一、二人が出て構成メンバーとなっていた。私は彼らと地震が起きて間もなく、まだ復旧していない唐山(15)へ行った。泊まる部屋さえあればよかったのだが、地区（地区は県の一級上の行政単位）委員会はわれわれに対して極めて鄭重に、（工作組が）会議を開けば「報告」をしてくれ、何かについて聞き取り調査しようとすると、すぐにその面談の相手を呼んできて、

「あなた方が呼びたい人は誰でもお呼びします」

と言った。

私が新聞記者として行った時に、あの出身成分認定の事件についてはもう詳しく調査していた。支部が所属する公社の公安委員までこう言っていた。

「私はここで二〇年間工作をしています、檔案を何度も調べましたが、他の土地へ逃亡したこのような地主について聞いたことがありません、不思議です！」

県委員会の彭書記の状況についても少し聞いていた。農民、抗日民兵の出身で、教育水準は低いが、誠心誠意、上

級機関のすべての指示を執行する、と。唐山地震の時に功績を認められ、新聞に掲載されて模範となり、今では地区委員会[16]副専員に昇進していた。このような状況下において、私はこの事件についてはしばらく問題にしない方がよいと考え、まず他の事件について尋ねた。

われわれは招待所に泊まっていた。夜は庶民が報告に[17]来て、いくつかの事件について話してくれた。その中でももっとも多く話題にのぼったのが、隣県〔すなわち私が行ったことのあるあの県〕の殺人事件であった。一人の野菜を作っていた農民が、野菜を貯蔵する穴蔵を潰されたために、刃物で自殺してしまい、村中の人々が彼のために葬式をする騒ぎになった。県でも意見が対立し、このため幹部を免職にした。いま県ではこう述べている。

「当時少し杓子定規に政策を執行し、農民は納得がゆかずに自殺した。いまでは国が弔慰金を出している。この上どうするのか?」

確かにこの上はどうしようもない。彼は自殺したのであり、誰にその命をもって償いをさせられよう? 工作組も何の方法も出せなかった。

しかし人々はまだ盛んに議論をしていた。ある夜、私は部屋で招待所の工作人員がこの事件について話すのを聞いた。その農民は、本当に生活が苦しかった、妻は天津で入院中だったが治療費も払えず、子供はまだ一歳過ぎ、野菜を埋めて貯蔵することだけでわずかばかりの金を稼いでいた、という。彭書記は現地へ行って、各村の土に埋めて貯蔵した野菜はすべて掘り出すように、残しておいた者は誰でも資本主義のしっぽだ、と命令を出した。その人はひざまずいて土下座し、最後にはナイフを取り出して、野菜を叩き切るというのなら、まず私を叩き切れと言った。彭書記はそれでも「叩き切る!」としか言わなかった。こうして一人の人が無理やり迫られて野菜の穴蔵の傍で死んだのだった。

この時、彭書記についてはもっと多くの逸話を聞いた。彭書記がジープに乗って農村へ行った時、一群の子供たちが水桶で野菜に水をやっているのを見るなり、車を降りて追いかけたこと。どのように農村で「釘を抜く会[18]」を開いたか、各村が野菜を栽培している「釘」について報告し、釘を一本一本抜いてゆき、刃物で自殺した農民が最後に残ったが、もちろん抜かなければならなかった。最後には、これは中央が定めた政策であり、彭書記が執行した、彼をどうしようがあるのだ？と言われた。

このような状況下でわれわれは元県委副書記と県の元公安局長の報告を聞いた。

彼らはどちらもたいへん悔やんでいて、自分はもともと彭書記の指導によく服従し、すべては極力彼の指示にもとづいてやったものだ、と述べた。しかし本当にどうしようもなかった、彼らが農村に行った時、話を始めるやいなや村の人々にもう取り囲まれてしまい、村の人々は承知しないのだった！〈彼らは〉できる限り説明をし、自殺した農民の家に行くと人々は泣いており、この村の支部書記が苦衷を訴えた。自分も生きてゆけなくなった、遺族に顔向けできない！と言った。死者の妻は天津で急死し、家には目の見えない老婆と一歳半の子供が残された……本当にどうしようもなく、彼ら二人は大衆の面前で謝っただけで、それ以外のことは何もしなかった。けれどもこの二人の幹部はどちらも免職となった。

（元）公安局長は言った。

「彭書記は地区副専員に昇進し、私はいま幸いにも市に異動となり、地区の管轄下にはいない。さもなければ、今日私もこんな話をしに来ることはできなかった」

元県委副書記はこの時には軍服を着ていて、詳細に語ってくれた。自分がその時、農村へ行って彭書記の考えに従いどのように会議を開いたか、民衆が不満をもったので調査せざるを得なかったこと、自分が戻ってから報告をし、県委員会の会議の席で改めるよう意見を出したこと。一度は県の方をやっとのことで説得し、民衆にもそのことを話しに行ったが、その次にはまた覆されてしまったこと……。事細かに一通り話してくれたが、その後彼はどうすべきかについては語らず、こう言っただけだった。

「彭副専員については、私は地区委員会の判断に従います」

明らかに元副書記と元公安局長はどちらも自分の意見を持っていたが、述べなかった。その後、私は少し考えてから、一緒に来た一人の編集者を連れて、当地の部隊組織へあの県委副書記を訪ねていった。

われわれは彼の家を訪問した。この政治委員はわれわれが来るのを見ると、もうわれわれが本当は記者であることを知っていて、非常に喜んで、自分でお茶を入れ、落花生を取ってもてなしてくれた。この事件について再び詳しく話してくれた。彼は言った。彼が農村から県に戻ると、突然県で彼を批判する会議が開かれることをどうして知ったか、彼は資本主義の道を庇護したと言われ、また全県の放送大会(19)で彼がどのように批判されたか、会議の内容を通知もせずに彼に出席させた……彼が話し終わるまでに私は、彼のこうした悔しさは、まさにかつてわれわれがしょっちゅう味わっていたものであるが、今なお彼にそんな思いをさせているのだということがわかった。レッテルはまだ人の手の中にあり、まだ手当たり次第に貼り付けることができるのだ。

彼はまた私に彭副専員がどのように模範となったかについても述べた。地震が起きて、彭副専員はお手上げの状態だったが、陳永貴が視察に来ると、彼は胸をたたいて全県は自力更生をする、少しの支援もいらない、と言った。そこで上級から高く評価された……。

これらの資料について、私は工作組の報告書の中に書くことができなかった。農民がなぜ追いつめられて自殺したかについても、県委書記の責任だとは書けなかった。地主でない人が誤って地主と認定され、殴り殺されたことについても出身成分認定の誤りの冤罪事件としか書けなかった。もし元の成分に間違いがなく、本当に地主だったなら、殴り殺した者は無罪で、殴り殺されるのも当然ということになる。

われわれの農村はこの数年このように過ごしてきたのであった。

私は、自分が記録してきた原稿をもとに新たに報告書を作成することなく、原物をそのまま中央弁公庁の馮文彬同志のところへ送るしかなかった。成分を間違って認定された人については遺族の意見を尊重して、殴り殺された経緯については付け加えなかった。その後の結果は一般の訴えよりよかった。追いつめられて自殺した農民には、できるだけ多く弔慰金を与えるよう処理された。間違って地主と認定された者も後に訂正され、商人に改められて、没収された財産は国から返還された。（副）専員にまで昇進していた彭書記は免職となった。老齢のために退職したのか、それとも何か間違いを犯したのかは知らないが、いずれにしても彼には公務をさせず、家に帰したのである。こうした幹部に対してこのような処置が取られるのは滅多にないことだった。本当にかつてなかったことで、私は足ることを知っていた。

むだ死にした人の命のことを、それ以上追及する方法もなければ、その権限もない。私はそのことがわかった。あの地区委員会がこのように処理したのにも彼らの道理があり、決して彭書記を庇ったのではない。

「もしも追及しはじめたら、どうなるのか？　一地区のことは、こちらを押さえつければ、あちらが力を持つ、十数年前の冤罪事件をすべて蒸し返せば、局面はすっかり混乱してしまうではないか？」

これは数年後、しょっちゅう地方へ派遣されていた規律検査委員が私に言って聞かせた言葉である。この言葉に私は啓発された。彼女は一人の記者がこのように追及することは、すなわち局面を混乱させようとするものであり、有罪だと考えていた。彼女の言葉について考えれば考えるほど理にかなっていると思ったが、それと同時に私はますます眠れなくなった。

われわれ文芸界の後始末も容易ではなかった。かつてわれわれに貼られたレッテルはすでに一つ一つ外され、われわれは突然、自分が人であるという資格を持ったと感じた。こんなことは数十年来なかったことである。このことの重要性については、この数十年間を経てきた者でなければ理解できない。これこそ真に称えるべきことである。この点を明らかにし、それを書こうとする文芸工作者の要求は、本心から出ているものである。しかしこれしきの要求さえ、中国においてはあまりにも幼稚すぎ、混乱を招く、工作に困難をもたらす、下心を持っているなどと言われる。遅れて春風は吹いたが、後始末はまだ決して簡単なことではないことを物語っている。

上級の決心がどうこうというだけでなく、人々の中にもこれまでの習慣を改められない者がいる。私自身目下[20]の文芸の「解放」潮流に反対する匿名の手紙に出くわしたことがある。実際それはまだまったく「解放」などといえるものではなく、ただまじめにそれほど輝かしくはない暗い面を少し書いたに過ぎない。例えば「班主任」（クラス担任）、「大牆下的紅玉蘭」[21]（高い土塀の下の紅玉蘭）などである。匿名の手紙の作者は、これでは大変だ、これはエレンブルグの『雪解け』と同じで、輝かしい社会主義を黒く塗りつぶしたと考えた。匿名の手紙が届けられたということは、これが確かに彼にとって真実の思想であること、すなわち彼は確かに光明を礼賛することだけを許すべきであり、いかなる暗黒も指摘してはならない、と考えていることを意味している。左と、左に向かうことだけを許し、別のところに向かうことを許さないのである。他の人が彼にこのように考えることを強制したのではなく、彼自身がすでにこの思想を確立させ、もはや一人の平等で自由な人であることを習慣とせず、また平等に[22]人に対することができないのだった。そのことはまだ理解もできるし、彼に時間を与えることもできる。けれども目の前ではもっと身近な人々が一日中文芸理論の「三性」について論じ、性の解放などについて語っている。彼らは他の今流行りの人とそっくりそのままだ。ところが上方の情報を少し聞くと、それを誤って理解し、ただちに手慣れた様子で、かつての造反派の手法一式を用いて、態度を急変させ素知らぬ顔をする。

だからこそ、一〇年あるいは二〇年、三〇年、四、五〇年……も前から久しくおこなわれてきた習慣について、すべては過去のことであり、すべてを忘れたことにし、今は手をたたいて謳歌するだけ、ということはできないのだ。私は文芸界の新たな潮流についていけず、せいぜい古くさい老人のよもやま話しかできないが、今になってもまだいくらも話せていない。このような老人のよもやま話は、お茶やお酒を飲みながらくつろいでいる時に話しても差し支えはない。私はわれわれの文芸について考え、文芸についてのみ語る。おそらくはそれこそが真に遅く訪れた春風が吹き、様々な花が咲くことなのであろう。

注

(1)H・Pともに章のタイトル、原文は「十年之後」。

(2)馮牧(一九一九~九五、北京人)、文学評論家、三八年延安着、四六年中共入党。『解放日報』文芸部編集、昆明軍区政治部文化部副部長、『新観察』主編、『文芸報』副主編・主編、中国文連副秘書長、中国作協副主席など。

(3)「ないがしろにして」、Pでは〈扱って〉。

(4)「であり、その生活状況を知ることができる」、Pでは〈であった!〉。

(5)李昌(一九一四~二〇一〇、湖南永順人)、三五年清華大学入学、中共入党。建国後は、ハルピン工業大学校長・党委書記、中央規律検査委員会委員・書記など。王漢斌(一九二五~、福建恵安人)、四一年中共入党、西南連大歴史系卒、元中央政治局候補委員、全人代元副委員長など。

(6)「中共中央組織部」は、党の組織・人事を担当する中共中央の機構。

(7)鄧穎超(一九〇四~九二、広西南寧生れ)、建国前からの中共の女性指導者、二五年中共入党、中華全国婦女連合会第四期名誉主席、周恩来夫人。

(8)一九七六年一〇月四人組逮捕後も、党主席に就任した華国鋒は七七年一月「毛沢東主席の意思決定はすべて断固として擁護しなければならず、毛主席の指示はすべて終始変わることなく遵守しなければならない」という、毛沢東路線を堅持する「二つのすべて」の方針を打ち出し、文革路線の是正と古参幹部の名誉回復に消極的な立場をとった。このため楊述の名誉回復も遅れた。華国鋒が、鄧小平派から教条的な二つのすべて派との批判を受けたのは七八年五月。八〇年八月総理辞任、後任は趙紫陽、八〇年一二月党主席辞任、後任は胡耀邦。

(9)一九七七年一二月胡耀邦が中共中央組織部長に就任し、失脚幹部の全面的名誉回復を始めたから。胡耀邦については、本書前編『思痛録』第四章注68参照。

(10)「三家村」については、本書前編『思痛録』第八章注17参照。「四条漢子」とは周揚、夏衍、田漢、陽翰笙のこと。この四人は、一九三六年国防文学論争の時に、魯迅から「四条漢子」と呼ばれ、嫌われた。文革中は、劉少奇の文化面での代理人として批判された。「彭羅陸楊」とは、文革前夜(一九六五年一一月~六六年五月)に「反党陰謀集団」として中央書記処書記・候補書記などから解任された彭真、羅瑞卿、陸定一、楊尚昆のこと。名誉回復はそれぞれ彭真七九年二月、陸定一七九年六月、羅瑞卿八〇年五月、楊尚昆八〇年一〇月。

(11)「胡青天」とは胡耀邦を指す。「胡青天の物語」とは一九七七年一二月中共中央組織部長に就任した胡耀邦が、多くの冤罪事件の名誉回復をおこなったことを指す。国家の指導者に希望を寄せて姓の後に「青天」をつけて、例えば毛沢東なら「毛青天」という。悪政を行えば「毛黒天」になる。「青天」とは本来「青空、清廉な官吏」の意。
(12) 李興華については、本書前編『思痛録』第七章「ある普通人の教え」を参照。
(13) 一九七八年一一月一六日中共中央は、一九五七年の反右派闘争を含むすべての「右派分子」のレッテルをとることを決定。胡耀邦中共中央組織部長のもとで七八~八〇年にかけて、右派分子の再審査が精力的におこなわれ、九九%の人が再審査で誤認とされ、八〇年までに五四万人の名誉回復がなされた。一九七九年一月中共中央、地主・富農分子のレッテルをとることを決定。
(14)「子供の父親の結論が出ていない」とは、「人民内部矛盾」か、「敵我矛盾」(敵味方の矛盾)かの結論が出されていないこと。「人民内部矛盾」なら「過ちを犯した」レベルの問題で「改造することができる人」、「敵我矛盾」なら「犯罪」で「改造できない人」ということになり、一生公民権を剝奪される。
(15)「唐山」は河北省最大の重工業都市、省東北部、北京の東約一八〇キロに位置する。一九七六年七月二八日に起きた唐山地震はマグニチュード七・八の大地震、約二四万二四〇〇人が死亡した。
(16) H・Pともに「地区委員会」であるが、P⑤では「行署」(行政公署)に修正。「行政公署」とは、省・自治区が地区に設けた派出機構で、複数の県を管轄する。また、「専員」とは、省・自治区から派遣された、地区の責任者。
(17)「報告に」、Pでは〈訪ねて〉。
(18) 当時、畑に何を作るかはすべて上の指示に従わなければならず、野菜を栽培することは「資本主義のしっぽ」、「釘」であるとされ、農民たちは穀物以外の野菜などを作ってはいけないことになっていた。そこで資本主義のしっぽである「釘」は抜かなければならないとされ、「釘を抜く会議」が開催された。
(19)「放送大会」は農村部でよくおこなわれるもので、県政府などで批判大会を開き、大会で批判されている様子をそのまま放送する。
(20)「目下」、Pでは〈当時〉。
(21)「班主任」は短編小説、劉心武著、『人民文学』一九七七年一一月号。「大牆下的紅玉蘭」は中編小説、従維熙著、『収穫』一九七九年第二期。
(22)「平等に」、Pでは〈平等な心で〉。

第一六章　周揚について(1)

一九七九年、私は北京の万寿路の中央組織部招待所にある周揚（一九〇八〜八九）同志の住居へはじめて『周揚文集』の執筆依頼に行った。この時、彼はたいへん躊躇し、承知しようとはしなかった。私ははっきりとこう言った。「中国現代文学史を明らかにするためには、あなたの文章がなくてはなりません。何と言われても出版しなければなりません」

この原稿のために、私は彼を数年追いつづけたが、彼がこれらの古い原稿を整理する時どれほど苦痛だったかを理解したのは、後のことである。思い返せば、私は彼にそれらの原稿を見直すよう催促するべきでは断じてなかった。出版するならきちんと注釈を出すべきだった。この原稿はほとんど周揚の一生の脚注だったのである。

周揚という、この延安からずっと長期にわたって共産党文芸の指導幹部をつとめてきた人物は無数の報告をおこなってきた。当時は本当に周揚の言葉は絶対のものであり、どれほどの作家同志が生涯の**事業の**成敗を、周揚の手によって決定されたことか。〈しかしながら〉最後に彼は、それまでの自らの行為について心からの懺悔をおこなった。このことは、それ自体が中国文芸界における最重要事〈の一つ〉であり、また、文芸界が開放を主張し、文学史を書き直す上で、もっとも研究するに値する、もっとも価値ある**歴史**(2)なのでもある。

私は周揚についてそれほどよく知らないので、彼の印象について少し述べるだけにする。

〈第一に、〉周揚にとって一人の文芸理論家として最初に真実であった思想がどのようなものだったのか、私にはわからない。しかし私は、彼も最初は私のような者とたいして違わないところがあったのではないかと思う。もちろんその深さは異なっていたであろうが、彼も最初はおそらく自分の講演するすべてのことを本当に信じていたのであろう。

私がはじめて周揚に会ったのは、一九五三年第二回文学工作者代表大会[3]においてである。私は青年団（中国新民主主義青年団）から派遣された代表として、大会で周揚の講話を聞いた。当時私はほとんどどの作家とも面識がなく、文芸の何たるかも知らず、作家がわれわれを見下すのではないかと本当にびくびくしていた。しかし周揚は講演で、われわれの団組織が『卓娅和舒拉的故事』[4]（ゾーヤとシューラの物語）を出版したことについて触れた時、私を指差し微笑んで言った。

「君たちが出版したあの本を、青年は読むべきだ」

会場の人々は振り返って私を見た。私はとてもうれしくて、われわれも文芸界の指導者に認められたと感じた。

その後、私は作家協会に行って『文芸学習』を出し、作家協会における青年団の代表みたいになった。[5]われわれの雑誌では一日中、ソ連でスターリン賞を受賞した『金星英雄』（ババエフスキー『金星勲章の騎士』一九四七〜四八）、『鋼与渣』（ポポフ『鋼鉄と鉄屑』一九四八）などの作品を紹介していた。その他のことは知らない。私のような文芸の何ものかも知らない者が、間もなく作家協会党組織のメンバーになるとは思いもよらないことだった。会議が開かれると、周揚の言ったとおりに私も続けて言った。彼はいつも私に微笑んでいた。周揚は言った。

「いま文芸界ではグループが結成された。すなわち胡風派で、この小さなセクトには問題がある」

私はセクト問題のことなど知らず、胡風とも面識はなかったのに、これをそのまま信じた。

胡風が「三十万言の書」を書くと、作家協会はそれを印刷、配布して、その過ちを批判しなければならないという。私もその中にはきっと過ちがあるにちがいないと考えた。後に、突然新聞紙上で、胡風は文芸の観点に誤りがあるだけでなく、反革命集団であり、潜伏していた国民党特務だ、と発表された。この時、皆は本当に震えるほど驚いた。私は武漢で胡風の『密雲期風習小記』を読んだことがある。あまりよくわからなかったが、要するに革命的ではあると考えた。胡風が潜伏していた特務だったとは思いもしなかった。周揚は会場で、

「思いもしなかった、本当に思いもしなかった」

と続けて言った。見たところ彼も思いもしなかったようだ。それからすぐに周揚はこう言った。

「毛主席でなければ、かくも英明に、問題を発見することはできない。われわれ文芸界のどの重大問題もすべて毛主席が発見されたものである。われわれではだめだ。前回の『武訓伝』もそうであったし、『紅楼夢』問題もそうであった。今回の胡風問題もまたそうなのである」

〔周揚がいう『武訓伝』事件では、彼自身が[6]真っ先にその映画を批判しなかったので毛主席から叱責を受けた。そのことを私は知っている〕。皆は言いなりになり、私ももちろん頷いて同意し、自分がここまで愚かだったかと驚くばかりだった。私はそのうえ文章まで書いて、胡風を批判したが、自分がこうするのは党の言うことを聞くことなのだ、周揚にぴったりとついて行こうと考えた。私は実際には胡風と周揚の理論の根本的な争いの発端がどこにあるのかもわかっておらず、毛主席は本当に匪賊の巣窟を発見したのだと思っていた。

けれどもその後局面はますます拡大し、ますますおかしなことになっていった。胡風から丁玲、馮雪峰にまで発展した。私は丁玲にどんな罪があったのか知らない。ただ丁玲が、一人の作家は深い感銘を与える書物を一冊書くべきであると提唱したために「本一冊主義」といわれ、反党にされたのを知っているだけである。馮雪峰は兪平白が『紅楼夢』について論じた文章を発表することに同意したことで「罪を犯した」ことになり、[7]しかも後に彼らが同人雑誌〔未刊〕、すなわち反党雑誌を出そうとしたといわれ、このため彼の数十年の革命の歴史は抹消され、右派とされた。さらに、丁玲と関係のあった陳企霞にまで発展して、彼もまた右派と認定され、それから陳企霞と一緒に雑誌を出していた編集者まで一網打尽にされた。その後、丁玲の秘書も右派、丁玲、陳企霞、馮雪峰とはまったく無関係であったが、自分で「現実主義——広闊的道路[8]」を書いたために、私と同じように党の言うことをよく聞く老解放区[9]出身の

秦兆陽まで右派とされた。さらにその後、私よりも純潔で若い王蒙や、陳企霞が老解放区で教えたことのある学生で、一途に解放区を謳歌した徐光耀[10]（一九二五～、河北雄県人）、……まで打倒された。ああ！　文芸理論を知らない私でも現実から学ばざるを得ず、頭が働きだした。そのうち私が編集している雑誌『文芸学習』上で、王蒙の小説「組織部新来的青年人」[11]に関する討論を発動した。続けて私自身も功績、恩徳をさかんに謳歌するとはいえない小文を書いた。そこで私は右派にぴったりと付き従ったことにより、突然、右派との境界線上に落とされ、作家協会党組織のメンバーから外され、中央直属の党代表もやめさせられ、農村へ送られた。

その数年間、私は農村に行ったり戻ったりを繰り返していた。ある時、農村に行く前に、周揚の報告を聞いたのを憶えている。彼は名指しで黄秋耘をひどく罵倒した。

「何が中ぐらいの生きとし生けるものか？[12]　生きとし生けるものとはすなわち人民大衆だ！　おまえには人民大衆の姿が見えているのか？」

この言葉を聞いて、私は驚きのあまり思わず全身が震えた。周揚はわれわれの運命を決定できるのだと思った。あの周揚署名の『文芸戦線上的一場大弁論』[13]（一九五八年二月二八日『人民日報』と『文芸報』第五期に発表）、および艾青らを批判して、〈後に〉毒草とする文章は、われわれを困惑させた。何を「香花」といい、何を「毒草」というのか、はっきりとわからなかった。これらをみな「毒草」「右派」といっても、その文章を外国語に翻訳して、作者が誰であるかをいわずに紹介すれば、外国人はきっとこれは「左派」だというだろう。人の「是非」と「左右」の観念はすでに混乱していた。私は学ぼうとしたが、習得できなかった。付き従おうとしたが、ついて行けなかった。

私自身が事態を理解するにつれ、自然に周揚同志にはますます近づかなくなっていった。二年間農村や工場に下放された後、私は作家出版社に異動した。私はある一つの欄の編集をさせられていたが、〈それから〉またどういう訳かわからないが、突然副総編集になった。その後、合併されて人民文学出版社に入り、責任者（一九六一年四月、副社長兼副総編集）となった。そのことは実に不思議だった。私はこのため周揚同志の家へ行って、この職を免じてもらえるように懇願した。この時には、文芸界では本当に是非を述べることなどとてもできず、自分でもその器ではなく、この重責[14]には堪えられないことが、もうわかっていたからである。私は周揚の家の庭でこう言った。

「これはもともと馮雪峰や王任叔[15]（一九〇一〜七二、浙江奉化人）のような先輩がやっていたものです。どうして私にやれとおっしゃるのでしょう？　まったく偶然のことで、私にはできません」

ところが周揚は籐椅子に座ってお茶を飲みながら、少し笑って言った。

「多くの人の工作はすべて偶然のもので、私に今この工作をさせているのも偶然なのだ」

この時、私は周揚の言う偶然がどんな意味なのかわからなかった。周揚が私のようなものをどのように見ていたのかも知らない。思うに、おそらくは打倒した人がすでにあまりにも多く、信任できる人があまりにも少なくなって、私がどの派閥にも属さず、厳しく批判する必要もなく、普段まじめに言うことを聞いていさえすればよかったので偶然しばらく[16]使ってみようとしたのであろう。

しかしその後、私はますます不真面目になり、二編の小説（『月夜清歌』『訪旧』）を書いたために、名簿に名前を載せて北戴河会議に送られ、批判された。われわれのような何の集団にも属さない、右派でもない者まで、あら探しをされて農村に送られた。私が農村へ行く前、状況はすでに大きく変化し、夏衍《かえん》[17]（一九〇〇〜九五、浙江杭州人）の批判大会まで開かれていた。夏衍と周揚の関係は皆が知っていた。夏衍でさえこうなのだから、他の者はいうまでもなかった。陳荒煤《ちんこうばい》[18]（一九一三〜九六、湖北襄陽人）、邵荃麟、斉燕銘……なども一人として左遷されない者はなかった。見たところ毛主席の英明さは、もう文芸界で理解できる者が誰もいなくなるほどまでに達したようだ。この時、周揚だけがまだ残っていた。私は、文芸界ではなんと彼一人だけが正しいということになったと思った。けれども、彼はどれほど多くの人の批判を手がけたことか。私は一時的に逃れることさえ難しいと感じながら農村へ行った。

私が農村から戻ってきたのは一九六六年だが、すべての情勢はすっかり変わって、左遷された人は監獄に入れられていた。私は汽車を降りるやいなや社会主義学院〔文化部と文芸界の総牛棚（牛小屋、牢獄）〕に送られた。批判の壁新聞が壁中に貼られ、田漢、林黙涵らはすべてここに監禁され、周揚の名前まで突然目に入った。周揚は病気で倒れ、捕らえられたという。人を批判する側にいた文芸界の最後の一人も、自分が批判されてしまった。文芸界のもっとも重大な問題は、すでにすべてが英明にも発見された。文芸界はこれで完全に瓦解した。私のような幹部はかえって安心し、どのみち心配のしようもなく、労働改造に行くだけのことだった。幹部学校で、われわれは前途について話をすると、ほとんどがこう言った。

「将来、解放されて戻る日があったとしても、文芸のような職業には決して就かない、編集者にも絶対ならない、文章など殴り殺されても書かない」

一九七六年になって、「四人組」が失脚すると、人々は夢から目覚めたようだった。ある時、私は中央組織部招待所へ、解放されて間もない蔣南翔に会いに行った。蔣南翔は私に言った。

「周揚はあなたが来ると聞いて、あなたに会いたがっていますが、どうでしょう?」

私は、

「かまいません」

と答えた。そこで私は周揚同志と老蔣の部屋で会った。周揚は私を見ると、微笑んで握手をして、まるで長い間会わなかったことなどなかったように、私に尋ねた。

「どんな具合ですか?」

私はもちろんこう答えるしかなかった。

「この数年過ちを犯し、辛い思いをしていました」

彼はやはり以前私に接見した時のように穏やかな態度で軽く頷き、慰めるようにこう言った。

「なんでもありませんよ。あなたが犯したのは小さな過ちで、私が犯したのは大きな過ちです」

それから彼は文芸界の何人かの状況について尋ねた。この時、彼が会った人はまだ多くなかったのであろう。彼の犯した大きな過ちが何であったのかについて、私にはっきりとは言わなかった。しかし私は、彼はもうみずからが正しいと考えていない、しかも自分の口で（毛沢東の）かわりに述べたことがすべて英明かつ正しいものだ、とはもう考えていないのではないか、という気がした。

周揚が再び皆と接触するようになってから、私ははじめて[19]彼の報告を聞いた。会場の出席者はあまり多くはなかった。彼は台のない主席台の横の席に座り、私は主席の席から遠くない真正面の席に座っていた。この時、私ははじめて彼が涙を流して報告するのを見た[20]。公衆の面前で過去のことをいちいち批判はしなかったが、はっきりとこう言った。

「多くのよい同志に苦しい思いをさせて、みなさんには申し訳ありませんでした〈……〉」

それから間もなく私は上海に行き、何人かの青年作家と座談会をおこなった。その中に張勝友（一九四八〜、福建永定人）、孫顒《そんぎょう》（一九五〇〜、浙江奉化人）、葉辛[21]（一九四九〜、上海人）など、この時ようやく頭角を現した人がいたのを憶えている。彼らは思想が解放されたばかりのまった中で、こう言い出した。

「周揚のような人間は、あんなにも多くの文芸界の人々を吊るし上げたのに、われわれは今どうして周揚と話し合って是非の決着をつけないんだ？」

私は周揚にかわって彼の苦衷を完全に述べることはできなかったが、少しわかったような気がして、

「ことがらは見たところ複雑なようです」

としか言わなかった。

広州で文代会[22]が開催された。それはたいへんにぎやかな大会で、周揚、夏衍、張光年、林默涵、李季……がすべて出席した。私はわざわざ出向く資格はなかったが、執筆依頼のために折よく行った。大会では何人もの指導者がみな話をし、江青の「黒八論[23]」の説に反駁を加えた。会の後何人かで、肇慶《ちょうけい》七星岩[24]に遊んだ。林默涵、張光年と私は青年のように勇んで山に登り、周揚と夏衍は登れずに、山の下で笑いながら指差していた。その夜みなで波月楼に宿泊し、

それぞれ詩を作った。詩人[25]の張光年、李季も書いたし、詩の書けない者もみな書いた。一〇年間の苦難の時には会うこともできなかったが、この時は本当にたちまち世俗を離れて風流を楽しんだ。詩を書き終えると、みなは月を愛で、また周揚の部屋で座って、何の遠慮もなく雑談、懐旧談をした。周揚同志が笑いながら、私を指さして言ったのを憶えている。

「王作民[26]は私にこう言った、あなたはもともと大家の令嬢出身だと、道理で詩も書けるわけだ」

〈みなで〉戯詩を作り、

「両条漢子又重来[27]（二人の男がまたやって来た）……」

と言って、みな笑い、この二〇年来なかった友好的な雰囲気を享受したのだった。

広東に遊んでから北京に戻ると、次第にいろいろな事が起きた。

ある時、周揚が入院し、私はお見舞いに行った。周揚は簡単ではあるが、心から私にこう言った。

「私は林默涵（一九一三〜二〇〇八）と話した、われわれは多くの問題について誤った批判をした、われわれは過ちを認めなければならない、私は、彼が私と一緒に改めることを願っている」

周揚文集の原稿を依頼するため、私は中央組織部招待所を訪ねるようになった。最初周揚は普通に、原稿が多すぎて、自分で一通り全部目を通していると間に合わない、原稿は後世に伝える価値がない……、と言って断った。けれども後に、私が何度も訪ねて行って、この原稿に対する誠意をはっきり伝えようとしたので、周揚はとうとう私に簡単な本当の話をしてくれた。

「この中の一部の文章、一部の段落は、毛主席が書き直したもので、さらに毛主席が書いたものまである。あの大弁論[28]がそうだ。もしも私の名前で発表するなら、私はいちいち説明しなければならない。だから厄介なんだ」

そこでわれわれは初めてまた別の同志を探して、周揚が原稿を整理し注釈を加えるのを手伝うようにした。しかし周揚自身、自分の文章にこのような「注記」を加え、いちいち目を通すのは、大変苦痛なことだったに違いない。そのため作業は遅々としてはかどらず、その後周揚はこう言い出した。

「第二巻〔批判の文章がもっとも多い巻〕はゆっくり出そう、まず最後の巻〔「四人組」失脚後の彼自身の文章〕を出そう」

彼の意図するところは明らかだった。彼は読者大衆に彼自身とその真実の思想を理解してもらいたかったのだ！　彼はあの「偶然」の正しい姿で、読者と再会することを望まなかった。けれども編集者としての私は、全集を出版することを希望した。というのはこうしてはじめて周揚という人の歴史の全貌を現わすことができるからである。このことでは、過去の矛盾と苦痛によっていっそう深く彼を苦しめてしまい、私は本当に周揚同志に申し訳ないと思う。

その数年の間、周揚は彼によって批判され、吊るし上げられた数人の同志に謝罪をしたと聞く。私自身も周揚が、

「艾青を右派と認定しようなどと、私はもともと主張していない」

と言うのを聞いた。しかし主張していないのなら、どうしてまた右派と認定したのか？　彼は私に言わなかった。

私は胡風が会議に来た時、周揚が胡風と握手するのを見た。

馮雪峰が周揚とずっと仲がよくなかったことは知っている。われわれは馮雪峰のために、人民文学出版社の主催で追悼会を開いた[29]。私は周揚が来るかどうかずっと心配で、入り口のところで見ていたが、周揚はなんと最後にやってきて、大衆の列に立った。しかも後になって、周揚自身が釈放され、出獄したばかりで、まだ問題が徹底的に解決されていなかった時に、もう馮雪峰の党籍を回復するように、との意見書を書いて提出していたことを聞いた。私は、ああ、そうだったのか、と思った。

周揚は懺悔していた。彼は自分の内心をさらけ出して友人たちと付き合い始めた。これは二十余年にわたり、満身創痍となっていた文芸界の皆にとって喜ばしい〈、弾冠相慶（冠を弾《はじ》いて塵《ちり》を払い、あい慶ぶ）の〉ことであった。人々は全身の緊張を解き、周揚に同情し、本当の話をする周揚のことを諒解した。彼自身も自分の思想を文章に書きはじめた。周揚が出版しようとしたあの近作[30]である。彼は文芸界においても自分の考えにもとづいて工作をはじめ、幹部

を任免するようになった。われわれは何かあると、周揚を訪ねて行くようになった。

しかし、皆が無邪気に思いのままに本当の話をする時間はあまり長く続かず、マルクスと人道主義の問題[31]が起きた——他の人が文章を書いた、語ってもかまわないと考えたのだ。[32]周揚も一編発表したが、この文章のために彼は批判された。しかも批判に反論する文章は掲載を許されない。緊張することには慣れっこになっていたわれわれは、たちまちまた緊張して、次々に態度を表明しなければならなかった。

われわれの出版社のある同志が言った。

「二、三日前に周揚のこの文章を読んだ時は、正しいと思った。今日またその批判を読むと、はじめて誤りがどこにあるのかがわかった」

このような調子はこの数年、人々が皆の前で態度を表明する時の常態である。ちょうどこの年の春節に、私は周揚の家へ年始に行った。老李と同じ車だったので、老李は私にこう尋ねた。

「もしも誰かに周揚のこの人道主義の文章について尋ねられたら、どのように態度を表明するべきだろう？」

私はこう言った。

「私は出版社の長として、言い抜けるしかありません。これは哲学問題で、私にはわかりません、と言います。察しのいい人なら、私の態度はわかるはずです」

周揚の家に行くと、はたして周揚はすぐにこの問題について話題にした。彼は重苦しい表情でこう言った。

「私はこんな一編の文章が指導者からこれほど重視されるとは思いもしなかった」

それからすぐに、

「君たちの態度はどうですか？」

と尋ねた。この時ちょうどまた二人の客人が来たので、私は即座に用意してあった「哲学はわからない」という言葉でごまかして答えた。当時、私はこう考えていた。こういう時に彼の家へ駆けつけたのだから、周揚に同情して慰問に来た以外にはありえないではないか。態度はこれで明らかで、これ以上言う必要はない、と。

その後周揚はあまり工作を取り仕切ることがなくなり、二度と公的な会場に姿を現わすことはなかった。私は周揚にまた会ったが、これまで彼が批判されたことについては一言も触れなかった。

この年の冬、周揚は数人の作家と広東へ気晴らしに旅行した。黄秋耘が彼らを接待した。それから間もなく、黄秋耘が北京に来て私にこう教えてくれた――周揚は今回広州において黄秋耘と単独で突っ込んだ話し合いをおこない、自分がかつて黄秋耘に対して、「中ぐらいの生きとし生けるもの」の、あの誤った批判をおこなったことを懺悔した。それと同時に、われわれがみずからの過ちを認識できるか否かについて語り、私のことを取り上げて、「韋君宜という人は、是非についてあまりはっきりと区別できない」と言った。

この言葉に私は驚愕した。周揚はどうして私が是非の区別もできないと考えたのであろう？　私は自分では是非についてはっきりと区別できると思っている。私は彼が私のことをこのように見ているとは思いもかけず、耐え難かった。

周揚は北京に戻ると、間もなく病気になった。私は病院まで見舞いに行ったが、他の人もいたので、この問題については話題にしなかった。

周揚のそれらの日々の憂鬱を人から聞いて、私は自分が周揚に述べた言葉をくりかえし考えた。あの「哲学はわからない」という言葉を思い出すと、考えれば考えるほど恥ずかしくてたまらない。私は間違っていた、完全に間違っていた。これまで長年にわたって、考えもせずに周揚の後について、目を閉じて進んできた。この悪い習慣を、私は自分ではもう改めたと思っていたが、実際はそうではなかった。**私はまだ是非を見分けず、是非の前で身を挺して事に当たる勇気がなかったのだ。**(33)　私は是非をはっきりと区別できないのか、頭の中に是非がないのか？　あるはずなのに、私はなぜ周揚と他の客人の前で声高らかに、

「私はあの批判に同意しません、完全にあなたの意見に同意します！」

と答える勇気がなかったのか？

周揚は過ちを犯し、多くの誤った話をしたが、しかし今彼は懺悔をした。彼が以前話した卓娅《ゾーヤ》を賛美する言葉や、『武訓伝』『紅楼夢』を批判する文章の中の言葉は、おそらくみな本当の話であろう。けれども、後に彼は間違いであることを知った。彼は、自分が本当の話をしたから、われわれもみな本当の話をしていると考えた。彼は私がまだ彼の前で「態度表明」のための言い逃れをし、しかも彼に推測せよといわんばかりの曖昧でそつのない言葉を述べるとは、予想もしていなかった。私よりも一〇歳年上の周揚は無邪気だった。彼の前で如才なく態度を表明した私の方が、偽りだったのだ！

私は周揚の前で懺悔すべきだと考えた。後に私はまた、他の人を見舞うという名目で、もう面会謝絶となっていた周揚の病室に行った。見ると、周揚は病床で目を閉じ、口を開いて少しも動かず、完全に昏睡状態で、もう私が話をしても聞くことはできなくなっていた。私はただ黙って少しの間ベッドの前に立って、〈それから〉そっと退室するしかなかった。

周揚は今はまだこの世に生きている。私はどれほど彼が目を覚まし、私の懺悔を聞いてくれることを望んでいることか。私はまだ待っている。

私が見舞いに行った時、ちょうど作家協会では代表大会を開催中だったが[34]、周揚は来ることができなかった。主席台で彼の祝辞が読み上げられると、台の下では雷のような拍手が三分もの長い間鳴りやまなかった（一九八四年一二月二九日）。その後、若い[35]代表が周揚に見舞い状を書こうと提案すると、賛同し署名した者は老若を問わず、ほとんど全員〔私を含む〕だった[36]。多くの青年が周揚のことをよく知っているはずはなく、彼が人をひどい目に遭わせた[37]ことについても具体的にはあまりよく知らない。けれども彼らは周揚のために拍手をした。周揚の懺悔の心はすでに文芸界にあまねく伝わり、みなに諒解されたことがわかる。

それでは人々とはつまるところ、真なるものか？　偽なるものか？

周揚は依然として無邪気な苦痛を胸一杯に抱えたまま、聞くことも再び話すこともできず、病床に横たわっている。その場その場で偽り、しかしまた本心では偽りたくなかった私は、〈よく〉周揚のことを思い出す。「四人組」が失脚した後の波月楼でのことは、まさか一場の夢だったのではあるまい？　友好的な雰囲気は？　懺悔の誠意は？　私はまた信じられなくなった。

注

（1）H・Pともに章のタイトル原文は「記周揚」。周揚については、本書前編『思痛録』第三章注3参照。『周揚文集』全五巻は、人民文学出版社から、第一巻一九八四年一二月、第二巻一九八五年一〇月、第三巻一九九〇年九月、第四巻一九九一年一二月、第五巻は一九九四年に出版された。

（2）「歴史」、Pでは〈もの〉。

（3）一九五三年九月二三日〜一〇月六日、北京で全国文学芸術工作者第二回代表大会開催。

（4）『卓姫和舒拉的故事』は、ゾーヤとその弟シューラの短い生涯を、彼らの母親が綴った作品。日本語訳は、コスモデミヤンスカヤ著、中本信幸訳『ゾーヤとシューラ』青木文庫、一九七〇年。一九四一年一一月独ソ戦のさなか、コムソモールの遊撃隊に志願していたゾーヤは、ドイツ軍の倉庫を単独で襲撃して捕まり、拷問を受けてから絞首刑になった。代表的なロシア民謡「カチューシャ」は、ゾーヤたちのような女性兵士を偲んで一九四二年に作られたという。

（5）詳細は、本書後編第三章「一九五〇年代の韋君宜　韋君宜と『文芸学習』について」を参照。

（6）「彼自身が」、Pでは〈彼自身を含めて〉。

（7）Hこの箇所には、以下の注が付されている――「馮雪峰の罪状」とは、馮雪峰主編の『文芸報』において李希凡、藍翎の兪平白批判の文章を転載するようにとの命を受けた時、編集者の言葉として「作者の意見は明らかに綿密さと周到さに欠けるところがある」と書いたことである（『文芸報』一九五四年第一八号三一頁、なおHでは、引用の際の誤植が三字あり、「周全〔周到さ〕」は原文では「全面」）。この箇所は（韋君宜の）記憶違いである。

（8）「現実主義――広闊的道路」と、後出の「組織部新来的青年人」はどちらも『人民文学』一九五六年九月号に発表。

（9）「老解放区」、本書前編『思痛録』第一章注1参照。

(10) 徐光耀（一九二五〜、河北雄県人）、中共党員。四七年華北連合大学文学系卒業、三八年八路軍に参加、中央文学研究所第一期研究生、河北省文連・作協副主席、省文連党組書記・主席、中国作協理事など。

(11) H原文は「組織部新来的青年人」であるが、正しくはPの「組織部新来的年青人」である。「組織部新来的青年人」は、『人民文学』一九五六年九月号に掲載された時の題名であるが、これは『人民文学』常務副主編の秦兆陽が修正したもので、王蒙の書いた本来の題名は「組織部来了個年軽人」。秦兆陽の修正は毛沢東に批判された。詳細は、本書後編第三章「一九五〇年代の韋君宜　韋君宜と『文芸学習』について」と注9参照。

(12)「中ぐらいの生きとし生けるもの」とは、中間人物（中間状態にある人物・平凡な人間）のことで、黄秋耘の言葉。中間人物論は、平凡な人間を重視する現代の文芸思潮の一つ。邵荃麟が一九六二年八月大連で開かれた農村題材短編小説創作座談会で、「中間人物は大多数であるのに、中間状態の人物を反映した作品は少ない」と言い、英雄人物を描くことに反対したとされる。中間人物論批判は一九六四年九月にはじまり、中間人物論は邵荃麟が打ち立て、黄秋耘が補充し発展させたブルジョア階級の文学主張であると言われ、一九六六年には江青の「部隊文芸工作座談会紀要」で、反党反社会主義の「八つの黒い論」の一つとして攻撃された。

(13)『文芸戦線上的一場大弁論』、Pの『文芸界的一場大弁論』は、P⑤では『文芸戦線上的一場大弁論』に修正。

(14)「この重責」、Pでは〈これ〉。

(15) 王任叔（一九〇一〜七二、浙江奉化人）、小説家、文芸理論家。新中国成立後、初代駐インドネシア大使、人民文学出版社社長、総編集等を歴任。

(16)「偶然しばらく」、Pでは〈偶然〉。

(17) 夏衍（一九〇〇〜九五、浙江杭州人）、劇作家、文芸評論家、二七年中共入党。建国後、上海市委常務委員、文化部副部長、中国文連副主席、全人代代表、全国政協常務委員など。

(18) 陳荒煤（一九一三〜九六、湖北襄陽人）、小説家、文芸批評家、三二年中共入党。建国後、電影局局長、文化部副部長、中国作家協会副主席など。

(19)「はじめて」、Pでは〈また〉。

(20) 一九七九年一〇月三〇日〜一一月一六日に開催された中国文学芸術工作者第四次代表大会で、周揚は丁玲等に謝罪した。周揚が「継往開来、繁栄社会主義新時期的文芸」の報告（『文芸報』一九七九年第一一・一二期合併号）をおこなったのは一九七九年一一月一日。

(21) 張勝友（一九四八〜、福建永定人）、中共党員、七七年復旦大学入学、八二年卒業、『光明日報』記者、光明日報出版社副社長兼総編集、作家出版社社長・総編集、中国作協党組成員・書記処書記、中国報告文学学会副会長、中国期刊協会副会長など。孫顒（一九五〇〜、浙江奉化人）、中共党員、八二年華東師範大学中文系卒業、上海文芸出版社編集・社長、上海市新聞出版局局長、上海市作協副主席・党組書記など。葉辛（一九四九〜、上海人）、中共党員、七七年処女作『高高的苗嶺』発表、中国作協副主席、上海市全人代常務委員、上海市文連副主席、上海大学文学院院長、復旦大学中文系教授など。

(22) ここでいう「文代会」とは、H写真頁の説明文によれば、一九七八年「四人組」失脚後、中国文壇が広東で初めて開催した公開集会のこと。

(23)「黒八論」とは、文革期の文芸創作の指針とされた「部隊文芸工作座談会紀要」（一九六六年二月）の中で、全面的に否定された次の八つの議論――「写真実論」「現実主義広闊的道路論」「反題材決定論」「現実主義進化論」「中間人物論」「反火薬味論」「時代精神匯合論」「離経叛徒道論」。一九七九年五月、中共中央の通知で正式に取り消された。

(24)「肇慶七星岩」は、広州の西方約九〇キロに位置する肇慶市の観光名所。石灰岩でできた七つの岩山とそれを取り囲む五つの湖があり、「西湖の水と陽朔（桂林市）の山」を兼ね備える、「嶺南第一の奇観」と称される。

(25)「詩人」はPによる。Hでは「討人」で、誤植である。

(26) 王作民（一九一六〜二〇〇五、浙江長興人）、三七年清華大学外語系卒業、四七年米留学、四八年ミズーリ大学ジャーナリズム学部卒業、北京に帰国。四九年から国際新聞局で工作、七九年中共入党、八四年外文局を停年、新世界出版社副総編集など。

(27) 文革中、「四条漢子」（四人の男）と批判された者のうち、周揚、夏衍の二人がここに来ていることを指す。「四条漢子」については、本書前編『思痛録』第一五章注10参照。

(28)「大弁論」とは、『文芸戦線上的一場大弁論』（一九五八年二月二八日『人民日報』、『文芸報』第五期）のことで、一九五八〜六一年の文章を収録した『周揚文集』第三巻には入っていない。本書前編『思痛録』第四章一二二頁参照。

(29) 一九七九年一一月一七日北京の西苑飯店大礼堂で、馮雪峰追悼会が挙行された。

(30) 顧驤選編『周揚近作』（作家出版社、一九八五年）。

(31)「マルクスと人道主義の問題」、原文は「馬克思講人道主義的問題」、Pでは〈人道主義問題についての論争〉、原文は「関於人道主義問題的争論」。

(32)「他の人」の書いた文章とは、『人民日報』副総編集王若水の「ヒューマニズムを弁護する」（『文匯報』一九八三年一月一七日）などを指す。八三年三月には中国文学芸術界連合会主席だった周揚もマルクス没後百周年記念学術報告会の席で、社会主義ヒューマニズムを認め、社会主義体制に存在する疎外の克服を訴える発言をおこなった（「マルクス主義の若干の理論問題についての検討」『人民日報』一九八三年三月一六日）。しかし、これらの観点は保守派イデオローグが主導した同年秋の精神汚染除去キャンペーンの主要な攻撃目標となり、王若水は免職、周揚は自己批判を迫られた。

(33)「私はまだ是非を見分けず、是非の前で身を挺して事に当たる勇気がなかったのだ」、Pでは、「私はまだ〈あの〉是非の見分けのつかない、是非の前で身を挺して事に当たる勇気のない〈古い私だったのである〉」。

(34)一九八四年一二月二九日～一九八五年一月五日、中国作家協会第四回代表大会開催。

(35)「若い」、原文は「年青」、Pでは〈青年〉。

(36)前掲『周揚近作』三一六頁によれば、周揚への見舞い状の日付は一九八五年一月三日、署名した作家は三五六人。

(37)「ひどい目に遭わせた」、Pでは〈吊るし上げた〉。

結語[1]

何と言っても、文革終結後、全国の範囲において、数十年来の国策、運動をおこない、「集団」を作り、人民の間で任意に等級を区分し、任意に罪人を指定し、一切を打倒し、一切を否定する国策は、取り消された。まだいくらか不徹底で、時には罪証が不十分であるにもかかわらず、手当たり次第に人を反動だと決めつけるようなこともあり、つまり、民主の決意はまだ固められていないということであるが、過去のように、ゆえなく巻き添えにされたり、レッテルを何十年も貼られたり、監獄に送られるような状況は、もうなくなった。

胡耀邦はかつて毛主席という人をたいへん崇拝していたが、文革後、胡耀邦は相当徹底的に目覚めて、大量の冤罪事件の解決につとめた。われわれがみないつまでも彼に感謝して忘れないのは当然のことである。過去のあの一切を打倒するという誤った方針を、根本から覆さなければ、どうして改革を始めることができるだろう？　人が一個の人、他人と平等な一個の人であることを許さなければ、人はどうして自由に考えることができるだろう？　またどうして人の成すべき事（改革）に着手することができるだろう？　経済改革は重要である。しかし、あの一切を打倒することを方針とし、ややもすれば人の人格を取り消し、何かというと「レッテルを貼る」という路線を永遠に打ち倒し、中国人にも聡明才知を発揮する平等な機会を与えることが、より重要である。

今は一九八九年の初めとなった。国家の経済情勢は極めて悪く、物価は高騰し、汚職役人も多く、官位の名のもとに金儲けをする「官僚ブローカー」も多く、庶民の間には真面目な人から金を巻き上げようとする悪徳商人も大量に増加している。かくして人民の生活は苦しくなり、批判が沸き立っている。おかずを買うのに、前よりも六、七倍にも値上がりしているのに、収入は二倍にしか増えず、どうやって生活してゆくのか?

大衆のなかには口から出任せにこの政府を罵倒する者もいる。ある青年はよく考えもせずに、このような政府はかつてなかったほど悪い政府だと言う。かつて四人組時代には騒ぎを見ていただけで、何もひどい目に遭わなかった老人は、やはり毛主席の指導の方がよかった!と言う。彼らは高明な独裁の方が拙い民主よりもよいと考えているのだ。

私はこのような議論にまったく反対である。私も現在の政府には多くの欠点、錯誤があることを認める。しかし、それは世界の他の国々の政府にも多くの問題があるのと同じである。多くの国家に汚職もあれば、悪徳商人もいる。これは悪いことであるが、誰もまだ根絶できていない。日本には田中角栄、竹下登がいる。アメリカにはカーターがいる。(2)たとえ中国がどんなに悪くとも、それでも五十歩百歩の差で、今後改善することもできる。しかし、過去数十年のように運動をおこなう政策では、こっちが右派になったかと思うと、あっちが反革命になったりして、先にも述べたように、このようなことを長年積み重ねてきたために、共産党に恨みのない多くの普通の人々が恐怖に駆られて逃げ出してしまう。このような手法は、世界中のどこにもない、この世で最大の悪事である。われわれがこの最悪の国策を取り消したことこそ最大の成果である。この世でもっとも拙い民主であっても、もっとも高明な独裁よりははるかに勝るものであり、私はそのため最高の希望をもつことができる。

われわれの国家は今のところやり方がまずくても、好転しうると私は考えている。少なくともわれわれはすでにお荷物をすっかりほうり出して、世界各国と競い合うことのできる国家なのである。われわれは足を前に踏み出して走ることができるようになった。経済については、政治が民主化されたなら、やはり足を前に踏み出して歩むことができるだろう。びくびくする必要がどこにある?

私は自分の考えを決めることのできる拙い民主を歓迎しよう!

一九八九年四月三〇日

注

（1）「結語」が収録されているのは、『思痛録』香港版・最新修訂版・増訂紀念版で、北京版と文集版には収録されていない。

（2）香港版『思痛録』に収録された「結語」に、「日本には田中角栄、竹下登がいる。アメリカにはカーターがいる」とあり、いきなり、一九七七～八一年第三九代アメリカ大統領のカーターと、一九七二～七四年第六四・六五代内閣総理大臣の田中角栄、一九八七～八八年第七四代内閣総理大臣の竹下登が出てきて、唐突な感を抱いた。そこに、どのような意味があるのか？ 韋君宜は、田中角栄・竹下登・カーターを、どのように評価していたのか、疑問であったが、二〇一四インタビューによれば、楊団氏の考えは以下の通りであった――「現在の政府には多くの欠点、錯誤がある……しかし、それは世界の他の国々の政府にも多くの問題があるのと同じである」。「たとえ中国がどんなに悪くとも」、田中角栄、竹下登の日本やカーターのいるアメリカと「五十歩百歩の差」である。指導者がどんな悪人であろうと、どんな悪事をなそうとも、最も重要で根本的なことではない。最も重要で根本的なことは、政体である。民主的な憲政政体こそが一切を決定できるのであり、個人が決定するのではない。個人が決定するのは独裁体制である。だから韋君宜は「この世でもっとも拙い民主であっても、もっとも高明な独裁よりはるかに勝るものであり、私はそのため最高の希望をもつことができる」と述べている。これはすなわち、民主憲政というような政体を支持し、中国の改革が単なる経済発展だけのものではなく、真に政治体制上の改革であることを希望しているのである。

後編

韋君宜論考

第一章　武漢時期の韋君宜

はじめに

韋君宜（一九一七〜二〇〇二、北京生れ、原籍湖北建始）は、アンソロジーを除くと生涯に一二冊の著書を出版している。そのうち一一冊が文化大革命（以下、文革と略す）後の一九八〇年以降に出版されたもので、六〇歳をとうに越えてからのことであり、人民文学出版社社長としての職責を果たしながら、その勤務時間外に、あるいは退職後、闘病生活を送りながら執筆したものである。文革初期には自殺を考えたこともあった[1]韋君宜であるが、後期になると、一家は離散し、子供の一人は精神病となり、多くの友人や同志が非業の死を遂げたという情況の中で、こんなことをしていてはいけない、自分の見たこの一〇年の大災難を本に書こう、書かなければならないと密かに志を立て、さらにはこの大災難で亡くなった、自分のよく知っている友人と同志のために列伝を書こうと決意するにいたった、と言う[2]。すなわち文革後、六〇歳をとうに越えてから出版された一一冊の著書は、韋君宜が使命感を持って、大変な覚悟のもとに執筆したものと言える。

その韋君宜の作品の中に、数十年も前に書いた自分の文章についての注釈と補足が各一編ある。韋君宜はどちらも、文革終結後の最初の作品集といえる[3]『似水流年』（湖南人民出版社、一九八一年）に、自分の書いた文章が当時の確かな証拠の「原材料」であり、「粉飾する余地のない歴史」である、との気負いのもとに、元の文章とあわせて収録している。その一つは一九五八年の「大躍進」を褒め称えた「一個煉鉄廠的歴史」（一九五八年）と「対夢囈的注解」（一九八〇年）であるが、これについてはすでに論考がある。[4] もう一つは、「犠牲者的自白」と「一段補白」である。「犠牲者的自白」は、一九三九年一月七日重慶で出版された『抗戦文芸』第三巻第四期に掲載されている。[5] 韋君宜は二一歳の時に書いたこの文章に、「一段補白」を一九八〇年に書き足して補足説明をした上で、あわせて『似水流年』に収録している。「犠牲者的自白」は、一九三八年一〇月、中共湖北省委員会での工作を終え、武漢から撤退する際、わずか二〇歳であった恋人の孫世実（一九一八〜三八、江蘇呉江人）を日本軍の爆撃で亡くし、「ほとんど気も狂わんばかりの悲しみの中で」書かれた文章である。それに対し、「一段補白」では、青年時代であった当時について、「理想に酔いしれていたあのもっとも楽しかった日々」と述べ、孫世実はいささかの雑念を抱くこともなく、祖国のため、共産主義のためにすべてを捨てたのであり、このように生きられたら「幸福」なのかもしれないとさえ書いている。[6]

ここに記された韋君宜の体験と思いは個人的なものではあるが、それから四十余年の中共革命の歴史を生き抜いての感慨でもある。一九三八年から一九八〇年の間には、抗戦と内戦の勝利、新中国誕生後の三十余年の歴史があった。当時彼らが日夜思い描いた「将来」である。この間、歴史の当事者として、韋君宜はどう生きたのか。何をして、何を見、何を感じ、何を考えたのか。本章は、湖北省委員会での工作の最後に起きた孫世実の事件と、それに対する韋君宜の「補足」を手掛かりに、中共革命の実像の一端を明らかにしようとするものである。

一　「犠牲者的自白」と「一段補白」

孫世実が犠牲になった時はわずか二〇歳、職務は中共湖北省青年工作委員会委員、民族解放先鋒隊湖北省隊長。その前は中共宜昌区委員会書記。[7] 父親は著名な社会学者で南京中央大学教授の孫本文（一八九二〜一九七九）。韋君宜は、このような「学者の家柄」出身の青年が、生活の道はとうに決まっていたはずなのに、別の道——犠牲にいたる道を選んだのだ、と言う。孫世実は清華大学十一級、韋君宜は清華大学十級だから韋君宜の一学年下で、清華大学で彼らは知り合った。韋君宜は、「この優雅で優秀な江南の若者」は北平学連（北平市大・中学生連合会）の常務委員だった、と言う。

孫世実が犠牲になった経緯は、以下のとおりである。

一九三八年一〇月、武漢陥落の直前、党は兵を二路に分けた。一つは鄂《がく》中（湖北省中部）に行って遊撃戦をやる、もう一つは湖北省委員会とともに鄂西に撤退するというもので、韋君宜と孫世実は後者のグループに振り分けられた。韋君宜は招商局の汽船に乗って先に行き、孫世実は湖北省委員会組織部長の銭瑛（一九〇三〜七三、原籍湖北咸寧）について後から出発することに決まった[8]。この時、李声簧《りせいこう》同志が重病で歩けないので銭瑛と孫世実がずっと彼についていた。韋君宜が乗った汽船のチケットは銭瑛、李声簧、孫世実も購入していたが、あまりに満員だったので病身の李声簧には無理ということで、チケットを無駄にした。最後に日本軍の武漢占領の前日、銭瑛と李声簧、孫世実は一緒に八路軍武漢弁事処がチャーターした「新昇隆号」汽船に乗って武漢を離れた。汽船が武漢を出発すると間もなく武漢は陥落した[9]。

「新昇隆」は、その時武漢から遠くない嘉魚燕子窩《かぎょえんしか》に停泊していた。多くの人は上陸したが、銭瑛、孫世実、李声簧を含む、省委員会のその他の数人の同志が上陸しなかった。突然武漢のあたりから日本の飛行機が来て、この船を見つけると低空掃射し、爆弾を投下した。このため船で火災が起きた。この時泳げる者は次々に河に飛び込み、岸に向かって泳いだ。泳げない者も木切れを抱きしめて河に飛び込むしかなかった。銭瑛も河に飛び込んだが、後に小舟に救助された。するとひっくり返った四角い机が河を漂ってきた。その机の中には人がひとり腹ばいになっていた。救助すると、李声簧だった。李声簧にたずねたところ、頭上で機銃掃射され、すぐそばで大きな火事になった。危険が差し迫り混乱しているさなか、孫世実は河に飛び込まずに、まず船室に飛び込んでこの机を探してきて、逆さまに引っくり返して船の端に置き、また船室に入って李声簧を抱きかかえてきて、次に机をひっくり返したまま河に浮かべ、李声簧をその中に置いた。それから孫世実はようやく自分も河に飛び込んだが、遅すぎた、と言う。孫世実はこうして帰らぬ人となった[10]。

当時、「ほとんど気も狂わんばかりの悲しみの中で」書かれたのが[11]、「犠牲者的自白」である（以下、頁数は『似水流年』のもの）。

文章の書き出しは、「本当に私の恋人は敵機のもとに犠牲になった」である。物語でもなく、ペンで書かれた歌うべき泣くべきドラマでも映画でもない、本当の災難が私の頭を打ちのめした時、私の感情はもはやそれに対処する力がなく、どうしてよいかわからなかった、と記したうえで、「親愛なる友人のみなさん！　あなた方がこんな経験をしたことがないのなら、私のこの時の気持ちを想像するすべはないだろう」と述べ、「中国の数百万人が私のような日々を過ごしている」ことが今わかったと言いながら（一四頁）、自分の混乱した心の軌跡を、ありのまま饒舌なまでに克明に記してゆく。

彼が確かに死んだことがどうしても信じられなかったこと、大きな気力を振り絞ってそれを自分に信じさせようとしたこと。韋君宜は、彼は帰ってくるに違いないと思った。一縷の希望のあるところへ手紙を書き、電報を打ち、訪ねた。一生のあらゆる希望を彼が生きているかもしれないというその一点にかけ、静かに彼が来るのを待った。しかし時間がたてばたつほど、自分が彼の死を信じたくないという以外に、彼が生きている根拠を見つけられなくなった。韋君宜は毎日、彼が被害にあった地点の地図を仔細に眺め（一五頁）、やがてこれまでに見たり聞いたりした、あるいは本や新聞に掲載された爆死死体の姿を彼の体に重ねた。血肉が吹き飛び、足が木にひっかかり、腸が何尺も垂れていたり、肉片が壁に張り付いていたり……。韋君宜はそれが彼だと想像した。今彼はそんな姿になってしまったのだ。永遠に生き返りはしない。二度と話せない、笑えない、彼の唇はもう魚に食われ、魚は唇を飲み込んでしまった。彼の血肉は噛み砕かれた、ちょうど私たちが魚や羊を食べるのと同じように。韋君宜は努力してそう思った。それからまた昔彼が韋君宜と談笑した時のことを思い出すと、はじめて感電したかのように、涙が出た。韋君宜は激しく、狂ったように、我を忘れて、ひたすら泣いた。

泣くのは唯一の方法だった。胸も痛み、頭も痛んだ。ひとしきり泣くと涙も枯れた。また泣いた。泣いて死ぬことができないことが恨めしかった。韋君宜は、はじめて、彼はもういないことがわかった。永遠に彼はいないのだ。ほとんど発狂せんばかりだった。生きていたくなくなった。他の人も恨めしかった。逃げられたかもしれないのに彼は死んでしまった（一六頁）。韋君宜は理性を失っていた。誰が彼を殺したのかを忘れていた。二人の運命を呪った。

自分のつらい運命を嘆いた。韋君宜は工作と責任と事業のことを忘れてしまった。自分がいったい何者なのかを忘れてしまった。読んだ本や平素の言論、自分の思想や信仰を完全に忘れてしまった。韋君宜は愛する人を失ったかわいそうな女性、昔の小説や詩詞の薄命の、月を恨み花に憂えて涙を流す女性と同じになった。農村の悲惨な運命の中で、神仏にすがって泣く村娘と同じだった。韋君宜は自分を見失っていた。絶望！　韋君宜は無神論者だったが、苦痛の中で神を求め、祈り、占った、と言う（一七頁）。

しかし韋君宜は「村娘、典型的な中国人女性」にはなれないことを恨み、すぐさま対処する方法を考えざるを得なかった。どうしてよいかわからず、自殺を考えたことから仇を討つためだけに生きようと決意するにいたった経緯については、次のように記している。


本を読んでも彼と話したくなり、何かを書いても彼に見せたくなり、新茶を飲んでも彼に飲ませたくなった。この時、彼はバラバラになって川に浮かぶ水死体になってしまったことに気が付く、私はどうすればよいのか。生きてゆけない。一度ならず自殺を考えた。毒薬も手に入れた。それまでも死を恐れはしなかったが、遠いものであった。しかしどんなものか本当のところは知らなかったのである。もっとも親密な人が突然死に、死は私のドアのすぐ外に立っていることに気が付いた。死と生は同じように普通のことであり、同じように簡単なことで、何の違いもない。手を伸ばせばつかめるものだということがわかった。死、死、死、この思いは私の頭の中を何週間もめぐり、夜も昼もそれと戦った。死にたいという思いと戦った（一八頁）。この時死は、私にとってもっとも簡単で心地よく平穏な道だった。私が死にたいという気持ちは、彼が生きている時に一緒に居たいと思ったのと同じくらい強烈だった。何度も毒薬を飲もうと思った。しかし私の理知がそうさせなかった。そこで私は毒薬を片手に、もう一方の手で敵軍の暴行や抗戦の現状、革命の前途などの本を読んだ。一字一字かみしめながら、私の死のうという気持ちを飲み込みながら。これはなんという苦い味だ。しかし死ぬなら良く死のう。こんな風に死んだら彼に申し訳がない。私は彼の仇を討たなければならない。ただ仇を討つためにだけ私は生きるのだ。

どんな方法で報復するかわからなかった（一九頁）。しかし今私は、自分が人を殺せることを知っている。私は人に害を与えない。人が私に害を与えた。今私はこの世のどんな残忍な行為も何の躊躇もなく敵に与えられる。恨みを晴らす。恨みは弱者、心優しい者に自分を忘れさせ、誰よりも凶暴に、残酷にする。命さえいらないのだ。天下に恐れる何があろう。捕虜の優待にも断固として反対する。今手元に日本の捕虜がいれば、私は刀でその眼をえぐり、その耳と鼻をそぎ落とし、心肝をえぐりだし、彼らを爆殺された人と同じような目にあわせてやる。多ければ、一人また一人と殺す。一人も生かしてはおかない。彼らにも、夫を亡くした妻、父を亡くした子の思いを味わわせてやる。

この時になってはじめて比べようもない恨み、民族の恨みに思いが至った。私の経験は空前のものであり、民族の惨禍は空前のものである。かわいそうな中国の同胞たちよ！　これは想像もできないほどの巨大な災禍なのである。遼寧から吉林、黒竜江……広東に至るまで縦横数万里のあらゆるところで私のような惨劇が生じている（二〇頁）。……私はわからない。なぜまだ講和できるのか、抗戦しなくてもよいと考える人がいるのか（二一頁）。身を捧げなければならないことは知っていたが、こんなに早く死が私のところにまわってくるとは思わなかった。しばらくは砲火のないところで話したり書いたり逃げたりできる、最小の範囲の中で自分のためのささやかな楽しみは残されると考えていた。しかし今私は日本の飛行機に感謝する。それは他でもなく私を攻撃し、私の大切な人を滅亡させた。

民族の祭壇の前で、ある人は金銭を捧げたといい、宝物、筆墨、労力を捧げたという人もいる。しかし私は大きな声で私の愛する人を捧げたと宣言する。私はそこで下がろうとしたが、民族の神霊は私に「駄目だ、まだあるだろう、自分の命が」と言った（二二一頁）。私にはまだ自分の命が一つ残されていた。この他に、愛も、喜びも、前途も完全に失ってしまった。最後に残った命があるだけだ。私は惜しむことなく捧げよう。生きてゆくのは困難なことだ。私はただ仇を討つためにだけ生きる。私の仇は中国の仇、われわれの百年来の一万里四方の祖先の深い仇だ。

私は銃弾を敵の胸に直接打ち込み、敵の血を私の刀で流させる。敵の血を見るために私は生き続ける。この他に私は何の目的も考えもない。

親愛なる友人よ。あなたがたの運命が私のようにならないことを希望する。しかし私にはわかっている。敵を中国から追い出さなければ、あなたがたの運命はいつでも私と同じようになる。どうすればよいか、あなたはもうよく考えただろうか。一九三八年（二二三頁）

以上の「犠牲者的自白」に韋君宜が補足した「一段補白」は、「『犠牲者的自白』は一九三八年末、重慶の『抗戦文芸』に発表した、今から四十年ほど前のことである」という文章で始まる。韋君宜は、当時友人たちから褒められもしたし、彼女のことを心配してくれる人もいた、さらに「文革」中には、この文章のために少なからず批判され、闘争にかけられた。そして、韋君宜は今もう一度読み直してみると、一種の異様な感情を抱くと言う。その「異様な感情」とは、孫世実が「あんなにも若くして革命に命を捧げたということは、まさに一種の幸福なのかもしれない」ということである。苦痛を後から死ぬものに残しただけで、孫世実は、犠牲になるに臨んできっと心安らかで得心していたであろう、と考える。当時ほとんど気も狂わんばかりの悲しみの中で書かれたこの「自白」を、今韋君宜が批判するのは簡単なことである、小資産階級の狂熱であり、また立場を喪失した……、と言う。おそらく、文革中にこのように批判されたのであろう。しかし韋君宜は、この文章について「今思うのはまず批判することではなく、四〇年も経ったおかげで、すでに過去のものとなったあの苦痛はとうに洗い流されてしまったはずなのに、今それを回想しての私の苦痛は、過去よりも一層深刻なのである――もちろん別の性質のものであるが」と述べる（二四頁）。

一九三八年末、二一歳で、愛も、喜びも、前途も完全に失い、最後に残ったのは命だけ、その命を惜しむことなく捧げよう、ただ仇を討つためにだけ生きる、と宣言した時よりも、それを回想した韋君宜の一九八〇年当時の苦痛のほうが一層深刻だとは、いったいどういうことなのか。

韋君宜はこの後、孫世実の経歴などについて述べ、「抗戦が勃発すると、皆は南方へ赴いた」として、湖北省委員会での工作と孫世実の殉難にいたる経緯について回想する。湖北省委員会での工作については、次節で述べる。韋君宜は、孫世実の死について、「彼は泳ぎがうまかったし、船は岸から遠くもなかった、彼は爆撃のために亡くなったというだけではなく、同志を救出するために、自らの命を犠牲にした」「彼はきっと同志に対する無私の熱愛と、共産主義に対する光り輝く理想を抱いて、従容として犠牲になったのであろう。もしも無念であるとしたら、おそらく終日思い描いていた『将来』を目にすることができなかったことが無念であるだけだったであろう。これが『犠牲者の自白』で述べた青年である。また私――あの時わずか二一歳であった娘が、それから三〇年後に批判闘争にかけられることになる、この文章を書いたことの由来である」と言う。

韋君宜は、以前は孫世実が解放を見ることができなかったことに償いようのない無念さを感じたものだった。一九六二年にもそうだった。韋君宜は一九六二年、四川から武漢まで長江を船でくだり、孫世実の亡くなった嘉魚燕子窩を通過した。この時、昔のことが心に浮かんで消えず、韋君宜は彼の英霊を訪ねてどこへ行けばよいのかわからず、一人でそこに立って彼を悼み、低い声で「五星紅旗迎風飄揚」を歌い、彼の魂を慰めた。韋君宜はこの夕日に赤く染まった山河は、まさに彼とその同志らが血と引き換えにしたものであると思わずにはいられなかった、今、韋君宜だけがそれを見ることができ、彼は見ることができない、と涙を流したと述べている（三〇頁）。

しかしその後韋君宜は、逆に彼をこそ羨むべきであり、悲しむべきではないと思うようになったと、一九八〇年「一段補白」を書いている時点で述べている。韋君宜は、「彼はあのように純潔なままで亡くなった。私のこの数年のあらゆる苦痛をまったく感じることもなく。彼を悼む必要はまったくない」と言う。彼はいささかの雑念を抱くこともなく、新中国のために死んだ。祖国のため、共産主義のために、すべてを捨てた。彼の年若い恋人である韋君宜のことも含めて。これは崇高な境地の死である、このように人生を生きることができたら、幸福ではなかろうか、と韋君宜は言う。その後、「牛棚」や幹部学校で、特に「犠牲者的自白」のために批判闘争にかけられていた時、韋君宜は「青年時代に理想に酔いしれていたあのもっとも楽しかった日々をたえず思い続けていた。そればかりか『犠牲者的自白』を書いていた時のあの苦痛は別の意味で愉快ではなかったのか、とさえ思われた」と言うのである。一九三八年に、韋君宜は一方では泣きながら、もう一方では仇を討とう、戦いたい、昂然と「将来」のために犠牲になりたいと思えたからである。「刀鋸鼎鑊《とうきょていかく》（古代の刑具）有りといえども、甘きこと飴の如し」、それは人生最大の不幸なのではない、と言う（三一頁）。なお、「牛棚」とは牛小屋のことであるが、文革中は、「牛鬼蛇神」と言われて階級の敵とされ、批判の対象となった人々が入れられた牢を指す。

韋君宜はさらにつづけて、以下のように述べている。

幸いにも生き残ったこの私は、こんなにも長く生きてしまった！　私は彼らが思い描いた「将来」にまで生きてしまった。これは彼がそのために若い命を捧げた「将来」なのである。私はすべてを見た。自分が闘争にかけられたことも、一〇年の災難（文革）と、その中で吊るし上げられ、殺されてしまった白髪頭の銭大姐（銭瑛）も、一〇年の災難の後また浮かび上がってきた多くの残滓も含めて、すべてを見た。前の文章を読み直してみて、私の心のすべてを説明することはできない。光明、理想、愛情、犠牲、残酷、愚昧、民族、国家、運命……これらのすべてが複雑に交錯していることを、小孫（孫世実）は思いもしなかっただろう。この「将来」の姿を彼は思いもしなかっただろう。彼のあんなにも純潔な熱い血は、無駄に流されたのではあるまい。人々よ！　こんなにも純潔だった熱い血を、水のように流れるに任せてしまうのは、犯罪ではないのか！　こんなことでどうしてよいものか？　彼らの熱い血と引き換えにした山河を、どうして手当たり次第に踏みつけにするのか？　このことにこそ私は真の苦痛を感じる。——あの時彼を亡くした苦痛とは、比べられない程の苦痛を感じるのである。このことは老いた。私の果てのない感慨で、いまもなお困難の中で戦っている戦闘者の心を傷つけることは本意ではない。私はただ簡単にありのままにこの「一段補白」を書いて、四〇年前に書いた文章の不足を補うことにする。一九八〇年（三三二頁）

孫世実の死について、人生最大の不幸ではない、むしろ幸福でさえあり、彼を悼む必要はまったくない、と韋君宜が考えるようになった原因は、一九三八年当時思い描いていた「将来」、孫世実がそのために命を捧げた「将来」を、中華人民共和国成立以後三十余年も生きてしまったことにある。その間、韋君宜が闘争にかけられ、銭瑛が殺されたというだけではなく、文革とその後に浮かび上がってきた多くの残滓も含めて、韋君宜はすべてを見たからであると言う。それでは、その「将来」においていったい何があり、それについて韋君宜はどう考えたのか。その前に、まず韋君宜がなぜ中国共産党に入党し、湖北省委員会で工作するにいたったのかについて見ておこう。

二　中共入党から湖北省委員会まで

韋君宜は、蔣南翔（一九一三～八八、江蘇宜興人、清華大学中文系九級）が「私に革命を教え、私を入党させた」[12]、また韋毓梅《いいくばい》（一九一三～六八、江蘇塩城人、清華大学中文系九級）を「私を導いてくれた人」[13]（引路人）と述べている。韋君宜は一九三四年に清華大学哲学系に入学し、年末には校内の革命組織「現代座談会」に参加、マルクス主義を学習しはじめるが、間もなく現代座談会は解散された。現代座談会は韋君宜が初めて参加した革命組織であった。さらに一九三五年一二月、一二九運動に参加、一九三六年一月、平津学生「南下拡大宣伝団」に参加した後、間もなく蔣南翔の紹介により、中国共産主義青年団（以下、共青団と略す）に加入、五月には中共党員となった。[14]韋君宜が蔣南翔と知り合ったのは一九三四年末のことで、中共入党の紹介者も蔣南翔であった。[15]

現代座談会は革命組織だったとはいえ、韋君宜はそのことを知らなかった。同時に清華大学に入学した毛椈《もうきく》が学術活動だと言って、韋君宜を熱心に引っぱって行き、訳のわからないまま、図書館前の大橋で会員を公開募集していた現代座談会に参加を申し込んだ、と言う。毛椈は韋君宜より二、三歳年長で、南開女子中学の同学であり、最初から現代座談会の執行委員だった。しかし清華の宿舎に軍警が毛椈を逮捕しにくる騒ぎが起き、毛椈はその時は逃げることができたが、現代座談会は、成立して半年で解散された。[16]

現代座談会の指導者は徐高阮（一九一四～六九、浙江杭県人）。韋君宜はこの会で蔣南翔と同じ哲学組に編成され、ここで学校ではまったく教えない『弁証法唯物論教程』を学んだ。蔣南翔はいくらも年長ではないのに先生のようだった。片方の目があまりよくなく、青年の活発さはまるでなかった。大学に入学したばかりの韋君宜は、男子学生と話もできないほどだったが、蔣南翔によってはじめて男子学生に対する躊躇と警戒心を持たなくなり、それから男子学生と自由に話すようになった。韋君宜は、当時、会員の徐高阮、蔣南翔、高承志が共産党員であり、現代座談会で積極分子を物色していたのだとはまだ知らなかった、と言う。[17]

その後について、韋君宜は「她死得好慘——哭韋毓梅」の中で次のように述べている。

一九三五年日本帝国主義はあからさまに華北を侵略し、蔣介石一派は一日中「親善睦隣」と叫び、学校は間もなく維持できなくなろうという時、われわれ数人の女子学生は気でもふれたかのように集まっては国家の亡国の運命について議論し、救亡歌を歌い、心の苦悶を紛らわせていた。韋毓梅はこの時にはもう秘密の共青団員で、彼女は一人一人われわれと話して、「早く組織しましょう」と言った。こうして彼女を含めて六人が清華で最初の女子学生の革命組織——民族武装自衛会を成立させた。われわれを指導し、われわれの小組の会議に出席したのは蔣南翔。後にわれわれのこのグループは積極的に一二九抗日救亡運動に参加した。

韋毓梅は全校の、また運動のリーダーで、清華大学の（共青）団支部書記であったが、それは後で知ったことである。[18]

清華で最初の女子学生の革命組織が民族武装自衛会だったということは、その後ずいぶん経ってから、韋毓梅からはじめて聞いたもので、会のメンバーはこの組織の名前さえ知らなかった。韋毓梅が韋君宜らを加入させ、指導したが、彼女たちにそれを感じさせなかった。[19]

この組織は秘密小組であり、成立したのは一九三五年九月。二院の蔣南翔の宿舎（彼は一人部屋）で毎週一回会が開かれた。そこへは一人ずつ行き、また一人ずつこっそりと戻った。このようなやり方は、韋君宜らに神秘的で神聖な感情を抱かせた。蔣南翔は韋君宜らを教えて華崗（一九〇三～七二、浙江省衢県人）の『中国大革命史』を読み、どのように会を開くかの方法を教え、毎回順番に「時事分析」「工作検討」「自己批判」「工作の割り当て」の四項目について討論した。工作とは、女子学生の中に公開の時事問題討論会を組織し、流通図書館を成立させ、この小組を拡大させることなどである。『中国大革命史』の見解については、歴史を学んでいる韋君宜らも知らず、韋毓梅がどこで手に入れたのか、どこで学んだものかについても、他のメンバーは知らなかった。韋君宜はこの会で初めて時事をどのように分析するかの方法を知った。世界を二つの陣営に分ければはっきりするのである。蔣南翔はさらに紅軍というものがあり、もう黄河を渡ったことなどを教えてくれた。すべて、これまでに聞いたことのない不思議なことばかりだった。[20]

韋君宜は、一九三五年一二月には積極的に一二九抗日救亡運動に参加。この前後、処女作と第二の短編小説を天津『国聞週報』と天津『大公報』に発表する。一九三六年一月四日、平津学生「南下拡大宣伝団」に参加。一六日、韋君宜の参加していた「南下拡大宣伝団」第三団は燕京大学に「中国青年救亡先鋒団」を設立。これは後に第一団、第二団の設立した組織とあわせて「中華民族解放先鋒隊」（以下、民先隊と略す）と総称されるが、韋君宜はその最初の隊員の一人となる。

間もなく蔣南翔の紹介により、共青団に加入、五月には中共党員となり、中共北平地下党の幹事となる。北平の社連、婦連、民先隊の工作に参加し、大学の授業には滅多に出なくなって、ほとんど職業革命家のような生活を送る。

韋君宜は、革命工作に参加するようになって、蔣南翔が清華大学党支部書記であり、その後北平学委（中共北平学生運動委員会、一九三六年一〇月成立）書記となったことを知った。蔣南翔は見たところごく普通の大学生であり、当時の幹部は皆このように若い普通の大学生だった。韋君宜はどうして蔣南翔に導かれてこの道を歩んだのだろう、最初、韋君宜は彼が共産党員だとは知らなかったし、毛沢東（一八九三〜七六、湖南湘潭人）のことについてはもっと知らなかったと言う[21]。

韋毓梅もまた同学の中では依然として普通の人のままであった。韋君宜が共青団から中共党員となった時、城内の組織から清華に戻って団支部書記を訪ね、手続きするようにと言われたが、韋君宜はどうすればよいかわからず、韋毓梅にたずねたところ、団支部書記は彼女だった。韋君宜はそこではじめて運動の中で彼女が指導工作を担当していたことを知った。最初の六人の小組はこの時にはもう数十人もの女性民先隊員に拡大していた。一〇八人の女子学生中およそ半数を占めた。化粧をしていた女子学生は明らかに劣勢となり、右派はいうまでもない。韋君宜らが密かに「中間分子」と評していた女子学生らも、小組の組織した演劇の上演や壁新聞コンクール、春のキャンプに参加するようになり、左寄りとなった。韋毓梅は人知れずどれほどの心血をそそいで革命の隊伍を拡大したかしれない、「彼女でなければわれわれが前に向かって進む道をどうして切り開けただろうか」と韋君宜は述べている。一九三六年夏彼女は卒業し、上海に戻って女工のタブロイド版の新聞を編集した。韋君宜は、彼女がおそらく職業革命家となり、労働者工作をしているのだろうと推測した[22]。

一九三七年七月、盧溝橋事件が勃発すると、韋君宜は天津仏租界の家に戻る。八月二八日[23]、家から南下して復学する許可を得て、塘沽《タンクー》から広州行きの汽船「湖北号」に乗る。広州までは代々付き合いのある家の年長者が同行し、広州からは粤漢《えつかん》鉄路で漢口に向かい、国民政府軍事委員会行営参謀処長の二番目の叔父が出迎え、復学の手配をすることになっていた。ところが韋君宜は仮病をつかって青島で途中下船し、済南、太原から石家荘を経て漢口に到着。一〇月下旬、漢口から長沙臨時大学に行って登録し、「臨大」文学院哲学心理教育系四年となるが、民先隊本部はすでに山西省臨汾に撤退し、党組織とも連絡が取れなくなっていた。そこで学業を捨て、党との連絡先を捜しに武漢に行くことを決める。一九三七年秋から冬にかけて、武漢では抗日救亡活動が活発化し、日本軍占領地区から逃げてきた学生や、上海から撤退してきた進歩的文化人や各種団体が集中した。中共長江局の所在地でもあり、湖北省委員会の再建工作も始まっていた。韋君宜は武漢大学でしばらく聴講した後、一二月、湖北省委員会が開催した黄安七里坪抗日青年訓練班に参加する。ここは新四軍七里坪留守処所在地でもあった。韋君宜はこの時、党との関係を回復し、名前を韋君宜に改めた[24]。

一九三八年の初め、この七里坪党訓練班で韋君宜は、湖北省委員会組織部長の銭瑛と知り合った。訓練班が終了する時、銭瑛は班にやってきて卒業後の分配をおこなった。党員学生については主に銭瑛が個別に話をした。韋君宜がこれまでに知っていた党の指導者は、すべて彼女の同学で、年齢経歴にほとんど差がなく、銭瑛のような地下党の古くからの指導幹部、真の職業革命家には会ったことがなかった。四方に風の通る民家――訓練班の本部にドキドキしながら呼ばれて行くと、やせた中年の女性が藍色木綿の旗袍《チーパオ》を身に着けてボロボロの木製の机の前に座っていた。ごく平凡な家庭の主婦のようで、微笑みながら、韋君宜が官僚の娘でありながら革命に参加するために出てこられたのは素晴らしい、とほめてくれた。当時党内の幹部檔案制度をまったく知らなかった韋君宜は、銭瑛がどうして知っているのだろうと喜ぶとともに驚きいぶかった、と言う。その後、銭瑛はこの小さな根拠地（紅色山郷）に留まって宣伝工作をしたいかとたずねた。韋君宜は外の救亡運動の高まりにひかれていたので、外の世界で工作したいと希望した。彼女は話しやすく、韋君宜が党のいうことを聞かないと批判することは少しもなく、韋君宜の要求を考慮すると答え、最後に、党は今、各方面に幹部を必要としていると語った。銭瑛の第一印象は温和で親切で物静かというもので、学生運動の指導者は口を開けば滔々と絶えることなく談論風発したのに対し、銭瑛は謙虚で度量が大きく、実際に即して韋君宜が問題を解決するのを助けてくれたと言う(25)。

韋君宜はその後武漢に戻って省委員会を訪ねたが、この時銭瑛はおらず、中共湖北省委員会書記の郭述申（一九〇四～九四、湖北孝感人）によって襄陽に派遣され、党の建設工作に従事することになった。しかし間もなく反動勢力に目をつけられたため、武漢に戻り、今度は銭瑛が韋君宜を宜昌に派遣し、党の建設に当たらせることにした。宜昌には韋君宜の叔父がおり、韋君宜の家があった。そのことを知っていた銭瑛は、武漢の「董代表公館」（董必武（一八八六～一九七五、湖北黄安人）の名義で借りていた家で、省委員会の機関）で韋君宜に「宜昌に派遣する。まず家に戻って待っていること。時が来たら、私があなたを訪ねていく」と簡単かつ明確に述べ、韋君宜を叔父の家に潜ませた(26)。

韋君宜の二番目の叔父は宜昌に小さな洋館を建て、四番目の叔父夫婦が管理していた。韋君宜は姪の身分ゆえ、一人で、二間を与えられて暮らした。数日待って焦っていると、ある日突然銭瑛がやってきた。母屋に入って韋君宜の四番目の叔母に礼儀正しく挨拶をしてから、韋君宜の暮らしている後ろの建物に来て座ると、すぐに「すべての手筈は整った。宜昌区工作委員会を設立する。あなたは区工作委員会組織委員を担当しなさい。この地方にはもともと党組織はなく数人が自発的に支部を設立していただけで、私はもう審査を終えた。今後はすべてをあなた方にまかせる。あなた方新しい区工作委員は党組織を発展しさえすればよい」と言った(27)。

宜昌区委員会成立の会議は、韋君宜のこの客間兼書斎で開催された。ちょうど夏で、韋君宜は新しく作った白い紗の旗袍を着ていた。まるで客を招待するように家で彼らが一人また一人やってくるのを待った。なんとこの新しい区委員会書記は同学、孫世実だった。もともと党が彼に与えた任務は、武漢で湖北郷村合作訓練班に応募し、農村へ行って工作を始めるというもので、彼は合格し宜昌一帯に派遣されたが、数カ月余り経っても工作の目処が立たず、そこで党はようやく彼を宜昌に留めて、地下工作をさせることに決定した。この会議には銭瑛も出席した。彼女は多くは語らず、今後の工作の分担と発展の方針についてのみ話した。その後、韋君宜の家は実質的に宜昌区委員会の機関となり、会議の開催、書類の保存はここで行われた。銭瑛ははっきり言わなかったが、彼女が韋君宜を宜昌に派遣したのは、韋君宜のこの社会関係を利用するためだと韋君宜にはわかっていたと言う(28)。

韋君宜はこれまで党の組織工作をしたことはなく、それは他の二人の委員も同じで、いずれも北平天津から流れてきた同学であり、銭瑛はどうしてこんなにも彼らを信任したのだろうと思った。このことについては、何年も経ってから、当時湖北省各地区の地下党は一〇年の内戦ですべて破壊され、抗戦が始まって、彼女のような古参党員の一群が出獄してきた時、最初の任務が再び党を建設することであり、彼女の手元には青年知識分子幹部しかいなかった、旧来の伝統を破って大胆に彼らを使い、彼らに依拠して工作するしかなかったということを知った、と韋君宜は述べている(29)。

韋君宜は、「一段補白」の中で当時について以下のように回想している。

彼(孫世実)と宣伝委員は共同で一軒のボロ屋に住んだ。私の家からは二、四筋の胡同《フートン》(路地)しか離れていなかった。彼らはすべて無職だった。私はそのボロ屋に数回行ったことがあるが、彼らの生活は本当にひどいものだった(二五頁)。それは旧式の中国家屋で、建物に上がると床がガタガタと鳴り、すべての家具はいったい黄色なのか、それとも赤、黒なのかもわからなかった。ちゃんとした机もなく台所にある大きな板を渡したような机がひとつあっただけであった。しかし小孫が出かける時はいつも清潔な白いシャツと紺のズボンを身につけ、頭髪も美しく整えられていた。彼は工作しやすくするために努力しているのだと思った。

彼らが住んでいる場所は本当にひどかったので、会議を開く時や彼と工作の相談をする時、新党員の入党儀式等々は基本的にすべて私の家でおこなった。彼は私の家にしょっちゅう来る客となった。われわれはどちらもまだあんなにも若かったので、彼がしょっちゅう来るようになると、四番目の叔父夫婦は自然に彼が私のボーイフレンドだと思うようになった。彼らがこのように推測するのはわれわれの活動にとって保護色となり、いくらか安全な感じとなった。

私の部屋は清潔な机とソファー、花瓶があり、壁には北平時期の古い写真がかけられ、李後主の亡国後の詞がそえられて、窓の外には一本の沈丁花があり、昔話をするのによい環境だった。しかしわれわれは確かに毎回会うたびに仕事の話ばかりしていた。これは自覚して抑制していたといえる。というのは当時われわれは人口数十万人の宜昌において真理を宣伝する任務を担っていたため、自分たちを一般の青年男女と同列には考えられなかった。

宜昌区委員会は規定により公安・石首・宜都などのいくつもの県を管轄下に置いていた。かつては党の活動をおこなったところもあったが、この時にはもう完全に無くなっていた。小孫は地方に出かけて奔走し開拓する任務を負っていた。数日おきに出かけた。市内には国民党の青年組織と青年雑誌があり、それらと闘争しなければならなかった。進歩を追求する小学校の教師は組織して指導しなければならず、宜昌に流浪してきた青年には落ち着き先を手配しなければならなかった。さらに中間人士を勝ち取らなければならなかった……。これらのすべてが当時わずか二〇歳の小孫の肩にかかっていた（二六頁）。

今思い出しても、二〇歳というのはまだほんの子供でしかないではないか？　しかし当時私にはそのような感覚はまるでなかった。おそらく重い工作の負担が彼の早熟をうながしたのだろう。彼はこれらの複雑な問題について、口を開けば気楽に何かを話すことはまれで、長い間仔細に考えて、はっきりと考え抜いてから明確な意見を発表した。

彼は私の書斎で党員気節教育大綱を起草し、上級への報告も書いた。時には彼が書いていると、私は彼のために紙を裁断した。彼のためにお茶を入れた時もあった。彼は私と一緒に支部や大衆団体にも行った。彼と一緒に宜都県に打ち合わせに行ったこともあった。私は裕福なお嬢様の身分で上流女性の活動や難民児童救済の活動に参加したが、この方面では彼よりも多く活動した。彼が参加した下層の秘密活動や青年の救亡活動は、私よりもずっと広範だった。私は彼の方が私よりもずっと成熟していると本当に思っていた。

その時、宜昌は武漢から重慶に行く際に必ず通過しなければならない中継地点であった。当時清華大学はすでに北京・南開大学と連合して昆明に西南聯大を成立させていた。清華の同学には、宜昌を通る時私の家まで会いに来て、私になぜ学校に戻らないのか、こんな所で何をしているのかと聞く者もいた。私は家に用事があるとか、両親が私を香港経由でアメリカに留学させたがっているが、まだ予定が立たない……と口を濁すしかなかった。小孫の方はもっと同学に答えようがなく、救国活動をしているが、団体名はないと言うしかなかった。そのボロ屋は客人を接待するのに本当に不便で、彼は知人と出会わないように避けるしかなかった。大学に行くとか留学するとかについて、当時の私たちの頭の中には考える余地などまるでなかった。小孫の父や兄からも手紙が来たが、彼はかくれんぼうをするように様々な嘘デタラメをでっちあげた（二七頁）。

その後、同じ一九三八年の夏、韋君宜と孫世実は前後して武漢に異動した。その時、武漢の救亡運動の高まりはすでに過去のものとなっており、国民政府は民族解放先鋒隊、青年救国団（以下、青救団と略す）、蟻社など三つの進歩的団体に解散命令を出していた。韋君宜と孫世実の任務は、民族解放先鋒隊を復活させ、地下活動をおこなうことであった。この時、韋君宜は裕福なお嬢様の身分を取り消し、富源里二号の省委員会の機関に住み、職業革命家となった。孫世実は華商街保和里の中国学連の機関に住んだ。二人の住居はどちらも朝早くから夜遅くまでドアが開けられ、止むことなく人が出入りして、工作について話し合っていた。集団の弁公室と応接室を兼ねていたため、プライバシーは全くなかった。この時二人はすでに恋人同士の関係に進展していたが、恋人としての唯一の時間と場所は、会議の後、大通りを一緒に歩く時しかなかった。韋君宜と孫世実は、夜は工場地区に潜入し、昼間は上層の団体や家庭に駆け付けた。民先隊のメンバーは広範だった。国民党では絶対に武漢を守れるはずがないことを目の当たりにしていたから、武漢撤退後、民先隊員に鄂中で遊撃戦をさせるため組織の配置もした、と言う（二八頁）。韋君宜は漢陽の工場に行って、民先隊員が遊撃戦の準備をするよう手筈を整えた。[30] 銭瑛は韋君宜をまた宜昌に派遣することをすでに決定していた。[31] 韋君宜と孫世実は武漢撤退後、宜昌に着いてから結婚することを決めていた。[32]

韋君宜は武漢にいても、黄鶴楼へ行って長江を見る時間もなかった。韋君宜と孫世実は道いっぱいの月の光を一緒に踏みしめながら、将来きっと一緒に行こうと約束していた。韋君宜が、将来、革命勝利の後、文学をやりたいと言うと、孫世実は学問をしたい、経済学をやりたいと言った。革命勝利の後、一緒にやろう、一緒に書斎を探して……と語り合っていた（二七頁）。韋君宜のいう「青年時代に理想に酔いしれていたあのもっとも楽しかった日々」のことである。家からは、宣伝だけでは救国できない、大学を卒業してからでも救国はできると、頻繁に手紙が届き、ついに本当に母が父の手紙を持って香港経由で武漢まで訪ねてきて、アメリカへの私費留学を勧められたのだが、韋君宜は聞き入れなかった。[33]

しかし、この武漢撤退の際、孫世実が死亡してしまう。武漢陥落は一〇月二五日、韋君宜が武漢から撤退したのは一〇月二〇日。孫世実が犠牲になった経緯について、韋君宜は、銭瑛が宜昌に到着した翌朝、彼女の口から聞く。その前夜、新華日報駐宜弁事処で孫世実犠牲の悪報を聞いたのだった。銭瑛は泣いて何も話せない韋君宜を藤椅子に座らせ、韋君宜に牛乳を飲ませた。長い間、韋君宜の肩を軽く叩き、韋君宜が落ち着いてからはじめて詳細を話した。同じ船で難にあった多くの同志について、その光栄なる犠牲の状況についても話した。孫世実一人について話したのではなかった。[34]「新昇隆号」への爆撃で二五人が死亡していた。[35] 韋君宜は、これが彼女一人だけの不幸ではないことを気付かせようとしたのだろう、それからずいぶん経ってから銭瑛の夫も革命の中で犠牲になったことを知ったと言う。

銭瑛は韋君宜をここに残して秘密工作に当たらせず、直ちに延安に送ることを決定し、彼女に「延安に帰りなさい。延安は自分の家よ。きっと元気になるわ」と言った[36]。

「八年行脚録」によれば、韋君宜は、あわただしく宜昌から民生公司の汽船に乗って重慶に向かった。重慶では成都行きの車の切符が一カ月先にしか取れなかったため、二番目の叔父のところで昆明に行くと嘘をついて学費をもらい、成都まで飛行機で行った。成都では、後の夫で清華の同学、楊述（一九一三〜八〇、江蘇淮安人）の兄の家に泊まり、その兄の助けで旅行証明書とチケットなどを手に入れ、一二月末に西安経由で根拠地延安に向けて出発。出発前にはパーマを当てて化粧をし、イヤリングや刺繍された靴を買い、若奥様の扮装をした。当時四川から陝西に行くのは学生にとって困難なことで、名前も変えた。西安弁事処に着くと、枕の綿の中から紹介状を出し、頭を散髪し、イヤリングや靴、絹の長衣などすべてを捨てた。延安到着後は何の役にも立たないと考えたからである。それから延安の冬に備え一五斤（七・五キロ）の重さの綿入れを買った。延安到着は、一九三九年一月二日だったと言う[37]。

三　抗戦初期の武漢と一二九戦士たち

抗戦初期の武漢と一二九戦士たちの状況について、主として中共中央党校党史研究班編『一二九運動史要』（中共中央党校出版社、一九八六年）、璞玉霍・徐爽迷『党的白区闘争史話』（中共党史出版社、一九九一年）、蓋軍主編『中国共産党白区闘争史』（人民出版社、一九九六年）に依拠して、ここでまとめておこう。なお、「一二九戦士」とは、『一二九運動史要』の記述にならい[38]、一二九運動に参加後、八路軍や新四軍、国民党統治区で抗日戦争を戦った学生のことをいう。

一九三七年一一月、武漢は実質的に戦時首都となり、青年学生が全国各地から武漢に雲集した。抗戦が勃発すると、上海は全国の抗日救亡運動の中心となったが、北平・天津・上海・南京が陥落して戦火が拡大すると、中国の軍事・

政治・経済・文化の中心は武漢に移り、それとともに抗日救亡運動の中心も武漢に移ったのである。

中共中央北方局の劉少奇（一八九八〜一九六九、湖南寧郷人）、彭真（一九〇二〜九七、山西曲沃人）らは、一九三七年五月に延安で開催された中国共産党全国代表会議と白区工作会議に参加した後、山西省太原に到着したところで、平津がすでに陥落したことに鑑みて、北方局は以下の決定をした――平津に留まれない党員と中核分子はすべて平津から撤退し、党の指導機関は太原に撤退する。平津を出た党員と幹部、積極分子は大部分が太原に行き、配属先が決まるまで待機しなければならない。太原に来られない者は直ちに冀《き》東（河北省東部）あるいは平津市外の農村に行き、方法を講じて銃を取って遊撃戦をやる。北方局は太原で引き続き党内刊行物の『火線』『闘争』を出版し、華北抗戦の各項の工作と闘争を指導する。(39)

しかし盧溝橋事件が起きた時はちょうど夏期休暇中で、大部分の学生はすでに学校を離れ、多くの党員と民先隊員も自分の上級とすぐには連絡が取れなかった。この時民先隊本部は隊員に太原に向かうよう、できる限り通知したが、動乱の中で、通知を受け取らなかった中核分子も多くいた。彼らは南下して党と連絡を取るしかなかった。『一二九運動史要』によれば、「大量の一二九戦士は太原に到着した」「また、別の一部の平津流亡学生は南方の国民党統治区に到着してから、ここで多くの中核幹部の学生は共産党と連絡が取れるようになり、延安およびその他の抗日根拠地に駆け付けた。その他に多くの者が、当地の愛国的進歩学生とともに抗日救亡運動を展開した」と言う(40)（傍点は楠原、以下同）。しかし韋君宜は、「抗戦が勃発すると、皆は南方へ赴いた」「われわれの大部分は北平を離れ武漢に行った」と記している。(41)

平津の愛国学生らは、南方各地に到着すると流亡同学会を設立した。そのうち最も重要なものは一九三七年八月から一〇月まで活動を展開した南京平津同学会と、一九三七年九月以降活動を展開した武漢華北同学会だった。清華大学党支部書記で湖北省出身の楊学誠（一九一五〜四四、湖北黄陂人）は南京から武漢に戻ると、八月には武漢の平津同学会（後に華北同学会に改める）を設立し、武漢秘密学連と民先隊の責任者、何彬（何功偉、一九一五〜四一、湖北咸寧人）、郭佩珊（一九一二〜八五、河北定県人）らと連絡をとった。于光遠（一九一五〜二〇一三、上海人）、蔣南翔、黄華（一九一三〜二〇一〇、河北磁県人）らも次々に武漢に到着した。中共中央長江局は彼らを指定して、長江局青年運動委員会に参加させた。後に延安から派遣された宋一平（一九一七〜二〇〇五、湖北石首人）が中共中央長江局青委書記となった。

抗戦前の一〇年内戦の間、国民党の残酷な弾圧と数次の極「左」冒険主義がつくりだした悪い要因により、揚子江流域と南方各省の共産党組織はいたるところで破壊されていた。一四の遊撃根拠地で党の勢力をいくらか保存できたほかには、全国民党支配地域において北方局所属の組織と上海、西安などで保持された一部の組織が残ったのをのぞき、それ以外はすべて破壊しつくされ、党と組織的に繋がりのある党員はきわめて少数になっていた(42)。

一九三七年一二月、中共中央は政治局会議で武漢に中共中央長江局を設立し、「南中国における党の工作を統轄する」ことを決定した。長江局設立後の第一の任務は、南方各省に党組織をすみやかに再建・設置し、南方地区における党の指導を強化することであった。長江局には組織部、民運部（大衆の抗日救亡運動を指導する）、参謀処（軍事工作）、党報委員会（『新華日報』の工作と抗日宣伝工作を指導）と秘書処が設置された。その後、職工運動委員会、青年運動委員会、婦女運動委員会を設置し、大衆抗日救亡運動に責任を負った。

中共はそれより前の一九三七年九月、董必武を中共中央代表の資格で武漢に派遣した。中共の湖北省の組織は、董必武の指導下で再建された。抗戦勃発の前、中共中央北方局と上海党組は、武漢における一二九運動の積極分子を党員として加入させ、党支部を設置するとともに、一九三六年秋、北方局の指導下に中共武漢臨時工作委員会を成立させていた。抗戦が勃発すると、中共の白区工作会議に参加した後、華北からの流亡学生について武漢に到着した楊学成をリーダーとする中共武漢地方工作委員会を設置。九月、八路軍駐武漢弁事処が成立し、武漢地区の党組織を再編した。一〇月、中共中央は郭述申を武漢に派遣し、郭述申、陶鋳《とうちゅう》（一九〇八〜六九、湖南祁陽人）、銭瑛を成員とする中共湖北省工作委員会を設置、郭述申は書記に就任した。省工作委員会は武漢地方工作委員会を基礎とし、もとの組織を再編して、新党員を増やした。一九三七年一二月二五日、中共湖北省工作委員会は中共湖北省臨時委員会に改められ、一九三八年一月一三日、正式に省委員会が成立した[43]。郭述申が書記、委員は銭瑛、何偉（一九一〇～七三、河南汝陽人）、楊学誠、陶鋳など。

湖北省委員会は武漢「八弁」（八路軍駐武漢弁事処）、新四軍弁事処などの合法的な機関の名義で全省各地に人を派遣して、党の工作を展開し、全省各地の党組織を迅速に発展させた。湖北省の党員は一九三七年一〇月の二十余人から、一九三八年八月にはすでに三千三百余人まで増加していた[44]。一九三八年一〇月には中共湖北省委員会は、四つの特別委員会と一つの中心県委員会、三つの中心県委員会級の工作委員会を統括し、あわせて四〇の県級党組織を管轄下に置き、全省の党員は計五千余人となった[45]。

当時、多くの一二九運動の中核的幹部、蔣南翔、李昌（一九一四～二〇一〇、湖南永順人）、楊学誠、黄華、于光遠らはいずれも武漢地区で青年工作に従事し、武漢地区の青年抗日救亡運動は目覚ましい勢いで発展した。一九三七年九月、中華民族解放先鋒隊は武漢に弁事処を設立し、新隊員を受け入れた。一二九運動二周年を記念する大会で、北平からやって来た一二九戦士と地元武漢の一二九戦士たちは、先進的な青年大衆組織――青年救国団の設立と、全国学連代表大会の計画準備を提案した[46]。

『中国共産党白区闘争史』によれば、一九三七年一二月末、中共の指導下で一部の進歩的な青年はさらに当地に、当時影響力の最大であった青年組織――青年救国団を設立した。その後の七～八カ月間で二万余の団員を擁する団体となり、その組織は武漢三鎮の各種業種のみならず、武漢周辺の広範な都市と農村、および湖北省以外の都市と町にまで拡大した。これは「民先」とあわせて「全国青年の二つの明珠」と称された[47]。

一九三八年二月には、董必武の配慮のもとで、統一戦線団体の中国青年救亡協会が設立された。同月、中華民族先鋒隊の本部は、臨汾から西安を経て武漢に移転してきた[48]。一九三八年三月二五日から二七日まで、長江局青年委員会は全国学連第二次代表大会を開催し、各地の学連の七三単位から一二三人の代表が参加した[49]。大会では今後の学生救亡運動の方針について討論し、国共両党と国民政府の責任者が出席した。この大会は「一二九運動以後、最初で最大の学生救国代表会」と称賛された。学連内部には、蔣南翔、鄭代鞏（一九一五〜四三、貴州正安人）、陳柱天（一九一〇〜三八、湖北漢陽人）の三人からなる学連党団が置かれた。

武漢には八路軍武漢弁事処と『新華日報』社が設置され、中共湖北省委員会が再建され、大衆を動員するのに、学生がつねに主導的役割を果たすということはなくなった。一二九戦士の多くはすでに党の中核的幹部となっていた。全国学連、青救団、民先隊のほかにも、各種青年救亡団体が続々と武漢に到着し、また武漢で結成され、次々に活動が展開された。

戦争のために党との連絡を取れない多くの党員と民先隊員が武漢に駆け付け、平津流亡同学会、民先隊本部弁事処、八路軍弁事処を訪ねた。学生らはここで紹介状を受け取り、延安を経て華北の前線あるいは新四軍に赴いた。陝北公学と抗大はいずれも武漢で公開して学生を募集した。各団体の床いっぱいに、延安に行こうとする人々が寝泊まりしていた[50]。

抗日救亡運動の中心が武漢に移って以後、一九三八年五月の統計によれば、武漢だけで四十種余の刊行物が出版され、そのうち三八種が中共の指導あるいは影響下にあった。新聞雑誌の中で指導的な役割と大きな影響力を持ったのが『新華日報』（中共の機関紙）と『群衆』週刊（中共の機関誌）であった。『新華日報』は中共が国民党統治区で合法的に発行した最初の大型新聞で、一九三八年一月一一日に創刊、発行部数は、二月に二万部余、四、五月には五万部余に達し、「中国の新聞の中で最大の販売部数」となった[51]。

しかし、一九三八年六月一六日、蔣介石を名誉団長とする「三民主義青年団」が成立すると、中共の影響下にある民先隊、青年救国団などの組織と対抗し、進歩団体の集会と活動を制限し始める。国民政府はまず、一九三八年七月、西安の西北青年救国会など一三の救亡団体を解散し、民先隊西北隊長、西安隊長ら五人を逮捕した。武漢陥落の約二カ月前の八月一三日には中華民族解放先鋒隊、青年救国団、蟻社の三つの影響の最も大きい団体に解散命令を出した。同日、貴州省国民党本部は合法的な地位を得るために登記に来た八十余人の民先隊員を逮捕した。そしてこれ以後進歩活動は再び地下に潜ることになった[52]。

武漢陥落後、国民政府の主要機関は四川省重慶に移った。一九三八年九月に開催された中共拡大六期六中全会で、戦局の変化により、長江局を廃止し、南方局、中原局と東南局を設置することが決定された。南方局は中共中央を代表し、南方の国民党統治区と一部の淪陥区における党の工作を指導した。南方局の機関は重慶に設置された。武漢が陥落したのは一九三八年一〇月二五日であり、長江局副書記・中共中央代表団の責任者であった周恩来（一八九八～一九七六、原籍浙江紹興）らはその日の早朝、最後に武漢から撤退し、長江局の工作は終了した。

「歴史的事実」をそのまま整理すれば、以上のようになるが、例えば、一九三七年に学生は北平からどこに行くかについても、当時において意見の対立があったばかりでなく、一九八五年に『一二九運動史要』を編集する過程で、それをどう記述するのかについても議論があった[53]。奥付によれば一九八六年二月に中共中央党校出版社から発行された『一二九運動史要』を執筆編集した中共中央党校党史研究班は、一九八三年中央書記処の批准を経て、一二九運動の簡要の歴史を執筆編集することを任務として設立された。この『一二九運動史要』編写組は、当時、中共中央党校第一副校長であった蔣南翔が主宰、韋君宜も主要な編集者として参加し、二年半におよぶ編集工作に携わった。一九八五年一二九運動五〇周年に出版する計画であったが遅れた。蔣南翔は、本来自分の体験にもとづき、できる限り校正と訂正、原稿の補足をおこなう予定であったが、一九八四年中央党校で、心臓病で倒れ、それ以後死ぬまでの四年間、何度も入退院を繰り返し、ほとんど病院ですごし、彼が直接執筆工作に参加することはなかった[54]。

韋君宜はこの問題、一九三七年に学生は北平からどこに行くかについて、次のように記している――当時北方局指導者の劉少奇は、すべての学生、特に中核的幹部の学生は華北に留まり抗日すべし、太原に集中し、南方に行ってはならない、と主張した。蔣南翔は一貫して劉少奇には敬服していたが、この時は観点の違いから自分の意見を明確に示した。彼は、大勢の学生が北方に留まり抗戦するのはもちろん重要なことであるが、絶対化してはならない、と考えた。多くの学生は南方出身で、彼らは当然南方に帰ってもよい。何をするかについては指導しなければならないが。

革命学生が北方に行って抗戦しようとすれば、両親が呼びに来る。やはりまず南方に帰って、そこからまた来ればよい。さらに、当時、南方の都市の地下党はひどく破壊されていたため、党組織も学生の中核的幹部が南方に戻って、工作に従事することを必要としていた。その結果、蔣南翔は批判を受け、南方から太原に異動し、小型新聞の編集工作にまわされた[55]。

さらに蔣南翔は、一九三八年三月、武漢で全国学連第二次代表大会が開かれた時、南方に仕切れる人材がいないと考えて、また駆け付けたのだった。当時、劉少奇は南方の党組織に手紙を出し、蔣南翔が南方に勝手に戻ったことを批判し、学生を連れて行ったことは間違っている、と言った。このことについて、韋君宜は、「解放後、除雲（ママ）[56]同志が調停して、双方に間違いはなかったとされた。北方でも人材は必要だったし、南方でも人材は必要だった」と記している[57]。

当時、中共北平臨時市委学連党団書記であった彭濤《ほうとう》（一九一三〜六一、江西鄱陽人）は、一九六〇年に書いた回想文の中で、「党は単一の指示を出し、学生は農村へ行って遊撃隊に参加した。冀中・晋察冀へ行った者が多く、太行山へ行った者は少なかった。流亡学生の大多数は延安へ行った。当時は組織的に撤退し、『民先』の名義を公開で用いて、大勢で移動した。一部の者が北平付近の根拠地に配属され、少数の者が都市に留まり工作した」と記すのみで、武漢については触れていない[58]。この文章は、一九八七年六月に中共党史資料出版社から出版された中共北京市委党史資料徴集委員会編『一二九運動』に収録されているが、同じく本書に収録された回想文の中で、当時、全国民先隊総隊長であった李昌は、天津で蔣南翔らと指導幹部会議を開き、撤退方針について討論した際、「会議では二つの異なった意見が出た。一つは『北上する』、華北に留まって農民と一緒に遊撃戦をおこなう。もう一つは『南下する』、大衆を立ち上がらせて、国民党政府の抗日を推進するというもの。討論の結果、北上するのは重要なことであるが、南下するのも必要である、ということになった」と記している[59]。

韋君宜自身は、次のように述べている——北方でも南方でも人材が必要であった。当時大勢の学生は革命したかったが、どこへ行けばよいのか、本当にわからなかった。自然に抗戦の中心地武漢に押し寄せたのは、戦争から逃避しようとしたのではなかった。私自身も武漢に行って、ようやく党組織と連絡が取れた。少なからぬ人が私と同じだった。多くの人が党との組織的な繋がりを捜しあて、延安に行った。多くの北方から来た党員が、ここで党の建設工作に参加し、多くの県委員会を再建した。歴史的にみれば、武漢は若い学生たちの革命の集散地として、役割を果たした。私は蔣南翔の当時の工作は意義があったと考える。[60]

韋君宜によれば、それから五〇年近くが経過した一九八五年、『一二九運動史要』を執筆する際、一部の同志が、「かつて毛沢東の言葉に疑問を持つことが許されなかったのと同じように、劉少奇同志の述べたすべてのことは正しく、疑問の余地はない」と、あくまでも主張した。「蔣南翔の主張と行為は誤った路線の代表である。劉少奇同志のこの手紙を公開しなければならない」と言うのである。このことについてその他の執筆者は気をもみ、そんなことをしないようにと願った。この問題について、蔣南翔は「劉少奇同志は、私が彼に反対したとは言ったことがない……」「歴史とはいったいどういうものなのかを見なければならない」と語った。そして歴史に結論を出すために、病中にありながら蔣南翔は、韋君宜と黄秋耘の二人の主要執筆者と相談し、二つの主張とやり方と効果を事実に従って叙述し、結論を出さないことにした[61]、と言う。『一二九運動史要』には以下のように記されている――一二九戦士は、八路軍、新四軍に赴いた者以外に、国民党統治区における工作でもかなり大きな成果を上げた。北方に向かった者であれ、南方に行った者であれ、一二九戦士は、最後には抗戦の烈火の中に身を投じ、自らの青春を捧げ、最後の一滴の血まで流しつくした者もいた。彼らはすべて人民にも時代にも恥じるところはなかった。[62]

映画のシナリオ作家の黄宗江（一九二〇～二〇一〇、浙江瑞安人）は、かつて一二九運動を題材としてシナリオを書こうとして、韋君宜にインタビューをおこなったが、このテーマも禁忌が多く、断念したと言う[63]。西安事件勃発後ただちに国共合作が成ったのではなかったし、抗戦勃発後の情勢認識の差異もあり、意見の対立もあったのである。

楊尚昆（一九〇七～九八、四川潼南人）によれば、それは一九三七年一〇月八日に華北軍分会が出した小冊子『対目前華北戦争形勢与我軍任務的指示』（任弼時《じんひつじ》が起草）にも反映されている。当時、劉少奇は、華北の陥落は不可避ゆえ、国民党軍の抗戦を積極的に援助するよりも、この機をとらえて遊撃戦を展開し、民衆を取り込んだ上での新政権樹立をはかるべし、統一戦線にこだわって活動を萎縮させてはならない、と考えていた。それに対し、周恩来は統一戦線を考慮に入れなければならないと考え、任弼時（一九〇四〜五〇、湖南湘陰人）は劉少奇を「民族失敗主義」だと言って、小冊子に「民族失敗主義の考えと華北の戦局は挽回できないという宿命論に反対すべし[64]」と書いた。劉少奇の見解に近かった毛沢東は、この小冊子を見て激怒し、一〇月一七日に「軍分会の一〇月八日の指示は原則上の誤りあり、伝達を停止されたし」と打電したこともあった。[65]

四　一二九戦士たちのその後

『一二九運動史要』の奥付には一九八六年二月発行とあるが、蔣南翔が書いた本書「後書」には一九八六年一一月とあることから、実際に発行されたのは一一月以降のことであろう。[66]「後書」によれば、韋君宜と黄秋耘が、全文の文字を統一し、決定稿作成の責任を負った。韋君宜は決定稿作成の過程で、病気で倒れたため、黄秋耘がこの工作を引き継いで完成させた。

韋君宜は、『一二九運動史要』編写組で工作していた一九八六年四月、脳溢血で死にかけたのだった。一時は口もきけず、手も伸ばせず、足も上げられず、ほとんどすべての活動能力を失った。病院に入院中の蔣南翔はそのことを聞いたとたん涙を流して、「私が小魏（韋君宜）をこんなにしてしまった」と繰り返し、彼の夫人を何度も韋君宜の見舞いに来させた。[67]

韋君宜が『一二九運動史要』編写組に参加し、主要な編集者として二年半におよぶ編集工作を開始したのは一九八三年のことである。韋君宜はこの年の一〇月には人民文学出版社社長に就任。社長としての激務に追われる一方で、作家としても執筆に励み、一九八五年一月には札記『老編集手記』を四川人民出版社から出版、八月、散文集『故国情』を天津の百花文芸出版社から、一二月、長編小説『母与子』を上海文芸出版社から出版している。年末に退職すると同時に、人民文学出版社編審委員会委員、専家委員会委員、雑誌『当代』顧問などに就任。一九八六年、『一二九運動史要』の編集は最終段階に入ったところ、四月二一日、作家協会の座談会の席で突然脳溢血の発作を起こして倒れたのだった。協和医院で一命を取り留めるが、半身不随となり、病床で字を書く練習を始める。秋、退院後、民営のリハビリ施設に入院、病状がやや好転し、執筆を再開する。

韋君宜は、「蔣南翔は病床で『一二九運動史要』の出版後記を書いた。……この本を編集し、昔の同学たちを追想することは、彼の最後の願いだった。娘を病院まで彼の見舞いにやると、彼は同学の韋毓梅（文革前、上海市教育局長、文革中、凌辱に耐えかね、ビルから投身自殺）の子供の行方をたずね、娘に何とか調べてほしいと頼んだ」と言う[68]。

蔣南翔は心臓病に加えて、一九八八年の年初以来、消化器系の癌で病状が悪化した。その知らせを聞いて、韋君宜は三月ごろ彼を最後に見舞う。この時彼はベッドに横たわり、動くことも食べることもできず、人参の薬湯をほんの少し飲んで命をつないでいた。目を開く力もなかった。韋君宜が来たことを知らされると、彼は必死に目を開き、やっとのことで「われわれの『一二九運動史要』をようやく出せたね」と言い、それから「韋毓梅や孫世実らを記念する文章は書いたのか」とたずねた[69]。韋君宜は、「蔣南翔が自分の死期を悟り、私に別れを告げた時、再三『韋毓梅の追悼文を書いたか』と問い詰めた。死の直前、彼はまだこんなにも彼女のことを気にかけていた」とも記している[70]。そこで韋君宜は、何か言うべきことを忘れていないかと仔細に考え、こうして韋君宜は、韋毓梅の死が公表された後、書いた追悼文「憶孫蘭――為紀念一二九運動而作」（一九八〇年）に加えて、「她死得好慘――哭韋毓梅」（一九九一年）を書いた。

韋毓梅については、後で述べる。ここでは、韋君宜が蔣南翔の死に際して、特に二つのことについて述べていることに注目したい。一つは、蔣南翔は死に臨んで、最後まで忘れられなかったのが韋毓梅であったということであり、もう一つは一九四五年に書いた搶救運動に関する意見書を発表するよう求めたことである。韋君宜は蔣南翔の死後はじめてこの意見書を見ることができた、さらにその後、彼が危篤の床で、この意見書を発表するよう求めたこと、それと同時に、別れを告げに来た人に、「共産主義を堅持せよ」と言って聞かせたことを知った、と記している。(71)

この意見書は「関於搶救運動的意見書」で、蔣南翔の死後、『中共党史研究』一九八八年第四期に掲載された。同誌には、この意見書が、一九四五年三月、蔣南翔が劉少奇と党中央にあてて書いた報告であることと、紙幅の関係で、蔣南翔の生前に同意を得て、一部を削除したことが注記されている。

搶救運動とはどのようなものであったのか。韋君宜は次のように記している。

一九四二年、延安で、毛沢東同志が学風・党風・文風の整頓を言いだし、われわれ外来の知識青年は熱烈に呼応し、みずからの思想の中に何か不純なところがあるか懸命に反省した。つづいて整風から幹部審査に発展し、それがまた一変して搶救運動になり、幹部の中に国民党が派遣してきた特務が大量に存在する、と言う。彼らは「足を踏み外した」ので「足を踏み外した者を救出（搶救）しなければならない」のである。そこで辺区全体で運動がおこり、みなにいい加減に誰が特務か摘発するよう要求した。他の土地から延安におもむいた大多数の青年は、党のために生命の危険を冒した人まで特務とされた。楊述も救出されて「特務」となった。(72)

この時には、一二九運動まで国民党の紅旗政策である、と言われたのだった。一二九戦士で、抗戦期に全国学連主席・中共南方局青委委員であった鄭代鞏も、搶救運動で自殺した。(73)

韋君宜によれば、当時、青年委員会書記の蔣南翔は、最初からこの運動には反対で、公開の席で賛成しないと発言しても、誰からも相手にされなかった。一九四三年、幹部審査が終わった時、康生はまだ、運動は大いに成果を上げ、欠点はわずかであると言った。この時、蔣南翔は中央に上書して、運動によって幹部審査をするのは誤りであり、搶救運動は成果を主とするというのも誤りである、労働者・農民幹部のみを必要とし、知識分子幹部を差別するのはさらに誤りであるということを、はっきりと自己批判しなければならないと述べた。意見書は直接劉少奇に手渡され、中央に送られたが、受理されなかったばかりか、このために彼は党内で批判を受け、重大な誤りを犯したと非難された。意見書はこれ以後日の目を見ず、彼自身は東北に配属され、ある省の下で宣伝工作をおこなった。そのまま青年団設立の時になって、ようやく戻ってきた。この処分の決定は、文革が終結した後の一九八五年、中央組織部が蔣南翔の徹底的な名誉回復をおこなった時まで取り消されなかった[74]。

韋君宜は、蔣南翔が四〇年以上前に書いて中共中央に提出した搶救運動に関する意見書を読んで、蔣南翔の勇敢さとその透徹した眼光の鋭さに感嘆するとともに、当時の党中央がこの若者の意見を重視し聞き入れていたならば、「その後の、全国の知識分子と人民大衆を傷つけた、恐ろしい、どれほどの運動を避けることができただろう。解放後の中国はもう少し安定していたかもしれない。だがそうはならなかった」と述べている[75]。

蔣南翔が死に臨んで、最後まで忘れられなかったという韋毓梅について、韋君宜は、「われわれが前に向かって進む道を切り開き」「私を導いてくれた人」と言うだけではなく、一九九二年には「文革中、彼女は誰よりも苦しい目にあった」とも記している[76]。

韋君宜は、北京市委員会宣伝部長であった夫の楊述について、文革時、「三家村」グループだと名指しされると、ただちに「三家村」のやり手として新聞に掲載され、全国的に名指しで批判され、被った残酷な苦痛と精神的な圧迫は「石に無理やり話をさせる」くらいにあり得ないほどのものだったと述べる一方で、「一〇年の大きな災難の中で苦しい思いをし、殴られ、吊るし上げられたが、これは皆に共通の経験であった。また彼の経験は比べてみれば、もっとも苦しいものであったということもできない」とも述べている[77]。

あり得ないほどの残酷な苦痛と精神的な圧迫を被っても、それは皆に共通の経験であり、もっとも苦しいものということはできないと言う韋君宜が、「誰よりも苦しい目にあった」と言うのは、どのような状況を指すのであろうか。

韋君宜によれば、抗戦開始後、大部分の人は北平を離れ武漢に行ったが、韋毓梅は工作のために長期間上海に留まり、武漢に来ることはなかった。その後新四軍支配下の根拠地に行って、地方工作をおこない、県長となり、孫蘭と改名した。この時三〇歳を過ぎていたがまだ独身。彼女には同じ理想を持つ意中の人が清華にいたが、南北に離れ離れとなり、手紙のやり取りをするすべもなかった。彼女はずっと独身であったが、全国解放の後、ようやく長年会えなかったボーイフレンドに会い、結婚のお祝いを言った後、間もなく彼女も結婚した。解放後は江蘇省で教育庁副庁長、その後上海市教育局副局長となった。夫とはうまくゆかず離婚し、独り身となって、三人の子供と年老いたお手伝いさんとともに暮らした(78)。

韋君宜が武漢に行って以来、長年会っていなかった韋毓梅に、一九五七年、韋君宜は北京のある会場で偶然出会った。彼女はゆっくり話したいと言ったが、当時韋君宜は「右傾の誤りを犯した」と批判されている最中で、彼女はこんな文芸界にいないのだから、幸福なのだろうと思い、自分のことが落ち着いてからにしようと、彼女を訪ねなかった。韋君宜は、それが生涯の悔いである、と言う。彼女は文芸界にはいなかったが、同じように不運な目にあっていた。韋君宜はそのことを知らなかった(79)。

韋毓梅は文革初期に死んでいた。そのことは、解放されてから(80)、人づてに初めて聞いた。韋毓梅はビルから投身自殺、目撃者は筋向いのビルに住んでいた老同学の妹、王琴。韋毓梅の死後、子供は信義に厚いお手伝いさんが面倒を見た。目撃者の王琴はその後唐山に行き、そこで地震にあって死亡したため、韋君宜は詳しい話を聞けなかった(81)。

韋毓梅の死について、韋君宜は一九八〇年の「憶孫蘭――為紀念一二九運動而作」の中で、次のように記している――一九七九年彼女の名誉回復の追悼会が開かれた直後、上海に行った。旅館に彼女の子供を訪ねるが、立ち去った後だった。上海で彼女をよく知っている人に出会い、窓越しに指さして、教えられた。阿平〔当時清華の女子学生はこう呼んでいた〕は付近のあのビルの九階から身を投げた。彼女の血痕は水で簡単に洗い流せなかったので、一時的にセメントを塗って、今もそのままになっている、と。私はひとりでそのビルの下へ見に行ったが、彼女の血がどこにあるのか見つけられなかった。にぎやかに多くの着飾った男女が私とすれ違ってゆくが、私が何を探しているかは知らない。[82]

また、一九九二年の「她死得好惨――哭韋毓梅」では、「文革中、彼女は誰よりも苦しい目にあった」と書いた後、新四軍で彼女と知り合った女性作家、菡子（一九二一～二〇〇三、江蘇溧陽人）が教えてくれた、韋毓梅の友人の王琴がその眼で見たこととして、次のように記している――彼女は、闘争にかけられ殴られた後、家もないうえ、彼女を慰め、援助の手を差し伸べられる人もいなかった。造反派は彼女を殴り、身体中傷だらけにして、彼女を辱め罵るスローガンを身体に貼りつけ、動けなくなると、空き部屋に放り込んだ。彼女はひとりで横たわっていた。年老いたお手伝いさんも追い払われ、子供を呼んでも返事はなく、彼女はなんとか起き上がってバルコニーによじ登り、そこから飛び降りた。落ちる時、腕と脚は大通りの電柱に引っ掛かって千切れた。彼女はこのようにして死んだ。死んだ場所は上海の繁華街だった。

さらに韋君宜は、上海に行ったが「追悼会には間に合わなかった。彼女の死後、人々がどう言っているか聞いてみたが、だいたいはこの女性教育者はとてもよく工作し、冤罪のまま死んだというもので、学生時代に彼女が清華で人々にあんなにも深い、尋常ではない印象を与えたことについて知っている人はほとんどいないようだった。彼女は特別な貢献をしたわけではなかったが、彼女個人のものである一生の幸福まですべて捧げたのである。蔣南翔は死に臨んで忘れられなかったのが彼女だった」と記している。

これが、全校の、また一二九運動のリーダーで、清華の共青団支部書記であった韋毓梅の、韋君宜が「われわれが前に向かって進む道を切り開き」「私を導いてくれた人」と言う韋毓梅の最期であった。

『一二九運動史要』の最終章である第一二章「鮮花掩蓋着志士的鮮血」[83]には、抗日戦争中、犠牲になった一二九戦士五八人の名簿と、そのうちの二〇人の略歴が収録されている。[84]二〇人しか紹介できなかったのは資料不足のためであり、名簿もごく一部にすぎないと言う。[85]孫世実は略歴も掲載されているが、王文彬（一九一二～三九、江蘇豊県人）は名簿にのみ収録され、略歴は記されていない。

韋君宜は、この王文彬について、『思痛録』第一四章「編輯的懺悔」の中で、次のように記している。

もう一人、北平の一二九運動で有名な、北平市学連常務委員の王文彬は、一九三八年には武漢で全国学連大会開催準備の責任者だった[86]。大会が終わった後、指導機関は武漢で工作するようにと彼を引き留めたが、彼はなんとしても山東省の微山湖に帰り武器をとって抗戦すると言い張った。「われわれは国民党を十分に手伝った、私は帰ってわれわれ自身の部隊を率いてやるんだ」このような人が、微山湖の「湖西粛反（反革命分子粛清）運動」（康生が指導したと聞いた）で「反革命」とされ、銃殺に処せられた！　彼が学生運動の名士だったせいか、ニュースが伝わり始めた時、誰もわれわれに真相を教えてくれず、ただ抗日で「犠牲になった」としか聞かなかった。だから楊述は彼を追悼する詩にこう書いた。

我聞君就義　我は聞く　君義に就けるを

矢志與君同　矢《ちか》って志す　君と同じうせんと

（私は君が正義のために死んだと聞き／君と同じ道を進もうと誓いを立てた）

後になってはじめてこんな死に方だったことを知った。このことを知っていれば、「君と同じ」とは決して書くはずがなかった[87]。

王文彬がこんな死に方をしたから、「鮮花掩蓋着志士的鮮血」の名簿にのみ収録され、略歴は記されなかったのかもしれない。

韋君宜は、『思痛録』第一四章「編輯的懺悔」の同じ頁で、王文彬の前に、熊大縝《ゆうだいしん》（一九一三〜三九、江西南昌人）についても、以下のように記している――私より三学年上だった同学、熊大縝のことを憶えている。彼は平素あまり活動的ではなく、よく勉強していたのだが、抗戦が始まると、この本の虫は外国留学の機会を捨て、大学の助教にもならず、冀中へ行って革命に参加した。彼は工科出身だったので、部隊では科学研究工作の責任者となり、爆薬や手榴弾を製造したり、北平へ薬品や通信機の買い付けに行ったりした。この人が後になんと特務の罪で銃殺されることになるとは誰が予想しただろう。しかもその判決は正式に通達され、法律に照らして極刑に処せられた。それを知って、同学はみな驚いて、互いに戒めあい、彼のことを「隠れていた悪人」として話題にした。あにはからんや、数十年後に再調査した結果、まったくの冤罪だった！

熊大縝は、一二九戦士ではなかったが、みずからの前途をなげうち抗日戦争を戦った戦士であった。ところが同学にも冤罪であることを知られることなく、一九三九年にわずか二六歳にして特務の罪で処刑され、名誉が回復されたのは一九八六年だったのである(88)。

熊大縝と王文彬は、どちらも冤罪だったにもかかわらず、文革の時には、彼らと同じ身分で、罪状まで同じ知識分子の悪人が小説の中で描かれた。韋君宜は、「これはなんという憎むべきでっち上げ、恥知らずな濡れ衣だったことか！　これでも『文学』だといえるのか？」と憤るが、一九七三年三月、幹部学校から人民文学出版社に戻った韋君宜は、指導小組成員となり、そのような集団創作の小説の作成に加わり、本を書いたことのない人を手助けして、「指導者が必要とする本をでっち上げ」、出版しなければならなかった。『思痛録』第一四章「編輯的懺悔」の中で、韋君宜は、編集者として、こんな嘘の話を捏造し、同学、友人、同志に無実の罪を着せ、作者のデタラメを手助けすることが自分の「任務」なのだったと、みずから恥じ、懺悔している(89)。文革では韋君宜も迫害されたが、その一方で懺悔しなければならないこともしてしまったのである。

韋君宜は、「憶孫蘭——為紀念一二九運動而作」の最初の段落で、間もなく一二九運動四五周年を迎えるが、まず多くの亡くなった人たちの面影が思い浮かぶと述べ、次のようにつづけている——人の運命とはどれほどおかしなものであることか。四〇年を振り返ってみれば、誰が英雄で、誰が囚人となるかは、早く死んだか、遅く死んだかによってすべて決定されるようだ。このような「運命」はどれほど恐ろしいことか。阿平があんな死に方をするとは、革命成功の後に罪人となって死ぬとは、四五年あるいは四〇年前に、私は絶対に夢にも思わなかった[90]。

そしてこの文章の最期の段落は以下のとおりである――私を導いてくれた人、私の老同学！　私はあなたの名誉回復の結論を聞かなかったが、そんな必要はない。あなたが無罪であるということを知っているから。あなたを造反した人たちはあなたを理解していないが、私はあなたを理解している。……あなたは私をこの道に導いてくれたが、あなた自身はその途上で見るも無残な最期を遂げた。一二九運動を思うと、真っ先にあなたのことを思い出す。あなたの最期は当時の大いなる志とまったく結びつかない。しかしあなたもまた八路軍の前線で犠牲になった同学と同じように血を流した。彼らの血は一九四九年の新中国と引き換えにされたが、あなたの血はわれわれ老人の涸れかけた涙に換えられた。私はさらに別のものに換えられることを願っている。他でもなく人々の心を動かし、少し考えてもらいたいのである。若者たちの頑なな心を動かせるか、考えてもらえるかどうかはわからないけれども[91]。

韋君宜は、英雄になるか、囚人となるかは、早く死んだか、遅く死んだかによってすべて決定されるようだと言うが、必ずしもそうとは言えない。韋君宜の同学、友人、同志が文革期に死んだのなら、すべて囚人・罪人として死ぬことになったであろうが、たとえば熊大縝と王文彬は、孫世実死亡の一年後の一九三九年に、特務としてあるいは反革命として処刑されていた。彼らがそんな死に方をしたことについても、韋君宜は韋毓梅の場合と同じように四五年あるいは四〇年前には絶対に夢にも思わなかったことであろう。彼らの無念の死について、孫世実のように、「いささかの疑念を抱くこともなく、新中国のために死んだ」とは言えない筈である。

その後、延安では搶救運動があり、新中国成立後も階級と党を至上とする大規模な思想改造と際限のない運動が繰り返されてきた。反右派闘争で右派分子とされ、一九七九年に名誉回復された国務院監察部常務副部長兼党組副書記の王翰（一九一一～八一、江蘇塩城人）も一二九戦士であった[92]。黄秋耘は、同時代の戦友たちのうち、抗日戦争や解放戦争で犠牲になった楊学誠、孫世実らの烈士は死に場所を得たといえるが、「自己人」（身内）の監獄や労働改造所の中で亡くなった者もおり、「われわれの頭上に落ちてくる、「自己人」の各種有形無形の銃弾と砲弾は敵側から飛んでくるものよりも少なかったとは思えない」と述べている。(93)

おわりに

本章は、二〇一一年一二月九日、京都大学人文科学研究所附属現代中国研究センター「長江流域社会の歴史景観」共同研究班での報告にもとづき執筆したものである。その際、以下の二点の指摘を受けた。(94)

一、韋君宜も、李慎之（一九二三～二〇〇三、江蘇無錫人）、李鋭（一九一七～、湖南平江人）、何家棟（一九二三～二〇〇六、河南信陽人）、胡績偉（一九一六～二〇一二、四川威遠人）、何方（一九二二～、陝西臨潼人）、于光遠、丁偉志（一九三一～、山東濰坊人）、李新（一九一八～二〇〇四、四川栄昌人）らの、いわゆる「オールド・ボルシェヴィキ」に位置づけられる。

二、彼らは『百年潮』『黄炎春秋』などの媒体に回想と内省（共産党への暗黙の批判を含む）を積極的に掲載し、中共の「共産主義」からの逸脱を指摘する一方、ゆるぎない「共産主義」の理想への信念はもっている。

たしかに韋君宜も、「私は古くからの忠実な共産党員である」（二頁。以下、頁数は前掲韋君宜『思痛録』のもの）とみずから語っているように、オールド・ボルシェヴィキの一人であった。一九三六年五月入党の際に、中共への参加を志願し、共産主義の実現のため終生奮闘する、マルクス主義を信仰し、宣伝する、党の規律を遵守し、党のために工作する、永遠に党に叛かないと宣誓した(95)以上は、忠実な共産党員であっただろう。

しかし、本稿において見たように、蔣南翔が死に際にも「共産主義を堅持せよ」と言ったような意味において、「共産主義」の理想への信念をもっていたかについては、韋君宜の場合は違うのではないか、と考えている。

韋君宜が、「私は古くからの忠実な共産党員である」と言うのは、もう「来てしまった」からであり、韋君宜は反右派闘争中、黄秋耘に、「もしも『一二・九』の時に、こんなだと知っていたなら、私は絶対に来なかった」（四五頁）と言っている。韋君宜は反右派闘争の時の思いについて、次のように述べている――私の心中の苦痛は最大限にまで達していた。私は若いころから革命に参加することを志し、旧世界を変革しようと志してきた……革命に参加した後、さらにまだ正直な人間であろうとするかどうかの選択を迫られたのである。私は自分個人の運命を悲しむよりも、はるかに深くこの「革命」に心を痛めた（五一頁）。

さらに『思痛録』前言で、共産党員になったのは家が貧しかったからでも、富豪に反対だったからでもなく、中国のために日本帝国主義に反対したかったからであり（二頁）、「入党を決意した後、これまでに学んで得たすべてを放棄した。私は学識の浅い戦闘者になることを心から願い、何も考えずに（後述するが、『思痛録』には北京十月文芸社版［以下、北京版］以外に複数の版本が存在する。傍線部は北京版で削除され、天地図書版［以下、香港版］にのみ記された箇所を、〈〉内は北京版にしか記されていない箇所を示す）レーニン、スターリン、毛沢東の述べるすべてを〈かたく〉信じた。それは私が崇拝すると宣言した主義だったからである。私はこれまで信仰してきた民主思想を放棄しなかったし、自由な道を歩みたいと願ってもいた。しかし、共産主義信仰は私に何の理由もなしに世界のあらゆる素晴らしいものは、自由と民主も含めて、すべて共産主義の中に含まれると考えさせた。私はこうして共産主義真理の信徒となった」（三頁）とも書いている。

本章で見てきたとおり、韋君宜は、一九三四年末に参加した「現代座談会」が革命組織であったことも、蔣南翔をはじめ、その指導者らが共産党員であり、韋毓梅が共青団員で、清華大学の団支部書記であったことも知らずに、抗日がやりたくて活動に参加し、共産党に参加するにいたったのである。

韋君宜は革命に参加して以来のすべてを、かつて孫世実と語り合い、思い描いていた「将来」を、中華人民共和国成立後の三十余年を含めて、光明、理想、愛情、犠牲、残酷、愚昧、民族、国家、運命……の複雑に交錯したすべてを見た。その間の韋君宜が経験したあらゆる苦痛を感じることもなく、孫世実はいささかの疑念を抱くこともなく新中国のために死ねた。言い換えれば、このように人生を生きることができたなら、むしろ幸福ではないのか、彼をこそ羨むべきであり、悲しむべきではないと、韋君宜は思うにいたった。孫世実の思いもしなかった「将来」を生き延びた韋君宜は、この苦痛と、苦痛の根源である「私の信仰」についてまで思索した。ここでいう「信仰」とは、「党とマルクス・レーニン主義、指導者に対する信仰」である（一一七頁）。

韋君宜は、香港版『思痛録』前言（開頭）で次のように述べている。

私はこの一〇年来の苦痛についてこのように一歩一歩思索し続けてきた。そして苦痛の根源――私の信仰について思索するまでにいたった。われわれの世代が成したことのすべて、犠牲にしたもの、得たもの、失ったもののすべてについて思索をしつづけてきた。思索そのものは一歩一歩進めてきたものであり、一日で書き上げたものではない。内容の深さが異なっていることについては自分でもわかっているが、今は元のままに従った。この根源について思索するのは後世の人に任せたい。彼らはわれわれのようであるべきか否か？　私自身にいたっては、今でもまだ完全にすっかり話してしまう見識と勇気を持っていない。私の思惟方法もこれらの問題について討論する理論的根拠と条理性に欠けている。私はやはりただ事実を述べ、雄弁にではなく事柄を以下のように一つ一つ並べるだけにする。[96]

北京版『思痛録』前言には、この一〇年来の苦痛と、苦痛の根源である「私の信仰」について思索しつづけた、とは記されず、「この十年余り、私はずっと苦しみながら回想し、反思し」思索した（四頁、傍点は楠原）に訂正されているが[97]、北京版・香港版ともに「私の思惟方法もこれらの問題について討論する理論的根拠と条理性に欠けている」は記され、だからこそ『思痛録』では、一九三六年に中共に入党して以来の五十余年におよぶ韋君宜の経てきた中共革命について、「ただ事実を述べ」「事柄を一つ一つ並べるだけにする」のだと言う。すなわち、「共産主義」の理想への信念をもち、共産主義を堅持すべしと言うのではなく、共産主義は駄目だと言っているのでも決してないが、しかし、共産主義がよいのかどうかをも含めて、自由と民主を実現しうるどのような思想・政体がありうるのか、後世の人々に大本のところから考えてもらいたいと言っているのではないだろうか。

そして、「なぜ学業と快適な生活を投げ捨て革命に身を投じたのか」（一六九頁）、歴史とはいったいどういうものかを考えながら、「われわれの世代が成したことのすべて、犠牲にしたもの、得たもの、失ったもののすべて」について思索をつづけ、文革後、六〇歳をとうに越えてから一一冊もの著書を執筆し出版した。そのように苦難に満ちた生涯の中で、韋君宜が中共湖北省委員会で工作していたころだけは、理想に酔いしれていた最も楽しかった日々だったのである。

注

（1）韋君宜『思痛録』（北京版）北京十月文芸出版社、一九九八年、一二三頁。

（2）韋君宜「我的文学道路」『老編集手記』四川人民出版社、一九八五年、八〇～八一頁。

（3）韋君宜『似水流年』湖南人民出版社、一九八一年、は、文革終結後に出版された第二の単行本であり、最初の散文集である。しかし、文革終結後、最初に出版された『女人集』四川人民出版社、一九八〇年、には文革後の作品が全一七編中二編しか収録されず、基本的に文革以前の作品集である。『似水流年』は、文革後に書かれた作品が半分を占め、実質的には文革終結後に出版された最初の作品集だといえる。

（4）楠原俊代「韋君宜の著作における「歴史」の意味について」森時彦編『20世紀中国の社会システム』京都大学人文科学研究所、二〇〇九年。本書後編第五章参照。

（5）未見、宋彬玉「烽火年華――韋君宜的青少年時期（上）」、韋君宜在線紀念館（http://article.netor.com/m/jours/adindex.asp?boardid=9319&joursid=8628、二〇一一年九月二四日閲覧）による。

（6）前掲韋君宜「一段補白」『似水流年』三〇～三一頁。

（7）「中共宜昌区委員会書記」は、前掲韋君宜「一段補白」

二四頁による。韋君宜「在銭大姐身辺成長」『我対年軽人説』人民文学出版社、一九九五年、八七頁には、中共宜昌区工作委員会書記と記す。ただし、中共湖北省委組織部・中共湖北省委党史資料徴集編研委員会・湖北省檔案館編『中国共産党湖北省組織史資料』湖北人民出版社、一九九一年、に、孫世実と韋君宜の名前はない。

（8）前掲韋君宜「一段補白」二八〜二九頁。

（9）前掲韋君宜「在銭大姐身辺成長」八七〜八八頁。「王翰年譜」『王翰伝』編写組『王翰伝』人民出版社、一九九九年、二五三頁には、「一九三八年一〇月二五日、（王翰は）武漢における善後工作を終え、銭瑛らの最後の一団とともに武漢から撤退する」と記されていることから、孫世実が武漢を離れたのは一〇月二五日と考えられる。

（10）前掲韋君宜「一段補白」二九〜三〇頁。

（11）同前二四頁。

（12）韋君宜「他走給我看了做人的路——憶蔣南翔」『海上繁華夢』人民文学出版社、一九九一年、一九九頁。以下、「憶蔣南翔」と略す。

（13）韋君宜「憶孫蘭——為紀念一二九運動而作」『似水流年』二〇二頁。以下、「憶孫蘭」と略す。孫蘭の本名は韋毓梅。

（14）韋君宜の経歴については、特に註記するもの以外は、すべて楠原俊代「韋君宜年譜」『吉田富夫先生退休記念中国学論集』汲古書院、二〇〇八年、による。

（15）前掲韋君宜『思痛録』四二頁。

（16）韋君宜「〝南開英才〞毛椈」『我対年軽人説』五〜六頁。

（17）前掲韋君宜「憶蔣南翔」一八四頁。

（18）韋君宜「她死得好慘——哭韋毓梅」『我対年軽人説』九〜一〇頁。以下、「哭韋毓梅」と略す。

（19）前掲韋君宜「憶孫蘭」一九九頁。

（20）同前一九八頁。前掲韋君宜「憶蔣南翔」一八五頁。

（21）前掲韋君宜「憶蔣南翔」一八四、一八六頁。

（22）前掲韋君宜「憶孫蘭」一九九〜二〇〇頁。前掲韋君宜「哭韋毓梅」九頁。

（23）「年譜」韋君宜在線紀念館（http://life.netor.com/m/lifes/adindex.asp?boardid=9319、二〇一一年一一月二一日閲覧）による。前掲宋彬玉「烽火年華——韋君宜的青少年時期（上）」では、「八月二〇日」とする。

（24）前掲宋彬玉「烽火年華——韋君宜的青少年時期（上）」。同文によれば、一九三六年一一月一日出版の『清華週刊』第四五巻第一期に、「君宜」という筆名で散文「哀魯迅」を発表している。

韋君宜が訓練班に参加した時、原名の魏蓁一から韋君宜に改名した理由については、原名の魏と韋が同音 wei である上、清華大学における革命運動のリーダーの一人であった韋毓梅について本章三五七頁に記したように二編の追悼文を書き、韋毓梅のことを、「私を導いてくれた人」と記していることから、韋毓梅の影響もあったのではないか、と考えていた。しかし、二〇一四インタビューでは、韋毓梅の影響はないはず、魏蓁一と韋君宜は、魏・韋だけでなく、一・宜も同音 yi で、発音が近いということと、両親がつけてくれた魏蓁一という名前を変えることは、封建的な、あるいはその色彩のある家庭および旧世界との決別と、革命への意志の表明であるとのことだった。

(25) 前掲韋君宜「在銭大姐身辺成長」八五～八六頁。

(26) 同前八六頁。

(27) 前掲韋君宜「一段補白」二五頁、前掲韋君宜「在銭大姐身辺成長」八六頁。前掲「年譜」では、「宜昌区委員会において組織部長を務める」とする。

(28) 前掲韋君宜「一段補白」二五頁、前掲韋君宜「在銭大姐身辺成長」八七頁。

(29) 前掲韋君宜「在銭大姐身辺成長」八六～八七頁。

(30) 同前八九頁。

(31) 同前八七頁。

(32) 前掲宋彬玉「烽火年華――韋君宜的青少年時期（上）」。

(33) 宋彬玉「記青少年時期的韋君宜」『韋君宜紀念集』人民文学出版社、二〇〇三年、七九頁。

(34) 前掲韋君宜「在銭大姐身辺成長」八八頁。

(35) 韋君宜「八年行脚録」『海上繁華夢』二四七頁。

(36) 前掲韋君宜「在銭大姐身辺成長」八九頁。

(37) 前掲韋君宜「八年行脚録」二四七頁。

(38) 中共中央党校党史研究班編『一二九運動史要』中共中央党校出版社、一九八六年、二五六頁には、「一二九」戦士は、八路軍と新四軍に駆け付けた者以外に、国民党統治区の工作においても相当大きな成果を上げた、と記す。

(39) 同前二四三～二四四頁。

(40) 同前二四五～二四六、二五〇頁。

(41) 前掲韋君宜「一段補白」二五頁。前掲韋君宜「哭韋毓梅」一〇頁。

(42) 金冲及主編『周恩来伝（一八九八～一九四九）』（修訂本）中央文献出版社、一九九八年、五一六～五一七頁、璞玉霍・徐爽迷『党的白区闘争史話』中共党史出版社、一九九一年、一四二頁。

(43) 前掲璞玉霍・徐爽迷『党的白区闘争史話』一四五頁による。蓋軍主編『中国共産党白区闘争史』人民出版社、一九九六年、三〇九頁には、一九三八年六月中共湖北省委員会は正式に成立、と記す。

(44) 前掲璞玉霍・徐爽迷『党的白区闘争史話』一四五頁。

(45) 前掲蓋軍主編『中国共産党白区闘争史』三〇九頁。

(46) 前掲璞玉霍・徐爽迷『党的白区闘争史話』一五二頁、前掲中共中央党校党史研究班編『一二九運動史要』二五一頁。

(47) 前掲蓋軍主編『中国共産党白区闘争史』三一六頁。

(48) 前掲璞玉霍・徐爽迷『党的白区闘争史話』一五二頁。

(49) 前掲蓋軍主編『中国共産党白区闘争史』三一七頁による。前掲璞玉霍・徐爽迷『党的白区闘争史話』一五二頁には、各地の三七の学連から百名余の代表が参加、と記す。

（50）前掲中共中央党校党史研究班編『一二九運動史要』二五一頁。
（51）前掲蓋軍主編『中国共産党白区闘争史』三一九頁。
（52）前掲中共中央党校党史研究班編『一二九運動史要』二五五頁。
（53）前掲韋君宜「憶蔣南翔」一八七頁。
（54）「後書」前掲中共中央党校党史研究班編『一二九運動史要』、前掲韋君宜「憶蔣南翔」一九八頁。ただし、「蔣南翔同志生平年表」中国高等教育学会・清華大学編『蔣南翔文集』下巻、清華大学出版社、一九九八年、一二四一頁には、蔣南翔は、一九八六年一月、全国省級党校校長座談会を主催、会議中、心臓発作を起こし北京医院に入院、と記す。
（55）前掲韋君宜「憶蔣南翔」一八七頁。
（56）「除雲」は、「陳雲」の誤植と考えられる。
（57）前掲韋君宜「憶蔣南翔」一八八頁。
（58）彭濤「関於〝一二九〟運動的回憶」中共北京市委党史資料徴集委員会編『一二九運動』中共党史資料出版社、一九八七年、三一六頁。
（59）李昌「回憶民先隊」同前三七二～三七三頁。
（60）前掲韋君宜「憶蔣南翔」一八八頁。
（61）同前一八八～一八九頁。
（62）前掲中共中央党校党史研究班編『一二九運動史要』二五六～二五七頁。
（63）黄宗江「思痛露沙路——読韋君宜書」前掲『韋君宜紀念集』五四〇頁。初出は『文匯報』一九九八年一〇月一四日。
（64）「軍委分会関於目前華北戦争形勢与我軍任務的指示」中共中央文献研究室・中央檔案館編『建党以来重要文献選編（一九二一～一九四九）』第一四冊、中央文献出版社、二〇一一年、五六三頁。
（65）楊尚昆『楊尚昆回憶録』中央文献出版社、二〇〇一年、一七五～一七六頁、中共中央文献研究室編『毛沢東年譜一八九三～一九四九』中巻、人民出版社・中央文献出版社、一九九三年、三一頁。
（66）宋彬玉「韋君宜的人生之路」、韋君宜在線紀念館（http://article.netor.com/m/jours/adindex.asp?boardid=9319&joursid=86493、二〇一一年一一月一六日閲覧）には、『一二九運動史要』は一九八七年に出版、と記す。
（67）前掲韋君宜「憶蔣南翔」一九八頁。
（68）同前。
（69）同前一九八～一九九頁。
（70）前掲韋君宜「哭韋毓梅」九頁。
（71）前掲韋君宜「憶蔣南翔」一九九頁。
（72）同前一九〇～一九一頁。
（73）彭友今・蘇農観「一個屈死的革命家——憶鄭代鞏同志」『貴州文史天地』一九九四年第三期、一七、一九頁。黄秋耘『風雨年華』（増訂本）人民文学出版社、一九八八年、三一頁。
（74）前掲韋君宜「憶蔣南翔」一九一頁。蔣南翔の経歴につ

いては、前掲「蔣南翔同志生平年表」と郝維謙・張思敬「蔣南翔」中共人物伝研究会編『中共人物伝』第六九巻、中央文献出版社、二〇〇〇年、を参照。
(75) 前掲韋君宜「憶蔣南翔」一九二頁。ただし、同一九七〜一九八頁で韋君宜は、反右派闘争の時に、清華大学校長であった蔣南翔が右派を認定したことについては、どうしてなのかいまだに納得がゆかないと述べている。前掲「蔣南翔同志生平年表」に、反右派闘争についての記述はないが、前掲郝維謙・張思敬「蔣南翔」二二〇頁には、「蔣南翔は後に自己批判をした」と記されている。
(76) 前掲韋君宜「哭韋毓梅」九、一二頁。
(77) 前掲韋君宜『思痛録』一一七頁。
(78) 前掲韋君宜「哭韋毓梅」、前掲書一〇〜一一頁。
(79) 前掲韋君宜「憶孫蘭」二〇一頁。
(80) 韋君宜が「走資派の誤りを犯した」幹部として解放されたのは、一九七一年末。
(81) 前掲韋君宜「憶孫蘭」二〇一頁。前掲韋君宜「哭韋毓梅」一二頁。
(82) 前掲韋君宜「憶孫蘭」二〇二頁。
(83) 前掲中共中央党校党史研究班編『一二九運動史要』第一二章「鮮花掩蓋着志士的鮮血」は、韋君宜が手を入れ最終稿を作成したと注記、「鮮花掩蓋着志士的鮮血——緬懐在抗日戦争中献出生命的〝一二九〟運動戦士」のタイトルで『我対年軽人説』に収録されている。
(84) その他に、一二九運動で亡くなった同志四人の名前も記されている。
(85) 前掲中共中央党校党史研究班編『一二九運動史要』二六七頁。
(86) 王文彬と、彼が「一九三八年武漢で全国学連大会開催準備の責任者だった」ことについては、本書前編『思痛録』第一四章注17参照。
(87) 前掲韋君宜『思痛録』一六八頁。
(88) 胡昇華「葉企孫先生与〝熊大縝案〟」『中国科技史料』一九八八年第三期、一七、三三頁。散木「一個甲子前的冤案——説熊大縝」『博覧群書』一九九九年第一二期。
(89) 前掲韋君宜『思痛録』一六三、一六八〜一六九頁。
(90) 前掲韋君宜「憶孫蘭」一九七頁。
(91) 同前二〇二頁。
(92) 前掲『王翰伝』。韋君宜「紙墨長留負疚心——敬悼王翰、張清華夫婦」「王翰伝」『故国情』百花文芸出版社、一九八五年。
(93) 前掲黄秋耘『風雨年華』(増訂本)三一頁。
(94) 現代中国研究センター石川禎浩教授からいただいた指摘である。
(95) 入党の儀式と誓詞については、韋君宜『母与子』上海文芸出版社、一九八五年、二六七〜二六八頁に詳細に記されている。
(96) 韋君宜『思痛録』(香港版)天地図書、二〇〇〇年、七頁。

(97) 韋君宜の『思痛録』には、北京版(北京十月文芸出版社、一九九八年五月)、香港版(天地図書、二〇〇〇年)、最新修訂版(『思痛録・露沙的路』文化芸術出版社、二〇〇三年)他がある。北京版は発売直後からベストセラーとなり、「韋君宜現象」ともいわれる文化現象が起き、「一九九八年十大好書」の第一位にも選ばれた。ところが香港版が出版されたことによって、北京版では削除された部分があることが明らかになった。香港版が韋君宜の原文に最も近いものである。

そこで楠原は、『思痛録』の翻訳・注釈を「韋君宜回想録」と題して『言語文化』(同志社大学言語文化学会)に二〇〇〇年から二〇〇七年まで、一二回にわたって連載したが、香港版を入手した「韋君宜回想録」(3)以降は、香港版によって訳出し、北京版との異同を註記した。また、特に削除がはなはだしい、前言、第一章、第二章については、楠原俊代「中国共産党の文芸政策に関する一考察――『思痛録』をてがかりに」森時彦編『中国近代化の動態構造』京都大学人文科学研究所、二〇〇四年(本書後編第二章)と、前掲楠原「韋君宜の著作における「歴史」の意味について」の中で考察し、「中国共産党の文芸政策に関する一考察」三七五頁(本書三八五頁)では、北京版で削除されている箇所について、「もっとも特徴的なのは毛沢東個人に対する批判とそこから出てくる中共批判、政策・運動の中身についての詳細な記述の部分である」と述べている。

この問題は、福岡愛子『文化大革命の記憶と忘却』新曜社、二〇〇八年、でも言及されている。同書二七〇頁で、北京版における「削除が顕著になるのは胡風批判運動に関する第三章からである」と記しているが、それは間違いである。

また、同書二五一頁では、一九九八年と二〇〇三年に出版された『思痛録』を、どちらも北京版と言い、さらに同書二六九頁で、北京版・香港版の、「二つの版の比較によってまず目立つ差異は、北京版全十七章にたいし香港版は全十六章、という章構成の違いである」と言うが、全一七章は最新修訂版のみで、一九九八年に出版された北京版は、香港版とまったく同じ全一六章である。ベストセラーになって大きな反響を呼んだのは一九九八年の北京版であるから、香港版と比較すべきは一九九八年の北京版であろう。最新修訂版の前言には改編が加えられ、韋君宜の原文からさらに遠ざかってしまったことについては、すでに前掲楠原「韋君宜の著作における「歴史」の意味について」四八八頁(本書五二三頁)で述べた。最新修訂版の意義は、章詒和の回顧録が発禁となったり、戴煌『九死一生――我的「右派」歴程』の改訂版を出版しようとしたところ発禁にされたりするなかで、『思痛録』と、はじめて搶救運動の描かれた小説『露沙的路』があわせて再版されたことにある。

福岡は「北京版における削除には一定の規則性がみられる」として、その特徴を以下の四点に分類し、削除された部分を引用しながら、二六九頁から二七五頁まで約六頁にわたって述べている。

(1) 特定の人物（毛沢東）への言及
(2) 著者の推測・判断にもとづく記述
(3) 著者の見聞、すなわち二次情報の記述
(4) その他（国家、党、社会主義への言及）

しかし北京版『思痛録』では、この(2)と(3)を理由として削除がなされたとは考えられない。同書二七二頁にあげられた具体例は、著者の推測・判断にもとづく記述だから削除されたのではなく、毛沢東と中共への言及のために削除されたものと言える。

そのすぐ後の二七六頁で、「前項であげた削除に関する四つの特徴をもう一度読み直してみると以下の三点にまとめなおすことができる。すなわち、①毛沢東に関する批判的な叙述、②解放軍の醜聞暴露、③政治運動や国家・党・社会主義にたいする著者独自の批判的見解を述べた箇所、である。そこから、毛沢東や解放軍が神聖化され、個人は「大きな物語」を批判的に語る資格を有しない、という規範の存在が浮かび上がる」と、わずか四行でまとめなおしている。それならば、その直前の、四点の分類は不要ではないのか。

さらに同書二七五頁には、『思痛録』初版が一九九八年五月に出版された際、「責任編集者」であった丁寧の名前で、巻末に説明文が付されていた、と記すが、同書の巻末に付された「必要的説明」の作者は、『思痛録』の出版元を探すよう依頼されていた牧恵であり、丁寧の文章は収録されていない。牧恵の「必要的説明」によれば、韋君宜は病気のため、もはや原稿の最後の見直し、削除や補充をする力もなく、この作業は原稿を保管してきた牧恵がおこなわざるをえなかった、彼は、韋君宜にかわって文中の誤記や不適切な箇所の訂正をおこなった、と言う。

第二章　延安時代の韋君宜

中国共産党の文芸政策に関する一考察——『思痛録』をてがかりに

はじめに

プロレタリア文化大革命が終結して以来、傷痕文学、反思文学、探索文学、先鋒文学、尋根文学など、新たな文学作品群が次から次へと生み出された。一九九〇年代には、文芸の市場経済化と呼ばれる現象さえ出現した。

文革を含む「当代」中国の歴史を反思するのは、一九八〇年代以来、文学の重要な主題であった。この「反思」とは、「過ぎ去った過去の歴史・歴史思想・歴史事件などを振り返って考え直す、再考する、反省する」の意であり、一九八〇年代初期には「反思文学」という文学現象が出現していることからも知られるように、過去の自分の言動やありかたに間違いがなかったかどうか振り返ってよく考える「反省」の意とは異なっていることから、本書においては「反思」として原文のまま用いる。

八〇年代初期の反思小説について、洪子誠（一九三九〜、広東掲陽人）は次のように的確に総括している。「文体としては虚構性と典型性を突出させたものの、当時の文学状況により、歴史に対する反思の深さは制約を受けていた。そのため、多くの作品の歴史的事件に対する思考は思想傾向においても内容の上においても極めて大きな相似性を呈し、それらの大部分は社会上層部の人々と重大事件の変遷に関心をよせ、主に、政治権力の当代における運命という角度から問題を提起した(1)」。

これとやや異なるのが、散文創作である。ここでいう「散文」とは、詩歌・戯曲・小説以外の文学作品を指し、雑文・随筆・ルポルタージュなどを包括する。この時期の散文では「真実性」と「個人性」が強調され、老年の作家を中心に、往事を回想する大量の散文が書かれた。これらの作家は詩や小説、脚本を書こうにも、もはや体力気力が伴わなかったが、散文を書く材料はいたるところにあり、身内や友人の追悼文、個人的体験の些細で断片的な回想、あるいは身近におきた出来事に対する、形式にとらわれない切実な感情を書いたのである。そこで、これらの作品を「老年散文」と称する者もある。

九〇年代になっても、反右派闘争、文革などを含む「当代」の歴史をテーマとする作品は引き続き刊行された。しかし、反思の立場と深さの異なった、「新歴史小説」と呼ばれる数多くの作品も生まれた。八〇年代初期の傷痕文学、反思小説が描いた文革と反右派闘争など一九四九年以来の歴史だけでなく、二〇世紀全体が描かれるようになったのである。これらの小説が扱う「歴史」は重大な歴史的事件でなく、「正史」の背景に置かれた個人あるいは家族の運命である。歴史は往々にして一連の暴力的な事件として描かれ、個人はいつもみずからの運命を把握することが困難で、歴史の暴虐の中での犠牲者となっている。これらの小説がより重視しているのは「一種の『抒情詩』的な個人の体験と運命[2]」である。

散文においても、一九五〇年代から七〇年代にかけての歴史的事実を記録した回想録が次々に出版された。文革終結から二十余年の間に大量の回想録が出版されたが[3]、これらは歴史を反思するうえで「感性的記叙資料」を提供した[4]といわれている。

それでは、革命の聖地、延安について書かれた作品はどうなのであろうか。これまで延安について記された評論や回想録は数多く刊行されてきた。しかしそれらは、文芸は政治に従属するものとする中国共産党の文芸政策のもとで、『文芸講話』に沿って執筆された回想録と、丁玲、王実味（一九〇六～四七、河南潢川人）、蕭軍（一九〇七～八八、遼寧錦州生れ）などの批判対象となった作品ばかりであった[5]。

本章でとりあげる韋君宜の『思痛録』は、韋君宜が一九三九年延安に赴いて以来の、搶救運動から周揚の人道主義問題に関する論争の時の発言（「関於馬克思主義的幾個問題的探討」『人民日報』一九八三年三月一六日）にいたるまでの回想録である。『思痛録』は北京十月文芸出版社から、一九九八年五月第一版、九九年一月には第五次印刷が刊行された。また香港では天地図書有限公司より二〇〇〇年に刊行された。以下、前者を北京版、後者を香港版と略する。本文引用の際には、書名『思痛録』を省略し、北京版にはPを、香港版にはHを省略記号として用い、頁の数字のみを記す[6]。香港版では北京版で削除された部分も印刷され、本文は一、二割増になった。

『思痛録』は、本書の内容を「一字たりとも改めない。出版できないのならそれでよい」、本書が発表される日を生きているうちに迎えることはできないだろう、原稿を完成したらしっかりと保存しておき、本当に発表できる時になれば出してもらいたい[7]、との決意のもとで執筆された回想録であり、これまで決して触れられることのなかった「感性的記叙資料」を提供した特異な作品として位置づけられる。本章は、この『思痛録』出版までの経緯を明らかにし、北京版と香港版を比較検討してみることによって、中共の文芸政策の転換を跡づけようとするものである。

一　『思痛録』出版までの経緯

二〇〇二年一月二八日『人民日報』に、韋君宜の死亡記事が掲載された。見出しは「著名作家韋君宜逝去」で、一月二六日北京協和病院で病死、享年八五歳、二月一日八宝山革命公墓大礼堂で告別式が執り行われる、という内容であった。その経歴については以下のように記述されている。

人民文学出版社前社長韋君宜、原名は魏蓁一、一九三五年清華大学在学中に「一二・九」運動に身を投じ、その後中国共産党に加入した。延安時代には党の新聞宣伝および青年工作に従事、五四年作家協会に異動、雑誌『文芸学習』『人民文学』主編。長編回想録『思痛録』、長編小説『母与子』『露莎的路《ママ》』、中短編小説集『女人集』、散文集『似水流年』『故国情』『海上繁華夢』など、二〇〇万字近くの作品を著した。

人民文学出版社の元社長で著名な作家というのだから、韋君宜は革命家として栄誉ある生涯を閉じたということになる。しかし、それは決して平坦なものではなかった。もう少し詳しく、その軌跡をたどってみる。

韋君宜は、一九一七年一〇月二六日（旧暦一〇月二六日）生れ、女性、原籍は湖北省建始。北京の比較的豊かな知識人家庭に生れた。父親は清末に日本へ留学、帰国後は鉄道技術者をへて鉄道局長をつとめ、母親も挙人の娘で読み書きのできる人であった。韋君宜は幼時より読書に親しみ、天津の南開中学時代には多くの文学作品を読む。三四年秋、北平の清華大学哲学系に入学した頃から文章を発表しはじめ、翌年には積極的に学生救国運動に参加、民族武装自衛会に加入する。三五年一二・九運動に身を投じ、三六年五月中国共産党に加入した。

盧溝橋事件が勃発し、北平・天津が陥落すると、大学を中退して南方に逃れ、湖北地区で中共の地下活動に従事する。一九三九年延安へ行き、青年工作に従事し、『中国青年』の編集に携わる。また山西省西北部の解放区や陝甘寧辺区の綏徳分区で中学校教師、地方新聞の編集者と記者、新華広播電台の編集者などをつとめた。この時期には、若干の短編小説や散文も書く。

解放戦争期に、区委員会幹部として土地改革運動に参加し、全国解放直前に河北省平山県へ移り、『中国青年』の復刊工作に従事する。北京解放後は中国新民主主義青年団中央宣伝部副部長兼『中国青年』総編集となり、論文や随筆を発表。これらは後に『前進的脚跡』（中国青年出版社、一九五五年）にまとめられる。(8)

北京市委文化委員会副書記（宣伝工作）をへて、一九五四年作家協会に移って、『文芸学習』（中国作家協会編集、同年四月創刊）主編となる。しかし反右派闘争が始まると、五七年に発表した随筆「乗公路汽車旅行記」が社会の暗部を書いたとして「重点批判対象」とされた。五八年『文芸学習』停刊後、河北省懐来県の農村に下放を命じられ、郷党委員会副書記を兼任する。五九年初め北京にもどり、『人民文学』副主編の肩書きのまま長辛店二七機関車工場に赴き、工場史『北方的紅星』編集に参加した。六〇年、作家出版社（六一年に人民文学出版社に合併される）に移る。文革期には厳しい批判を受けて、湖北省咸寧幹部学校へ送られる。作家出版社・人民文学出版社では副総編集、総編集、党委員会副書記、副社長をへて、社長、八五年末に退職した。

全国最大の文学専門国営出版社の社長としての業務はきわめて多忙かつ煩雑なものであった。『思痛録』所収の「韋君宜小伝」によれば、長編小説の最高賞である茅盾文学賞を得た、莫応豊（一九三八〜八九、湖南益陽人）の『将軍吟』と張潔（一九三七〜、北京生れ、原籍遼寧撫順）の『沈重的翅膀』は、韋君宜が各種の困難を排除して、みずから修訂し、全責任を負って出版した。多忙な中で、韋君宜はさらに勤務時間外に長編小説『母与子』、中国第一回全国優秀中編小説賞を受賞した『洗礼』などを執筆した。『前進的脚跡』以外の作品集は、すべて八〇年以降に出版されたものである。

「著名作家」とはいえ、韋君宜が作家として多くの作品を発表しはじめたのは、文革終了以後で、六〇歳を越えてからのことであった。しかも人民文学出版社での職責を果たしながら、その勤務時間外に執筆したものである。著述に専念できるようになったのは、ようやく八五年末に引退してからのことであった。したがって韋君宜は作家であるというよりも、三六年五月抗日のためにわずか一八歳で中共に入党して以来、何よりもまず中共党員として生き、その生涯を中国革命に捧げたといえる。その韋君宜が書いた延安以来の回想録『思痛録』は、ひとりの女性革命家の目を通して記された、約五十年にもおよぶ中共党史、中国現代史でもある。

二〇〇〇年に刊行された『思痛録』香港版の内容は以下のような構成となっている。

縁起
開頭
一、「搶救失足者」

二、解放初期初露鋒芒
三、我曽相信的反胡風運動
四、反丁、陳運動到反右風濤
五、大躍進要改変中国面貌
六、反右傾運動是反誰
七、一個普通人的啓示
八、緩過気来之後
九、文化大革命拾零
（上）我這個走資派
（下）這些人的罪行
一〇、当代人的悲劇
一一、憶大寨之遊
一二、「取経」零憶
一三、那幾年的経歴——我看見的「文革」後半截
一四、編輯的懺悔
一五、十年之後
一六、記周揚
結語
附録
韋君宜小伝

楊団『思痛録』成書始末[9]

一九九八年五月に刊行された北京版には、「開頭」「結語」「附録」「『思痛録』成書始末」（二〇〇〇年九月二七日）は収録されておらず、その代わりに、牧恵（一九二八〜二〇〇四、広西生れ、原籍広東）の「必要的説明」（九七年一二月）が収録されている。北京版巻頭の「縁起」は、香港版の「縁起」「開頭」を大幅に削除して編集されたものである[10]。香港版では北京版で削除された部分も印刷されたが、本文の章立てはほぼ同一で、北京版第二章「解放初期有那麼一点点運動」、第四章「我所見的反右風濤」の名称が異なるだけである。

『思痛録』出版までの経緯については、香港版の楊団「『思痛録』成書始末」と、北京版の牧恵「必要的説明」に記されている。

楊団は一九四九年生れで、韋君宜の娘である。楊団によれば、『思痛録』は七六年から八六年の初めまで執筆がおこなわれ、八七年から八八年にかけて編集され、八九年初めに出版社に送付された。ところが原稿は、八九年六月に出版社から返却され、七月から一一月まで加筆修正された。ただし、実際の刊行までには、さらに八年半を要した。

楊団は、韋君宜が『思痛録』を書き始めたのは、四人組粉砕の前、周恩来逝去の前後という政治状況の極端に悪かった時期であったといい、その時のことについて以下のように記している。

それまでは草稿を片付けることなどなかった母が、食事や外出の際には引き出しに原稿をしまい、何を書いているのか、とたずねても答えてくれなかった。書いている内容についてこのように秘密にしたのは、この時だけだった。いつのことか憶えていないが、やがてそれが『思痛録』第一章の「搶救失足者」だったと知った。

四人組粉砕の後しばらくして、母はようやく私に秘密を打ち明けてくれた。搶救運動から文革終結までの長編回想録を書こうとしていたのであった。母はこう言った――歴史は忘れてはならないものである。彼女は一八歳で共産党に参加して以来、いまではすでに六〇歳を過ぎてしまった。身をもって体験した「悲惨で醜悪であるばかりか、人の怒りを買うような」事柄を記録しておかなければ、棺桶に持っていかなければならなくなってしまう。しかし、書いたところで決して発表することはできない。この原稿が発表できる時が来たなら、国政は真に公明正大となっているのだ。

母はさらにこうも言った。

「私は生きてその日を見ることはできないだろう。私が書き終えたらしっかりと保存しておき、本当に発表できる時になったら出して欲しい」

このことを繰り返し、何度も私に頼んだ。こうして私は母の心の中で本書の原稿が、どの作品よりも、そればかりかこれまでに成し遂げたすべての工作よりも重要なものなのだとわかった。（H二二一～二二二、要約）

このように最初は娘にも秘密にして『思痛録』を書きだした韋君宜ではあるが、楊団は、本書に記された事柄について、文革中期の一九七三年に家で母から聞いており、おそらくそのころ本書執筆の意図が芽生えたものであろうと語っている。楊団はまたこうも述べている——母は当時しょっちゅう私に、お前たちはあまりに幼稚すぎると言っていた。父は母に、これはわれわれが間違っていたのだ。われわれの過去を何も彼らに知らせなかったのだから、と言った。

しかし、両親の過去について、一九六六年五月下旬、楊団は父からすでに聞いていたのだった。その時、一夜にして「老革命」から「反革命」になってしまった父が、翌日には自分が収監されることを予測し、最愛の娘、楊団に自分が「反革命」だと誤解されたくないと、延安での幹部審査運動（搶救運動）のことも含めて語ったのだという。(11)

韋君宜の夫、楊述は一九四三年、搶救運動の時に国民党特務のレッテルを一年余り貼られ、その間毛沢東に「私は特務ではない。どうぞ人を派遣して徹底的に調査していただきたい」と直接手紙を出したが、聞き入れられることはなかった。後に彭真が乗り出して談話を発表し、ようやく汚名がそそがれ名誉を回復した。ただし、それらの事柄は書いたところで決して発表できないものであった。

韋君宜は、一九八五年末に六八歳で退職し著述に専念できるようになった。ところが翌年四月には脳溢血で倒れ、右半身不随となってしまう。奇跡的に命をとりとめ、その後、リハビリにより、歩行、会話、執筆ができるまでに回復した。

しかし、一九八六年秋リハビリ施設より一時帰宅した韋君宜は、回復の見込みがないと考え、遺言を楊団に口述筆記させたことがあった。楊団によれば、当時、『思痛録』は一四章分がほぼ出来上がっており、最後の二章が足りないだけであることを、韋君宜の遺言として書き記したという。また戸棚の引き出しの中の二つの袋には、韋君宜が遺言で述べたとおり、『思痛録』の中で最も貴重な最初の八章《(ママ)》、「搶救失足者」から「文化大革命拾零」までが入っていた[12]。この八章は一九七六年に書き始められ、八三年にはほぼ完成しており、韋君宜にとっては「宝物」なのであった。引き出しの中の袋の一つは草稿で、もう一つは楊団の弟、楊都が浄書したものであった。楊都は六六年の夏、紅衛兵に殴られ野原を逃げ惑い、まる二日家に帰ってこなかった。当時、小学校五年であった楊都は、この時知的障害を負い、それ以後学校に通うことはなかった。韋君宜はそこで中学校までの課程を楊都に教え、この原稿を浄書させたというわけである。ただし、楊都はその中身を理解することはできなかった。

遺言を口述筆記した日から楊団が韋君宜の著作の編集をおこなうことになった。小説集や散文集の原稿はまとめるとすぐに出版社の編集者に手渡したが、『思痛録』だけは誰にも編集を任せるわけにはいかなかった。楊団は原稿を調べては未発表の文章を探し出し、生起した順に並べ、各章のタイトルと書名について韋君宜と相談した。

韋君宜はその後、一九八七年には転倒して右腕骨折、八九年脳血栓、九一年骨盤にひびが入るなど、次々に病気やけがに見舞われるが、病床で麻痺した右腕のリハビリをつづけ、八六年から九四年までに数十編の散文・雑文を著わした。それらはその後、散文集『我対年軽人説』に収められ、九五年八月に出版された。さらに宿願であった長編回想録『思痛録』を完成させるとともに、青年知識分子の抗戦期における内面を反映した十余万字の長編小説『露沙的路』を九三年初めに脱稿する。『露沙的路』は『思痛録』第一章の「搶救失足者」の姉妹編である自伝的小説で、『思痛録』より早く九四年六月に出版された。九五年一二月には『中国当代作家選集叢書――韋君宜』が出版され、そして一九九八年五月には『思痛録』が北京十月文芸出版社からついに刊行された(13)。

一九九四年一一月にはまたもや脳梗塞で七度目の入院をし、それ以来寝たきりとなり、そのまま二〇〇二年一月二六日に逝去するまで退院することはなかった。その間、韋君宜は全身麻痺、四肢硬直となり、口も利けず、耳も聞こえず、毎日わずかに鼻から流動食をとることとしかできなくなった。

『思痛録』北京版の刊行に尽力したのは牧恵で、韋君宜のもう一人の息子の岳父である。牧恵の原名は林頌葵《りんしょうき》、六〇年から北京の『紅旗』雑誌社文芸組編集者、八八年に引退する時には、同社文教室主任・編審（編集者として最上位のランク）で、『漏網』（河南人民出版社、一九九七年）、『且閑斎雑俎』（漢語大詞典出版社、一九九八年）の他、古典文学評論など二十余の著書がある。

『思痛録』北京版の牧恵「必要的説明」によれば、九〇年代の初め、牧恵がいつものように病床の韋君宜を見舞った時、ずっしりと重い本書の原稿を手渡された。そこには既に発表された新聞の切抜きのコピーと、八六年に倒れてから執筆された原稿も含まれていた。その発表、出版の可能性を検討してもらいたいと依頼されたのである。帰宅後、原稿を読みすすむにつれて、ますます本書の重みを強く感じ、前後していくつかの雑誌編集部に送付したところ、二編がそれぞれ雑誌『散文与人』『精品』に発表された。しかし、その後は行き詰まってしまい、原稿はながく牧恵の手元に置かれたままになった。九七年一一月二五日、韋君宜の傘寿を祝う座談会が開かれ、友人たちから本書の刊行を切に望む声が寄せられた。こうして九七年一二月、ようやく出版が決まったが、韋君宜は二度目の発病の後、協和病院に横たわったままで、意識はあるものの、話すことも書くことも極めて困難な状態であった。韋君宜はもはや原稿の最後の見直し、削除や補充をする力もなく、この作業は原稿を保管してきた牧恵がおこなわざるを得なかった。牧恵は、韋君宜にかわって文中の誤記や不適切な箇所の訂正をおこなったという。

北京版第五次印刷「付言」によれば、本書の出版後、熱心な読者から誤記、誤植の指摘が寄せられ、第二次、第三次印刷に際して可能な限り訂正がなされた。ただ、そのうちの三カ所は、韋君宜の記憶違いで、簡単には訂正できず、また必ずしも作者の考えに沿ったものになるとは限らないため、あえてそのままにされた[14]。本書の大半は病床で執筆されたもので、資料を調べてくれる助手もなく、すべて記憶によって書かれたため、こうした誤りは避けられず、またこの誤りが人を傷つけるものではなく、韋君宜に意見を聞くこともできない今は、原作の味わいをそのまま留めることにしたという。（P二〇〇）

二　『思痛録』北京版と香港版

『思痛録』は脱稿から実際の刊行まで約十年を要したわけだが、なぜそのように困難であったのか。また香港版が出版されたことによって、北京版では削除された部分があることも明らかとなる。北京版ではどのような箇所が削除されたのか。

もっとも特徴的なのは毛沢東個人に対する批判とそこから出てくる中共批判、政策・運動の中身についての詳細な記述の部分である。それらの削除は当然予測されるものであったが、このほかに、以下のような部分も北京版では削除されている。

私はある時、このような報告（陸定一がおこなったような気がする）を聞いた。彼は言った――四川から、六万の反革命を殺さなければならない、との電報が来た。中央はあまりに多すぎると電話したが間に合わなかった。彼らがこの返電を受けた時には、六万人はもう「始末」された後だった。

彼が簡単に付け加えたこの言葉に、私はたいへん大きな衝撃を受けた。この言葉を通して私は感じた――ああ！　この六万人の生命は、党にとっては、歯の隙間にはさまった食べ滓か、骨のくずのようなものなのだ！しかし、これらのことは若い時から革命に身を投じてきたわれわれ青年とは確かに関わりのないことだったので、衝撃はまだそれほど大きくはなかった。

ただし関わりがないとはいえ、私もまったく無関係であったわけではなかった。（H二五〜二六）

この部分は、新中国成立直後について述べた第二章「解放初期初露鋒芒」の第二段落後半部であるが、北京版ではこの部分がまったく削除されており、この後に韋君宜の叔父のエピソードが記される。北京版で削除されなかった第二段落、すなわち香港版第二段落の前半部は、以下の通りである。以下、傍線部は北京版で削除され、香港版にのみ記された箇所を示す。北京版で書きかえられた、すなわち北京版にのみ記された箇所は〈〉内に記す。

しかしよい状況は長く続かなかった。最初は反革命鎮圧運動で〈それから間もなく反革命鎮圧運動が始まり〉、国民党の残留特務や手先といったやからは銃殺刑に処せられ、一度に数百人が殺された。その時、私は中国新民主主義青年団中央にいたが、これらはすべて当たり前のことだと考えていた。多くの青年たちも大部分がこのように考え、搾取階級の家庭出身の青年は懸命に父母との間にはっきりとした一線を画し、このことを心から光栄に思っていた。しかしこの時には、すでに無実の人をむやみに殺すような攻撃範囲拡大の兆しが見えはじめていた。（P二一）

中華人民共和国建国史をひもとけば、国共内戦最終段階の一九四八年九月から翌年一月にかけて行われた遼瀋・淮海・平津の三大戦役だけでも国民党正規軍と非正規軍あわせて一五五万人を殲滅したという。四八年二月から三月にかけての宜川戦役では約三万人、六月から七月にかけての豫東戦役では九万人あまり、晋中戦役では約十万人の敵軍を殲滅したのである。[15]

国共内戦を経てきた彼らにとっては、国民党軍の残党とされた「六万の反革命」の命を奪うことなど、何ほどのことでもなかったのかもしれない。しかも、この事実は陸定一がそれに関する報告をおこなったような「気がする」、という程度の記憶の中の出来事でしかない。中華人民共和国の歴史や中共党史の中では記述さえされない出来事であろう。『思痛録』北京版、第二章の第二段落を香港版と対照してみれば、後半部分がすべて削除されているだけでなく、残された部分においても、前述の通り、具体的な内容についての形容は周到に削除がおこなわれている。すなわち、反革命鎮圧運動とは、新中国成立後よい状況が長くは続かずに始まり、しかも「一度に数百人も殺して」しまうようなものなのであった。このような具体的な「殺人」の記述の削除により、当時の多くの青年たちが反革命鎮圧運動を当たり前だと考えていたということにも抵抗はなくなる。何に対する「攻撃範囲拡大の兆し」なのかも伏せられているが、実は「無実の人をむやみに殺すような」攻撃範囲なのであった。

韋君宜は『我対年軽人説』など、いわゆる「老年散文」も書いている。しかし『思痛録』はそれらとはまったく異なった作品である。本書第九章「文化大革命拾零（下）」の中で、文革期に下放していた青年について次のように述べている。

これらの一群の「文化大革命」の新たな世代は、後に大多数が無教養な人となった。一部の者は農村で苦学し、戻ってから一〇年分の学課の遅れを取り戻そうとしたが、所詮できるものではなかった。何人かは自分の苦しみを小説に書き、梁暁声、阿城、張抗抗、史鉄生、葉辛……は、今では有名になった。しかし彼らの小説の中には、自分がどんなに苦しかったかということしか書かれていない。当時、自分が一六、七歳だったころに、いったいどのように「文化大革命」の呼びかけに応えたのか、自分の思想がいったいどのようにしてすべてに反対し、文化を恨み、殴り壊し奪うことを栄誉とするようなものに変わってしまったのか、この世代の青年がどのようにしてみずから無知となることを望んだのか、について誠実に書いている者は一人も見たことがない。

これらの老年、中年、青年がこうむったすべての恨み辛みを、みな「四人組」のせいにするが、それで十分なのか？　私はそれでは不十分だと思う。（P一一四、H一二三）

それでは韋君宜はみずからをどのように記述しているのか。

大躍進運動の時に、韋君宜は懐来県に下放した。韋君宜は『思痛録』第五章で、その時の状況を次のように記している（P六五、六九、H七一、七六）――近くに田間も下放していた。田間は、そこで「詩の宣伝ビラ」を始めた。彼が書いたばかりでなく、村の幹部と（人民公社）社員のすべてを巻き添えにして、詩を書かせた。われわれは下放幹部として、人々の詩の添削を請け負うとともに、自分でも詩作しなければならなかった。そこに座れば瞬く間に詩が出来上がり、それこそ「順口溜」で、口からスラスラといくらでも出てきた。「千日想、万日盼、今日才把公社建。七個郷、成一家、社会主義開紅花」などで、こうして詩歌の氾濫は災いとなった。

詩の宣伝ビラは後に印刷され、詩集として石家荘で出版され、『人民日報』にまで発表された。その後、この詩歌運動の騒ぎはますます大きくなり、汽車に乗ればどの旅客もみな詩を一首提出しなければならなくなった。「一年間で詩を一万首生産する」「一年間に長編小説五編と、シナリオ五本」というように、文学創作計画も制定された。そして、とうとう張家口では、「万首詩歌個人（あるいは兵士）」が出現した。彼一人で一カ月に一万首の詩を書いたというが、誰もその詩を見たことはない。

韋君宜は、「文芸は国家と人民に災いをもたらす、と言われることにずっと不服であったが、こんなふうにやるのなら、文芸が国家と人民に災いをもたらすことを誰も否定はできない」「われわれ文芸に携わる者は真実の状況を理解していなかったために、いともたやすく嘘に騙され、紂の暴虐を助けるようなことをしてしまった」という。懐来県では全県の作詩競技会が開催された。県委員会副書記の開会の詩は、韋君宜と徐遅が代筆した。この箇所、北京版では韋君宜が代筆した詩を収録するのみであるが、香港版によれば、その後の一二行が削除されていたことが知られる[16]。香港版には何が記されているのか、その一部を引用する。

なんとリズミカルで勇壮な感じがするではないか？　しかしすべては嘘つきの大家のために、嘘の辻褄を合わせたのであり、実際にはすなわち共犯者だった。（略）

他の運動は主に知識分子を圧迫するものであったが、この大躍進は人民を迫害した。口をそろえて工農のため、人民のためにと言ったが、人民をこのような目に遭わせたのだ！（H七六〜七七）

「嘘つきの大家」とは毛沢東のことを指す。香港版によれば、韋君宜は徹底してみずからを「共犯者」だと明記している。しかもこのような視点は、これが最初ではない。先にあげた第二章反革命鎮圧運動の後、三反・五反運動のところで、脱税・汚職反対には賛成すると述べてから、以下のように記している。

しかし、間もなく毛沢東主席がみずから文書を起草し、各単位における汚職分子の割合を規定し、それぞれの単位で五％出さなければならないことになった。当時、私は『中国青年』〈雑誌〉社で総編集をしていた。われわれの雑誌には合わせて一四、五人しかおらず、すべて二十数歳から一七、八歳の若者であった。毎号の微々たる原稿料〔これさえも一号分ずつ共青団中央総務処からまとめて受領してくるものである〕を管理する以外に、金銭などなにも扱うことのない、まことに清廉な役所であった。

けれどもそれではすまず、中央の文書が発せられ、また毛主席が「金銭を扱うところには、必ず汚職がある」と述べたのである。そこでわれわれはやむなく調査をすることになった。（P二三、H二七）

この時韋君宜は、青年編集者の丁磐石にわずか五角か三角の党費納入の件について自白させた。金額の多少は問題ではない、犯罪行為であることに変わりはないと言って、彼に思想的な動機を深く掘り下げさせた。ここで韋君宜は次のように記している。

しかし、この事件は極めて小さな前奏曲でしかなかった。そして私は、じつにこの時から、吊るし上げられる者から、人を吊るし上げる者へと変わった（原文は「我是実在従這時開始由被整者変成了整人者」）。私もまたもっぱら人を吊るし上げるのは正しいことであり、「党の利益」であるとする、あの悪辣な伝統〈やり方〉を継承した。これは私が懺悔すべき最初の出来事であり、したがって心に刻みつけている〈ここに書き記すものである〉。

北京版では、毛沢東に関する箇所はきれいに削除され、また香港版によれば、韋君宜はこのような運動の手法は党の「伝統」だと認識していたことが知られるが、北京版ではただの「やり方」にすぎないものに訂正されている。

これに続いた潜行反革命分子粛清運動の記述の中では、いちばん納得できないものとしてそのやり方について記している——その単位のなかで、いかなる人からも、反革命活動に参加したというこれといった手がかりが見つからない場合、どの幹部にも同志全員の前できわめて詳細に自分の経歴をひと通り暗誦させ、みなはそれに耳を傾けるだけなのである。そして鶏の卵のなかから骨を見つけるような方法を用いて、その叙述のなかから破綻を見つけ出せば、ただちに「突破口を切り開いて」追及する。問い詰められて話のつじつまがますます合わなくなれば、これを根拠に重点と定める。これで「反革命」を探し出したということになった！　このやり方こそ言うなれば笑止千万であるが、しかし当時はたしかにこのようにやっていたのである。（P二二～二三、H二八）

韋君宜は、その時〔一九五五年のことであろう〕『文芸学習』編集部にいた。ここでは、「自分の手で吊るし上げた者」三人について述べているが、そのうちの一人である朱涵については、「彼にいったいどのような重大かつ疑わしい経歴があったのか、今では私は思い出すことさえできない」という。これは韋君宜が無責任だというよりも、執筆時から二、三〇年も前のことで、取るに足りない罪状であり、建国以来批判対象となった人があまりに多すぎたからであろう。

またもう一人の重点対象、馮光の取り調べについても記した後、「彼女はこのために重大な反革命容疑者となり、中央宣伝部幹部処に報告のうえ審査となった。しかしその後、再審査の結果、あらゆる論拠は不十分であるとして、容疑は取り消された」とある。それをうけて韋君宜は、次のように記す。

私は彼女に口頭で謝罪した。ところが当時、私と同じようにこうした工作をしていた一部の幹部は、謝罪をすることには大いに不満で、われわれがあのようにやったのは積極的に革命をやるためであり、謝罪するべきではないと言った。

私は今考えてみても、ほんとうに謝罪はするべきだと思う。しかも謝罪するだけにとどまらず、みずからのあのようにデタラメな思想の根源を深く掘り下げなければならない。そこまではゆかなくとも、掘り下げてゆかなければならない。そうしなかったからこそ、われわれは謝罪をしても、次にまた同じ過ちを犯してしまったのである。(P二二五、H二二九)

韋君宜は、党に付き従って、いかなる苦難も貧窮も望むところであった。だが、真に苦痛を感じたものとして、北京版「縁起」においてのみ、〈これまで経てきた幾多の運動が、われわれの党と国家に挽回困難な災難をもたらしたこと〉と、〈私が被害者であるばかりでなく、加害者にもなったこと〉をあげ、こう続けている――〈歴史は忘却されてはならないものである。この十年余り、私はずっと苦しみながら回想し、反省し、〉われわれの世代が成したことのす

べて、犠牲にしたもの、得たもの、失ったもののすべてについて思索をしつづけてきた。[17]（P四）

中共政権下においては、延安時代を含め、中華人民共和国成立以後も文革にいたるまで、ほとんど止むことのない大規模な思想改造と際限のない運動が繰り返されてきた。反右派闘争や文革の時には、韋君宜も厳しい批判にさらされた被害者であった。しかし韋君宜は被害者としての視点でのみこの回想録を執筆しているのではなく、みずからが時には加害者の立場にあったことも隠蔽せず、これまでに示したように一つ一つ書き記してゆく。そして回想録を書く一方で、精力的に多くの小説も執筆する。

「四人組」粉砕後執筆された六編の小説を収めた『老幹部別伝』は、一九八三年二月人民文学出版社より刊行された。その「後書」で韋君宜は、若い時にはずっと編集工作と行政事務で忙しく、運動はあったし、最後の十数年は審査を受け、幹部学校へ行って使い果たした。私の一生にはまことに執筆の時間はなかった。退職後、他の人々は回想録を書いているが、自分はやっと小説を書き始めた。私は時間と競争で、私のよく知っている人と事を書かなければならない、と述べている。

『思痛録』についても、それと同じことがいえるだろう。『老幹部別伝』の「後書」では、さらに次のように述べている――私の書いたことは必ずしも正確とは限らないが、全力を尽くして推測ではなく観察したままを書いてみた。小説はもちろん主に若い読者に読んでもらうためのものであり、老人の自己陶酔のためのものではない。私は常に思っている、まだ探索し続けなければならない、私を悩ませている問題の答えを探し続けなければならない、と。私が書くのは、若い人に教訓を授けたいだけというのでは決してなく、皆さんと一緒に探索してみたいからである。

その探索の跡は、『思痛録』第七章「一個普通人的啓示」にも記されている。出身もよく、経歴も純潔で、一九歳で解放区に入り、早期に入党参軍した李興華という若者が、『文芸学習』編集部に異動してきた。ところが彼は一九五七年末、反右派闘争の時に、他の単位との数合わせのために右派と認定され、党籍を剝奪された。その後二十数年再審査も許されず、名誉回復もされず、下放先でも徹底的に攻撃された。李興華の過ちを報告するのは同じ編集部の同志で、好人物なのに、なぜそんなことをするのか、韋君宜は許せないと思っていた。しかし、文革を経てこの同志のことを完全に理解することができた。彼は、上級がすでに「右派」と決定したのだから、李興華は本当に敵だと考えた。そこで全力を尽くして敵に打撃を与えようとしたのだ。李興華自身がいわゆる胡風集団摘発につとめた時の心理と同じだということに、韋君宜は気がついたのである。李興華もまたかつて自分がやったことのすべては、真理にかない、やるべきことだと考え、積極的に闘争に参加したばかりではなく、胡風集団批判の文章も書いたのであった。

彼の死後、韋君宜は、どうしてこのような悲劇が生まれたのかを考え続けたという――この悲劇をおこした人の中には明らかに私も含まれる。だが、私はそうしたかったわけではなかった。それにもかかわらずやってしまった。これは盲従したのだといえる。しかし、盲従がこのように痛ましい結果を生んでしまった。盲従した者は苦痛と懺悔をどうして感じないのだろう？　懺悔するだけではまだ足りない。悲劇を起こした根源を真面目に深く考えなければならない。

韋君宜が書くのは、自分が「被害者であるばかりでなく、加害者にもなった」ことだけではない。被害者も時には加害者であった場合があり、一人の人間が被害者でもあり加害者でもある。さらには運動の都度、「盲従」することによって新たに加害者が生まれてくる。その加害者もまた被害者となりうるという、こうした繰り返し構造を、彼女は建国以来、自分が経てきたすべての運動について、克明に書き記してゆく。韋君宜が、ただの被害者であったのは延安時代、搶救運動においてであった。

三　韋君宜の描く延安

艾克恩《がいこくおん》（一九三一～九五、陝西米脂人）編『延安文芸回憶録』は、一九九二年五月、『文芸講話』五〇周年を記念して中国社会科学出版社から刊行された。「党中央の所在地延安は中国の内外によく知られた革命の聖地である。延安を中心とする、陝甘寧辺区の文芸運動は、その他の各解放区の文芸運動と同じくいずれも毛沢東同志をリーダーとする党中央の指導の下で行われた。今この輝かしい歴史を記述し、これらの豊富な経験を示すことは、延安文芸の伝統を継承し、延安精神を発揚し、中国的特色をもった社会主義文芸を創造するのに、きわめて有益であろう」と本書の編者である艾克恩が記しているように[18]、延安は中国革命の聖地であり、それまでその輝かしい歴史しか記述されることはなかった。

一〇年後の六〇周年記念の時には、『人民日報』(二〇〇二年一月二七日)に中国延安精神研究会の「在新的形勢下継承和発揚党的優良作風——写在延安整風六十周年之際」が掲載された。同じ紙面のすぐ下には、中共中央党史研究室著の『中国共産党簡史』からの引用として、「延安整風運動」についての解説が付されている。そこでは延安整風運動とは以下のように定義されている。

一九四二~四五年に全党の規模で展開された整風運動は、党の思想路線を一歩進めて正し、党のみずからの建設を強化する上で、重大な意義をもっている。一九四二年五月、中共中央は延安文芸座談会を招集した。毛沢東は講話を発表し総括をおこない、革命文芸は人民に奉仕する、まず工農兵に奉仕するという根本的な方向を明らかにした。主観主義に反対することは整風運動の主要な任務であった。党の歴史において繰り返し出現した「左」と右傾の誤りは思想的根源からいえばすべて主観主義である。主観主義の主要な表現形式は教条主義と経験主義である。整風運動では「前の誤りを後の戒めとし、病気を治して人を救う」の方針を貫徹し、思想認識を向上させ同志を団結させることに重点を置き、過ちを犯した者に対して組織として処分したのではなかった。(要約)

それでは、延安の搶救運動とはどのようなものなのか。一九九〇年代に入るまでは、ほとんど語られることもなかった事柄である[19]。

盛平主編『中国共産党歴史大辞典』（中国国際広播出版社、一九九一年）には、搶救運動の項目はないが、一九九二年六月、中共党史出版社から刊行された『中国近現代史大典』にはある。また九六年八月、中央文献出版社から刊行された金冲及（一九三〇〜、上海人）主編『毛沢東伝』にも、搶救運動についての記述がある。[20] この『中国近現代史大典』と『毛沢東伝』により、搶救運動について簡単にまとめておく。

一九四三年、党の組織と幹部の隊列を純潔にするために、中共中央は整風運動の一環として幹部審査をおこなった。当時は、さまざまな敵対勢力があらゆる手段を用いて中共と根拠地に浸透し、破壊しようとしている、きわめて複雑な社会政治環境の下にあった。しかし「左」の思想的影響により、敵情を一方的に誇大評価し、国民党支配区から来た多くの党員幹部と青年を特務として審査した。幹部審査工作の実際の責任者、社会部部長の康生は、七月一五日、中央直属機関大会で、「搶救失足者」（過ちを犯した者を緊急救助する）という報告をおこない、「搶救失足者」運動を始め、かなり多くの同志にトロツキスト、特務、叛徒のレッテルを貼り、国民党支配区の党組織を「紅旗党」（いわゆる共産党の旗印を掲げた国民党）と見なして、大量の冤罪・でっち上げ・誤審事件を作り上げた。中共中央はすぐに運動中の「左」の誤りを発見し、八月一五日、「幹部審査についての決定」を下し、「逼供信」（拷問による自供で証拠を作り上げるやり方）を厳禁した。一〇月九日、毛沢東はまた「一人も殺さず、大部分を捕らえないことは、この反特務闘争で堅持すべき政策である」と強く指示を出した。中共中央が指示する精神に従い、各地党組織は反特務運動拡大化の誤りの是正に着手し、冤罪を受けた同志の名誉を回復した。

韋君宜は、搶救運動について、『思痛録』『露沙的路』の双方で描いている。聖地、延安の輝かしい歴史を記述した作品は、これまで数多く出版されてきたが、韋君宜は、それらとはまったく違った角度から回想録と小説を書いている。すなわち『思痛録』第一章「搶救失足者」と『露沙的路』がそれである。『露沙的路』は全一三章のうち、第五章

「搶救運動」と第六章「坦白」で搶救運動を描いている。『露沙的路』の「後記」によれば、小説を執筆し始めたのは脳溢血で倒れて、半身不随になってからのことである。さらに「私が書いたことは、私が確かに経験した生活であり、決して誇張して書いてはいない」と述べている。

韋君宜が、搶救運動をどのように描いているか、まずは『思痛録』第一章によって見てみる。

『思痛録』では、韋君宜が辺区において、想像もつかなかった打撃を初めて受けたのは「幹部審査」であったと書かれている。「幹部審査」とは後に「搶救運動」と改称されるものである。当時韋君宜と夫の楊述は綏徳地区委員会『抗戦報』の編集をしていた。指導幹部は彼らに、綏徳師範学校で特務の巣窟が発見された、ただちに出向いて報道するようにと言った。

韋君宜は以下のように記している。

綏徳分区を共産党が接収した時、国民党の省立綏徳師範にもとから勤めていた教師のかなりがそのまま残った。これらの教師のなかにひそかな特務系統があり、彼らはそれを学生のなかにまで発展させ、特務の範囲は綏徳の教師学生の間に及んだ。

それからたちまち当地の者はすべて疑惑の対象となった。われわれは綏徳師範へ特務の「自白」会に行った。大講堂では、背丈が机よりもやや高いかというくらいの学生が自白をするために壇上にのぼり、みずから「特務」だと名乗るのを見ただけであった。それから白国璽という少年が壇上で、特務組織が彼に命じて、淫らな画をトイレの壁にデタラメに書かせたと言ったのも憶えている。またある学生は、自分がやった「特務破壊」工作とは足を洗う盥でみなの食事を作った、と言った……。（P七～九、H九～一二）

その後「運動」はますます深められ、綏徳師範の「整風指導小組」は、彼らが「深いところから掘り出して」きた特務の資料をわれわれに渡して掲載させた。綏徳師範には、なんとその上まだ美人局《つつもたせ》特務まで存在していたのである。ボスは楊述の熟知している国語教師で、隊員は多くの少女たちであった。聞くところによれば、これらの女子学生たちはこともあろうに特務のスローガン「われらの持ち場は敵のベッドにあり」を受け入れ、しかも学年別に組に分かれ、一年生は「美人隊」と称し、二年生は「美人計」、三年生は「春色隊」云々ということであった。（略）

そこでわれわれは女子学生劉国秀の書いた文章を「私の堕落史」という見出しで『抗戦報』に掲載した。私は深く信じて疑わなかった。そしてこのような文章がいったん掲載されてしまえば、その後は我先にとばかりに投稿が寄せられ、それはますます途轍もないものとなっていった。特務は中学生から小学生にまで「発展」し、一二歳の特務、一一歳、一〇歳から六歳の小特務まで発見された。これはもはや常軌を逸するところにまで至っていたが、私はそれでもやはり疑わなかった。

ある時われわれの新聞社に新しく若い文書係が二人入って来たことがあった。その中の一人の末の弟が、最近名指しで新聞に掲載された小特務だった。私は彼女に「弟さんはいったいどうして特務組織に参加したのかしら」とたずねた。すると彼女はこのような驚くべき問題に対して、冷ややかにちょっと笑ってかえしただけなのだった。彼女は「弟のこと？　何か少し食べ物を買ってやりさえすれば、言わせたいことなど何でも言うわ」と言った。

そうだったのか。この私よりも若い当地の青年の話で、ようやく私はほんの少しだけ得心がいった。それでは、これらの子供たちのことはいくらか捏造された可能性があるということなのか？　しかし私はやはりそれ以上考えはしなかった。

その後、楡林〔国民党統治区〕からもどってきた一人の女子学生が、われわれの文書係に引っ張られて新聞社まで遊びに来たことがあった。彼女は「私の堕落史」に出てくる人物の一人であったので、私はちょっと「インタビュー」してみて新しい手がかりを得ようと考えた。私が、あの劉国秀の文章を読んだかどうかたずねると、彼女もまた冷ややかにちょっと笑ってから言った。

「読みました。……私たちはすぐに読んで、本当に不思議に思いました。彼女が何と言おうと、私たちのまったく知らないことです」

彼女はこう言っただけで、その表情は狼狽えてもいなかったし、苛立ってもいなかった。彼女はこの文章を単なるデマカセとして気にもしていないのだった。彼女よりも数歳年長であるこの私は、そこでまた考え込んでしまわざるを得ないのだった。これは……、これは真実なのか？「美人隊」「春色隊」といった、あのような奇怪な名称、半ば公然の巨大組織、わずか一五歳から一七歳の、県城の野暮ったい女子中学生が……、これが真実なのであろうか？

けれども私にはまだこれらの実際には恥知らずなでっちあげを否定してしまう勇気はなく、やっぱり毎日これらの「資料」を収集するために奔走していた。

この部分は『露沙的路』にも同様に記されているが、細部においては若干の違いがある。一三、四歳の生徒が、講堂の壇上で「私は小便をしたことのある盥で、みんなの食事を作った。洗わずに食事を作った。ご飯をよそったのはおまるで……」と言ったことになっている。美人局特務は二年生が美人隊となっている。[21]
二〇〇〇年に中文大学出版社から出版された、高華（一九五四〜二〇一一、江蘇南京人）の『紅太陽是怎様昇起的——延安整風運動的来龍去脈』によれば、綏徳師範は運動で大きな「勝利」をおさめた模範単位であった。一九四三年九月、綏徳師範で九日連続して告発・自白大会が召集され、自発的に自白した者は二百八十余人、摘発された者は百九十余人にのぼった。[22]
搶救運動は引き続き、学校から社会にまで発展し、闘争大会が開かれ、国民党の統治下にあった時からそのまま綏徳に残って共産党のために働いてきたあらゆる幹部が吊るし上げられ、大部分が「特務」にされた。

その後さらに、運動が外来の幹部、万里をものともせずに革命に身を投じた韋君宜ら知識青年にまで及んできた。夫の楊述も国民党特務にされてしまい、「整風班」に入れられ、拘禁された。楊述は毎日、夜が明ける頃には整列して無定河の辺まで行き、北国の一二月の寒風吹きすさぶなかで仕事をさせられた。「大部分を捕らえない」という政策が堅持されたわけではなかったことが知られる。

韋君宜はさらに以下のように続けている。（P一三、H一五～一六）

なんというデタラメ！　なんて恐ろしいことなのか！　この時にはもう完全にこの運動〈これ〉がデタラメであり、常識のかけらもない、共産主義に対する信念のかけらもない、奇怪なでっち上げであることが私にはわかっていた。これは明らかに、国民党でさえ思いつかなかった多くの政策を国民党になりかわって新たに創り出したものである。不思議なことに、後に捕虜となった国民党の大物特務、康沢や沈酔らでさえこのような「紅旗政策」や「短時間突撃」があったとは、これまで回想していないにもかかわらず、当時の共産党〈われわれの上級〉はこれを確かなことだと言った。

しかもそれは一九四二年のことだけでなく、そのまま「文化大革命」に至るまで引き続きこのようなやり方が用いられた。そして今でも多くの人がまだ、小規模ではあるがこのようにやっている。劉少奇主席の罪も、このようにして決められたのではなかったか？

共産主義を何十年にもわたって信奉し、共産主義のために命をかけて闘ってきたにもかかわらず、共産党に忠誠を尽くすことなく、国民党のわずか二時間の「短時間突撃」でたちまち特務となって、命がけで国民党に忠誠を尽くすのだとは。もしもそうなら、共産主義にいったいどんな力があるというのか？　また国民党が全国を制圧していた時に、あんなにも多くの青年が延安に駆けつけることなど、どうしてあり得ただろう？

デタラメで理屈も何もないこのような論法が中央文書に記され、しかも共産党内でかくも長年にわたって統治して〈広くおこなわれて〉きた。〈左の影響はなぜこんなにも大きくなり得たのか？　一九四二年の時点で、私にはわからなかった。〉

引用部分の最後の二文は香港版では次のようになっている――みずから（中共）に忠実な人を一貫して疑い、虐待し続けるということが、もはや党の伝統となってしまったのである。八〇年代になって、党に忠実な人がますます少なくなったのも理由のないことではない。しかし、一九四二年に、私はまだこのように徹底した認識を持ってはいなかった。

韋君宜は、この時「こんなふうに疑われるのでは、あまりにも無念だと思っただけであった」といい、次のように続ける。（P一五、H一八）

単純だったわれわれは、まだこれを習仲勲と李華生の二人〈地区委員会の数人〉がやったことだと考え、党中央は決してこのようなことをするはずがないと信じていた。楊述は延安に駆けつけ上訴した。延安の情況が綏徳よりもずっとひどかったとは、後になってようやく知ったことである。

われわれが長年付き合ってきた友人の許立群、李鋭、魏東明、鄭代鞏、黄華……はみなやられてしまった。四川省委員会書記の鄒鳳平は迫害されて自殺した。魯迅芸術学院のある芸術家は家族全員で焼身自殺した。四川偽党の他にまだ「河南偽党」もあった。いたるところで会を開いて吊るしあげ、そして拘禁する以外に、もっぱらこうしたデタラメのすべてを掲載する『実話報』と称する新聞まで公然と発行された。私といっしょに延安まで来た河南の少女、李諾はこの新聞紙上でほとんど特務兼妓女だとして公表された。この新聞こそ本当に保存して、『解放日報』のように影印すべきである。どうして影印しないのか？　それが正しかろうと誤っていようとも、いずれにしても影印すべきなのである。〈史料として、これを後世に伝えるのである。〉

この引用部分、最後の一文は香港版にはない。韋君宜によれば、搶救運動では「一人も殺さず、大部分を捕らえない」政策が堅持されたのではなかった。『実話報』が『解放日報』のように影印されることはありえないから、当時なにがあったのかを、韋君宜はあたう限り忠実に、みずからの回想録に書き記したのであろう。

中共中央は「逼供信」（拷問による自供で証拠を作り上げるやり方）を厳禁したというが、韋君宜は、以下のように「信供逼」と語順をかえて、やはり拷問はおこなわれたと述べている。

韋君宜は綏徳にあった抗大分校の闘争会に参加したこともある。その分校の校長、何長工と副校長、李井泉は、いずれも老紅軍だったが、この部分、何長工と李井泉の名は北京版では伏せられており、香港版で明記されている。李井泉は彼らの闘争原則について、こう語った――「逼供信」に反対する人もいる。それならば、われわれは「信供逼」でいこう。つまり、まずは「証拠」だ。そのうえで、お前に「自供」を聞かせてやる。お前が認めなければ、そこで「拷問」にかけてやる！（P一八、H二一）

韋君宜は、この副校長（李井泉）は後に文革で一家全員が惨死した、

「私は、彼が一九四三年に彼みずからが語ったこの話を思い返したかどうかは知らない！」

と記す。加害者が被害者となり、被害者が、また加害者にもなる。一人の人間が、加害者でもあり被害者でもあるという構造が繰り返されていく。その構造の発端が、韋君宜にとっては搶救運動であった。なお、八七年には『何長工回憶録』が解放軍出版社から出版されたが、何長工（一九〇〇〜八七）は、全五二七頁中、延安整風運動について語っているのはわずか三行である。

韋君宜はまた搶救運動の標的にされた作家、呉伯簫のケースについて、以下のように記している。（P一九〜二〇、H二二）

当時、作家の呉伯簫が延安で粛清されたという消息が、蔣介石の統治する「蔣管区」に伝わり、彼はもう死亡したと言われ、西安では彼の追悼会が開催された。延安ではこの知らせを聞くと、直ちに呉伯簫にみずから「デマを打ち消す」よう求めた。そこで呉伯簫もまたみずから文章を書いて、延安で愉快に生活し、創作している、これまでに粛清されたことはない、云々、と述べた。これらの話は呉伯簫が圧力をかけられて無理やり書かされたものだとは、私は思わない。彼は極めて正直かつ忠実なすぐれた共産党員であった。このような文章を書いたのは、彼の本心によるものであり、党の名誉を守るために、個人的な一切の不幸を忘れることを望んだのだ、と思う。

〈ただ〉残念なことは、この党が彼のような党員の忠誠心を思いやることもできず、「文化大革命」期になると、〈「四人組」が〉またしても彼を打倒したことである。今、呉伯簫はすでにこの世を去った。彼の追悼会でも、私はこの話をすることができず、自分が死ぬ間際になるまで話せなかったのである。

呉伯簫逝去は、一九八二年八月一〇日である。このような事柄が八二年でもまだ公の席で話せる状況ではなかったことが知られる。

中央党校のある大会で、毛沢東がこの運動において過ちを犯したと謝罪したことは、『思痛録』、『露沙的路』、前掲『毛沢東伝』のいずれにも記されている。[23]『思痛録』では、「この言葉を聞いて、われわれはすべてを許し、すべてを忘れた。なぜならば、われわれは革命のためにこそ延安に来たのであり、革命はまだ進行中なのである。党中央はわれわれに間違いを犯したが、毛主席本人がわれわれに詫びた、それでよしとするべきではないのかと考えた。皆つまるところ一家の者だったのである」と記している。

当時、韋君宜は楊述と二人で次のように話していたという――今は辺区の中だけのことであるから、われわれもまだ耐え忍び、許すこともできた。今後、もしも全中国を手に入れてから、またこんなことをやれば、絶対に駄目であ

る。何億という一般大衆が承知するはずはない。（P二一〇、H二一三）

香港版では、この後に「われわれは、こんなことは二度とおこなわれないと思った。いっそう酷くなるとは、誰も想像もできなかったことである」が続くが、北京版では削除されている。

搶救運動について、韋君宜は、「天地がひっくり返るような大騒動が起こり、数えきれないほど〈多く〉の人が傷ついた」、そして、すべてが冤罪だったという。この時から韋君宜は、「ようやく苦痛のうちにこう思うようになった。もう党とはまったく同じ一つの心でいることは無理になった、と。私は、依然として共産主義を信じ、国民党が中国を救えるとは絶対に考えられず、共産党しか中国を救えないと信じてはいたものの、しかし私のあのまったくの純真さは打ち砕かれてしまった」という。韋君宜は、日中戦争、国共内戦期を通して、ずっと搶救運動にこだわりつづける。搶救運動のさなか、「特務の家族」であった韋君宜は最初の子供を亡くしもした[24]。だが、延安から逃れることはできなかった。国民党支配区では、同じ頃、中共党員であった楊述の兄が捕らえられ殺害されたのであった[25]。

このこだわりについては、小説『露沙的路』で詳細に描いている。以下に、その一部のみを示す。

解放直前、平山県で露沙（主人公の名前）は北京の左派学生を受け入れたことがあった。彼らの満腔の情熱、単純な信念は、まるで一〇年前の自分の姿を見ているようだった。彼らもまた家族と学業を投げ打ち、真理を追求しにここまで来たのであった。「真理を私に教えてください。あなたを見ていると真理そのものを見たように思います。あなたこそ真理の化身」「あなたは何でもわかっている。あなたたちは、解放区は、私たちが追い求める太陽！」と言われ、露沙はこの一〇年間は無駄だったのかと自問し、純真さを失い、日々思索にくれていた。この学生たちは一〇年後にどうなっているのだろうか……。（一六七頁）

その学生たち、この単純な「真理」の信徒もまた、後に被害者あるいは加害者として、繰り返される構造の中に組み込まれていったに相違ない。

本章では、これまで描かれることのなかった、『文芸講話』のいわゆる「暗黒」をえぐりだした部分のみをとりあげてきた。しかし『露沙的路』では、韋君宜が延安に行ったばかりの、何もかもが透明で、「透けて見えるほど単純」であった頃に結婚をしたことなども描かれている。延安では、結婚相手に求められるものは、一にも、二にも政治条件で、第三はと問われれば、それは見た目であり、ここでは家庭や父母、学歴は重要ではなかったという。露沙にとっては、若気の過ちとしかいえないような結婚であったが、最初の夫、宋安然も党員でハンサムだった。そしてこの時、四組の集団結婚式が行われた。また延安では、夫婦が同居できる住居がなかったので、定期的に一晩二人に部屋を空けてやる「礼拝六」の制度があったという。韋君宜の夫、楊述は、二度目の夫、崔次英のモデルと知られ、小説の形を用いたからこそ、韋君宜の「確かに経験した生活」と当時の青年群像を生き生きと描きえている。

おわりに

韋君宜は、『思痛録』北京版「縁起」と香港版「縁起」「開頭」において、「私は、これは書くべきことだと思う」「私は自分のことを述べるためにこの本を書いた」と本書執筆の意図を明らかにしている。そして、まず「私は古くからの忠実な（中国）共産党員である」ということを説明しなければならないとし、なぜ入党したのか、その経緯について次のように述べている。

なぜ共産党員になったのか？　共産主義とは何かを知らず、家が貧しかったからでも、富豪に反対だったからでもなく、抗日をやりたかったからである。一二・九運動でわれわれは日本帝国主義打倒を叫んだが、新聞紙上に、この愛国運動について掲載することは許されなかった。政府は愛国を支持せず、共産党だけが抗日を主張し、左派の刊行物だけが学生の抗日運動を支持した。私は愛国のためには、全身全霊をもって共産党に付き従わなければならないと理解した。入党後、私はこれまで党の光輝偉大に疑念を抱いたことはない。この一点のためにすべてを犠牲にすることができた。私は入党を決意した後、これまでに学んで得たすべてを放棄した。私は学識の浅い戦闘者になることを心から願い、何も考えずにレーニン、スターリン、毛沢東の述べるすべてを〈かたく〉信じた。それは私が崇拝すると宣言した主義だったからである。私はこれまで信仰してきた民主思想を放棄しなかったし、自由な道を歩みたいと願ってもいた。しかし、共産主義信仰は私に何の理由もなしに世界のあらゆる素晴らしいものは、自由と民主も含めて、すべて共産主義の中に含まれると考えさせた。私はこうして共産主義真理の信徒となった。（要約）

この後、本章三九一頁で引用した「党に付き従って」以下の部分が続く。本書には韋君宜の家系や出生についての記述はない。すなわち本書は韋君宜が共産党員として誕生して以来、党員として生きた五十年余にもおよぶ歴史を振り返って総括した自伝なのである。最初に、「古くからの忠実な共産党員である」と明言しているように、反共宣伝を意図して書かれたものでもなければ、自己弁明や正当化のための書でもない。党に付き従って、いかなる苦難も貧窮も望むところであった。だが、真に苦痛を感じたものとして、北京版「縁起」においてのみ、〈これまで経てきた幾多の運動が、われわれの党と国家に挽回困難な災難をもたらしたこと〉と、〈私が被害者であるばかりでなく、加害者にもなったこと〉をあげ、〈この十年余り、私はずっと苦しみながら回想し、反省し、〉われわれの世代が成したことのすべて、犠牲にしたもの、得たもの、失ったもののすべてについて思索をしつづけてきた」という。

中共政権下においては、延安時代を含め、中華人民共和国成立以後も文革にいたるまで、ほとんど止むことのない大規模な思想改造と際限のない運動が繰り返されてきた。その時々に、いったい何があったのか、自分は何をしたのか、それはなぜなのか、その根源は何なのかを自問し、みずからが時には加害者の立場にあったことまでも隠蔽することなく、本章で示したように克明に書き記している。おのれの非を苦痛をもって記す懺悔の記録、「思痛」の記録なのである。そのなかで、一人の人間が被害者でもあり加害者でもある、繰り返される「盲従」の構造を明らかにしている。

香港版では、「真に苦痛を感じた」こととして、次のように記している。

この素晴らしい地上の天国にどうしてこれらのまったく醜くて耐えられないようなことがあり得るのか？　ここには自由と民主がないばかりでなく、われわれに自由と民主を排斥することさえ要求した。私は耐えて、耐えて、涙を流して耐えなければならなかった。対外的には、私はさらに一人の党員として言うべきこと、われわれの党があらゆる困難をどのように嘗め尽くして祖国のために戦ったかについて言わなければならなかった。党の規律は鉄であり、戦闘のために全党は（党）中央に服従しなければならず、党の栄光しか語れず、党の欠点さえ多くは述べることができなかった。

しかし、私は本当に耐えられなくなってしまった。かつて党のために自分を犠牲にした私心のない人が、どれほど無実の罪を着せられて亡くなったことか、右派に認定されたことか。最後の悼辞で彼らの党に対する若干の貢献が語られるだけで、間違って殺されたり、間違った判決を下されたりしたことについては、ただ「かつて誤って処分された」の一言で片付けられてしまう。なかったことにされてしまうことすらあり、一言も語られず、ただこの人がいかに党に忠実であったかしか語られない。その意味は、正しいのはやはり党だということなのである。（H六〜七、要約）

そこで、「われわれの世代が成したことのすべて、犠牲にしたもの、得たもの、失ったもののすべてについて」思索をつづけてきたという。

北京版、香港版ともに、一歩一歩思索をつづけ、一日で書き上げたものではない、「私はやはりただ事実を述べ、雄弁にではなく事柄を一つ一つ並べるだけにする」。そして、少し文言は違うが、北京版では、「より多くの理性的な分析は後世の人にまかせたい。私自身、今でもまだ完全にはいい尽くせないし、私の思惟方法もこれらの問題について討論する理論的根拠と、条理性に欠けている」という。

韋君宜は、いったい何があったのかを、この世代と次の世代の読者は知る必要がある。そのことについて考えてみることは、国家の主人である人民が今後生存してゆく上で必要なことである、さらに北京版には、〈われわれの党は成立以来、半世紀余の歴史をもつが、経験をよりよく総括するためには、歩んできた道を振り返ってみる必要がある〉、〈誤りと挫折は一時の現象であり、われわれの事業はそうすることによってさらに前途が開け、われわれの党はさらに成熟する〉と記しているのである。

『露沙的路』の終章には、「もともと世界にはさまざまな人生がある。完璧な生活や理想の世界はどこにもあるはずがない」（一八九頁）と記されている。共産主義はかつて信仰の対象ですらあり、礼賛することしか許されなかった。原稿を書いたところで決して発表することはできない、発表できる時が来たなら、国政は真に公明正大となっている、との覚悟のもとで執筆されていた『思痛録』が、削除部分はあるものの北京で出版されたのである。また削除部分を回復した香港版も出版され、『露沙的路』はもっと早く人民文学出版社から出ている。延安整風運動は六〇周年を経て、今も「重大な意義をもっている」とされながら、韋君宜のこれらの作品が出版されたということは、それ自体が中共の文芸政策に大きな転換のあったことを意味しているだろう。そして、それは彼女の解釈に従えば、「国政は真に公明正大」となった証ということになる。

注

（1）洪子誠『中国当代文学史』北京大学出版社、一九九九年八月、三七二頁。
（2）前掲洪子誠『中国当代文学史』三九〇頁。
（3）高華「在資料的叢林中——読陳永發『中国共産革命七十年』（聯経出版事業公司、一九九八年）」『二十一世紀』双月刊、一九九九年六月号、総第五三期、一一五頁。
（4）前掲洪子誠『中国当代文学史』三七三頁。
（5）拙論「延安文芸整風運動に関する一考察——聞一多に対する統一戦線工作の視点から」『東方学』第一〇一輯（二〇〇一年）参照。
（6）『思痛録』香港版所収の、楊団「『思痛録』成書始末」には、「二〇〇〇年九月二七日」と記されているため、本書が天地図書有限公司より刊行されたのは、それ以後のことであろう。
（7）H二二五、二二二。
（8）『思痛録』香港版の「韋君宜小伝」では、北京解放後は中国共産主義青年団中央宣伝部「部長」と記す。また、『前進的脚跡』は北京版、香港版ともに『前進的足跡』となっている。
（9）前掲楊団「『思痛録』成書始末」は、「我的父親母親与『思痛録』」として、『老照片』第一四輯、山東画報出版社、二〇〇〇年六月、三三～四五頁、にも収録。
（10）本書後編第五章五〇〇頁と注15参照。
（11）H二一八～二一九。この時、楊団の父は娘に次のように話してから、搶救運動での体験を語ってくれたという——今、私はようやく自分が間違っていたことを知った。私は、解放されたのだからすべてはよくなる、お前たちの世代にもはや苦難はなくなったと考えた。私は好ましく輝かしい一面しか語らず、党が犯した過ち、党内闘争の残酷で悪しき一面を知らせなかったが、実際にはわれわれの党はこれまでも純粋な訳ではなかった。お前は道はまっすぐであり、党は永遠に誤るはずがない、党に従ってゆけば何の問題もないと考える。その結果、他人の批判は一言も許さず、少しの我慢もできず、お前をこんなにも単純で幼稚に変えてしまった。私はお前が、今後の生活でこうむるであろう打撃に耐えられないのではないかと心配している。
（12）「文化大革命拾零」は第九章であるから、後に、未整理の文章を新たな章として「搶救失足者」から「文化大革命拾零」までの間に挿入したのかもしれない。
（13）『我対年軽人説』『露沙的路』『中国当代作家選集叢書——韋君宜』はいずれも人民文学出版社から出版された。
（14）韋君宜の記憶違いを訂正せず、そのままにした三カ所について、北京版では第五次印刷「付言」にまとめて記し、香港版では当該箇所に注を付けている。
その一つは、章乃器と章伯鈞を同一人物と混同している箇所（P五六、H六二）。二つめは流沙河の「右派」の罪名は、詩「草木篇」を書いたことで、韋君宜が本文中で流沙河の作として引用した詩の作者は別人だった。その詩の作者もまた当時疑いなく災難に遭ったことであろうと注記している（P五九、H六五）。三つめは馮雪峰の罪状についてである（P一八六、H一九二）。
（15）金冲及主編『周恩来伝（一八九八～一九四九）（修訂本）』中央文献出版社、一九九八年、下・九〇六、八七三、八八七頁。

(16)『思痛録』北京版で削除された、韋君宜が代筆した詩の後の部分については、本書一五二頁参照。

(17)『思痛録』香港版では、「開頭」に、「真に苦痛を感じたもの」が何であったのか記されているが、「われわれの世代が成したことのすべて、犠牲にしたもの、得たもの、失ったもののすべてについて」までの間に一九行あり(北京版では五行)、内容も違う(H六〜七)。本章四〇六頁参照。

本書後編第五章五〇〇頁にも記したとおり、二〇〇七年九月のインタビューで初めて、実は、香港版「縁起」「開頭」が韋君宜の作で、北京十月文芸出版社から『思痛録』を出版する際に、この二編があまりにも「尖鋭」なため、香港版「縁起」「開頭」を一つにまとめて北京版の「縁起」ができた、すなわち北京版にのみ記されている部分は韋君宜の作ではなく、編集者が書いたものであることがわかった。本章の初出は、二〇〇四年二月で、楠原の韋君宜に関する初期の研究成果であり、本書刊行にあたり、後に明らかとなった事柄や誤りについてはできる限り修正したが、この「真に苦痛を感じたもの」の箇所については、韋君宜著『思痛録』香港版・北京版のテキストのみに依拠して執筆したものであることをご了解いただきたい。なお、編集者が書いたこの五行は、韋君宜の書いた部分を大幅に削除するに際し、韋君宜の意図をできる限り汲んで執筆されたものと判断される。

(18)艾克恩「『在延安文芸座談会上的講話』与延安文芸運動」艾克恩編『延安文芸回憶録』中国社会科学出版社、一九九二年、三九〇頁。

(19)例えば、『聞一多全集』湖北人民出版社、一九九四年、第一二巻所収の、聞一多の一九四六年三月三〇日付聞家騄宛手紙の中に出てくる甥「訓侄」の注釈において、「訓侄」の名前が聞立訓、中共党員であり、四三年延安の搶救運動の中で迫害され死亡していたことが、初めて記された(四〇四、四〇五頁)。

一九八六年に人民文学出版社から出版された『聞一多書信選集』所収の同じ手紙には、この「訓侄」が「聞巡周の子」としか注記されていない(三二八頁)。

『聞一多全集』第一二巻の注釈には誰の子供かは記されていない。

すなわち『聞一多書信選集』の注で「訓侄」が聞巡周の子であることを知った上で、一九九四年版『聞一多全集』の注で彼の名が聞立訓であり、搶救運動で亡くなったことを知り、他の箇所の注釈で聞巡周が聞家騄の字であることを知って、ようやく聞立訓がこの手紙の宛先人である聞家騄の子であったことがわかる。「他の箇所」とは、九四年版『聞一多全集』第二巻と『聞一多書信選集』に収められた最初の手紙(一九一六年一月九日付、父母宛)で、聞一多の兄、聞家騄について同じ注が付されている。

この時、聞一多は中共と延安を賛美、理想化し、昆明で民主運動に身を投じていた。その延安で、聞立訓が三年も前に亡くなっていたことを家族は知らなかった。聞一多はこの手紙で、その連絡先と連絡方法を、もう一人の甥、聞立志にたずねてから、兄の聞家騄に知らせると書いている。

甥の一人が一九四三年延安の搶救運動中に迫害され死亡していたことを注記するに際し、この甥が聞家騄の息子であると、すぐにはわからないようにする配慮が必要だったのであろうか。しかし、八六年刊行の『聞一多書信選集』では、搶救運動のことを注記できなかったのが、九四年版『聞一多全集』では、できるようになった、この間には中共の文芸政策上でなんらかの転換があったことが知られる。『中国現代文学大辞典』高等教育出版社、一九九八年、九頁によれば、九二年には王実味の名誉回復も行われている。高新民・張樹軍『延安整風実録』浙江人民出版社、二〇〇〇年七月第一版、八月第二次印刷、三六五頁によれば、王実味の名誉回復は、九一年二月七日。

(20)『中国近現代史大典』中共党史出版社、一九九二年、七四頁。金冲及主編『毛沢東伝（一八九三～一九四九）』中央文献出版社、一九九六年八月、下・六五一～六五五頁。

(21) 前掲韋君宜『露沙的路』六七頁。

(22) 高華『紅太陽是怎様昇起的——延安整風運動的来龍去脈』中文大学出版社、二〇〇〇年、五二五頁。

(23) P一九、H二二。前掲韋君宜『露沙的路』一〇四、一〇五頁。前掲『毛沢東伝』六五四、六五五頁。

(24) P一七、H二〇、前掲韋君宜『露沙的路』七八～八〇頁。

(25) P一一九、H一二八、前掲韋君宜『露沙的路』一〇四頁。

第三章　一九五〇年代の韋君宜　韋君宜と『文芸学習』について

はじめに

韋君宜は、一九五三年に、中国新民主主義青年団中央宣伝部副部長、兼団中央機関誌『中国青年』総編集から北京市文化委員会副書記を経て、中国作家協会に移り、月刊誌『文芸学習』の創刊準備をおこない、作家協会党組成員となる。翌年『文芸学習』が創刊され、韋君宜は主編となる。この『文芸学習』について、韋君宜は一九八六年一月、「憶『文芸学習』[1]」を書き、「私の編集者としての生涯の中で、足に昔の銃弾が入ったままで、傷口はとうに癒えてはいるものの、ちょっとぶつけるとまだ少し痛むようなもの」であり、本誌が廃刊となったことを「思い出すといつも平静ではいられない」と述べている。本誌の廃刊については、「この青年から、大変歓迎され、販売部数が三十数万にも達した〔当時これは大変な数字であった〕雑誌は反右派闘争に呼応して多くの批判と自己批判の文章を発表した後、密かに幕を閉じた。終刊の理由を述べることもなく、終刊の辞もなく――もともと何の理由もなかったからである」「われわれが心血を注いでやってきたこの小さな雑誌は、何の理由もなく終結を宣言された」と言う。

それでは、『文芸学習』とはどのような雑誌であったのか。本誌についての解説は、手元の事典やインターネット上で見つけられなかった。『中国大百科全書・中国文学[2]』にも、『文芸報』の項目はあっても、『文芸学習』はない。陳文新（一九五七〜、湖北公安人）主編『中国文学編年史・当代巻』（湖南人民出版社、二〇〇六年）には、以下のように記されていて、「廃刊」の文字はない。

一九五四年四月二七日　中国作家協会編集の文芸普及雑誌『文芸学習』が創刊される。本誌の主要な任務は、「広範な青年に文学教育をおこない、文学知識を普及させ、文学鑑賞能力を向上させ、文学隊伍の予備力を養成する」ことである。(3)創刊号には、唐克新の短編小説「我的師傅」が発表された。

一九五七年一二月　今月『文芸学習』は『人民文学』に併合され、張天翼が『人民文学』主編、陳白塵・韋君宜・葛洛が副主編、艾蕪・周立波・呉組緗・袁水拍・趙樹理等九人が編集委員となった。

実質的に『文芸学習』副主編であった黄秋耘(4)（一九一八〜二〇〇一）は、彼の回想録『風雨年華』増訂本で、『文芸学習』は一九五四年四月に創刊されてから一九五七年一二月に停刊されるまでに計四五期出版、毎期四八頁約八万字、印刷数は創刊号の一二万部から増加し続け、四〇万部近くにも達し、毎月の投稿投書は一〇〇〇通以上で、広範な青年読者に歓迎されたことが知られる、と述べている。黄秋耘によれば、反右派闘争で右派分子とされたのは、全国で五十五万余人、その大多数が知識分子であり、当時の知識分子の総数は五〇〇万人に過ぎないのであるから、ほぼ一割が右派とされたことになる。この結果、いくつかの雑誌、たとえば『文芸学習』『新観察』などは停刊するしかなかった。なんとか刊行し続けた雑誌もあったが、中国作家協会主管の主要雑誌『人民文学』『文芸報』は編集者が不足して、質が著しく低下し、発行部数も『文芸報』は一八万部から一二万部、三分の一ほども減少した、という。(5)『人民文学』がどれだけ減少したかはわからないが、一九五五年一二月秦兆陽が『人民文学』常務副主編に就任してから一九五七年の上半期までで、『人民文学』の発行部数は二倍になり、十万部ほどから二十余万部にまで増加した。(6)

最盛期には『文芸学習』の発行部数が、『人民文学』の二倍近く、『文芸報』のほぼ二倍か、それ以上あったわけであるから、韋君宜の言うように、これは大変な数字であった。それがまったく「何の理由もなく」廃刊となったとは、どういうことなのか。いったい何が批判されたのか。そしてそのことが、なぜ一九八六年には廃刊の理由とならないと韋君宜は言うのか。韋君宜は「双百」（百花斉放・百家争鳴）の方針と反右派闘争を通して中国革命とどう向き合い、どう生きたのか。本章の目的は、韋君宜が『文芸学習』主編だった時期に絞って、韋君宜とその時代を明らかにしようとするものである。

一　『文芸学習』の内容

韋君宜の前掲「憶『文芸学習』」によれば、『文芸学習』には一つの編集委員会と一つの編集部があった。編集委員会は青年工作に熱心な作家（黄薬眠（一九〇三～八七、広東梅州人）、蕭殷（一九一五～八三、広東竜川生れ）、李庚、彭慧、公木など）からなる。編集部は基本的にすべて青年で、三〇代が杜麦青（河南杞県人）、黄秋耘、楊覚（一九二一～、河北固安人）と韋君宜の四人。その他の編集者はみな三〇歳以下で、全員これまで編集をしたことがなかった。彼らの新しいチームは、その場その場で人から習ってはそれを実行に移し、生れたばかりの子牛が虎を恐れないように、意気込みは大きかった、という。

ただし、黄秋耘が実質的に『文芸学習』副主編であったとはいえ、『風雨年華』増訂本によれば、黄秋耘が新華社福建分社社長代理から[7]『文芸学習』編集部に移ったのは、一九五四年九月のことで、編集委員として彼の名前が掲載されるのも第六期（一九五四年九月二七日出版）からである。また第二期までは、編集者として「中国作家協会文芸学習編集部」と記されているのみで、主編韋君宜と、黄薬眠・蕭殷ら編集委員の名前が明記されるようになったのは第三期からである。

それでは、『文芸学習』とはどのような雑誌であったのか。もう少し一九八六年一月の韋君宜の回想「憶『文芸学習』」によって見ていこう。韋君宜は次のように述べている。[8]

この雑誌は評論雑誌でもなく、創作雑誌でもなかった。文芸研究雑誌でも国語学習補習雑誌でもなかった。その名の通り、文芸学習としかいえないものであった。

教授や専門家に文学史をわかりやすく解説してもらって、連載した。王瑶（一九一四～八九、山西平遥県人）の「中国詩歌史」、呉小如（一九二二～二〇一四、安徽涇県人）の「中国小説史」、臧克家（一九〇五～二〇〇四、山東諸城人）の「五四以来新詩」など。名著を紹介した文章が雑誌の主要なページを占めたが、中学教師が段落を追って「鑑賞分析」したり、アンソロジーの講義をするようなものではなかった。あまり原文を掲載することはなく、その概要を紹介しただけで、文学を学ぼうと思った読者には自分で本を探して、読んでもらった。このような「名著」の範囲は広く、古代から現代まで、中国のものも外国のものもすべてであった。

当時は、ソ連の『卓婭和舒拉的故事』（コスモデミヤンスカヤ『ゾーヤとシューラ』）、『普通一兵――馬特洛索夫』（パーヴェル・ジュルバ『普通の一兵――アレクサンドル・マトロソフ』）が流行っていて、ほとんどの青年が読んでいた（それはちょうど今の多くの中年が無限の懐かしさを抱く「純潔の五〇年代」のことである）。韋君宜らは文学を好む青年の視野を少し広くし、これらの本以外のものも知らせたいと考えた。そこでバルザックやチェーホフなどの小説といった西洋の一九世紀の作品や、当代の創作『保衛延安』、ソ連の新しい作品『拖拉機站站長和総農芸師』（ニコラーエワ『トラクターステーション所長と主任農業技師』）などを紹介した。

「視野を広める」とはいっても、おのずと限界があり、基本的には文学常識の範囲内だった。狭すぎるよりも広い方がよい、考え方も一つしかないより、活発な方がよいと考えたにすぎない。

『拖拉機站站長和総農芸師』と「組織部新来的年軽人」(9)（組織部に新しく来た青年、以下「組織部」と略記）の二編の作品について、読者による討論を組織した。その目的は、前進中の祖国の抱える病に関心を持ち、ともに治療しようと、青年に問題について色々と考えてみてもらおうとしたに他ならない。青年がいつも「飴の缶」（五〇年代の青少年の生活に対して常に用いられた形容詞）の中で飴を食べているだけで、満足してもらいたくなかった。青年の状況を理解するために、全国に通信員網を組織した。大衆と接触するために、北京通信員には映画上映会を開催した。作家を組織して、文学講座を主催し、チケットを無料で公開配布した。文学以外に美術作品も選んで掲載し、その作品の精妙な点について解説を書いてもらい、読者の芸術鑑賞力を高める一助にしようとした。さらには読者の座談会を何度も開いた。青年の習作も発表した。習作を掲載する小さな欄があり、まったく無名の青年投稿者の短編を発表し、評点を付けた。本誌に発表された習作を少し調べてみると、今では作家となった張天民（一九三三〜、河北涿州人）、尚久驂《しょうきゅうさん》（一九三五〜、南京生れ）、蘭珊などの作品が掲載されている。

　韋君宜は述べている――われわれは雑誌をうまく編集しようと、倦まずたゆまず努力した。何人かの主要な責任者はかつてみな雑誌を編集したことがあり、それまでに、局長か処長クラスの地位にあった。しかしその時、われわれは仕事をはじめたばかりの時と同じように、毎号順番に銭糧胡同の印刷工場の校正室に出かけて、校正し、問題があればその場で解決した。こうして印刷工程を短縮した。いつも私と黄秋耘、王錫厚の三人でバスに揺られて行ったことを憶えている。みな疲れも知らずにこの作業を楽しんだ。「自分は作家になって本が書ける〔あるいはもっと高い地位につける〕、こんなことをしていては前途の妨げになる」と言う者は誰もいなかった。われわれが心血を注いでやってきたこのささやかな雑誌は、まったく何の理由もなく終結を宣言された。

　以上のように、韋君宜が「われわれが心血を注いでやってきた」と言うとおり、『文芸学習』はただの「文芸普及雑誌」ではなかった。そして本誌は何の理由もなく廃刊となったのではなく、反右派闘争においては、「組織部」について読者の討論を組織したことや、祖国の抱える病に関心を持ち、いろいろと考えてみてもらおうとしたことが批判されたのである。韋君宜もこの時「右傾」と批判されたが、『文芸学習』主編として最初から右傾だったわけではなかった。このことについては次節において述べる。

　ここでは、黄秋耘が『文芸学習』創刊号巻頭の「発刊詞」を整理して、『文芸学習』の工作は以下のような内容だったと記しているのを見ておこう[10]。

一、読者が作品を正しく閲読し、鑑賞、理解し、作品の思想内容を深く理解し、作品を通して生活をよりよく認識し、より多くの教育を受けられるよう助ける。
二、わが国と外国の古典文学に関する知識を提供し、読者が段階を踏んで中外文化の伝統について正しい理解を得られるよう助け、広い範囲で文化的教養を高める。
三、執筆についての知識を提供し、創作経験を紹介し、現実生活を反映した優れた習作を発表、紹介し、文芸の新しい苗（才能ある新人）の育成を助ける。
四、文芸科学に関する知識を提供する。
五、読者が関心を持つ文学作品の閲読と執筆についての問題に回答し、大きな普遍性を持った問題については、読者を組織して討論をおこなう。
六、大衆の文学活動状況を報道し、読者が文学作品を学んで得た収穫と体得したことを発表する。

『文芸学習』創刊号では、巻頭の「発刊詞」の次に、当時、新民主主義青年団中央委書記処書記だった胡耀邦の「文芸作品是青年的老師和朋友」が掲載され、その後には、馮雪峰が魯迅の「薬」、臧克家が郭沫若の詩「地球、我的母親！」について解説を書くとともに、原文も付録として掲載されている。さらに穆木天（一九〇〇～七一、吉林伊通人）がシェークスピア生誕三九〇年を記念して書いた「莎士比亜和他的戯劇」を「文学知識」として掲載している。また韋君宜は、「問題討論」の欄で、読者からの投書「作品内容が自分の生活と直接関係がないのに読んで何の役に立つのか」を収録したうえで、「漫談怎様読文芸作品」を書き、自分の生活と直接関係がない作品、たとえば魯迅の作品や土地改革、抗戦について書かれた作品などに現実的意義はあるのかどうか、文学作品を閲読する目的は何か、などの問題について、各学校・工場・機関・部隊の文芸団体で討論を組織し、意見をまとめて送付してほしい、第二、三期に掲載する、と書いている。次号以降も、人民文学出版社から一九五四年六月に出版された杜鵬程（一九二一〜九一、陝西韓城人）著『保衛延安』（第四期）のような当代文学や、ソ連の文学作品を取り上げる一方で、第三期からは王瑶が執筆した『詩経』、『楚辞』、楽府詩、魏晋五言詩、唐詩などについての「文学知識」を連載している。『文芸学習』は、このように読者からの投書も掲載して問題提起する一方、一流の文学者や研究者が青年に向けて執筆した文章も掲載していた。当代文学から中外の古典まで網羅した、見事な編集方針だったといえるだろう。

二　「正統な教条主義者」から「右傾」へ

韋君宜は『思痛録』の中で、『文芸学習』の編集を始めたころについて、「われわれの雑誌では一日中、ソ連でスターリン賞を受賞した『金星英雄』（ババエフスキー『金星勲章の騎士』一九四七〜四八年）、『鋼与渣』（ポポフ『鋼鉄と鉄屑』一九四八年）などの作品を紹介していた」「私のような文芸の何たるものかも知らない者が、間もなく中国作家協会党組成員になるとは思いもしなかった」と記している。[11]『文芸学習』に、『金星英雄』『鋼与渣』について、朱子奇（一九二〇〜二〇〇八、湖南汝城生れ）の「勇往直前的新社会的建設者（読『金星英雄』）」と賈霽《かせい》（一九一七〜八五、江蘇鎮江人）の「答関於『鋼与渣』的幾個問題」が掲載されたのは、一九五四年第五期（八月二七日出版）のことである。

韋君宜は、一九七九年に「心中的楷模――参加邵荃麟《しょうせんりん》同志追悼会帰来」の中でも、一九五三年青年団から作家協会に移った時三五歳だった自分について、次のように記している。[12]

> これまでに文学作品も読んでいたし、自分でも小説を書いていたが、（一九四八年に）青年団設立工作に参加して以来、業余文学への愛好をすべて放棄し、工作の必要に従って、書類や社説、青年の思想を分析する論文を書くことを学ばなければならなかった。文学については完全な「功利主義」に陥っていた。[13]われわれの青年雑誌は青

年の思想問題を解決することを目的に発行されたものであり、当時の青年の思想に対して教育的な作用を発揮することができる文学作品なら、何でもわれわれは宣伝提唱した。同時に私自身も読んだ。たとえば『卓姫和舒拉的故事』『普通一兵』などの書物は、このために読んだ。われわれがしたことは、もちろん当時何の効果もなかったとは言えないし、その効果は確かに小さくはなかった。しかし私自身のそうした文学に対する興味は、それ以来、薄れていった。

韋君宜は同じ文章の中で、以上のような「文学主張」を「幼稚」なものとしたうえで、さらにつづけて『文芸学習』出版準備のための会議の席で、この「幼稚」な「文学主張」を持ち出して、ソ連の『鋼与渣』のような作品〔スターリン賞二等を受賞、一等の作品はすべて紹介し終えていた〕を紹介しなければならないと言ったことをおぼろげに記憶している。韋君宜が発言を終えるやいなや、馮雪峰同志は顔色を変え、大変腹を立てて、「なぜそんなものを！ われわれは青年のために文学雑誌を出すのだ、こんなことをしてよいのか」と言った[14]、と述べている。

馮雪峰（一九〇三〜七六）が韋君宜に立腹したことについて、韋君宜は一九八五年一二月の「追念雪峰同志」でも書いていて、韋君宜が『文芸学習』で『鋼与渣』を紹介しようと提案した時、馮雪峰は鼻先でせせら笑って「そんなもの、何が文学なものか」と言ったことを憶えている、それはまだ彼が右派とされる前のことだったという[15]。

黄秋耘が『文芸学習』編集部に移ったのは、一九五四年九月のことで、韋君宜の言っている会議と同じものではないだろうと思われるが、黄秋耘もまた、『文芸学習』で指導小組の会議を開いた時、馮雪峰が韋君宜に、「君は『中国青年』の主編だった。今『文芸学習』を『中国青年』と同じように編集しようとしているが、そんなことはできない。それでは失敗するにきまっている。君は文芸というものをしっかりと勉強するべきだ」と説教をした、と述べている。黄秋耘は、これはつまり韋君宜が文芸をわかっていないから、韋君宜に「文芸というものをしっかりと勉強する」ように、と馮雪峰が言ったのだという[16]。

馮雪峰は、当時、中国作家協会副主席・人民文学出版社社長であった。韋君宜の提案は、馮雪峰から反対されても、『文芸学習』一九五四年第五期に、『金星英雄』『鋼与渣』についての文章は掲載された。まだ「自由」な議論ができる時期だったのであろう。

黄秋耘は、『文芸学習』主編時代の韋君宜について、「文芸の教育的意義と社会的効果を強調」し、最初のころは「徹頭徹尾、教条主義者だった」、それが後に、非正統な文芸思潮の影響を受けて、いくらか「非正統」になった、「正統な教条主義者」から当時「修正主義的傾向」と言われていたものに変わった、と述べている。[17]

韋君宜の教条主義者ぶりについて、黄秋耘は、以下のように言う——黄秋耘は、韋君宜に、ソ連の作家のなかで誰が好き、とたずねられて、アンドレーエフの「雨」が好きだと答えると、「そのような芸術鑑賞はよくない」「ポレヴォイを好むべきだ」。黄秋耘が、ポレヴォイの作品には何の芸術性もない、と言うと、韋君宜は批判して、「それは間違っている。劉白羽同志も含めてすべての指導同志がポレヴォイの作品を好んでいる、アンドレーエフが好きだなんて言う人はいない」と言った。

黄秋耘は、このことから韋君宜の教条主義がどれほどひどいものであったかわかる、韋君宜はどのソ連の作家を好きかで線引きをする、アンドレーエフには小資産階級の情緒があるから、彼を好んではならない、ポレヴォイを好むべきだと言った、という。

それでは、韋君宜が「正統な教条主義者」からどうして「非正統」、当時「修正主義的傾向」と言われていたもの、すなわち「右傾」へと変わったのか、それはいつからなのか。

黄秋耘は、主としてソ連共産党第二〇回大会(一九五六年二月)におけるフルシチョフの秘密報告を聞いたからだ、と言う。[18]それは一九五六年四月下旬のことで、作家協会内部では劉白羽が伝達した。その秘密報告の伝達はたいへんな機密で、一字も違えず、一三級の処長以上の党員幹部に伝達された。作家協会でこの伝達を聞くことができた者は十人ほどしかいなかった。[19]密室でドアを閉じて劉白羽が読み上げた。記録することも録音することも、部屋を出てから、互いの間で話をしたり議論をするのも許されなかった。秘密報告の伝達は午後二時からはじまり、二、三時間続いて、夕食前にようやく終わった。その日の夜、黄秋耘は韋君宜の家を訪ねた。どちらも北京市委宿舎に住み、韋君宜の家は、黄秋耘の家の斜め向かいにあった。この時、韋君宜はがまんできず泣きながら黄秋耘に「今日聞いたことは事実だと思うか」とたずね、大変動揺して「これまで思ったこともなかった、共産党内部にこんなことが起きるなんて」と言った。この秘密報告の伝達を聞いてから、韋君宜は一八〇度変わり、まるで別人のようになった、という。

その具体例として、黄秋耘は、『解放軍報』一九五七年三月号に掲載されたショーロホフの小説「一個人的遭遇」(人間の運命)を、『文芸学習』の同年第五、六期に転載し、この作品を称賛した評論、杜黎均の「論『一個人的遭遇』的創作特色」も同第五期に掲載したことをあげている。これは韋君宜の決定によるもので、黄秋耘は当時農村に行っていて関与していないという。[20]最初、韋君宜は「これは反ソ反共だ」と言って、転載に賛成しなかった。黄秋耘は「こんな風には言えないだろうか。ソ連の人民はみな幸福だとでもいうのか。苦痛はないのか。苦痛があれば作家として人民の苦痛を書くことは当然のことだ」と言った。黄秋耘はそれ以上何も言うことなく、その後、韋君宜は自分から進んで転載を決めた。[21]

『文芸学習』で王蒙の「組織部」の討論を組織したのは黄秋耘が提案した。[22]韋君宜もよい作品だと言ったが、最初は「デタラメな議論も出てくる」と、雑誌上で討論することには賛成しなかった。黄秋耘は「デタラメな意見も出てくるから皆で討論するのだ、よいことではないか」と言った。ソ連共産党第二〇回大会の後だったから、韋君宜も誌上でこの討論を展開させたのだと言う。[23]

韋君宜自身は、『思痛録』の中で、「私は積極的に『組織部』に関する討論の手はずを整えた。これは毛主席の党中央の意見に従って事を進めているのであり、官僚主義に反対するのだ、と考えた。劉賓雁の『本報内部消息』(『人民文学』一九五六年六月号)、黄秋耘の『銹損了霊魂的悲劇』(「魂を錆びつかせた悲劇」『文芸報』一九五六年第一三号)を読んで、私は本当に自分の魂が打ち震えるのを感じた」と記している。[24]

黄秋耘は、韋君宜の変化はその身の処し方にも現れた、と言う。たとえば『北京日報』に戚学毅[25]という記者がいた。劉賓雁の親友で、当時劉賓雁はまだ右派にはなっていなかった。ちょうど劉賓雁の批判会の最中に、戚学毅は劉賓雁の反党の言行を暴くよう迫られ、ビルの五階から飛び降りて即死した。死の数日前、戚学毅は韋君宜に「黄秋耘の『銹損了霊魂的悲劇』を読んだ、自分の魂を錆びつかせたくはない、錆ついた魂で生き続けても意味はない」と話していた。黄秋耘によれば、韋君宜は「なぜ正義感をもった青年が自殺に追い込まれなければならないのか。このような運動はあまり正しくないのでは」と嘆き悲しみ、現実の中の多くの物事に疑問を抱き始めた、と言う。

韋君宜が「正統な教条主義者」から一八〇度変わり、まるで別人のようになって、『文芸学習』で王蒙の「組織部」の討論を組織したのは毛主席の意見、すなわち「双百」の政策に従っておこなったものであり、反右派闘争がはじまると今度はそれが「右傾」として批判され、自己批判しなければならなくなった。

三 「双百」と『文芸学習』

『文芸学習』が、全四五期、わずか三年九カ月で廃刊となったのは、反右派闘争で批判されたからである。主に陳文新主編『中国文学編年史・当代巻』によって「双百」から反右派闘争開始までの経緯を見ておこう。

一九五六年四月二五日　中共中央政治局拡大会議で「論十大関係」の報告をした毛沢東は、報告についての討論で出された意見を受け入れ、同二八日総括発言をおこない、「『百花斉放・百家争鳴』を、われわれの方針とすべきである、芸術問題においては百花斉放、科学問題においては百家争鳴を」と述べた。

一九五六年五月二日　毛沢東は最高国務会議で「双百」の方針を正式に公に打ち出し、「芸術においては百花斉放の方針が、学術においては百家争鳴の方針が、必要である」と述べた。

一九五六年五月二六日　中共中央宣伝部部長の陸定一が、中南海懐仁堂で文芸界と科学界にむけて「百花斉放・百家争鳴」と題する報告をおこなう。『人民日報』に発表されたのは、同年六月一三日。

一九五七年一月七日　『人民日報』に、陳其通・陳亜丁・馬寒冰・魯勒が連名で「我們対目前文芸工作的幾点意見」（当面の文芸工作に対するわれわれの意見数点）を発表し、一九五六年の「双百」方針に導かれた文芸工作に対して異議を唱えた。

一九五七年二月二七日　毛沢東は最高国務会議第一一次（拡大）会議で「人民内部の矛盾を正しく処理する問題について」の報告をおこない、「百花斉放・百家争鳴の方針は、芸術の発展と科学の進歩を促進する方針であり、わが国の社会主義文化の繁栄を促進する方針である」と指摘した。この報告は、加筆修正のうえ六月一九日の『人民日報』に掲載された。

一九五七年三月一二日　毛沢東は中国共産党全国宣伝工作会議で重要講話を発表し、「百花斉放・百家争鳴、これは基本的で同時に長期的な方針であり、一時的な方針ではない」と述べた。

一九五七年四月一〇日　『人民日報』が社説「継続放手，貫徹『百花斉放、百家争鳴』的方針」（引き続き大胆に『百花斉放・百家争鳴』の方針を貫徹しよう）を発表し、一月七日掲載の陳其通ら四人の文章を批判した。

一九五七年五月一五日　毛沢東が「事情正在起変化」（事は変化しつつある）を書き、「双百」から反右派闘争への転換の準備を最初に指示する。[26]

一九五七年六月八日　毛沢東が中共中央党内指示「組織力量反撃右派分子的猖狂進攻」（力をあわせて右派分子のすさまじい進攻に反撃しよう）を起草する。『人民日報』が毛沢東の書いた社説「這是為什麼？」（これはなぜか）を掲載、反右派闘争がはじまる。

韋君宜は、『文芸学習』廃刊の理由について、「憶『文芸学習』」で次のように述べている[27]――今、見てみてもその考えは素朴なものであり、異なった主張を平等に並べて討論したにすぎず、人を驚かせるような議論はまったくなかった。ところが、雑誌は思いもかけず、このために上は毛主席の注意を引き、「北京で世界大戦が起きた」と言われた。「組織部」の討論をしたからである。われわれ編集部は当時、それを聞いて驚き喜んだ。どうしてわれわれがこんなにも重要なのだろう！　もちろん大変興奮した。しかし、思いもよらないことに、その後雑誌は実際にはこのために廃刊となった。正式にこの理由は公表されず、この雑誌が誤りを犯したために廃刊となったとも言われなかったが、誰もがみな知っていた。

この「組織部」の討論とは、『文芸学習』一九五六年第一二期から一九五七年第三期まで四期にわたって、「関于『組織部新来的青年人』的討論」の特別欄を設けて連載したことである。一九五六年第一二期で初回の討論を掲載する際には、「編者按」として、次のように記している——今年の『人民文学』九月号に王蒙の小説「組織部新来的青年人」が発表された。この作品は大きな反響を呼び、いくつかの機関・学校では、人々が食卓や寝室で様々な異なった意見をさかんに交換している。よい作品だと思う人もいれば、不健康で、現実を歪曲していると考える人もいる。本誌はこの作品について討論をおこなうことを決定し、今月号にまず七編の投書投稿を発表する。この作品を肯定するもの、否定するもの、両方の意見を掲載した。この作品を読んだ読者には、奮って討論に参加していただきたい。

この誌上討論について、『文芸学習』一九五七年第二期では投稿八百余件、第三期ではかなり広範な影響を生み、あわせて千三百余件もの投稿を受け取ったという。四期にわたる討論で、全部で二五編の文章が誌上に発表された(28)。これが、毛沢東の注意を引いたのである。

『文芸学習』一九五七年第一期「編者的話」では、以下のように記しているが、これも「双百」の方針に呼応したものである——新しい一年を迎え、本誌の内容も刷新しようと思う。簡単にいえば、読者が「視野を広め、思想を活発化する」のを努めて助けるということである。「視野を広める」ために、われわれが紹介する作品の範囲をできる限り広くする。「思想を活発化する」ために、読者が各種の異なった、さらには完全に相反する意見の前で、自らが独立して思考する能力を発揮し、マルクス・レーニン主義の原則を運用して是非を明らかにする機会を提供する。そのため、われわれは本誌において様々な自由討論を展開する用意をしている。

『文芸学習』一九五七年第三期「編者的話」では、この討論について、以下のように総括している――編集部は「百家争鳴」の精神にもとづき各種の代表的な意見に可能な限り発表の機会を与えた。芸術的形象によって、わが国の新時代に必然的に生み出される人民内部の矛盾を明らかにし、前進の途上にある、われわれ自身の欠点を批判するというのは、実のところ一種の新たな試みであり、作品もまだ少ない。王蒙同志は厳粛かつ真剣にこのような新たな探索をおこなった。討論中、若干の粗暴で独断的な意見、たとえば中央の所在地には官僚主義などいくらもあるはずがないとか、この作品は老幹部に対する知識分子の勝利である、「批判の範囲をはるかに超えている」などの意見が際立っていたが、これらの誤った論点については、討論に参加した同志がこれまでに批判しているので、いちいち反論しない。この度の討論で、作者とわれわれ全員が生活の複雑性と作品における問題の二面性を認識するのを助け、単純かつ一面的に作品や生活を見てはならないと啓発することができたなら、討論の目的は達成されたことになる。意見はすでに多く発表されたので、討論は本号で終えることにする。

しかし、この総括もまた毛沢東の講話にのっとったものだった。

毛沢東は、一九五七年一月の省市自治区党委員会書記会議と、同年二月の最高国務会議第一一次（拡大）会議、三月の中国共産党全国宣伝工作会議で重要講話を発表したが、そのすべての講話で「双百」の方針と、文芸工作について語っている。

黎之（一九二八〜、山東黄県人）によれば、一月の省市自治区党委員会書記会議では、「双百」方針の意義をもう一度系統的に説き、同年一月七日『人民日報』に掲載された、陳其通（一九一六〜二〇〇一、四川巴中人）らの意見について、「陳其通ら四同志の文芸工作についての意見はよくない、香花だけが開いてよく、毒草は開かせてはならない、というものだ。われわれの意見は反革命の花だけは開かせてはならない、もし革命的な顔かたちで開くなら、開かせなければならない、というものだ」「この四人の同志は善意で、党のため国のため、忠誠心に燃えているのかもしれない、だが意見は間違っている」と言った。しかしこの講話が、一九七七年版『毛沢東選集』第五巻に収録される際、『人民日報』一月七日に掲載された四人の文章について述べた箇所は削除されている[29]。

また、毛沢東は省市委員会書記会議の期間中に、『文芸学習』第二期の「関于『組織部新来的青年人』的討論」欄に掲載された、馬寒冰（一九一六〜五七、福建海澄人）のこの小説に対する批判[30]を読んだ。馬寒冰とは、上の四人のうちの一人である。そして会議が終わると、周揚、林默涵ら作家協会の責任者を呼んで、この小説に対する見方について語った。黎之によれば、毛沢東は、「百花斉放・百家争鳴の方針を堅持しなければならない」「『組織部』はよく書けている、作品がわれわれの工作中の欠点について批判するのはよいことだ」「われわれは批判を歓迎すべきだ。馬寒冰らの文章では、北京の中央所在地に官僚主義は存在しないと言うが、これは間違っている。この小説にも欠点はある。肯定的人物はうまく書けていない。林震は無力で、さらに小資産階級の情緒がある」と語った。黎之は、「これは私の知っている毛沢東の唯一の当代短編小説についての分析」だと言う[31]。

この時、郭小川（一九一九〜七六）、当時、中国作家協会党組副書記・中国作家協会書記処書記兼秘書長も呼ばれて、毛沢東の話を聞いたことを日記に書いている。二月一六日のことで、毛沢東は、主に「組織部」と、李希凡と馬寒冰のこの小説に対する批判について話した、毛沢東はこの二編の批判に特に不満だった[32]と記している。郭小川の日記によれば、この時の毛沢東の談話を、二月一九日邵荃麟が作家らに伝達した。邵荃麟は「途中で気力が続かなくなり、伝達もあまり力強くなくて、はっきりせず、反官僚主義の部分については、あまりにも遠慮しすぎだった」と記している。邵荃麟（一九〇六〜七一）は、当時、中国作家協会党組書記。

二月一九日におこなわれたこの伝達は、『文芸学習』編集部員の周尊攘（一九二五〜、広西蒙山人）も聞いていて、次のように記している[33]――毛沢東の談話の中で『文芸学習』編集部の同志を最も喜ばせたのは、本誌で「組織部」の討論を展開していることについての部分だった。現実をひどく歪曲した小説だと考える人もいたので、『文芸学習』では圧力に対抗して討論を組織し、討論によって小説に公平な扱いを取り戻したいと願っていた。毛沢東は談話の中で、王蒙の小説には二面性がある、反官僚主義の面はよい、しかし欠点もある、小資産階級の情緒があり、否定的人物はよく書けているが、掘り下げ方が足りない、肯定的人物は生彩に欠けている、と述べた。これは『文芸学習』の討論に対する肯定であり、結論でもあり、編集部の同志は大いに鼓舞された。

毛沢東はさらに一九五七年二月二七日の最高国務会議第一一次（拡大）会議と同年三月一二日の中国共産党全国宣伝工作会議における講話の両方で、王蒙の小説の反官僚主義問題について述べている。黎之によれば、二月の最高国務会議第一一次（拡大）会議の講話で、毛沢東は「組織部」について語った後、いま王蒙を包囲討伐している人がいる、「私は王蒙のために包囲を解いてやろう」と述べた。この講話は当時かなり広範囲で録音が放送されて、座談会や討論会が組織され、強烈な反響を呼んだ。知識界に「大鳴大放」のラッパを鳴り響かせたといえる。二月末におこなわれたこの講話は加筆修正のうえ、「人民内部の矛盾を正しく処理する問題について」と題して六月一九日の『人民日報』に掲載されたが、それは中共の方針が「反右派闘争」へ転換した後のことだった。講話記録稿から最後の発表稿まで、中間の修正稿を加えて全部で一五稿あった。しかも一五回の修正を経て、六月一九日正式に発表された時、この「鳴放」を奨励する講演は「右派に反撃する思想武器」となっていた。修正箇所があまりに多く、大量の講話が削除され、話されなかった重要な内容が大量に加えられたのである。たとえば、「双百」方針の妨げとなる誤った思想とやり方に対する批判と、その典型的な事例が大量に削除された。王蒙と「組織部」について言及している部分もすべて削除された。[34] しかし、そのことがわかるのは、六月一九日『人民日報』に掲載されてからのことであった。

『文芸学習』で四期にわたって連載された「組織部」の討論が、毛沢東の注意を引き、毛沢東が最高国務会議や中央宣伝工作会議などで何度もこの小説について述べたことからも、当時は『文芸学習』がひときわ目立った雑誌であったことが知られる。発行部数も『文芸報』や『人民文学』よりも多かった。毛沢東の「組織部」についての発言が、『文芸学習』の討論に対する肯定であり、結論でもある、と周尊攘も書いていたように、毛沢東の「介入」によって

「組織部」論争は一段落し、一九五七年上半期は、この小説についての意見はおのずと毛沢東の観点からなる基点に統一された。[35]王蒙は、毛沢東の発言について、「当然すべては最高のレベルから、一人の政治家として述べたものであり、そのことによって、できる限り空気を活発にして自由な環境を創造し、真に百花斉放・百家争鳴を貫徹させようとしたのだ、と私は考えた。これらの講話は私にとって大きな助けとなり、少なくとも私を保護してくれた」と述べている。[36]

一九五七年四月一〇日には、『人民日報』が社説「引き続き大胆に『百花斉放・百家争鳴』の方針を貫徹しよう」を発表し、ようやく一月七日掲載の陳其通ら四人の文章を批判したが、この年の初めから、毛沢東はたえず『人民日報』を批判してきた。四月一〇日、社説を読んだ毛沢東は、周揚、鄧拓、『人民日報』編集委員会のメンバーと王若水（一九二六～二〇〇二、上海生れ）を引見する。この時毛沢東はおおいに腹を立て、「党中央が百花斉放・百家争鳴を提唱しても、君らは宣伝をせず、態度表明もせず、中央に連絡もとってこない」「以前、書生が新聞をやっていると君（鄧拓）を批判したが、間違いだった。死人が新聞をやっているのだ」と言ったという。[37]鄧拓（一九一二～六六）は、当時人民日報社社長兼総編集。

また一月七日『人民日報』に陳其通ら四人が連名で文章を発表した後、同じ四人がさらに連名で「組織部」は毒草であるとする文章「是香花還是毒草」を書いて、『人民日報』に発表する準備をしていた。その清刷を毛沢東に届けたところ、毛沢東は非常に不満で、毛沢東に止められて、文章は発表されなかった。[38]彼ら四人は、一月七日に文章を発表して以来、繰り返し毛沢東に批判され、「左」の教条主義の代表とみなされ、大きな政治的圧力を受けていた。

四　反右派闘争と『文芸学習』

1　「双百」から反右派闘争への転換

一九五六年五月の最高国務会議での毛沢東の「双百」の提起と、それに依拠した陸定一の演説後も、こうした情勢について、懐疑、憂慮、さらには反感をいだく者が少なくなかった[39]。一九五七年一月七日の『人民日報』では、陳其通ら四人が異議を唱え、それに対して『人民日報』は掲載するだけで、何の態度表明もおこなわない。そこで毛沢東は一月、二月、三月にあわせて三度の重要講話をおこない、知識界に「大鳴大放」のラッパを鳴り響かせたのである。

当時、文学雑誌は、作家にいち早く新作を発表する場を提供するのみならず、「全国の文学創作と文学批評を集中して秩序立てて管理し、それによって統一された路線を持つ文学構造を打ち立てるのに必要[40]」なものであった。文連（中国文学芸術界連合会）と中国作家協会は雑誌の編集出版工作を重視し、一九四九年には『人民文学』と『文芸報』を創刊、一九五六年までに『新観察』『文芸学習』『訳文』を創刊し、直接主管していた。一九五六年「双百」の方針が打ち出されると、中国作家協会はそれから一年余の間、文学雑誌についての会議を何度も開催した[41]。重要なものは次の二回である。

一九五六年一一月二一日〜一二月一日、北京で文学期刊編集工作会議を開催し、文学雑誌はいかに「双百」方針の執行を貫徹し、文学事業の発展と繁栄を推進させるかについて討論した。会議には全国六四の文学期刊の主要な編集者九十余人が参加、「大胆にこの方針を実行し、異なった意見・観点の文章と、異なった風格・題材・形式の作品を、勇気を持って発表する。特に生活の中の欠点を鋭く批判した文章と作品は、悪意ある誹謗でさえなければ、発表すべきである」というのが、会議における普遍的な見解であった。

もう一つの会議は、一九五七年四月下旬毛沢東の講話に呼応して、指導下にある雑誌（『人民文学』『文芸報』『文芸学習』『詩刊』『訳文』『新観察』『中国文学』）の編集座談会をおこなった。会議では、教条主義反対と修正主義反対の「二つの戦線はどちらも重要」だと明言されたが、依然として「大放」と「大開門」の強調に重点が置かれた。

この時期のすべての情勢とこれらの会議によって、文学雑誌に大きな変化が起きた。『人民文学』の発行部数は二倍に増加し、『人民文学』には、後に「百花文学」あるいは「創作の逆流」といわれる一連の代表的な作品が発表された。これらの作品は、現実生活の矛盾を鋭く暴露することを主題としていた。本章で取り上げた「組織部」もその一つである。

「双百」方針のもと、こうした盛り上がりを見せるなか、突然、反右派闘争への転換がなされた。毛沢東が「双百」から反右派闘争への転換の準備を最初に指示したのは一九五七年五月一五日であり、それを邵荃麟が知ったのは、黄秋耘によれば、五月一八日夜のことである。[42]

黄秋耘はこう記している――その夜、黄秋耘は邵荃麟の家で雑談をしていた。邵荃麟は上機嫌で、いかにも楽しそうに浙江視察の話をした。彼は浙江文芸界の作家らと座談会をおこない、中央の精神を伝達し、「鳴放」を奨励。[43]『文芸学習』の編集方針については、「放」であれ、大いに「放」であるべきだと強調した。話がもりあがっているところに、電話が鳴り、邵荃麟がすぐに電話をとった。二、三分もしないうちに、たちまち顔色が変わり、手はふるえ、慌てた暗い表情になった。時計を見ると九時二〇分だった。予期せぬ重大事件が発生して、緊急会議が開かれるのだと黄秋耘は思った。彼は電話をおくと、「周揚からだ、うん、変わった」とだけ言った。いったいどう変わったのか、彼は言わなかったし、黄秋耘ももちろん聞かなかった。しばらく沈黙してから、彼は「今夜の話は帰ってからも絶対に人に言うな、しばらくは動くな、どれか原稿を抜いたりすれば、それだけで疑われる」と念を押した。彼がすぐ出かけることがわかったので、急いで辞去した。

黄秋耘は、周揚もこの転換を知って一日とはおかずに邵荃麟に知らせたのだろうと書いている。当時、周揚（一九〇八～八九）は中共中央委員候補で中央宣伝部の文芸担当副部長、邵荃麟は中国作家協会党組書記。黄秋耘の記述から、周揚、邵荃麟のような文芸界の指導者でも、この政治情勢の急転は、突然の予期せぬ事態だったことが知られる。そして黄秋耘にとっては、たまたまそこにいて、偶然知っただけのことなのだった。

その翌日の朝、黄秋耘が編集部に戻ってたずねると、『文芸学習』はもう印刷にまわされ製本の最中で挽回のしようがなかった。もう二、三日早くこの情報を知っていたら「刺在哪里?」(刺はどこにあるか)のような文章を発表することは絶対にありえなかった。しかし『大公報』と『光明日報』から措辞の尖鋭な雑文を何編か抜き取るのには間に合い、「罪」をほんの少し軽減することができたという。

『文芸学習』副主編の黄秋耘が一九五七年五月一八日の夜、「双百」から反右派闘争への転換を知ったとはいえ、次号の『文芸学習』の編集には間に合わず、新たに「矛盾在哪里」(矛盾はどこにあるか)欄まで開設し、黄秋耘の「刺在哪里?」も掲載したまま、同誌一九五七年第六期は、六月八日に出版された。同じ日に、『人民日報』は社説「これはなぜか」を掲載し、反右派闘争がはじまったのである。

『文芸学習』一九五七年第六期「編者的話」では、次のようにさらに高い調子で「双百」方針の貫徹を呼びかけていた――読者が本誌を開くと、まず真っ先に「矛盾在哪里」の欄の文章が目に入るだろう。(略)いま党の整風運動は熱烈に展開されている。全国の文芸界も党の呼びかけに呼応し、われわれの文学事業における各方面の矛盾を次々と明らかにしなければならない。矛盾を広い範囲で明らかにし、実事求是のやり方で掘り下げて研究討論をおこなうのでなければ、前進中の人民文学事業における障害を克服し、われわれの文学創作と文学理論批評に繁栄をもたらすことはできない。したがって、この「矛盾在哪里」の欄を開設するのは必要なことであり、作家と読者にはこの討論に奮って参加されることを希望する。

『文芸学習』一九五七年第七期から編集方針は一八〇度転換されるが、この政治情勢の急転に対応できなかったのであろう、第七期に「編者的話」はない。

2 黄秋耘の雑文

黄秋耘は、「刺在哪里?」の中で、次のように記している。

教条主義、セクト主義の「寒流」は極めて恐ろしい雰囲気を生み出している。生活の中の暗い面、不健康なもの、いびつですらあるものを批判した文章、人民大衆の困難と苦しみを描いた作品は、ほとんどすべてその動機と効果のいかんにかかわらず、「現実を歪曲し、生活を貶め、社会主義制度を誹謗する」と非難される。時には、作者にでっち上げの罪名を着せ、意識的に「反党反人民」行為をおこなったと頑なに言い張ることさえある。（略）こうした恐ろしい雰囲気の下で、多くの作家は精神的に極度の不安を感じている。彼らは良心に背いて現実を粉飾することを望まないが、生活の真実を描くこともできない。彼らは人民の困難と苦しみの前で目を閉じることに耐えられないが、しかしまた、自らの良心を揺るがす事柄に対して沈黙せざるを得ない。いささかの疑問もなく革命作家は誰でもみなわれわれの社会主義制度を心から擁護するものであり、われわれの光り輝く将来について十分に自信をもっている。だからこそわれわれの革命事業の妨げとなる障害物と、われわれの麗しい生活を汚す灰塵を容認することができない。焦って生活に関与し、生活の中の暗い面を暴こうとするのは、まさに治療の必要性を喚起して、欠点と誤りに対して正しく闘争をおこなうことを人民大衆に教え、われわれの工作を改善進歩させるためなのである。

黄秋耘にとって「刺在哪里?」は、もう二、三日早く政治情勢の急転を知っていたなら発表することは絶対にありえないという文章であった。ということは、すなわち「双百」の最高潮の時に書かれたものといえる。上述の中国作家協会が開催した文学期刊編集工作会議と編集座談会で出された見解や、五月一八日夜上機嫌だった邵荃麟のことからも、黄秋耘が「刺在哪里?」を書いた時、「生活に関与せよ」は、まだ嫌悪すべきスローガンでも、疑いを持たれるようなスローガンでもなかった。作家らは、作家協会の指導者を含めて、生活のなかの矛盾と衝突を暴露することについて熱く語っていた。洪子誠（一九三九〜、広東揭陽人）は、当時「人々は『無衝突論』や『生活を粉飾する』ことに対して、嫌悪感を抱き、不満を持っていた」と述べている。[44]

「生活に関与」することを提唱する創作思想方面で、黄秋耘は当時突出していた、黄秋耘は当時の文学状況と作家の精神状態について分析を加え、秋耘・杜方明のペンネームで鋭く直言してはばからない批判を発表した、と洪子誠は述べ、主要なものとして次の五編を挙げている。[45] ペンネーム、タイトルの後は掲載誌である。

秋耘「銹損了霊魂的悲劇」『文芸報』一九五六年第一三号（七月一五日出版）

秋耘「不要在人民的疾苦面前閉上眼睛」『人民文学』一九五六年九月号（九月八日出版）

秋耘「一部用生命写出来的書」『文芸学習』一九五七年第二期（二月八日出版）

杜方明「犬儒的刺」『文芸学習』一九五七年第五期（五月八日出版）

秋耘「刺在哪里？」『文芸学習』一九五七年第六期（六月八日出版）

一九五六年五月「双百」の方針が提起されてからも盛り上がりに欠けるなか、黄秋耘は「双百」に呼応していち早くかなりの文章を発表し、[46] それが突出していたために反右派闘争で批判されることになった。たとえば『文芸報』一九五七年第三六号（一二月一五日出版）には、笑雨の「生活陰暗？　還是眼睛陰暗？――略評黄秋雲同志的幾篇雑文」と康濯（一九二〇〜九一、湖南湘陰人）の「黄秋雲的修正主義」の二編の黄秋耘批判が掲載されている。なお、黄秋雲は黄秋耘のことであり、当時「秋耘」はペンネームで、『文芸学習』の編集委員の名前も黄秋雲と記されている。

笑雨は「生活陰暗？　還是眼睛陰暗？――略評黄秋雲同志的幾篇雑文」の中で、最近、黄秋雲同志の文章数編を読んだと述べ、洪子誠が挙げた五編のうち「一部用生命写出来的書」を除く四編と、「啓示」「従『分子和分母』説起」の六編のタイトルを挙げて、[47]「実を言えば、秋雲同志の言う暗い面とは、必ずしも暗い面とは限らない、暗い目で物事を見れば、何もかもすべてが暗くなるようなものだ」と批判を加えている。

黄秋耘によれば、反右派闘争の初期、中央宣伝部は黄秋耘を含む文芸界の一〇人の言論集を印刷配布した。批判するために用いるのである。この一〇人は馮雪峰、丁玲、陳企霞、艾青、秦兆陽、劉賓雁、蕭乾、徐懋庸（一九一一～七七、浙江上虞人）、劉紹棠（一九三六～九七、河北通県人）と黄秋耘で、人々は、中央はこの一〇人を右派と内定したと考えた。ところが主として邵荃麟の尽力で、一〇人のうち黄秋耘のみ「網の目から漏れ」た。そこで反右派闘争が一段落した時、多くの人が、黄秋耘が右派分子と認定されなかったことを訝しく思った、という。[48]

3　韋君宜批判

黄秋耘が右派とされなかったのは、邵荃麟の尽力が大きかったとはいえ、最初に力の限り黄秋耘を弁護したのは韋君宜だった。「郭小川日記」一九五七年七月二日の記述によれば、八時半から作家協会党組会議が開かれ、「韋君宜は『文芸報』社説の問題をするどく持ち出し、黄秋耘と劉紹棠に対する批判は行き過ぎだと考える、張光年と陳笑雨（一九一七～六六、江蘇靖江人）反撃をおこなう。会議は終わらず、明日引きつづき開催」、また七月三日には、会議で郭小川も発言し、黄秋耘の文章を批判する、「韋君宜も、私（郭小川）があの日、黄秋耘の文章に大した問題は見られないと考えていた、と発言」と記されている。

韋君宜は会議の席で発言しただけではなく、それより前の六月二九日に郭小川を訪ねている。「郭小川日記」のこの日には、「午前中、韋君宜が来て泣く、『文芸報』が黄秋耘を批判したためと、黎辛（一九二〇～、河南汝州人）がこの文章を例に出したため。この人の右の情緒は本当に濃厚で激しく、だから左を非常に恐れるのだ」と書かれている。

ここで言われている『文芸報』社説の問題とは、『文芸報』一九五七年第一三号（六月三〇日出版）掲載の「反対文芸隊伍中的右傾思想」を指している。日記六月二九日の『文芸報』も、三〇日より若干早く出版された同じ号を指しているのであろう。[49]この社説「反対文芸隊伍中的右傾思想」では、文中に名前は出てこないが、『文芸学習』に発表された黄秋耘の「刺在哪里？」と劉紹棠の「我対当前文芸問題的一些浅見」（一九五七年第五期）中の言葉を使って、黄秋耘と劉紹棠を批判している。

たとえば黄秋耘は「刺在哪里?」の最後の段落で、「人生にとって何の価値もないすべての苦しみを終わらせる時である、この『苦しみを生みだし鑑賞する混迷と強暴』をすべて取り除く時である」と書いているが、社説ではこの「混迷と強暴」を使って次のように書いている――一部のマルクス主義者を自称する作家らは、修正主義の調べを唱えている。彼らは根本から党の指導を否定するために、党の指導工作を真っ暗闇に描写する。このような現象に対して、われわれは黙っていることはできない。ある人は、なんとわれわれのためにこんな絵を描いてくれた。それによれば、党の文芸事業に対する指導は、官僚主義・セクト主義・教条主義的統治に他ならないという。われわれはいま「強暴で混迷の時代」にいるのだそうだ。指導者は「強暴」で、指導される文芸隊伍は「混迷」している。

七月二日と三日の作家協会党組会議で、韋君宜はこの社説を取り上げて、反論したのである。六月二九日に郭小川を訪ねた時、韋君宜は、激しく泣いて涙を流しながら「黄秋耘を右派にするのは不公平だ。『文芸学習』での多くの決定は彼と一緒に下したもの。いくつかの大きな問題について、私と黄秋耘の見方はすべて同じ」、「組織部」の誌上討論も、ショーロホフの「一個人的遭遇」の転載も、私と黄秋耘が共同でしたこと、「『文芸学習』の主要な事柄は、人事も、何を発表するかも、私と黄秋耘の二人で相談して決定したこと」と言ったという[50]。

上司である作家協会党組書記の邵荃麟には、韋君宜は大声で「黄秋耘を右派にするなら、私も右派にするように、私は『文芸学習』の主要な責任者で、誤りというなら彼よりも少なくはない」とも言った[51]。黄秋耘によれば、『文芸学習』の部下では科長クラスの幹部二人、李興華と楊覚が右派となったが、この件についても韋君宜は作家協会の実権派と激しく闘争した。作家協会の反右派闘争は、主として党組副書記の劉白羽が指導した。韋君宜は李興華が右派にされないように、全力を尽くし、劉白羽と何度も口論したという[52]。

こうして運動の矛先は瞬く間に韋君宜にも向けられ、韋君宜は本来の「(党の後に)ぴったりと従う派」からつまずいて「右派の辺縁」に落ちた[53]。韋君宜は「憶『文芸学習』」で、当時について「一方で、一日中作家協会が招集した会議で吊るし上げられ、また一方では編集部に戻って会議を招集し他の人を吊るし上げなければならなかった。このような『ひとりで二つの任務に就く』のは本当にあまりにも苦しく、もう発言権がないだけでなく、持ちこたえてゆく気力もなかった」と述べている[54]。

韋君宜が「吊るし上げられた会議」については、一九五七年一一月一二日『人民日報』に、「これまでに中共作家協会党組はすでに拡大会議を五回開催して、『文芸学習』主編韋君宜と編集委員黄秋雲の二人の同志の文芸問題における修正主義思想について系統的な批判をおこなった。韋君宜と黄秋雲は初歩的な自己批判をおこなった」という記事[55]が掲載されている。この他に、「郭小川日記」にも記述がある。八月一七日に『文芸学習』で「韋君宜の会議が開かれ、韋君宜はいささか自己批判をしたが、掘り下げ方がまるで足りない。私は約一時間発言した」と郭小川は書いている。その次は、一〇月の一七日と二四日に「韋君宜の思想批判の会議」が、一〇月二六日は「韋君宜の会議」が開かれ、一七日の会議で韋君宜は自己批判をしたことが記されている。さらに「郭小川日記」によれば、一〇月二九日に「黄秋耘の思想批判の会議」が開かれた後、一一月の一日、一六日、二三日に「韋君宜と黄秋耘を批判する会議」が開催されている。韋君宜もこのように何度も批判闘争会にかけられ、右派にされる可能性は大いにあったが、かつての上司、胡喬木のおかげで何とか難を逃れることができた[56]。

4　『文芸学習』編集部の自己批判

韋君宜は、『文芸学習』で「反右派闘争に呼応して多くの批判と自己批判の文章を発表した」と述べていた。これはつまり、会議で一方では批判されながら、もう一方では会議を招集して他の人を批判しなければならないと同時に、さらに『文芸学習』主編として、自己批判だけではなく他の人を批判する文章も編集して『文芸学習』に発表したということである。

『文芸学習』は、一九五七年第一二期で廃刊となった。韋君宜は、「廃刊の理由を述べることもなく、廃刊の辞もなく。——もともと何の理由もなかったからである」と述べていたが、いったい何が批判の対象となったのか。ここで『文芸学習』に掲載された編集部による批判と自己批判の文章を見ておく。編集部による批判と自己批判の文章には、以下のものがある。（ ）内は、掲載された号数である。「読者対本刊的批評」、本刊評論員「対青年作者和読者們説幾句話」、黄秋耘「批判我自己」（以上、一九五七年第九期、九月八日出版）、朱慕光「駁所謂『写真実』和『写陰暗面』」（同第一〇期、一〇月八日出版）、本刊編集部「徹底糾正我們的右傾思想」（同第一一期、一一月八日出版）。

「読者対本刊的批評」は、反右派闘争が全面展開して以来、編集部が受け取った多くの読者からの手紙の摘要である。本誌の先の一時期に現れた資産階級傾向と、反右派闘争参加に消極的であることに対する批判の手紙で、『文芸学習』の工作の点検に役立てると書いている。

「対青年作者和読者們説幾句話」は、『文芸学習』の「資産階級傾向問題については、さらに詳細な点検が必要である」として、急遽おこなわれた『文芸学習』批判である。本文では、まず反右派闘争とは「政治上思想上の社会主義革命であり、政治上思想上、無産階級と資産階級の勝敗を決する闘争である」と定義を述べたうえで、「知識青年、文芸青年、若い文学創作者はこの機会を逃さず、闘争の中で教育を受けなければならない」と記している。それから『文芸学習』はこれまで文章を発表して誤った意見を提起したと言い、韋君宜が七月二日の作家協会党組会議で庇った劉紹棠についても、「党の文芸綱領を否定し、普及を主とする原則を否定した」、鄧友梅の「在懸崖上」についても、極めて不正常不健康な思想感情に対して、厳しく対処し、寛容であってはならない、と批判する。さらに上の世代の知識分子については、「業務上の成果や、文学事業上の名声だけを見て、彼らを盲目的に崇拝してはならない。たとえば丁玲は、すでに明らかにされた資料によれば、極めて深い反党感情を抱き、人には言えないことをどれほどしてきたことか。その他にたとえば呉祖光（一九一七〜二〇〇三、江蘇常州人）など、最近新聞紙上で暴かれた有名人はすべて暗い情緒をもち、堕落した生活を送り、多くの反党反社会主義活動をおこなった」という記述まである。「組織部」の討論において、「粗暴で独断的」と批判していた主張である。この文章が掲載された第九期は、巻頭に

「粉砕丁陳反党集団」の特別欄が設けられ、草明らの五編の文章が収録され、丁陳反党集団とその他の右派分子に反対する文章に特に多くの紙幅を割いて発表している。「編者的話」によれば、一九五七年第八期編集中に高潮期を迎えようとしていた反右派闘争は、第九期編集中にはさらに深められた。第九期「編者的話」には、「丁陳反党集団の摘発は、文学界の反右派闘争の重大な収穫である」と記されている。

いかにも明確で、わかりやすい文章である。韋君宜は『中国青年』総編集の時の執筆姿勢について、青年読者がはっきりわからないのでは困ると思い、いつも「できる限りわかりやすく述べ、含蓄のある表現はまったく使わなかった。文章に凝ることはまったくしなかった」と述べているが[57]、『文芸学習』もまた青年向けの普及を目的とした雑誌であるため、同じ執筆姿勢がとられた。「対青年作者和読者們説幾句話」を書いた本刊評論員は誰なのか、第八、九期「編者的話」を書いたのは韋君宜なのかどうかわからないが、韋君宜は主編として、このような文章を雑誌に掲載して出版したのである。明確に、わかりやすく書くから、いっそうごまかしようもなく反右派闘争が始まるまで進めてきた方針と主張を、それまで「粗暴で独断的」としてきた手法で、すべて覆さざるを得なかったのは何とも無残である。

ここで「対青年作者和読者們説幾句話」の、先の引用部分以降の要旨を整理してあげておく。

われわれは常に健康的な情緒をいっぱいに保持し、無産階級の立場にしっかりと立ち、断固として党に従い、党の文学事業に努めなければならない。党のいうことを聞かなければならない。党のいうことを聞き、党の指導に服従することは、高い美徳であり、革命性のあらわれである。こうしてはじめて、新たな光明に充ち溢れた、人を向上させる、しかも豊富で多彩な文学を創造することができる。

『文芸学習』はこの重要な時期に青年を指導する責任を果たさず、反対に資産階級の思想傾向をあらわし、大きな誤りを犯した。そのうち、誤りの最も重大な文章は劉紹棠の「我対当前文芸問題的一些浅見」と黄秋耘の「刺在哪里?」である。これらの文章は討論のための文章であるにもかかわらず、発表時、ただちに明確で強力な批判をおこなわなかったのは編集思想の誤りである。雑誌の誤りはこれだけにはとどまらず、いかに青年を指導するか、その方向の問題において誤りを犯した。誌上に資産階級傾向に反対する文章も発表はしてきたが、二つの戦線の闘争の問題の上で、たえず動揺し、五、六月号では明らかに右に偏った。文芸青年の若干の右傾情緒に批判を加えなかったばかりでなく、助長までした。青年の思想発展についての見方に誤りがあったため、大いに開放し、独立して思考し、様々な作品を読んで視野を広めよ……としか主張せず、共産主義的教育を強調しなかった。

黄秋耘は『文芸学習』編集委員であるにもかかわらず、青年の正しくない傾向を是正する手助けをせず、反対に自分が誤った文章を書いた。これは非常に重大な誤りである。韋君宜は主編であり、雑誌の傾向に誤りが生じ、青年を誤った方向に指導したという問題において、当然主要な責任がある。

以上が、「対青年作者和読者們説幾句話」の要旨であるが、『文芸学習』批判も編集部による自己批判も基本的にはみな同じことを批判していて、第一一期に掲載された「徹底糾正我們的右傾思想」は、これをより徹底させただけのものである。

「徹底糾正我們的右傾思想」では、本誌編集部が重大な誤りを犯したのは一九五六年七月号からで、資産階級の思想傾向が突出、この時期、反党反社会主義の文章まで発表、編集思想における右傾の誤りは、今年五、六月号が最も突出して、深刻なものという。劉紹棠の思想は、もはや「反党反社会主義の誤った思想」とされ、より重大な誤りは、黄秋雲の「刺在哪里?」を発表したことで、この文章は劉紹棠及びその他の右派分子と同じ立場に立つものであり、一連の重大な誤りは、編集思想において修正主義の誤りを犯した具体的な表われである、という。「党が双百の正しい方針を実行したのは、自由な議論と自由な競争の方法によってマルクス主義思想を発展させ、資産階級思想に打ち勝ち、社会主義文芸と科学を発展させるためである」にもかかわらず、「資産階級の自由主義の立場に立って党の政策を曲解した」、「五四以来の作品と中外の古典を紹介する面でも偏向があった」、去年八月（第九期）から評論内容の範囲を拡大するために「文芸学習談座」を「無所不談」に改めたが、「この一年来話題の範囲は縮小し」、「多くの文章が青年読者大衆の需要と興味からかけ離れ、文芸工作の欠点についてしか語っていないものもある」、「文学において工作と生活中の欠点を暴露するのはまったく構わない。必要なことは労働者階級の立場に立って、これらの欠点を克服することを目的とするべきということ」、「以上の様々な誤りが生じたのは、主に編集部の指導思想上の重大な右傾によるものであり、階級の立場を喪失し、認識に誤りがあり、党の指導を正しく受けなかったからである」と、「双百」方針に呼応して進めてきた一九五六年七月号からの編集方針をすべて否定して、自己批判をし、「本誌を、社会主義事業を守り、建設するために、共産主義の次の世代の青年を教育するのに有効な工具としなければならない」という文章で、本文を締め括っている。だが、『文芸学習』は次号で廃刊となった。

朱慕光の「駁所謂『写真実』和『写陰暗面』」が掲載された第一〇期「編者的話」には、「丁陳反党集団と文芸界のその他の右派集団に反対する闘争は、すでに大きな勝利を得た」と記されている。本文については「本誌編集委員の黄秋耘が提出した『写陰暗面』(暗い面を書こう)のデタラメな議論に対して、朱慕光の批判文を発表した」としか書かれていない。しかし朱慕光は韋君宜だったのである。韋君宜は、『思痛録』の中で次のように記している[58]——黄秋耘同志の「不要在人民的疾苦面前閉上眼睛」(人民の苦しみを前にして目を閉じてはならない)と「銹損了霊魂的悲劇」は、どちらも中央宣伝部から名指しで批判された(中央宣伝部が印刷配布した言論集に収録されたことを指すのであろう)。彼は『文芸学習』の人であったため、『文芸学習』は態度を表明しなければならなかった。そこで私は、なんと彼を批判する文章を書いたのだった！　この時、私は彼と艱難を共にしていた。二人はいっしょに批判され、毎日人には言えない苦しみと憤りをひそかに語り合ってもいた。その彼を批判するような文章を、どうして私に書くことができるだろう！　しかしそれでも私は書いた。私はデタラメを書いて、「朱慕光」と署名し、書き終えるとすぐ黄秋耘に見せた。彼はそれを読むと、ほんの少し笑って、「余向光という名前の方がもっとよい、君は光明に向かい、人民の苦しみなど見たこともないのだもの」と言った。

韋君宜は『思痛録』の中で、「私は反右派闘争中においても良心に悖ること、すなわち中共党員としてやってはならないことをしてしまった。心にもないことを文章に書くことすらした」と述べ、その具体例としてこの「駁所謂『写真実』和『写陰暗面』」を書いた時のことを記している。このことを、約二十年後に書き、反右派闘争から四十余年後にようやく出版された著書の中で、この文章に書かれているのは「デタラメ」だったと言っているのである。

5　黄秋耘の自己批判

『文芸学習』一九五七年第九期に掲載された「批判我自己」（三千字）を書いた経緯について、黄秋耘は次のように語っている。[59]

邵荃麟が彼を家に呼んで妻の葛琴（作家）と話をさせた。葛琴は黄秋耘のことは変えられる（右派にならないようにできる）と言い、黄秋耘が書いた文章の顚末を一つ一つ、古典からの引用文や書いた時どう考えていたかについてまで、自己批判ではなく、書いた時のままに話させた。そして帰ってから自己批判の文章を書くように、書いたら、自分で持って来ず、韋君宜に渡すこと、韋君宜は主編だから、韋君宜が党組に指示を仰げばよい、と言った。以上のことは、絶対の秘密で、邵荃麟は何も知らないことになっていた。

帰ってから韋君宜に話すと、邵荃麟が書けというのなら当然書かなければならない、と言われた。そこで「批判我自己」を書いて、韋君宜に見せると、これではだめだと考え、彼女の夫の楊述に渡して修正してもらった。楊述は当時、中共北京市委員会宣伝部部長で、こういう文章を直すのに熟練しており（韋君宜も、黄秋耘より上手いということは）なかった）、最初から最後まで全部修正してくれた。それを黄秋耘が清書すると、韋君宜はすぐに持って邵荃麟のところへ指示を仰ぎに行った。邵荃麟は「雑誌に何を発表するかは、主編に決定権があるので、指示を仰ぐ必要はない。上から、黄秋耘の文章を発表してはならないという通達も来ていない。主編が発表してもよいと考え、本人も発表に同意するなら、発表できる」と言ったので、韋君宜は戻ってきて、大急ぎでそれを『文芸学習』に発表した。

黄秋耘は、さらにこう語っている――自己批判の文章が発表されると、自分の問題が緩和されたことがわかった。自己批判の文章を発表することが許されたなら、この人は関門を通りぬけることができ、しかもそれが容易になる。

邵荃麟は、これではまだ分量が足りないと心配して、自分でも「修正主義文芸思想一例——論『苔花集』及其作者的思想」を書いて、『文芸報』一九五八年第一号（一月一一日出版）に発表した。『苔花集』の作者とは、黄秋耘のことである。このタイトルも苦心してつけられたもので、「修正主義文芸思想一例」によって批判であることを示しながら、右派批判と区別している。修正主義はマルクス・レーニン主義陣営の中の一派で、もちろんよくはないが、反党反社会主義の右派とは違う。これは思想問題であり、反党行為はないということになる。また、文中で黄秋耘に「同志」が使われているから、右派ではないということである。これはつまり、この人は関門を通過したと宣言したに等しい。この文章が発表されると、この号の『文芸報』は十数日早く出版されたのだったが、北京の文芸界は、突然このような手法を使って批判したことに驚いた。

こうして黄秋耘は庇護されたという。だが、黄秋耘もまた反右派闘争に急転換する直前までの自らの主張を、「批判我自己」によって完全に否定してしまわなければならなかったのである。洪子誠は、

「良心」「同情」「憐憫」……の類の資産階級のイデオロギーは容易に人々の「理性的な目」を欺き、人々の革命的警戒性と政治的嗅覚を麻痺させ、特に精神領域に耽溺している資産階級と小資産階級の知識分子についていえば、それらは想像もできないほど迷わせる効果をもっている。私はこのような迷夢の中で相当長い時間、昏々と眠っていた……（黄秋耘「批判我自己」中の文章）——これらの文章を書いた時、黄秋耘は後に、「その年は、私が間もなく四〇歳になろうという時で、これは心も理知の面でもすでに成熟している年齢だった」と述べていることから、これらの「贖罪」の文字の中に、どれほどの心の苦闘が含まれていたことであろう。

と記している。(60)

6 『文芸学習』廃刊の理由

韋君宜は、「われわれが心血を注いでやってきたこの小さな雑誌は、何の理由もなく終結を宣言された」と述べていたが、廃刊の理由は、上記の批判文に見られるように編集部が「重大な誤りを犯した」からである。それでは「終刊の理由を述べることもなく、終刊の辞もなく」幕を閉じたのは、なぜなのか。

「郭小川日記」の中で、『人民文学』と『文芸学習』の合併についての記述が初めて出てくるのは一九五七年一一月二九日のことで、「多数が合併に同意せず」と記されている。その次は一二月二日で、二時に『文芸学習』に行き、『人民文学』と『文芸学習』の合併問題について話す、郭小川がまず党組の意見を述べ、張天翼（一九〇六～八五、南京生れ）、劉白羽、厳文井も発言、みなたいへん興奮し、多くの同志を説得した、という。さらに一二月四日三時からの書記処会議で、『人民文学』と『文芸学習』の合併にみなが同意し、一二月六日には『人民文学』で、劉白羽が『人民文学』と『文芸学習』の合併を宣言した、という。

「郭小川日記」によれば、『人民文学』と『文芸学習』の合併が承認されたのは一二月四日、正式に合併されたのは一二月六日のことで、一一月二九日には、まだ反対意見が多かったため、一二月八日に出版される『文芸学習』第一二期に、「終刊の辞」を掲載することができなかったのであろう。黄秋耘が反右派闘争への転換を知った五月一八日の翌日、六月八日出版の第六期から「刺在哪里？」の原稿を抜き取ろうとしたが、もう製本の最中で間に合わなかったことからも知られるように、第一二期に「終刊の辞」を掲載するのは無理だったのである。

それでは、なぜ『人民文学』と『文芸学習』が合併したのか。

「郭小川日記」一〇月二八日には、「中央宣伝部の周揚のところへ行って、作家協会の重要工作について話す。雑誌の編集委員を決定するが、『文芸学習』と『新観察』だけが決定できなかった」、一一月一八日には、会議で「また『文芸学習』と行政室の人員問題について話す」と記されている。これはちょうどこの時、各誌編集委員会の改組がおこなわれていて、『文芸学習』の編集委員だけ決められなかったということであろう。たとえば『文芸報』の場合、一九五七年第三二号（一一月一七日出版）から右派分子とされた副総編集の蕭乾、編集委員の鍾惦棐《しょうでんひ》（一九一九〜八七、四川江津人）、黄薬眠、陳湧《ちんよう》の名前はない。韋君宜と黄秋耘を批判する会議が開かれているさなか、二人を『文芸学習』主編と「副主編」の地位に残すわけにもゆかず、黄秋耘の言うように、あまりに多くの知識分子が右派とされたため人材が不足し、『文芸学習』を廃刊にし、『人民文学』に合併というかたちをとるしかなかったのではないか。一〇月二八日には、まだ『文芸学習』を廃刊にするつもりはなかった。一一月一八日には、編集委員を決められないので、『人民文学』との合併案が出たかもしれない。そこで一一月二九日に提案したところ、多数が合併に同意しなかったということであり、『文芸学習』の廃刊は急に決まったもので、最終号に「終刊の辞」を掲載するのは無理だったのである。

その後、韋君宜も黄秋耘も処分を受け、下放される。「郭小川日記」によれば、『人民文学』『文芸学習』合併後の幹部の配置と幹部の下放問題について討論、決定したのは一二月一〇日のことである。韋君宜は「確かな立場に立たず、かなり重大な右傾の誤りを犯した」ことにより「党内厳重警告」処分となり、作家協会党組成員の職務を解かれ、中共中央直属機関の党代表の身分も取り消され、翌一九五八年一月、『人民文学』副主編に就任、その肩書きのまま、河北省懐来県花園郷西楡林村（後に、花園公社楡林大隊）へ下放された[61]。黄秋耘は「党に留めて二年間の観察」処分となっただけで、行政上の降格もされず、一九五八年、河北省の張家口地区の涿鹿県五堡公社三堡村へ下放された。ここで五カ月過ごし、その後『張家口日報』第一副総編集として四カ月間過ごす。一九五九年の初めには作家協会に戻り、『文芸報』編集部副主任に就任する。涂光群《とこうぐん》（一九三三〜、湖北黄陂人）によれば、これは実質的には降格だという[62]。

先に、『文芸学習』廃刊の理由は、編集部が「重大な誤りを犯した」からだと述べた。「重大な誤りを犯した」にもかかわらず、それでは韋君宜はなぜ「もともと何の理由もなかった」と述べたのであろうか。

韋君宜の『思痛録』によれば、韋君宜と黄秋耘が批判されていたころ、作家協会のその他の業務はもうすべて停止され、毎日、批判闘争大会が開かれていた。そのなかで最も大規模に行なわれたのが丁玲・陳企霞批判であったが、後には馮雪峰が加えられ、そして最も重点的にやられたのがこの馮雪峰批判だったという。この丁玲、陳企霞、馮雪峰批判がおこなわれたのは、一九五七年六月六日から九月一七日まで合わせて二七回開かれた中国作家協会拡大党組会議においてである。韋君宜の同書によれば、そこでは政治問題にもなりえないようなことで、右派であるか否かは、明らかにまったく無関係なことで、次から次へと「反党」「反社会主義」のレッテルが無理やり天からくだされた。彼ら自身が口をはさむ余地も、他の者が会議においてひと言ふた言異議の申し立てをすることすら、まったく不可能だった。この他にも多くの人の批判大会が開かれ、韋君宜も発言したことはあったが、「自己批判せよ、反論してはならない」と制止され、ここでは、道理があろうとなかろうと、いかなる弁明もまったく許されなかった、という。それならば、丁陳反党集団がまったくの冤罪であることもわかっていたはずである。韋君宜は反右派闘争の時の自分について、「一方で心中不平不満だらけでありながら、もう一方では『おとなしく手なずけられた道具』でありつづけた。そして、情勢がもう少し好転さえすれば、すぐに欣喜雀躍してすべては許されると、必死に自分を説得していた」と書いている(63)。

ちょうどその時、反右派闘争のさなか『文芸学習』に発表された本刊編集部の「徹底糾正我們的右傾思想」の書き出しは、「全国で反右派闘争が深化し、文芸界の丁陳反党集団が摘発されることによって、われわれの眼はよく見えるようになった。この厳しい政治戦線と思想戦線における社会主義革命闘争は人々の階級立場と思想傾向を試した。それによってわれわれは内容が豊富で意義の深いマルクス・レーニン主義の政治思想教育と鍛錬を受けた」である。また黄秋耘の「批判我自己」には、黄秋耘が書いたものか、韋君宜の夫の楊述が書き加えたものかわからないが、「最近摘発された、丁陳反党集団事件と右派分子の反党活動を見れば、文芸界に対する党の指導を強化するのは十分に必要なことである」と記されている。

一九五〇年代から文革前まで、国家の作家に対する管理は主に中国文連と作家協会といった組織を通して実現された。中国作家協会と各地の分会はこの時期、中国作家の唯一の組織であり、文芸運動の展開、文芸政策の実施、文芸決議の公布はすべて中国文連と中国作家協会の名義でおこなわれた。中国作家協会の権力の中核はその「党組」である。中国文連と作家協会は中共中央と毛沢東の指導と直接介入の下で、一連の文学運動と批判闘争を発動し推進するとともに、各時期において作家、批評家に遵守すべき思想芸術路線を提示した。五〇、六〇年代において中国文連と作家協会は作家と作品、文学問題について常に「決議」の方式で政治的裁決の性質を持つ結論を出した。[64]

「丁陳反党集団」というのも、そのようにして出された結論であり、当時は、「徹底糾正我們的右傾思想」や「批判我自己」の先の引用部分のように書かなければ自己批判として通らなかったのであろう。「丁陳反党集団」はまったくの冤罪であった。その冤罪を根拠に、「丁陳反党集団の摘発は、文学界の反右派闘争の重大な収穫」であり、この社会主義革命闘争によって階級立場と思想傾向が試され、政治思想教育と鍛錬を受けた、彼らの反党活動を見れば、文芸界に対する党の指導を強化するのは十分に必要なことであるというような文章を『文芸学習』に発表したことは、韋君宜にとって「私の編集者としての生涯の中で、足に昔の銃弾が入ったままで、傷口はとうに癒えてはいるものの、ちょっとぶつけるとまだ少し痛むようなもの」なのであろう。反右派闘争に呼応して、多くのこのような批判と自己批判の文章を発表した後、『文芸学習』が廃刊となったことを「思い出すといつも平静ではいられない」のであろう。当時は自己批判しなければならなかったのみならず、他人を批判することも強制された。反右派闘争で右派とされた人々が名誉を回復するのはそれから二十余年後のことで、丁玲の冤罪が完全に晴らされたのは、一九八四年八月のことだった。[65] 韋君宜が「憶『文芸学習』」を書いたのは一九八六年一月のことで、丁玲の完全な名誉回復の後である。『文芸学習』が廃刊となったことについて、「もともと何の理由もなかった」と述べたのは、「正当」な理由は何もなかったという意味ではないだろうか。

韋君宜はまた、本章四二三頁で引用した部分で、「その後雑誌は実際にはこの（「組織部」の討論をした）ために廃刊となった。正式にこの理由は公表されず、この雑誌が誤りを犯したために廃刊となったとも言われなかったが、誰もがみな知っていた」と書いているが、『文芸学習』に掲載された『文芸学習』批判と自己批判で、「組織部」の討論をしたことは直接批判されていない。「徹底糾正我們的右傾思想」では、一九五六年七月号以降、本誌編集部は重大な誤りを犯し、資産階級の思想傾向が突出し、反党反社会主義の文章まで発表したと批判しているので、「組織部」の討論も含まれることになるが、右傾の誤りが突出していたのは今年五、六月号だとも言っている。「組織部」討論では、後に右派とされた劉紹棠、従維熙《じゅういき》（一九三三〜、河北玉田生れ）、秦兆陽、唐摯《とうし》（唐達成）、劉賓雁らの文章も掲載されているため、反右派闘争中には、発表時、ただちに明確で強力な批判をおこなわなかったとの批判も成立する。先にも述べたように、この小説に対しては「現実を歪曲している」との反発が強かったところ、毛沢東の「介入」によって「組織部」論争は一段落し、一九五七年上半期は、この小説についての意見は毛沢東の観点からなる基点に統一されただけのことで、反右派闘争が始まってみれば、「毒草」を取り上げて討論したことに対する非難も、この討論が毛沢東の注意を引き、本誌がひときわ目立っただけに、激しかったのであろう。王蒙も右派とされたが、この小説が原因とはされなかった。この討論も含めて、「双百」方針下で編集部が心血を注いでやってきた雑誌のすべてが、反右派闘争においては許されなかったのである。

7　「香花」と「毒草」の評価基準

洪子誠は、次のように述べている(66)――（当代文学においては）文学作品の優劣、高低、「香花」か「毒草」の鑑別は、常に「真実」であるかどうか、生活の「本質」を表現しているかどうか、「歴史発展規律」を明らかにしているかどうかの問題を引き起こす。しかし、ある作品が「真実」（本当に）生活の「本質」を反映しているかどうかは往々にして確実に証明する術がなく、人によって、時期によって異なる論争が起きる。したがって「真実」と「本質」を描いたか、あるいは歪曲しているかの「結論」は、最後には必然的に、政治的、文学的権力を持つ者が宣言（あるいは覆す）することになる。

馬寒冰は、心から「革命文芸路線」を「守ろう」とした軍隊作家であり、五〇年代に流行した歌の作詞者でもあったが、一九五七年一月七日陳其通らと連名で文章を発表し、また王蒙の小説を批判したために、何度も毛沢東から厳しい批判を受け、この圧力に耐えきれず自殺した。洪子誠は、「数カ月後、状況にあのような逆転が生じると、彼は思いもしなかった。その時になれば、彼と李希凡がこの時に批判された観点は真理となるのであった」、陳其通ら四人の「誤り」は「時機」の選択が誤っていたのであり、「これらの見方を夏になってから発表していれば、暗黒面の暴露を非難するという問題において、まだ手ぬるいと見なされたであろう」と言う[67]。

そして一九五七年下半期には「逆流」、「毒草」と非難された作品は、二十余年後、変化した政治・文学環境の中で、今度は正反対の評価を与えられ、「重放的鮮花」（再び咲いた花）といわれた。一九七九年、これらの作品が、『重放的鮮花』という書名の一冊の本にまとめられ、上海文芸出版社から出版されたのである。その作者もまた、受難の後に復活した「文化の英雄」と見なされた。このことについても洪子誠は、「毒草」と「鮮花」とはまったく正反対の評価であるが、批評者の理論的根拠と評価の視点はかなり一致している、と言う[68]。これは登場人物のような官僚主義者はいるかどうか、新社会を称えているかどうかなどが、いずれの場合においても作品の評価基準になっているという意味である。

政治指導者は、政治闘争の必要のために自らの歴史と現実についての判断を絶えず変更する。韋君宜の生きた時代には、不断に変化する「政治的必要に服従するという要求は絶対的なもの[69]」なのであった。

おわりに

反右派闘争で、作家協会は、合計わずか二〇〇人にすぎないのに、五十余人が右派にされた。「境界線上」の者は含まずに、である。『文芸学習』では七人の編集委員のうち、三人が右派となった[70]。当時『人民文学』評論組にいた涂光群は、「私の印象では、作家協会の雑誌のうち、たとえば『文芸報』『人民文学』『新観察』で右派と認定された者の数は、単位の全人員中ほぼ四分の一から五分の一を占めるところがあり、毛主席がいった約五％を大幅に超過していた。おそらくは全国で右派の比率が最高の単位であった。これに対して、『文芸学習』の右派の比率は最小で、韋君宜、黄秋耘がトップにあったことと無関係ではないだろう」と言う。(71)

韋君宜は『思痛録』の中で、自分も一切の問題をすべて黄秋耘の所為に転嫁していたなら、もっと軽い処分ですむことがわかっていた、と述べている、しかし、その時、韋君宜の心中の苦痛は最大限にまで達していた。韋君宜は若いころから革命に参加することを志し、旧世界を変革しようと志してきたのであったが、まさかこんなことのためにではあるまい？　人格を売り渡してまで、自分の「難関」を切り抜けるのか？　もしもそうなら、ここでわずかばかりの屈辱的な施しをうける必要がどこにある？　なぜ両親の言うことを聞いて米国に留学し、米国籍中国人学者にならなかったのか？　韋君宜は革命に参加した後で、さらにまだ正直な人間であろうとするかどうかの選択を迫られたのである。韋君宜は自分個人の運命を悲しむよりも、はるかに深くこの「革命」に心を痛めた。そして悲しみ失望すると同時に、そんなことはしない、同罪となっても、友人を裏切るようなまねは絶対にしないと決心したという。(72)こうして韋君宜は、身近な所で力の限り黄秋耘を弁護し、部下を庇って作家協会の実権派と激しく闘争したのだった。

韋君宜は方懐というペンネームで「従『馬路天使』引起的問題」を『文芸学習』一九五七年第五期に発表している。この文章もまた本刊編集部の「徹底糾正我們的右傾思想」中で、文芸思想上の右傾のため、青年知識分子の思想状況について正しい判断ができず、青年の思想状況について正当な憂慮を抱き正しく判断した人に対して理由のないものと考えた、と批判されているのだが、本誌主編の韋君宜の書いた「従馬路天使引起的問題」がこの種の観点を表していると記されていて、初めて方懐が韋君宜とわかるのである。

本文は、青年工作と教育工作に携わっている多くの同志が、多くの青年が映画『馬路天使』（街角の天使、一九三七年）を見に行く現象を憂え、青年が毒素に染まることを恐れ、『馬路天使』を上映禁止にすべきだと言う者さえ現れたことについて、反対意見を述べたものである。

韋君宜は、三年前、青年がソ連の英雄を描いた小説しか読まない状況下でも、『鋼鉄はいかに鍛えられたか』を読んで恋愛にしか興味を持たない者もいた、このようなことは避けられないものだ、それではいったいどんな作品を読ませるのか、若者のものの見方が間違っていれば、手伝ってやればよいではないか、と述べた後で、次のように続けている。

接吻シーンやラブソングに興味を持つのは、何もそんなに悪いことではない。われわれ共産主義者は中世の禁欲を主張する清教徒ではない。青年にどうして共産主義の道徳規則でもないものを押し付けようとするのか。彼らに愛情のことを考えさせないのか。青年を缶の中に密封しようとして、よい芸術作品の中で、少しの愛情に触れることも許さない。それでは、いったん缶が破られた時〔必ず破られる。青年は、道を守る君子の保護のもとで一生生活してゆくことはできない〕、長く抑圧されていたものは氾濫する。溺れてしまい、真に不健康なものを歓迎し、収拾がつかなくなってしまうだろう。

「双百」政策は間もなく始まってから一年だが、「何を鳴できるか、何を放できるか」について、まだ討論している。「鳴」と「放」を阻む障害は社会の各方面から来る。ある同志は、青年は『卓姫和舒拉的故事』、『古麗雅的道路』（エレーナ・イリイナ『グーリャの道』）さえ読んでいればよいと考える。だから青年が『馬路天使』、『流浪者』（インド映画、一九五四年）、『勇士的奇遇』（フランス映画『花咲ける騎士道』〔原題：Fanfan la Tulipe〕、一九五二年）、三言二拍、『紅楼夢』などの違った趣のものを見て、さらには「組織部」「在懸崖上」を見て興味を持てば慌てだす。何か汚らしいものが青年の頭を侵すのではないかと心配する。

今流行っている上述の作品は本当によい作品だと見なせる。決して下劣な作品ではなく、下劣な感情を人に与えるものではない。これらの作品の流行についてはそんなに心配する必要はない。

社会主義建設において勇猛果敢に前進している新青年には戦闘的感情が充満しているのは当然のことであり、

少しも間違っていない。しかしこのような新青年が永遠に悲哀も苦痛も失望もなく、永遠に水晶のように透明な生活を過ごすのは不可能である。そのような感情を含んだ作品に永遠に触れさせないのではいけない。それらの感情は、一日中心を占領しているわけではなく、青年の前進にとって大きな害はない。仮に完全にそのような感情がなかったとしても、他人のそのような感情を理解するのは悪いことではない。われわれは人と団結しなければならないのではないか。人の心さえまったく理解できずに、どんな人と団結するのか。

青年が見たがるものは、できるだけ多く見せ、考えてみさせよう、話してみてもよい、それは悪いことではない。真理は常に誤謬に打ち勝つ。マルクス主義が公に宣伝することが許されなかった時代に、多くの青年はそれでも幾重もの雲霧をかき分けてマルクス主義の真理を探し当てた。それなのになぜ、今まっすぐな大きな道が目の前に敷かれている時に、われわれは青年が道を探し当てられないと心配することがあるだろう。（要約）

韋君宜は、三年前は青年がソ連の英雄を描いた小説しか読まなかったと書いている。『文芸学習』はちょうどそのころに創刊され、韋君宜は当代文学から中外の古典まで網羅した、青年向け文芸普及雑誌を出版してきたのだった。韋君宜は、当初、文芸の教育的意義と社会的効果を強調し、「徹頭徹尾、教条主義者だった」と、黄秋耘は述べていたが、「従『馬路天使』引起的問題」には、その片鱗も見えない。ここにいるのは、大いに「鳴放」して、実事求是のやり方で討論をたたかわそう、相反する意見を抑えつけ、否定してしまうのではなく、自ら独立して思考し、納得できる結論を導き出そうとする、当時のいわゆる「修正主義的傾向」「右傾」の韋君宜である。当時は、批判大会で正論をはいて、黄秋耘や李興華らの部下を庇うことさえ「右傾」と言われた。黄秋耘の言うように、韋君宜にとって、フルシチョフの秘密報告を聞いたことが「教条主義者」から脱却する契機となったとするなら、韋君宜は、『文芸学習』の編集を通して、単純かつ一面的に作品や生活を見ることなく、相反する意見の前で、自ら独立して思考し、是非を明らかにしてゆく訓練を積んだといえるだろう。

韋君宜は、『思痛録』で次のように回想している[73]——一九五七年には言論が一定の枠を超えたために、私も厳しい批判を受けた。この時、夫婦として彼（楊述）は私に同情し、私の苦悩が極点にまで達した時、私に付き添って散歩に出かけたことがあった。けれども散歩中にほとんど何も話すことはなかった。私は当時こう思っていた。私たちはおそらくもう心を通わすことはできないのだろう、と。彼が心配していたのは私が処分を受けることであり、恐れていたのは私の思想が党に対して揺らぐことであった。私が考えていたのは、心配しなければならないのは私のことではない、悲しむべきことは勇気を持って発言した人がこんなにも大量に迫害されては、国家の前途はどうなるのであろうか、ということであった。彼は、党が反右派闘争の発動を決定した以上、それは間違いであるはずがない、間違っているのはごく少数の人で、彼らが正確に把握していないだけだ、と考えていた。私の方は、批判大会の席でのあのような類の発言に本当の話などほとんどいくらもないと感じていた。これはごく少数の人のことであるだけではなかった。私たちの間の距離はあっという間に縮めることが困難になってしまったが、それでも彼は依然として私に忠実であったし、なんとか私を喜ばせようとしてくれた。

「革命」に心を痛め、「国家の前途」を思う韋君宜が、「われわれの世代が成したことのすべて、犠牲にしたもの、得たもの、失ったもののすべて」について思索、探索し、同じ誤りを繰り返さないために執筆し、一二冊もの著書として出版するのは、それから二十余年後の一九八〇年以降、六〇歳をとうに越えてからのことであった[74]。

注

（1）「憶『文芸学習』」、韋君宜『海上繁華夢』人民文学出版社、一九九一年八月、四四、四六、四八頁。

（2）『中国大百科全書・中国文学Ⅱ』中国大百科全書出版社、一九八八年九月第二版。

（3）『文芸学習』創刊号所収の「発刊詞」の言葉。

（4）黄偉経「文学路上六十年——老作家黄秋耘訪談録（下）」『新文学史料』一九九八年第二期六五頁。

（5）黄秋耘『風雨年華』増訂本、人民文学出版社、一九八八年五月、一六三、一八一頁。なお『風雨年華』北京第一版、人民文学出版社、一九八三年一〇月、は全一六一頁で、一九三五年から一九五四年までについて述べた第二一章まででしか収録されていない。『風雨年華』増訂本は全三〇〇頁で、北京第一版に一二章八万字が追加され、一九七六年までについて述べた第三三章まで収録されている。しかし牧恵によれば、この『風雨年華』増訂本も黄秋耘の原作から一万余字を削除したものという（牧恵『且閑斎雑俎』漢語大詞典出版社、一九九八年、一六頁）。黄秋耘の牧恵宛一九八八年一〇年三一日付手紙からは、本書増訂本の削除は二三カ所だったことが知られる（黄秋耘『黄秋耘書信集』花城出版社、二〇〇四年、一七五頁）。

（6）涂光群『五十年文壇親歴記』遼寧教育出版社、二〇〇五年、六八七頁。

（7）新華社福建分社「社長代理」は、「黄秋耘同志生平簡介」（『新文学史料』二〇〇二年第一期九〇頁）、廣野行雄「黄秋耘インタヴューに見る反右派闘争――沈黙に甘んじようとした人々」（『駿河台大学論叢』第三二号、二〇〇六年、二三頁）他による。前掲黄秋耘『風雨年華』増訂本第二四章では、「社長」と記されている。

（8）前掲韋君宜「憶『文芸学習』」四四～四八頁を要約。

（9）「組織部新来的年軽人」は、韋君宜の原文による。この作品が、『人民文学』一九五六年九月号に掲載された時の題名は「組織部新来的青年人」で、当時は「組織部新来的青年人」と称されていた。これは『人民文学』常務副主編の秦兆陽が修正したもので、王蒙の書いた本来の題名は「組織部来了個年軽人」。秦兆陽の修正は毛沢東に批判され、一九五七年五月九日『人民日報』に、『人民文学』編集部は「組織部新来的青年人」を発表する際、あわせて二九カ所にもおよぶ大幅な修正を加えたことが発表された（『人民文学』編集部整理「『人民文学』編集部対「組織部新来的青年人」原稿的修改情況」）。小説の「修正」箇所については、辻田正雄「王蒙試論――『組織部に若者がやって来た』の改刪を中心に」『未名』創刊号、一九八二年、與小田隆一「王蒙『組織部新来的青年人』について――その執筆意図と文学史評価との乖離をめぐって」『中国文学論集』第一六号、一九八七年参照。

この作品は『一九五六年短編小説選』人民文学出版社、一九五七年、に収録される際、王蒙自身による再修正がおこなわれ、題名も元の「組織部来了個年軽人」に戻され、その後『王蒙文存』第一一巻、人民文学出版社、二〇〇三年、にもこの「組織部来了個年軽人」が収録されている。ただし、『重放的鮮花』上海文芸出版社、一九七九年、には、『人民文学』に掲載された「組織部新来的青年人」が収録されている。『重放的鮮花』については、本章二六頁参照。洪子誠『一九五六：百花時代』山東教育出版社、一九九八年、一一四～一一八頁。前掲涂光群『五十年文壇親歴記』

四三九、五二五～五二六頁。黎之「回憶与思考――一九五七年紀事」『新文学史料』一九九九年第三期一三五～一三六頁。

(10) 前掲黄秋耘『風雨年華』増訂本一六三頁。

(11) 韋君宜『思痛録』(北京版) 北京十月文芸出版社、一九九八年、一八五頁。『思痛録』(香港版) 香港天地出版公司、二〇〇〇年、一九一頁。

(12) 「心中的楷模――参加邵荃麟同志追悼会帰来」韋君宜『似水流年』湖南人民出版社、一九八一年八月、一二四～一二五頁。

(13) 中国新民主主義青年団中央宣伝部副部長兼団中央機関誌『中国青年』総編集時代の韋君宜の「功利主義」については、盛禹九が「一個大写的人――懐念韋君宜」『韋君宜紀念集』人民文学出版社、二〇〇三年、一四四～一四五頁、の中で次のように記している。

一九五〇年の初夏、中央団校を卒業して『中国青年』の編集部で工作するようになった盛禹九に、韋君宜はこう言ったという――雑誌『中国青年』は青年団の機関誌であり、広範な青年読者のためのものである。それは時代にぴったりとつき従い、当面の中央の思想宣伝と関係する政策について理解し、青年大衆の思想傾向と問題について理解し研究しなければならない。この「両方」の状況を明らかにして、はじめて何を宣伝し、何を提唱し、何に反対しなければならないかが決まる。こうして書いたものがはじめて人に読んでもらえ、社会的効果をあげることができる。

(14) 馮雪峰のこの発言に、韋君宜はたちまち恐れおののいた。会議が終わってから、邵荃麟同志は韋君宜を慰めて、「大丈夫だ。彼はあんな気性なんだ。しばらくしてから一度彼の家に行って、雑誌はいったいどのように編集すべきでしょうか、と丁寧にたずねなさい。人の意見を多く聞けばよいのだよ」と言ったという。

(15) 「追念雪峰同志」前掲韋君宜『海上繁華夢』一八二頁。

(16) 黄偉経「文学路上六十年――老作家黄秋耘訪談録(上)」『新文学史料』一九九八年第一期一三七頁。

(17) 前掲黄秋耘『風雨年華』増訂本一六三頁。前掲黄偉経「文学路上六十年――老作家黄秋耘訪談録(下)」六六～六七頁。

(18) 前掲黄秋耘『風雨年華』増訂本一七八頁。前掲黄偉経「文学路上六十年――老作家黄秋耘訪談録(下)」六七～六八頁。韋君宜は『思痛録』北京版四〇頁、香港版四四頁で、フルシチョフの秘密報告が伝達されるのを、北京市委員会と作家協会で二回聞き、討論にも参加した、大きな衝撃を受けた、と記している。また、韋君宜は『思痛録』香港版四五頁でのみ、フルシチョフの秘密報告こそ、まさに毛沢東が「大鳴大放」を発動した原因だと考える、と記している。

(19) 『文芸報』一九五七年第七号(五月一九日出版)に掲載された「小統計」によれば、この時、中国作家協会会員は七〇七人。郭小薫整理「郭小川日記（一九五七・上・中・下）」『新文学史料』一九九九年第二・三・四期、四月二七日の所に、「中国作家協会会員七〇七人、そのうち党員は四四一人、六二％強を占める」と記されている。

(20) 前掲黄秋耘『風雨年華』増訂本一六四頁。

(21) 前掲黄偉経「文学路上六十年――老作家黄秋耘訪談録（下）」六八頁。

(22) 前掲黄秋耘『風雨年華』増訂本一六四頁。

(23) 前掲黄偉経「文学路上六十年――老作家黄秋耘訪談録（下）」六八～六九頁。

(24) 前掲韋君宜『思痛録』北京版四〇頁。

(25) 戚学毅の事件については、前掲黄偉経「文学路上六十年――老作家黄秋耘訪談録（下）」六九頁と王培元『在朝内一六六号与先輩魂霊相遇』人民文学出版社、二〇〇七年一月、一二六頁による。

(26) 丸山昇『文化大革命に到る道』岩波書店、二〇〇一年、三三四頁。

(27) 前掲韋君宜「憶『文芸学習』」四六頁。

(28) 『文芸学習』一九五七年第二、三期「編者的話」。『文芸学習』の「関于『組織部新来的青年人』的討論」欄に掲載された文章は、以下のとおりである。

一九五六年第一二期（一二月八日出版）：林穎「生活的激流在奔騰」／増輝「一編厳重歪曲現実的小説」／王践「清規戒律何其多？」／王恩「林震値得同情嗎？」／王冬青「生動地掲露了新式官僚主義者的嘴臉」／李濱「真実呢、還是不真実？」／唐定国「林震是我們的榜様」

一九五七年第一期（一月八日出版）：長之「可喜的作品，同時是有厳重缺点的作品」／彭慧「我対『組織部新来的青年人』的意見」／戴宏森「一個区委幹部的意見」／劉紹棠・従維熙「写真実――社会主義現実主義的生命核心」／一良「不健康的傾向」／趙堅「傷了花弁的花朶」／邵燕祥「去病和苦口」

一九五七年第二期（二月八日出版）：杜黎均「作品中的真実問題」／王培萱「一編有特色的小説」／江国曾「要実事求是地分析作品」／艾克恩「林震究竟向娜斯嘉学到了些什麽？」／馬寒冰「准確地去表現我們時代的人物」／鄧嘯林「林震及其他」

一九五七年第三期（三月八日出版）：秦兆陽「達到的和没有達到的」／唐摯（唐達成）「談劉世吾性格及其它」／劉賓雁「道是無情却有情」／康濯「一編充満矛盾的小説」／艾蕪「読了『組織部新来的青年人』的感想」

(29) 前掲黎之「回憶与思考――一九五七年紀事」一二三～一二五頁。黎之『文壇風雲録』（河北人民出版社、一九九八年一二月）の「前言」と「著者紹介」によれば、黎之は一九二八年生れ、当時は中共中央宣伝部で工作し、長期にわたり中央宣伝部文芸処で工作、文芸方面の重大問題の討論には直接かかわってきた、という。

(30) 馬寒冰のこの小説に対する批判とは「准確地去表現我

們時代的人物」で、「組織部」は、人を満足させる作品ではない、真実ではない作品と考えざるを得ない、またわれわれの時代の人物をあまり正確には表現していない作品である、と批判している。

(31) 前掲黎之「回憶与思考――一九五七年紀事」一三四〜一三五頁。

(32) 李希凡のこの小説に対する批判とは、『文匯報』一九五七年二月九日に掲載された「評『組織部新来的青年人』」のこと。陳文新主編『中国文学編年史・当代巻』湖南人民出版社、二〇〇六年、八七〜八八頁。王蒙「我看毛沢東」前掲『王蒙文存』第二〇巻五五頁。前掲洪子誠『一九五六：百花時代』一一三〜一一四頁。藍翎『竜巻風』上海遠東出版社、一九九五年、七三頁。

(33) 周尊攘「我敬愛的上級」前掲『韋君宜紀念集』三〇四頁。周尊攘は、一九五六年夏、中国人民志願軍から転業して『文芸学習』編集部に来た。この伝達をおこなったのは、中国作家協会秘書長の郭小川で、場所は中国文連礼堂だったという。邵荃麟だけではなく、郭小川も伝達をしたのかもしれない。伝達の内容は、本文中に引用した部分以外は、ほぼ黎之の記述と同じであるが、周尊攘は、香花と毒草について、毛沢東はこう考えていたという――香花だけを咲かせ、毒草をはやさないことは可能か？　不可能である。香花はこれまで毒草との闘争の中で成長してきたのである。

(34) 前掲黎之「回憶与思考――一九五七年紀事」一二四〜一二五、一三四〜一三五頁。前掲丸山昇『文化大革命に到る道』三〇四〜三〇五頁。

(35) 前掲洪子誠『一九五六：百花時代』一一四頁。

(36) 前掲王蒙「我看毛沢東」五六頁。

(37) 前掲黎之「回憶与思考――一九五七年紀事」一二四、一三七頁。前掲丸山昇『文化大革命に到る道』二九八〜三〇三頁。

(38) 前掲王蒙「我看毛沢東」五五頁。

(39) 前掲黎之『文壇風雲録』七〇〜七一頁。

(40) 前掲洪子誠『一九五六：百花時代』一三一頁。

(41) 同前一三一〜一三四頁。

(42) 前掲黄秋耘『風雨年華』増訂本一七五〜一七七、一八〇頁。

(43) この文章のみ前掲涂光群『五十年文壇親歴記』一三九頁による。本書によれば、宋雲彬、黄源、陳学昭ら、この座談会に参加した人々は、ほぼ全員が間もなく右派とされた。

(44) 前掲洪子誠『一九五六：百花時代』九四頁。

(45) 同前九九〜一〇〇頁。

(46) 韋君宜は『文芸報』一九五七年第一号（四月一四日出版）に「珍惜我們的階級感情」を発表している。

(47) 洪子誠と笑雨の挙げた七編の他に、当時、黄秋耘は、杜方明「観人与論文」（『文芸学習』一九五六年第一二期、一二月八日出版掲載）と秋耘「春風未緑珠江岸」（一九五七年五月中旬、『文芸報』一九五七年第一〇号、六月九日出版掲載）の二編も発表している。「従『分子和分母』説起」と「春風未緑珠江岸」を除いて、他の文章は文革後に出版された、たとえば『銹損了霊魂的悲劇』（人民文学出版社、一九八〇年）や『黄秋耘文学評論選』（湖南人民出版社、一九八三年）に収録されている。「啓示」は初出誌不明、文末に「一九五六年一〇月」と記されている。「従『分子和分母』説起」は『文芸学習』一九五七年第六期に掲載されているが、筆者の名は汪補拙。

(48) 前掲黄秋耘『風雨年華』増訂本一八四頁。なお、前掲「郭小川日記」一九五七年一二月二〇日にも、「大楼に行くと、右派分子を処理する会を開催中、黄秋耘が右派分子とされなかったことに対するみなの不満多数」と記されている。

(49) 前掲黄偉経「文学路上六十年――老作家黄秋耘訪談録（上）」一二二頁で、黄秋耘は、『文芸報』一九五八年第一号（一月一一日出版）が十数日早く出版されたと言っていることから、『文芸報』一九五七年第一三号（六月三〇日出版）も、六月二九日に見ることができたのではないかと考える。

(50) 前掲黄偉経「文学路上六十年――老作家黄秋耘訪談録（上）」一一九～一二〇頁。

(51) 前掲涂光群『五十年文壇親歴記』四四八頁。

(52) 前掲黄偉経「文学路上六十年――老作家黄秋耘訪談録（上）」一二七頁、前掲黄偉経「文学路上六十年――老作家黄秋耘訪談録（下）」七〇～七一頁。

(53) 前掲王培元『在朝内一六六号与先輩魂霊相遇』一二五頁。前掲韋君宜『思痛録』北京版一八七頁。

(54) 前掲韋君宜「憶『文芸学習』」四八頁。

(55) 「貫徹党的文芸路線　批判修正主義思想　作家協会大整大改」『人民日報』一九五七年一一月一一日。

(56) 前掲韋君宜『思痛録』北京版四二～四三頁。前掲黄偉経「文学路上六十年――老作家黄秋耘訪談録（上）」一二〇頁。胡喬木は、韋君宜が延安で『中国青年』の編集者をしていた時、『中国青年』総編集・中国青年社社長。韋君宜の経歴については、本書「韋君宜年譜」参照。

(57) 韋君宜『前進的脚跡』中国青年出版社、一九五五年一〇月、「後記」。

(58) 前掲韋君宜『思痛録』北京版四四～四五頁。

(59) 前掲黄偉経「文学路上六十年――老作家黄秋耘訪談録（上）」一二一～一二二頁、前掲黄偉経「文学路上六十年――老作家黄秋耘訪談録（下）」七二頁。

(60) 前掲洪子誠『一九五六：百花時代』一〇五頁。洪子誠は前掲『一九五六：百花時代』一〇四～一〇五頁で、黄秋耘の「批判我自己」を次のようにまとめている――彼はもう「教条主義」が生む、逃れ難い束縛を強調せず、「真に修養を積み、豊富な生活経験を持つ作家は教条主義に簡単に束縛されることはない」と認めた。彼はもう現実の困難と苦しみを正視せよという「否定的精神」を主張せず、自分を資産階級と小資産階級の知識分子として、「古いものを取り除くのに勇敢で、新しいものを広めるのに怠惰、破壊が得意で、建設が下手、小さいもの近いものに執着し、大きなもの遠くにあるものを忘れた」と自己批判した。彼はもう教条主義とセクト主義の「寒流」が全国にきわめて恐ろしい雰囲気を生み出しているとは考えず、「当面において、右の傾向はつまるところ『左』の傾向よりもずっと危険」、「修正主義と資産階級の文芸思想はすでに全国に氾濫している」と考えた。文芸界の闘争が「無原則の紛糾」であり、「混迷と強暴」だとは非難せず、自分の軟弱厭戦の「許しがたい誤り」を自己批判し、「この数年来、文芸界が進めてきたこれらの思想闘争は、文芸界の党の路線と反党の路線との闘争であり、文芸界の社会主義思想と資産階級思想との闘争である」ことを承認した。

(61) 前掲韋君宜『思痛録』北京版五一、六三、一八七頁。前掲王培元『在朝内一六六号与先輩魂霊相遇』一二七頁。

(62) 前掲黄秋耘『風雨年華』増訂本一八六、一九五頁。前掲黄偉経「文学路上六十年——老作家黄秋耘訪談録（下）」九四頁。前掲涂光群『五十年文壇親歴記』四四八頁。

(63) 前掲韋君宜『思痛録』北京版四一～四二、四五頁。前掲洪子誠『一九五六：百花時代』一三二頁。

(64) 洪子誠『中国当代文学史（修訂版）』北京大学出版社、二〇〇七年、一二二頁。

(65) 丁玲『丁玲自伝　中国革命を生きた女性作家の回想』田畑佐和子訳、東方書店、二〇〇四年、三二二、三三六頁。

(66) 前掲洪子誠『中国当代文学史（修訂版）』二五頁。

(67) 前掲洪子誠『一九五六：百花時代』九七～九八、一一四頁。

(68) 同前九三頁、前掲洪子誠『中国当代文学史（修訂版）』一一八～一一九頁。

(69) 銭理群『返観与重構——文学史的研究与写作』上海教育出版社、二〇〇〇年、七八～七九頁。

(70) 前掲韋君宜『思痛録』北京版四二頁。前掲韋君宜「憶『文芸学習』」四六頁。

(71) 前掲涂光群『五十年文壇親歴記』四四八、六八八頁。

(72) 前掲韋君宜『思痛録』北京版五一頁。

(73) 同前一二一頁。

(74) 一九八〇年以降に出版された韋君宜の一二冊の著書については、本書第五章「韋君宜の著作における「歴史」の意味について」参照。

第四章　文革期の韋君宜

文革期文学における「集体創作」の再検証

一

二〇〇六年は、文革発動四〇周年、文革終結三〇周年の節目の年であった。ところが中国国内では、社会の安定に危害を及ぼさないためにということで、記念活動は行われない。文革について討論することに対する、当局の圧力は、一〇年前よりもさらに厳しいものとなり、中央宣伝部は各地でいかなる記念活動を行うことも禁止した。専門の学会もなく研究経費もないために、学術論文の発表も関連研究の発展も困難であり、学生も集まらない[1]。この三〇年来、文革は議論することも回想することも許されない歴史の禁忌となった、とも言われている[2]。しかし、「斉に在りては太史の簡、晋に在りては董狐《とうこ》の筆[3]」の故事でも知られるように、歴史とはそうした状況のなかで記録されてきたともいえるのではないか。そのような歴史の記録として、盛禹九は韋君宜の『思痛録』（北京十月文芸出版社、一九九八年五月）を挙げている[4]。

韋君宜は、『思痛録』全一六章のうち、文革期における文学状況について、

第一三章　那幾年的経歴——我看見的「文革」後半截

第一四章　編輯的懺悔

の二章をあてて記述している。本章は、韋君宜の『思痛録』からこの二章を手がかりにして、文革期における文学状

況を、集体創作の角度から明らかにしようとする試みである。

二

韋君宜は、『思痛録』第一三章の冒頭で、多くの文章や映画で「文革」の一〇年間を描いているが、その大半は「文革」初期の場面、家捜しや殴打、引き回し……などで、その後の数年をわれわれがどのように耐え忍んだかについて描いたものはたいへん少ない、と述べ、文革の後半について記している。一九七三年幹部学校から元の単位に戻って以降のことであるが、それは「解放」されたのではなく、実は本当の檻の中に戻って、自分が懺悔しなければならないことをしてしまうことになったという。

人民文学出版社が、全社を挙げて湖北省咸寧の五・七幹部学校に下放されたのは一九六九年のことだった[5]が、全員が一斉に北京に戻れたわけではなかった。韋君宜が北京を出発したのは同年九月二九日、北京に戻ったのは一九七三年三月のこと。王笠耘《おうりゅううん》(一九二七〜二〇〇八、河北安新人)のように韋君宜よりも早く戻った者もいたし、許覚民は、韋君宜が北京に戻った後もまだ幹部学校で「改造」を続けなければならなかった[6]。王笠耘が幹部学校から北京に帰る時のことを、

「韋君宜はごく少数の「問題のある」人たちとそこに捨て置かれた。今後彼らにどのような処分が下されるのか、いったいまた会えるのかどうか、誰にわかっただろう!」

と述べているように、次には何が起きるのか、自分はどうなるのか、まったく予想もつかない状況下にあった。北京に戻っても、人民文学出版社に復帰したのではなく、人民文学出版社を「新たにつくりなおす」のであり、文学のわからぬ一群の軍宣隊がすでに派遣されていて、「赤い糸」を代表し、すべてを掌握し、幹部学校から戻った者は、「旧人員」「留用人員」といわれた。王笠耘は、「これらの『左爺』(革命的なお偉方)が、もと文学出版社の者に対して労

働監督をおこなうのに他ならない」と記している。[7]

文革発動後の数年間は、文芸誌紙・出版社を含むそれまでの文化機構はすべて批判・粛正され、「革命模範劇」と政治運動にぴったり歩調を合わせた詩以外の、文学創作はすっかり停滞していた。一九七二年から、当時の文芸権力機構がこのように衰微した局面の転換を図って、「社会主義の文芸創作を発展させよう」[8]と言い出し、創作活動はようやく次第に一定範囲内で回復した。多くの省市で文学雑誌が次々に復刊され、一九七四年一月には上海で文学月刊誌『朝霞』も創刊された。しかし、最も影響力のある『詩刊』『人民文学』『文芸報』『文学評論』『収穫』の復刊は、一九七六年以降になってからのことであった。[9]

韋君宜や王笠耘が幹部学校から北京に戻ったのも、一九七二年以降の「社会主義の文芸創作を発展させよう」とする動きにともなうものである。韋君宜は、一九六一年から人民文学出版社副社長兼副総編集であったが、北京に戻っても、もはや「指導者」ではなく、上に軍宣隊がいた。それでも出版社指導小組の一員として、業務つまり原稿の依頼と出版を担当した。韋君宜は、しかしこのとき原稿を書いて本を出す作家がどこにいただろう？　ある者は秦城監獄に入り、ある者は幹部学校に行っていた。本を出すなら「工農兵」に頼らなければならない。いいかえれば、本を書いたことのない人に書いてもらうのである、という。洪子誠『中国当代文学史』によれば、一九七九年一〇月に開かれた第四回中国文学芸術工作者代表大会で読み上げられた、「為林彪、『四人組』迫害逝世和身後遭受誣陥的作家、芸術家致哀」に列挙された著名な作家、芸術家の名前は、鄧拓・葉以群（一九一一～六六、安徽歙県人）・老舎（一八九九～一九六六、北京生れ）・傅雷《ふらい》（一九〇八～六六、江蘇南匯人）・周作人（一八八五～一九六七、浙江紹興人）・司馬文森（一九一六～六八、福建泉州人）・楊朔（一九一三～六八、山東蓬莱人）など二百人にものぼる。[10]

当時、最も流行していた執筆方式は、「写作小組」を組織して行う「集体創作」であった。詩・散文・小説を発表する際、まだ多くの場合は個人署名の方式であったが、「集体創作」は一九五八年にはもう「共産主義思想」を顕示するものとして提唱、実践されてきていた。[11]その一つの方式が「三結合」であり、韋君宜もこれに加わった。「三結合」とは、「党の指導」と「工農兵大衆」、「専業文芸工作者」を結合して創作すること。三結合の写作小組は、文革期間中、一般に若干の文化水準の比較的高い労働者（あるいは農民、兵士）を選んで、短期間あるいは長期にわたって生産から離脱させ、文化宣伝幹部が彼らを組織し、これに若干の作家（あるいは文芸雑誌の編集者、大学の文学教師）を加えて構成された。執筆の手順は、通常まず毛沢東著作と関係する政治文書を学習し、執筆する「主題」を確定し、それから表現しようとする「主題」にもとづき、人物および人物間の関係（矛盾の衝突）を考案する。この「三結合」による創作は、当時、「文芸戦線上の新生事物」であり、「巨大な生命力と深遠な影響力」を有すると考えられていた。党が文芸工作に対して指導するのに有利であるほか、大量の無産階級文芸戦士を育成するよい方式であり、創作の私有といった資産階級思想を打破する上で有利な条件を提供するというのがその理由である。たとえば、文革期間中に出版された長編小説だけでもおよそ百冊あまりになり、五分の四が当時の現実生活を描いたもの、残りが「革命の歴史」を題材にしたもので、洪子誠によれば、そのうち二〇冊、約五分の一に、「集体」（あるいは「三結合」）創作であることが明記されているという[12]。

百冊あまりの長編小説といえば、たいへんな分量であり、日本に「輸入されたものだけでもとてもひとりで読みきれるものではない[13]」ほどであった。今日では、文革期に生まれた文学は、「政治の道具[14]」として機能しており、文学としての玩味に堪えるものでも、文学研究の対象になりうるものでもなかったといわれるが、当時における評価は、そのようなものではなかった。

たとえば、吉田富夫「路線闘争を描く短編小説――文革後の中国文学界」（一九七五年八月三〇日）には、以下のように記されている[15]。

一九七一年の後半に、中国文学界が文化大革命による五年間の〈空白〉のあとでその活動を再開してから、すでに四年が経過した。四年という時間は、書き手の養成からして手をつけなければならなかったある文学界が独自の風格をつくりあげるのに必ずしも十分とはいえないが、中国文学界はこの四年間で新しい書き手も育って、ようやくひとり歩きするところまできているようにみえる。

吉田富夫「文学——情況とその変革」（一九七六年一〇月三日）では、「集団創作は文革以後の文学創作の主要な方法となりつつある。（略）創作主体として業余作家が圧倒的な量で浮上してきたこと、創作の方法として集団創作が主流となったこと、相互にからみあったこのふたつの情況が、プロ文革後の文学情況の際立った特徴である」とした上で、このことの意味について次のように記している。[16]

> 何よりも指摘すべきは、文学創造の場に広範な人民大衆が直接参加したということ、ことばをかえていえば、人民大衆が文学作品を一方的に与えられ享受する立場から、享受者であると同時に創造者でもある立場へと移ったということ、これである。

また、吉田富夫「『虹南作戦史』論」（一九七四年五月二七日）には、以下のように記されている。[17] なお、『虹南作戦史』は、上海近郊の農村における農業集団化運動を描いた長編小説で、一九七二年二月、上海人民出版社から出版された。これを執筆したのは「上海県『虹南作戦史』写作組」。

> 『虹南作戦史』が〈試み〉ているのは、文学創造を少数の専門家（=作家）の手からより広い空間へと解き放とうとすることだともいえよう。（略）『虹南作戦史』が〈試み〉ている〈集体創作〉のあり方は、原理的には階級支配への要素をうちにふくむ「少数特権者」による芸術独占の形態を打ち破って芸術創造を人民大衆の手に奪い返すこと、そのことによって芸術のなかみが階級支配の方向に歪められる（修正主義化する）危険性のひとつ（外的

条件のひとつ）を根絶やしにすること、それを意図してすすめられているともいえるであろう。（略）『虹南作戦史』はベストセラーになったという噂も耳にしないし、また正直なところ未完成もいいところなこの〈作品〉がもてはやされるとも考えられない。（略）これはあくまで『試験創作』である。しかし、敢えていえば、この失敗した『試験創作』は、何か途方もない新たな人民の文学への扉にたしかにつながっているような気がするのである。

文革が、二百人にものぼる作家、芸術家が命を落とすことになるほどのものだったとは、当時は想像もできず、文革期の「途方もない新たな人民の文学」について反論もできなかった。それから二〇年以上も経って、ようやく当時の集体創作の実態が明らかになってきた。

三

韋君宜の回想録『思痛録』のうち、先に記した第一三章と第一四章の二章と、『韋君宜紀念集』（人民文学出版社、二〇〇三年一二月）所収の追悼文によって、文革期における集体創作の実態を見てゆく。なお、先に引用した吉田論文には、「文革後の文学」と記されているが、その時点にあってはまだ文革の只中にあったことなど、わかるべくもなく、次には何が起きるのか、まったく予想もつかない状況下だったのである。

韋君宜は、当時何十万部も売れた『千重浪』や『金光大道』第二巻の編集も担当したが、ここでは、『延河在召喚』『鑽塔上的青春』『前夕』の編集過程を追ってゆく。

韋君宜は、幹部学校から機関に戻ってすぐ報告に行くと、まったく予想もしないことに、そこで見たのは文革初期のあの「戦闘的雰囲気」だったという。先に戻って「結合」されていた革命派からは、以下のような編集過程をとることを教えられる――まず党委員会に主題と題材を選んでもらい、次に作者を選んでもらう、それから編集者が作者らと内容を研究する、作者が書き上げると、編集者がまた作者らと検討、修正をかさね、最後に党委が最終決定を下す。

今後はすべてを党に依拠しなければならない、ということだった。この時韋君宜は、今後は絶対に二度と一字の作品も発表しないと心に決めていたが、他の人の作品については関与せざるを得ず、逃げようもなく、そこでこれらの作者と一人一人接触し始めた。

韋君宜によれば、これらの作者は、大部分がこれまでいかなる作品も書いたことのない人たちだった。〈往々にして組織者が〉党委員会の指令を受け、何々の題材は重要だということで、これらの作者を集めてきたのであった。彼らの中には少しは文才のある者もいれば、なんとか繋ぎ合わせて、任務を完成させた者もいる、流行をまねて何言か書いた者もいた。また、自分の生活を書こうと思っても、その生活を理解していない者、あるいは自分の認識と上層部の意図がまったく違っている者……などもいた。そして韋君宜のこの時の任務とは、彼らの手を取って、指導者が必要とする本をでっち上げることだった。韋君宜は、自分がまず第一に書き込まなければならない内容は「階級闘争を要《かなめ》とする」だったことを憶えている。これには作者も韋君宜も頭を使いぬいた、という。

それでは、集体創作の『延河在召喚』が、どのように作成されたか、作者の一人、沈小蘭によって見てみる[18]。

沈小蘭が韋君宜と初めて会ったのは一九七三年の秋、二一歳のとき。沈小蘭は、当時、延安に下放され、県委通訊組の責任者として、県の放送ステーションの記事を書いたり、指導者のあまり重要ではない発言原稿を書いたりしていた。唯一の創作は、下放中に書いた散文で、ペンネームで『光明日報』に発表したことがあるだけだった。ところが思いもかけず、沈小蘭の弁公室兼宿舎の窰洞《ヤオトン》を訪れた韋君宜から、延安の下放知識青年についての長編小説写作小組に参加したいかどうか、と尋ねられた。枕元の本を見て、『紅楼夢』を読んでいるのかと聞かれ、また当時書いていた「幼稚」な小説を見てもらいもした。小説は、高級知識分子の子弟が北京に戻らず、陝北に留まることを決心するというもので、沈小蘭の本心ではなく、彼女は北京や都会にあこがれていたという。それから一、二カ月後、写作小組に参加することが決まった。

延安には、北京から下放された知識青年だけで二万人余もいた。沈小蘭の父は、省報の副総編、母は出版社の総編だったが、文革中、両親が自殺。沈小蘭は中学一年までしか勉強しておらず、北京の高校生だった長兄について延安に来たのであり、彼女は北京の中学に通っていたわけではなかった。写作小組に参加した知識青年は、沈小蘭と、高校一年まで勉強した馬慧《ばけい》の二人で、まる二年かかって『延河在召喚』を書き上げた。

この『延河在召喚』について、韋君宜は『思痛録』第一四章「編輯的懺悔」の中で、次のように記している。

私が延安に派遣され、下放され農村に住み着いた青年たちを組織して、「第一号英雄人物」を称えるために書かせた小説もあった。なかなか文章の上手い少女も二人見つかった。「第一号英雄人物」には彼女たち下放青年のうちの一人、活発で有能な少女を選んだ。第一稿は正直にいって、なかなかよかった。これらの青年たちがなんとかしてあの極貧の陝北の農村を改善しようと、品種改良の実験をやり、不衛生な習慣と戦い、みずから危険を冒して医学を学んで、農民の子供を救い……、と書かれていた。おそらくみな作者自身の体験したことなのだろう。これを台無しにしたのは、あの「階級闘争を要とする」で、地主を探し出して闘争対象としなければならないのである。しかし、陝北はすでに五十年ほども前から土地改革をやってきており、それも本物の武装闘争であり、平和的な土地改革ではなかった。当時だれでも知っていたスローガンは「地主を肉体的に消滅させろ」である。今になってどうして地主を見つけ出せるだろう？　殺し尽くしていなかったとしても、死んでしまっている。陝北で土地改革前の地主が生き残っていたなどと言えば、当地の農民も珍しい話だと不思議がるだろう。私は、新たに発生したブルジョア分子を闘争対象とし、汚職反対を書けばよいと主張した（作者も汚職事件を書くつもりだった）。しかし、陝北文化局が派遣してきた指導者は、それでは階級闘争に先鋭さが欠けると、あくまで地主に固執する。そこで、この地主は他所の地方からこっそり移住してきたことにした。最後には決死の闘争がなければならず、地主が水門を開いて水を流し、女英雄は命がけで水門を塞ぐ。作者が「こんな水門を見たことがない」と言うので、くだんの指導者は作者を連れて参観に行って解説し、ついにこの通りに書かせた。若い作者は私にこっそりこう言った。

「私の女主人公〔すなわち現実では彼女の学友〕に、あんな老地主と水中で取っ組み合いをやらせるなんて、本当に嫌です。どんな格好になることか？　どう書けば……」

私には彼女の気持ちがよくわかった。これでは彼女に創作させているのではなく、彼女を侮辱している。はっきり言って、作者を侮辱しているのである。しかしその日に開かれた「集団創作」の会議でこの案が通ってしまい、私も屈服した。ああ！　私はなんということをしてしまったのか！（一六六、一六七頁）

すなわち、もはや存在もしない地主にあくまでも固執して階級闘争を描かせ、若い女英雄と水中で決死の取っ組み合いをやらせる、それが集体創作の会議で通ってしまえば、屈服せざるを得なかったのである。

沈小蘭によれば、本書の出版から二年も経たないうちに、韋君宜から、満足のゆかない物語を書かせて申し訳なかったとの手紙を受け取ったという。しかし、韋君宜は真面目に、このような政治の痕跡にまみれた小説の中にも、力の及ぶ限り、「醋精饅頭《ツーチン》」(19)など生活の実情をいくらかでも残してくれた。そのために韋君宜みずから延安までやって来て、彼女らと同じように寒い窰洞に泊まり、窩窩頭《ウォウオトウ》をかじった。韋君宜が小説の概要について書き直すようにと指示した箇所は二五項目、まるまる七頁にわたってびっしりとすき間なく記されていた。こうして、彼女らのバラバラでまとまりのない生活を、少しずつ一つのまとまりあるものとしていった。沈小蘭は、韋君宜がこのような労力を払う必要は全くなかった、年若い彼女らにとって、学び向上するところがあるように、と願ったのかもしれない、それから長い歳月を経た今も深く感じるのは韋君宜の真面目さと素朴さだ、と述べている。その後、沈小蘭と馬慧は、どちらも作家にはならなかった。沈小蘭は編集者になり、馬慧は統一戦線部門に行ったという。

四

次は、一九七五年六月、人民文学出版社から出版された、任彦芳《じんげんほう》(一九三七〜、河北容城人)の五千行余におよぶ長編叙事詩『鑽塔上的青春』(掘削櫓の青春)について見てみよう。[20]

任彦芳は、一九六〇年に北京大学中文系を卒業している。「少年の時から革命の隊伍に身を投じ、解放区の文芸作品に育てられ文学の道を歩むようになった」という任彦芳は、早くから韋君宜のことを知っていたが、初めて会ったのは、一九七四年のこと。任彦芳は、少しばかり本当のことを言ったために「反革命現行犯」として幹部学校で三年あまり審査を受けた後、一九七三年初めついに結論が出て、創刊されたばかりの『吉林文芸』に配属され、詩歌の編集者となった。指導者は任彦芳を吉林省の油田に派遣し、生活の中に深く入り込ませた。

ここには、下放知識青年からなる女子掘削隊があった。任彦芳は、長期にわたる不自由な抑圧から解放され、沸騰する生活の天地に来て、鉄人(大慶油田の開発に力を尽くした王進喜[一九二三〜七〇、甘粛玉門人])を模範として、祖国のために石油を探す彼女らの献身的な精神に深く感動した。石油が地中の深層から噴出するように、ほとばしる感情に突き動かされ、任彦芳は三日三晩で三千行余の長編叙事詩、『鑽塔上的青春』を書き上げた。すぐさま全掘削工に向かって朗読すると、感動した彼らから喝采を博した。女子掘削隊の生活と心情を真に反映していたからだという。

任彦芳は長春に戻って、まず公木に読んでもらうと、当時このように真情実感を書いた詩はほとんど見られない、人民文学出版社に送るように、と提案された。公木は一九一〇年生まれの詩人、「八路軍軍歌」の作詞者でもある。この詩は、作家のほぼ全員が打倒され、書く人もいない当時において、石油労働者の現実生活を初めて反映した作品として重視され、任彦芳は、間もなく人民文学出版社へ行って原稿を書き直すようにという手紙を受け取る。それからが文学創作とはいえない、原稿修正の受難の日々の始まりだったという。

最初は、原稿を一度書き直してすぐ印刷に回すということだったが、たえず新たな精神が出され、原稿はそのより新しい政治的要求からますますかけ離れたものとなっていった。この時原稿審査の担当者が、韋君宜にかわった。任彦芳が韋君宜に、

「革命模範劇の『三突出』の原則にしたがって書き直すのはまだ受け入れられる、しかし今は階級闘争を書かなければならず、女子掘削工の身近にどうしても階級の敵を探し出さなければならない、これには全くどうしようもない。実際生活の中にこのような階級の敵はいない、これでは自分が受けた感銘からあまりにもかけ離れたものになってしまう」

と言うと、韋君宜は苦笑しながらこう言った。

「私にもよい考えはない。この長編詩は、早く印刷に回すとよい、遅くなればなるほど面倒なことになる。最近伝達された精神は、大型の文芸作品は必ず階級の敵を含む階級闘争を書かなければならないというもので、ただ思想上の闘争を書くだけは駄目になった。作者の苦労はわかるが、私にも他の方法はない」

そこで任彦芳は大詩人李季の意見を持ち出した。

「李季同志に原稿を読んでいただいたところ、書き直せば書き直すほど悪くなっている、油田の中に無理やり階級の敵を探してはいけない……と言われた」

韋君宜はここまで聞くと、いくらか感情を昂らせながら、

「李季同志の意見に同意するが、書き直さなければ、出版社は出版できない！　こんなにも精力を費やして、出せないのは残念、こんなにもよい題材なのに……」

と言った。そこで、任彦芳は韋君宜の苦衷を察し、「油田にいる階級の敵を捏造する」ために脳みそをふり絞るほかなくなった。

それまでの一年あまりの書き直し作業において、任彦芳は一貫して苦しい矛盾の中にいた――これは、解放後の最

初の作品である。もしも政治的に「生き返り」たければ、本書の出版は鍵となる。出版できなければ、この詩に深い関心を寄せてくれる油田の労働者らにも申し訳が立たない。だが、生活と良心に背き、どうあっても掘削工の身近に階級の敵を捏造しなければならないことを思えば、これで彼女らに承知してもらえるのだろうか？

しかし最後には良心に背いて「政治的必要」に服従し、女子掘削工の身近に無理やり階級の敵を加えた。この物語のつじつまを合わせるために、韋君宜も多くの知恵を出した。編集を終えた後、二人は苦笑し、これでよくなったと言って、長い溜め息をついたという。

こうして二年間に八度書き直し、三千行だった原稿は五千行あまり、詩的情緒の少しもないものに書き直され、長編詩『鑽塔上的青春』は、一九七五年六月人民文学出版社から出版された。この詩においてもまた下放知識青年で組織された女子掘削隊の身近に、文革時の「政治的必要」に従って、実際にはいもしない階級の敵が捏造された。

任彦芳は、言う――幹部学校で審査され吊るし上げられた私の罪状は、文革を攻撃したことであったのに、幹部学校から出て来るやいなや、女子掘削工の事績を文革の新生事物として讃え、傷跡が癒えてもいないのに痛みを忘れてしまった。それは本当のことを話すことが許されない年代、自分の思想を持つことが許されない年代、民主と自由のない年代であり、これは一個人の悲劇でも、知識分子だけの悲劇でもなく、時代の悲劇、民族の悲劇である。この悲劇を二度と繰り返さないため、社会全体が韋君宜と同じように懺悔をし、時代の『思痛録』を書くべきである！　私もみずから経てきた歴史の真実の記録を書いたが、時宜に合わない敏感な事実を書いたとして、出版社は出版する勇気を持たないでいる。今もまだ本当のことを話すのは容易ではない。一九五七年と五九年に二度批判され、文革でも「反革命」として打倒され、自分を守るためには嘘を言って周囲の状況に対処することも学ばなければならないことを初めて知った。しかしかつてのように、出版のために心に背く書き直しはしない。いつか出版されると固く信じている。

五

一九七六年一月、人民文学出版社から出版された、胡尹強《こいんきょう》の長編小説『前夕』について、韋君宜は、「編輯的懺悔」の中で、次のように記している。

中学校教師の胡尹強が、中学校生活を書いていた。主題は当時の教育思想にのっとり、知識の詰め込みに反対して、実践を重んじなければならないというものだった。内容はまずまずリアルで、いきいきと生活が描かれていた。この本もまた私が途中から引き継いだ。本の中の老校長は、教育を熱愛し、一心に生徒を教育する人物として描かれていた。ところが私が引き継いだ時には、すでに走資派に改められていた。作者は、校長が生徒たちに卒業試験を受けさせるため、自分は朝食もとらずに包子《パオズ》を二つ持ってダム建設現場まで生徒を呼び戻しに駆けつけたことを書いているが、この校長を走資派だと言ってしまうのは忍びなかった。だが、どうしようがあるだろう？　校長の性格は決まってしまったのである。作者は最後にしかたなく、こう書きかえた。洪水が発生し、全県の生命財産が危機に瀕した時、この校長は生徒の成績を優先して、洪水と戦っている生徒たちをダムから無理に連れ戻した、と。私は言った。

「いけません、もしも全県でこんな大洪水が起きれば、県委員会も各単位に、まず業務を停止し、皆に応急措置を命じるはずです。この書きかえでは筋が通りません」

けれども方法がなかった、どうしてもこの校長を走資派にしなければならないのだから。私もしかたなく最後に同意した──一つの芸術形象をたたき切ることに同意したのである。（一六五、一六六頁）

『前夕』においても、走資派校長を批判するために、あり得ないようなストーリー展開になったのである。

胡尹強によれば、本書の執筆を始めたのは、出版より一〇年以上も前のことだった。[21] 一九六五年、中学校の国語教師だった彼は、勤務時間外に一〇万字の中編小説『改造』を書いて、まず『収穫』に送付したという。この時、雑誌社から編集者が来て、書き直しを求められた。校長の支援も得て、一九六六年早春、修正した原稿を送付後、間もなく『収穫』が停刊となり、文革が始まった。彼は恐怖にかられ、闇夜ひそかに百万字ほどもあろうかという、これまでに書いた原稿と四冊の日記をすべて焼却してしまう。中には、長編、中編、短編、十万字ほどの学術論著があったが、ほとんど未完、短編数編のみ投稿していたが、未発表。涙を浮かべ、黙ったまま、自分のまだ始まってもいない作家としての生涯に別れを告げた。ただ小説『改造』だけは、書いたことを知られていて、反党反社会主義の罪証を燃やせば万死に値すると批判されるために残す。

一九七二年になると少し落ち着き、「文芸」を重視せよということになり、省革命委員会は全省創作会議を開催、学校の革命委員会から全力の支持を得て胡尹強も出席。会議で彼の『改造』が重点作品と決定され、学校から創作休暇を与えられ、半年後に小説が完成。当初の一〇万字から三〇万字に増え、書名も『風浪』に変更する。原稿は、県宣伝弁公室から省に送られたが、「小説の一号英雄人物が知識分子では、どうなるかわからない」と省から返却される。そこで県宣伝弁公室の責任者は人民文学出版社に送付するが、胡尹強はもう何の希望も抱かず、学校に戻って教師をしていた。

人民文学出版社から、『風浪』が重点作品に決まったと、編集者が突然自宅まで訪ねてきたのは一九七三年秋たけなわの頃。本書三度目の書き直しを完成させ、書名を『前夕』に変更。さらに一九七四年秋、人民文学出版社のビルに滞在して最後の書き直し作業にかかる。この年の一〇月中旬、胡尹強は初めて総編集の韋君宜に会ったのだった。だいたい三、四カ月かかって、『前夕』を完成させる。しかし当時、知識分子は「臭老九」[22]であり、創作モデル「三突出」の「一号無産階級英雄人物」とすることができるかどうか、前例がなく、誰にもわからず、韋君宜も断を下せなかった。そこでまず「意見徴収本」として五〇〇冊印刷することが決まる。

「意見徴収本」ができあがると、一九七五年秋、胡尹強はまた北京に向かう。これまでの編集責任者は幹部学校に行き、幹部学校からもどったばかりの小趙（趙水金・女性）が編集責任者となった。革命大衆の意見を聞くため、北京の工場、農村、学校、基層の文化館で五、六回続けて座談会が開かれた。すべて韋君宜が主催したもので、胡尹強らは韋君宜に連れられて座談会に参加した。当時は毛沢東思想と毛主席の革命路線によって革命大衆はすでに全面的に「武装」し、小説出版にも革命大衆のチェックを受けなければならなかった。幸いにも、座談会に参加したあらゆる革命大衆の反響は熱烈で、「知識分子を一号無産階級英雄人物とすることができるかどうか」についても肯定的な回答が出された。それからさらに三、四カ月出版社のビルに滞在し、胡尹強の処女作『前夕』はついに一九七六年一月に出版された。この時、彼は三九歳になっていた。

『前夕』は、一〇年にもおよぶ書き直し作業を経て出版に漕ぎ着けたわけであるが、しかしそれは、『前夕』をめぐる物語の始まりに過ぎなかった。『前夕』出版後の半年あまりはたいへん好評だった。しかし、胡尹強はそれは禍だ、この禍は自分が招いたもので、誰を恨むこともできない、とかすかに感じていた、という。

胡尹強によれば、「英明なる領袖」が一挙に「四人組を粉砕」したが、毛沢東がみずから発動し、みずから指揮した文革の勝利の成果を守るためには、もちろん皆に口をつぐませ、皆の思想に枷をはめるしかなく、そこで「四人組」の政治の衣鉢を継いで、すさまじい勢いで一切を圧倒する政治運動が発動され、「四人組」代理人の徹底捜査が始まった。こうして『前夕』は金華地区「四人組」関連の十大重要事件の一つとなり、専門家による特捜班が組織され、この上なく綿密な内外への調査が進められた。胡尹強の周囲でもいたるところでデマが流され、『前夕』は江青、姚文元の意を受けて捏造したものだとまで言われた。

そして一九七七年八月下旬、胡尹強は「単人学習班」に処すると宣告され、窓には木切れを打ち付け、ガラスには紙を貼った、がらんとしているが、すき間のない風も通らない個室に監禁された。二十四時間、一挙一動を監視され、まっ暗闇のなかで、外の世界とは完全に隔絶された。数千年の伝統である連座の文化は、数十年にわたって次々に起きた政治運動のなかでいっそう光彩を放ち、胡尹強の妻と友人たちまで連座して、彼と同様の「単人学習班」の待遇を享受した。彼は、逃げられない以上、腹をすえ、落ち着いて、一分一秒を懸命に耐えた、まだ生きてゆかなければならない、この世界がつまるところどう変わるのか見てみたかったから、という。

この時彼の暮らす金華では、「すべて派[23]」は何でも思いのままで、彼は監禁されたその日から、運動は終わらない、自分は出られないだろう、ということがわかっていた。けれども、この個室に一七カ月間、一九七九年一月末、三中全会開催から一カ月あまりが経ち、すべての特捜班が撤回されてしまうまで閉じこめられるとは思いもしなかったという。

以下の監禁中のことは、胡尹強が外に出てから聞いたことである。

『光明日報』『浙江日報』上に、紙面一頁すべてを使った『前夕』の大批判文が掲載された[24]。特捜班がどうして胡尹強に黙っていたのか。自由になってから読んでみて、批判文の論調がそれほど高らかではないことから、胡尹強は、彼を反革命現行犯として打倒するだけで、徹底して悪を取り除いたことにするつもりだったのだろう、と思った。

小趙はこの批判文を読むと、韋君宜に報告。韋君宜はただちに文章を書いて『人民日報』の内部参考に発表[25]。胡尹強は内部参考を読むことはできないが、聞いたところによれば、韋君宜は以下のように書いたという――『前夕』創作の経緯を述べ、『前夕』が現在のようなかたちになった責任は出版社と韋君宜にあり、作者には責任がない、このように不公正な待遇を受けるべきではない。

中央宣伝部長だった胡耀邦がこの文章を読んで、すぐに「まず作者を放すように」との批示を出し、それが文書として金華地区に届いたという。胡尹強は、一九七八年春ではないか、それまで特捜班はずっと、「牢獄の扉はおまえの前に大きく開かれている」と言っていたので、投獄されることを覚悟していたが、一九七八年晩春になると、突然「おまえを『救出』してやる」に変わったという。それからまだ七、八カ月もの間監禁されたのである。特捜班のメンバーが調査に行った時、韋君宜は、『前夕』が江青、姚文元とかかわりがない、と言うだけで責任を果たしたことになり、胡尹強のことなど捨て置いてもよかった。胡尹強によれば、韋君宜は総編集としての業務にのみ専念し、付き合いを好まず、世間話も下手で、彼と個人的な付き合いはなかった。それにもかかわらず、韋君宜は、正義感と同情心、正直さと良知だけで、わざわざ内部参考に文章を書いてくれた、という。

『前夕』は、学校の革命委員会から全力の支持を受け、県宣伝弁公室の手配により人民文学出版社から出版された小説であり、革命大衆の審査を経て出されたものであるにもかかわらず、窓には木切れを打ち付け、ガラスには紙を貼った、すき間のない風も通らない個室に一七カ月もの間、監禁される、しかも連座して、妻や友人まで監禁される、そのような時代があったのである。

六

韋君宜は、「編輯的懺悔」の中で、以上の他にも、浩然の『金光大道』第二巻執筆に際し、本書担当の編集組長は、「本の中に描かれている時期は、まさに抗米援朝だ！　抗米援朝を書かなければだめだ！」と言い、この物語は、抗米援朝とは何の関わりもなかったが、作者は抗米援朝を書き加えた。それでもまだ不十分で、編集組長はさらに原稿四、五枚ごとに「抗米援朝」を書き足せと言った。この編集組長は、別の単位から転任してきた、文芸の編集をしたことのない造反派だった。浩然はまた階級闘争を描くために、変装して逃亡し炊事係をしている地主の「范克明」を作り、これに階級的破壊工作をやらせた。この方法が世に出るや、当時の手本となり、その摸倣が続出した。『千重浪』では、階級闘争が必要だ、つまり対立する意見の両方を二つの階級にあてはめ、さらに敵対する階級には具体的に破壊工作をさせなければならないとされ、新聞記事から写してきて、長年穴蔵に隠れていた人物をこしらえた、と述べている。そして、以下のように記している。

何人かの作者は、階級闘争は高めれば高めるほどよい、農村地主のことを書くだけではいけないと聞いて、局長まで高め、革命の隊列に潜り込んできた悪人だった、さらには「ソ連修正主義」と国民党が直接送り込んできた特務だった、にまで高めた。どうしてもこういうものを書かなければならず、しかも作者はそれについてまったく何の知識もないのだから〔生活のことを言っているのではない〕、編集者に援助を求めてくる。私もどうしようもなかったが、ちょうど文化宮では公安局主催の特務犯罪展覧会が開かれていたので、私の考えで二人の作者を連れて参観に行った。幸い彼らは頭がよく、二回ほど見ただけで話を思いつき、後でなんと小説もできあがった。

このような小説は、当時はいくらでもあった。『伐木人』『鉄旋風』『無形戦線』『朝暉』『晨光曲』『鑽天峰』……など、一年にとても多く出たが、芸術であるとはまったくいえないものだった。けれども、これらの作者は故意に上級におもねり芸術を破壊したのだろうか？　そうではなかった。何人かの作者は実生活の体験が豊富で、たとえば森や農村、学校の生活が、大変リアルで感動的に描かれている部分もあった。しかし作品全体としてはまったくでっち上げでしかなかった。作者は時勢に流されて捏造せざるを得なかった。今私がこの真相を言わなければ、永遠に彼らに対して申し訳が立たなくなってしまう。（一六四、一六五頁）

階級闘争は、初めのうちは地主との闘争、後には地位の高い幹部、古参の幹部、知識分子幹部との闘争へとエスカレートした。樵夫を描いた小説では、「実は、思想的に正しい書記は労働者出身で、間違っていたこの局長は知識分子出身だった。さらにさかのぼって、むかし局長が革命に参加したのも本当ではなく、学生運動に参加したというのも嘘だった。それればかりか、局長はこっそり人を裏切ったこともある、老幹部はすべて偽物だ」とまで言う。こんなことを言って、いったい何になるのか？　どれもこれもこんな内容だった。小説の中でもはやすべての知識分子がみな悪者だと書かれるまでになった、と韋君宜はいう。

韋君宜より三学年上だった同学、熊大縝《ゆうだいしん》は、抗戦が始まると冀中へ行って革命に参加したが、後に特務の罪で銃殺された。また、「一二・九」運動で有名な、北平市学連常務委員の王文彬は、一九三八年には武漢で全国学連大会開催準備の責任者だった。大会が終わった後、指導機関は武漢で工作するようにと彼を引き留めたが、彼は山東の微山湖に帰り武器を取って抗戦する。ところが一九三九年、微山湖の「湖西粛反運動」(康生が指導したと聞いた)で「反革命」とされ、銃殺に処せられた。二人とも、まったくの冤罪だった。それにもかかわらず、これらの人々は、その身分が当時の小説の中に描かれていた知識分子の悪人と同じで、公表された罪状まで同じだった。

韋君宜は言う――これはなんという憎むべきでっち上げ、恥知らずな濡れ衣だったことか！　これでも「文学」だといえるのか？　われわれ編集者に、出身階級にもとづいて人間の善悪を区別するような、こんな基準だけを身につけさせ、しかもそれにのっとって任務を遂行させた。これはどういうことなのか？　これは作者が人に恥をかかせたのではなく、また、編集者自身が道連れにされて、吊るし上げられたというだけでもない。これは人と人との基本的態度の問題なのである。

そして、韋君宜は後に、懺悔しなければならない多くのことがらについて考えたという。

なぜ文学に携わったのか？　当然、原稿料や名声が欲しかったからではなく、文学こそわれわれの隊列の中のあらゆる感動的な、歌と涙の生活を反映し、人々にいつまでも記憶にとどめておかせることができると思ったのだ。ところが今私はこんなことをして、編集者として、こんな嘘の話を捏造し、私の同学、友人、同志に無実の罪を着せ、作者のデタラメを手助けすることが私の「任務」なのである。静かな夜、胸に手をあてて考えてみれば、みずから恥じ、懺悔せずにいられようか？(一六九頁)

韋君宜は集体創作に反対していたのではない。一九五九年早春、彼女は『人民文学』副主編の肩書きのまま長辛店二七機関車工場に赴き、一年間、工場史『北方的紅星』[26]編集に参加している。この工場には、京漢鉄道ストという革命の栄えある伝統があり、中国における労働運動発祥の地の一つで、労働者階級の烈士たちは人権と自由を求めて闘争してきたのである。どのようにこの英雄史詩、愛国主義教育史を執筆するのか。韋君宜は、ほとんどが二〇歳過ぎの、勤務時間外に壁新聞や放送原稿を書いていた文学愛好者からなる創作組を指導して、日夜資料に目を通し、関係者との座談会・討論会を開き、創作組のメンバーと一緒に取材して日曜日も休まず、家にもほとんど帰らなかった。なかでも工場労働者の書いた三千余の原稿と一〇〇回にのぼる座談会とインタビューの記録をとくに重視し、真剣に創作組のメンバーと討議したという。大量の調査研究をおこない、広範な意見を求めた上で、工場史とは工場集団の事業の記録であり、広範な労働人民の創った歴史であるとともに、工場史執筆の目的は過去を総括し、後の世代を教育すること、と考えた。前事を忘れず、後事の師とするのである。創作組のメンバーには、真実でなければならない、真実は工場史の命である、本書は歴史の検証に堪えられなければならない、そしてわれわれの子孫に道を誤らせてはならない、執筆方法と言葉に自分らしさを持つように、千篇一律であってはならない、他人の後について走ってはならない、と常々言っていたという。

七

韋君宜はまた、『思痛録』第一三章「那幾年的経歴——我看見的『文革』後半截」の中で、集体創作について、次のように述べている。

軍代表がわれわれに「外へ出て工農兵から学習」させたことを憶えている。そこで、それぞれ部隊や農村、工場へ行った。「工農兵が国家の主人公」なのだから、工農兵が主となって原稿を書き、われわれは後について手伝わなければならないということであった。実際には工農兵が最初に一度書き、普通は、編集者がそれを書き直して、何言か残すことができればそれでよいとされた。

私は工場のある組を手伝って魯迅研究を書いた。いちばん傑作だったのは、次のことである。工場の党委書記が非常に厳粛にまず出てきて、工場の人員の状況について説明した。

「この工作を重視して、われわれは工場の党委委員がみずから執筆工作に参加することを決定した。彼女（党委委員）が責任者となって指導する」

つづいてドアが開き、党委委員とその他のメンバーが厳かに入ってきた。その先頭に立って来たのがなんと小琴だったとは、まったく思いもよらないことだった。われわれの幹部学校の老「学員」の娘で、父親について下放して働いていた幹部学校の子弟だったのである〔多くの家庭の子供たちは軍宣隊によって幹部学校へ追い払われた〕。去年彼女は一七歳になり、北京に戻って仕事を探していたが、今はなんと工場の党委委員となっていたのである。われわれは〔彼女の父親も含めて〕彼女から学習しなければならないのである。彼女は恥ずかしそうにしていて、おばさん、おじさんと言い出しそうになるのをこらえていた。「工農兵」として威張って学習させるのもきまりが悪く、一言も話さなかった。厳文井が機転をきかせ、急いで、

「われわれは幹部学校の同窓生だ」

と声をかけた。私はそこに座って、こんなところで「教育を受ける」自分がとても哀れでおかしいと思っただけでなく、われわれを「教育」するよう強制される小琴も非常に苦しかろうと感じた。まるで誰かが監督をし、われわれ老人と若者が一緒に出演している滑稽劇であった。（一五四、一五五頁）

先に引用した論文「路線闘争を描く短編小説」には、「文革後の文学は、その創作主体ひとつをとってみても、生産

の現場に密着した人びとによって担われて」いるというが、[27]「工農兵から学習」するといっても、実情は以上のようなものだったのである。

さらに、「路線闘争を描く短編小説」には、以下のように記されている。

文学をつうじてみる中国の現実は、安定した基盤にたっているかにみえる。なるほど、社会の物質条件にはなおきびしいものがあり、人と人との関係にも絶えず波風は立っている。しかし、描かれた作品中の人物をとおしてみるかぎり、〈路線闘争〉というリトマス液で現実を検証するすべを覚えた人びとは、現実の矛盾をまえにして、当の矛盾そのものから智恵をひきだして闘うという強力な武器を身につけつつあるように思える。文革後の文学もまた、人びとの現実を〈路線闘争〉において描くという一点において人々の武器にヤスリをかけようとしてきた。

けれども、執筆工作を指導するのが一八歳の少女であったり、いもしない階級の敵を捏造していたのでは、路線闘争は「リトマス液」にも「強力な武器」にもなるはずがなかった。本論文が執筆されてから、ほぼ一年後に文革は一〇年で終結した。しかし、まさにその時を迎えるまで、あるいは、それが過去のものとなってからしか、そのことはわからない。韋君宜は、一九七六年清明節の後、情勢がますます悪化すると思い、娘の楊団に大急ぎで結婚するよう促した、その時は本当に「四人組」が打倒される今日を迎えられるとは思いもしなかった、という。[28]楊団に大学受験を勧めたのも韋君宜だったが、楊団は、一九七七年には子供が生れたばかりだったので受験せず、その翌年再開された全国統一大学入試に合格したのだった。文革終結の時期が前もってわかっているなら、また違った選択肢もあったはずである。

四人組失脚後、韋君宜はようやく、当時捏造中だったこのような作品をすぐ製造停止にするよう、いそいで命令を下した。しかし多くの作品が進行中だったので、編集者の中には単純に業務上の観点から、途中で捨てるのはもったいないという者もいたし、また、原稿がもうできあがり製版に回したものもあった。そのために、韋君宜は一部の同志と論争もした。同時に、韋君宜はいくつかのよい作品、真実を反映した作品を出版して読者に届けようと、全力を尽くして援助したが、これは実のところ自分の過ちを懺悔する行為だったという。

また三中全会の後には、厳文井、韋君宜、屠岸（一九二三〜、江蘇常州人）の呼びかけと指導のもとに、人民文学出版社では現代文学編集室の編集者らが一カ月あまり集中的に、これまでストックしてあった三十余の長編小説をもう一度読み直して討論し、確かな生活と生き生きとした思想が描かれたいくつかの佳作を選び、概念から出発し単純化・公式化・一般化されたその他の作品をすべて大胆に廃棄して作者に返却した[29]。

韋君宜は以下のように述べている。

これを文芸史料というのはデタラメであることをまぬがれないだろう。だが、それが文芸史料でないというなら、また歴史を隠蔽してしまうことになる。後の時代の青年たちはあの一〇年間の文芸がただの白紙であったことしか知らなくなってしまう。文芸が無かったというのは、（一〇年間を）飛び越えてしまうようなものだ。これは決して事実ではない。事実にその真の姿を取り戻させるため、私はこのことについて書き記したのである。（一六〇頁）

一〇年の内乱で、自分のこうむった苦しみはもとよりあるが、自分の懺悔も人に差し出して見せるべきで、そんなに覆い隠す必要はないだろう。私はそう思うのである。自分は当時「車を引いたが道は知らなかった」と言う人もいるが、本当だろうか？　本当に道が見えなかったのか？　われわれは当時の暗い道の両側の状況を思い出してみよう。（一七〇頁）

韋君宜のこの呼びかけに答えてか、『韋君宜紀念集』所収の追悼文には、多くの回想が記されている。本書は、七十余人、八十余編の文章を収めた六四二頁もの大部の書である。そのなかで、王笠耘は、韋君宜が、欧陽山（一九〇八～二〇〇〇、湖北荊州人）の長編小説『聖地』（人民文学出版社、一九八三年一一月）は真実ではないと言った、と書いている。また、黄秋耘の『風雨年華』（人民文学出版社、一九八三年一〇月）を韋君宜に見せられた時、王笠耘は、原稿審査意見として、次のように述べた――作者は、とても頭がよいと思う。嘘は言わず、真実も選んで語る。これは良心に背かないばかりではなく、政治的にも関門を突破しやすい。けれどもこれは歴史に本来の姿を返したのではなく、巧妙に「偽物を混ぜ」たことになる。

この言葉を韋君宜から聞いたのか、黄秋耘は後に、「ただ真実のみを語りたい、真実でなければ語らず、すべてが真実でなければ語らない」と述べ、果たして『風雨年華』で故意に触れなかった真実について、何年も経ってから「インタビュー」の形で補足した、という。[30]

これらの資料を丹念につきあわせ、文学から見た中国革命の再検証を進めてゆきたい。本章は、そのささやかな第一歩である。

注

（1）「京厳防死守禁紀念文革爆発四〇周年　勧阻学者赴国際研討会」『明報』電子版二〇〇六年五月一四日（http://hk.news.yahoo.com/060513/12/1nsni.html、二〇〇六年一二月五日閲覧）。

（2）「当政者埋葬史実荒謬」『明報』電子版二〇〇六年五月一五日（http://hk.news.yahoo.com/060514/12/1nt8v.html、二〇〇六年一二月五日閲覧）。

（3）「斉に在りては太史の簡、晋に在りては董狐の筆」は、南宋末の忠臣・文天祥の五言古詩「正気歌《せいきのうた》」中の詩句で、権勢を恐れずに真実を書くこと、ありのままの歴史を書き記すことの意。

「斉に在りては太史の簡」とは、『春秋左氏伝』の襄公二五年、斉国で、崔杼《さいちょ》がその君主を殺した際に太史（記録係の史官）が「崔杼、其の君を弑《しい》す」と書いて、怒った崔杼に殺された。しかし太史の弟が同じことを書いてまた殺されると、さらにその弟が同じことを書いたため、崔杼も記述を止めさせることをあきらめたという故事。

「晋に在りては董狐の筆」とは、『春秋左氏伝』の宣公二年、晋国で、主君の霊公を殺した趙穿《ちょうせん》を正卿《せいけい》である趙盾《ちょうとん》が討たなかったので、史官であった董狐は「趙盾、其の君を弑す」と記述したという故事。

（4）盛禹九「一個大写的人——懐念韋君宜」、『韋君宜紀念集』人民文学出版社、二〇〇三年一二月、一六三頁。

（5）前掲『韋君宜紀念集』五七五頁。

（6）前掲『韋君宜紀念集』四七五、三八六頁。

（7）前掲『韋君宜紀念集』四七五、四七六頁。

（8）『人民日報』一九七一年一二月一六日。

（9）洪子誠『中国当代文学史』北京大学出版社、一九九九年、一八五、一八六、二〇八頁。

（10）前掲洪子誠『中国当代文学史』一八五頁。

（11）華夫「集体創作好処多」『文芸報』一九五八年第二二期。

（12）前掲洪子誠『中国当代文学史』一八六、一八七、二〇九頁。

（13）吉田富夫「路線闘争を描く短編小説——文革後の中国文学界」吉田富夫『未知への模索——毛沢東時代の中国文学』思文閣出版、二〇〇六年、二三二頁。

（14）岩佐昌暲「中国における文革期文学の研究状況と文献の紹介」（http://goukou.com/jieshao/kenkyuzyoukyou.html）（http://www.wengewang.org/read.php?tid=20317、二〇一五年五月一八日閲覧）。

（15）前掲吉田富夫「路線闘争を描く短編小説——文革後の中国文学界」二三二頁。

（16）吉田富夫「文学——情況とその変革」前掲吉田『未知への模索——毛沢東時代の中国文学』一八八頁。

（17）吉田富夫「『虹南作戦史』論」前掲吉田『未知への模索——毛沢東時代の中国文学』二二九〜二三一頁。

（18）沈小蘭の回想は、以下、すべて沈小蘭「読『思痛録』、憶君宜老師」前掲『韋君宜紀念集』による。

（19）「醋精」とは、人工合成酢のこと。「醋精饅頭」とは、マントウを人工合成酢につけて食べることを指しているのか、未詳。

（20）任彦芳については、以下、すべて任彦芳「我珍蔵起這朶白花」前掲『韋君宜紀念集』による。

（21）胡尹強については、以下、すべて胡尹強「天、我在這里做什麼——悼韋君宜老太太」前掲『韋君宜紀念集』による。

（22）「臭老九」とは、九番目の鼻つまみ者。文革中に知識人を軽蔑して、地主・富農・反革命分子・悪質分子・右派分子・裏切り者・スパイ・資本主義の道を歩む者の後に序列して「臭老九」と言った。

(23) 華国鋒を中心とする、文革路線の是正と古参幹部の名誉回復に消極的な立場・潮流を「二つのすべて」といい、この立場に立つ指導者たちを「二つのすべて派」、あるいはたんに「すべて派」という。本書前編第一五章注8参照。

(24)『浙江日報』一九七八年四月一一日第三版に、紙面一頁すべてを使って、以下の三編の『前夕』批判文が掲載されている。

浙江師院中文系大批判組「陰謀文芸的一個黒標本――評反党小説『前夕』」

金華二中党支部付書記・李子坤「不許汚蔑革命幹部」

金華二中教師・邵寿鹿「事実勝于雄弁」

しかし、『光明日報』紙上に『前夕』批判の文章は見つけられなかった。

(25) このことについては、韋君宜『老編集手記』四川人民出版社、一九八五年、九一～九二頁にも記されている。

(26)『北方的紅星』作家出版社、一九六〇年（全五〇九頁）。『北方的紅星』執筆編集の過程については、同書「序言」「後書」と、北京二七機車廠原工人業余文学創作組「工人弟子的懐念」前掲『韋君宜紀念集』による。

(27) 前掲吉田富夫「路線闘争を描く短編小説――文革後の中国文学界」二五三、二五二頁。

(28) 楊団口述、郭小林整理「我為有這様的母親而驕傲」前掲『韋君宜紀念集』五一、五二頁。

(29) 胡徳培「累壊她了！――精誠奮闘的韋君宜」前掲『韋君宜紀念集』四八六頁。

(30) 王笠耘「難忘的韋君宜」前掲『韋君宜紀念集』四七八、四七九頁。

第五章　韋君宜の著作における「歴史」の意味について

はじめに

二〇〇六年九月、湖南人民出版社から出版された陳文新主編、於可訓《おかくん》（一九四七〜、湖北黄梅人）・李遇春（一九七二〜、湖北新洲人）分冊主編の『中国文学編年史・当代巻』に、中国では著名な作家である[1]韋君宜の代表作『思痛録』が収録されていない。『思痛録』は北京十月文芸出版社から一九九八年五月に出版されたもので、インターネット上の「韋君宜在線紀念館」「紀念文選」の頁[2]に、本書は「一九九八年十大好書」の第一位に選ばれた、と記されている。「一九九八年十大好書」とは、同頁によれば、一九九八年一二月中旬、選考委員五十余人の郵送による投票で最終選考がおこなわれ、文学類と、非文学類、各一〇冊が選出された。「中国の公共知識分子が中国公衆に推薦する本年度の優れた公共読み物」を選出することを基本的な出発点とし、「一般性〔非専門性〕」と販売部数にとらわれることなく読み物として「高品位」であることが強調された[3]、という。

選考委員五十余人の全氏名も掲載されていて、「一九九八年十大好書」は、作家の王安憶、余華、莫言、詩人の牛漢、卞之琳《べんしりん》のほか、丁聡（漫画家）、李鋭（毛沢東研究専家）、龔育之《きょういくし》（中共党史研究専家）、丁東（評論家）、王緝思《おうしゅうし》（国際政治学者）、劉軍寧（政治学者）、許紀霖（歴史学者）、江暁原（天文学者）、陳晋（中央文献研究専家）、徐友漁（哲学者）、藍《らん》翎《れい》（評論家・作家）など、多様な分野の専門家によって選ばれたものなのである。選考委員の全氏名を掲載した後に、

「これら中国の一流学者による判断には相当の代表性があるものと信じる」と記されている。

『思痛録』が、「一九九八年十大好書」文学類の第一位に選ばれたにもかかわらず、なぜ、前掲『中国文学編年史・当代巻』には収録されなかったのか。

しかも、『思痛録』は一九九八年五月に初版八千冊が出版されるやいなや、一週間も経たないうちに売り切れ、それ以後一・五万冊ずつ、二カ月余で四次印刷まで出た。さらに半年以内に、五次印刷まで出るというように、たいへんな売れ行きで、[4]『思痛録』出版以来二年余のうちに、各種新聞雑誌に発表された、韋君宜と『思痛録』を評価する文章は百編をくだらず、「韋君宜現象」ともいわれる文化現象が起きた、[5]というのである。

『思痛録』は、小説『露沙的路』と合わせて、韋君宜逝去一周年を記念して、二〇〇三年一月に最新修訂版『思痛録・露沙的路』が北京の文化芸術出版社から出版されている。同書の表紙には、「巴金の『真話集』[6]以来の真話（本当の話）を語った回想録・初めて延安の搶救運動を描いた力作」と記載されている。表紙の折り返し部分にも、

> 『思痛録』は、出版後、極めて大きな反響を引き起こし、多くの知識分子を啓発して、歴史を反思（反省・振り返って考えなおす）する責任感と使命感を呼び覚ましたため、文化界から「韋君宜現象」と称された。

と記されている。

このような「公認の文化現象」まで引き起こした『思痛録』が、なぜ陳文新主編、於可訓・李遇春分冊主編『中国文学編年史・当代巻』（湖南人民出版社、二〇〇六年）には収録されていないのか。「一九九八年十大好書」、文学類第二位に選ばれた季羨林著『牛棚《うしごや》雑憶』は、同書一九九八年四月のところに収録され、中央党校出版社から出版されたことが記されている。にもかかわらず、韋君宜の代表作である『思痛録』が収録されていないのは、敢えて中国文学史の中で『思痛録』をなかったものにしようと意図されたゆえなのか。『中国文学編年史・当代巻』には、本書編纂委員

会成員の全氏名を掲載した後に、「国家社会科学基金項目・武漢大学人文社会科学重大攻関項目」と記されている。本書は、国家と武漢大学のプロジェクトとして編纂、出版されたものなのである。もっとも本書巻末の「人名索引」によれば、韋君宜は計一三カ所に収録されている。[7]『露沙的路』が人民文学出版社から一九九四年六月に出版されたことは記されていないが、『露沙的路』の一部が、一九九四年四月二〇日『当代』第二期に掲載されたことは記されている。作家韋君宜の存在までなかったことにされたわけではない。

だが今後、韋君宜の『思痛録』は前掲『中国文学編年史・当代巻』になかったように、中国文学の歴史の中でなかったものとされてしまうのだろうか。韋君宜が啓発したという「歴史を反思する責任感と使命感」とは、どのようなものであったのか。すなわち韋君宜は「歴史」とどう向き合い、その著作において何を語ろうとしたのか。本章は、韋君宜の執筆スタイルと韋君宜の著作における「歴史」の意味を明らかにしようとするものである。

一　韋君宜の執筆スタイル

二〇〇一年三月、陳漱渝《ちんそうゆ》（一九四一〜、湖南長沙生れ）主編の『中国当代文化現象叢書』の一冊として、邢小群（一九五二〜）・孫珉《そんみん》編『回応韋君宜』が大衆文芸出版社から出版された。この『回応韋君宜』（韋君宜に答える）という変わった書名の本について、「韋君宜在線紀念館」の「活動年譜」には、「『思痛録』に対するそれまでの社会的反響を編集し、韋君宜の出版されたすべての作品集の前言と後記も収録」と記されている。[8]

韋君宜の生前に、単行本として出版された韋君宜の著作は、以下の一三冊である。書名の上の数字は、その「前言」あるいは「後記」が『回応韋君宜』に収録された際の順序である。

韋君宜著作リスト

①『前進的脚跡』（中国青年出版社、一九五五年一〇月）、散文一三編（全部で九一頁）
②『女人集』（四川人民出版社、一九八〇年二月）、小説一七編（三一四頁）
『似水流年』（湖南人民出版社、一九八一年八月）、散文二二編（二〇八頁）
③『老幹部別伝』（人民文学出版社、一九八三年二月）、小説六編（二六四頁）
⑥『老編集手記』（四川人民出版社、一九八五年一月）、散文一九編（九五頁）
⑤『故国情』（天津・百花文芸出版社、一九八五年八月）、散文二四編（二六九頁）
④『母与子』（上海文芸出版社、一九八五年一二月）、長編小説（四九五頁）
⑦『旧夢難温』（人民文学出版社、一九九一年五月）、小説一三編（二八七頁）
⑧『海上繁華夢』（人民文学出版社、一九九一年八月）、散文五一編（二七二頁）
⑨『露沙的路』（人民文学出版社、一九九四年六月）、長編小説（一九三頁）
⑩『我対年軽人説』（人民文学出版社、一九九五年八月）、散文（二一七頁）
中国当代作家選集叢書『韋君宜』（人民文学出版社、一九九五年一二月）、小説九編、散文二四編（四六五頁）
⑪『思痛録』北京版（北京十月文芸出版社、一九九八年五月）、長編回想録（一九九頁）
　香港版（香港・天地出版公司、二〇〇〇年）、（二三三頁）
　最新修訂版『思痛録・露沙的路』（文化芸術出版社、二〇〇三年一月）、（三九四頁）
　増訂紀念版（人民文学出版社、二〇一三年一月）、（三三七頁）
　文集版『韦君宜文集』第二巻に収録（人民文学出版社、二〇一三年四月）

韋君宜の著作全一三冊のうち、一一冊の「前言」あるいは「後記」が『回応韋君宜』に収録されているが、刊行年順でもなければ、小説と散文ごとに並んでいるわけでもなく、編集基準は不明である。『韋君宜』は中国当代作家選集叢書の一冊で、各単行本から選んで編集されたアンソロジーであるため、『回応韋君宜』に収録しなくてもよいとして、その他の一二冊のうち、なぜ『似水流年』一冊の「後記」だけが収録されなかったのか。『回応韋君宜』巻末付録の「韋君宜作品目録」には、『似水流年』も記載されている。

『回応韋君宜』は上編〔韋君宜作品〕と下編に分かれ、上編には、韋君宜の著作一一冊の「前言」あるいは「後記」の他に、『思痛録』から四章と、韋君宜の二十数編の散文〔回想文〕が収められている。本書「前言」によれば、『思痛録』の四章は、『思痛録』を読んでいない人がその基本精神を理解できるように選んだものであり、二十数編の散文は、これまで単独で発表されたもので、『思痛録』ほど大きな反響は呼ばなかったが、文章の風格においても時代背景の上でも『思痛録』とはなはだ似通っていて、姉妹編とも見なせる。今、本書にまとめて収録することによって、読者は新たな感銘を受けることであろう、という。下編が、「韋君宜在線紀念館」の「活動年譜」に記された「『思痛録』に対するそれまでの社会的反響を編集」した部分で、出版以来二年余の間に、新聞雑誌に発表された韋君宜と『思痛録』に関する文章の一部など計四二編と、黄秋耘・唐達成らに対するインタビュー記録が収録されている。

韋君宜の著作の「前言」「後記」について、『回応韋君宜』「前言」には、読者がより全面的に韋君宜を理解できるよう、本書にはさらに韋君宜がみずからの著作のために執筆した「前言」「後記」と彼女の小伝を収めた、とのみ記されている。韋君宜が著作の「前言」「後記」に記しているのは、何をその著作に収録したか、何を、どのように、何のために書いたか、つまりみずからの執筆スタイルである。

全著作一三冊のうち一二冊が一九八〇年以降に出版されたものであり、六〇歳をとうに越えてからのことである。韋君宜は、一九三九年一月に延安に到着して以来、一九八五年一二月末に人民文学出版社社長を退職するまで、『中国青年』〔延安版〕・〔晋西版〕、『抗戦報』、『文芸学習』、作家出版社、人民文学出版社などで編集工作にたずさわってきた[9]。韋君宜も中国当代作家選集叢書『韋君宜』の「自序」で、作家として人生の終止符を打つつもりはなかった、いつも人に、自分は生涯編集者だと言ってきた、と述べている。そのような人物が、六〇歳を過ぎてから、しかも人民文学出版社総編集、社長としての職責を果たしながら、その勤務時間外に執筆したのであるから、たいへんな覚悟のもとで執筆していたはずである。

韋君宜自身が、なぜ書くのかについて、「我的文学道路」の中で次のように述べている[10]——かつて幹部学校で、将来もしも北京に帰ることができたなら転職する、文芸に携わらなければならないのなら、せいぜい編集者にしかならず、絶対に一字も書かない、と「改造」中の同志たちに宣言していた。北京に戻ってからもそれを実行。しかし、一家は離散し、子供の一人は精神病となり、さらには多くの友人や同志が非業の死を遂げたという情況の中で、こんなことをしていてはいけない、自分の見たこの一〇年の大災難を本に書こう、書かなければならないと密かに志を立てた。当時はその概要さえ隠語で書かなければならなかった。

韋君宜がこうして書き始めたのが『思痛録』なのだった。韋君宜の娘の楊団によれば、韋君宜が『思痛録』を書き始めたのは、四人組粉砕の前、周恩来逝去の前後という政治状況の極端に悪かった時期であり、このことは四人組粉砕後もさらにしばらくの間は楊団にも秘密にされていた。『思痛録』は一九七六年から一九八六年まで執筆、一九八八年には編集を終え、一九八九年初め出版社に送付するが、一九九八年まで出版できなかった。韋君宜は「書いたところで決して発表することはできない。この原稿が発表できるときが来たなら、国政は真に公明正大となっているのだ」と考えながら、本書を執筆していたという[11]。『思痛録』は韋君宜の全著作の中で最後に出版されたものであるが、執筆に着手したのは、文革以後の作品群の中では最も早かったのである。

書いたところで決して発表することができない、そのような作品を書き続けながら、あるいはそのような作品が完成している一方で、韋君宜は一九八〇年以降、一一冊もの著作を次々に発表していったのである。それにしてもアンソロジーを除く韋君宜の全著作一二冊のうち、『似水流年』一冊の「後記」だけが『回応韋君宜』に収録されていないのは、なぜなのか。紙幅もわずか二頁しかないのに、いかにも不自然である。いったい何が書かれているのか、ここで見ておきたい。

『似水流年』「後記」（湖南人民出版社、一九八一年）、散文二二編（二〇八頁）

本書には、私が長年にわたって書いてきた散文の中から選んで収録した。その目的は、読者に私という作者――一人の老人、青年時代から革命を追い求め、革命に参加し、その後革命の道程の中で、デタラメなことも言ったし、誤りも犯した、自分も打撃を受けた、そういう人間を理解してもらうためである。このような人間は老人世代の中で一人だけにとどまらず、典型性さえ持っている。私は自分のこれまでの文章を一冊の本にまとめて出版するという方法によって、暫時、自伝小説を書く代り、あるいは暫時、歴史の代りとする。これは当時の確かな証拠の「原材料」であり、粉飾する余地のない歴史である。「文化大革命」以前と以後に書いたものが、それぞれ半分を占める。最も早く書いた二編は、抗日戦争以前に発表したものである。（略）

中ほどの大部分は革命参加後、特に解放後の一七年間に書いた散文である。この間に書いた散文はこれだけにとどまらない。この四編を選んだのは、真実の歴史を反映させるためである。大部分は本心から新中国を褒め称えたものである。そのうちの一編、一九五八年の「大躍進」を褒め称えた「一個煉鉄廠的歴史」（ある製鉄工場の歴史）は、言っていることがとりわけデタラメなのであるが、これも本書に収録し、同時に「対夢囈的注解」（タワゴトへの注釈）を付け加えた。私はこう思うのである。これらの歳月われわれの祖国は大きな回り道をし、少なからぬ誤りを犯した。私自身およびその他の作家（後に打撃を受けた者も含む）にこれらの事柄について決定権はなかったが、しかし、われわれの頭はずっと覚めていただろうか。少なくとも私はそうではなかった。その後の悲惨さは自分でも味わい、傷痕もある。だが、当初の回り道とタワゴトは自分にも責任がある。私はそれを正直にさらけ出したい。もちろんこれを収録するのはこのようなタワゴトを宣伝するためではないため、その「注釈」を付け加えた。

後半は「文化大革命」後に書いたもので、ほとんど全てが傷痕の記録である。そのうち追悼文が大半を占めるが、仕方のないことである。一〇年の大災難が私にもたらしたものであり、ありのままに記録せざるを得ない。「前向きに」ということについては、ほんの少ししか触れていない。私はこう考える。これらの悲惨極まりない教訓を生かさなければ、容易には得られない安定を大切にするということも理解できない。それを大切にしないで、どうして前に進めるだろう、と。私はもっぱら化粧で飾ったような散文を好まない、おそらく「載道」派[12]に属しているのであろう。同じ「道」でもどのように「載せるか」の法則は各人各様の考え方がある。私は自分の思想に忠実にするしかない。ただそれだけのことである。

歳月は水の流れのように速く過ぎてゆく。このささやかな本は基本的にこのような「流水帳」（日記帳・単に羅列されているだけの記述）であり、ゆえに『似水流年』と名付けた。一九八一年三月　（傍線は楠原、以下同）

これが、アンソロジーを除く韋君宜の全著作一二冊のうち、『回応韋君宜』に唯一収録されなかった『似水流年』の「後記」である。『似水流年』は、文革（文化大革命）終結後に出版された第二の単行本であり、最初の散文集である。本書には一九三五年から一九八〇年の間に書かれた散文二二編が収められているが、「後記」には、それを暫時「自伝小説」の代わり、あるいは「歴史」の代りとする、これは粉飾する余地のない「歴史」であると述べている。また中華人民共和国成立後文革にいたるまでの一七年間に書いた「一個煉鉄廠的歴史」など四編を収録したのは、「真実の歴史」を反映させるためだとも記している。短い「後記」のなかで四回も「歴史」という言葉が使われている。韋君宜は「歴史」を「正直にさらけ出し」、「ありのままに記録」する。悲惨極まりない「歴史」の教訓を生かさなければ、容易には得られない安定を大切にするということも理解できない。韋君宜の書く「歴史」は、韋君宜一人だけのものではなく、典型性さえ持っている、という。

しかし韋君宜はその他の著作「前言」「後記」の中で、「歴史」という言葉をほとんど使っていない。『思痛録』を除けば、『故国情』『老編集手記』で各一度使っているだけなのである。それでは、韋君宜が『似水流年』以外の著作「前言」「後記」で、何を、どのように、何のために書いたか、すなわち、みずからの執筆スタイルについてどのように語っているか、抜粋要約して、『回応韋君宜』に収録された際の順序で見ていく。

①『前進的脚跡』「後記」（中国青年出版社、一九五五年一〇月）、散文一三編（九一頁）

本書には一九四九年の北京解放後一九五三年末まで、私が『中国青年』誌上に発表した青年の思想問題に関する論文と書評の一部を収録した（最後の一編のみ一九五五年に執筆）。これはわれわれの青年が前進する途上に残したいくつかの足跡といえるだろう。この五年はまさにわが国の青年が社会主義社会に通じる大道で勇躍前進した五年である。

これらの文章はおおむね急いで書いたもので、運動が起きるといつも編集部は青年読者から手紙を受け取り、必ず次の号で答えなければならなかった。

わが国においてはこのように天地のひっくり返るような大きな変化がまさに起きている。この変化しつつある現実世界が青年の思想感情におよぼす影響はあんなにも大きく、彼らはたえず国家の変革とみずからの生活を結びつけて考えることを余儀なくされている。そこで多くの問題が生じてくる。本の中に答えを見つけられないので、彼らはあせって方々に質問する。とりわけ大きな政治運動が起きるたびに、青年たちから質問が次から次へと大量に寄せられる、あんなにも大量に、あんなにも差し迫った質問が。みなが尋ねる、どのように考えなければならないのか、どのように生活するのか、どのように祖国にとって有用な人間となるのか、と。

（青年の質問に答えるための文章を）執筆の際には質問の幼稚さについてはあまり考慮せず、また自分の見解が皮相かどうかについてもあまりかまわなかった。しかも青年読者がはっきりわからないのでは困ると思い、いつも一つ一つ意味を繰り返し説明して、できる限りわかりやすく述べ、含蓄のある表現はまったく使わなかった。文

章に凝ることはまったくしなかった。一九五五年

本書は、文革前に出版された唯一の、全部で九一頁の小さな本である。宗璞《そうはく》（一九二八〜、北京生れ）は、「新時期以前は、五〇年代前期を除く数十年の生活を総括すれば、批判と被批判、闘争と被闘争であり、階級闘争について毎年語り、毎月語り、毎日語った」と述べているが(13)、本書によれば、五〇年代前期でも、当時としては「天地のひっくり返るような大きな変化」が起き、「大きな政治運動」が何度も起きていたことが知られる。

②『女人集』「後記」（四川人民出版社、一九八〇年二月）、小説一七編（三一四頁）

本書には、革命に参加しながら勤務時間外に書いた小説（老解放区で書いたもの三編、文革前に書いたもの一二編、四人組粉砕後に新しく書いたもの二編）を収録。本書は本来文革前に出版されることになり、半分まで印刷できていたところ(14)、「訪旧」「月夜清歌」の二編が批判され、廃棄処分となった。すでに雑誌などに掲載されていたこれらの短編は、文革中には「毒草材料」として本にまとめて出版され、いたるところに配布された。したがって今回で三度目の出版ということになる。

いま旧作を読み返せば、自分の作品ではなく、別の青年知識分子が党の教育の下で、いろいろと考えて、やっているような気がする。まず、誠心誠意思想改造を受け（「群衆」「三個朋友」）、それから力を込めて党を謳歌し、社会主義新人新事（事物）と革命の伝統を謳歌し（「阿姨的心事」「奨品」と長辛店の数編）、昔の苦労を思い起こして今の幸せに感謝する（「家訓」）。これが本書の主要部分である。芸術のうえで私は、私が確かに見たことしか書かなかったし、私が謳歌したものはすべて私が本当に素晴らしいと確かに感じたことだった。

（文革期の）暗黒面を生みだしたのは、四人組と若干の社会主義を盗んだ人である。にもかかわらず彼らは、人がこの暗黒面を指摘すると「社会主義の体面を汚した」と言う。この問題は今も徹底的には解決されていない。

これこそが問題なのである。

四人組粉砕後に書いた二編では、このすでに年老いた、思想が単純な幹部の、これらの複雑な問題についての思索を描いた。四人組統治期には自己批判以外に一字も書けなかった。しかし私は思索することをやめなかったし、今後もさらに思索と学習を続けていく。四つの現代化の実現のために、またまさに「前を見る」ために。一九七九年九月

③『老幹部別伝』「後記」（人民文学出版社、一九八三年二月）、小説六編（二六四頁）

本書には四人組粉砕後に書いた小説六編を収録。若くて元気なころにはずっと編集工作と行政事務で忙しく、そのうえ運動をやるのでも忙しく、最後の十数年は審査を受け、幹部学校へ行って使い果たした。私の一生はまことに執筆に従事する時間がなかった。第一線を退いてから、他の人々はみな回想録を書いているが、私はやっと小説を書き始めた。私は時間との競争で、私のよく知っている人と事について書かなければならない。私の書いたことは必ずしも正確ではないし、短い数編の小説では全体を概括することなどなおさらできない。しかし私は全力を尽くして、推測ではなく観察したことによって書いてみた。

小説はもちろん主に若い読者に読んでもらうためのものであり、老人の自己陶酔のためのものではない。私は常に思っている、まだ探索し続けなければならない、私を悩ませている問題の答えを探し続けなければならない、と。私が書くのは、若い人に教訓を授けたいだけというのでは決してなく、皆さんと一緒に探索してみたいからである。

④『母与子』（上海文芸出版社、一九八五年一二月）は、韋君宜の夫（楊述）の母（楊肖禹）がモデル、三四・七万字、四九五頁の長編小説。楊肖禹は搾取階級の家庭（資本家兼地主）出身の寡婦であったが、抗日戦争がはじまると家

財を投げうって、一家全員で中国共産党の下に身を寄せた。一九四八年死亡、享年五七歳、四八歳で中共に入党した。

「後記」

実在の人物を思い出して、私はこの小説を書いた。

彼女の物語を知ってから、私はいつもそれを書きたいと思ってきた。この思いを抱いてから二十余年が経った。一〇年の内乱の前にはもう書き始めていた〔本書の最初の数頁である〕が、最後には放置した。彼女の出身がよくないからである。当時このような人物を書けば必ず「地主階級を褒め称えている」という非難を受けた。その後、一〇年の内乱が終結したばかりの時にも書きたいと思った。この時もまた別の議論があった。つまり、社会はもう七〇、八〇年代になり、かつて神聖とされたすべての感情はすでに過去の時代のものとなった。今掘り起こさなければならないのは、新型の人物であり、彼らの真に複雑な内心だという。そこでまた数年放置した。

一九八三年になって私は勇気を奮い起こして書き始めた――私も老いた、宿願を果たさなければならない。私が書いたのは英雄の伝記ではなく、小説である。できるだけ人物を理解しようと努力した上で書いたが、理解はまだ十分ではない。私が言いたかったのは、人生の道は各種各様、人の考えや志、感情も各種各様だということ。作品を読まれる時には様々な人物をご理解いただきたい。あらゆる時代のすべての人物の思想感情が、現在の自分と一致するものではない。それは新たな単純化であろう。一九八四年三月

⑤『故国情』「後記」（天津・百花文芸出版社、一九八五年八月）、散文二四編（二六九頁）

本書には、一九八一年から一九八四年に書いた散文に加えて、三八年前の「八年行脚録」文語（一九四五年八月一五日延安中央党校で執筆）を収録。

私は散文作家でもなければ、さほど散文を書いてきたわけでもない。何か主張があるわけでもない。ただ書かなければならないと思った時に書いた。書きとめる価値があると思ったことも書いた。叙事の方が叙情や紀行よりも多い。正統の散文とは似て非なるものである。

本書には散文といえないものも収めている。たとえば「王翰伝」など、まったく文学とはいえないものであろう。それでは何といえばよいのか。歴史著作といえるのか。史学家は絶対に承認しないに違いない。「八年行脚録」は今見れば「史料」ということができる。今私に書けといわれても決して書けないものである。

一九八四年一二月

⑥『老編集手記』「後記」（四川人民出版社、一九八五年一月）、散文一九編（九五頁）

このささやかな本には、近年書いた編集工作に関わる文章を収録。

一〇年の大災難の時、私も四年間編集工作をおこなった。この工作は私にとってはたいへんな苦痛であった。私は多くの質の高くない原稿を印刷所に送り、作者らには多くの誤った「アイデア」を出した。これは私の編集工作史上において忘れられない一頁である。

（収録された文章のうち）一編は大災難の後期に原稿を返却した時の原稿審査札記である。そのうちの一編は水掛け論の果てにようやく返却したもので〔これは当時、このような作品が素晴らしいとあくまでも考える人がいたことの証明であり、そのように断定するとはなんと恐ろしいことか〕、われわれ編集者がかつてどのような問題に遭遇して、どうしたかのあらましを知ることができる。若い編集者の皆さん、われわれはこの歴史の一頁をしっかりと記憶し、どうすればその再現を阻止できるのか考えてみよう。一九八三年夏

⑦『旧夢難温』「後記」（人民文学出版社、一九九一年五月）、小説一三編（二八七頁）

これもまた小説集である。一九八六年以来、重病のため私は死にかけ、それ以来構想を練って小説を書くことができなくなった。本書は最後の一冊となるであろう。

私は読者の皆さんに、別れを告げなければならないと同時に、私のこれまでの一貫した執筆態度について簡単に説明しておきたい。態度は正直に自分が見て知っていることにもとづいて書くというもので、嘘はつかず、ホラを吹かず、捏造もしない。小説は現実生活を書くものであり、私は現実生活こそ、われわれの真の先生であり、もったいぶる必要はないと思う。私は読書に際して中外古今の現実主義の大家を好み、彼らから学びたいと思っている。

この時代、文学作品はとりわけ流行らず、売れ行きは哀れなほどで、お金を出して創作物を買ってくれる人はみなわれわれの友人だと言わなければならない。道義上からいっても友人に申し訳ないことはできない。少なくとも友人には真話を語るべきである。書き方の精粗は別の問題で、まず本当のことを語るのである。

本書に収録したのはすべて病気になる前の作品〔一九八二年以前の中短編小説は『女人集』『老幹部別伝』の二冊に収録〕。（略）

私は今手をなんとか動かせるだけであるが、呼吸できる間は少しずつ短いものを書き続けて読者に報いたい。

一九九〇年七月一日

⑧『海上繁華夢』「後記」（人民文学出版社、一九九一年八月）、散文五一編（二七二頁）

本書には、最近書いた散文と五十数年から四十数年前の旧作三編を収録。

三編の旧作は、何十年も前の古い刊行物の中から見つけ出したものや、文革の家捜しで持って行かれた後返却された「材料」の中から見つけ出したものである。これは過去の私が書いたものであり、一人の青年が筆を振るって事実をありのままに、当時の彼女の勇往邁進しようとする願望を書いたものである。今日の作者が描く当時の青年のように、満腔の英雄的気概を持ったことはない。飾り立てることなく自分の貧しい日々と泥くささを書くことしか知らなかった。これらの真話を捨ててしまうのも惜しく、今日の文集に収めて、今日の読者に見ていただく次第である。一九九〇年六月

⑨『露沙的路』「後記」（人民文学出版社、一九九四年六月）、長編小説（一九三頁）

本書は早くから書きたいと思い、またとっくに書くことのできたものである。それが延び延びになって、病気で倒れてからやっとのことで筆を執り、この思いをなんとか書き上げた。

執筆時にはもう脳溢血の発作後で半身不随になり、手足も不自由になっていた。頭の一部がまだ使えるからこそ、心にものを思う、生きている限りできるだけのことをしよう。誰が病気でこんなになってもまだ小説を書くだろう。だが、私は書かなければならない。一日に少しずつ書き、明日書こうと思う内容を今日しっかりと覚えておき、前に長編を二冊書いた程の力を使ってこの十万字ばかり（一三・五万字）を書いた。

考えは本書に記した。いずれにせよ私の書いたものは、私が確かに経験した生活であり、私は決して誇張して書いたものを読者に見せたくはない。一九九三年七月

⑩『我対年軽人説』「後記」（人民文学出版社、一九九五年八月）、散文（二一七頁）

本書には、この二、三年に書いた散文を収録。若い人に教訓を垂れたいためでも、老人の自己陶酔のためでもなく、若い人と話をして、若い人が知らないあるいはあまりよく知らないであろう事柄について話したいから、書名を『我対年軽人説』にした。

私と私の同時代人、「一二・九」の青年たちはみなその生涯に終止符を打たなければならない時を迎えた。最初、われわれは満腔の熱血を抱きほとんど列を成して革命の隊伍になだれ込んだ。報道や訃報によれば、この世代は

功業を打ち立てたようである。しかしよく考えてみればわれわれの一生は本当に各人各様なのである。

私は年老いた。頭はまだ呆けてはいないが、二度の脳溢血と二度の脳血栓で廃人にまで成り果て、もはや心の思うままに自分の思いを書くことはできなくなった。病床に横たわっていると、私の同時代人の面影が常に目の前に浮かんで、私は彼らの偉大ともいえないが、凡庸でもなかった一生を並べて若い人たちに見てもらわなければならないと思うに至った。このことについて私はこれまでにも少なからず書いてきたが、まだまだ書きたいことはあまりにも多い。今はそれも書けなくなってしまい、（本書に収めた）わずかばかりのものしか書けなかった。

若い人たちが人生を締めくくる時に、われわれよりも幸せでありますように。一九九四年三月一九日

⑪『思痛録』北京版（北京十月文芸出版社、一九九八年五月）、長編回想録（一九九頁）
香港版（香港・天地出版公司、二〇〇〇年）、（二三三頁）
最新修訂版『思痛録・露沙的路』（文化芸術出版社、二〇〇三年一月）、（三九四頁）
『思痛録』については本書後編第二章で述べているので、本章においては特筆すべき点についてのみ記す。韋君宜の著作の中で『回応韋君宜』に収録された「前言」は『思痛録』だけで、北京版「縁起」（四頁）、香港版「縁起」「開頭」（七頁）の部分が「前言」に相当する。『回応韋君宜』には、北京版「縁起」がそのまま収録されているが、目次と本文のタイトルは、「『思痛録』縁起和開頭」となっている。実は、香港版「縁起」「開頭」が韋君宜の作で、北京十月文芸出版社から『思痛録』を出版する際に、この二編があまりにも「尖鋭」なため、香港版「縁起」「開頭」を一つにまとめて北京版の「縁起」ができたという[15]。
以下、『回応韋君宜』に収録された『思痛録』北京版「縁起」について述べていく。
『似水流年』以降、韋君宜は著作「前言」「後記」の中で、「歴史」という言葉をほとんど使っていないが、『思痛録』では四回使っている。しかしその用法は『似水流年』とずいぶん異なっている。最初の段落で二回用いているが、四

人組失脚後、多くの人が「自分の冤罪についての歴史を書いた」、「厳粛な態度で客観的に〈自分の冤罪についての〉歴史を書く者」というような表現で、この場合「歴史」は「個人の経歴」か「自分史」の意味合いで使われている。残りの二回は、最後の段落で次のように使われている。北京版「縁起」は、香港版「縁起」「開頭」を大幅に削除して作成されたものであるが、〈〉内は、北京版にしか記されていない部分である。

〈歴史は忘却されてはならないものである。この十年余り、私はずっと苦しみながら回想し、反思し、〉われわれの世代が成したことのすべて、犠牲にしたもの、得たもの、失ったもののすべてについて思索をしつづけてきた。思索そのものは一歩一歩進めてきたものであり、一日で書き上げたものではない。内容の深さが異なっていることについては、自分でもわかっているが、今は元のままに従った。〈より多くの理性的な分析は〉後世の人に任せたい。私自身にいたっては、今でもまだ〈完全には言い尽くせないし、〉私の思惟方法もこれらの問題について討論する理論的根拠と条理性に欠けている。私はただ事実を述べ、事柄を一つ一つ並べるだけにする。〈目的もただ一つ、すなわちわれわれの党が歴史的教訓を永遠にしっかりと記憶し、かつての回り道を二度と再び歩まないようにするためである。われわれの国家を永遠に正しい軌道の上で繁栄発展させよう。〉

つまり『思痛録』では、自分の書いた文章についても、『似水流年』のように粉飾する余地のない「歴史」と言うのではなく、ただ事実を述べ、事柄を一つ一つ並べるだけにする、自分の思惟方法は、理論的根拠と条理性に欠けているから、と述べているのである。

一カ所でのみ「歴史」が使われていた『老編集手記』でも、韋君宜の言わんとすることは、この「歴史」の一頁をしっかりと記憶し、もし文革期にあったようなことが繰り返された時、どうすればそれを阻止できるか考えなければならないということで、『似水流年』と同じであるが、『老編集手記』で使われている「歴史」は、文革中の編集者がなめた苦難だけを指し、「歴史」の時間も範囲も『似水流年』にくらべ、ずっと限られたものである。『故国情』では、「王翰伝」は「歴史著作」といえない、史学家が絶対に承認しない、という使われ方なのである。

文革終結後、最初に出版された『女人集』には文革後の作品が全一七編中二編しか収録されず、基本的に文革以前の作品集だといえる。『似水流年』は文革後に書かれた作品が半分を占め、実質的に、文革終結後に出版された最初の作品集なのだった。だからこそ、自分の書いた文章が当時の確かな証拠の「原材料」であり、「粉飾する余地のない歴史」である、との気負いも率直に出てしまったのであろう。アンソロジーを除く韋君宜の全著作一二冊のうち、『似水流年』一冊の「後記」だけが『回応韋君宜』に収録されなかったのは、この「歴史」の使い方に問題があったのではないか。

しかし、いずれにせよ韋君宜の執筆スタイルは、特に文革以後に執筆された作品については、一貫して同じだったといえる。韋君宜はその著作の「前言」「後記」で、本節において見てきたとおり、何を、どのように、何のために書いたかについて繰り返し語っている。小説、散文を問わず、自分が書きたいこと、書かなければならないと思ったことを、正直に、自分が見て知っていることにもとづいて書く、嘘はつかず、ホラを吹かず、捏造もしない、真話を語る。何十年も前の旧作を収録するのも、それが真話だからである。革命に参加するなかで、「われわれの世代が成したことのすべて、犠牲にしたもの、得たもの、失ったもののすべて」について思索・探索し、同じ誤りを繰り返さないために書くのである。若い人が知らないこと、あまりよく知らないであろう事柄について、若い人たちに話し、一緒に思索・探索を続けるために、『前進的脚跡』を出版した時から一貫して、文章に凝ることはなく、わかりやすく、含蓄のある表現は使わない、これが韋君宜の執筆スタイルである。

二　ある製鉄工場の歴史とその注釈

韋君宜は『思痛録』香港版「開頭」で、

ここには自由と民主がないばかりでなく、われわれに自由と民主を排斥することさえ要求した。この時、私はキリスト教徒のように、もう自分の一生を捧げてしまったのだから取り返すことはできない、と考えるしかなかった。私は耐えて、耐えて、涙を流して耐えなければならなかった。そうして私は自分を慰めた。対外的には、私はさらに一人の党員として言うべきこと、われわれの党があらゆる困難をどのように嘗め尽くして祖国のために戦ったかについて言わなければならなかった。党の規律は鉄であり、戦闘のために全党は（党）中央に服従しなければならず、党の栄光しか語れず、党の欠点さえ多くは述べることができなかった。

と記している。[16]「党の栄光」しか語れなかったとはいえ、しかし韋君宜は嘘を書いたのではなかった。『女人集』「後記」でも、文革前に書いた小説について、韋君宜は、自分が確かに見たことしか書かなかったし、謳歌したものはすべて本当に素晴らしいと確かに感じたことだ、と記している。

その韋君宜が、「指揮棒の方向に従って物語を捏造」するのではなく、心から書きたいと思って書いたのが、[17]一九五八年の「大躍進」を褒め称えた「一個煉鉄廠的歴史」である。『似水流年』「後記」で、韋君宜は特に「一個煉鉄廠的歴史」を取り上げ、「言っていることがとりわけデタラメ」だと記していた。韋君宜は「真実の歴史」を反映させるために、「一個煉鉄廠的歴史」（一九五八年）と「対夢囈的注解」（一九八〇年）を本書に収録した（以下、「一個煉鉄廠的歴史」を「工場史」、「対夢囈的注解」を「注釈」と略記、引用の際には『似水流年』所収頁の数字のみ記す）。傷痕を記録するだけでなく、「当初の回り道とタワゴトは自分にも責任がある」と考えた韋君宜にとって、この「工場史」こそ、当時の確かな証拠の「原材料」であり、粉飾する余地のない「歴史」の一つなのであった。

韋君宜は「注釈」の中で、「工場史」を収録するのは、後の人々に、一九五八年にはかつてこのように麗しくデタラメな夢があったということと、われわれの素晴らしい国家と大変よい人々がどうして、タワゴトの中でむざむざと歳月を葬り去ってしまったのかということを、知らせるためである。二二年前の旧作「工場史」を読み直して感慨深い。少しの疑いもなくこれは全くのタワゴトであり、デタラメである。今日見てみれば、こんなことで工業化するのは、まったく不可能だということが、誰の目にも明らかであろう、と記している。（八二）

それでは、誰の目にも明らかな失敗をどうしてしてしまったのか、タワゴトだ、デタラメだと言われても、それではどうしてそのようなタワゴトを書いてしまったのか。韋君宜のいう「真実の歴史」とは、いかなるものであったのか。それは、確かな証拠の「原材料」である「工場史」を読んでみなければ理解できない。

韋君宜は、一九五七年の反右派闘争で「党内厳重警告」の処分を受け、作家協会党組成員の職務を解かれ、中共中央直属機関の党代表の身分も取り消され、翌一九五八年一月、『人民文学』副主編に就任、その肩書きのまま、河北省懐来県花園郷西楡林村（後に、花園公社楡林大隊）へ下放された。韋君宜は下放大隊長で、一つの郷に一個の下放幹部小組が置かれた[18]。この年に大躍進運動が始まり、食糧、鉄鋼の大増産がおこなわれ、農村に人民公社、公共食堂が生まれた。「工場史」は、この年の末に執筆されたものである。

韋君宜は、「工場史」の中で、ある製鉄工場の歴史を、以下のように書き始めている。

われわれのこの製鉄工場の歴史を書くのは、この工場に何か突出した創造、驚異的な記録、特筆すべき点があるからではない。われわれの工場はある公社の製鉄工場にすぎず、全国はいうまでもなく、全県においても第一位を勝ち取ったわけではない。つまり全国の何千何万という「小土群」（小型・土法〔在来の方法〕・大衆路線）方式の製鉄工場の中のありふれた一つでしかない。私が述べようとするのはこの何千何万とある普通の工場である。みなさんにこれらの普通の人々がこの数カ月間にしたことをちょっとご覧いただきたいのである。(六〇、要約)

韋君宜は、この歴史の全ての時間は〔今日までの〕二カ月半である。しかし、もう少し前までさかのぼってもよい。それは一〇カ月前のことである。当時この製鉄工場がなかっただけでなく、この村さえまだなかった。県の地図にはこのような場所がまだ存在しなかった、という。この「一〇カ月前」というのは、一九五八年の初めに、韋君宜が下放されて懐来県西楡林村にやって来た時を指す。汽車を降りてから村への道中、韋君宜は歩きながら目印を見つけ出そうとした。しかし、道の両側は禿げ上がったように何もない黄砂が果てしなく広がり、多くの石が転がっているだけだった。春耕の前で農作物もなく、曲がる所に一本の木さえなかった。仕方なく石が積み上げられて五つの山になっているのを目印に、「ここで曲がると花園駅」と必死になって覚えた。

一〇カ月前はそんなところだったが、この年の夏、この五つの石の山があった所にもう四百戸余りの新しい村が建設された。南向きに建てられ、ガラス窓に瓦葺の家。地下水の水位が上昇した付近の村の人々が引越してきた。あの石は乱雑に積んであったのではなく、家を建てるための基礎の石で、政府が投資し、人民が働き、大通りの左側に新村があっという間に出現したのである。(六一)

鉄鋼大増産運動が始まったのは、この年の九月のことであり、それから二カ月半にわたる製鉄工場の歴史を、韋君宜は以下のように詳細に記している。

二カ月半前製鉄工場を始めた時、その唯一の基地は氷室の中の一部屋だった。氷室も建てられたばかりで、大きな空っぽの庭と二間の氷室と三部屋の泥煉瓦の建物だった。製鉄所はそのうちの一部屋を占用していた。

その夜、韋君宜は製鉄工場責任者である公社党委の呉副書記を訪ねてここへ来た。眠るところを探すのはなかなか難しく、やっと隣の氷室を管理する老人の小部屋を空けてもらって、そこで眠ることになった。そこは部屋中が果物籠で、韋君宜は果物籠の上で眠った。空がほのかに白むころに起きて、外へ出てみると、工事現場は霧が立ち込め、かすかな光も物音もなく、農村よりもはるかに静かだった。

夜が明けてから工事現場に行く。炉の建設は始まったばかりで、一・五㎥の陽城式の炉を規格に従って二つと、他にその八分の一の縮小型を三つ建てていた。まだ完成しておらず、高いものは人の高さ、低いものは一尺ほどしかなかった。炉建設責任者の副郷長は県で一〇日間学習し、十数人の左官を率いて建設していた。彼らは誰も製鉄炉がどんなものか見たことがなかった。(六二)

韋君宜は責任者の副郷長と半分まで出来た炉によじのぼり、炉の内部と周囲を眺めた。炉のすぐ左側は一面の落花生畑、右側は新たに開かれた麦畑だが、植え付けはまだだった。落花生はよく実り、もうすぐ収穫の準備をしなければならなかった。炉の上に立つと、よく熟した農作物の香りを帯びた秋風が頬を軽くなでた。コテで炉に泥を塗っている左官は「われわれの隊の落花生は、ここのよりももっとよく出来ている」と言った。彼は自分の家の作物を気にかけているのである。遠くを眺めると、四方は深い緑の間に浅緑や黄緑の作物の海だった。見ればこの小さな製鉄工場は本当に小さく、炉も五つしかない。炉の周囲には多くの青草が茂り、炉を建設する労働者がシャベルで草の根を取り除いて、地突きをしていた。思わず、心の中に多くの幻想が生まれた。その時韋君宜はこう思ったと言う——この草地が最初の製鉄工場なのだ。麗しい将来において、ここはどんな風になっているだろう。韋君宜はそのはるかな「将来」に思いをよせたのだった。

この工場へ韋君宜が二度目に行ったのは、それからおよそ一週間後のこと。この時は前とはまるで様変わりしていた。まず人が数十倍にも増え、氷室を管理する老人の部屋はもう正式に鋼鉄指揮部のものとなり、公社第一書記の耿《こう》が指揮部に出向いて指揮をとっていた。他に公社、大隊、県、専区からもみな幹部が来ていて、壁には赤い紙に書かれた、鋼鉄指揮部の作業分担名簿〔建設担当、宣伝担当、後勤担当……〕が貼り出され、体裁も整ってきていた。しかしこれも出来てから一日半しか経っていなかった。韋君宜が今回工場を離れていたのは、北京(の鋼鉄学院)まで鉄鉱石・石灰石・石炭のサンプルを届けて化学実験をするためだった。この工場の陽城式の大きな炉〔一・五㎥〕はまだ完成せず、縮小式の炉が一つだけ完成していたので、これを試験炉とするしかなかった。(六三)

この炉は家庭用の暖房ストーブほどの大きさで、せいぜい〇・一㎥ほどしかなかった。前日にはまず軽便蒸気エンジンを運んで来るために、一〇里も離れた西楡林大隊まで人を遣った。その日、郷長、党委書記、県の幹部、省委が派遣してきた検査団が、一斉に炉の前に揃った。みなは服を落花生畑に脱ぎ捨てて仕事をはじめた〔炉のすぐ傍までまだ落花生が生い茂っていた〕。高郷長と王書記はエンジンを動かし、公安主任は大槌を振り回し、呉書記は鉄鉱石を量るのを手伝った。耿書記も来てしばらく作業をすると、また会議に出て炉型を見るために真夜中の貨車に乗って県へ行った。原料配合表をくれたのは北京から探してきた製鉄専攻の青年同志小劉。韋君宜はその夜、原料を準備し、計量する係だった。原料表では毎回石灰石を二・二キロ入れると規定されていた。夜は照明もなかったが、韋君宜は少しの誤差もあってはならないと、手に懐中電灯を持って秤の目盛りを細心の注意を払って見た。また現場には土があり、原料の中に鉱石粉や土が混じりこんで凍結してしまうかもしれないので、シャベルではなく手で摑んだ、と言う。(六四)

この日、早朝から蒸気エンジンをかけ、午後四時に炉に点火した。点火すると、全員が炉の前に集まり、鉄の出口を見つめた。やっとのことでねばねばとしたものが出てきたが、小劉はカスだと言った。食事の時間になっても、誰も行こうとはしなかった。後で班を作って順番に食事をすることにした。一回また一回と毎回鉄が出てくることを願ったが、出てきたのはいつまでも赤くてねばねばしたカスだった。夜の一二時に県からまた技術員が一人来た。誰もがたえず空気口を見て、カスを見、空気口の中に食塩を播いた。知っている方法はすべて使ったが、効果はなかった。炉の底はますます高くなり、凍結がはじまった。それでもたえず原料を追加し、鉄の出口を開いた。その夜は不思議なことに誰も眠くなかった。夜の二時を過ぎると小雨が降りだしたが、誰も炉から離れなかった。みるみる凍結が進み、口をふさいでしまったが、みなは雨のなか炉を囲んで座っていた。実際のところ、みなこれではダメだとわかっていて、気を滅入らせていたが、誰も炉を止めようと言い出せなかった。毎回それでもまだ希望を持って出口を開いた。真夜中の三時半に炉は完全に凍結してしまい、鉄の出口が開けられなくなって、ようやくみな引き上げた。戻ってもいくらも眠らず、少し横になっただけで起きて、炉の前で総括会議を開いた。（六五）

試験炉での製鉄は失敗した。しかし上級から公社へ、ただちに各村で炉を建設し、各戸で製鉄をし、三日以内に点火しなければならないという任務がもう届いていた。陽城式の炉はまだ完成しておらず、間に合わない。そこで八分の一縮小型の「小陽城式」二つに点火する準備をした。一つには蒸気モーターを使い、もう一つには木製の手動の風車二台を使うしかなかった。他に動力はなく、これでどうして任務を完成できるだろうと、公社の書記らは焦って検討したが、できるかぎりのことをして、あらゆる方法を使って、大衆を動員するという方法しかなかった。（六六）

韋君宜によれば、この時本当に多くの炉——下焦寺式、方形炉坩堝式、大坑式、水瓶式などを作って試した、この間の数夜、おそらく全公社の人々はろくに眠りもしなかったであろう、と言う。そして、そのそれぞれの方式について、どこから学んだもので、誰が試したかについて詳しく記している。ここで韋君宜の描写を見てみよう。

二、三里の長さの一本の大通りの両側にびっしりと人が座り、あちこちから鉱石を打ち砕く音がまるで疾風驟雨のように鳴り響いた。各式各様の炉から出る火の光は田畑に広がり、何万もの星の光のようだった。（略）

坩堝式は耿書記が作った試験炉で、耐火粘土をこねて坩堝を作った。袖を捲り上げ一日かけて坩堝を作って、点火したが、鉄はできなかった。厚すぎたといって壊すと、また薄いのを作った。道端の大坑式は各耕作区から来た社員が作った。照明もろくになく、どれだけの人が働いているのか、はっきり見えなかったので、人々の間をかき分けて入っていったが、声が聞こえるだけで、前後左右すべてが人だということしかわからず、あちこちで声を掛け合っていた。道端には布団があるのがかすかに見えた。野宿するのだろう。しかしその夜は誰も布団で寝る時間がなかった。その夜は数千人が来ていた。しかし公社全体で同時に製鉄に取りかかっている者はこの数千人にとどまらない。各耕作区でこの一昼夜に二百個ほどの炉を建設したのである。他に鉱山へ行って鉱石を運んで来る者、石炭を運びに行った者は含まれていない。

あらゆる方法を試したが、できてきたものは硬い塊ばかりで、石炭よりも重くて硬いが、鉄よりも脆くて軽かった。これは何だろう。（六七）

韋君宜は、このように、いつ、どこで、誰が、何を、どのようにしたか、それは何故なのかの事実を積み重ねて、鉄鋼大増産運動の二カ月半にわたる歴史を活き活きと記述してゆく。

この時にできたのは「団鉄」、二、三級品で酸化鉄だということだった（六八）。小劉は大坑式、水瓶式、団鉄などこれまでに習ったことも、見たこともない、これは回り道だ、と韋君宜に言った。韋君宜も公社の指導幹部も、実際にはこの製鉄の難関を突破していないことを知っていた。耿書記、呉書記は何日も眠れぬ夜を過した。指揮部内部でも弱音を吐く者がいたが、抗日戦争期の民兵隊長だった耿書記は厳粛な顔つきになって「たとえば敵が今トーチカを占領していたら、死んでもトーチカを奪取しなければならない。それが党の任務、部隊の規律だ」と言った（六九）。韋君宜は次のように記している――最初の戦役で出たのはすべて団鉄だったが、失敗とはいえない。何を製鉄炉というのか見たこともない人々が、いまでは鉱石を炉に入れ溶かして液体にできたのだから、珍しいことであり、どうして失敗といえるのか。

その次の第二戦役では、団鉄を出さないことが求められた。指揮部では、みなに大きなフイゴを作らせた。お婆さんたちの花嫁道具と思しき古いマホガニーの箪笥を使ってフイゴにした耕作区もあった。同時に人を四方に派遣して、動力を使わずに鉄を作る小さな炉型を学ばせた。多くの雑誌・新聞・小冊子から炉の作り方の記事も探した。

この時、韋君宜は西楡林区の分工場に来ていた。ここで試したのは、炉の上半分が石油缶で、下半分が大鍋で出来た平炉で、韋君宜ら三人が張家口（の冶金局）へ行って見てきた方法である（七〇）。公社では屑鉄を集めて炉に入れ、まずそれを使って団鉄を溶かすことを試みた。韋君宜も参加したが、分工場には技術者も訓練を受けた労働者もおらず、誰も製鉄をやったことがなかった。みなはじめてドリルや大槌を持って正式に製鉄所の労働者になった（七一）。数々の試行錯誤の末、ついに鉄水（鉄のとけたもの）が出た。次いで、鉱石を熔かして鉄を作ることにも成功した。中学校の河南万能式の炉からも、改良型「小陽城式」からも鉄が出た。これらはみな屑鉄をタネにして作ったもので、数十斤作ると底が盛り上がってしまった。（七二）

そこで指揮部は各分工場、各耕作区の人々をすべて本工場に集中させ、全力を挙げて炉を建設することを決定。同時に、各耕作区に行っていた左官・大工・鉄工が戻って来て、炉の傍に建物を建てはじめた。（七三）

韋君宜が鋼鉄指揮部に戻ってから工場に行くと、炉は点火されておらず、工事現場のようになっていた。今回はしかし前回とまったく違い、陽城式の炉はすでに七、八個出来ていて、二つ一組で長く並んでいた。落花生はもう収穫され、あぜ道も平らにされ、工場の敷地は四倍もの広さになっていた。元の落花生畑の上に万能炉と平炉を建設するのである。土や煉瓦を運ぶ荷馬車が十台ほど停まり、さらに荷馬車は数珠繋ぎになって道を走って来る。若者や薄緑色のスカーフをした娘さんだけではなく、纏足をしたおばさんまで煉瓦を運んでいる。太陽の下で数えられないほどの人がコテを持ち、足場を作り、敷地の基礎を掘り、地突きをしていた。この光景は北京西郊外の大建築工事現場と大差なかった。それだけではなく、もっとも重要なのはもう電柱を立て、電線が引かれたことである。（七四）

残念なことに韋君宜は、ちょうどこの時、上級から別の会議に出るよう通知があり、一週間留守にした。帰ってみると、韋君宜はこの工場だとはわからないほど変化していたと言う――一列に並んだ陽城式はみな完成し、全部で一二。五つに点火、モーターで動かし、正常に鉄が出ていた。工場には電灯も取り付けられていた。陽城式と並んで周口店式（三㎥）も一二並び、半分が完成し、残りの半分は工事中。端には六個の万能炉と二四個の平炉（〇・四㎥）が整然と並んでいる。炉から少し離れたところは資材置き場で、百人余の鉱石を粉砕する労働者が集中して作業をしている。炉を取り囲んで建っているのは工場の本部事務所で、つい数日前に基礎工事をしていたところである（七五）。

後勤股《かかり》、倉庫、医務室、放送室の建物が一列に並び、指揮部の弁公室と基本建設股、動力電気股の建物がまた一列に並んでいた。前にあるのは二列に並んだ地下厨房で、大食堂は建設中。後ろのバラックは大工・鉄工組……。

炉で鉄を生産するのは、もう問題なくできるようになっていた。韋君宜は炉の前で働く製鉄工の作業服を見て、三カ月前、全県で人民公社成立を祝賀する大行進のあった夜のことを思い出した。韋君宜は県委員会の同志と一緒に県委員会の入り口のところで立って見ていた。二十人ほどの白い作業服に柳の枝を編んだ帽子をかぶった人々の一隊がやって来た。これは県でできたばかりの製鉄工場の労働者隊だった。韋君宜は、「われわれの県で最初の現代産業労働者だ。この時われわれは抑えられないほど感激した。いうまでもなく『われわれの工業化がはじまった』という共通の思いだった。みな懸命に拍手し、爆竹を鳴らした。白い作業服を着た一隊の人はほとんど全て英雄のようだった」と言う。その「工業化」が、韋君宜の下放先の公社でもはじまったのである。（七六）

工場の上空では、祖国行進曲の音が高らかに鳴りわたっていた。これは工場の放送で、業務連絡の放送も流れた。放送機材は買ったばかりで、設置してから三日しか経っていなかった。放送室の隣は医務室で、これらの二列の建物は、建ててから数日しか経っていない。指揮部は二日前にあの氷室から移ってきたばかりだった。（七七）

韋君宜は平炉で数日工作した。みなの意気込みは申し分なく、労働者は四里以上はなれた村に住み、昼夜の二班に分かれていた。幹部はまったく村へ寝にも帰らなかった。長城の外の一一月、みなは炉の傍に高粱の茎で掘っ立て小屋を作り、疲れるとそこでしばらく横になった。小さな小屋の中でぎゅうぎゅう詰めになって、掛け布団にくるまり地面に座って会議を開いている情景は、かつて遊撃戦をやっていた時のようだった。鉄は一日に一トン余まで産出するようになっていた。しかし数日後、工場では平炉の操業を終了し、精鋭人員は全て陽城式と周口店式に移すことを決定した。任務はより大きく、条件もよりよくなったからである。みなは技術も習得し、「小洋（外来の方法）群」に向かって前進できるようになった。もうこんなに多くの人員を消耗してフイゴを動かす必要はない。余った人員は耕作区に戻り農業に従事する。（七八）

韋君宜は述べている――いま陽城式と周口店式は全部で一〇個の炉に点火されている。一日の最高生産量は一五トンにまで達した。工場入口には鉄の棒を積み上げた二つの小山があり、鉄の棒には鉄道貨物の荷札がくくり付けられている。われわれの生産した鉄はもうサンプルではなく、唐山製鋼所に送られる、国家の重要物資となったのである。ある夜、韋君宜は製鉄工場を出て工場の中を眺めると、一〇個の炉の上から大きな炎が上がり、金色の大きな紅い花のようだった。工場構内の各建物、資材置き場と炉をつなぐ大きな道には電灯が明々と灯っていた。この地方の人々にとって、有史以来はじめて電灯が灯ったのである。電灯も製鉄と共にやって来た。電灯の光と炉の炎が見渡す限り明々と光り、道からでも炉の上部で働いている労働者の姿が見える。しかし、ここはもう二カ月半前のように、そこらじゅうで人の声がしているのではない。平炉の操業は終了し、もうあんなに多くの人がフイゴを動かすこともない。

それから韋君宜は工場の門前の大通りを歩いた。これは一〇カ月前、石を目印にして覚えたあの道なのである（七九）。道はとても静かで明るかった。これは公社の「工業大街」、正面が汽車の駅で左側が製鉄工場、製鉄工場の小道から出てくると、中心商店。これは大きなガラス窓と耐火煉瓦、セメント瓦でできた新しい建物で、商品は北京の普通の中型の雑貨店よりいくらか多く、日用雑貨と食品以外に自転車、ミシン、折尺などもある。大通りの右側には、順に電力揚水ステーション、食堂、氷室、それから数日前にできた郵便局の緑色の建物。この後ろが新村である。道路沿いの建物は新村の小学校。この他に、製鉄工場の近くに製紙工場を建てる計画もある。

韋君宜は工業大街を歩いていると、突然二カ月半前にここの炉の上に立って将来を夢見たことを思い出したという。この「将来」は飛行機に乗ってまたたく間に雲の層を通り抜け、目の前まで飛んできたようだ。人は、幻想は翼を持つというけれど、翼を生やした幻想もこの現実には追いつけなかった。韋君宜は歩きながら工業大街の両側の高炉と建築群をながめていると、またこのような幻想を抱いたと言う――もう何カ月か経てば、ここにはさらにどのような工場や建物が生まれるのだろう、それはどのような光景だろう。

そして韋君宜は、最後にこの「工場史」を「これは普通の工場であり、たいへん短い歴史である。普通二カ月半は『歴史』とはいえず、ニュースでしかないだろう。しかしよく考えてみれば、これもまた確かに歴史なのである〔団鉄を生産する時代はとうに歴史上の事跡となったではないか〕。そこで私は、この『ある製鉄工場の歴史』を書いた」と述べて締めくくっている。(八〇)

ところが、この後に「付記」が加えられている。韋君宜が「工場史」を書き終えて一カ月余り後、県へ行って、歴史の新たな頁がまた開かれたことを知ったと言う。

県ではもう陽城式と周口店式の炉の操業をやめることを決定し、各公社の優秀な労働者は県の製鉄工場に集中させ、より大規模に、一三㎥の標準式の洋(外来式)高炉を建設することになった。「小洋群」、さらには「大洋群」へと前進する条件が整ったのである。「将来」というならこれこそ本当に素晴らしい将来だ。あと数カ月すれば、韋君宜のいた耕作区の宣伝隊長だった小傅《ふ》や、彼と同じ班の製鉄工も二〇年来離れたことのない生れ故郷を出て、冶金労働者となるのである。韋君宜は、「そこでわれわれのこの製鉄工場の短い歴史の終わりを喜ばなければならない。間もなくこの製鉄工場全体が『古跡』と『遺跡』となり、製鉄工場の『遺跡』の上には、乾燥フルーツを作る工場や、工作機械製造工場が出現するだろう。いずれ人民公社の工場史を編纂する時に、われわれのこの製鉄工場のことを忘れないでほしい」と述べている。(八一)

以上の「工場史」について、韋君宜は、「注釈」で次のように記している。

工業化だ! 電化だ! 建設だ! これらのスローガンは祖国の富強を夢見る人々に実際あまりにも大きな吸引力を持った。私は一九五七年のわだかまりを捨て、国家建設のためにはどうしても自分の全ての力を捧げなければならない、それでこそはじめて大局を顧みるということだと考えた。

下放先の県はもともと素晴らしい県で、全国的に有名な海棠と葡萄の産地だった。何人かの年取った農民らは、

「海棠の樹は息子よりも親孝行だ。息子は私を養えるとは限らないが、一本の海棠の樹なら、養ってくれる」と言った。また私の暮らした村には、すばらしい養豚所があり、子豚を売って儲けを出していた。このように豊かな県ではあったが、県の指導幹部は質素で、県委員会の建物は三棟の平屋しかなかった。

しかし、鉄鋼大増産鉄運動がはじまると、皆が夢幻境に入った。なぜなのか？　われわれ全員が非常に誠実で敬虔だったからである。毛主席が言った、一〇七〇万トン作らなければならない、鋼鉄があれば、英国を追い越し、米国に追いつける、鋼鉄は土法からはじめ、「小土群」をやる、というのを聞くやいなや、この「一〇七〇」という数字がわれわれの全生活の目標となり、現代化の大門を開く鍵となった。何千何万という農民が農作物を捨てて、製鉄をしにやって来た時、その壮観な光景に感動し、われわれは、人はそれでもご飯を食べなければならないということを忘れてしまった。これまで何が製鉄かも知らなかった者が製鉄炉を作っている時、創造することの狂喜によって突き動かされ、工業には科学が必要だということを忘れてしまった。この「歴史」（一個煉鉄廠的歴史）に書かれているのは全て真話であり、一言の誇張も書こうとはせず、嘘もつこうとは思わなかった。しかしそれは大嘘だった。一晩中眠らずに頑張ったが、実際にはご飯を作ったり湯を沸かしたりするのに使う道具と、昔からの犂《すき》を作る設備を使って、現代の工業用の鋼鉄を作ろうとしていた。その上、世界に向かってこれは偉大な壮挙であると宣言した。

何が私をここまで愚かにさせたのか。聖典同様のスローガンに対する信仰であり、これこそが祖国建設の指針だと考え、こうして私は自分の理知などとるに足りないものであり、革命の方針に従って革命的な鋼鉄を製造しなければならないと考えた。（八三〜八五、要約）

この大躍進政策の失敗で、一九五九年から一九六一年までに四〇〇〇万人以上の餓死者が出たともいわれている[19]。韋君宜は一九六一年に再びこの県に帰り、その公社と村に行ったが、「注釈」の中で、その時の状況について以下のように記している——満腔の希望を抱いて駅を出たところ、金色の大きな紅い花のような炎をあげていた一〇個の炉の火は消えたままで、物置になっている炉もあれば、壊された炉もあり、煉瓦は持ち去られ、至る所煉瓦の破片だらけだった。私が予言した工場群の美しい光景はまったく出現していなかった。臨時に建てた建物は工事がぞんざいで補強もしなかったため、ほとんどが人の住めるようなものではなくなっていた。養豚所に行ってみると、豚は哀れなほど痩せ、多くの柵の中が空っぽで、飼育員は自己批判を書いていた。何本もの海棠の樹が枯れ、半畝近くを占める大きな海棠の樹もすべてが枯れ枝になっていた。小傅の家にも行ったが、「現代産業工人」になってはいなかった。それでも韋君宜はまだ完全に失望したわけではなかった。無限の希望を寄せた県の「小洋群」の製鉄工場を見に行くと、一三㎥と二五㎥の小さな高炉がいくつか稼動していた（八五）。だが、製鉄はコストが高い上に、販路もないということで、いくつもの炉が停止され、製鉄工場の閉鎖も遠くないような状況であった。もともと真面目だった県委員会も大躍進の間にホラを吹くことを覚え、三棟の小さな平屋は新しいビルに建て替えられていた。私は私のよく知っているこの県委員会に長く留まりたくはなかった、そこはもうよく知っている所ではなくなっていた。（八六）

そして韋君宜は、「注釈」の最後の段落で、以下のように記している。

われわれの敬虔さや情熱、労働と引き換えにしたのが、このように冷酷な現実と変えようのない笑い話なのだった。そうではない！　現実のせいにはできない。現実はこれまでずっと同じ姿をしている、われわれが現実からかけ離れ、信徒のような活動に従事したのが悪いのだ。普通の労働者ですらこれではだめだと知っていたのに、われわれは万にも上る人々を動かして懸命にやらせ、その上これを「工業化がはじまった」と言って、嘘をついた。感情の上からいえば心から誠実に、善意から発せられた言葉である。しかし私はこれが「素朴な階級感情」などと認めることはできない。実際われわれは宗教のような情熱の中で目を閉じ、楽園を迎えられるようにと祈り、楽園の実現を夢に見た。みずからの壮年の歳月と新興の祖国の命運をすべて、このように、目を開いて、嘘をつきながら葬り去った。私のこの「歴史」はこのような大嘘であり、タワゴトであり、犯罪であった（八六）。もっとも悲しむべきことは、夢を見ていた時、それを真実だと信じていたことで、それが今ようやく分かったのだ。国家の工業化を私のような工業に無知なものにまかせ、「土法から着手」させたのは、文芸の分からない人に文芸をやらせるよりももっとデタラメだ。デタラメに人を吊るし上げることが、極めて大きな不公平を生むことについては理解していたが、デタラメに経済をやればより多くの死人と一家離散と災いを生むことを理解していなかった。愚かさの極みであり、教訓はあまりに苦い。一場の夢にこんなにも大きな代価を支払った。自分が当時この「真実を記した」報道を書いたことについて話せば話すほど、ますます恐ろしくなる。そこでこれを衆目にさらす次第である。（八七）

この「工場史」と「注釈」を収録した『似水流年』の「後記」が、アンソロジーを除く韋君宜の全著作一二冊の「前言」「後記」のうち、『回応韋君宜』に唯一収録されなかったものである。『似水流年』の「後記」では、特に「工場史」を取り上げて「真実の歴史」を反映させるために収録したと述べていた。「工場史」はもともと一九五九年五月に作家出版社から出版された『故郷和親人』[20]に収録されたルポルタージュで、本書の「内容説明」には、「一九五八年はじめ、中国文学芸術界連合会の各協会幹部は党の呼びかけに応え、河北省懐来県に下放し、労働鍛錬に参加した。本書に収めた二六編の散文やルポルタージュは下放して一年の間に書きとめた生活と感想である。これらの作品は真実で素朴であり、われわれに農村における大躍進中の沸き立つ生活を見せるのみならず、党の幹部下放政策の英明さと正しさを深く理解させる」と記されている。

韋君宜は「注釈」の中で、この「工場史」は大嘘であり、タワゴトであり、犯罪であったと言うが、この「工場史」が「党の幹部下放政策の英明さと正しさを深く理解させる」といわれた時が確かにあった。『似水流年』「後記」の中で述べているように、中国革命の道程の中で、韋君宜ももちろん打撃を受けた被害者であったが、「解放後の一七年間」における当初の回り道とタワゴトについては、決定権はなかったとはいえ、韋君宜にも責任がある。この「工場史」を書いて、万にも上る人々を動かして懸命にやらせたのである。どうして、タワゴトの中でむざむざと歳月を葬り去ってしまったのかを、知らせなければならない。今後、同じ回り道をしないためには、いったい何があったのか、どのような回り道をしたのかを知る必要がある。韋君宜はそう考え、『似水流年』に、「工場史」と「注釈」を収録した。「工場史」とその「注釈」の中で、「歴史」という言葉は数多く使われているが、韋君宜にとって「歴史」とは、「工場史」の記述からも知られるように、いつ、どこで、誰が、何を、どのようにしたか、それは何故なのかの事実の積み重ねなのであった。

『故郷和親人』は今では手に入れにくい本であり、「工場史」とその「注釈」を韋君宜が『似水流年』に収録したことによって、大躍進政策における鉄鋼大増産運動の「真実の歴史」を容易に知ることができるようになったのである。

三　歴史を「反思」し、記述すること

本章においてこれまでに見てきたように、『似水流年』とアンソロジーを除く、文革終結後に出版された一一冊の著作「前言」「後記」の中で、韋君宜は「歴史」という言葉をほとんど使っていない。『思痛録』「前言」においても、『似水流年』「後記」のように、自分の書いた文章が「歴史」だと言うのではなく、ただ事実を述べ、事柄を一つ一つ並べるだけにする、と記していた。ところが『思痛録』が出版されると極めて大きな反響を引き起こし、韋君宜と『思痛録』を評価する多くの文章が各種新聞雑誌に発表された。多くの知識分子が韋君宜に啓発され、韋君宜とその作品、さらには歴史について語りだしたのである。それらの文章の一部は『回応韋君宜』と『韋君宜紀念集』に収録されている。

韋君宜はもはや自分の書いたものが「歴史」であるとは言わず、自分が書きたいこと、書かなければならないと

思ったことを、正直に、自分が見て知っていることにもとづいて書く、嘘はつかず、ホラを吹かず、捏造もしない、真話を語る、ただ事実を述べ、事柄を一つ一つ並べるだけにする、と述べているにもかかわらず、韋君宜が書いたものは、「歴史」であると言う人さえいる。

盛禹九は、「韋君宜同志は史官ではなかったが、董狐のような堂々たる筆致で歴史を書き、歴史を論じた。言いたいことをすべて話してしまう時間はなかったが、『思痛録』は世に伝えられるであろう」と述べている。[21]宗蕙《そうけい》（江蘇塩城生れ、一九六三年北京大学中文系卒業）も、「君宜大姐（韋君宜）は病床の十余年間、終始ペンを手放さず、驚くべき気魄で常人の耐えがたい苦痛を克服し、ペンを執るのも難しい震える手で、直言してはばからず、自ら経てきた歴史と人生を書いた」「君宜大姐は強烈な社会的責任感と、歴史的使命感を持った作家であり、彼女の作品は文学であるばかりでなく歴史でもある。それは彼女の世代の人々が経てきた困難で曲折に満ちた現実の人生と社会の歴史的変化の過程を真に反映している」と述べている。[22]

しかし、歴史を記述することは容易なことではない。呉昊《ごこう》（一九三四〜、北京昌平人）は以下のように述べている[23]——文革を体験した人は後の人々に真実の『文革史』を残す責任がある。しかしことはそんなに簡単ではない。ある人が「文革博物館」建設を提案したが、許可されず、大量の文革資料は散逸し、海外に流出したり、ゴミ箱に捨てられたりしてしまい、三〇歳以下の若者たちは文革を理解しようとしても、古い写真の中に今見ても訳のわからないシーンを見ることしかできない。歴史の真実を壊滅させることによって、歴史を改竄するのに長けた人もいる。一一年前、反右派闘争三〇周年の時、生きている右派に依頼して、右派とされた経緯を書いてもらい、『私はどのようにして右派となったか』という本を出版しようとした人がいた。主な目的は当時のそのような歴史を忠実に記録し、後世の人々に歴史の真相を知らせんがためにである。ところがどういう訳かある種の人々の神経にさわり、彼らは「組織的な手段」を用いて本書の出版を禁止したのみならず、その背景を追及し、このことを某人の新たな罪だと言った。今にいたるも彼らは本書を出版しようとした人を大逆非道であり、「右派の巻き返し」「異端行為」だと見なしている。生きている右派は日増しに減少し、あと数年たてば、このような本を出版しようとしても不可能になってしまう。時がたてば歴史を救出するのも誰にでもできることではない。その歴史を経てきた者の責任なのである。

呉昊は、韋君宜は『思痛録』によって「歴史を救出した」とさえ述べている。これほど支持され、高く評価された『思痛録』が、前掲『中国文学編年史・当代巻』に収録されていないのは不可解なことである。中国当代文学史の中で、『思痛録』は隠しておきたいものなのか、それともなかったものにされようとしているのだろうか。

古代史を知ることの困難は人物がすでにいないところにあるが、当代史を知ることの困難は多くの当事者や、利害のある人がまだ生存しているところにある。邵燕祥《しょうえんしょう》（一九三三〜、北京生れ）によれば、苦難をこうむった人が歴史を回顧して記録しようとしても、苦難を製造した人は、他の人が歴史を回顧することによって痛いところを突かれるために、そこで歴史を覆い隠してひた隠しに隠し、歴史を改竄して是非を混同させ、さらには贓物を処分して口を封じてしまうことまでして、記憶を扼殺し、世の人々の耳目を遮ろうとするという。(24)鄢烈山《えんれつさん》（一九五一〜、湖北仙桃人）も、当代人の回想録はすべて読まない、今からあまりにも近いため、タブーが多く、多くの歴史の真相はまだ「大まかなのがよく、詳細なものはよくない」とされ、回想録を読んでも費やした時間に相応する新たな知識が得られない、それに人を吊るし上げたり、人から吊るし上げられたり、といった先の世代の人々の間の葛藤にも興味はない、と述べている。鄢烈山にとって韋君宜の『思痛録』は例外だったと言う。(25)

しかし、歴史を記述することの困難はそれだけではない。このような書物を読むと、疲れすぎる、生活してゆくだけでもう十分疲れているのに、これ以上疲れたくないという人もいれば、図書の出版は、前を見るべきで、歴史の古いツケをしつこく取り上げるべきではない、あるいは歴史を語るなら、楽しく誇りの持てる事柄について語るべきで、歴史の傷痕を暴いてはならない、と言う人もいる。(26)さらに、黄秋耘によれば一九八〇年二月にはもう文革を経た人の側からさえ、「これらの悲惨な往事についてあまり語りたくない、語ればのどが痛み、聞けば耳にタコができ、読むと目も腹を立てる……」という理論が聞こえたと言う。(27)陳四益（一九三九〜、四川成都生れ）は、いつからかはわからないが、「文革」を語ることはタブーとなってしまったようだ、そんな指示が出された記憶もない、それどころか「文革」を徹底否定する決定すら行われたというのに、と述べている。かくして『思痛録』に描かれている事柄について、後の世代の者はよく知らず、映画やテレビの中で文革のシーンが出てきても、陳四益の子供はおかしく思うだけで、なんの痛みも感じないという。[28] 鄢烈山も「大多数の人々、特に若い人はこのような話題にもう関心を持たなくなっているのは疑いのない事実である」と述べている。

それに対して、一九五一年生れの思想問題研究家で『思痛録』出版にも尽力した、雑誌編集者の丁東[29]は、彼らがこのような書籍を喜ばない権利はあるが、他の人にはそれを喜ぶ権利もある、と述べ、次のように続けている[30]――こうした書籍の作者と編集者は憲法で付与された出版の権利を有している。一部の人が喜ばないため、彼らの意見に従って、出版の方向が決定され、こうした書籍の出版が制限されるなら、その結果はゆゆしきことになる。歴史の傷痕の下の病巣がまだはっきりと診断されていないうえに、中年以上の中国人なら言わなくてもわかっている歴史の教訓について、今の若者はすでに、あまりにも少ししか知識を持たない、あるいは無知ですらある。数世代の人々が、血を代価に得た悲痛な教訓はあと一世代で伝わらなくなるかもしれない。（略）しかし、若者の無知を責めることはできない。彼らは何によって知ることができただろう。彼らを無知のままにしておいて、先の悲劇を繰り返さないと保証できるだろうか。だから「反思」の書籍の出版は必要なのである。一九九八年はその発端にしか過ぎず、一九九九年ひいては二一世紀においても引き続き「反思」しなければならない。

丁東は、この半世紀の歴史を「反思」するのは、一九九八年における書籍出版の一大特色（原文は「一大亮色」）である、と言う。「一九九八年十大好書」「非文学類」の第一位から第三位までの、朱正（一九三一～、湖南長沙人）著『一九五七年的夏季――従百家争鳴到両家争鳴』、戴煌（一九二八～、江蘇阜寧人）著『胡耀邦与平反冤假錯案』、邵燕祥著『人生敗筆』も、「文学類」第一位・第二位の『思痛録』と『牛棚雑憶』も歴史を「反思」するものであった[31]。これらの書籍の出版について「文革熱」「反右（派）熱」と言う人もいるが、丁東は、これは適切ではない、事実に合わないと考える。これらの本は簡単に書かれたものではなく、大部分は作者が長年にわたって心血を注いで書き上げた結晶であり、あちこちからかき集めて切り貼りした、オリジナリティーに乏しい、包装が得意なだけの中古品と同日には論じられない。これらの書籍が一年の内に前後して出版されたのは、何とか熱を起こそうと企図されたものでは決してなく、中共第一五回党大会、第九期全人代第一回会議が前後して開催されて、出版環境が提供され、出版社で棚上げにされたまま、長年にわたって許可の下りなかった好著がようやく一九九八年に読者にまみえる機会を得たのだ、と言う[32]。

韋君宜の『思痛録』も脱稿から実際の刊行まで約十年を要したのであった。中共第一五回党大会（一九九七年九月）、第九期全人代第一回会議（一九九八年三月）が前後して開催され、出版環境が提供された、とはどういうことなのであろう。ちょうどそのころ一九九七年一〇月に江沢民が訪米し、その直後の一一月に魏京生（一九五〇〜、北京生れ）が釈放され、また一九九八年六月にクリントン米大統領が訪中、その直前の四月に王丹（一九六九〜、北京生れ）が釈放され、ともにアメリカへ出国している。魏京生、王丹ら民主活動家を釈放することによって、中国の民主化と人権状況の進歩をアピールし、米国内の対中国イメージを改善しようとする動きのなかで、これらの歴史を「反思」する書籍も出版されたとは考えられないだろうか。

だがしかし、出版環境はまた厳しくなり、一九九八年に中央編訳出版社から出版された戴煌著『九死一生――我的「右派」歴程』は、二〇〇六年六月、作家出版社から「改訂版」を出版しようとしたところ新聞出版総署から発禁にされたという。今も「良心に背いて歴史をごまかし、歴史を覆い隠し、歴史を粉飾し、歴史を塗り替え、歴史を歪曲し、歴史を偽造[33]」しようとする勢力は強大なのである。『思痛録』編集者の丁寧も、いつか、もしも本書を編集したために何か面倒に巻き込まれたとしても、自分は後悔しない、と書いている[34]ほど出版には困難がつきまとう。

韋君宜の最新修訂版『思痛録・露沙的路』は二〇〇三年一月に出版された。しかし、『思痛録』最新修訂版「縁起」と北京版「縁起」は同じものではなかった。最新修訂版「縁起」では、本章五〇一頁で引用した最後の段落の〈〉内の最初の部分から、「歴史は忘却されてはならないものである」などが削除された。[35] さらに第二段落から、香港版になかった以下の部分が削除されている。

〈われわれの党は成立以来、半世紀余の歴程をもつが、経験をよりよく総括するためには、歩んできた道を振り返ってみる必要がある。われわれは成功と失敗の比較の中からしか正しい思考と認識をおこなうことができない。われわれの現在の認識水準は、明らかにすでに建国以来のいかなる時期よりも優れている。長い目で見れば誤りと挫折は一時の現象であり、われわれの事業はそうすることによってさらに前途が開け、われわれの党はさらに成熟するのである。〉

原文は半世紀余の「歴程」であるが、これも「歴史」とほぼ同意であり、日本語ではむしろ「歴史」と訳したほうがわかりやすいのではないか。

その一方で、最新修訂版では香港版から、たとえば以下の部分を回復させている。傍線は、香港版でのみ印刷された部分、最新修訂版でも削除されている部分である。

私は若干の苦痛について記した。しかしそれでも私はまだ、一部については（書かずに）我慢している。だが、やはりこう言おう、過去の事はあまりよくはなかったけれども、よくなるであろう、と。先の指導者はそんなによくなかったが、後の指導者はやはりよい、彼らは結局のところ祖国と人民のために力を尽くしている。少しぐらい間違えても、われわれは耐えて許そう。しかも許さなければならないのであろう。私はすでにみずから思弁する能力を失ってしまい、ただ党を信頼することしかできない。私はすべてがよくなるだろうと考えざるを得ない。今ではもうだんだんよくなってきている。もっとも顕著な例は一〇年間の文化大革命である。それは確かによくはなく、毛沢東主席は指導を誤ったが、しかしすでに是正された。すべてはよくなったではないか？　今後については素晴らしい希望を抱きさえすれば、それで十分なのである。[36]

これは、香港版「縁起」「開頭」こそ韋君宜の作であることから、香港版にもない、北京版「縁起」にしか記されていない部分を削除し、さらに香港版から文章を回復させた、と言えなくもない。しかし、あまりにも「尖鋭」な本章五〇三頁で引用した部分や、以下の部分は削除したままなのである。

この歴史は、誰が書いたとしても、また思っていることを率直に述べようと、婉曲に述べようと、実際にはわれわれの指導者（はっきり言えば毛沢東主席）がこれらの歳月に、人に打撃を与えた歴史、人を吊るし上げた歴史について書かざるを得ない。彼が誤りを犯した歴史は、こんなにも長年にわたり、次から次へと繰り返され、人々が少し希望を抱き始めるやいなや、彼はまたやって来た。[37]

これでは本来の「縁起」「開頭」から、さらに遠ざかったといわざるを得ない。ただ「党を信頼」し、「今後については素晴らしい希望を抱きさえすれば、それで十分」なのであり、個人が歴史に向き合って「反思」し、独自に歴史を記述することは、禁忌なのであろうか。『思痛録』には、六四天安門事件について書かれた未発表の手稿（未見）があるが、それは香港版でも、そして今なお、削除されたままである。[38]

おわりに

韋君宜の著作が歴史を書いたものだといえるのかどうか。

「初めて延安の搶救運動を描いた力作」と言われる長編小説『露沙的路』について、丁磐石（一九二七〜、成都生れ）は、次のように述べている。[39] 一九四八年秋、丁磐石は学業を投げうち北平から晋察冀解放区に行った。そこでは何度も老同志が「搶救運動」に対する不満を述べるのを聞いたが、曖昧でよくわからなかった。最近『露沙的路』を読んで、はじめてこの運動について理解することができた、と言う。一九二七年生れの丁磐石は、一九四八年当時は燕京大学歴史系の学生であり、それが一九九四年になって『露沙的路』を読んで、はじめてこの運動について理解することができ、「この作品の搶救運動についての記述は、歴史の一つの真実の描写である」と言っているのである。搶救運動の実情についてそれまで書いた者はいなかった。『露沙的路』は小説であるが、韋君宜が「私が確かに経験した生活」を書いたと言うとおり、小説によっても「歴史の一つの真実の描写」にまで到達することができたのである。

なぜ、韋君宜の「作品は文学であるばかりでなく歴史でもある」と言われるのか。それは、韋君宜の執筆スタイルによるところが大きい。韋君宜は、本章において見たとおり、小説、散文を問わず、自分が書きたいこと、書かなければならないと思ったことを、正直に、自分が見て知っていることにもとづいて書く。嘘はつかず、ホラを吹かず、捏造もせず、真話を語る。革命に参加するなかで、「われわれの世代が成したことのすべて、犠牲にしたもの、得たもの、失ったもののすべて」について思索・探索し、同じ誤りを繰り返さないために書いた、と言う。これはすなわち韋君宜にとっての「歴史」――いつ、どこで、誰が、何を、どのようにしたか、それは何故なのかの事実の積み重ねに他ならない。韋君宜の著作は、すべて韋君宜から見た中国革命史なのである。

詩人の公劉（一九二七〜二〇〇三、江西南昌人）は、『思痛録』の全体的な印象について、次のように述べている。[40]

抽象的な議論もなければ、空疎な悲嘆もない、大げさな形容詞もない、全編が水気のない乾物のように乾いた文体で、自分の経験した真人真事が綴られている。とりわけ称賛すべきは、作者が自分をすっかりその中に置き、その時考え、やったことを、少しもごまかしたり、逃げることもなく、今その通りに書いたことである。要するに本書は確かに真話を語った書だと言える。われわれの中国においては、真話を語ることは極めて困難であり、特にそれを書いて正式に出版することはほとんど天にも昇るほど困難なことである。

また、『思痛録』編集者の丁寧も、次のように記している[41]――本書の優れた点は、非常に誠実なことである。真摯に歴史を回顧し、一つ一つの史実、事柄、人物について語り、読者に過ぎ去った年代をもう一度考え直させる。さらに視点も新しい。一般の回想録は成長史を手がかりにして、時間の順に書かれる。『思痛録』はそうではなく、革命に参加後から、一貫して運動を手がかりにして書き、成長史や身内についてはほとんど書かず、あるいは書いたとしても、一貫して、次々に繰り返される運動についての回想のなかにそれらを置いて記している。

事実、韋君宜は『思痛録』のなかで、いつどうして結婚したかも、四人の子供の出産についても、子供の一人が紅衛兵に殴られて精神病になったことも、親がいつ死んだかについても書いていない[42]。ひたすら、革命に参加するなかで「われわれの世代が成したことのすべて、犠牲にしたもの、得たもの、失ったもののすべて」について思索・探索し、同じ誤りを繰り返さないために書いている。

歴史はデタラメであってはならない[43]というが、『思痛録』には記憶違いによる誤りがある[44]。

邵燕祥は、「歴史は社会的集団の記憶であり、歴史はまた幾多の世代の人々の苦難と血涙の記録でもある。『廬山の真面目を識《し》らざるは、只《ただ》身の此《こ》の山中に在るに縁《よ》る』(蘇軾「題西林壁」)のように、われわれは歴史のなかに身を置いてはいるが、歴史に対して透徹した認識を持っているとは限らない」と言う[45]。

何満子(一九一九～二〇〇九、浙江富陽生れ)は、「どの作者も当然自分の世界から大世界を観察し、読み解くことしかできない。自分の世界から読み解いた大世界は、大世界の実際とすべて合致するとは限らないが、不思議でもなければ、大したことでもない。読者が求めるのは、たとえ間違ったことを述べたとしても誠実に間違うことである」と言う[46]。

韋君宜は、もはや自分の書いた文章が「歴史」だとは言っていないにもかかわらず、宗璞は、「当然のことながら本書（『思痛録』）には、あまり正確ではない箇所もある。各人が歴史全体を見れば、きっと欠けた部分もあるだろう。しかし皆が自分の見ることができたことについて誠実に語ることができたなら、それこそが真実の歴史なのである」[47]、「歴史というのは唖者であり、人々が知るのは書かれた文字しかない。真話が少しでも多くなればそれだけ真の歴史に近づける」[48]とまで言っている。

呉昊は以下のように述べている。[49]

大昔のことは言うまでもなく、近代史や現代史、現代人のことについても、明らかであろうか。必ずしもそうではない。今に至るまで、われわれにはまだ後世の人に残せる、修正の必要のないちゃんとした近代史、現代史と党史がない。われわれ自身が経てきた事柄でさえまだ完全には正視する勇気のないものもあり、人々にとって明白なことさえも、いまだに明確な言い方のないものもある。「当代人は当代史を編纂しない」というのなら、当代人は少しでも多くの真実の資料を残し、後世の人々が歴史を編纂するのに少しでも多くの根拠を残すことが、当代人の責任である。

この意味において、韋君宜はまさに当代人の責任を果たしたといえる。六〇歳を過ぎてから、人民文学出版社総編集、社長としての激務をこなしたうえで、その勤務時間外に、また闘病生活を送りながら、本章において見てきたとおり、「われわれの世代が成したことのすべて、犠牲にしたもの、得たもの、失ったもののすべて」について思索・探索し、同じ誤りを繰り返さないために書き、一二冊もの著書、呉昊のいう「真実の資料」を出版して残したのである。

注

（1）「著名作家韋君宜逝去」、『人民日報』二〇〇二年一月二八日。

（2）「『思痛録』被評為一九九八十大好書之第一本」、摘自「席殊好書倶楽部『一九九八十大好書』綜述：一九九八十大好書、本年度高品位公共読物」（http://mem.netor.com/m/jours/ adindex. asp?boardid=9319&joursid=8192、二〇一〇年七月五日閲覧）。

（3）「一九九八年十大好書」（http://www.white-collar.net/wx_wxf/wxf01/w_99026.html、二〇〇八年五月六日閲覧）。

（4）丁寧「一筆珍貴的思想財富――『思痛録』編集手記」邢小群・孫珉編『回応韋君宜』大衆文芸出版社、二〇〇一年、四〇四頁。牧恵「『思痛録』出版之後」前掲『回応韋君宜』四〇六頁。

（5）邢小群・孫珉「前言」、前掲『回応韋君宜』一～三頁。

（6）『真話集』は、一九八二年一〇月香港で三聯書店から『随想録』第三集として出版、その後一九八三年二月に北京の人民文学出版社から出版。

（7）本文中に掲載された『牛棚雑憶』の著者、季羨林の名前は、本書「人名索引」にはない。

（8）「韋君宜在線紀念館」・「活動年譜」（http://mem.netor.com/m/lifes/adindex.asp? BoardID=9319、二〇〇五年九月一八日閲覧）。

（9）啓治「編集者的素質、修養、職責和作風――韋君宜訪問記」韋君宜『老編集手記』八二頁。韋君宜の経歴の詳細については、本書「韋君宜年譜」参照。

（10）韋君宜「我的文学道路」前掲韋君宜『老編集手記』八〇～八一頁。韋君宜が湖北省咸寧の文化部五・七幹部学校に下放されていたのは、一九六九年九月から七三年三月までのこと。

（11）楊団「『思痛録』成書始末」『思痛録』香港版二二〇～二二一頁。楊団「『思痛録』成書始末」は、後に前掲『回応韋君宜』、最新修訂版『思痛録・露沙的路』、増訂紀念版『思痛録』にも収録された。

（12）「載道」派とは、文学は「道を載せる（思想を表現する）」ものとする流派のこと。

（13）宗璞「痛読『思痛録』」前掲『回応韋君宜』二五九頁（『文匯読書週報』一九九九年一月一六日原載）。

（14）原文の「半分まで印刷できていた」について、何啓治は、本書の清刷りまでできていた、と言う。何啓治「夕陽風采――韋君宜素描」『韋君宜紀念集』人民文学出版社、二〇〇三年、四一七頁による。

（15）二〇〇七インタビューによる。

（16）『思痛録』香港版六頁。

（17）韋君宜「対夢囈的注解」韋君宜『似水流年』八二頁。

（18）『思痛録』北京版五一、六三、一八七頁。王培元「韋君宜：折翅的歌唱」『在朝内一六六号与先輩魂霊相遇』人民文学出版社、二〇〇七年一月、一二七頁。

『故郷和親人』作家出版社、一九五九年五月、「前言」によれば、中国文学芸術界連合会の各協会幹部百二十余人がこの時、幹部は下放し、労働鍛錬をせよとの党の呼びかけに応えて河北省懐来県に来たという。

(19) 天児慧他編『岩波現代中国事典』岩波書店、一九九九年、一三四四頁、韓鋼『中国共産党史の論争点』辻康吾編訳、岩波書店、二〇〇八年、五一頁など。

(20) 前掲『故郷和親人』「前言」によれば、河北省懐来県に下放された幹部にとって、懐来県の農村は故郷で、本書の中に描かれた農村幹部と（人民公社）社員は身内であり、永遠に彼らを懐かしく思う、そこで『故郷和親人』を書名とした、という。

(21) 盛禹九「一個大写的人——懐念韋君宜」前掲『韋君宜紀念集』一六三頁。

(22) 宗蕙「為君宜大姐送行」前掲『韋君宜紀念集』二三八頁。

(23) 呉昊「搶救歴史」前掲『回応韋君宜』三二五、三二七、三二四頁（『随筆』一九九九年第一期原載）。

(24) 邵燕祥「一切良知未泯的人、応該同她一起思考」、前掲『回応韋君宜』二五〇頁。

(25) 鄢烈山「一本〝老豆腐賬〞？——韋君宜『思痛録』読後」前掲『回応韋君宜』三三一頁（『雑文界』一九九八年第四期原載）。

(26) 丁東「反思歴史不宜遅」前掲『回応韋君宜』三六五頁（『出版広角』一九九八年第六期原載）。

(27) 黄秋耘「一本不可不読的書」前掲『韋君宜紀念集』五三八頁（『羊城晩報』一九九八年七月一五日原載）。

(28) 陳四益「不該忘却的歴史——読『思痛録』」前掲『回応韋君宜』二七八～二七九頁（『大公報』原載）。

(29) 丁東については、「丁東簡歴」(http://www.dajunzk.com/dingdong.htm、二〇一五年五月一〇日閲覧)、「公共知識分子五〇人：丁東」(http://business.sohu.com/20040908/ n221944979.shtml、二〇〇八年五月六日閲覧)、章詒和『嵐を生きた中国知識人——「右派」章伯鈞をめぐる人びと』横澤泰夫訳、集公舎、二〇〇七年の「訳者あとがき」四〇九頁による。

(30) 前掲丁東「反思歴史不宜遅」三六五～三六六頁。

(31) 前掲「一九九八年十大好書」。ちなみに「非文学類」第四位は、何清漣著『現代化的陥穽——当代中国的経済社会問題』、「文学類」第三位は、余華著『活着』であった。

(32) 前掲丁東「反思歴史不宜遅」三六三、三六五頁。

(33) 元中国国営新華通訊社（新華社）高級記者・戴煌「司法の不法を告発する～言論と出版の自由のために～」（横澤泰夫訳）(http://www.21ccs.jp/china_watching/ChinaPublish_YOKOSAWA/China_Publish_04.html、二〇〇八年五月六日閲覧)。

(34) 前掲丁寧「一筆珍貴的思想財富——『思痛録』編集手記」

四〇四頁。

(35) 最新修訂版「縁起」の最後の段落は、香港版と同じなのではなく、「私の信仰」や完全に「すっかり話してしまう見識と勇気を持っていない」、「雄弁にではなく」は削除されたままである。本書三三、三四頁参照。なお、二〇一三年に刊行された増訂紀念版と文集版について、香港版と一字一句対照する作業はできていないが、「縁起」「開頭」部分は北京版と同じものである。

(36)『思痛録』香港版「開頭」七頁、最新修訂版五～六頁。

(37)『思痛録』香港版「縁起」一頁。

(38) 二〇〇七インタビューによる。

(39) 丁磐石「一本真実的書」前掲『韋君宜紀念集』五五七、五五九頁（『深圳特区報』一九九四年一一月二六日原載）。「丁磐石：見証燕大在成都的歳」(http://culture.people.com.cn/GB/40462/40463/3575290.html、二〇一五年五月一〇日閲覧)。

(40) 公劉「触人痛思的『思痛録』」前掲『回応韋君宜』二七二頁（『同舟共進』一九九八年第九期原載）。公劉もまた、同二七四頁で、「より多くの老同志が、韋君宜のようにみずからの回想録で真相を語り、後の人が歴史を認識し、歴史を銘記するのを助けるよう望む」と記している。

(41) 前掲丁寧「一筆珍貴的思想財富――『思痛録』編集手記」四〇一～四〇二頁。

(42) ただし韋君宜は、最初の娘が搶救運動のさなか夭折したことについて、『思痛録』第一章に記している。

(43) 前掲呉昊「搶救歴史」三二五頁。

(44) 本書後編第二章三八五頁と注14参照。

(45) 前掲邵燕祥「一切良知未泯的人、応該同她一起思考」二五四頁。

(46) 何満子「以良知呼喚同時代人的良知――読韋君宜『思痛録』」前掲『回応韋君宜』二四五頁（『深圳特区報』一九九八年六月二八日原載）。

(47) 前掲宗璞「痛読『思痛録』」二六〇頁。

(48) 宗璞「大哉、韋君宜」前掲『韋君宜紀念集』二二〇頁。

(49) 前掲呉昊「搶救歴史」三二四～三二五頁。

韋君宜年譜

一九一七年　一二月一〇日（旧暦一〇月二六日）、北京に生れる。原名は魏蓁一、祖籍は江西省、後に湖北省建始県に移る。父は魏仲衡、清末に日本へ留学し、鉄道について学ぶ。中国同盟会会員で、日本留学中に孫文と知り合い、秘書をしたこともあったという。一九一三年帰国し、交通部に就職、北京鉄路管理学校でも教える。後に長春の鉄路局長に就任。母は司韻芬、湖北省沙市の人、挙人の娘、四女二男をもうける。韋君宜は長女、父の魏仲衡は女子も男子と同じようによく勉強しなければならないという考えをもつ、裕福で教育熱心な家に育った。母の司韻芬は結婚前に私塾で九年間学び、韋君宜と上の妹の蓮一の就学前には家で「琵琶行」「阿房宮賦」などの古典詩詞と『三字経』などを教えて暗唱させた。また家に家庭教師を呼んで、英語・古文などを習わせ、韋君宜は四書五経なども学んでいた。

一九二四年　北京から長春鉄路子弟小学校三年に転入。

一九二七年　北京に戻り、北京実験小学校六年に編入。

一九二八〜三四年　魏仲衡は離職し、家族全員で天津のフランス租界に転居。韋君宜は南開女子中学一年に入学し、卒業するまで六年間学ぶ。仕事を辞めていた父は、絵を描き、アヘンを吸う以外に、韋君宜に古文と日本語を教えた。日本留学中の日本人同窓生の多くが政府の役人を務めていたため、魏仲衡は東北陥落後、彼らから鉄道部長に就任するよう請われた。また日本軍の北京占領後は通訳や役人になるよう求められたが、魏仲衡はいずれも断り、上海租界に身を隠し、占領期間中はいかなる仕事にも就かず、家賃収入で暮らしたという。

一九三四年　清華大学哲学系に入学（十級）。年末には校内の革命組織「現代座談会」に参加し、マルクス主義を学習しはじめるが、間もなく「現代座談会」は成立して半年で解散。

一九三五年　『清華週刊』第四三巻「特約撰稿人」となる。夏休みに五人で日本の東京へ行き、「光明の路」を探す。東京では中国左翼文化人の活動に引きつけられ、日本に留まろうとするが、父や友人の反対で帰国する。九月、「静斎六人組」（秘密の「社連」小組）に参加すると同時に、清華大学の「民族武装自衛会」の指導を受ける。一二月、一二・九運動に参加する。この前後、処女作と第二の短編小説を天津『国聞週報』と天津『大公報』に発表する。

一九三六年　一月四日、平津学生「南下拡大宣伝団」に参加。一六日、「南下拡大宣伝団」第三団が燕京大学に「中国青年救亡先鋒団」を設立、これは後に第一団、第二団の設立した組織とあわせて「中華民族解放先鋒隊」（略称「民先」）と総称される。韋君宜はその最初の隊員の一人。間もなく蔣南翔（清華大学中文系九級）の紹介により、共青団（中国共産主義青年団）に加入、五月には中共党員となり、中共北平（北京）地下党の幹事となる。北平の「社連」「婦連」「民先隊」の工作に参加、大学の授業には滅多に出なくなって、ほとんど職業革命家のような生活を送る。夏休み、山西省太原に行き、革命組織「犠盟会」（犠牲救国同盟会）に参加する。一〇月、『清華週刊』第四五巻「哲学欄」の編集者となり、同誌上に魯迅の追悼文や第三の短編小説を発表する。

一九三七年　七月、盧溝橋事件が勃発。事件後、天津の家に戻る。八月二八日、上の妹の蓮一と塘沽から広州行きの汽船「湖北号」に乗り南下、流浪する。青島で途中下船し、済南、太原から石家荘を経て漢口に到着。

一〇月下旬、漢口から長沙臨時大学に行って登録し、「臨大」文学院哲学心理教育系四年となる。この間、学業を捨て、武漢に行って抗日救国活動に参加することを決心。

一二月、湖北省委員会が開催した黄安七里坪抗日青年訓練班に参加。このとき党との関係を回復し、名前を韋君宜に改める。

一九三八年

湖北省委員会から前後して襄陽、宜昌に派遣され、抗日救国工作と党組織の回復工作に従事する。新たに設立された中共宜昌区委員会において組織部長をつとめる。

秋、武漢に戻り、国民党によって解散させられた「民先隊」などの革命団体の回復工作に従事し、隊員を動員してゲリラ戦の準備をする。家からは、宣伝だけでは救国できない、大学を卒業してからでも救国はできると、頻繁に手紙が届き、ついには母が父の手紙を持って香港経由で武漢まで訪ねてきて、アメリカへの私費留学を勧められるが、聞き入れなかった。

一〇月二〇日、武漢陥落の前に韋君宜は汽船に乗って南下、武漢から沙市、宜昌を経て重慶に到着。その途中、恋人の孫世実が武漢で日本軍の爆撃によって死亡したことを知り、悲嘆に暮れる。孫世実（清華大学中文系十一級）は、当時、中共湖北省青年工作委員会委員。民族解放先鋒隊湖北省隊長、享年二〇歳。前には「北平学連」常務委員、中共宜昌区工作委員会書記。父親の孫本文は著名な社会学者で、南京中央大学教授。このとき韋君宜の上司の銭瑛（中共湖北省委員会組織部長、女性）は、韋君宜を白区にとどめて地下秘密工作はさせず、すぐに延安へ送ることを決定し、彼女に「延安に帰りなさい。延安は自分の家よ。きっと元気になるわ」と言った。

一二月、党組織の手配で、成都から西安経由で根拠地延安に向かう。

一九三九年

一月初め、延安に到着。中央「青委」（中央青年工作委員会）に『中国青年』の編集者として配属される。

「青委」宣伝部長の胡喬木が『中国青年』総編集（編集長）・中国青年社社長を兼任する。前後して「青委工作組」「西北青年考察団」に参加し、安塞、晋（山西省）西北に行き、農村の「青救会」「婦救会」などの革命団体の組織工作と発展工作の情況を視察する。九月、延安に戻り、『中国青年』で編集者としての仕事を開始、同誌上に文章も発表する。

一九四〇年

年末、「青委」幹部の蘇展と結婚。蘇展は盧溝橋事件が勃発するまで北京河北美専の学生。このとき「青委」は一〇組の集団結婚式を挙行、中共中央組織部長で「青委」書記を兼任していた陳雲が主催した。

七月、再び晋西北へ行き、『中国青年』晋西版の出版準備をおこなう。

八月一九日、興県で開催された晋西青年第一回代表大会に参加、「青連」執行委員会が発足し、韋君宜は九人の常務委員の一人となり、宣伝部において『中国青年』（晋西版）の編集出版工作の責任者となる。宣伝部長は蘇展。

一一月一日、『中国青年』（晋西版）第一巻第一期出版。

一九四一年

四月、晋西「青連」で一〇カ月工作した後、延安に戻る。晋西を離れる前に蘇展と離婚。延安では、『中国青年』（延安版）はすでに停刊、韋君宜は中央青年幹部学校で教える。

晋西での生活を経て韋君宜の文学創作は新たな出発点をむかえ、短編小説『龍』（一九四一年七月八日『解放日報』）、『群衆』（一九四二年八月二日『解放日報』文芸副刊）を発表、解放区の優れた作品と高く評価され、『龍』は、周揚編集の『解放区短編創作選』（一九四六・四七年、東北書店）や新中国成立後の中学の国語教科書にも収められた。

九月、米脂に赴き、清華大学の同窓で当時米脂中学党総支部書記の楊述（当時の姓名は欧陽正、ペンネームは欧陽素、大学時代の名前は楊徳基）と結婚。結婚後、米脂中学で国語の教師となる。

一九四二年

二月、延安で整風運動はじまる。

米脂中学へ赴任後一年も経たずに、生れたばかりの娘を連れて楊述と綏徳分区地区委員会宣伝部に異動し、地区委員会機関紙『抗戦報』の編集者、記者となる。楊述は同紙主編。

一九四三〜四四年　綏徳で搶救運動に巻き込まれる。楊述は武漢陥落前に四川に入り、川東組織部長兼「青委」書記に就任、一九三九年、重慶で逮捕され、周恩来によって保釈された後、延安に到着。この経歴から「国民党特務」とされ、整風班に拘禁される。娘は二歳にもならないうちに夭折。四四年下半期、楊述の「特務」のレッテルは一年あまりで外される。なお、楊述の兄（中共党員）は、一九四〇年国民党統治区で国民党に逮捕殺害されている。

一九四五年　年初、延安中央党校に異動、教務処幹事となる。

二月、毛沢東が中央党校で「搶救運動」について謝罪する。韋君宜は強い正義感をもち、自由と理想を求め、自分のすべてを捨てて革命に参加した。しかし延安に来てから搶救運動に巻き込まれ、そのすべてが壊滅した。失望し、後悔し、延安から離れたい、共産党とともには歩めない、延安はもはや「われわれの家」ではなく、「家のない流民」になってしまった、と考えるようになっていた。ところが毛沢東のこの謝罪によって、みな共産党を許したのだという。

八月、日本が降伏する。抗戦勝利後、延安新華社に異動、口語放送部編集者、記者となる。

一九四六年　三月、国民党が延安を爆撃、新華社の大部分の人員とともに瓦窰堡《がようほ》に撤退し、延安にかわって放送する。

七月、国共内戦全面化。

一九四七年　春、行軍隊列を編成して、陝甘寧辺区の瓦窰堡を出発し、晋綏辺区を経て山西を横切り、数カ月かかって晋察冀辺区の平山県に入る。

九月、平山県の「土地改革工作団」に参加し、温塘区委員会委員に就任。当地で『晋察冀日報』に解放区で執筆した第三の短編小説『三個朋友』を発表、さらに『人民日報』（晋察冀版）にも転載。

一九四八年　中国新民主主義青年団設立準備工作に参加し、『中国青年』復刊工作の責任者となる。一二月二〇日、復刊後の『中国青年』第一期出版、韋君宜は編集幹事となる。

一九四九年　一月、解放軍、北平入城。四月一一～一二日、中国新民主主義青年団が北平で開催した第一回全国代表大会に出席、団中央宣伝部副部長兼団中央機関誌『中国青年』総編集となる。楊述は団中央宣伝部長。組織は楊述を行政八級、韋君宜を行政十級と決定、俸給は二人合わせて約五百元にもなったが、質素な生活を送る。六月、娘の楊団誕生。一〇月、中華人民共和国成立。

一九五〇年　三月、反革命鎮圧運動はじまる。五月、映画『清宮秘史』上映禁止。

一九五一年　年初、党中央宣伝部訪ソ代表団に参加し、訪ソ。五月、映画『武訓伝』批判はじまる。一二月、三反運動はじまる。

一九五二年　一月、五反運動はじまる。

一九五三年　青年団から派遣された代表として、北京で開催された中国文学芸術工作者第二回全国代表大会（九月二三日～一〇月六日）および中国文学工作者第二回代表会議に出席。団中央から北京市委員会文化委員会副書記に異動。楊述は北京市委員会宣伝部長。しかし韋君宜はこのとき、延安の『中国青年』編集者時代の社長であった胡喬木に、自分は文学が好きなのでもう少し適した仕事にかかわれるよう尽力いただきたいとの手紙を出す。その結果、中国作家協会に転属、月刊誌『文芸学習』創刊準備を行い、作家協会党組成員となる。この年七月、長男楊都誕生。

一九五四年　四月二七日、『文芸学習』創刊、韋君宜は主編となる。一〇月、兪平伯の『紅楼夢』研究批判はじまる。同月、胡適批判はじまる。

一九五五年　二月、胡風批判はじまる。七月、粛反（潜行反革命分子粛清）運動はじまる。一〇月、『前進的脚跡』（『中国青年』誌上に発表された作品の一部、散文一三篇）が中国青年出版社から出版される。この年一二月、次男楊飛誕生。

一九五六年　二月、ソ連共産党第二〇回大会でフルシチョフがスターリン批判を行う。五月、思想自由化の提唱（百花斉放、百家争鳴）。

一九五七年　六月、丁玲・陳企霞反党集団批判はじまる。反右派闘争はじまる。『文芸学習』は年末に第一二期で停刊。

一九五八年　一月、『人民文学』副主編に就任、その肩書きのまま、河北省懐来県花園公社楡林大隊へ下放。五月、大躍進政策はじまる。九月、鉄鋼大増産運動はじまる。一一月、人民公社が成立。

一九五九年　早春、「二七」機関車工場の工場史『北方的紅星』（作家出版社、一九六〇年二月）編纂工作に参加。八月、廬山会議で彭徳懐失脚。反右傾闘争はじまる。大躍進政策の失敗により、六一年まで三年つづいた「自然災害」がはじまる。六一年までに、餓死者は四千万人以上。

一九六〇年　作家出版社に転属し、総編集に就任。

一九六一年　四月、作家出版社は人民文学出版社に合併され、副社長兼副総編集に就任。このとき厳文井が社長に就任したが、彼は中国作家協会に出勤したため、実際に社長としての業務を行ったのは韋君宜。人民文学出版社社長のポストは、五七年に馮雪峰が右派として、また五九年には後任の王任叔（巴人）が「人情、人性」について語ったため、免職になって以来、空席となっていた。

一九六二年　一月、七千人大会で大躍進政策は正式に停止される。

一九六五年　隊を率いて河南省安陽へ行き、「四清」工作隊に参加。一一月、呉晗の『海瑞罷官』をめぐる論争はじまる。

一九六六年　四月、『燕山夜話』『三家村札記』への批判が激化する。五月、北京市委員会宣伝部長で鄧拓と友人だった楊述も批判される。楊述の罪名は「彭真反革命修正主義黒幇分子」「三家村黒幹将」。後に楊述は学部（中国科学院哲学社会科学部）に転属。

六月、「四清」の前線から呼び戻され、作家協会幹部とともに中央社会主義教育学院へ行き、プロレタリア文化大革命に参加する。人民文学出版社のなかで韋君宜はまず最初に批判闘争にかけられ、その回数は最多、規模も最大。走資派として打倒され、「三家村女幹将」などの冤罪を着せられて、精神病で倒れ、病床に臥す。病床にあった三年間は文革最悪のときで、参加できなかったことは幸い、病気が韋君宜の命を救ったともいわれている。また文革が始まってすぐ、長男の楊都は「黒幇《ヘイバン》」の出身だと殴られて、野原を三日間逃げまどい、家に帰らなかった。楊都はこのとき知的障害を負い、そのまま小学校も卒業できず今日にいたる。

一九六七年　五月、現代京劇『智取威虎山』など革命模範劇上演。

一九六八年　五月、于会泳、文芸における「三突出」を強調。

一九六九年　春、病状が好転し、娘を雲南省の辺境に送り、人民文学出版社の運動に参加する。九月二九日、人民文学出版社幹部とともに湖北省咸寧の文化部五・七幹部学校に下放される。

一九七一年　九月、林彪事件。

年末、「走資派の誤りを犯した」幹部として解放され、咸寧五・七幹部学校人民文学出版社中隊の指導員となり、専案組に参加し名誉回復工作に従事する。

一九七三年　三月、幹部学校から人民文学出版社に戻り、指導小組成員となり、業務管理工作に従事。同月、鄧小平が副総理として復活。

一九七四〜七六年　かつて幹部学校で、将来もしも北京に帰ることができたなら、転職する、文芸に携わらなければならないなら、せいぜい編集者にしかならず、絶対に一字も書かない、と「改造」中の同志たちに宣言していた。北京に戻ってからもそれを実行。しかし、一家は離散し、子供の一人は精神病となり、さらには多くの友人や同志が非業の死を遂げたという情況のなかで、こんなことをしていてはいけない、自分の見たこの一〇年の大災難を本に書こう、書かなければならないと密かに志を立て、長編回想録『思痛録』の執筆を開始する。最初の数章はこの時期に執筆、本書は八六年に倒れるまでにおおむね完成し、八九年に若干の補足が行われた。公然と執筆を再開したのは「四人組」粉砕後。

一九七四年　一月、批林批孔運動展開。

一九七五年　八月、毛沢東、『水滸伝』批判を指示。九月、第一回農業は大寨に学ぶ全国会議開催。一一月、「右傾翻案風」(右からの巻き返し)に反撃する運動はじまる。

一九七六年　一月、周恩来死去。四月、第一次天安門事件、鄧小平が失脚。七月、唐山地震。九月、毛沢東死去。一〇月、「四人組」が逮捕される。

一九七七年　七月、鄧小平が復活。一二月、胡耀邦が中共中央組織部長に就任し、失脚幹部の全面的名誉回復をはじめる。

一九七八年　一一月、楊述が名誉回復。一二月、中共一一期三中全会、改革開放路線へ転換。三中全会の後、厳文井、韋君宜、屠岸の呼びかけと指導のもとに、人民文学出版社では現代文学編集室の編集者らが一カ月あまり集中的に、これまでストックしてあった三十余の長編小説をもう一度読み直して討論し、確かな生活と生き生きとした思想が描かれたいくつかの佳作を選び、概念から出発し単純化・公式化・一般化されたその他の作品をすべて大胆に廃棄して作者に返却したという。

一九七九年　一〇月三〇日〜一一月一六日、北京で開催された中国文学芸術工作者第四回代表大会に出席し、作家協会第三期理事会理事と「文連(中国文学芸術界連合会)」第四期全国委員会委員に選出される。

一九八〇年　二月、『女人集』を四川人民出版社から出版、短編小説一七篇（新中国成立前、解放区で執筆された作品三篇、文革前の作品一二篇、文革後、新たに書かれた作品二篇）を収める。
『文芸報』編集委員、『小説月報』顧問に就任。
九月二七日、楊述が病逝する。
この年、アメリカ出版協会の招きに応じて、中国出版工作代表団のメンバーとして訪米。

一九八一年　二月、人民文学出版社総編集に就任。八月、『似水流年』を湖南人民出版社から出版、一九三五～八〇年の散文作品二三篇を収める。

一九八三年　二月、『老幹部別伝』を人民文学出版社から出版、一九八〇～八二年の中短編小説六篇を収める。一〇月、人民文学出版社社長に就任。精神汚染除去のキャンペーンがはじまり、周揚は自己批判を迫られる。この年、蔣南翔が主宰する中央党校『一二・九運動史要』編写組に参加し、主要な編集者として、二年半におよぶ編集工作を開始。

一九八四年　訪独、西ドイツのケルンで挙行された「中国新時期文学討論会」に参加。

一九八五年　一月、札記『老編集手記』を四川人民出版社から出版。八月、散文集『故国情』を天津の百花文芸出版社から出版。一二月、長編小説『母与《と》子』を上海文芸出版社から出版。年末に退職すると同時に、人民文学出版社編審委員会委員、専家委員会委員、雑誌『当代』顧問などに就任。

一九八六年　『一二・九運動史要』の編集は最終段階に入る。
四月二一日、作家協会の座談会の席で突然脳溢血の発作を起こして倒れる。協和医院で一命を取り留めるが、半身不随となり、病床で字を書く練習を始める。謝冰心は、韋君宜は有能で上手い作家なのに、長年行政工作と編集工作で時間をとられ、やっとのことで退職して執筆しようとしたところ病気になってしまい、本当に残念だ、と述べたという。

一九八七～九〇年　秋、退院後、民営のリハビリ施設に入院する。病状がやや好転し、執筆を再開、民間リハビリ施設での生活を描いた散文「病室衆生相」を執筆。

一九八九年　リハビリと執筆を日課とする。この間、脳血栓や骨折で短期の入院治療を受ける。

一九九一年　四月、胡耀邦死去。六月、第二次天安門事件。

一九九四年　五月に中短編小説集『旧夢難温』を、八月には散文集『海上繁華夢』を、人民文学出版社から出版。

六月、長編小説『露沙的路』を人民文学出版社から出版。『露沙的路』は、『思痛録』第一章の姉妹編ともいうべき自伝的小説で、革命の聖地・延安における搶救運動や最初の結婚の失敗についても描かれている。

一九九五年　一一月、脳梗塞のため協和医院に四度目の入院をし、以後退院することはなかった。楊団によれば、長編小説としては『母与子』『露沙的路』以外に、韋君宜は「一二・九」運動に関する作品を準備していた。延安時代にもいくらか書いていたし、八六年に病気で倒れる前も、その後も構想を練っていた。草稿も残っている。当時学生運動に参加した人の今日に至るまでの運命、この世代の人々の体験と、蔣南翔、于光遠、李昌などを含む各種各様の人物を書きたい、と何度も話していたが、残念なことに完成させることはできなかった、という。

一九九八年　八月、散文集『我対年軽人説』を人民文学出版社から出版。一二月、『中国当代作家選集』シリーズ中の一冊『韋君宜』を人民文学出版社から出版。

二〇〇〇年　五月、長編回想録『思痛録』を北京十月文芸出版社から出版（北京版）。

二〇〇〇年　九月、香港の天地図書有限公司から『思痛録』海外繁体字版を出版、香港版では、北京版で削除された部分も印刷され、本文は一、二割増になった。

二〇〇一年　三月、大衆文芸出版社から『回応韋君宜』を出版、『思痛録』に対するそれまでの社会的反響を編集し、韋君宜の出版されたすべての作品集の前書きと後書きも収録。

二〇〇二年　一月二六日一二時三三分、協和医院で病逝、享年八五歳。二月一日、八宝山革命公墓大礼堂で告別式。

＊＊＊

補記

本年譜は以下の資料にもとづき作成した――韋君宜在線紀念館「活動年譜」(http://mem.netor.com/m/lifes/adindex.asp? BoardID=9319、二〇〇五年九月一八日閲覧)、『韋君宜文集』(人民文学出版社、二〇一三年)第五巻「韋君宜諸作年表」、二〇一四インタビュー、韋君宜『思痛録』、「一段補白」(『似水流年』)、「我的文学道路」(『海上繁華夢』)、「在銭大姐身辺成長」(『我対年軽人説』)、『韋君宜紀念集』(人民文学出版社、二〇〇三年)所収の楊団口述、郭小林整理「我為有這様的母親而驕傲」、宋彬玉「記青少年時期的韋君宜」、蘇予「歳月有情」、許覚民「記韋君宜」、陳早春「我看君宜同志」、何啓治「夕陽風采」、常振家「一点歉疚」、文潔若「韋君宜――我的清華学長」、胡徳培「累壊她了！――精誠奮闘的韋君宜」など。

前掲、楊団氏管理のインターネット上の韋君宜紀念館「活動年譜」には、「一九五七年、次男楊飛誕生」とあったが、二〇一四インタビューによって、次男楊飛誕生は一九五五年一二月だったことがわかった。

一九五七年は反右派闘争がはじまり、韋君宜も一方で批判されながら、もう一方では右派を批判する会議を主催、『文芸学習』などに多くの文章を発表するなど、大変な年であった。そこで一九五七年の何月に楊飛を出産され、どれくらい仕事を休まれたのか、インタビューでたずねたところ、一九五五年の間違いであったことが明らかになった。

また韋君宜在線紀念館「活動年譜」に依拠して、本年譜では「一九四三～四四年　綏徳で搶救運動に巻き込まれる」

としたが、韋君宜は『思痛録』第一章（本書四八頁）で、搶救運動を一九四二年からのこととして記述している。何方も搶救運動は一九四二年開始と述べている（本書前編『思痛録』第一章注1参照）。

人名索引

＊人名は本文，注記，年表から採ったが，必ずしも網羅的ではない。
＊配列の順序は，日本語読みにした場合の50音順とした。

▷ア行

阿城　213, 387
阿壠　91
アンドレーエフ　419
韋毓梅（孫蘭）　338-341, 357, 359, 360, 361, 364, 366, 370
石川禎浩　188, 372
岩佐昌暲　483
于会泳　267, 538
于光遠　207, 350, 351, 365, 541
惲逸群　129
栄高棠　70
袁永熙　114, 115
袁水拍　103, 412
鄢烈山　519, 520
王亜生　112
王安憶　485
王翰　115, 116, 118, 364, 497, 502
王漢斌　294
王元化　91
王洪文　34, 74
王作民　314
王士菁　206
王実味　376, 410
王若水　321, 322, 427
王緝思　485
王純　142, 148, 152
王進喜　468
王任叔　311, 537
王瑞斌　145
王丹　521
王超北　183-185
王斐然　131
王文彬　286, 360-364, 477
王蒙　108, 112, 123, 124, 310, 420, 421, 423, 424, 426, 427, 446, 447
王瑶　414, 417
欧陽山　482
欧陽柏　183-185
王笠耘　460, 461, 482
於可訓　485, 486

▷カ行

何偉　351
艾克恩　393, 394, 454
艾青　104, 122, 310, 315, 433
艾蕪　412, 454
夏衍　83, 305, 311, 313
何家棟　365
何其芳　111
郭奇　44
郭述申　343, 350, 351
郭小川　103, 187, 291-293, 425, 433-435, 442, 443
郭佩珊　350

郭鳳蘭　208
郭沫若　30, 160, 234, 416
柯慶施　49
何啓治　110, 527
華崗　340
華国鋒　305, 484
賈霽　417
何清漣　528
何長工　55, 401
葛琴　193, 440
葛啓　152
葛佩琦　125, 126
葛文　142
葛洛　412
賈徳臣　267, 268
何彬　349
何方　58, 365, 543
何満子　525
戈揚　128
賀竜　205, 208, 232
川島芳子　42
菡子　149, 361
韓天石　46
関鋒　230
紀毓秀　55
魏京生　521
魏秦一（韋君宜）　370, 377, 531
季羨林　486, 527
魏仲衡　531, 532
魏東明　50, 51, 293, 400
牛漢　91, 93, 206, 485
龔育之　485
許覚民　193, 206, 460
許紀霖　485
許力以　184
許立群（楊耳）　50, 51, 75, 112, 400
金岳霖　32
金冲及　370, 395
クリントン　521
啓功　131
邢小群　487
彦涵　131
厳文井　97, 264. 268, 270, 442, 479, 481, 537, 539
胡尹強　283, 471-475
黄愛　206
黄偉経　451
向雲休　206
高華　398, 407
黄華　50, 51, 350, 351, 400
黄其雲　104
江曉原　485
侯金鏡　185
高芸生　212
黄源　455
高崗　181, 182
洪子誠　375, 432, 441, 446, 447, 461, 462
黄秋耘（黄秋雲）　71, 91-93, 105, 107, 111, 112, 120, 128, 141, 185, 187, 310, 317, 320, 355, 356, 364, 366, 412, 413, 415, 418-421, 429-444, 448, 450, 452, 455, 482, 489, 519
黄粛秋　207
高承志　339
江青　34, 75, 123, 237, 238, 267, 313, 473, 475
康生　56, 183, 286, 358, 362, 395, 477
浩然　282, 283, 475,
黄宗江　355

康沢　48, 399
康濯　432, 454
江沢民　521
耿長春　144
公木　129, 413, 468
黄薬眠　413, 443
公劉　524
孔令俊　206
呉英　51
ゴーリキー　200, 221
呉晗　191, 279, 537
胡喬木　39, 109, 435, 534, 536
胡考　128, 129
呉昊　518, 519, 526
呉小如　414
コスモデミヤンスカヤ　319, 414
胡績偉　365
呉祖光　436
呉組緗　412
胡適　75, 127, 536
呉伝啓　211, 230
呉伯簫　57, 401, 402
胡風　27, 72, 89-94, 96, 97, 122, 171, 175, 206, 297, 308, 309, 315, 380, 393, 536
胡耀邦　126, 295, 296, 299, 323, 416, 474, 520, 539, 541

▷サ行

蔡子偉　56
沙文漢　118
司韻芬　531
シェークスピア　215, 416
史鉄生　213, 387
師田手　259
司馬文森　461
謝覚哉　40
謝思潔　206
謝雪紅　117
周怡　77
従維熙　306, 446, 454
周恩来（周総理）　46, 222, 229, 235, 236, 252, 253, 259, 271, 353, 356, 381, 490, 535, 539
周作人　461
周汝昌　207
周尊攘　425, 427, 455
習仲勲　50, 181, 182, 186, 400
周揚　89-92, 96, 103, 106, 122, 305, 307-319, 377, 380, 425, 427, 429, 430, 442, 534, 540
周立波　412
朱涵　71, 391
朱子奇　417
朱正　520
朱徳　31
朱慕光（韋君宜）　111, 436, 439
章詒和　373, 528
蕭殷　413
笑雨　432
邵燕祥　454, 519, 520, 525
蔣介石　28-30, 57, 90, 94-97, 105, 127, 129, 196, 197, 339, 352, 402
尚久驂　415
蕭軍　376
蕭乾　207, 433, 443
鐘鴻　116, 117, 131
邵荃麟　89, 111, 153, 186, 187, 193, 205, 311, 417, 425, 429, 430, 431, 433,

434, 440, 441
章乃器　36, 117, 126, 127, 408
鍾惦棐　443
蔣南翔　58, 109, 131, 293, 312, 338-341, 350-359, 361, 365, 366, 531, 540, 541
章伯鈞　136, 138, 408, 528
蔣路　206
ショーロホフ　420, 434
徐高阮　339
徐光耀　310
徐遅　151, 389
舒蕪　83, 202, 217
徐放　92
徐懋庸　433
徐友漁　485
史良　36
沈鈞儒　36, 126
任彦芳　468-470
沈小蘭　465-467
沈酔　48, 399
秦兆陽　108, 187, 310, 412, 433, 446
任弼時　356
鄒荻帆　142, 143, 160
鄒韜奮　36
鄒鳳平　50, 57, 400
スターリン　32, 105, 106, 308, 366, 405, 417, 418, 537
盛禹九　453, 459, 518
斉燕銘　183, 311
斉建新　152
盛世才　52
盛平　395
戚学毅　421
銭惟人　56
銭偉長　130, 131
銭瑛　331, 337, 338, 342-344, 347, 348, 350, 351, 533
銭鍾書　186
銭来蘇　40
銭理群　457
宋一平　350
宋雲彬　455
曾希聖　167
宗蕙　518
宋慶齢　31, 36, 196
曾彦修　129
宋莎蔭　246, 248-250, 253
曾卓　91
宗璞　13, 494, 526
宋美齢　36, 196
宋彬玉　15, 368-371
卓婭（ゾーヤ）　308, 318, 319, 414, 418, 449
臧克家　414, 416
孫維世　193
孫顒　313
孫世実　39, 330-338, 344, 346, 347, 357, 361, 364, 366, 367, 533
孫文　531
孫本文　330, 530
孫珉　487
孫用　199
孫蘭（韋毓梅）　357, 360, 363, 369

▷タ行

戴煌　454, 520, 521
戴笠　76-78
田畑佐和子　457
チェーホフ　121, 414

遅群　236, 237
儲安平　126
張一弓　166
張億　91, 92, 110
張希至　146
張潔　379
張健　208
張抗抗　213, 387
張光年　122, 207, 313, 314, 433
趙樹理　154, 412
張春橋　34
趙少侯　206
張勝友　313
張茜　228
張天民　415
張天翼　412, 442
張文英　154, 164
陳亜丁　422
陳雲　164, 371, 534
陳永貴　245, 247-250, 253, 302
陳海儀　107
陳学昭　455
陳翰伯　126, 127
陳毅　228, 260
陳企霞　103, 104, 107, 109, 173, 309, 310, 433, 443, 444, 537
陳其通　422, 424, 427, 428, 447
陳沅芷　212
陳荒煤　311
陳四益　519, 520
陳邇冬　203
陳笑雨　433
陳緒宗　112, 113
陳晋　485
陳漱渝　487
陳柱天　352
陳白塵　412
陳布雷　115
陳文新　411, 421, 485, 486
陳模　112, 113
陳明珠　247-249
陳野　112
陳湧　111, 112, 443
陳璉　115
ツルゲーネフ　121
丁偉志　365
丁玉坤　207
鄭效洵　200
程穂　206
丁聡　485
程代熙　206
鄭代鞏　50, 351, 352, 358, 400
丁東　485, 520, 528
丁寧　374, 521, 525
丁磐石　70, 390, 524
丁汾　52
丁望　112, 113
丁玲　30, 103, 104, 106, 107, 187, 309, 376, 433, 436, 443, 444, 445, 537
出和暁子　16, 20
田間　142, 144
田漢　193, 205, 312
田大畏　193
唐因　106
鄧穎超　295
唐祈　108
董恒山　207, 209
唐克新　412
鄧小平　36, 85, 274, 275, 538, 539
鄧拓（馬南邨）　189, 192, 195, 236, 427,

461, 538
唐達成（唐摯） 106, 446, 454, 489
陶鋳 350, 351
陶鈍 267
董必武 40, 343, 350, 351
鄧友梅 108, 436
鄧力群 155
屠岸 481, 539
涂光群 443
杜琇 13, 14
杜麦青 413
杜鵬程 417
杜黎均 420, 454

▷ナ行

ニコラーエワ 414

▷ハ行

梅行 50
馬寒冰 422, 425, 446, 454
巴金 30, 486
莫応豊 379
莫言 485
白治民 40, 41
白朗 121
馬慧 466-467
馬南邨（鄧拓） 236
ババエフスキー 308, 417
馬秉書 145
バルザック 414
潘漢年 78
馮光 72, 391
プーシキン 121, 186
馮振山 163
馮雪峰 12, 73, 74, 107, 207, 309, 311, 315, 408, 416, 418, 419, 433, 444, 537
馮大海 91-93
馮文彬 39, 113, 114, 299, 302
馮牧 292
馮友蘭 32
福岡愛子 373, 374
傅鷹 117
傅雷 461
フルシチョフ 105, 419, 450, 537
聞一多 409, 410
卞之琳 485
卞仲雲 212
浦安修 128
茅盾 30, 186, 187, 379
彭慧 413, 454
彭子岡 107, 128
彭真 105, 109, 118, 192, 236, 349, 383, 538
彭濤 354
彭徳懐 128, 159, 162, 163, 167, 191, 537
彭柏山 91
浦熙修 127, 128
牧恵 14, 19, 137, 374, 381, 384, 452, 527
穆木天 416
ポポフ 308, 417
ポレヴォイ 419
ボロシーロフ 106

▷マ行

マルクス 27, 45, 73-76, 83, 129, 130,

220, 253, 260, 316, 339, 365, 367, 424, 434, 438, 441, 444, 450, 532
毛椈　339
毛憲文　71
毛沢東（毛主席）　12, 27-33, 36, 46, 47, 49, 51, 56, 58, 61, 69, 70, 74, 75, 83-86, 90, 91, 96, 97, 105, 113, 117, 118, 122-124, 138, 146, 147-149, 152, 153, 156, 167, 181, 191, 192, 196, 198-200, 202, 206, 208-210, 212, 214, 227, 228, 230, 237, 238, 252, 295, 296, 305, 309, 311, 313, 314, 323, 324, 341, 355, 356, 358, 366, 373, 382, 385, 389, 390, 394, 395, 402, 405, 420-429, 445-448, 462, 473, 485, 514, 523, 535, 539
孟超　194

▷ヤ行

熊大縝　286, 362-364, 477
兪平伯　72-74, 90, 309, 536
葉以群　461
楊雨民　104
楊覚　109, 110, 413, 434
楊学誠　349-351, 364
楊匡満　249-252
楊朔　461
楊肆　76-79
楊述　12, 41, 42, 46-51, 53-55, 57, 67, 70, 76-79, 109, 112, 113, 116, 117, 152, 154, 155, 159, 161, 168, 192, 195, 196, 211, 219-242, 280, 286, 295, 296, 305, 348, 358, 359, 362, 382, 396, 397, 399, 400, 402-404, 440, 444, 451, 495, 534-536, 538-540
楊肖禹　495
楊尚昆　305, 355
葉辛　213, 313, 387
葉水夫　192
楊霽雲　202
楊団（団団）　14, 16, 325, 381-383, 408, 480, 490, 536, 541, 542
楊都　383, 536, 538
楊帆　78
楊飛　537
姚文元　34, 189, 260, 261, 473, 475
楊立平　208
楊犂　113-115
余華　485, 528
横澤泰夫　528
吉田富夫　462, 463
四人組　27, 29, 57, 177, 191, 213, 229, 238-240, 273, 274, 279, 288, 291, 293-295, 298, 312, 315, 319, 324, 381, 388, 392, 402, 461, 473, 480, 490, 494, 495, 539

▷ラ行

羅思鼎　233
羅烽　121
羅隆基　117, 127, 128
蘭珊　415
藍翎　73, 74, 485
李鋭　50, 51, 365, 400, 485
李華生　44, 47, 49, 50, 53, 400
李季　264, 313, 314, 469,
李琦　185, 187
李希凡　73, 74, 425, 447
李遇春　485, 486

陸耿聖　207
陸定一　67, 199, 385, 387, 422, 428
陸浮　207
李建彤　181
李庚　112, 413
李興華　92, 106, 109, 113, 171-178, 296, 392, 393, 434, 450
李公樸　36
李克農　76-78
李樹森　162
李昌　294, 295, 351, 354, 541
李商隠　234
李之璉　104
李新　365
李慎之　365
李井泉　55, 401
李雪峰　168
李諾　51, 400
李孟昭　108
李又然　104, 106, 109
李又罘　47, 50
李猶龍　183, 184
龍雲　117, 129
流沙河　130, 408
劉海粟　197
劉近村　185
劉軍寧　485
劉景範　182
劉国秀　43, 397
劉子玉　110, 154
劉志丹　62, 181, 182
劉少奇　48, 58, 205, 208, 236, 349, 353-356, 358, 359, 399
劉紹棠　433, 434, 436-438, 446, 454
柳湜　49, 115, 118
劉仁　153, 154, 168, 225
劉振声　143, 144, 150, 151, 160
劉心武　306
龍世輝　197
劉雪葦　91
劉徳懐　245
劉白羽　106, 109, 120, 121, 129, 419, 434, 442
劉賓雁　105, 108, 112, 113, 420, 421, 433, 446
劉敏如　206
劉嵐山　206
梁暁声　213, 387
梁思成　118
緑原　91, 92, 94-96
李六如　40
李淩　112, 114
林彪　213, 227, 252, 264, 461, 538
林風眠　197
林默涵　94, 193, 312-314, 425
ルソー　279
黎錦熙　116
黎之　424-426, 454
黎辛　433
レーニン　32, 45, 73-76, 130, 220, 366, 367, 405, 424, 441, 444,
老舎　461
楼適夷　95
魯迅　30, 36, 50, 83, 84, 89, 90, 98, 202, 214, 258, 259, 270, 305, 400, 416, 479, 532
魯煤　91
路翎　91
魯勒　422

楠原俊代（くすはら・としよ）
1950年，京都府生れ。1978年，京都大学大学院文学研究科中国語学中国文学専攻博士課程単位取得満期退学。1998年，京都大学博士（文学）。1979年，同志社大学専任講師，1982年，同助教授，1993年，同教授。
【主要著作】「延安文芸整風運動に関する一考察――聞一多に対する統一戦線工作の視点から」（『東方学』第101輯，2001年），「宗璞論考――以“我是誰”“我為什麽写作”為中心」（『宗璞文学創作評論集』人民文学出版社，2003年），「当代散文の研究――記憶のなかの中国革命についての覚書」（『現代中国文化の深層構造』京都大学人文科学研究所，2015年），『日中戦争期における中国知識人研究――もうひとつの長征・国立西南聯合大学への道』（研文出版，1997年）など。

韋君宜《いくんぎ》研究《けんきゅう》――記憶《きおく》のなかの中国革命《ちゅうごくかくめい》

2016年2月28日　第1刷発行

著　者　楠原俊代

発行者　川端幸夫

発行所　中国書店
〒812-0035 福岡市博多区中呉服町5番23号
電話 092(271)3767　FAX 092(272)2946

制　作　図書出版 花乱社

印刷・製本　モリモト印刷株式会社

ISBN978-4-903316-48-2